Crônica do Pássaro de Corda

Haruki Murakami

Crônica do Pássaro de Corda

TRADUÇÃO DO JAPONÊS
Eunice Suenaga

3ª reimpressão

ALFAGUARA

Copyright © 1994, 1995 by Haruki Murakami

Grafia atualizada segundo o Acordo Ortográfico da Língua Portuguesa de 1990, que entrou em vigor no Brasil em 2009.

Título original
Nejimakidori Kuronikuru

Capa
Alceu Chiesorin Nunes

Preparação
Gustavo de Azambuja Feix

Revisão
Márcia Moura
Valquíria Della Pozza

Dados Internacionais de Catalogação na Publicação (CIP)
(Câmara Brasileira do Livro, SP, Brasil)

Murakami, Haruki
    Crônica do Pássaro de Corda / Haruki Murakami ;
tradução do japonês Eunice Suenaga. — 1ª ed. — Rio
de Janeiro: Alfaguara, 2017.

    Título original: Nejimakidori Kuronikuru
    ISBN: 978-85-5652-056-2

    1. Romance japonês 1. Suenaga, Eunice. 11. Título.

17-08101   CDD-895.635

Índice para catálogo sistemático:
1. Romances : Literatura japonesa   895.635

Todos os direitos desta edição reservados à
EDITORA SCHWARCZ S.A.
Praça Floriano, 19, sala 3001 — Cinelândia
20031-050 — Rio de Janeiro — RJ
Telefone: (21) 3993-7510
www.companhiadasletras.com.br
www.blogdacompanhia.com.br
facebook.com/alfaguara.br
instagram.com/editora_alfaguara
twitter.com/alfaguara_br

PARTE I

La gazza ladra

De junho a julho de 1984

1.
Sobre o pássaro de corda de terça-feira, os seis dedos e os quatro seios

Quando o telefone tocou, eu estava na cozinha preparando macarrão. Estava assoviando a abertura de *La gazza ladra* de Rossini, que tocava no rádio. Uma música perfeita para preparar espaguete.

Pensei em ignorar a ligação. O macarrão já estava quase pronto e a Orquestra Sinfônica de Londres, regida por Claudio Abbado, estava perto do auge. Mas baixei o fogo, fui até a sala e atendi o telefone. Podia ser algum conhecido querendo oferecer um novo trabalho.

— Preciso de dez minutos — sentenciou uma voz de mulher, sem rodeios.

Eu me considero bom em lembrar a voz das pessoas, mas aquela era totalmente desconhecida.

— Desculpe, mas com quem gostaria de falar? — perguntei educadamente.

— Com *você*. Só preciso de dez minutos. Para a gente se entender direito — respondeu a mulher, cuja voz era grave, macia e misteriosa.

— Entender?

— O sentimento.

Estiquei o pescoço e espiei a cozinha pela porta. O vapor branco subia da panela e Abbado continuava regendo *La gazza ladra*.

— Desculpe, mas agora estou com uma panela de macarrão no fogo. Será que você poderia me ligar mais tarde?

— Macarrão? — repetiu a mulher, abismada. — Macarrão às dez e meia da manhã?

— Isso não é da sua conta. Posso comer o que quiser na hora que quiser — rebati, um pouco irritado.

— Você tem razão — concordou a mulher, com uma voz seca e inexpressiva. A simples alteração de humor fez o tom mudar completamente. — Tudo bem. Volto a ligar mais tarde.

— Espere um pouco — me apressei em dizer. — Se você quer me vender algum produto, não adianta nem tentar. Estou sem trabalho e sem dinheiro.

— Tudo bem. Eu sei.

— Você sabe? O quê?

— Que você está sem emprego. Eu sei. Pode voltar a preparar o seu precioso macarrão.

— Ei, afinal, quem é...

Eu mal tinha começado a dizer essas palavras quando ela desligou o telefone. Sem qualquer cerimônia.

Por um tempo, confuso, continuei olhando o telefone na minha mão, até que me lembrei do macarrão e voltei à cozinha. Desliguei o fogo e despejei o espaguete no escorredor. Por causa da ligação, ele não estava mais no ponto certo, al dente, mas não era tão grave.

Entender?, pensei, enquanto comia o espaguete. Podemos entender bem os sentimentos de alguém em dez minutos? Não sabia o que aquela mulher queria dizer. Talvez fosse só um trote. Ou alguma nova estratégia de vendas. De qualquer forma, não era problema meu.

Mesmo assim, lendo no sofá da sala o romance que apanhara emprestado da biblioteca, fiquei curioso para saber o que poderíamos entender sobre alguém em dez minutos, e volta e meia espiava o telefone. Afinal, o que é possível compreender em dez minutos? Desde o início ela havia estabelecido esse tempo fixo, parecia ter muita certeza desse limite. Talvez nove minutos fossem de menos, e onze, de mais. Como o ponto do espaguete al dente.

Enquanto pensava nessas coisas, perdi o interesse pela leitura. Resolvi passar camisas. Toda vez que eu ficava confuso, passava camisas. Um hábito antigo. Dividia o processo de passar camisas em doze etapas, que começavam no (1) colarinho (frente) e iam até (12) manga e punho esquerdos. Passava sempre respeitando essa sequência, contando cada uma das etapas. Caso contrário, não dava certo.

Passei três camisas, verifiquei que não havia nenhum amassado e as pendurei no cabide. Depois desliguei o ferro e o guardei no armário, junto com a tábua de passar, e então a minha mente parecia ter clareado.

Quando estava indo até a cozinha para tomar água, o telefone voltou a tocar. Hesitei um pouco, mas resolvi atender. Se fosse a mesma mulher, eu desligaria, falando que estava passando roupa.

Mas era Kumiko. Os ponteiros do relógio indicavam onze e meia.

— Tudo bem? — perguntou ela.

— Tudo — respondi.

— O que você está fazendo?

— Estava passando roupa.

— Aconteceu alguma coisa? — perguntou.

Deu para sentir uma pequena tensão no tom de sua voz. Kumiko sabia que eu passava roupa quando me sentia confuso.

— Só passei três camisas. Não aconteceu nada — respondi, me sentando na cadeira e mudando o fone para a mão direita. — O que foi, precisa de alguma coisa?

— Você consegue escrever poesia?

— Poesia? — repeti, assustado.

Poesia? Afinal, que negócio é esse de poesia?

— A editora de um conhecido meu publica uma revista literária voltada para o público feminino. Jovens colegiais, para ser mais exata. Estão procurando alguém para selecionar e corrigir as poesias enviadas pelas leitoras. Também querem alguém que escreva um poema curto todo mês, para ser inserido na contracapa da revista. O trabalho é simples, mas até que eles pagam bem. Claro que é só um bico, mas, se você se sair bem, podem passar trabalhos de editor.

— Simples? Espere um pouco! Estou procurando trabalho na área de direito. De onde você tirou essa ideia de me transformar num corretor de poemas?

— Ué, você não disse que escrevia na época do colégio?

— Claro, mas um jornal. Um jornalzinho de colégio. A classe tal venceu o campeonato de futebol, o professor de física caiu da escada e está internado, coisas bobas assim. Não escrevia poesia. Não consigo escrever poemas.

— Bom, falei poesia, mas não é nada de mais. São apenas poemas voltados para as colegiais. Eles não querem nenhuma obra-prima para ficar na história da literatura. Você entende, não é?

— Mesmo não sendo nada de mais, não consigo escrever poesia de jeito nenhum. Nunca escrevi nem pretendo escrever — respondi, categórico.

Como eu seria capaz de escrever poesia?

— Tudo bem... — suspirou minha esposa, decepcionada. — Mas você sabe que está difícil encontrar um trabalho na área de direito, não é?

— Conversei com algumas pessoas e acho que vou ter uma resposta em breve. Se nada vingar, aí posso até pensar em alternativas.

— Ah, é? Então tudo bem. A propósito, que dia da semana é hoje?

— Terça-feira — respondi, depois de refletir um pouco.

— Será que você pode passar no banco e pagar as contas de gás e de telefone?

— Como daqui a pouco vou sair para fazer compras para o jantar, posso aproveitar e passar no banco.

— O que vamos ter para o jantar?

— Ainda não sei. Vou decidir na hora das compras.

— Sabe, estive pensando... — começou minha esposa, em um tom mais sério. — Acho que você não precisa ter muita pressa para achar um trabalho.

— Por quê? — indaguei, assustado. Aparentemente, todas as mulheres do mundo resolveram me ligar para me dar um susto. — O meu seguro-desemprego uma hora vai acabar e também não posso ficar sem fazer nada para sempre.

— Mas eu recebi aumento. Sem falar que meu trabalho extra está indo bem e temos uma reserva. É só a gente não cometer loucuras que consegue dar conta sem problemas. Você não gosta de ficar em casa, fazendo os serviços domésticos? Não gosta de levar uma vida assim?

— Não sei — respondi, com sinceridade. Realmente não sabia.

— Bem, pense nisso com mais calma — sugeriu minha esposa. — E o gato, voltou?

Só então percebi que esta manhã havia me esquecido completamente do gato.

— Não, ainda não.

— Você pode dar uma olhada na vizinhança? Faz mais de uma semana que ele não aparece.

Respondi "sim" de maneira vaga e passei o fone para a mão esquerda.

— Acho que ele pode estar no quintal daquela casa vazia, no fundo do *beco* — arriscou ela. — Onde tem uma estátua de pedra com formato de pássaro. Já esbarrei com ele algumas vezes lá.

— Beco? Mas quando você foi ao beco? Você nunca me disse...

— Olha, preciso desligar. Desculpe, mas já está na hora de eu voltar ao trabalho. Não se esqueça do gato.

Ela desligou. Eu olhei o fone por um tempo, antes de devolvê-lo ao gancho.

Afinal, por que Kumiko tinha que ir ao beco? Para ir ao beco, precisava pular o muro de blocos de concreto do nosso quintal, e ela não tinha nenhum motivo para fazer isso.

Depois de tomar água na cozinha, fui ao alpendre conferir o pote de comida do gato. Os peixes secos que havia colocado na noite anterior estavam intactos. O gato não tinha voltado. De pé no alpendre, observei o pequeno quintal da nossa casa e os raios de sol dos primórdios do verão. Estava longe de ser uma vista relaxante: a terra vivia úmida e escura porque o sol só batia poucas horas do dia, e duas ou três hortênsias nada imponentes no canto representavam todo o paisagismo. E isso porque eu nem gostava muito de hortênsia. Da árvore de um vizinho, eu conseguia ouvir o canto compassado de um pássaro que lembrava o som de dar corda. Chamávamos ele de "pássaro de corda". Kumiko fora a primeira a chamá-lo assim. Eu não sabia que espécie de pássaro era nem a aparência que tinha. De qualquer forma, esse pássaro de corda aparecia todo dia na árvore de um vizinho e dava corda no mundo silencioso que nos rodeava.

Poxa, vou ter que procurar o gato, pensei. Sempre gostei de gatos e gostava *deste* em especial. Mas os gatos levam vida de gato. São animais inteligentes. Quando um desaparece, é porque teve vontade de ir a algum lugar. Voltará um dia, quando estiver com fome e exausto. Seja como for, eu deveria procurar o gato pela Kumiko. Afinal, não tinha nada para fazer.

No início de abril, saí do escritório de advocacia onde trabalhei durante muitos anos. Não foi por um motivo específico. O trabalho não me desagradava. Não que fosse muito empolgante, mas o salário não era ruim e o ambiente era amistoso.

Para resumir em uma frase a função exercida, diria que eu era um faz-tudo especializado. Apesar disso, à minha maneira, acho que fazia um bom trabalho. Não quero me gabar, mas me considero muito competente, sobretudo com trabalhos práticos. Pego as coisas rápido, sou dinâmico, não reclamo e penso de maneira realista. Por isso, quando pedi demissão, o advogado mais velho (isto é, o pai, e não o filho: o escritório pertencia aos dois) até me ofereceu um pequeno aumento.

Mas acabei saindo de qualquer forma. Mesmo sem um objetivo definido nem uma perspectiva de futuro. Não me animava nem um pouco a ideia de me enfurnar de novo em casa para estudar para o Exame da Ordem, sem contar que eu não tinha muita vontade de ser advogado. Só não queria continuar para sempre naquele escritório, fazendo o mesmo trabalho. Pensei que, se era para sair, estava na hora. Se eu continuasse ali, acabaria não fazendo outra coisa na vida. Afinal, já estava com trinta anos.

Durante o jantar, comentei com Kumiko: "Estou pensando em sair do emprego", e ela se limitou a dizer: "Ah!". Eu não sabia o que ela queria dizer com aquilo, e ela permaneceu calada por um tempo.

Eu também permaneci em silêncio, até que ela disse: "Se você quer sair, tudo bem. A vida é sua, e você pode fazer o que quiser". Depois, com os palitinhos, ela começou a separar no canto do prato as espinhas do peixe.

Kumiko trabalhava como editora de uma revista especializada em alimentos saudáveis e naturais, e seu salário não era ruim. Além disso, uma editora de outra revista, que era sua amiga, lhe pedia ilustrações (ela estudou desenho durante a faculdade e seu sonho era ser ilustradora freelancer), o que proporcionava um bom dinheiro. Já eu podia receber o seguro-desemprego por alguns meses. Se ficasse em casa e fizesse as tarefas domésticas todos os dias, poderíamos economizar em restaurante, lavanderia e continuaríamos levando praticamente a mesma vida da época em que eu trabalhava.

Assim, decidi sair do meu emprego.

* * *

O telefone tocou na hora em que eu guardava os alimentos na geladeira, depois de voltar das compras. Tive a impressão de ser um toque muito impaciente. Coloquei sobre a mesa a embalagem plástica de tofu aberta até metade, fui para a sala e atendi a ligação.

— Já terminou de fazer o macarrão? — perguntou a mesma mulher da manhã.

— Já — respondi. — Mas agora tenho que procurar o gato.

— Mas você pode esperar dez minutos para fazer isso, não pode? Procurar um gato não é como preparar macarrão.

Não sei por que, não consegui desligar o telefone. Algo na voz daquela mulher prendia minha atenção.

— Tudo bem, mas só dez minutos — cedi.

— Então a gente pode se entender bem, não é? — perguntou ela, baixinho. Senti que ela se ajeitou na cadeira e cruzou as pernas para ficar mais confortável.

— Será mesmo? Afinal, são só dez minutos.

— Talvez dez minutos sejam muito mais do que você imagina.

— Você me conhece mesmo?

— Claro. Nos encontramos várias vezes.

— Quando, onde?

— Um dia, em algum lugar. Se eu explicar esses detalhes, dez minutos não serão suficientes. O importante é o presente, certo?

— Mas você poderia me dar alguma prova de que me conhece?

— Por exemplo?

— Quantos anos eu tenho?

— Trinta — respondeu a mulher, sem hesitar. — Trinta anos e dois meses. Acertei?

Eu não disse nada. Ela me conhecia mesmo. Mas, por mais que eu tentasse, não conseguia me lembrar daquela voz.

— Então agora é a sua vez de tentar imaginar como eu sou — disse a mulher. — A partir da minha voz, tente imaginar como eu sou. Quantos anos eu tenho, onde estou, como é a minha aparência, essas coisas.

— Não sei.

— Tente.

Olhei o relógio. Só tinha passado um minuto e cinco segundos.

— Não sei — repeti.

— Então vou contar. Agora estou na cama. Acabei de tomar uma ducha e estou completamente nua.

Eu não disse nada e balancei a cabeça. Parecia até que estava ouvindo uma fita pornô.

— Será que eu deveria colocar uma calcinha? Ou você prefere meia-calça? É mais excitante?

— Tanto faz. Você que sabe. Se quiser colocar algo, coloque. Se quiser ficar nua, fique. Seja como for, não me interesso por esse tipo de conversa pelo telefone. Desculpe, tenho que…

— Só dez minutos. Você não vai perder tanto tempo assim se gastar dez minutos comigo, não é? Apenas responda. Você prefere que eu fique nua ou que coloque alguma coisa? Tenho de tudo, sabe? De calcinha preta rendada…

— Pode continuar assim — interrompi.

— Prefere que eu continue completamente nua?

— É, prefiro — respondi. Passaram-se quatro minutos.

— Meus pelos pubianos ainda estão molhadinhos — prosseguiu ela. — Como não enxuguei direito com a toalha, ainda estão molhados e quentes. E bem macios. Bem pretos e macios. Pode passar a mão.

— Desculpe, mas…

— O que está embaixo também está bem quente e bem molhadinho. Como manteiga derretida. Bem quente mesmo. Sabe como estou? Com o joelho direito levantado e a perna esquerda estendida para o lado, igual os ponteiros de um relógio marcando dez e cinco.

Pelo tom de sua voz, eu sabia que ela não mentia. Estava com as pernas abertas, formando aquele ângulo exato, e o seu sexo estava úmido e quente.

— Passe a mão nos meus lábios. Devagarinho. Agora abra a minha boca. Devagarinho. Acaricie com o dedo. Assim, bem devagar. Acaricie o meu seio esquerdo com a outra mão. Assim, de baixo para cima, com jeitinho, segurando o bico de leve. Agora repita esse movimento várias vezes, até eu gozar.

Desliguei o telefone sem falar nada. Deitei no sofá e suspirei fundo, observando o relógio de mesa. Havia falado com a mulher por cinco ou seis minutos.

Cerca de dez minutos depois o telefone voltou a tocar, mas não atendi. Tocou quinze vezes e parou. Depois um silêncio profundo e sepulcral envolveu o ambiente.

Um pouco antes das duas, pulei o muro de blocos de concreto do quintal de casa e saí no beco. Falo beco, mas não é um beco no sentido literal da palavra. Na verdade, é algo que não tem nome. Para ser preciso, não era nem sequer um caminho. Um caminho é uma passagem com uma entrada e uma saída e que leva a algum lugar. E nesse beco não havia nem entrada nem saída e não se podia seguir nem para um lado nem para outro. Nem para beco sem saída servia, já que um beco sem saída ao menos tem uma entrada. Os vizinhos chamavam essa ruazinha de *beco* por conveniência. Tinha cerca de trezentos metros de comprimento e se estendia como que costurando os quintais dos fundos das casas. Contava com pouco mais de um metro de largura, mas em alguns trechos havia cerca desalinhada ou objetos abandonados, de modo que várias vezes precisei ficar de lado para poder passar.

Reza a lenda — quem me contou foi meu tio, que alugava a casa para nós por um preço bem baixo — que antigamente o beco tinha uma entrada e uma saída, e servia de atalho de uma rua a outra. No entanto, durante o período de rápido crescimento econômico do Japão, quando casas novas começaram a brotar em terrenos que antes eram baldios, o atalho foi se estreitando e a sua entrada foi fechada pelos moradores, que não gostavam que estranhos transitassem no quintal da frente ou dos fundos de suas casas. No começo, a ruazinha era protegida apenas por uma cerca modesta, mas um dos vizinhos ampliou seu quintal e fechou completamente uma das entradas, com o muro de blocos de concreto. Depois, como em resposta, a outra entrada também foi bloqueada por uma cerca de arame farpado que não permitia nem a passagem de um cão. Como os moradores já não usavam muito essa passagem, ninguém reclamou, mesmo com as duas entradas fechadas. Além do mais, pensando pelo lado da segurança, era até melhor assim. Por isso ninguém mais usava esse beco, ele era um canal abandonado, não passava de uma zona morta entre as casas. Ervas daninhas cresciam no chão e aranhas teciam teias pegajosas por todos os cantos.

O que minha esposa tinha ido fazer num lugar daqueles? Eu não tinha ideia. Eu mesmo só entrara umas duas vezes nesse "beco". Sem contar que Kumiko detestava aranhas. *Tudo bem*, pensei. *Se Kumiko quer que eu procure o gato no beco, vou procurar.* Era bem melhor sair para caminhar do que ficar em casa esperando o telefone tocar.

Os raios de sol dos primórdios do verão desenhavam contra o chão sombras irregulares dos galhos das árvores espalhados pelo beco. Como não batia vento ali, as sombras pareciam manchas permanentes marcadas no chão. Não havia um único barulho e parecia possível ouvir até o som da respiração das folhas que recebiam os raios de sol. Algumas nuvenzinhas flutuavam no céu, nítidas e precisas como o fundo de uma gravura da Idade Média. Tudo o que eu enxergava era tão assustadoramente nítido, que meu corpo parecia algo vago que se misturava com o ambiente. Além de tudo, fazia um calor terrível.

Embora eu estivesse de camiseta, calça de algodão leve e tênis, comecei a suar embaixo dos braços e no meio do peito, depois de dar alguns passos sob o sol. Naquela manhã, havia tirado a camiseta e a calça da caixa de roupas de verão, e o cheiro de naftalina invadia meu nariz.

As casas do beco podiam ser divididas em antigas e novas. Em sua maioria, as novas eram menores, com um pequeno quintal. O varal de roupas invadia o beco e, de vez em quando, eu precisava passar por uma fileira de toalhas, camisas e lençóis. Chegava a ouvir com clareza o som de TV e o barulho da descarga do banheiro, e sentia o cheiro do curry no ar.

Já das casas mais antigas não havia nenhum sinal de gente. Inúmeras espécies de arbustos e de kaizukas tapavam a visão, mas entre eles dava para ver amplos quintais bem cuidados.

No canto de um dos quintais havia um solitário pinheiro de natal, seco e marrom. Outro quintal estava abarrotado de todo tipo de brinquedo de criança, como se resquícios de infância de diversas pessoas tivessem sido reunidos e espalhados. Triciclos, argolas, espadas de plástico, bolas, tartarugas, tacos e tantos outros. Havia um quintal com cesta de basquete e outro com um belo conjunto de móveis de jardim, com cadeiras e uma mesa de cerâmica. Aparentemente, as cadeiras brancas não eram usadas há meses (ou anos) e estavam cobertas de terra e pó. Em cima da mesa haviam se esparramado pétalas de magnólia, levadas pelo vento e pela chuva.

Consegui ver parte da sala de uma das casas pela janela de vidro com armação de alumínio: havia um sofá de couro, uma TV enorme, uma prateleira (e sobre ela um aquário com peixes tropicais e dois troféus de algum campeonato) e uma luminária de piso decorativa. Parecia o set de uma novela. No quintal de outra casa, avistei um enorme canil com a porta aberta, mas sem cães dentro. A tela de arame cedera um pouco, como se alguém tivesse ficado encostado nela por meses a fio.

A casa vazia mencionada por Kumiko ficava um pouco depois da casa com o canil. À primeira vista já dava para notar que estava desocupada, e não me refiro a dois ou três meses. Embora essa casa de dois andares fosse relativamente nova, as persianas de madeira já pareciam bem velhas por ficarem fechadas por tanto tempo e o peitoril da janela do andar de cima estava enferrujado. No pequeno quintal havia realmente uma estátua de pedra com formato de pássaro com as asas abertas, cujo pedestal era mais ou menos da altura do peito de um adulto. Ervas daninhas cresciam imponentes ao seu redor, e as pontas mais altas dos arbustos chegavam até os pés da estátua. O pássaro — eu não sabia a espécie — parecia estar com as asas abertas para alçar voo e fugir o mais depressa possível daquele lugar desagradável. Além da estátua, não havia nada de decorativo no quintal. Perto da parede, velhas cadeiras de jardim feitas de plástico estavam empilhadas sob o beiral e, ao lado, azaleias de um vermelho gritante floresciam e não pareciam de verdade. Fora isso, apenas ervas daninhas.

Encostado na cerca de tela que chegava até o meu peito, fiquei observando o quintal por um tempo. Sem dúvida aquele jardim agradaria ao gato, mas ele não estava ali. Havia apenas um pombo, empoleirado na ponta da antena de TV no telhado e arrulhando sons monótonos. Desfazendo-se em incontáveis fragmentos, a sombra do pássaro de pedra caía sobre as folhas das ervas daninhas que cresciam exuberantes.

Tirei do bolso uma bala de limão, abri e coloquei na boca. Havia decidido parar de fumar depois de pedir demissão, mas não conseguia abandonar as balas de limão que assumiram o lugar do cigarro. "Você está viciado em bala de limão", dizia minha esposa. "Vai acabar ficando cheio de cáries." Apesar das reprimendas, eu não conseguia largar aquele vício. Enquanto eu observava o quintal, o pombo continuou arrulhando na antena, sempre mantendo o ritmo, como um funcionário que contasse as notas de um maço de dinheiro. Não sei dizer quanto tempo fiquei encostado na cerca de tela. Lembro que cuspi a bala, que ficou doce demais, quando estava pela metade. Depois voltei a contemplar a sombra da estátua de pedra com formato de pássaro. Nesse instante, senti que alguém me chamava, lá atrás.

Quando me virei, vi uma garota de pé no quintal dos fundos da casa da frente. Era baixinha e tinha o cabelo preso em um rabo de cavalo. Usava óculos escuros com aros de cor âmbar e vestia uma regata azul-clara da Adidas. Os braços finos expostos estavam completamente bronzeados, apesar de ainda ser a temporada de chuvas. Ela estava com uma mão no bolso do short e a outra sobre o portão de dobradiças de bambu que alcançava a sua cintura, apoiando-se de maneira instável. Estávamos a cerca de um metro de distância.

— Que calor — comentou a garota.

— Nem me fale — respondi.

Ela continuou me encarando sem mudar de posição e, em seguida, tirou um maço de cigarros Hope do bolso do short, puxou um e o levou à boca. Sua boca era pequena, e o lábio superior estava levemente virado para cima. Acendeu o cigarro com um fósforo, como alguém familiarizado com o movimento. Quando ela inclinou a cabeça, pude ver sua orelha: era lisa e bonita, como se tivesse recém-saído da forma. Pelos finos e curtos brilhavam no contorno fino da orelha.

Ela jogou o fósforo no chão e soltou a fumaça, estreitando os lábios. Depois levantou o rosto na minha direção, como se tivesse se lembrado de mim. Os óculos escuros refletiam a luz, então não consegui ver os olhos dela por trás das lentes.

— Você mora aqui perto? — perguntou a garota.

— Moro, sim — respondi.

Tentei apontar para a direção da minha casa, mas já não sabia onde ela ficava. Afinal, para chegar até ali, eu havia dobrado em curvas tortuosas, de ângulos esquisitos. Por isso, disfarcei e apontei uma direção qualquer.

— Estou procurando um gato — continuei, esfregando as palmas das mãos suadas na calça, como se me desculpasse. — Faz uma semana que ele não aparece e alguém comentou que o viu por aqui.

— Como é o gato?

— É grande, marrom listrado e tem a ponta do rabo um pouco curvada.

— Como se chama?

— Noboru — respondi. — Noboru Wataya.

— É um belo nome para um gato.

— Na verdade, é o nome do irmão mais velho da minha esposa. Como o gato era parecido com ele, colocamos o nome de brincadeira.

— Parecido como?

— É difícil de explicar… as atitudes, o modo de andar, o olhar lânguido, essas coisas.

A garota abriu um sorriso pela primeira vez. Ao sorrir, me pareceu bem mais nova do que tinha achado na primeira vez em que a vi. Devia ter uns quinze ou dezesseis anos. O lábio superior virado levemente para cima apontava para o céu em um ângulo curioso. *Acaricie*, tive a impressão de ter ouvido alguém sussurrar. Era a voz daquela mulher no telefone. Eu limpei o suor da testa com a costa da mão.

— É um gato marrom listrado, com a ponta do rabo um pouco curvada? — repetiu a garota, como se confirmasse. — Tinha coleira ou algo assim?

— Estava com uma coleira preta, antipulga.

Com a mão sobre o portão de bambu, ela ficou pensando por dez ou quinze segundos. Em seguida jogou a ponta de cigarro no chão e pisou com a sola da sandália.

— Talvez eu tenha visto esse gato — disse ela. — Não reparei no rabo, mas era um gato marrom, grande e com listras. Acho que tinha uma coleira.

— Quando foi isso?

— Hum, deixa eu ver... Hum, nos últimos três ou quatro dias. O quintal de casa serve de trilha para os gatos da vizinhança. Por aqui passam gatos de todos os tipos. Eles entram pelo quintal do sr. Takitani, atravessam o nosso e vão para o quintal do sr. Miyawaki.

Ela apontou a casa vazia de frente para a sua. No quintal, o pássaro de pedra continuava com as asas abertas, as ervas daninhas recebiam os raios de sol dos primórdios do verão e o pombo seguia arrulhando monotonamente sobre a antena de TV.

— Já sei. Não quer esperar comigo, no quintal de casa? Todos os gatos passam por aqui antes de seguir adiante. Além do mais, se você ficar perambulando por aí, pode ser confundido com um ladrão e alguém pode chamar a polícia. Já aconteceu algumas vezes.

Eu fiquei sem saber o que fazer.

— Não se preocupe. Não tem ninguém em casa além de mim. Podemos esperar o gato enquanto tomamos sol no quintal. Eu tenho olhos de lince e posso ser útil.

Conferi o relógio. Eram duas e trinta e seis. Tudo o que eu precisava fazer antes de anoitecer era recolher as roupas do varal e preparar o jantar.

Abri o portão de bambu, entrei e segui a garota pelo gramado. Percebi que ela arrastava levemente a perna direita. Depois de dar mais alguns passos, ela parou e se virou para mim.

— Tive um acidente de moto. Estava no carona e caí — disse ela, como se fosse algo sem importância. — Já faz um tempinho.

Havia um grande pé de carvalho no fim do gramado e, debaixo, duas espreguiçadeiras de lona. No encosto de uma estava estendida uma grande toalha azul e, na outra, estavam atirados um maço fechado de cigarro, um cinzeiro, um isqueiro, um grande toca-fitas portátil e uma revista. Do rádio ecoava baixinho um rock pesado. A garota colocou os objetos espalhados na espreguiçadeira sobre o gramado, fez sinal para que eu sentasse e desligou a música. Da espreguiçadeira de lona, dava para ver entre as árvores a casa vazia que ficava do outro lado do beco. Dava para ver também a estátua de pedra com formato de pássaro, os arbustos e a cerca de tela. Ela provavelmente tinha me observado dali.

O quintal era amplo. O gramado formava uma ligeira inclinação, e havia árvores esparsas. À esquerda das espreguiçadeiras, se encontrava um grande tanque de concreto, que parecia não ser usado há muito tempo e cujo fundo descolorido verde-claro estava exposto ao sol. Atrás das árvores dos fundos tinha uma casa antiga em estilo ocidental, que não era grande nem parecia muito luxuosa. Apenas o quintal era amplo e relativamente bem cuidado.

— Deve dar trabalho cuidar de um quintal tão grande assim — comentei, olhando à volta.

— Pois é — ela se limitou a dizer.

— Já fiz bico numa empresa que corta grama — eu disse.

— Ah, é? — perguntou ela, com uma voz que não demonstrava interesse.

— Você sempre fica sozinha em casa?

— Fico. Durante o dia, sempre fico sozinha aqui. De manhã e à tarde, vem uma senhora que nos ajuda, mas o resto do tempo sempre passo sozinha. Olha, você não gostaria de tomar alguma coisa gelada? Tem cerveja em casa.

— Não, obrigado.

— Tem certeza? Não precisa fazer cerimônia.

Balancei a cabeça negando.

— Você não vai pra escola?

— E você não vai pro trabalho?

— Mesmo que eu quisesse, não tenho trabalho.

— Você está desempregado?

— Tecnicamente, sim. Larguei o emprego um tempo atrás.

— Você trabalhava em quê?

— Eu era uma espécie de faz-tudo de um escritório de advocacia. Ia aos órgãos públicos reunir documentos, organizava processos, verificava a jurisprudência, tratava da parte burocrática nos fóruns, essas coisas.

— Mas você pediu demissão.

— Pedi.

— Sua esposa trabalha?

— Trabalha, sim.

Quando me dei conta, o pombo que arrulhava no telhado da casa da frente já tinha sumido. De repente percebi que estava cercado por um profundo silêncio.

— Os gatos sempre passam por lá — a garota apontou para depois do gramado. — Está vendo o incinerador atrás da cerca da casa do sr. Takitani? Então, eles aparecem daquele canto, atravessam o gramado, passam por baixo do portão de bambu e vão para o quintal da casa da frente. Sempre o mesmo trajeto.

Ela levantou os óculos escuros, apertou os olhos, sondou o entorno, colocou os óculos de novo e soltou uma baforada. Quando tirou os óculos, deu para ver uma cicatriz de mais ou menos dois centímetros no canto do olho esquerdo. Era bem profunda e provavelmente nunca desapareceria. A garota deveria usar óculos bem escuros para esconder aquela marca. Seu rosto não era exatamente bonito, mas tinha algo que chamava atenção. Seria pela vivacidade dos olhos e pelos lábios peculiares?

— Você conheceu o sr. Miyawaki?

— Não.

— Ele morava nessa casa vazia. Uma família bem normal. Tinha duas filhas, que estudavam em um colégio particular bem conhecido, exclusivo para meninas. Ele tinha uma cadeia de restaurantes.

— Por que a família se mudou?

Ela fez um beicinho com os lábios, como se dissesse *não sei*.

— Deve ter sido por dívidas ou algo assim. Eles sumiram de repente, às pressas, como se fugissem na calada da noite. Acho que faz um ano, mais ou menos. Minha mãe vive reclamando porque as ervas daninhas crescem sem parar, cada vez junta mais gatos e é perigoso.

— Junta tanto gato assim?

A garota contemplou o céu com o cigarro na boca.

— Junta todo tipo de gato. Sem pelo, vesgo… Tem um com um olho a menos e, no lugar, um bolo de carne caído. Não é assustador?

Assenti com a cabeça.

— Eu tenho uma parente que tem seis dedos — prosseguiu a garota. — Ela é um pouco mais velha do que eu e, do lado do mindinho, tem um dedinho que parece de bebê. Mas não dá para ver direito porque normalmente ela dobra com jeito. Ela é bem bonita.

— É mesmo?

— Você acha que isso é de família? Como posso dizer... hereditário?

— Não faço ideia.

Ela permaneceu um tempo calada. Com a bala na boca, continuei observando fixamente a trilha dos gatos. Não apareceu nenhum.

— Tem certeza de que não quer tomar alguma coisa? Eu vou buscar uma Coca — disse a garota.

— Não quero nada, obrigado — respondi.

Ela se levantou da espreguiçadeira de lona e desapareceu atrás das árvores, arrastando de leve a perna. Eu apanhei a revista do chão e dei uma folheada: para meu espanto, era uma revista masculina. Nas páginas centrais, havia uma mulher sentada num banco, com as pernas bem abertas, em uma posição pouco natural. A calcinha transparente deixava à mostra o formato da genitália e os pelos pubianos. Voltei a colocar a revista no chão, cruzei os braços sobre o peito e fiquei observando outra vez a trilha dos gatos.

Depois de muito tempo, a garota voltou com um copo de Coca. Era uma tarde quente e, como eu tinha ficado direto no sol na espreguiçadeira, estava zonzo e sem muito ânimo para pensar.

— Ei, se você se apaixonasse por uma garota e descobrisse que ela tinha seis dedos, o que faria? — perguntou a garota, querendo voltar ao assunto.

— Venderia ela pro circo.

— Sério?

— Não, brincadeira — falei, rindo. — Acho que eu não ligaria.

— Mesmo que isso pudesse passar para os filhos?

Refleti um pouco.

— Acho que não ligaria. Um dedo a mais não atrapalharia muito.

— E se ela tivesse quatro seios?

Voltei a pensar.

— Não sei — admiti.

Quatro seios? Ela poderia ficar falando essas coisas por muito tempo, então resolvi mudar de assunto.

— Quantos anos você tem?

— Dezesseis — respondeu a garota. — Acabei de fazer dezesseis. Estou no primeiro ano do segundo grau.

— Mas você não vai mais pra escola?

— Quando eu ando muito, a minha perna começa a doer. E tenho uma cicatriz no canto do olho. Como é uma escola muito rígida, se alguém da diretoria descobrir que eu caí de moto e me machuquei, vou ter problemas... Então estou, supostamente, faltando por motivo de doença. Não me importo em perder o ano. Não tenho pressa em me formar.

— Ah, é?

— Mas, voltando ao assunto, você disse que poderia se casar com uma garota com seis dedos, mas não com uma garota com quatro seios, certo?

— Não disse que não poderia, e sim que não sabia.

— E por que não?

— Não consigo imaginar a cena direito.

— Mas uma garota com seis dedos você consegue imaginar?

— Até certo ponto.

— Qual é a diferença? Ter seis dedos ou quatro seios dá no mesmo, não?

Eu novamente pensei a respeito, mas não encontrei uma explicação plausível.

— Você acha que faço perguntas demais?

— Já disseram isso para você?

— Algumas vezes.

Eu voltei a olhar a trilha dos gatos. *Afinal, o que estou fazendo aqui?*, pensei. Não apareceu nenhum gato até agora. Continuava com os braços cruzados sobre o peito e fechei os olhos por uns vinte ou trinta segundos. Imóvel, de olhos fechados, sentia o suor brotar de diversas partes do corpo. A luz do sol, estranhamente pesada, me pressionava. A garota balançou o copo de Coca, e os cubos de gelo produziram um som semelhante ao de um sino de vaca.

— Se estiver com sono, pode dormir. Acordo você quando o gato passar — avisou a garota, baixinho.

Assenti com a cabeça em silêncio, ainda com os olhos fechados.

Não ventava e não se ouvia um único barulho. O pombo parecia ter ido para bem longe. Pensei na desconhecida do telefone. Será que eu conhecia aquela mulher? Sua voz e seu modo de falar não me soavam familiares. Mas ela me conhecia bem. Como em um quadro de Chirico, apenas a sombra comprida da mulher atravessava a rua e se estendia para a minha direção. Porém, sua substância estava bem longe do domínio da minha consciência. O telefone continuava tocando sem parar no meu ouvido.

— Você está dormindo? — perguntou a garota, em uma voz quase inaudível.

— Não.

— Posso chegar mais perto? Prefiro falar baixinho.

— Pode — respondi, de olhos fechados.

Aparentemente, a garota arrastou a espreguiçadeira dela e a encostou à minha. Ouvi um barulho seco de armações se tocando.

Que estranho. A voz da garota parecia completamente diferente quando eu ouvia de olhos abertos e quando ouvia de olhos fechados.

— Posso falar um pouco? — perguntou ela. — Vou falar bem baixinho, você não precisa responder e pode até dormir, se quiser.

— Tudo bem.

— A morte é fascinante, não é?

Como ela falava ao pé do meu ouvido, as palavras entraram sorrateiramente, junto com a respiração úmida e quente.

— Por quê? — perguntei.

Ela levou o dedo aos meus lábios, como se os selasse.

— Não faça perguntas — sentenciou. — Nem abra os olhos. Entendeu?

Eu fiz um leve aceno, tão leve como a voz dela.

Ela tirou o dedo da minha boca e o colocou no meu pulso.

— Adoraria ter um bisturi e fazer uma dissecação. Não de um cadáver, mas de algo como um *pedaço de morte*. Tenho a impressão de que existe algo assim em algum lugar. Deve ser algo macio e consistente, como uma bola de softbol, só que com nervos paralisados. Adoraria dissecar um cadáver e tirar isso de dentro. Sempre penso a respeito, em como seria dentro. Talvez exista algo duro, como pasta de dente que endureceu dentro da embalagem. Não acha? Bem, não responda. Em volta é macio, mas, quanto mais perto do centro, mais duro fica. Por isso eu começaria com a pele, retirando e separando a parte macia, com instrumentos como bisturi e espátula. Quanto mais perto do centro, mais duro fica. No final, sobraria algo semelhante a um pequeno núcleo, bem pequeno e bem duro, como uma bola de metal. Não acha?

Ela tossiu duas ou três vezes.

— Não paro de pensar nisso ultimamente. Deve ser porque passo os dias sem fazer nada. Quando a gente não tem nada para fazer, os pensamentos acabam indo cada vez mais longe. Tão longe que a gente não consegue mais acompanhar.

A garota tirou o dedo do meu pulso, apanhou o copo e tomou o resto de Coca. Pelo barulho dos cubos de gelo, percebi que o copo estava vazio.

— Estou vigiando a trilha dos gatos, não precisa se preocupar. Assim que eu avistar o Noboru Wataya, te aviso. Pode continuar de olhos fechados. Ele deve estar andando pela redondeza. Aposto que vai aparecer logo, logo. Imagine que ele está andando entre a grama e vai passar debaixo da cerca, parar em algum lugar, sentir o perfume das flores e se aproximar cada vez mais.

Tentei, mas só conseguia imaginar vagamente o gato, como se olhasse para uma foto tirada na contraluz. A luz do sol atravessava minhas pálpebras e desestabilizava a escuridão e, por mais esforço que eu fizesse, não conseguia me lembrar em detalhes da aparência de Noboru Wataya. A imagem de gato que me vinha à mente era pouco natural e quase distorcida, como uma caricatura grotesca. Algumas características eram parecidas, mas faltava o essencial. Não conseguia nem lembrar mais como o gato andava.

A garota colocou o dedo mais uma vez no meu pulso e passou a traçar um desenho curioso e sem forma. Enquanto fazia isso, como que em resposta, minha mente foi invadida por uma escuridão diferente. *Devo estar prestes a dormir*, pensei. Não queria dormir, mas não tinha escolha. Na espreguiçadeira de lona, meu corpo ficou tão pesado que parecia um cadáver — o cadáver de outra pessoa.

No fundo das trevas consegui vislumbrar apenas as quatro patas de Noboru Wataya. Quatro patas marrons e silenciosas, com almofadas fofas como algodão na sola. Essas patas estavam pisando o chão de algum lugar, silenciosamente.

De onde?

"Só preciso de dez minutos", dissera a mulher no telefone. *Não*, pensei. Às vezes dez minutos representam muito mais do que dez minutos. O tempo pode alongar ou encurtar. Sei disso.

Quando acordei, estava só. A garota não se encontrava mais na espreguiçadeira de lona encostada à minha. A toalha, o cigarro e a revista continuavam no mesmo lugar, mas o copo de Coca e o toca-fitas tinham desaparecido.

O sol estava mais a oeste, e a sombra dos galhos de carvalho chegava até os meus joelhos. O relógio de pulso indicava quatro e quinze. Depois de me empertigar na espreguiçadeira, olhei ao redor: gramado amplo, tanque seco, cerca, pássaro de pedra, ervas daninhas, antena de TV. O gato não estava por ali. Nem a garota.

Sentado na espreguiçadeira, observei a trilha dos gatos e esperei a garota voltar. Passados dez minutos, nem sinal do gato ou da garota. Não havia nada que se movesse por perto. Parecia que eu tinha envelhecido muito enquanto dormia.

Por fim, me levantei e olhei para a casa. Não havia sinal de gente. Apenas o vidro da janela estava brilhando, ofuscante, refletindo o sol da tarde. Sem alternativa, atravessei o gramado, saí no beco e voltei para casa. Não encontrara o gato, mas pelo menos tinha tentado procurar.

Em casa, recolhi as roupas e preparei um jantar simples. Às cinco e meia o telefone tocou doze vezes, mas não atendi. Mesmo depois de parar de tocar, o resquício daquele som pairava no quarto, como poeira em meio à tênue escuridão da tarde. Os ponteiros do relógio de mesa batiam compassadamente na placa de sustentação transparente e pareciam flutuar.

Eu poderia escrever um poema sobre os pássaros de corda, pensei de repente. Só que o primeiro verso não vinha de jeito nenhum.

Além do mais, as colegiais dificilmente se interessariam por um poema desse.

Kumiko chegou em casa às sete e meia. No último mês, ela vinha chegando cada vez mais tarde. Muitas vezes depois das oito e de vez em quando até depois das dez. Como eu ficava em casa e preparava o jantar, ela não precisava voltar correndo. Até porque, como ela tinha me explicado, estava faltando gente no escritório, e um colega estava doente e vivia faltando.

— Desculpe, a reunião demorou — disse ela. — A garota da vaga temporária não tem ajudado em nada.

Na cozinha, eu preparei peixe na manteiga, salada e sopa de missô. Enquanto isso, sentada à mesa, minha esposa contemplava o vazio.

— Por acaso você saiu às cinco e meia, mais ou menos? — perguntou ela. — Eu liguei para casa para avisar que atrasaria um pouco.

— Sim, faltou manteiga e fui comprar — menti.

— Você passou no banco?

— Claro — respondi.

— E o gato?

— Não apareceu. Eu cheguei a ir à casa vazia do beco, como você pediu. Mas não vi nem a sombra dele. Deve ter ido para mais longe.

Kumiko não disse nada.

Depois de comer, fui tomar banho e, quando saí, encontrei Kumiko sentada na sala, no escuro, a luz apagada. Curvada no meio da escuridão, de camiseta cinza, ela parecia uma carga abandonada ao acaso, por engano.

Enxugando o cabelo com a toalha, me sentei no sofá à frente de Kumiko.

— O gato já deve estar morto — comentou Kumiko, baixinho.

— Claro que não. Está apenas se divertindo por aí. Logo vai sentir fome e voltar. Isso já aconteceu uma vez, quando a gente morava em Kôenji…

— Agora é diferente. Sinto isso. Ele está morto, apodrecendo em algum canto, na grama. Você procurou na grama alta da casa vazia?

— Como assim? A casa pode estar vazia, mas tem dono. Não posso entrar sem permissão.

— Bem, onde você procurou então? Você não está se esforçando de verdade. Por isso não consegue encontrar o gato.

Soltei um suspiro e enxuguei outra vez o cabelo com a toalha. Tentei dizer alguma coisa, mas vi que Kumiko estava chorando e desisti. *Bem, não há nada a fazer*, pensei. Tínhamos encontrado o gato logo depois do casamento, e Kumiko tinha uma afeição especial por ele. Joguei a toalha no cesto de roupa suja do banheiro, fui até a cozinha, peguei uma cerveja na geladeira e comecei a tomar. Fora um dia absurdo. Um dia absurdo de um mês absurdo de um ano absurdo.

Noboru Wataya, cadê você?, pensei. *O pássaro não deu corda em você?*

Até parece um poema.

Noboru Wataya
cadê você?
O pássaro não deu
corda em você?

O telefone começou a tocar quando eu estava na metade da cerveja.

— Atende — gritei para as trevas da sala.

— Atende você — rebateu Kumiko.

— Não quero atender.

O telefone continuou tocando sem que ninguém atendesse, espalhando de maneira obtusa o pó que flutuava em meio à escuridão. Kumiko e eu não trocamos uma palavra. Eu tomava a cerveja e ela chorava silenciosamente. Contei vinte toques, mas depois desisti e simplesmente deixei que o telefone tocasse. Afinal, não podia ficar contando para sempre.

2.
Sobre a lua cheia, o eclipse solar e os cavalos que morrem no estábulo

Será que é possível uma pessoa entender completamente a outra? Quando tentamos compreender alguém e dedicamos muito tempo e esforço sincero, até que ponto podemos nos aproximar da essência do outro? Será que sabemos mesmo a parte que realmente importa de quem acreditamos conhecer bem?

Passei a refletir com seriedade sobre essas questões cerca de uma semana depois de sair do escritório de advocacia. Até então, nunca tinha me ocorrido esse tipo de dúvida. Por quê? Talvez eu estivesse atarefado demais tentando construir minha vida, não vendo nada além do meu próprio umbigo.

Como ocorre com a maioria das coisas importantes do mundo, passei a ter esse tipo de dúvida por um motivo bem trivial. Depois que Kumiko tomou o café da manhã às pressas e saiu de casa, eu coloquei as roupas sujas na máquina de lavar, fiz a cama, lavei a louça e passei o aspirador de pó. Em seguida me sentei no alpendre ao lado do gato e dei uma olhada nos anúncios de emprego e nos encartes de promoção do jornal. No almoço preparei uma refeição simples, só para mim, antes de seguir para o supermercado e fazer compras. Depois de separar os ingredientes para o jantar, comprei detergente, lenço de papel e papel higiênico na seção PRODUTOS EM OFERTA. Voltei para casa, preparei a comida e me deitei no sofá com um livro, enquanto esperava a minha esposa chegar.

Como fazia pouco tempo que tinha pedido demissão, essa vida era nova para mim. Eu não precisava pegar o trem lotado para ir para o trabalho nem encontrar pessoas que não queria. O melhor de tudo é que podia ler livros quando quisesse. Não sabia quanto tempo conseguiria levar esse tipo de vida, mas, pelo menos por enquanto, estava satisfeito com a rotina tranquila iniciada uma semana atrás.

Procurava não pensar no futuro: estava tirando férias da minha vida. Um dia elas chegariam ao fim, então por que não aproveitar?

Porém, naquele fim de tarde, não consegui sentir a habitual alegria de ler. Kumiko estava demorando. Ela costumava chegar às seis e meia e sempre ligava para avisar quando se atrasava, mesmo que só dez minutos. Nessas coisas, era metódica até demais. Só que já passava das sete e ela ainda não tinha chegado nem ligado. Eu deixara tudo praticamente pronto para que passássemos à mesa assim que ela chegasse. Não faria nada sofisticado: refogaria os cortes finos de carne vermelha, a cebola, o pimentão e o moyashi na frigideira em fogo alto, temperaria com sal, pimenta e shoyu. No final, adicionaria um toque de cerveja. Costumava preparar esse prato quando morava sozinho. O arroz já estava pronto, a sopa de missô já estava aquecida, e as verduras, cortadas e separadas em uma travessa. Mas nada de Kumiko chegar. Como eu estava com fome, pensei em cozinhar e comer só a minha parte. No entanto, por alguma razão, não me animava a fazer isso. Não havia nenhum motivo, apenas a sensação de que era inadequado.

Sentado à mesa da cozinha, tomei uma cerveja e comi alguns biscoitos meio passados, que encontrei no fundo do armário. Fiquei observando distraidamente os ponteiros do relógio se aproximarem sem pressa das sete e meia e então seguirem.

Kumiko só chegou depois das nove. Parecia exausta. Seus olhos estavam vermelhos, o que era um mau sinal. Quando seus olhos ficavam vermelhos, sempre acontecia algo ruim. Eu tentei me tranquilizar: *Fique calmo. Não diga nada desnecessário. Fale baixo e aja com naturalidade para não provocá-la.*

— Desculpe, não consegui terminar o trabalho a tempo. Quando pensei em ligar, surgiram uns empecilhos e fiquei sem tempo.

— Tudo bem. Não tem problema, não se preocupe — contemporizei, no tom mais casual possível.

Para falar a verdade, eu nem estava zangado. Também já tinha passado por situações semelhantes algumas vezes. Não é fácil trabalhar fora. O dia não termina quando colhemos a mais bela rosa do jardim e entregamos para a vovó gripada, que mora a dois quarteirões. Trabalhar fora não é algo tão simples e pacífico. Às vezes, precisamos fazer coisas chatas com colegas chatos. Às vezes, não temos chance nem de ligar para casa. Só levaria trinta segundos para ligar para casa e avisar: "Hoje vou chegar mais tarde". Ainda que existam aparelhos de telefone por todos os lados, às vezes nem isso conseguimos fazer.

Por fim, fui preparar a comida. Acendi uma boca do fogão e untei a frigideira. Kumiko pegou uma cerveja na geladeira, um copo no armário e fiscalizou o que eu ia preparar. Em seguida se sentou à mesa, sem falar nada, e começou a tomar a cerveja. Pela fisionomia estampada no rosto, a cerveja não estava muito boa.

— Você podia ter comido antes — observou ela.

— Tudo bem. Não estava com tanta fome assim — expliquei.

Enquanto eu refogava a carne e as verduras, Kumiko se levantou e foi ao banheiro. Lavou o rosto e escovou os dentes na pia, como pude perceber pelo barulho. Quando ela voltou, estava com as mãos ocupadas: carregava os lenços de papel e o papel higiênico que eu tinha comprado no supermercado à tarde.

— Por que você comprou isso? — perguntou ela, com voz cansada.

Segurando a frigideira, olhei para Kumiko. Em seguida, para as caixas de lenço e para o pacote de papel higiênico. Não fazia a menor ideia do que ela estava falando.

— Como assim? São apenas lenços e papel higiênico, coisas que fazem falta. Ainda temos um pouco no estoque, mas não são produtos perecíveis.

— Não vejo problema em você comprar lenços e papel higiênico, lógico que não. Estou perguntando por que você comprou lenços *azuis* e papel higiênico com *estampa florida*.

— Ainda não entendi — falei, com paciência. — Comprei lenços de papel azul e papel higiênico com estampa florida porque estavam na promoção. Não é porque você assoa o nariz com um lenço de papel azul que seu nariz vai ficar violeta… Não tem nenhum problema, não é?

— Tem problema, sim. Eu não gosto de lenços de papel azul nem de papel higiênico com estampas. Você não sabia?

— Não, eu não sabia. Tem alguma razão para isso?

— Tem, mas não consigo explicar — sentenciou ela. — Você não gosta de capas para telefone, não gosta de garrafa térmica com estampa florida e não gosta de jeans boca de sino com rebites, não é?

Também não gosta que eu pinte as unhas. Por acaso você consegue explicar o motivo? Não consegue, não é? Gosto é gosto.

Na verdade, eu conseguiria explicar tudo isso, mas é claro que não tentei.

— Sei. Gosto é gosto. Agora entendi. Mas, nesses seis anos de casamento, você nunca comprou lenços de papel azul nem papel higiênico com estampa?

— Nunca — respondeu Kumiko, categórica.

— Tem certeza?

— Absoluta. Só compro lenços de papel branco, amarelo ou rosa. Nenhuma outra cor. Já o papel higiênico é *sempre* sem estampa. Fico surpresa que você não tenha percebido isso morando todo esse tempo comigo.

Era uma surpresa também para mim. Então significa que nesses seis anos eu nunca usei lenço de papel azul nem papel higiênico com estampa?

— Ah, e tem mais uma coisa — prosseguiu ela. — Detesto refogado de carne vermelha com pimentão. Sabia?

— Não.

— Pois é. Detesto. E não me pergunte o motivo porque não sei, apenas não suporto o cheiro desses dois ingredientes sendo refogados ao mesmo tempo na frigideira.

— Nesses seis anos você nunca refogou carne vermelha e pimentão?

Ela balançou a cabeça:

— Eu gosto de salada de pimentão, mas faço o refogado de carne vermelha com cebola. Nunca refoguei carne e pimentão ao mesmo tempo.

— Poxa.

— Você nunca achou isso estranho?

— Não tinha percebido — confessei.

Tentei lembrar se tinha comido alguma vez o refogado de carne vermelha com pimentão depois do casamento. Não consegui lembrar.

— Mesmo morando todo esse tempo comigo, você praticamente não ligava para mim, não é? Você vivia dentro do seu mundinho, pensando apenas no próprio umbigo. Só pode ser isso — desabafou ela.

Deixei a frigideira sobre o fogão e desliguei o fogo.

— Espere um pouco. Não misture as coisas assim. Talvez eu seja distraído e não tenha notado a cor do lenço, a estampa do papel higiênico e o refogado de carne com pimentão. Admito. Mas isso não é motivo para dizer que eu não ligava para você. Para ser sincero, para mim tanto faz a cor do lenço de papel. É claro que eu tomaria um susto se visse um lenço de papel preto, mas não me interessa se é branco ou azul. O mesmo vale para a carne vermelha com pimentão: tanto faz se a carne foi refogada com pimentão ou não. Para mim, o refogado de carne vermelha com pimentão poderia ser eliminado para sempre do mundo, que não me importaria nem um pouco. Nada disso tem a ver com a essência de uma pessoa. Não acha?

Kumiko não respondeu. Bebeu em dois goles o resto da cerveja e observou em silêncio a garrafa vazia sobre a mesa.

Eu apanhei a frigideira e joguei a carne vermelha, o pimentão, a cebola e o moyashi no lixo. Pensei em como era curioso, até há pouco aquilo era um prato, agora não passava de lixo. Abri uma cerveja e tomei direto da garrafa.

— Por que você jogou fora? — perguntou ela.

— Porque você não gosta.

— Você podia ter comido.

— Perdi a vontade — respondi. — Não quero mais comer refogado de carne com pimentão.

Ela deu de ombros.

— Como quiser — se limitou a dizer.

Depois cruzou os braços sobre a mesa, pousou a testa sobre eles e ficou assim. Não estava chorando nem dormindo. Olhei para a frigideira vazia sobre o fogão e depois para ela, e tomei o gole de cerveja que restava. *Poxa vida*, pensei. *O que está acontecendo? Tudo isso por lenços de papel, papel higiênico e pimentão?*

Me aproximei da minha esposa e coloquei a mão nos seus ombros.

— Tudo bem. Agora entendi. Prometo que nunca mais vou comprar lenços azuis nem papel higiênico com estampas. Amanhã vou ao supermercado para trocar. Se não conseguir, vou queimar tudo no quintal e jogar as cinzas no mar. O assunto do pimentão e da carne vermelha já está resolvido. Talvez ainda dê para sentir um pouco do cheiro no ar, mas já vai desaparecer. Vamos esquecer tudo isso, tá?

Kumiko continuou calada. *Como seria bom se eu saísse agora para uma caminhada de uma hora e, quando voltasse, ela estivesse outra vez de bom humor*, pensei. Mas a possibilidade era zero. Eu precisava resolver a questão por conta própria.

— Você está cansada. Descanse um pouco e vamos ao restaurante da esquina comer uma pizza — sugeri. — Faz tempo que a gente não faz isso. Vamos pedir meia anchova e meia cebola. De vez em quando é bom comer fora.

Kumiko não respondeu. Continuou de braços cruzados, o rosto escondido, imóvel.

Como não sabia mais o que dizer, me sentei à mesa, de frente para ela, e fiquei observando a sua cabeça. As orelhas despontavam entre os cabelos pretos e curtos, com brincos que eu nunca tinha visto, pequenos, de ouro, com formato de peixe. Quando e onde Kumiko teria comprado aqueles brincos? Fiquei com vontade de fumar. Só fazia pouco mais de um mês que eu tinha parado. Imaginei que pegava o maço de cigarro e o isqueiro do bolso, colocava um cigarro com filtro na boca e acendia. Inspirei o ar com toda a força. O aroma pegajoso do refogado de carne e verduras estimulou as minhas narinas: eu estava com muita fome.

Lancei um olhar para o calendário na parede. Havia sinais que indicavam as fases da lua. Estávamos próximos da lua cheia. Me dei conta que Kumiko logo iria menstruar.

Para ser sincero, só depois de me casar tive a nítida sensação de que fazia parte da espécie humana que habita o terceiro planeta do sistema solar. Eu vivia na Terra. A Terra gira em torno do Sol, e em torno da Terra gira a Lua. Querendo ou não, isso vai ser para sempre assim (considerando a duração da minha vida, não vejo problema em usar a expressão "para sempre" aqui). Comecei a pensar nessas questões porque o ciclo menstrual da minha esposa era quase sempre de vinte e nove dias. Correspondia exatamente ao ciclo da lua. Era sempre um período difícil, Kumiko ficava emocionalmente abalada e muitas vezes deprimida. Por isso aquele ciclo era muito importante para mim, apesar de me afetar apenas indiretamente. Eu precisava estar preparado e evitar problemas desnecessários. Antes de me casar, praticamente não ligava para os ciclos da lua. De vez em quando eu contemplava o céu, mas as fases da lua não tinham importância para mim. Depois de me casar, no entanto, passei a prestar bastante atenção.

Eu tive algumas namoradas antes de Kumiko e, naturalmente, cada uma tinha um ciclo diferente. Para umas era um período difícil, para outras, leve. Para algumas tudo durava apenas três dias, outras, uma semana. Para algumas a regularidade era espantosa, para outras, atrasava dez dias, o que me deixava apavorado. Algumas ficavam extremamente mal-humoradas, outras quase não mostravam alteração de humor. De qualquer maneira, antes de me casar com Kumiko, nunca tinha morado com uma mulher. O único ciclo que eu conhecia era o das estações do ano. No inverno eu tirava o casaco do fundo do armário e no verão colocava sandálias à vista. Era tudo. Mas, depois de me casar, passei a conviver não só com a minha companheira, mas com um novo ciclo, o ciclo da lua. Durante alguns meses, esse ciclo não aconteceu, foi quando Kumiko ficou grávida.

— Desculpe — disse Kumiko, levantando o rosto. — Não queria descontar em você. Só estou um pouco cansada e irritada.

— Tudo bem — apaziguei. — Não se preocupe. Todo mundo tem o direito de ficar cansado. Nessas situações, o melhor a fazer é colocar para fora, descarregar.

Kumiko inspirou devagar, prendeu a respiração e depois expirou o ar, sem pressa.

— E como você faz? — perguntou.

— Como assim?

— Você não coloca para fora, quando está cansado. Tenho a impressão de que eu sou a única a descarregar. Por quê?

Eu balancei a cabeça.

— Não tinha me dado conta disso.

— Dentro de você deve ter um buraco muito profundo ou algo parecido. Então você grita dentro dele "O rei tem orelhas de burro!" e fica leve.

Refleti a respeito.

— Talvez — respondi.

Kumiko olhou mais uma vez a garrafa vazia de cerveja. Analisou o rótulo, o gargalo e girou a garrafa pelo bico.

— Logo, logo vou ficar menstruada. Acho que é TPM.

— Eu sei. Mas não se preocupe. As mulheres não são as únicas afetadas por essas coisas. Os cavalos também morrem aos montes na lua cheia.

Kumiko soltou a garrafa de cerveja e me encarou de boca aberta.

— Como é? Que papo é esse de cavalos?

— Ah, é só uma notícia que li outro dia no jornal e estou há tempos querendo comentar, mas acabo esquecendo. Um veterinário deu uma entrevista dizendo que os cavalos sofrem muita influência das fases da lua, tanto física como psicologicamente. Conforme a lua cheia se aproxima, eles ficam com as ondas cerebrais muito perturbadas e apresentam muitos problemas no corpo. Em noite de lua cheia, muitos cavalos ficam doentes, e o número de mortes aumenta de maneira considerável. Ninguém sabe ao certo a causa. São apenas estatísticas. Os especialistas em equinos ficam tão atarefados em noite de lua cheia que mal conseguem dormir.

— Hum — fez minha esposa.

— Mas pior do que a lua cheia é o eclipse solar. Nesses dias, a situação fica ainda mais trágica. Você não faz ideia de quantos cavalos morrem em um dia de eclipse solar total. Enfim, só quero dizer que, mesmo agora, cavalos estão morrendo aos montes em algum lugar do mundo. Perto disso, não tem nada de mais você descarregar um pouco. Não precisa se preocupar com isso. Imagine os cavalos morrendo, agonizando em noite de lua cheia, deitados sobre as palhas no estábulo, espumando pela boca.

Ela pareceu pensar por um tempo nos cavalos morrendo no estábulo.

— Sabe, você tem um curioso poder de convencimento — observou ela, dando o braço a torcer. — Tenho que admitir isso.

— Ótimo. Agora vamos nos trocar e sair para comer pizza.

Na mesma noite, deitado ao lado de Kumiko no escuro, olhei para o teto e me perguntei: afinal, o que eu sabia daquela mulher? O relógio indicava duas da manhã. Kumiko dormia um sono pesado. No meio da escuridão, pensei nos lenços azuis, no papel higiênico com estampa e no refogado de carne vermelha com pimentão. Passei todo esse tempo sem saber que ela não suportava essas coisas. Claro, era um detalhe insignificante e trivial, que seria motivo de piada em outro contexto. Não era nada de mais. Provavelmente em alguns dias esqueceríamos essa discussão boba.

No entanto, por alguma razão esse acontecimento me incomodava, como se eu tivesse uma pequena espinha de peixe encravada na garganta. *Talvez tenha sido mesmo algo mais sério*, pensei. *Talvez tenha sido algo fatal.* Quem sabe fosse apenas o começo de algo grave. Quem sabe fosse apenas a porta de entrada, e ao cruzá-la talvez se descortinasse o mundo de Kumiko que eu desconhecia. Me veio à mente a imagem de um quarto gigantesco e completamente escuro. Eu estava dentro, com um pequeno isqueiro. Com a chama, eu só conseguia ver uma parte do quarto.

Será que um dia conheceria completamente o interior? Será que envelheceria e morreria sem conhecer tudo de Kumiko? Nesse caso, que sentido poderia ter a vida de casado que eu levava? Se estou convivendo e dividindo a cama com uma desconhecida, que sentido tem a minha vida?

Pensava em todas essas questões nessa hora e continuei pensando de vez em quando. Só mais tarde descobri que, já naquele momento, estava tateando o cerne do problema.

3.
O chapéu de Malta Kanô, tons pastel, Allen Ginsberg e a Cruzada

O telefone começou a tocar quando eu preparava o almoço.

De pé na cozinha, eu cortava o páo, passava manteiga e mostarda nas fatias e recheava com tomate e queijo. Estava prestes a cortar o sanduíche ao meio, sobre a tábua, quando o telefone começou a tocar.

Esperei o telefone tocar três vezes e cortei o sanduíche ao meio, antes de colocá-lo no prato. Limpei a faca e guardei na gaveta, depois derramei o café quente na xícara.

O telefone continuou tocando. Deve ter tocado umas quinze vezes. Resignado, tirei do gancho. Náo tinha vontade de atender, mas podia ser Kumiko.

— Alô. — Era uma voz de mulher, desconhecida.

Náo era Kumiko nem a mulher daquele telefonema esquisito que atendi quando preparava macarrão. Era a voz de outra estranha.

— É da residência do sr. Toru Okada? — perguntou, como se lesse um texto.

— Sim.

— O senhor é o marido da sra. Kumiko Okada?

— Sou.

— A sua esposa é irmã do sr. Noboru Wataya?

— Sim — respondi, com paciência. — Noboru Wataya é o irmão mais velho da minha esposa.

— Meu nome é Kanô.

Sem falar nada, aguardei que ela continuasse. A menção ao meu cunhado de repente me colocou em estado de alerta. Cocei a nuca com o lápis que achei perto do aparelho. A interlocutora ficou em silêncio por cinco ou seis segundos. Do outro lado da linha, eu náo ouvia a sua voz nem ruído algum. Talvez ela estivesse conversando com alguém ao lado, tapando o fone com a mão.

— Alô? — chamei, preocupado.

— Desculpe incomodar. Volto a ligar mais tarde — lançou ela, de repente.

— Ei, espere um pouco... O que está...

Ela já tinha desligado. Fiquei observando por um tempo o fone na mão e o levei ao ouvido mais uma vez. Definitivamente, não havia mais ninguém na linha.

Com inquietação, tomei o café e comi o sanduíche, sentado à mesa da cozinha. Não conseguia mais lembrar em que estava pensando antes da ligação. Quando estava prestes a cortar o pão, com certeza estava pensando em alguma coisa. Era algo importante, algo que tentava lembrar fazia tempo e não conseguia. Eu tinha lembrado subitamente. Só que agora não conseguia capturar de jeito nenhum. Continuei tentando lembrar enquanto comia o sanduíche. Sem sucesso. Aquela lembrança tinha voltado para a remota escuridão da consciência onde vivia até então.

Depois que almocei e lavei a louça, o telefone começou a tocar de novo. Dessa vez, atendi logo.

— Alô — disse uma mulher.

Era a voz da minha esposa.

— Alô.

— Tudo bem? Já almoçou? — perguntou ela.

— Já. E você?

— Ainda não. Fiquei ocupada a manhã toda e não tive tempo para isso. Daqui a pouco vou comprar um sanduíche aqui perto. O que você almoçou?

Descrevi o almoço.

— Hum... — fez ela, que não parecia estar com muita inveja. — Olha, esqueci de avisar de manhã, mas acho que você vai receber uma ligação de uma tal de Kanô.

— Já recebi — informei. — Ela acabou de ligar e mencionou o meu nome, o seu e o do seu irmão. Depois desligou, sem falar mais nada. O que ela queria?

— Desligou?

— Sim. Disse que ia voltar a ligar.

— Hum… Quando a sra. Kanô ligar de novo, faça o que ela pedir, certo? É importante. Acho que você vai ter que se encontrar com ela.

— Me encontrar com ela? Hoje?

— Você por acaso tem algum compromisso?

— Não.

Eu não tinha nada programado, não tive ontem, não vou ter hoje, nem amanhã.

— Mas você poderia me explicar quem é essa Kanô e o que ela quer? — prossegui. — Gostaria de saber o que está acontecendo. Se tem a ver com um trabalho para mim, não quero ver o seu irmão envolvido. Acho que já falamos sobre isso.

— Não tem a ver com um trabalho para você — rebateu ela, em tom irritado. — É sobre o gato.

— Sobre o gato?

— Olha, desculpe, mas estou muito ocupada. Tem gente me esperando e só por milagre consegui arranjar um tempinho para ligar para você. Já disse que nem almocei ainda. Posso desligar? Quando estiver livre, ligo de novo.

— Sei que você está ocupada, mas eu queria saber que história é essa. Não quero ser forçado a fazer nada sem saber. O que tem o gato? E essa Kanô…

— Bom, apenas faça o que ela pedir, entendeu? É uma coisa séria. Fique em casa e espere a ligação. Vou desligar, o.k.?

E ela desligou.

Quando o telefone tocou às duas e meia, eu estava cochilando no sofá. De início, pensei que fosse o despertador. Estendi o braço e tentei desligá-lo. Só que não encontrei nada porque eu não estava na cama, e sim no sofá. Já tinha passado a manhã e a hora do almoço. Eu me levantei e fui até o telefone.

— Alô.

— Alô — disse a voz da mulher, a mesma que ligara antes do almoço. — Estou falando com o sr. Toru Okada?

— Sim, está falando com ele.

— Olá, sr. Toru Okada, aqui quem fala é Kanô.

— Foi a senhora quem ligou agora há pouco?

— Sim. Sinto muito por aquela ligação. Gostaria de saber se o senhor tem algum compromisso marcado para hoje.

— Não, não tenho nada parecido com um compromisso.

— Sei que é um pedido bastante em cima da hora, mas será que poderíamos nos encontrar ainda hoje?

— Ainda hoje?

— Sim.

Conferi o relógio. Como tinha acabado de fazer isso trinta segundos atrás, não havia nenhuma necessidade, mas quis confirmar. Ele continuava marcando duas e meia.

— Vai demorar?

— Acho que não vai demorar muito. Talvez um pouco. Lamento, mas, por enquanto, não posso dizer com precisão — confessou a mulher.

Por mais demorado que pudesse ser o encontro, eu não tinha escolha. Me lembrei das palavras de Kumiko. Na ligação, ela me dissera para fazer o que a mulher pedisse. Era uma coisa séria. Logo, não me restava alternativa a não ser fazer o que a mulher dizia. Quando Kumiko avisava que algo era sério, era sério mesmo.

— Está bem. Onde vai ser? — perguntei.

— O senhor conhece o Pacific Hotel em frente à estação de Shinagawa?

— Conheço.

— Tem um café no primeiro piso. Aguardo o senhor às quatro horas. Tudo bem?

— Tudo.

— Eu tenho 31 anos e vou estar com um chapéu vermelho de vinil.

Bem, havia algo meio estranho no jeito de falar daquela mulher, algo que me deixou confuso por um instante. Mas eu não conseguia explicar direito aquela estranheza. De resto, não havia nenhuma razão que impedisse uma mulher de 31 anos de usar um chapéu vermelho de vinil.

— Está bem — eu disse. — Acho que vou conseguir reconhecer a senhora.

— Ótimo. Poderia me dizer alguma característica particular sua, por favor? Só para garantir? — pediu a mulher.

Pensei em qual seria minha característica mais marcante.

— Tenho trinta anos, 1,72 m, 63 kg e cabelos curtos. Não uso óculos.

Não, nenhuma dessas características pode ser considerada uma particularidade, pensei, enquanto falava. Deve ter umas cinquenta pessoas com essa descrição no café do Pacific Hotel. Eu já tinha ido lá uma vez: era um salão bem grande. Eu deveria descrever algo que chamasse a atenção, mas não consegui pensar em nada. Não significava que eu não tivesse particularidades. Por exemplo, estou desempregado e sei de cor o nome de todos os irmãos Karamazov. Mas, naturalmente, as pessoas não conseguem perceber essas coisas por fora.

— Como o senhor estará vestido? — perguntou a mulher.

— Bem… — respondi, sem conseguir pensar direito. — Não sei. Ainda não decidi. Tudo está sendo muito repentino.

— Então ponha uma gravata com bolinhas, por favor — disse ela, em voz categórica. — O senhor tem gravata com bolinhas?

— Acho que sim — respondi.

Eu tinha uma gravata azul-escura com bolinhas de cor creme, que ganhei de presente de aniversário da minha esposa dois ou três anos atrás.

— Então use essa gravata, por favor. Aguardo o senhor às quatro horas — sentenciou a mulher.

E desligou o telefone.

Abri o guarda-roupa e procurei a gravata com bolinhas, mas ela não estava no cabide. Abri todas as gavetas, todas as caixas, mas não estava em nenhum lugar. Se a gravata estivesse em casa, eu teria encontrado com certeza. Kumiko era extremamente organizada com as roupas, e uma gravata só poderia estar com outras gravatas.

Com a mão na porta do guarda-roupa, tentei lembrar a última vez que tinha usado aquela gravata. Não consegui de jeito nenhum. Era uma gravata de bom gosto, mas chamativa demais para ser usada no escritório. Se eu fosse trabalhar com ela, algum superior certamente viria falar comigo no horário de almoço: "Que gravata legal. A cor é bonita, o tom é alegre…", e continuaria elogiando por um bom tempo. Só que seria uma espécie de alerta. Afinal, ter a gravata elogiada não era nenhuma honra no escritório de advocacia onde eu trabalhava. Por isso eu não usava aquela gravata no trabalho. Usava para ir a um concerto, a um jantar mais refinado, em suma, apenas em situações relativamente formais e privadas, situações em que minha esposa dizia: "Hoje vamos sair mais arrumados". Nada muito frequente, mas nessas ocasiões eu usava a gravata com bolinhas, que combinava bem com o terno azul-escuro e agradava a minha esposa. Apesar disso, eu não conseguia me lembrar de jeito nenhum a última vez que tinha usado aquela gravata.

Dei mais uma olhada no guarda-roupa e desisti. Por alguma razão, a gravata com bolinhas tinha desaparecido. Não havia nada a fazer. Resolvi vestir o terno azul-escuro, camisa azul e gravata listrada. Eu daria um jeito. Talvez ela não conseguisse me reconhecer, mas eu não teria dificuldade em encontrar uma mulher de 31 anos com um chapéu vermelho de vinil.

Já fazia dois meses que eu não usava terno, desde que tinha parado de trabalhar. Agora, depois de tanto tempo, parecia que eu estava envolvido por algo estranho, duro, pesado, que não se ajustava ao corpo. Eu me levantei, caminhei um pouco pelo quarto, fui até o espelho e tentei me acostumar com a peça, puxando as mangas e as barras. Estiquei bem os braços, respirei fundo, me inclinei e verifiquei que o meu corpo não tinha mudado nos últimos dois meses. Depois voltei a me sentar no sofá, sem me sentir à vontade.

Até a última primavera, eu trabalhava todos os dias de terno, mas nunca tinha me sentido estranho. O escritório de advocacia onde eu trabalhava era bem rigoroso com o código de vestimenta e exigia que até os funcionários de nível mais baixo, como eu, usassem terno. Por isso, trabalhar de terno era bem normal para mim.

Só que agora, sentado de terno sozinho no sofá da sala, tinha a impressão de que estava praticando algum delito. Tinha uma sensação de culpa, como quem falsifica o currículo por algum objetivo mesquinho ou usa roupa de mulher às escondidas. Cada vez me sentia mais sufocado.

Fui até a porta, abri a sapateira, apanhei sapatos marrons de couro e coloquei, usando a calçadeira. Eles estavam cobertos de pó.

Nem precisei procurar a mulher. Ela me achou primeiro. Assim que cheguei ao café, dei uma olhada pelo salão à procura do chapéu vermelho. Mas não encontrei nada. Conferi o relógio de pulso: ainda faltavam dez minutos para as quatro. Sentei a uma mesa, tomei a água que a garçonete serviu e pedi um café. Então uma voz de mulher ecoou atrás de mim. "Sr. Toru Okada?" Eu me virei, assustado. Não tinham se passado nem três minutos desde que havia sentado depois de conferir o local.

A mulher estava com uma jaqueta branca, uma blusa amarela de seda e o chapéu vermelho de vinil. Eu me levantei por reflexo e fiquei de frente para ela, que poderia ser considerada uma bela mulher. Pelo menos bem mais bonita do que sugeria sua voz ao telefone. Era magra, usava uma maquiagem discreta e roupas de bom gosto. A jaqueta e a blusa eram elegantes e bem talhadas, e na lapela da jaqueta cintilava um broche de ouro com formato de pena. Ela poderia se passar por uma secretária de uma grande empresa. Só o chapéu vermelho parecia completamente fora de lugar. Por que alguém que se vestia com tanto primor usava um chapéu vermelho de vinil? Talvez fosse uma referência para toda vez que marcava um encontro. Não me pareceu uma má ideia. Se o objetivo era chamar atenção, com certeza não passava despercebido.

Ela se sentou à minha frente e eu também voltei a me sentar.

— Você me reconheceu em um segundo — comentei, com curiosidade. — Como não encontrei a gravata com bolinhas, acabei usando a listrada. Pensei que encontraria a senhora primeiro. Como soube que era eu?

— Apenas soube — ela se limitou a dizer.

Em seguida ela colocou sobre a mesa a bolsa branca, de couro envernizado, e em cima o chapéu vermelho. A bolsa sumiu completamente debaixo do chapéu. Parecia até que ela começaria um número de mágica. Quando o chapéu fosse retirado, a bolsa não estaria mais ali...

— Mas eu não estava usando a gravata combinada — insisti.

— Gravata? — repetiu ela, fitando a minha gravata com olhos indagadores, como quem não soubesse do que eu estava falando. — Não tem problema. Não se preocupe com isso — acrescentou ela.

Ela tem um olhar estranho, pensei. Como se visse apenas a superfície das coisas. Olhos bonitos, mas que pareciam não enxergar nada, planos, como se fossem artificiais. Naturalmente, não eram artificiais, e se moviam e piscavam.

Eu não fazia a menor ideia de como ela tinha conseguido me achar, apesar de não me conhecer, num salão tão cheio. O café estava praticamente lotado e havia em quase todas as mesas homens da minha idade, com a mesma aparência. Queria saber como ela fora tão rápida, mas talvez fosse melhor não abordar coisas desnecessárias. Por isso não disse mais nada.

A mulher chamou um garçom que passava apressadamente e pediu uma Perrier. Ele informou que não tinham Perrier. "Temos água tônica", sugeriu. A mulher refletiu um pouco e aceitou. Não falou mais nada até o pedido chegar, e eu também me mantive em silêncio.

Depois de um tempo, ela levantou o chapéu vermelho da mesa, pegou a bolsa debaixo e retirou dela um estojo de couro preto e brilhante, um pouco menor do que uma fita cassete. Era um porta-cartão. O porta-cartão tinha um fecho, como o da bolsa. Era a primeira vez que eu via um com fecho. Ela retirou um cartão de visita com cuidado e me entregou. Também tentei pegar o meu, mas, remexendo no bolso do terno, lembrei que já não tinha um.

O cartão era de plástico fino, e fiquei com a impressão de ter sentido um leve perfume de incenso, o que confirmei ao aproximá-lo do nariz. Era sem dúvida incenso. Havia apenas o nome escrito em cima, em uma linha, em letras bem pretas.

Malta Kanô

Malta? Virei o cartão de visita. Não tinha nada escrito.

Enquanto eu pensava no sentido de um cartão de visita só com um nome, o garçom se aproximou, colocou o copo com gelo na frente dela e despejou metade da água tônica. Dentro do copo tinha uma fatia de limão. Um pouco depois chegou a garçonete com uma bandeja e um bule prateado, colocou a xícara na minha frente e despejou o café dentro. Em seguida, com movimentos furtivos, como alguém que estende para outra pessoa um papel cheio de previsões sombrias, ela colocou a comanda sobre a mesa e se foi.

— Não tem nada escrito — disse Malta Kanô, ao perceber que eu ainda observava distraído o verso do cartão de visita. — É só o meu nome. Para mim, telefone e endereço são desnecessários. Ninguém liga para mim. *Eu* ligo para as pessoas.

— Entendi — comentei.

Essa minha resposta sem sentido pairou por um tempo no ar sobre a mesa, como a ilha voadora de *As viagens de Gulliver*.

A mulher segurou o copo com as duas mãos e tomou só um gole com o canudo. Então fez uma careta e empurrou o copo para o canto, como se tivesse perdido o interesse.

— Malta não é o meu verdadeiro nome — explicou a mulher. — O sobrenome é verdadeiro, mas Malta não passa de um codinome para o trabalho. Tirei da ilha de Malta. O senhor já foi lá?

Respondi que não, nunca tinha ido à ilha de Malta, nem tinha planos de ir num futuro próximo. Nunca sequer cogitei a possibilidade. A única coisa que conhecia da ilha de Malta era "The Maltese Melody" tocada por Herb Alpert e, para ser sincero, era uma música horrível.

— Morei três anos em Malta. A água de Malta é um pavor, mal dá para beber. Parece água do mar. O pão da ilha é salgado, mas não por excesso de sal, e sim pela água que já é salgada. Apesar disso, o sabor do pão não é ruim. Eu gosto do pão de Malta.

Assenti com a cabeça e tomei o café.

— A água da ilha de Malta é realmente péssima — prosseguiu ela —, mas a água que nasce em determinado ponto da ilha é milagrosa para o corpo. É uma água muito especial e pode ser considerada até mística. Só brota em um lugar específico, a nascente fica no meio da montanha e exige uma caminhada de horas a partir de uma aldeia. Esse curso de água não pode ser desviado e, quando carregado para outro lugar, perde o efeito. Por isso, para beber essa água, a pessoa tem que ir até o local. Há registros na literatura desde a época das Cruzadas, quando essa água já era considerada milagrosa. Allen Ginsberg foi tomar essa água. Keith Richards também. Eu morei três anos em Malta, na pequena aldeia que fica no sopé da montanha. Eu cultivava hortaliças e aprendi a tecer. Caminhava todos os dias até a nascente para tomar a água, de 1976 a 1979. Cheguei a ficar uma semana sem comer nada, bebendo apenas essa água. Precisava fazer isso. Acho que podemos chamar de treinamento espiritual. Assim o corpo é purificado. Foi uma experiência realmente maravilhosa. Por isso, quando voltei ao Japão, adotei Malta como codinome de trabalho.

— Desculpe a indelicadeza, mas qual é a sua profissão?

Malta Kanô balançou a cabeça negativamente:

— Para ser franca, não é bem uma profissão. Não cobro nada por esse trabalho. As pessoas me consultam para saber sobre a composição do corpo. Esse é meu papel. Também faço pesquisas sobre águas medicinais. Dinheiro não é problema, porque tenho patrimônio. Meu pai era proprietário de um hospital e deixou ações e imóveis para mim e para a minha irmã mais nova. O contador se encarrega de tudo, o que nos garante uma renda anual confortável. Também publiquei alguns livros que geram certa receita, ainda que bem modesta. Não cobro pelo meu trabalho, e por isso o cartão de visita não apresenta endereço nem telefone. Sou sempre eu que ligo.

Assenti com a cabeça, mas apenas por educação. Embora conseguisse entender cada palavra dita, não fazia a menor ideia do que o todo significava.

Composição do corpo?

Allen Ginsberg?

Fiquei cada vez mais inquieto. Não sou do tipo que tem uma intuição muito aguçada, mas conseguia sentir que um novo problema pairava no ar.

— Sinto muito, mas poderia me explicar a situação de maneira mais ordenada? Decidi me encontrar com a senhora para conversar sobre o gato, a pedido da minha esposa. Para ser sincero, até agora não entendi direito a relação dos fatos. O que a senhora disse tem algo a ver com o nosso gato?

— É claro. Mas antes gostaria de contar uma coisa, sr. Okada.

Malta Kanô abriu de novo a bolsa e retirou dela um envelope branco. Dentro tinha uma foto, que ela me entregou, acrescentando: "É minha irmã mais nova". A foto colorida apresentava duas mulheres. Uma era Malta Kanô. Estava de chapéu, um chapéu amarelo de tricô, que também destoava tristemente da roupa. A irmã mais nova usava um terno de cor pastel, muito em moda no início da década de 1960, e um chapéu que combinava com o terno. Se não me engano, as pessoas costumavam chamar essa paleta de tons sorbet. *As duas gostam de chapéu*, refleti. O penteado da irmã de Kanô era bem parecido com o da Jacqueline Kennedy, na época de primeira-dama, e sugeria o uso de muito laquê. A maquiagem parecia um pouco carregada, mas o rosto era tão equilibrado que poderia ser considerado belo. Ela deveria ter entre vinte e vinte e cinco anos. Depois de observar por um tempo, devolvi a foto a Malta Kanô, que a guardou no envelope, colocou na bolsa e a fechou.

— Minha irmã é cinco anos mais nova do que eu — informou Malta Kanô. — Ela foi maculada pelo sr. Noboru Wataya, violada brutalmente.

Minha nossa. Eu tinha vontade de me levantar e sair sem dizer nada. Só que não podia fazer isso. Retirei um lenço do bolso do paletó, limpei a boca e devolvi ao bolso. Também dei uma tossida.

— Não conheço os detalhes, mas lamento que sua irmã tenha passado por tanto sofrimento — falei. — Só gostaria de esclarecer que não tenho nenhuma relação de proximidade com meu cunhado. Por isso, se por acaso…

— Não pretendo responsabilizar o senhor — cortou Malta Kanô, incisiva. — Se alguém merece levar a culpa, sou eu. Não tomei as precauções necessárias. Eu deveria ter protegido melhor a minha irmã mais nova. Por diversos motivos, não consegui. Veja, sr. Okada, essas coisas acontecem. Como o senhor sabe, o mundo é violento e caótico. E no interior dele existe um lugar mais violento e mais caótico ainda. Está me acompanhando? O que passou, passou. Essa ferida vai cicatrizar e minha irmã deixará para trás essa mácula. Ela precisa.

Por sorte, não foi algo fatal. Eu falei para ela: *poderia ter sido pior*. O que me preocupa mais é a composição do corpo da minha irmã.

— A composição... — repeti.

Aparentemente, a composição do corpo era um dos assuntos preferidos de Malta Kanô.

— Não vou entrar em detalhes do caso. É uma história longa, com muitas pontas e, no estágio atual, acho que o senhor teria dificuldades para entender o verdadeiro sentido disso. Não me leve a mal nem se ofenda. Acontece que esse mundo é nossa especialidade profissional. Não chamei o senhor para me queixar. Naturalmente, o senhor não tem nenhuma culpa. Nem é preciso dizer. Só queria que soubesse que a minha irmã mais nova teve a composição temporariamente *maculada* pelo sr. Wataya. De agora em diante, talvez o senhor passe a ter algum tipo de contato com a minha irmã. Como já devo ter dito, ela é uma espécie de assistente para mim. Por isso achei melhor que o senhor soubesse o que aconteceu entre ela e o sr. Wataya, e que entendesse que essas coisas podem acontecer.

Durante um tempo, reinou o silêncio. Malta Kanô permaneceu calada, com uma fisionomia que parecia dizer: "Pense um pouco no que acabei de dizer". Eu tentei pensar um pouco a respeito. Refleti sobre a violação da irmã mais nova de Malta Kanô e a relação disso com a composição do corpo. E também sobre o que tudo isso podia ter a ver com o nosso gato desaparecido.

— Então... — comecei eu, receoso. — A senhora e a sua irmã mais nova não pretendem tornar esse fato público e levar o caso à polícia?

— Claro que não — respondeu Malta Kanô, inexpressiva. — Honestamente, não pretendemos responsabilizar ninguém. Apenas queremos saber o que pôde ter levado a esse extremo. Caso a gente não descubra e resolva o problema, algo pior poderá acontecer.

Ao ouvir aquilo fiquei mais aliviado. Não me importava se Noboru Wataya seria preso e condenado por estupro, se cumpriria pena na cadeia. Até achava que ele merecia. No entanto, como meu cunhado era uma pessoa conhecida, o caso daria o que falar, e sem dúvida Kumiko ficaria chocada. Pensando na minha saúde mental, não queria que isso acontecesse.

— O motivo do encontro de hoje é apenas o gato — disse Malta Kanô. — O sr. Wataya me procurou atrás do gato. A sua esposa, sra. Kumiko Okada, pediu conselhos para o sr. Wataya e ele veio me consultar.

Agora eu estava entendendo. Malta Kanô era vidente ou algo parecido e foi consultada para descobrir o paradeiro do nosso gato. A família Wataya sempre foi supersticiosa e teve um fraco por adivinhações, previsões e profecias. Naturalmente, cada um tem o direito de acreditar no que quiser. Mas por que o irmão de Kumiko violentou a irmã mais nova de uma conselheira espiritual? Por que arrumou essa confusão?

— A sua especialidade é encontrar coisas perdidas? — perguntei.

Malta Kanô me encarou com seus olhos sem profundidade, olhos de quem observa fixamente o interior de uma casa vazia pela janela. Pelo seu olhar, aparentemente ela não tinha compreendido nada da minha pergunta.

— O senhor mora num lugar curioso — comentou ela, ignorando a minha pergunta.

— É mesmo? Curioso em que sentido?

Malta Kanô não respondeu à pergunta e afastou mais uns dez centímetros o copo de água tônica, praticamente intocada.

— Além disso, os gatos são muito sensíveis — observou ela.

Reinou um novo silêncio entre nós.

— Já entendi que moro num lugar curioso e que os gatos são sensíveis — falei. — Só que moramos com o gato há muito tempo nesse lugar. Por que ele sumiu só agora, de repente? Por que não sumiu antes?

— Não posso garantir, mas acho que é porque houve uma mudança de fluxo. Por alguma razão, o fluxo foi obstruído.

— Fluxo?

— Não posso afirmar se o gato continua vivo ou não. Mas com certeza nesse momento ele não está perto da sua casa. Então não vai aparecer, por mais que o senhor procure pelas redondezas.

Apanhei a xícara e bebi mais um gole do café, que estava morno. Pela janela de vidro, percebi que uma chuva fina caía lá fora. Nuvens escuras e baixas cobriam o céu. Pessoas com ar aborrecido e guarda-chuvas abertos subiam e desciam a passarela de pedestres.

— Mostre a sua mão — pediu ela.

Eu virei e coloquei a palma da mão direta sobre a mesa, imaginando que Malta Kanô fosse ler a minha mão. Ao que parece, porém, ela não tinha nenhum interesse nisso. Ela estendeu o braço e pôs a sua mão sobre a minha, antes de fechar os olhos e ficar imóvel, como quem culpasse em silêncio o cônjuge infiel. A garçonete se aproximou e encheu de café a minha xícara, fazendo vista grossa para nós. As pessoas das mesas próximas lançavam olhares furtivos. Durante o tempo todo, desejei que não tivesse nenhum conhecido meu ali.

— Lembre uma coisa que viu hoje, antes de vir para cá — ordenou Malta Kanô.

— Uma coisa só?

— Sim, uma só.

Lembrei do vestidinho floral da minha esposa, na caixa organizadora de roupas. Não sei por que, mas esse vestido foi a primeira coisa que me veio à mente.

Depois ficamos por mais uns cinco minutos assim, mão com mão, o que me pareceu uma eternidade. Não fiquei apenas preocupado com as pessoas que lançavam olhares furtivos para nós. Havia algo no toque daquela mão que me causava desconforto. A mão de Malta Kanô era bem pequena, nem quente nem fria. Não passava a sensação de intimidade como a mão de uma namorada nem exercia uma função como a mão de um médico. A sensação do contato lembrava muito o olhar dela: senti como se eu fosse uma casa vazia, do mesmo modo como me sentia quando era observado fixamente por ela. Uma casa sem móveis, sem cortina e sem carpete. Uma casca oca. Até que Malta Kanô afastou a sua mão da minha e respirou fundo, antes de assentir algumas vezes com a cabeça.

— Sr. Okada — começou ela —, várias coisas vão acontecer com o senhor de agora em diante. Prevejo que o caso do gato seja apenas o começo.

— Várias coisas? Coisas boas ou ruins?

Malta Kanô inclinou um pouco a cabeça, como se meditasse.

— Coisas boas e coisas ruins. Às vezes, coisas boas à primeira vista podem se revelar ruins e vice-versa.

— Parece uma afirmação genérica demais. Não pode me passar alguma informação mais concreta?

— O senhor sugere que minha afirmação é genérica, mas muitas vezes a essência das coisas só pode ser explicada de maneira genérica — respondeu Malta Kanô. — Gostaria que entendesse isso, sr. Okada. Não somos videntes nem profetas. Só podemos falar de coisas bem vagas como essa. Muitas vezes as coisas vagas são obviedades que nem precisariam ser ditas de tão estereotipadas e banais, mas, para ser sincera, só conseguimos seguir adiante assim. É verdade que as coisas concretas podem chamar mais atenção, mas a maioria não passa de trivialidade, como rodeios desnecessários, por assim dizer. Quanto mais longe lançarmos o olhar, mais genéricas as coisas ficam.

Eu assenti em silêncio. Naturalmente, não entendi nada do que aquela mulher acabava de dizer.

— Posso voltar a ligar para o senhor? — perguntou Malta Kanô.

— Pode — concordei.

Na verdade, não queria que ninguém mais me ligasse. Só que não tinha alternativa a não ser responder "pode".

Ela apanhou rapidamente o chapéu vermelho de vinil da mesa, a bolsa escondida debaixo e se levantou. Permaneci sentado, sem saber o que fazer.

— Vou falar só de uma banalidade — sentenciou Malta Kanô, ao botar o chapéu vermelho na cabeça, olhando para mim do alto. — O senhor vai encontrar a gravata com bolinhas em algum lugar fora de casa.

4.
A torre mais alta, o poço mais fundo, ou bem longe de Nomonhan

Kumiko voltou para casa bem-humorada. Bem-humorada *demais*, para dizer a verdade. Depois do encontro com Malta Kanô, cheguei em casa pouco antes das seis e não tive tempo de preparar um jantar elaborado. Por isso, fiz algo simples com o que encontrei na geladeira. Kumiko e eu comemos a refeição tomando cerveja. Como costumava fazer quando estava de bom humor, ela falou do emprego: quem encontrou, os afazeres do dia, os colegas competentes e os incompetentes, essas coisas.

Eu escutei, e só dei algumas respostas breves. Prestei atenção em metade do que ela dizia, porém ouvir Kumiko falar de seu emprego não era desagradável. Gostava de vê-la falando do trabalho com tanta paixão à mesa de jantar, seja lá qual fosse o pano de fundo. *Isso é um lar*, pensei. Cada um de nós desempenhava a função atribuída: ela falava do emprego, e eu preparava a comida e ouvia. Era um lar bem diferente daquele que eu imaginava antes do casamento. De qualquer forma, era o lar que *eu tinha escolhido*. Naturalmente, na infância, eu tinha um lar, mas não era o que eu tinha escolhido, e sim o imposto. Agora eu estava no mundo que eu próprio tinha escolhido: no meu lar. É claro que estava longe de ser perfeito, mas eu procurava aceitá-lo, por mais problemas que tivesse. Afinal, tratava-se de uma escolha minha e, se havia problemas, eram problemas essencialmente meus. Era assim que eu pensava.

— E o gato? — perguntou Kumiko.

Contei em poucas palavras o encontro com Malta Kanô no café do hotel de Shinagawa. Falei da gravata com bolinhas, que por algum motivo não estava no guarda-roupa. Expliquei que, apesar disso, Malta Kanô me encontrara com facilidade no salão lotado. Comentei sobre o modo de vestir e de falar dela. Essas coisas. Kumiko achou graça quando mencionei o chapéu vermelho de vinil de Malta Kanô. Porém, a ausência de uma resposta clara sobre o paradeiro do nosso gato deixou Kumiko bem decepcionada.

— Então ela também não sabe direito o que aconteceu com o gato? — perguntou ela, semblante fechado. — A única coisa que ela sabe é que o gato não está mais perto de casa?

— Bem... sim — respondi.

Achei por bem omitir a parte em que Malta Kanô explicara que o fluxo estava obstruído onde moramos, o que talvez tivesse relação com o sumiço do gato. Kumiko poderia ficar preocupada. Não queria mais aborrecimentos para mim. E teríamos muita dor de cabeça se Kumiko dissesse que o lugar não era bom e que devíamos nos mudar quanto antes. Nossa situação financeira atual não comportava uma mudança.

— O gato não está perto de casa, foi o que ela disse.

— Então ele não vai mais voltar?

— Bom, eu não sei. Ela falava de uma forma bem vaga e alusiva. Disse que entraria em contato quando tivesse mais detalhes.

— Dá para confiar nela?

— Não sei dizer. Eu sou totalmente leigo nesses assuntos.

Servi a cerveja no meu copo e fiquei por um tempo observando a espuma diminuir. Kumiko permaneceu apoiando o rosto com as mãos, cotovelos na mesa.

— Seja como for, ela não faz isso por dinheiro nem espera algum tipo de recompensa.

— Melhor ainda — comentei. — Então não tem problema. Ela não quer o nosso dinheiro, não quer a nossa alma e não quer raptar a princesa. Não temos nada a perder.

— Queria que você entendesse que o gato é muito importante para mim. Ou melhor, muito importante para *nós* — acrescentou minha esposa. — Encontramos ele uma semana depois do nosso casamento. Você se lembra, não é? Do dia em que encontramos o gato?

— Lembro, claro.

— Ele não passava de um filhotinho indefeso, todo encharcado. Estava chovendo muito naquele dia, e eu tinha ido até a estação atrás de você, para levar o guarda-chuva. No caminho para casa, a gente encontrou o pobrezinho abandonado em um engradado de cerveja, ao lado de uma loja de bebidas. Ele foi o meu primeiro gato. Para mim, é um símbolo importante, que não posso perder.

— Sei muito bem disso.

— Mas por mais que a gente procure... por mais que *você* procure... ele não aparece, e já tem dez dias. Não sabia mais o que fazer, então acabei ligando para o meu irmão e perguntei se ele conhecia algum adivinho ou vidente que pudesse nos ajudar a achar o gato. Sei que você não gosta quando eu peço ajuda ao meu irmão, mas ele sabe muito desses assuntos, assim como nosso pai.

— Tradição de família — soprei com frieza, como o vento do entardecer que atravessa a enseada. — Mas qual é a relação entre Noboru Wataya e ela?

Minha esposa encolheu os ombros.

— Devem ter se conhecido em algum lugar, por acaso. Tenho a impressão de que meu irmão está ficando bem famoso ultimamente.

— Pois é.

— Meu irmão disse que ela é muito poderosa, mas bem excêntrica — observou Kumiko, mexendo distraidamente no macarrão gratinado. — Como é mesmo o nome dela?

— Malta Kanô — respondi. — Malta Kanô que fez treinamento espiritual na ilha de Malta.

— Isso, Malta Kanô. E o que você achou dela?

— Bom... — comecei, observando minhas mãos sobre a mesa. — Pelo menos não fiquei entediado durante a conversa, e não se entediar durante uma conversa não é ruim. Existem tantas coisas inexplicáveis no mundo, e alguém precisa preencher esse vazio. Nesse caso, é muito melhor alguém que não seja entediante, não concorda? Por exemplo, pessoas como o sr. Honda.

Minha esposa riu, achando graça.

— Você não acha ele uma boa pessoa? Eu gosto do sr. Honda.

— Eu também.

Durante um ano depois do nosso casamento, visitamos a casa do sr. Honda uma vez por mês. Esse velhinho era um dos "escolhidos pelos espíritos" mais considerados pela família Wataya, mas tinha problema de audição e não ouvia direito o que falávamos. Apesar de usar aparelho auditivo, ele não escutava praticamente nada. Por isso, gritávamos tão alto que o papel da porta corrediça chegava a tremer. Como alguém tão surdo é capaz de ouvir os espíritos?, eu me perguntava. Será que as palavras dos espíritos podem ser ouvidas melhor por alguém com problema de audição? O problema de audição do sr. Honda decorria de um ferimento de guerra. Ele teve o tímpano rompido em um bombardeio ou por uma granada de mão quando era membro do Exército de Guangdong e lutava contra a força aliada da União Soviética e Mongólia na fronteira entre a Manchúria e a Mongólia Exterior, na Batalha de Nomonhan, em 1939.

Nós não íamos visitar o sr. Honda porque acreditávamos em espíritos. Eu não me interessava pelo assunto, e a crença de Kumiko em poderes sobrenaturais era bem fraca, se comparada à dos pais ou à do irmão mais velho. Ela era supersticiosa e se preocupava ao ouvir alguma previsão nefasta, mas procurava não se envolver com essas coisas.

Não. Nós íamos visitar o sr. Honda porque o pai de Kumiko mandava. Para ser claro, essa foi a condição dele para consentir com o nosso casamento. Era uma exigência bem estranha, mas, para evitar problemas, resolvemos aceitá-la. Na verdade, não esperávamos mesmo uma aprovação fácil por parte da família dela. O pai de Kumiko era funcionário público. Segundo filho de uma modesta família de agricultores da província de Niigata, recebeu uma bolsa de estudos na Universidade de Tóquio, formou-se com notas excelentes e se tornou um funcionário de alto escalão do Ministério dos Transportes. Concordo que seja uma trajetória louvável, mas, como costuma acontecer com pessoas assim, ele era muito orgulhoso e presunçoso. Estava acostumado a dar ordens e não questionava os valores do mundo a que pertencia. Para ele, hierarquia era tudo. Curvava-se com facilidade diante de uma autoridade superior, mas não hesitava nem um pouco em pisar em outras pessoas. Nem Kumiko nem eu achávamos que alguém assim fosse espontaneamente aceitar como genro um rapaz de vinte e quatro anos como eu, sem um tostão, sem posição, sem dinheiro, sem uma família tradicional, sem diploma de uma universidade renomada e praticamente sem perspectivas de futuro. Pretendíamos romper relações com os pais dela e casar mesmo assim, caso se mantivessem irredutíveis contra o nosso casamento. Nos amávamos profundamente e éramos jovens. Tínhamos a convicção de que seríamos felizes mesmo rompendo com a família, mesmo sem ter um tostão.

De fato, quando fui à casa dos pais de Kumiko pedir a mão dela, eles me trataram com muita frieza. Era como se as portas de todas as geladeiras do mundo tivessem sido abertas ao mesmo tempo.

Nessa época eu trabalhava no escritório de advocacia. Eles perguntaram se eu pretendia prestar o Exame da Ordem. Respondi que sim. Ainda continuava na dúvida, mas pretendia me esforçar mais um pouco e tentar passar no exame e me tornar advogado. De qualquer maneira, se tivessem investigado as minhas notas da universidade, saberiam que eu tinha poucas chances de passar. Em poucas palavras, eu estava longe de ser o partido ideal para a filha deles.

Mas mesmo contrariados concordaram com o casamento — um verdadeiro milagre —, graças ao sr. Honda. O velhinho perguntou muita coisa a meu respeito e sentenciou aos pais de Kumiko: se a filha de vocês quer se casar com ele, não há pessoa mais apropriada. Não se oponham, de jeito nenhum. Isso traria consequências muito negativas, declarou. Como nessa época eles depositavam total confiança no sr. Honda, não se atreveram a contrariá-lo. Assim, sem alternativas, me aceitaram como genro.

Apesar disso, para eles eu não passava de um intruso, um hóspede indesejado. Depois do casamento, meio que por obrigação, fazíamos cerca de duas visitas por mês aos pais dela, para uma refeição. Eram experiências realmente dolorosas, que se situavam entre penitência sem sentido e tortura cruel. Durante a refeição, até parecia que a mesa de jantar tinha o comprimento da estação de Shinjuku. Em uma das pontas, eles comiam e conversavam. Só que eu estava tão longe na outra ponta que eles só me viam bem pequenininho. Mais ou menos um ano depois do casamento, tive uma discussão feia com meu sogro e desde então nunca mais nos vimos. Só então consegui sentir um alívio no fundo do coração. Não existe nada mais desgastante do que um esforço desnecessário e sem sentido.

No início do casamento, à minha maneira, me empenhei por um tempo para melhorar minimamente a relação com a família da minha esposa. O encontro mensal com o sr. Honda era sem dúvida um dos menos penosos esforços.

O meu sogro se encarregava dos honorários do sr. Honda. Tudo o que Kumiko e eu precisávamos fazer era ir vê-lo uma vez por mês, em sua casa em Meguro, Tóquio, levando uma garrafa de bebida alcoólica. Bastava ouvir o que ele tinha a dizer e ir embora. Fácil assim.

Logo passamos a gostar do sr. Honda. Apesar de deixar ligada a TV em um volume bem alto (era realmente ensurdecedor) por causa do seu problema de audição, ele era um velhinho muito simpático. Apreciava beber e ficava muito feliz quando levávamos a bebida.

Sempre fazíamos a visita na parte da manhã e invariavelmente, tanto no inverno como no verão, encontrávamos o sr. Honda na sala em sua horigotatsu — uma mesa baixa com aquecedor embutido, uma colcha acoplada e um espaço para descansar os pés. No inverno, o aquecedor ficava ligado. Já no verão, a colcha sumia e o aquecedor permanecia desligado. O sr. Honda parecia ser um vidente bastante famoso, mas levava uma vida bem modesta. Ou melhor, levava uma vida de eremita. Sua casa era pequena, e a entrada tão apertada que mal sobrava espaço para uma pessoa tirar e colocar os sapatos. Os tatames eram puídos, e o vidro quebrado da janela tinha sido emendado com fitas adesivas. Na frente da casa havia uma oficina, e alguém vivia gritando bem alto. O sr. Honda vestia uma roupa que parecia ao mesmo tempo um pijama e um macacão de operário, ela não dava sinal de ter sido lavada nos últimos tempos. Morava sozinho e uma senhora vinha limpar a casa e preparar a comida todos os dias. Ainda assim, por algum motivo, ele se negava categoricamente a ter a roupa lavada. Nas bochechas fundas, ele sempre tinha fios brancos da barba rala por fazer.

O único luxo na casa era o gigantesco aparelho de TV em cores, que chegava a ser imponente e ficava ligado no canal NHK. Não sei dizer se o sr. Honda gostava dos programas do NHK, se apenas tinha preguiça de mudar de canal ou se era uma TV especial que só transmitia NHK.

Durante as sessões, o velhinho ficava sentado de frente para a TV da sala e mexia as varetas de *zeichiku* sobre a mesa, eram pedaços de bambu usados na adivinhação. Enquanto isso, a TV transmitia sem cessar e em volume ensurdecedor programas de culinária, conselhos para cuidar de bonsai, noticiários, discussões políticas etc.

— Talvez você não leve jeito para o direito — disse um belo dia o sr. Honda para mim, ou talvez para alguém que estava a uns vinte metros atrás de mim.

— O senhor acha?

— As leis controlam os fenômenos do plano terrestre. Para resumir, é um mundo onde o negativo é negativo e o positivo é positivo, onde o yin é yin e o yang é yang. Um mundo onde eu sou eu, e ele é ele. "Eu sou eu, ele é ele, tarde de outono." Só que você pertence a um mundo diferente, mais acima ou mais abaixo.

— É melhor estar acima ou abaixo? — perguntei eu, por pura curiosidade.

— A questão não é esta — respondeu o sr. Honda, antes de tossir por um tempo e expelir o catarro no lenço de papel. Depois observou por um momento o próprio catarro, amassou e jogou o lenço de papel na lixeira. — Não se trata de ser melhor ou pior. Você não deve obstruir o fluxo: deve subir quando tiver que subir e descer quando tiver que descer. Quando o fluxo estiver para cima, basta encontrar a torre mais alta e subir até o topo. Quando o fluxo estiver para baixo, basta encontrar o poço mais fundo e descer até as profundezas. Quando não existir fluxo, basta ficar parado. Se você obstruir o fluxo, tudo seca. Se tudo secar, o mundo vira um lugar de trevas. "Eu sou ele, ele sou eu, noite de primavera." Quando abandonamos o eu, o eu se manifesta.

— Agora estamos em um momento sem fluxo? — perguntou Kumiko.

— O quê?

— AGORA ESTAMOS EM UM MOMENTO SEM FLUXO? — gritou Kumiko.

— Agora não tem fluxo — falou o sr. Honda, assentindo de leve com a cabeça. — Por isso, basta ficar parado. Não precisa fazer nada. Mas é melhor o rapaz tomar cuidado com a água, porque talvez sofra com algo relacionado à água no futuro. A água não está onde deveria estar, ou está onde não deveria estar. Em todo caso, muito cuidado com a água.

Ao meu lado, Kumiko anuía com a cabeça, a fisionomia bem séria. Mas eu percebi que ela estava se contendo para não rir.

— Que tipo de água? — perguntei.

— Não sei. Água — disse o sr. Honda. — Eu também sofri muito por causa de água. Em Nomonhan não havia nenhum pingo de água. A linha de frente estava um caos, e o abastecimento foi interrompido. Estávamos sem água, sem comida, sem remédios, sem munição. Foi uma atrocidade aquela batalha. Os comandantes da retaguarda só estavam interessados em ocupar tal e tal lugar o mais rápido possível. Ninguém se preocupava com o abastecimento. Uma vez cheguei a ficar três dias sem tomar quase nada de água. Só engolia algumas gotas ao torcer a toalha, que eu estendia toda a manhã para que absorvesse um pouco do orvalho. Fora isso, nada de água. Naquela hora pensei que seria melhor morrer. Não há nada mais penoso no mundo do que a sede. Se era para passar tanta sede, cogitei até que seria melhor morrer baleado. Os companheiros alvejados urravam por água. Outros enlouqueceram. Aquilo era realmente o inferno na terra. Tinha um grande rio à nossa frente, uma grande extensão de água. Só que não podíamos chegar até lá porque, no meio do caminho, havia uma frota de tanques soviéticos com lança-chamas e um mar de metralhadoras. O morro estava ocupado por atiradores de elite. Mesmo à noite o inimigo não parava de disparar. Já do nosso lado, tínhamos apenas espingardas calibre .38 e vinte e cinco balas por soldado. Apesar disso, muitos companheiros se arriscaram a buscar água no rio, sem suportar tanta sede. Nenhum voltou. Todos morreram. Por isso, quando é para ficar parado, o melhor é ficar parado.

Ele pegou o lenço de papel, assoou o nariz bem alto, examinou por um tempo o próprio ranho, amassou e depois jogou o lenço fora.

— É extremamente difícil esperar o fluxo aparecer, mas, quando precisa esperar, precisa esperar. Em momentos assim, é melhor se fingir de morto.

— Então devo continuar me fingindo de morto por um tempo, porque é o melhor para mim? — perguntei.

— O quê?

— ENTÃO DEVO CONTINUAR ME FINGINDO DE MORTO POR UM TEMPO, PORQUE É O MELHOR PARA MIM?

— Exatamente — ele respondeu. — "Quando morremos, podemos flutuar na parte rasa, Nomonhan."

Ele seguiu falando apenas de Nomonhan por mais uma hora. Kumiko e eu nos limitamos a ouvir. Durante um ano, visitamos o sr. Honda uma vez por mês, mas ele quase nunca nos deu *instruções*. Não fazia muitas previsões e só falava da Batalha de Nomonhan: como os miolos do tenente que estava ao seu lado foram arrebentados por uma granada, como eles se lançaram contra um tanque soviético e o queimaram com coquetel molotov, como perseguiram e mataram a tiros o piloto de um avião soviético que fizera um pouso de emergência no deserto. Cada um desses relatos era empolgante e repleto de suspense, mas toda a história tende a perder um pouco do brilho na sétima ou oitava repetição. Além do mais, ele não contava, e sim berrava suas histórias, como se gritasse para alguém do outro lado do penhasco num dia de forte ventania. Era como se estivéssemos na primeira fila de um cinema ruim assistindo a um filme antigo de Akira Kurosawa. Depois que saíamos da casa do sr. Honda, ficávamos meio surdos por um tempo.

Mas gostávamos de ouvir as histórias do sr. Honda. Quer dizer, eu pelo menos gostava. Esses relatos que iam além da minha capacidade de imaginação eram predominantemente sanguinários. Porém, ao ouvir os detalhes da batalha da boca de um velhinho de roupas sujas e à beira da morte, essas histórias perdiam o senso de realidade e passavam a ser como contos de fada. Quase meio século atrás, os soldados japoneses travaram uma sangrenta batalha na fronteira entre a Manchúria e a Mongólia Exterior, disputando um pedaço de terra deserta onde nem grama crescia direito. Até ouvir as histórias do sr. Honda, eu não sabia quase nada sobre a Batalha de Nomonhan, uma batalha tão cruel que ia muito além do que eu sonhava. Os soldados japoneses enfrentaram as preparadas tropas blindadas soviéticas praticamente de mãos vazias e foram esmagados. Várias tropas foram completamente devastadas. Os comandantes que decidiram recuar para evitar a aniquilação total foram obrigados a se suicidar pelos superiores, perdendo a vida em vão. Muitos soldados capturados pelo Exército soviético se recusaram a participar da troca de prisioneiros no pós-guerra, com medo de serem acusados de deserção, e morreram na Mongólia, sem nunca retornar ao Japão. Quanto ao sr. Honda, perdeu a audição, foi dispensado do serviço militar e se tornou vidente.

— Mas talvez tenha sido melhor assim, no final das contas — refletiu o sr. Honda. — Sem o ferimento, eu provavelmente teria sido mandado para as ilhas do sul e teria morrido. Muitos sobreviventes da Batalha de Nomonhan morreram nas ilhas do sul, para onde foram mandados depois. Como foi uma humilhação para o Exército imperial japonês, todos os sobreviventes foram enviados aos campos de batalha mais violentos, como se recebessem uma sentença de morte. Os oficiais que comandaram de modo irresponsável a Batalha de Nomonhan ascenderam mais tarde, no governo central. Teve até um que se tornou político depois da guerra. Já os soldados que lutaram arriscando a própria vida foram massacrados.

— Por que a Batalha de Nomonhan foi tão vergonhosa para o Exército japonês? — perguntei. — Todos os soldados lutaram com bravura e se entregaram de corpo e alma. Muitos morreram. Por que os sobreviventes receberam um tratamento tão frio assim?

Parece que a minha pergunta não chegou aos ouvidos do sr. Honda. O velhinho voltou a mexer as varetas de bambu:

— É melhor tomar cuidado com a água.

Assim terminou a conversa daquele dia.

Depois do rompimento com o pai da minha esposa, não fomos mais à casa do sr. Honda. Como os honorários eram pagos pelo meu sogro, não podíamos continuar com as sessões, até porque não tínhamos nenhuma condição financeira de oferecer qualquer gratificação (eu não fazia a menor ideia de quanto o sr. Honda cobrava). Na época, conseguíamos sobreviver com muito custo, mantivemos a cabeça fora da água a duras penas. Depois de um tempo acabamos nos esquecendo do sr. Honda, como a maioria dos jovens ocupados acaba se esquecendo dos velhinhos: sem nem ao menos perceber.

Já deitado, continuei pensando no sr. Honda. Comparei o que ele disse sobre a água com as palavras de Malta Kanô. O sr. Honda me disse para tomar cuidado com a água. Malta Kanô passou por um treinamento espiritual na ilha de Malta para pesquisar sobre a água. Talvez não passasse de coincidência, mas os dois se preocupavam muito com a água, o que me deixou um pouco apreensivo. Depois pensei no cenário da Batalha de Nomonhan. Os tanques de guerra soviéticos, as metralhadoras por todos os lados e o rio correndo perto. A sede intensa e insuportável. Consegui ouvir com clareza o murmúrio do rio em meio às trevas.

— Psss — chamou minha esposa, baixinho. — Está acordado?

— Estou — respondi.

— A gravata com bolinhas... Acabei de lembrar que no final do ano passado deixei a gravata com bolinhas na lavanderia. Como estava meio amassada, achei que precisava ser passada. Depois esqueci de voltar para pegar.

— No final do ano passado? Já tem mais de meio ano.

— Verdade, mas é a primeira vez que acontece. Você me conhece bem, não é? Nunca esqueço esse tipo de coisa. Como vamos fazer agora? A gravata era bem bonita — ela estendeu a mão e segurou o meu braço. — Deixei naquela lavanderia em frente à estação. Será que guardaram?

— Amanhã eu dou uma passadinha lá. Devem ter guardado, sim.

— Você acha? Já se passou meio ano. Normalmente as lavanderias não guardam as peças esquecidas por mais de três meses. Por lei, podem fazer isso. Por que você acha que guardaram a gravata?

— Porque Malta Kanô disse que eu acharia — respondi. — Disse que eu acharia em algum lugar fora de casa.

Senti que ela virou o rosto para mim no meio da escuridão.

— Você acredita no que ela fala?

— Estou começando a achar que existe essa possibilidade.

— Daqui a pouco você vai ter muito assunto para tratar com o meu irmão — comentou minha esposa, com voz animada.

— Talvez.

Mesmo depois que Kumiko dormiu, continuei pensando no campo de batalha de Nomonhan. Todos os soldados descansavam, com o céu estrelado sobre suas cabeças. Grilos cantavam, e eu também conseguia ouvir a correnteza do rio. Adormeci embalado pelo barulho da água.

5.
Viciado em bala de limão, pássaro que não voa e poço seco

Depois de guardar a louça do café da manhã, peguei a bicicleta e fui à lavanderia em frente à estação. O dono era um homem magro de mais de quarenta e cinco anos, com rugas profundas na testa. Ouvia uma fita cassete de Percy Faith e sua orquestra no toca-fitas sobre a prateleira. Era um aparelho da JVC de grande porte, com um alto--falante específico para baixos. Ao lado, havia uma pilha de fitas. A orquestra tocava *Tara's theme* em um arranjo esplêndido de cordas. No fundo, com movimentos ágeis, o dono passava a vapor uma camisa e assoviava acompanhando a música. Fiquei diante do balcão e expliquei: "Sinto muito, mas deixei a gravata para lavar no final do ano passado e esqueci de vir pegar". Para o mundinho pacífico daquele homem, o meu surgimento às nove e meia da manhã parecia a visita de um mensageiro da tragédia grega, trazendo más notícias.

— Imagino que você não tenha mais sua via — disse o dono da lavanderia, com a voz sem profundidade.

Não falou aquilo para mim, e sim para o calendário pregado na parede ao lado do balcão. A foto do mês de junho era uma paisagem dos Alpes. Uma boiada pastava tranquilamente num vale verde. No fundo, dava para ver o Matterhorn ou o Mont Blanc cercado por nuvens. O dono olhou para o meu rosto como se dissesse "Já que tinha se esque-cido, por que foi se lembrar?". Seu semblante era franco e persuasivo.

— Final do ano passado? É difícil, porque já faz meio ano. Bom, vou dar uma olhada mesmo assim.

Ele desligou e deixou o ferro de pé na tábua de passar roupa e foi procurar nos fundos, assoviando a música-tema de *Amores clandestinos*, que saía do toca-fitas.

Eu tinha assistido a esse filme com a minha namorada na época do colégio. Troy Donahue e Sandra Dee estão no elenco. Como era uma sessão dupla de cinema, se não me engano assistimos também a *Bastam dois dias para amar*. Pelo que me lembre, não achei *Amores clandestinos* muito interessante. Ainda assim, ao ouvir numa lavanderia a música-tema do filme treze anos depois, só conseguia me recordar de coisas boas dessa época.

— Você disse que é uma gravata azul com bolinhas? — perguntou o dono da lavanderia. — O seu nome é Okada?

— É.

— Você tem sorte — ele disse.

Logo que cheguei em casa, liguei para minha esposa, no trabalho.

— Achei a gravata — avisei.

— Nossa, que legal! — exclamou.

A voz dela traía um tom artificial, como um adulto que elogiasse uma criança que tirou notas boas. Isso me causou certo desconforto. Eu deveria ter esperado o horário do almoço para ligar.

— Que bom que achou. Olha, não posso falar muito, deixei uma chamada em espera. Poderia me ligar na hora do almoço?

— Claro — respondi.

Desliguei o telefone, fui até o alpendre com o jornal debaixo do braço, deitei de bruços e, como sempre fazia, abri a página de classificados. Com calma, li de ponta a ponta os anúncios de emprego, cheios de sugestões e códigos incompreensíveis. Havia uma grande variedade de profissões, divididas de maneira organizada por folhas, separadas por quadros, como em um mapa de localização dos túmulos de um cemitério. Apesar disso, parecia praticamente impossível encontrar uma profissão que combinasse comigo. Dentro de cada quadro havia informações ou dados, mesmo que fragmentados, mas aquilo não chegava a formar nenhuma imagem, por mais que tentasse. Para mim, os nomes, os símbolos e os números dispostos estavam tão fragmentados e dispersos como os ossos de um animal cuja forma original já não pudesse mais ser recuperada.

Quando eu olhava por muito tempo os classificados, invariavelmente sentia certo tipo de paralisia. Ficava sem saber o que buscar, sem saber para onde ir ou *não* ir. Tudo se tornava cada vez mais confuso.

Como de costume, ouvi o canto do pássaro de corda em alguma árvore. Ric-ric! Deixei o jornal de lado, me sentei e observei o quintal, encostado no pilar. Depois de um tempo o pássaro de corda voltou a cantar. O som vinha da copa do pinheiro do quintal vizinho. Por mais que tentasse, não consegui ver o pássaro. Só ouvia o ric-ric. Como sempre. De qualquer forma, o mundo já tinha corda para mais um dia.

Antes das dez começou a chover. Era uma chuva tão fina, que nem dava para saber direito se estava mesmo chovendo. Só ao forçar a vista se percebia que chovia. Sentado no alpendre, concentrei meu olhar por um momento na esperança de enxergar a linha divisória que deveria separar os dois mundos: o que chovia e o que não chovia.

Não sabia o que fazer até o almoço, fiquei na dúvida entre nadar na piscina pública perto de casa ou procurar o gato no beco. Encostado no pilar do alpendre, pensei por um tempo, observando a chuva que caía no quintal.

Piscina.

Gato.

Por fim, resolvi procurar o gato. Malta Kanô tinha dito que o bicho não se encontrava mais perto de casa, mas, por algum motivo, naquela manhã eu estava com vontade de procurar o gato. Afinal, procurá-lo já fazia parte do meu cotidiano, e talvez Kumiko se alegrasse um pouco ao saber do meu esforço. Decidi não levar o guarda-chuva e vesti uma fina capa de chuva. Calcei os tênis, coloquei a chave de casa e algumas balas de limão no bolso e saí. Assim que atravessei o quintal e coloquei a mão sobre o muro, ouvi o telefone tocar. Prestei atenção em silêncio, sem mudar de posição. Apesar disso, não consegui distinguir se era o aparelho de casa ou o telefone de algum vizinho que tocava. Todos tocam da mesma maneira quando a gente sai de casa. Acabei desistindo de tentar, pulei o muro de blocos de concreto e saí no beco.

Senti a grama macia na borracha fina da sola do tênis. O beco estava mais silencioso do que o normal. De pé, permaneci parado por um tempo, prendendo a respiração. Apurei os ouvidos, mas não escutei nenhum som. O telefone já tinha parado de tocar. Nada de canto de pássaro nem de barulho da cidade. O céu estava completamente tingido de um cinza uniforme. Em dias como aquele, as nuvens deviam absorver os diferentes sons da superfície terrestre. E não apenas os sons. Outras coisas. Quem sabe até as sensações.

Com as mãos no bolso da capa, cheguei à frente da casa vazia, passando pelo beco estreito. A casa de dois andares continuava deserta e silenciosa, com as persianas fechadas. Despontava com muita melancolia entre as nuvens baixas e carregadas, como um cargueiro que tivesse sido abandonado depois de encalhar em um recife numa longínqua noite de tempestade. Se as ervas daninhas não tivessem crescido no quintal desde a última vez, eu seria capaz de acreditar em alguém que me contasse que aquele lugar estava parado no tempo. Por conta da chuva que durou alguns dias, as folhas verdes dos capins brilhavam e liberavam um odor selvagem que somente os seres que criam raízes no solo conseguem liberar. Bem no meio do mar verde, o pássaro de pedra estava com as asas abertas, prestes a alçar voo, exatamente como da outra vez. Só que não havia nenhuma chance de alçar voo. Eu sabia disso, e o pássaro também. Ele estava preso e apenas aguardava o momento em que seria levado ou destruído. Não havia outra possibilidade de sair daquele quintal. A única coisa que se movia ali era uma borboleta branca, que esvoaçava sobre os capins, com o ar de alguém que procura algo mas se esqueceu do quê. Depois de vasculhar por uns cinco minutos, ela voou para longe.

Fiquei observando o quintal por um tempo, chupando a bala, encostado na cerca de tela. Não havia sinal de gato. Não havia sinal de nada. Era como se alguma extraordinária força tivesse interrompido o fluxo natural e estagnado o lugar.

Senti a presença de alguém atrás de mim e me virei. Ninguém, apenas a cerca da casa da frente, com um pequeno portão. Era onde a garota estava da vez passada. Porém, o portão estava fechado, e não havia ninguém no quintal atrás da cerca. Tudo estava levemente úmido e silencioso. Senti o cheiro de ervas daninhas e de chuva. Senti o cheiro da capa que vestia. Debaixo da língua, a bala de limão estava pela metade. Ao respirar fundo, uma infinidade de cheiros se misturava e se tornava uma coisa só. Voltei a olhar ao redor. Não havia ninguém em nenhum canto. Agucei o ouvido e percebi bem ao longe o barulho abafado de helicópteros, que deveriam estar sobrevoando acima das nuvens. O barulho ficou cada vez mais distante, até que o silêncio de antes cobriu tudo à minha volta.

Na cerca de tela que circundava o quintal da casa vazia, havia um portão também de tela. Quando tentei empurrar, o portão se abriu com muita facilidade, como se me convidasse para entrar. Ele parecia me dizer que não era difícil, bastava seguir em frente. Só que entrar sem permissão em propriedade alheia, mesmo que uma casa deserta, era uma infração às leis, e eu sabia disso sem precisar recorrer aos conhecimentos de direito adquiridos ao longo de oitos anos de trabalho em um escritório de advocacia. Se algum vizinho me visse entrando no quintal daquela casa, suspeitasse e chamasse a polícia, logo apareceriam policiais para me interrogar. Eu diria que estava procurando por todos os cantos da vizinhança um gato desaparecido. Os policiais perguntariam o meu endereço e a minha profissão. Então eu me veria obrigado a confessar que estou desempregado, o que sem dúvida levantaria suspeita. As autoridades ultimamente andavam com os nervos à flor da pele por causa dos terroristas de extrema esquerda. Na cabeça dos agentes da lei, havia bases secretas de terroristas de extrema esquerda em todas as esquinas de Tóquio, com montanhas de rifles e bombas caseiras escondidas. Talvez ligassem para o trabalho de minha esposa para confirmar a minha versão. Se isso acontecesse, Kumiko ficaria muito abalada.

Apesar de pensar nisso tudo, entrei no quintal e, sem perder tempo, fechei o portão atrás de mim. *Azar*, pensei. *Se for para acontecer alguma coisa, que aconteça. Se algo* tiver que acontecer, *que diferença faz? Não me importo.*

Atravessei o quintal olhando devagar à minha volta. Meus tênis não produziam nenhum som ao pisar o mato. Havia algumas árvores frutíferas não muito grandes, cujo nome desconhecia, e um espaço amplo com um gramado vistoso. No entanto, tudo estava coberto por capins, e era quase impossível distinguir o que havia em cada lugar. Horríveis trepadeiras estavam enroscadas em duas árvores que pareciam ter morrido por asfixia. Os pés de flor-do-imperador dispostos em fileira rente à tela de arame estavam esbranquiçados devido a alguma doença. Por um tempo, uma pequena mosca me perseguiu voando perto do meu ouvido, com insistência.

Passei do lado da estátua de pedra e fui até as cadeiras plásticas de jardim empilhadas perto da parede. Deixei a mais de cima, que estava suja de barro, e peguei a seguinte, não tão suja. Limpei com a mão o pó acumulado e me sentei. Como eu estava atrás das ervas daninhas que cresciam imponentes, ninguém conseguia me ver do beco. O beiral se encontrava acima da minha cabeça, de modo que eu não precisava me preocupar com a chuva. Sentado, assoviei bem baixinho, contemplando a chuva fina cair no quintal. Em um primeiro momento, não me dei conta de que estava assoviando a abertura de *La gazza ladra* de Rossini, a mesma música que eu assoviava enquanto cozinhava o espaguete, antes de ser surpreendido pela ligação daquela mulher estranha.

Sentado no quintal deserto, assoviando sem jeito e observando as ervas daninhas e a estátua de pedra com formato de pássaro, senti como se tivesse voltado à minha infância. Estava num lugar secreto, que ninguém conhecia. Ninguém podia me ver. Diante dessa ideia, fiquei de repente bastante sereno.

Coloquei os pés sobre a cadeira, dobrei os joelhos e apoiei o rosto sobre eles. Permaneci de olhos fechados por um instante. Continuava sem ouvir nenhum som. A escuridão dos olhos fechados lembrava a de um céu coberto de nuvens, só que com o tom cinza mais escuro. De vez em quando, um pintor invisível vinha e lançava à escuridão outro tom de cinza. Cinza meio dourado, cinza meio esverdeado, cinza meio avermelhado. Fiquei admirado com a quantidade de nuances de tons de cinza. *O ser humano é curioso*, pensei. *Consegue vislumbrar uma incrível paleta de cinza apenas fechando os olhos por dez minutos.*

Continuei assoviando sem pensar em nada, contemplando a infinidade de tons de cinza.

— Ei — chamou uma voz.

Abri os olhos depressa e, inclinando-me para o lado, conferi o portão da cerca, entre as ervas daninhas. Estava aberto. Alguém tinha entrado depois de mim. O meu coração disparou.

— Ei — repetiu a voz.

Era a voz de uma mulher.

Ela apareceu de trás da estátua de pedra e veio na minha direção. Era a garota que tomava banho de sol no quintal da casa da frente.

Estava usando a mesma regata azul-clara da Adidas e short. Arrastava de leve a perna. A única diferença desta vez era que não usava óculos escuros.

— Afinal, o que você está fazendo aí? — perguntou ela.

— Estou procurando o gato — respondi.

— Sério? Não é o que parece. Acho que você não vai encontrar gato nenhum se ficar assoviando de olhos fechados.

Corei um pouco.

— Eu não me importo. Agora, se um desconhecido flagrar você assim, vai achar que é um tarado. Você tem que tomar cuidado — acrescentou. — Você não é tarado, é?

— Acho que não.

Ela se aproximou, escolheu demoradamente a cadeira com menos sujeira da pilha perto da parede, checou mais uma vez com cuidado e se sentou.

— Além disso, não sei o que você assoviava, mas não parecia uma música. Por acaso você é gay?

— Acho que não. Por quê?

— Porque ouvi dizer que homossexuais assoviam mal. É verdade?

— Bom, não sei.

— Para falar a verdade, não me importo nem um pouco com isso — ela disse. — Como você se chama?

— Toru Okada.

Ela repetiu algumas vezes o meu nome, baixinho.

— Não é um nome muito interessante, o seu.

— Talvez até não seja. Mas Toru Okada tem um quê de ministro de Relações Exteriores do pré-guerra.

— Isso eu já não sei, porque não sou das melhores em história. Enfim, tanto faz. Então, Toru Okada, você não tem algum apelido ou algo mais fácil de pronunciar?

Pensei, mas não me ocorreu nada. Nunca fui chamado por apelido. Por que será?

— Não — respondi.

— Nunca chamaram você de Urso ou Sapo?

— Não.

— Puxa! — lamentou ela. — Então pense em algum.

— Pássaro de Corda — falei.

— Pássaro de Corda? — repetiu ela, olhando para mim com a boca meio aberta. — O que é isso?

— É um pássaro que dá corda no mundo toda manhã, em cima da árvore — expliquei. — Ele canta assim: ric-ric-ric.

Ela continuou me encarando em silêncio. Eu suspirei.

— Esse nome me ocorreu agora. Esse pássaro vem todo dia perto de casa e fica cantando em cima de uma árvore, na vizinhança. Só que até hoje nunca vimos ele.

— Ah é? Tudo bem então — comentou ela. — Não é um apelido muito sonoro, mas é bem melhor do que Toru Okada. Não é mesmo, Pássaro de Corda?

— Obrigado.

Ela colocou os pés na cadeira e apoiou o rosto nos braços sobre os joelhos.

— E como você se chama? — perguntei.

— May Kasahara. May, de maio.

— Você nasceu em maio?

— É claro. Não acha que seria estranho se eu me chamasse May e tivesse nascido em junho?

— Você tem razão. E você continua faltando às aulas?

— Eu estava o tempo todo de olho em você, Pássaro de Corda — revelou May Kasahara, sem responder à minha pergunta. — De binóculo dentro de casa, fiquei olhando você abrir o portão de tela e entrar no quintal. Eu sempre carrego um binóculo pequeno e fico vigiando esse beco. Talvez você não saiba, mas pessoas de todo o tipo passam por aqui. Não só pessoas, muitos bichos também. Pode me dizer afinal o que você estava fazendo sozinho, sentando num lugar assim?

— Eu só estava distraído. Fiquei assoviando, lembrando coisas do passado.

May Kasahara roeu uma unha.

— Você é meio estranho.

— Não sou estranho. Todo mundo faz isso.

— Talvez, mas ninguém faz isso no quintal da casa abandonada do vizinho. Se você quer ficar assoviando distraído, lembrando o passado, deve fazer isso no seu próprio quintal.

Ela tinha toda a razão.

— Bom, mas o gato Noboru Wataya ainda não voltou? — perguntou ela.

Balancei a cabeça.

— Você por acaso não viu o gato depois daquela vez? — arrisquei.

— Um gato marrom listrado, com a ponta do rabo um pouco curvada? Não vi nenhuma vez. E olha que prestei bastante atenção.

May Kasahara retirou o maço de Hope do bolso do short e acendeu um cigarro com fósforo. Fumou por um tempo em silêncio e depois mediu o meu rosto:

— Ei, é impressão minha ou você perdeu um pouco de cabelo?

Involuntariamente levei a mão à cabeça.

— Não. Não aí! — exclamou May Kasahara. — É na testa. Você não acha que suas entradas aumentaram?

— Bem, não notei.

— Você vai ficar calvo. Começa com as entradas. Eu sei. No seu caso, as entradas vão aumentando aos poucos, assim... — Ela segurou e puxou os próprios cabelos para trás, expondo a testa branca para mim. — É melhor você tomar cuidado.

Eu levei as mãos à minha testa. Talvez fosse só impressão, mas senti que as entradas tinham aumentando um pouco. Fiquei meio preocupado.

— Que tipo de cuidado?

— Bom, na verdade você não pode fazer nada — disse ela. — Não existe remédio para a calvície. Quando chega a hora de alguém ficar careca, não tem como evitar. Claro, é fácil dizer para alguém que começa a perder os cabelos que é preciso tomar cuidado para não ficar careca. Mas isso é mentira. Men-ti-ra. Basta prestar atenção nos mendigos de meia-idade deitados perto da estação de Shinjuku. Não tem um só careca. Você acha que eles lavam o cabelo todo dia com o shampoo da Clinique ou da Sassoon, que passam algum creme na cabeça? Os fabricantes de shampoo inventam um monte de histórias para arrancar dinheiro de quem perde cabelo.

— Entendi — eu disse, impressionado. — Mas como você sabe tanto sobre a calvície?

— Volta e meia trabalho para uma fabricante de perucas. Já que não estou indo às aulas e sobra tempo… Faço enquetes, pesquisas, essas coisas. Por isso sei tanto sobre os carecas.

— Hum.

— Pois é — reforçou ela, jogando o cigarro no chão e pisando sobre a guimba. — Essa fabricante proíbe o uso da palavra careca. A gente tem que dizer "senhores com poucos cabelos". Sabe, careca na verdade é um termo pejorativo. Uma vez falei por brincadeira "senhor com deficiência de cabelos" e levei uma bronca. Disseram que eu não posso brincar com essas coisas. Todos lá levam o trabalho *beeeem* a sério, entende? Aliás, as pessoas em geral levam tudo *beeem* a sério.

Eu tirei uma bala de limão do bolso, coloquei na boca e ofereci uma à May Kasahara. Ela balançou a cabeça e puxou outro cigarro.

— Ei, Pássaro de Corda, você estava desempregado, não é? Continua desempregado?

— Continuo.

— Você não gostaria de ter um trabalho sério?

— Gostaria… — comecei, mas logo perdi a confiança e corrigi. — Não sei. Quer dizer… talvez eu esteja precisando de um tempo para pensar. Não sei bem o que quero, por isso não consigo explicar direito.

May Kasahara me encarou por um tempo, roendo as unhas.

— Escute, Pássaro de Corda, você não gostaria de trabalhar comigo de vez em quando? Para essa fabricante de perucas? Eles pagam mal, mas o trabalho é fácil e o horário é bem flexível. Nada muito complicado. De repente um trabalho temporário como esse ajude a esclarecer melhor muitas coisas. Serve para espairecer também.

Não é má ideia, pensei.

— Não é má ideia — eu disse.

— O.k. Então, da próxima vez, vou chamar você. Onde você mora mesmo?

— É um pouco difícil de explicar: você tem que seguir sempre esse beco e virar algumas vezes até avistar uma casa com um Honda Civic vermelho estacionado à esquerda. No para-choque tem um adesivo: "Que a paz prevaleça na Terra". A minha casa é logo depois desta e, como o portão não dá para o beco, você tem que pular o muro de blocos de concreto. É um muro um pouco mais baixo do que eu.

— Certo. Consigo pular sem problemas um muro dessa altura.

— O seu pé não dói?

Ela emitiu um som semelhante a um suspiro e soltou uma baforada.

— Não. É só fingimento. Eu finjo puxar a perna porque não quero ir à escola. No início, fazia isso só na frente dos meus pais, mas acabou virando hábito. Ultimamente finjo que o pé dói mesmo quando não tem ninguém olhando, mesmo quando estou sozinha no quarto. Eu sou perfeccionista, sabe. Até porque, para enganar os outros, você precisa primeiro enganar a si mesmo. Ei, Pássaro de Corda, você é corajoso?

— Não muito.

— E curioso?

— Sou um pouco, sim.

— E não acha que a coragem e a curiosidade andam lado a lado? — perguntou May Kasahara. — Quem tem coragem tem curiosidade e vice-versa, não?

— É, talvez a curiosidade e a coragem andem juntas, dependendo da situação, como você disse.

— Situações em que alguém entra na casa dos outros sem permissão, por exemplo.

— Exatamente — concordei, rolando a bala de limão sobre a língua. — Quando a gente entra na casa dos outros sem permissão, a curiosidade e a coragem parecem agir ao mesmo tempo. Dependendo da situação, a curiosidade pode despertar a coragem, mas na maioria das vezes a curiosidade desaparece depressa. Já a coragem segue um caminho bem mais longo. A curiosidade é como aquele amigo simpático em quem não podemos confiar. Ela pode estimular você a fazer as coisas, mas desaparece totalmente em algum momento. Nessa hora, você precisa reunir sozinho toda a coragem que tem e seguir em frente.

Ela refletiu por um tempo.

— Pois é, podemos pensar dessa forma também — disse May Kasahara, antes de se levantar da cadeira, limpar com a mão a sujeira do short e olhar para mim, de cima. — Escute, Pássaro de Corda, você não quer ver o poço?

— Poço? — repeti. *Poço?*, pensei.

— Aqui tem um poço seco. Eu *até que* gosto desse poço. Quer ver?

Atravessamos o quintal, contornamos a casa e encontramos o poço. Era um poço redondo, de cerca de um metro e meio de diâmetro, e estava fechado com duas grossas tábuas de madeira. Sobre a tampa, dois tijolos de concreto serviam de peso. Perto da abertura, que despontava a mais ou menos um metro de altura do chão, uma árvore antiga se erguia, como uma guardiã. Devia ser uma árvore frutífera, mas eu não sabia o nome.

O poço parecia abandonado há muito tempo, como tudo na propriedade. Uma espécie de insensibilidade esmagadora reinava no local. Talvez os objetos inanimados ficassem ainda mais inanimados quando não havia ninguém observando.

Ao analisar o poço de perto, com cuidado, percebi que datava de uma época anterior às coisas ao redor. Provavelmente já existia muito antes da construção da casa. A madeira das tábuas tinha um aspecto bem velho. A mureta era firme e cimentada, embora uma camada de cimento tivesse sido adicionada à mureta original, para reforçá-la. Até a árvore ao lado do poço parecia reivindicar que estava ali muito antes das outras árvores.

Retirei os tijolos e uma das tábuas de madeira no formato de meia-lua, apoiei as mãos na abertura e me curvei para observar o interior do poço, mas não consegui enxergar o final. Parecia um poço bem fundo, e metade dele estava envolvida na escuridão. Inspirei o ar. Senti um leve cheiro de mofo.

— Não tem água — disse May Kasahara. — Poço sem água.

Pássaro que não voa, poço sem água, pensei. *Beco sem saída e...*

Ela apanhou no chão uma lasca de tijolo e jogou no poço. Depois de um tempo, ouvimos um ligeiro som seco, POF, tão seco que se reduziria a pó se fosse amassado com as mãos. Saí da abertura e olhei para May Kasahara:

— Por que não tem água? Será que o poço secou? Será que foi tapado por alguém?

Ela encolheu os ombros.

— Se tivessem tapado, teriam coberto tudo. Não faz sentido fechar até a metade e deixar um buraco: alguém pode cair, é perigoso. Não acha?

— Tem razão — reconheci. — Deve ter secado por algum motivo.

De repente me lembrei das palavras do sr. Honda: "Quando o fluxo estiver para cima, basta encontrar a torre mais alta e subir até o topo. Quando o fluxo estiver para baixo, basta encontrar o poço mais fundo e descer até as profundezas". Pelo menos eu já tinha achado um poço.

Voltei a me inclinar sobre a abertura do poço e observei as trevas lá embaixo, sem pensar em nada especial. Fiquei admirado com a escuridão tão profunda em plena luz do dia. Limpei a garganta tossindo. No meio do breu, a tosse pareceu ser de outra pessoa. Na saliva, ainda restava o gosto da bala de limão.

Coloquei a tábua tampando o poço e os tijolos por cima. Olhei o relógio de pulso: já eram quase onze e meia. Precisava ligar para Kumiko na hora do almoço.

— Preciso voltar pra casa — avisei.

May Kasahara fez uma careta.

— Está bem, Pássaro de Corda. Volte pra casa.

Quando atravessamos o quintal, o pássaro de pedra continuava encarando o céu, com seus olhos vazios. O céu ainda estava completamente coberto por nuvens carregadas, mas já não chovia. May Kasahara arrancou um punhado de folhas de capim e jogou no ar. Como não havia vento, as folhas caíram perto dos seus pés.

— Ainda vai demorar muito para cair a tarde, não é? — observou ela, sem olhar para mim.

— Vai — respondi.

6.
Sobre o nascimento de Kumiko Okada e Noboru Wataya

Como sou filho único, não consigo entender direito os sentimentos que unem irmãos e irmãs adultos que levam vidas independentes. Toda vez que tocamos no assunto de Noboru Wataya, Kumiko faz uma expressão meio esquisita, como se por distração tivesse mordido algo com gosto estranho. Apesar disso, não consigo decifrar ao certo que tipo de emoção se esconde por trás do seu rosto. Kumiko sabe que não sinto muita simpatia pelo seu irmão, e acha isso normal. Ela também não considera Noboru Wataya uma pessoa das mais agradáveis. Se não existisse o laço de sangue entre eles, provavelmente nunca trocariam uma palavra. Só que ele é irmão mais velho de Kumiko, o que torna as coisas um pouco mais complicadas.

Nos últimos tempos, Kumiko quase nunca se encontra com Noboru Wataya. Quanto a mim, não tenho mais contato com a família da minha esposa. Como já disse, ao fim de um desentendimento com o pai de Kumiko, cortamos definitivamente relações. Tivemos uma discussão feia. Poderia contar nos dedos as pessoas com quem me desentendi na vida, mas, quando começo a discutir, levo a sério e não consigo parar no meio. Ainda assim, depois que disse tudo o que tinha para dizer ao pai de Kumiko, não senti raiva dele, curiosamente. Senti apenas que estava por fim livre do fardo que tinha sido obrigado a carregar por tanto tempo. Não guardei rancor nem ódio. Até comecei a achar que a vida do meu sogro — por mais repugnante e tola que parecesse aos meus olhos — tinha sido dura, de certa maneira. Eu disse a Kumiko: "Nunca mais vou visitar seu pai e sua mãe. Se você quiser se encontrar com eles, é um direito seu e não vou me opor de maneira alguma". Porém, Kumiko também não quis mais se encontrar com eles. "Não, tudo bem. Até hoje eu visitava minha família mais por obrigação do que por desejo", respondeu ela.

Na época, Noboru Wataya já tinha voltado a morar com os pais, mas não interferiu em nada na minha discussão com o meu sogro, nem tomou partido, apenas se afastou. Não era novidade: Noboru Wataya não tinha nenhum interesse por mim e só trocava meia dúzia de palavras comigo quando era inevitável. Por isso, quando parei de frequentar a casa da família de Kumiko, não tinha mais motivo para me encontrar com Noboru Wataya. Kumiko também não tinha mais nenhum motivo para ver o irmão. Os dois viviam ocupados, e a relação entre eles não era muito próxima.

Apesar disso, Kumiko liga de vez em quando para a universidade para falar com o irmão, que também liga de vez em quando para o trabalho dela (ele nunca liga para a nossa casa). "Hoje falei com meu irmão, ou hoje meu irmão ligou para o meu trabalho", relata ela. Mas não sei o teor das conversas. Não pergunto e ela também não me conta, salvo em caso de necessidade.

Não que eu tenha interesse pelo conteúdo da conversa entre eles, ou que me incomode que minha esposa converse com o irmão no telefone. Não, apenas não entendo direito, para ser sincero. Não consigo entender o que duas pessoas com tão pouco em comum podem conversar ao telefone, nem consigo entender se a relação só se torna possível por conta dos laços de sangue.

A diferença de idade entre Noboru Wataya e minha esposa é de nove anos. Além disso, durante parte da infância Kumiko fora criada pelos avós paternos, o que talvez explicasse a ausência perceptível de intimidade entre os irmãos.

Noboru Wataya não era o único irmão de Kumiko. Havia uma menina entre os dois, cinco anos mais velha do que minha esposa. Portanto, eram três irmãos. Quando Kumiko tinha três anos, foi enviada da casa dos pais em Tóquio para Niigata, no norte do Japão, para morar com os avós. Em Niigata, ela foi criada pela avó. Como Kumiko tinha saúde frágil, acharam que ela ficaria melhor no interior, onde o ar é mais puro: essa foi a explicação que recebeu dos pais mais tarde, mas não se conformou. Afinal, ela não tinha uma saúde frágil. Nunca contraíra uma doença grave nem se lembrava de ter sido tratada com cuidado especial no interior. "Acho que foi só uma desculpa", dizia Kumiko.

De acordo com revelações posteriores de um parente, havia uma grande e duradoura desavença entre a mãe e a avó de Kumiko. A criança teria sido criada em Niigata como uma espécie de acordo temporário entre as duas. Ao entregarem por um tempo a filha caçula, os pais de Kumiko tentavam acalmar a ira dessa avó, que com a neta por perto tinha uma prova concreta dos laços com o filho (ou seja, com o pai de Kumiko). Minha esposa foi uma espécie de refém em uma briga de família.

— Além do mais, como meus pais já tinham outros dois filhos, não viam grande dificuldade em entregar por um tempo a criação da caçula para a avó — acrescentou Kumiko. — Acho que não tinham a intenção de me abandonar, mas não pensaram muito a fundo e imaginaram que essa ausência temporária não traria problemas, já que eu ainda era pequena. Em vários sentidos, essa deveria ser a melhor solução para todos. Você consegue acreditar nisso? Não sei por que, mas eles não faziam a menor ideia das consequências na época. Não perceberam o terrível trauma que uma criança tão pequena pode sofrer quando passa por uma experiência dessas.

Kumiko foi criada pela avó de Niigata dos três aos seis anos. Levava uma vida normal e não era infeliz por lá. Ganhava muito carinho da avó e se sentia mais à vontade nas brincadeiras com os primos, que regulavam de idade, do que ao lado dos irmãos, bem mais velhos. Foi trazida de volta para Tóquio só quando estava na idade de entrar na escola. Os pais começaram a ficar preocupados com tantos anos de distanciamento, e buscaram a filha à força, para que não fosse tarde demais. No entanto, em certo sentido, já era tarde demais. Durante algumas semanas depois que ficou decidido que Kumiko voltaria a Tóquio, a avó ficou extremamente emotiva e alarmada. Ela se recusava a comer e praticamente não dormia. Ora chorava, ora se zangava, ora ficava calada. Em um momento dava um abraço forte e longo em Kumiko, no outro batia com uma régua com tanta força no braço da neta que o deixava inchado. Também xingava a mãe de Kumiko com palavrões e contava quanto ela era má. Às vezes falava para a neta: "Fique, prefiro morrer a deixar de ver você"; às vezes vociferava: "Não quero mais ver você, suma logo da minha frente". Ela até tentou enfiar a ponta de uma tesoura no próprio pulso.

Como Kumiko não era capaz de entender o que estava acontecendo ao seu redor, fechou o seu coração temporariamente para o mundo exterior. Parou de pensar e de esperar algo. A situação ultrapassava muito a sua capacidade de absorção. Kumiko fechou os olhos, tampou os ouvidos e parou de pensar. Ela praticamente não guarda lembranças dessa época, que durou alguns meses. Diz que não se recorda do que aconteceu nesse tempo. De qualquer forma, quando se deu conta, já estava no novo lar. No lar que deveria ter sido o seu desde sempre, ao lado dos pais e dos irmãos mais velhos. Só que aquele não era o *seu* lar, apenas um *ambiente novo*.

Kumiko não entendia por que tinha sido afastada da avó e trazida para Tóquio, mas sabia intuitivamente que não voltaria mais a ter a vida que levava em Niigata. Já o novo ambiente, o novo mundo, estava além da compreensão de Kumiko, na época com apenas seis anos, porque era completamente diferente do mundo em que vivia até então. Mesmo o que parecia igual funcionava diferente. Ela não era capaz de compreender os valores e os princípios que formavam esse novo mundo. Nem sequer conseguia participar das conversas da nova família.

Nesse novo ambiente, Kumiko se transformou em uma menina calada e mal-humorada. Não havia ninguém em quem podia confiar ou se apoiar incondicionalmente. Mesmo nas poucas vezes em que ficava no colo da mãe ou do pai, não se sentia à vontade, pois o cheiro deles era desconhecido para ela e causava grande mal-estar. Havia momentos em que chegava a odiar aquele cheiro. A única pessoa com quem conseguia se abrir um pouco era a irmã mais velha. Os pais não sabiam como lidar com a irritação da caçula, e o irmão mais velho mal prestava atenção nela. Apenas a irmã mais velha tinha consciência de que Kumiko estava confusa e perdida em meio à solidão. Ela tomou conta de Kumiko com paciência. Dormia no mesmo quarto e aos poucos passou a conversar com a irmã mais nova. Lia livros para ela, a levava à escola e, na volta, ajudava com as lições de casa. Quando Kumiko ficava chorando horas a fio, sozinha no canto do quarto, ela se aproximava e a abraçava, sem falar nada. Ela se esforçou como podia para ajudar Kumiko a se abrir. Por isso, se não tivesse morrido de intoxicação alimentar um ano depois que Kumiko voltou para casa, muitas coisas teriam sido bem diferentes.

— Se minha irmã fosse viva, acho que a nossa família estaria se dando um pouco melhor — disse Kumiko. — Ela estava apenas no sexto ano do primário, mas já era uma espécie de suporte para a família. Se não tivesse morrido, acho que a gente seria um pouco mais normal hoje. Pelo menos eu conseguiria ter um pouco mais de esperança. Você me entende, não é? Desde que ela morreu, sempre carreguei um sentimento de culpa em relação a todos. Pensava *por que minha irmã? Por que não eu? Afinal, para que servia minha vida?* Eu não era útil para ninguém, não conseguia alegrar ninguém. Meus pais e meu irmão sabiam que eu me sentia culpada, mas nunca me dirigiram uma só palavra de carinho. Pelo contrário: sempre falavam da minha irmã morta quando tinham oportunidade. Falavam como ela era bonita e inteligente. E querida. E carinhosa. E como tocava bem piano. Sabe, eu também fui obrigada a ter aulas de piano, porque depois que minha irmã morreu o piano de cauda ficou abandonado. Só que eu não tinha nenhum interesse em tocar piano. Sabia que não conseguiria tocar tão bem quanto ela e não queria ficar mostrando toda hora que era inferior a ela em tudo. Sem contar que eu não podia nem queria ocupar o lugar dela. Mas eles não me deram ouvidos. *Ninguém quis saber o que eu tinha para falar.* Por isso não suporto nem ver um piano hoje, muito menos alguém tocando.

Quando ouvi essa história, fiquei com raiva da família de Kumiko. Pelo que fizeram com ela. Pelo que não fizeram por ela. Ainda não éramos casados: tínhamos nos conhecido há pouco mais de dois meses. Era uma manhã silenciosa de domingo, e estávamos na cama. Ela me contou sua infância, devagar, ponto por ponto, como se desatasse todos os nós de uma corda. Era a primeira vez que ela se abria comigo por tanto tempo. Até aquele momento, eu ignorava quase tudo da família e da infância dela. De Kumiko, só sabia que ela era calada, gostava de desenhar, tinha cabelo liso e bonito e duas pintas nas costas, acima da escápula direita. E que eu era o seu primeiro homem.

Enquanto me contava essas coisas, Kumiko chorou um pouco. Eu entendia muito bem como ela se sentia e a abracei, fazendo cafuné.

— Se minha irmã fosse viva, você gostaria dela. Com certeza. Todos gostavam dela logo de cara — disse Kumiko.

— Talvez — respondi. — De qualquer forma, eu estou apaixonado por você. Sabe, é simples. Gosto de você, e sua irmã não tem nada a ver com isso.

Kumiko ficou calada por um tempo, pensando em alguma coisa, em silêncio. Eram sete e meia de uma manhã de domingo, e todos os sons pareciam vazios e suaves. Ouvi os pombos andando no telhado do apartamento e, bem ao longe, alguém chamar um cachorro. Kumiko ficou observando o mesmo ponto no teto por muito tempo.

— Você gosta de gatos? — Kumiko me perguntou.

— Gosto. Gosto muito. Sempre tive gatos na infância. Sempre brincava com eles e até dormíamos juntos.

— Que ótimo. Quando eu era criança, sempre quis ter um gato. Mas não me deixavam. Minha mãe não gostava de gatos. Em toda a minha vida, nunca pude ter nada do que queria. *Nunca.* É inacreditável, não é? Você não pode imaginar como é levar uma vida assim. Quando você se acostuma, passa aos poucos a não saber mais o que quer de verdade.

Eu segurei a mão dela.

— Talvez tenha sido assim até agora. Só que você não é mais criança e tem o direito de tomar as próprias decisões e refazer a sua vida. Se quer ter gatos, basta escolher a vida certa para se ter gatos. É simples. Você tem esse direito. Não é mesmo?

Kumiko ficou me observando em silêncio.

— É... — concordou ela.

Alguns meses depois, Kumiko e eu começamos a falar de casamento.

Se Kumiko teve uma infância problemática e difícil, Noboru Wataya teve uma infância pouco comum, em outro extremo. Os pais cobriam o único filho homem de amor excessivo, mas, além dos mimos, faziam também muitas cobranças. O pai tinha a crença de que, em uma sociedade como a japonesa, o único modo de levar uma vida decente era tirando notas um pouco melhores que a dos outros e passando por cima do maior número possível de pessoas. Ele acreditava de verdade nisso, cegamente.

Logo depois que me casei com Kumiko, ouvi isso da própria boca do meu sogro. Ele dissera que não existia igualdade entre as pessoas. Que as escolas ensinam que as pessoas são iguais, mas isso não passava de fachada, de conversa fiada. Que o Japão é um Estado democrático em sua estrutura, mas ao mesmo tempo tinha uma sociedade de classe extremamente competitiva, com o predomínio da lei do mais forte. Se você não pertencesse à elite, não fazia sentido viver no país, já que a única coisa que restava era ser triturado aos poucos pela máquina. Por isso, os japoneses tentavam subir a todo custo, mesmo que só um degrau. Para ele, essa era uma ambição saudável. Se os japoneses perdessem essa ambição, o país estaria fadado à destruição. Eu não fiz nenhuma observação ao ouvir a tese do meu sogro. Afinal, ele não esperava a minha opinião, apenas expunha a sua crença, que não mudaria nunca.

Filha de um alto funcionário do governo, a mãe de Kumiko fora criada em um bairro de classe alta de Tóquio, sem nunca passar por necessidades, e não contava com inteligência nem caráter para confrontar a opinião do marido. A meu ver, ela não tinha nenhuma opinião sobre as coisas além dos limites do que seus olhos podiam ver (aliás, ela era bem míope). Quando precisava se posicionar sobre o mundo que ia além da sua visão, sempre pegava emprestada a opinião do marido. Se fizesse só isso, talvez não incomodasse ninguém. Só que ela tinha o defeito da maioria das pessoas como ela: gostava de ostentar. Como não tinha valores próprios, não conseguia saber direito a sua posição se não pegasse emprestado os critérios e os pontos de vista dos outros. A única coisa que norteava seus pensamentos era "o que as outras pessoas vão pensar de mim". Assim, ela se tornou uma pessoa neurótica e de visão estreita, que só pensava na posição do marido dentro do ministério e no nível de educação do filho. Para ela, o que estava fora de sua visão estreita não tinha nenhum significado. Ela exigiu que o filho frequentasse o mais conceituado colégio e a mais conceituada universidade. Estava bem além dos seus limites pensar se o filho teria uma infância feliz ou se formaria uma concepção de vida adequada. Se alguém expressasse, por pouco que seja, alguma dúvida nesse sentido, ela com certeza ficaria enfurecida e entenderia o questionamento como um insulto pessoal sem sentido.

Em suma, os pais de Kumiko colocaram na cabeça do pequeno Noboru Wataya a sua filosofia cheia de problemas e a sua visão distorcida de mundo. Todo o interesse dos meus sogros se concentrava no primogênito Noboru Wataya, e eles jamais permitiram que o filho se resignasse a um segundo lugar. Se alguém não consegue ser o primeiro da classe ou da escola, espaços relativamente estreitos, como conseguirá ser o primeiro em um mundo mais amplo?, questionava o pai. Noboru Wataya sempre teve os melhores professores particulares e vivia pressionado para estudar. Quando tirava boas notas na escola, ganhava tudo o que pedia, como recompensa. Por isso, teve uma infância bastante privilegiada materialmente. No entanto, na fase mais sensível e vulnerável da vida, ele não teve tempo de namorar, nem de se divertir, nem de fazer festas com os amigos. Tinha que dedicar toda a sua força para continuar sendo o primeiro. Não sei se Noboru Wataya gostava ou não desse tipo de vida, e Kumiko também não sabe. Ele não era o tipo de pessoa que se abria com a irmã, nem com os pais, nem com ninguém. De qualquer maneira, gostando ou não da vida que levava, ele não tinha escolha. Na minha opinião, certo tipo de sistema de pensamento, justamente por ser unilateral e simples, acaba se tornando quase impossível de ser refutado. Em todo caso, ele frequentou um colégio particular de alto nível e cursou economia na Universidade de Tóquio, onde se formou entre os melhores alunos.

Seu pai esperava que ele se tornasse funcionário público ou entrasse em uma grande empresa privada depois de se formar, mas ele preferiu seguir carreira acadêmica e se dedicou à pesquisa. Noboru Wataya não era bobo. Sabia que se daria melhor permanecendo no mundo onde a capacidade intelectual individual era mais valorizada do que trabalhando em grupo e fazendo parte do mundo real. Ele estudou por dois anos na Universidade Yale e voltou para a Universidade de Tóquio para seguir com a pesquisa. Depois de um tempo, por recomendação dos pais, aceitou conhecer uma moça com quem acabou se casando, ainda que o matrimônio tenha durado apenas dois anos. Com a separação, voltou a morar na casa dos pais. Quando nos conhecemos, Noboru Wataya já era uma pessoa bem desagradável e estranha.

Três anos atrás, quando estava com trinta e quatro, ele escreveu e publicou um calhamaço. Era um livro técnico de economia, que até comecei a ler, mas, para falar a verdade, não entendi nada. Não entendi uma única página. Mesmo relendo diversas vezes, não conseguia entender uma só passagem do texto. Nem sequer era capaz de distinguir se o conteúdo era complexo demais ou se estava mal escrito. De qualquer maneira, o livro fez bastante sucesso entre os especialistas da área. Alguns críticos cobriram a obra de elogios, afirmando "que abria caminho para uma economia completamente nova, uma perspectiva radicalmente diferente", mas também não entendi nada do que os críticos queriam dizer. Até os meios de comunicação passaram a apresentá-lo, aos poucos, como o herói dos novos tempos. Alguns livros que tentavam interpretar a obra dele foram lançados. As expressões "economia sexual" e "economia excretiva", empregadas no volume, chegaram a se tornar palavras da moda naquele ano. As revistas e os jornais fizeram matérias especiais com ele, com chamadas para o intelectual da nova era. Não acredito que os jornalistas tenham compreendido o conteúdo do estudo. Tenho minhas dúvidas se alguma vez chegaram a abrir o calhamaço. Só que para eles isso não fazia diferença. O que importava era Noboru Wataya: jovem, solteiro e com uma mente brilhante, capaz de escrever um livro difícil e incompreensível.

Enfim, ele ficou conhecido publicamente depois de lançar essa obra. Passou a escrever uma espécie de crítica em diversas revistas e a atuar como analista de economia e política em programas de tv. Até virou convidado regular de mesas-redondas. Ninguém do círculo de Noboru Wataya (incluindo Kumiko e eu) imaginou que ele se adaptaria a um trabalho com tanta exposição como aquele. Todos achavam que ele era retraído e tinha o perfil mais de pesquisador, que se interessava apenas por assuntos de sua área. No entanto, uma vez que entrou no mundo da televisão, ele desempenhou seu papel de modo impressionante e surpreendente. Não hesitava nem um pouco no estúdio e até parecia mais relaxado diante da câmera do que diante de pessoas de carne e osso. Atônitos, todos nós observávamos a sua rápida transformação. No ar, Noboru Wataya vestia um terno bem cortado que logo de cara dava para notar que era caro, uma gravata que combinava perfeitamente com o terno e os óculos elegantes, com armação de casco de tartaruga. O corte de cabelo também era moderno. Provavelmente ele tinha direito a um estilista, pois nunca o vira com roupas assim antes. Porém, ainda que as roupas fossem escolhidas pela emissora de TV ou por um figurinista, a verdade é que aquele estilo lhe caía muito bem, como se ele sempre tivesse seguido aquela tendência. Ao ver aquilo, eu me perguntava: afinal, quem era aquele homem? Onde estava a sua essência?

Apesar disso, diante da câmera, ele falava pouco. Quando alguém pedia a sua opinião, fazia um comentário conciso, escolhendo palavras comuns e uma lógica simples. Mesmo quando discutiam em voz alta ao seu redor, ele sempre mantinha a calma. Não caía nas provocações, deixava o interlocutor falar à vontade e, na réplica, virava o jogo com apenas uma palavra. Conhecia muito bem a técnica para desarmar debatedores e dar o golpe de misericórdia, com um sorriso no rosto e uma voz tranquila. Além disso, na tela da TV, ele inexplicavelmente parecia mais culto e mais confiável do que era na realidade. Não tinha um rosto particularmente bonito, mas era alto e magro, e dava a impressão de nobreza. Em suma, Noboru Wataya tinha encontrado na TV seu hábitat perfeito. Além disso, fora recebido de braços abertos pela mídia e retribuía na mesma moeda.

No entanto, eu não gostava de ler o que ele escrevia nem de vê-lo no ar. Até admito que Noboru Wataya era perspicaz e talentoso, que conseguia se sobrepor aos debatedores com eficiência, em pouco tempo e com poucas palavras. Ele tinha uma intuição quase animal para distinguir a direção do vento, mas, quem ouvisse e lesse com cuidado a opinião dele, perceberia que faltava consistência aos argumentos. Ele não tinha uma visão aprofundada, nem convicções embasadas. Seu mundo era formado por uma combinação complexa de sistemas de pensamentos superficiais, que ele mudava e combinava de acordo com a necessidade do momento. A capacidade de transitar por diferentes ideias era evidente, chegava até a ser artística. Só que para mim aquilo não passava de um jogo. Se havia algum tipo de consistência na sua opinião era não ter nunca consistência, e se ele tinha algum tipo de visão de mundo era não ter nenhuma visão de mundo. Essas ausências, por outro lado, podiam ser consideradas sua marca intelectual. A constante mudança de pontos de vista dos meios de comunicação, que dividiam o tempo em fatias, não exigia consistência, e o fato de ele não carregar esse fardo era seu grande mérito.

Como Noboru Wataya não tinha nada a perder, podia concentrar toda a atenção na batalha. Bastava atacar. Bastava derrubar o adversário. Nesse sentido, ele era uma espécie de camaleão intelectual, que mudava de cor de acordo com o adversário e criava uma lógica eficaz para cada momento, mobilizando todos os tipos de retórica. Basicamente, tomava a maioria de seus argumentos de outro lugar e, em alguns casos, não apresentava nenhum conteúdo em seus discursos. Porém, como sempre tinha uma resposta pronta para tudo, como discorria com habilidade e precisão, como se fosse um mágico, era quase impossível apontar na hora as inconsistências de sua fala. Mesmo que alguns debatedores percebessem aquela lógica fraudulenta, o que ele dizia chamava muito mais a atenção das pessoas e parecia muito mais novo do que os argumentos sólidos dos opositores (que podiam ser honestos, mas levavam tempo demais para explicar os pontos principais e, na maioria das vezes, só causavam uma impressão morna nos telespectadores). Eu não fazia a menor ideia de onde Noboru Wataya adquirira essa técnica, mas ele tinha o dom de manipular diretamente a emoção da massa. Estava bem ciente da lógica que mexia com a maioria das pessoas. Para ser exato, nem precisava ser uma lógica. Bastava *parecer* uma lógica. O mais importante era despertar a emoção de quem estava do outro lado da tela.

Em certas ocasiões, era capaz de enumerar uma série de palavras que pareciam termos técnicos difíceis, cujo significado correto, naturalmente, quase ninguém sabia. Mesmo nessas horas conseguia criar um ambiente que sugeria que a culpa não era dele se alguém não entendia isso. Costumava citar estatísticas e mais estatísticas. Sabia de cor todos aqueles números, que pareciam bem convincentes. Entretanto, mais tarde, percebia-se que nenhuma vez tinha sido discutida a autenticidade ou a confiabilidade da fonte daqueles dados. Os números, afinal das contas, podem ser manipulados de inúmeras maneiras, dependendo da forma como são citados. Todos sabem disso. Porém, como a estratégia dele era muito sutil, a maioria dos telespectadores não conseguia perceber com facilidade a artimanha.

A sutileza da estratégia dele me deixava extremamente aborrecido, ainda que eu não conseguisse explicar com clareza esse aborrecimento aos outros. Eu não conseguia desmontar aquela artimanha com argumentos. Era como lutar boxe com um fantasma: por mais que eu desferisse socos, só acertava o vazio. Até porque não existia nada parecido com conteúdo a ser atingido. Fiquei surpreso ao constatar que até pessoas consideravelmente sábias eram convencidas por aquela manipulação, o que, por estranho que pareça, me irritava.

E foi assim que Noboru Wataya passou a ser considerado um grande intelectual, como se para a opinião pública a consistência não tivesse muita importância. O que os telespectadores queriam eram discussões acaloradas, derramamento de sangue. Nesse contexto, pouco importava se alguém falasse algo na segunda-feira e se contradissesse completamente na quinta.

Meu primeiro encontro com Noboru Wataya ocorreu quando Kumiko e eu decidimos nos casar. Antes de conhecer o pai dela, resolvi ter uma conversa com o irmão. Como regulava de idade com ele, imaginei que Noboru Wataya poderia me facilitar as coisas com o pai.

— Acho que é melhor você não contar muito com ele — comentou Kumiko, meio que sem jeito. — Não sei como explicar, mas ele não é do tipo que faz essas coisas.

— Uma hora ou outra teremos que nos conhecer — objetei.

— Bem, é verdade.

— Então posso me encontrar e conversar com ele antes. Caso contrário, nunca saberemos.

— É, talvez você tenha razão.

Quando telefonei, Noboru Wataya não pareceu muito empolgado com a ideia de um encontro. "Agora, se você faz tanta questão, posso arranjar uma meia horinha", sugeriu ele. Combinamos então em um salão de chá perto da estação Ochanomizu. Na época, ele era assistente na universidade, não havia publicado nenhum livro e tinha uma aparência em nada digna de elogio. Os bolsos da jaqueta estavam folgados, como se tivessem guardado aquelas mãos por um tempo longo demais, e o cabelo estava muito comprido, como se a hora do corte já tivesse passado umas duas semanas antes. A camiseta polo mostarda e a jaqueta de tweed cinza-azulado não combinavam nem um pouco. Em suma, tinha a aparência desses assistentes sem dinheiro que a gente costuma ver nas universidades. Embora à primeira vista estivesse com olhos sonolentos como os de quem passara a manhã inteira na biblioteca fazendo consultas, observando com mais atenção era possível perceber uma luz penetrante e fria em seu olhar.

Eu me apresentei e disse que pretendia me casar com Kumiko em breve. Abri o jogo, tentando ser o mais sincero possível: "Trabalho num escritório de advocacia, mas, para ser franco, não é o emprego dos meus sonhos". "Ainda estou buscando trilhar o meu caminho", confessei. "Talvez seja quase uma imprudência alguém como eu querer pedir a mão de sua irmã em casamento, mas amo Kumiko e acredito que posso fazê-la feliz." "Tenho certeza de que posso oferecer apoio e amparo a ela, e vice-versa."

Aparentemente, porém, Noboru Wataya não entendeu quase nada do que eu disse. Ele ouviu tudo de braços cruzados, sem responder. Mesmo depois que parei de falar, ele permaneceu imóvel por um tempo. Parecia pensar em outra coisa, em silêncio.

No começo, senti um mal-estar diante dele, mas imaginava que aquilo estivesse ligado à própria situação. Com certeza não é muito natural anunciar para um desconhecido que você pretende se casar com a irmã mais nova dele. No entanto, depois de um momento, o que eu sentia passou de mal-estar a repulsa, como se uma coisa estranha com cheiro podre aos poucos crescesse dentro de mim. Não que ele tivesse falado ou feito algo para estimular aquilo. Não, o que me causava repugnância era o próprio rosto de Noboru Wataya. Intuitivamente, senti que aquele rosto estava coberto por uma máscara. Havia algo errado ali. Tinha a impressão de que aquele não era o verdadeiro rosto dele.

Tudo o que eu queria era levantar da cadeira e ir embora, mas, como já tinha começado a falar, não podia voltar atrás. Por isso, continuei sentado, tomei o café morno e esperei que ele dissesse alguma coisa.

— Para ser sincero — começou ele, com voz fraca e baixa, como se quisesse economizar energia —, não entendi direito o que você acabou de falar e acho que é algo que não me interessa muito. Tenho outras prioridades, que você provavelmente não entende e nem se importa. Resumindo, se você e Kumiko querem se casar, eu não tenho direito nem motivo para ser contra. Não vou me opor, isso seria impensável. Mas gostaria que você não esperasse mais nada de mim. Aliás, e isso é o mais importante para mim, gostaria que você não tomasse mais o meu tempo.

Em seguida, lançou um olhar para o relógio de pulso e se levantou. Tenho a impressão de que ele não empregou exatamente essas palavras, mas não consigo me lembrar com clareza. Ainda assim, sem dúvida aquele foi o recado, um recado sucinto e direto, sem entrelinhas. Compreendi o que ele quis dizer e entendi de modo geral a impressão que ele tivera de mim.

Assim, nos despedimos.

Depois que ele se tornou meu cunhado, tive vez ou outra a oportunidade de trocar algumas palavras com Noboru Wataya, mas acredito que não posso chamá-las de conversas. Como ele mencionou, não havia nada parecido com uma afinidade entre nós. Por isso, por mais que trocássemos algumas palavras, nunca seria um diálogo. Era como se falássemos idiomas completamente diferentes. Se Eric Dolphy tentasse explicar para o Dalai-Lama, no leito de morte, por meio da melodia do clarinete baixo, a importância de escolher um bom óleo de motor, a conversa com certeza teria sido mais benéfica e eficaz do que as palavras trocadas entre mim e Noboru Wataya.

Quase nunca me deixo abalar emocionalmente por muito tempo por causa do contato com outras pessoas. Claro que fico bravo ou irritado com alguém depois de passar por uma situação desagradável, mas esse sentimento não perdura. Tenho a capacidade de separar bem a minha vida e a existência dos outros, como se eles pertencessem a campos completamente isolados (não vejo problema em chamar de capacidade porque, sem querer me gabar, está longe de ser algo fácil). Quando fico aborrecido ou irritado, coloco o alvo desse sentimento em um campo isolado, em algum lugar sem relação comigo. Penso mais ou menos assim: *Tudo bem, estou aborrecido ou irritado neste momento, mas já afastei a causa desse sentimento para um campo distante. Vou verificar e analisar a questão mais tarde, com calma.* E assim congelo temporariamente minhas emoções. Mais tarde descongelo e verifico a situação com calma, tentando resolver o problema. Às vezes, mesmo nessas horas me deixo abalar emocionalmente, mas isso é uma exceção. Depois de certo tempo, a maioria das coisas se torna inofensiva e menos tóxica, de modo que cedo ou tarde acabo me esquecendo delas.

Ao longo de boa parte da minha vida, consegui evitar muitos problemas desnecessários e manter meu mundo relativamente estável utilizando esse sistema de processamento de emoções. E tinha considerável orgulho por ter elaborado um sistema tão eficaz.

Só que esse sistema não funcionava nem um pouco com Noboru Wataya. Eu não conseguia isolar Noboru Wataya em "algum lugar sem relação comigo". Já ele me isolava rapidamente em "algum lugar sem relação com ele", o que me deixava bem irritado. O pai de Kumiko era arrogante e desagradável, e não passava de um tacanho de visão estreita, que vivia cego e preso à sua crença simplista. Por isso consegui me esquecer completamente dele. Noboru Wataya não era assim. Ele tinha plena consciência de quem era e provavelmente, até certo ponto, tinha compreendido quem eu era, de maneira acertada. Se quisesse, poderia me aniquilar por completo, e só não fazia isso porque não tinha nenhum interesse por mim. Para ele, eu era um insignificante que não valia a pena aniquilar, mera perda de tempo e energia. Acho que por isso Noboru Wataya me deixava irritado. No fundo, era um infame, um egoísta sem conteúdo, mas visivelmente mais competente do que eu.

Depois do nosso encontro, carreguei durante um tempo uma sensação bastante desagradável, como se tivessem me enfiado goela abaixo um inseto asqueroso. Eu tinha expelido o inseto, mas a sensação ainda permanecia na boca. Continuei pensando em Noboru Wataya por dias a fio. Mesmo que tentasse afastar aquela visão, ela não saía da minha mente. Fui ao concerto, ao cinema e até a um jogo de beisebol com os colegas do trabalho. Bebi e li o romance que tanto queria e esperava, ansioso. Só que Noboru Wataya continuava presente, de braços cruzados, lançando para mim aqueles olhos agourentos e pantanosos. Ele me deixava irritado e abalado.

Depois que encontrei Noboru Wataya, Kumiko me perguntou o que tinha achado dele. Não consegui contar minhas impressões com sinceridade. Queria perguntar a Kumiko sobre a evidente máscara que seu irmão usava e sobre *algo* pouco natural e distorcido que com certeza estava oculto por trás dela. Queria falar com sinceridade sobre minha repulsa e meu desconforto, mas resolvi silenciar. Por mais que tentasse, imaginei que não conseguiria explicar direito. E sem uma boa explicação não havia motivo para comentar nada com ela.

— Como dizer, ele é meio estranho... — comecei.

Tentei acrescentar algo adequado, mas nada me veio à mente. Kumiko também não fez mais perguntas, apenas assentiu em silêncio.

Os meus sentimentos em relação a Noboru Wataya praticamente não mudaram desde esse primeiro encontro, e continuo experimentando a mesma irritação por ele. Carrego essa sensação sempre comigo, como um estado febril. Curiosamente, embora eu não tenha aparelho de TV em casa, toda vez que olho para uma tela de TV em algum lugar, acabo encontrando sem querer Noboru Wataya fazendo algum comentário. Toda vez que folheio alguma revista na sala de espera de algum lugar, acabo encontrando sem querer a foto de Noboru Wataya e o texto escrito por ele. Como se Noboru Wataya me esperasse em todas as esquinas do mundo.

Tudo bem, devo admitir com sinceridade: *eu odiava Noboru Wataya.*

7.
Lavanderia da felicidade,
e Creta Kanô entra em cena

Fui até a lavanderia em frente à estação para deixar uma blusa e uma saia de Kumiko. Normalmente deixo as roupas na lavanderia perto de casa, não por uma questão de particular apreço, e sim de distância. A minha esposa utiliza a lavanderia em frente à estação de vez em quando, pois é caminho: ela deixa as roupas na ida para o trabalho e retira o pedido na volta. A lavanderia em frente à estação é um pouco mais cara, mas compensa pelo capricho, costuma dizer Kumiko. Ela também procura deixar as roupas mais delicadas nessa lavanderia. Por isso, naquele dia subi na bicicleta e fui até a estação só para deixar as roupas favoritas dela nessa lavanderia. Imaginei que Kumiko fosse gostar do cuidado.

Carregando a saia e a blusa nos braços, saí de casa com uma calça verde de algodão fino, os tênis de sempre e uma camiseta amarela com a estampa do Van Halen, que era artigo promocional de uma gravadora e que Kumiko ganhara não sei de quem. Como da última vez, o dono da lavanderia ouvia bem alto o toca-fitas da JVC. Naquela manhã, uma fita de Andy Williams. Quando abri a porta, a "Hawaiian Wedding Song" estava dando lugar a "Canadian Sunset". O dono da lavanderia assoviava feliz acompanhando a melodia e anotava com a caneta alguma coisa no caderno. Na sua pilha de fitas cassete na estante, encontrei nomes como Sérgio Mendes, Bert Kaempfert e 101 Strings. Provavelmente ele era um grande apreciador do estilo Easy Listening. Será que fervorosos admiradores de Albert Ayler, Don Cherry ou Cecil Taylor poderiam ser donos de lavanderia de uma rua comercial de frente para a estação?, me perguntei na hora. Talvez sim, mas com certeza não seriam donos muito felizes.

Ele estendeu a blusa verde de estampa floral e a saia rodada de cor sálvia que coloquei no balcão, verificou as peças rapidamente e escreveu na comanda "1 blusa e 1 saia", com letras caprichadas. Gosto de donos de lavanderia que escrevem com letras caprichadas. Se ainda por cima forem admiradores de Andy Williams, fica perfeito.

— Sr. Okada, não é isso? — perguntou ele.

— Sim — respondi.

Ele escreveu o meu sobrenome e me deu a minha via.

— Fica pronto na próxima terça. Dessa vez, não se esqueça de vir pegar — pediu. — Roupas de sua esposa?

— Isso mesmo.

— São cores bonitas.

O céu estava nublado. A previsão do tempo marcava chuva para o dia. Embora já passasse das nove e meia, alguns se dirigiam às pressas para a escadaria da estação, carregando pastas e guarda-chuvas fechados. Só podiam ser gente que entrava tarde no trabalho. Ainda que fosse uma manhã quente e abafada, estavam vestidos de modo impecável: terno, gravata e sapatos pretos. Aparentemente, havia muitos engravatados que regulavam de idade comigo, mas nenhum estava de camiseta do Van Halen. Eles usavam o pin da empresa na lapela do paletó e carregavam o jornal de economia *Nihon Keizai Shinbun*. O sino da plataforma tocou, e algumas pessoas subiram correndo a escadaria da estação. Fazia muito tempo que eu não via homens vestidos daquele jeito, o que não era estranho, já que na última semana apenas fizera o trajeto de casa ao supermercado, à biblioteca e à piscina pública, na vizinhança. Só tinha esbarrado com donas de casa, idosos, crianças e alguns lojistas. Sem arredar pé, fiquei observando por um tempo, distraidamente, homens de terno e gravata.

Já que estava ali mesmo, cogitei pedir o cardápio especial de café da manhã no salão de chá em frente à estação, mas na última hora desanimei e desisti. Pensando bem, nem estava com muita vontade de tomar café. Observei o meu reflexo na vitrine da floricultura. Eu não tinha percebido, mas a barra da camiseta estava manchada com molho de tomate.

No caminho para casa, pedalava assoviando, sem perceber, "Canadian Sunset".

Às onze horas, Malta Kanô ligou.

— Alô — atendi.

— Alô — disse Malta Kanô. — Estou falando com o sr. Toru Okada?

— Sim, está falando com ele.

Pela voz, percebi desde o começo que era Malta Kanô.

— Olá, sr. Toru Okada, aqui é Malta Kanô. Tivemos um encontro outro dia. Por acaso o senhor teria planos para a tarde de hoje?

Respondi que não. Assim como aves migratórias não têm bens para penhora, eu não tinha planos.

— Nesse caso, à uma da tarde, o senhor receberá a visita da minha irmã, Creta Kanô.

— Creta Kanô? — repeti, com voz seca.

— Isso, minha irmã mais nova. Tenho a impressão de que mostrei a foto dela ao senhor no nosso encontro.

— Sim, me lembro da sua irmã mais nova, mas...

— Ela se chama Creta Kanô e vai à casa do senhor, no meu lugar. Pode ser à uma?

— Bem, pode.

— Ótimo. Então até logo — encerrou Malta Kanô, desligando o telefone.

Creta Kanô?

Passei o aspirador de pó no chão e arrumei a casa. Empilhei os jornais, amarrei tudo com barbante e guardei no armário. Organizei as fitas cassetes espalhadas numa caixa e lavei a louça na cozinha. Em seguida tomei uma ducha, lavei o cabelo e vesti roupas novas. Preparei café e comi um sanduíche de presunto e também ovos cozidos. Depois me sentei no sofá, li a revista *Kurashi no Techô* e pensei no que faria para o jantar. Marquei uma página que apresentava a receita de salada de tofu e *hijiki*, e anotei os ingredientes na lista de compras. Quando liguei o rádio, Michael Jackson cantava "Billie Jean". Pensei em Malta e em Creta Kanô. Dois nomes tão estranhos! Até parecia nome de dupla de comediantes. Malta e Creta Kanô.

Sem sombra de dúvidas, a minha vida estava tomando um rumo esquisito. O gato havia fugido. Eu recebia ligações sem pé nem cabeça de uma mulher estranha. Tinha conhecido uma garota curiosa, invadido o terreno da casa abandonada do beco e descoberto que Noboru Wataya violentara Creta Kanô. Malta Kanô previra que eu encontraria a gravata. Minha esposa havia sugerido que eu não precisava mais trabalhar.

Desliguei o rádio, devolvi a revista à estante de livros e tomei outra xícara de café.

À uma em ponto, Creta Kanô tocou a campainha. Ela era idêntica à foto: baixa, calma, cerca de vinte e cinco anos. Espantosamente, mantinha o estilo do início da década de 1960 e, se refilmassem *Loucuras de verão* em uma versão japonesa, poderia se candidatar a um papel de figurante sem precisar mudar nada. Como na foto, tinha um cabelo volumoso ondulado nas pontas e, na testa, os fios estavam puxados bem firmes para trás e presos por uma grande tiara brilhante. As sobrancelhas estavam bem delineadas com lápis, o rímel produzia uma sombra misteriosa nos olhos e o batom reproduzia de maneira impressionante a cor da moda naqueles tempos idos. Se recebesse um microfone, talvez começasse a cantar "Johnny Angel".

Já a roupa era bem mais simples e menos sofisticada, comparada com a maquiagem. Eu me atreveria a dizer que era até prática: uma blusa branca e uma saia verde justa e simples. Ela não usava nada semelhante a um acessório. Carregava uma bolsa branca de couro envernizado embaixo do braço e calçava sapatos brancos de bico fino. Como eram pequenos e com um salto fino e pontudo como o grafite de um lápis, pareciam de brinquedo. Fiquei impressionado ao pensar que ela tinha conseguido caminhar até aqui com sapatos como aqueles.

Seja como for, convidei Creta Kanô a entrar. Ela deixou os sapatos na entrada e tomou lugar no sofá da sala. Depois de aquecer e servir o café, perguntei se ela já tinha almoçado, pois fiquei com a impressão de que estava com fome.

— Ainda não. Mas não se incomode, por favor — se apressou em acrescentar. —Sabe, costumo comer bem pouco no almoço.

— Tem certeza? — insisti. — Posso preparar um sanduíche num segundo. Não precisa fazer cerimônia, estou acostumado a preparar lanches leves. Não é incômodo nenhum.

Ela balançou a cabeça várias vezes, com movimentos curtos.

— Muito obrigada pela gentileza, mas não precisa. Não se incomode. Só o café já está ótimo. De verdade.

Resolvi servir biscoitos de chocolate em um prato, para testar. Creta Kanô apreciou quatro. Eu comi dois e tomei outra xícara de café.

Ela pareceu mais calma depois de comer os biscoitos e tomar café.

— Hoje vim no lugar da minha irmã mais velha, Malta Kanô — começou ela. — Eu me chamo Creta Kanô, e, naturalmente, esse não é meu nome de verdade. Eu me chamo Setsuko Kanô, mas, depois que passei a ajudar a minha irmã no trabalho, adotei Creta como codinome. Não tenho nenhuma relação com a ilha de Creta, nem nunca fui lá. Como minha irmã adotou Malta, ficou decidido que eu precisaria também de um nome de ilha, para combinar. Malta escolheu Creta para mim. Por acaso o senhor já foi à ilha de Creta?

Respondi que não, nunca fui à ilha de Creta, nem tinha planos de ir num futuro próximo.

— Eu quero ir à ilha de Creta um dia — comentou ela, com uma fisionomia bastante séria. — Creta é a ilha grega mais próxima da África. É uma ilha grande, e lá a civilização antiga floresceu. Minha irmã Malta já esteve em Creta e me contou que é um lugar encantador, embora vente muito. Contou também que o mel é delicioso. Sabe, eu adoro mel.

Assenti. Eu não gostava muito de mel.

— Hoje vim fazer um pedido ao senhor — prosseguiu Creta Kanô. — Gostaria de coletar uma amostra da água de sua casa.

— Da água? — repeti. — Da água da torneira?

— Sim, pode ser da torneira. Por acaso tem algum poço aqui perto? Se tiver, gostaria de coletar uma amostra da água do poço também.

— Acho que perto, perto não tem. Quer dizer, até tem um, mas fica no terreno de outra casa e já está seco.

Creta Kanô me encarou com um olhar complexo.

— Tem certeza de que esse poço não tem mesmo água?

Eu me lembrei do som seco, POF, que ouvi quando a garota jogou a pedra no poço da casa abandonada.

— Absoluta. Está seco.

— Tudo bem. Nesse caso, gostaria de coletar apenas uma amostra da água da torneira da sua casa.

Levei Creta Kanô até a cozinha. Ela tirou dois frasquinhos de remédio ou algo parecido da bolsa branca. Encheu um com a água da torneira e tampou com cuidado. Em seguida pediu para dar uma olhada no banheiro, e eu mostrei o caminho. Minha esposa tinha pendurado calcinhas e meias-calças, mas Creta Kanô nem ligou, abriu a torneira e encheu o outro frasquinho, antes de tampá-lo e virá-lo de ponta-cabeça para ter certeza de que não vazava. As tampas dos frasquinhos tinham cores diferentes para distinguir a água do banheiro da água da cozinha. A tampa do banheiro era azul, e a da cozinha, verde.

De volta à sala, ela colocou os frasquinhos num pequeno saco plástico térmico, fechou o zíper e guardou com cuidado na bolsa. O fecho era antigo e produziu um som seco ao ser fechado, CLAC. Pela naturalidade do gesto, percebi que ela já fizera esse serviço diversas vezes.

— Muito obrigada — agradeceu Creta Kanô.

— Já terminou? — perguntei.

— Por hoje, sim.

Ela ajeitou a barra da saia, colocou a bolsa embaixo do braço e estava prestes a se levantar do sofá.

— Espere um pouco... — pedi. Como não imaginava que ela fosse embora de maneira tão abrupta, fiquei um pouco confuso. — E o paradeiro do gato? Minha esposa está esperando alguma notícia, alguma novidade. Já tem quase duas semanas que ele desapareceu. Se sabe de alguma coisa, qualquer coisa, gostaria que me contasse.

Creta Kanô me encarou por um tempo, segurando a bolsa com cuidado embaixo do braço, e assentiu algumas vezes com movimentos curtos. Quando balançava a cabeça, o cabelo ondulado dos anos 1960 também balançava. Quando piscava, os longos cílios postiços balançavam devagar para cima e para baixo, como um abanador segurado por um escravo.

— Para falar a verdade, minha irmã avisou que a história pode ser mais longa do que parece.

— Mais longa do que parece?

Em minha mente essa expressão evocava uma planície deserta a perder de vista, com uma estaca alta despontando solitariamente na paisagem. Quando o sol se punha, a sombra da estaca ficava cada vez mais comprida, mais comprida, até o momento em que a ponta da sombra não podia ser mais vista a olho nu.

— Sim. Ela acredita que a história vá além do sumiço do gato. Eu fiquei um pouco confuso.

— Mas só queremos saber do paradeiro do gato. Mais nada. Se o gato já estiver morto, fazemos questão de saber. Como isso poderia se tornar *uma história mais longa*? Não consigo entender.

— Nem eu — disse ela, ajeitando um pouco para trás a tiara brilhante na sua cabeça. — Mas gostaria que o senhor confiasse na minha irmã. É claro que ela não sabe de todas as coisas, mas, se diz que "a história é mais longa", é porque "a história é mais longa".

Assenti em silêncio. Não tinha mais nada a acrescentar.

— Sr. Okada, como está sua agenda? Por acaso o senhor está muito atarefado? Tem mais algum compromisso para hoje? — perguntou Creta Kanô, em voz mais séria.

Eu disse que não estava nem um pouco atarefado, nem tinha compromissos.

— Será que eu poderia então falar um pouco de mim? — perguntou Creta Kanô.

Ela deixou a bolsa que segurava no sofá e levou as mãos ao colo, sobre a saia justa verde. As unhas das mãos estavam pintadas de um esmalte rosa, bonito. Não usava nenhum anel.

Respondi que sim, era só falar. E então minha vida tomou um rumo ainda mais esquisito, como eu tinha pressentido assim que Creta Kanô tocara a campainha de casa.

8.
A longa história de Creta Kanô
e considerações sobre a dor

— Eu nasci em 29 de maio — começou Creta Kanô. — E, na tarde do meu aniversário de vinte anos, decidi que daria fim à minha vida.

Servi o café que tinha acabado de passar em duas xícaras e deixei uma na frente dela. Creta Kanô acrescentou creme e misturou com a colherzinha, devagar. Não colocou açúcar. Já eu não pus nem açúcar nem creme e, como de costume, tomei o café puro. O relógio de mesa batia na parede do tempo, produzindo um som seco, tique-taque.

— Será que é melhor eu contar do começo, na ordem? — perguntou ela, me encarando fixamente. — Digo, contar primeiro onde nasci, como era o ambiente de casa, essas coisas?

— Pode contar como quiser, como achar melhor. Fique à vontade.

— De três irmãos, eu sou a caçula. Malta é a irmã do meio, e temos um irmão mais velho. Meu pai era dono de um hospital na província de Kanagawa. Nossa família não tinha nada que pudesse ser chamado de problema. Era uma família bem comum, como qualquer outra. Nossos pais eram muito honestos e valorizavam o trabalho. Recebemos uma educação rígida, mas, contanto que não criássemos problemas para os outros, tínhamos certa autonomia para decidir pequenas coisas. Embora a situação financeira da família fosse boa, meus pais tinham como princípio não levar uma vida de muito luxo e só oferecer aos filhos o dinheiro necessário. Eu até diria que levávamos uma vida modesta.

"Minha irmã Malta é cinco anos mais velha do que eu e, desde pequena, sempre foi um pouco diferente. Sabe, adivinhava muitas coisas: o paciente do quarto tal que tinha acabado de morrer, por exemplo, ou o lugar em que estava a carteira perdida. No começo, todos acharam isso curioso e útil, mas aos poucos passaram a considerar assustador. Meus pais até proibiram que ela falasse na frente dos outros 'essas coisas sem fundamento'. Meu pai era o diretor do hospital e não gostava que as pessoas ficassem sabendo que sua filha tinha esse tipo de poder sobrenatural. Desde essa época, Malta parou de falar, e não só das 'coisas sem fundamento'... Ela praticamente parou de participar das conversas do dia a dia.

"A única pessoa para quem Malta abria o coração era eu, sua irmã mais nova. Sempre fomos muito próximas, desde pequenas. Ela me contava, pedindo para que eu não comentasse com ninguém, que um incêndio aconteceria na vizinhança, ou que a tia de Setagaya ficaria doente, coisas assim. Tudo o que ela falava se concretizava. Como eu era criança, achava tudo muito interessante e não tinha medo. Desde que me conheço por gente, sempre seguia Malta, ouvindo suas 'revelações'.

"À medida que Malta crescia, esse dom foi se tornando cada vez mais forte, mas ela não sabia como tratar nem como desenvolver suas capacidades. Ela sempre sofreu por causa disso. Não tinha ninguém para pedir conselhos ou orientação. Nesse sentido, teve uma adolescência muito solitária e precisou encontrar todas as respostas sozinha, com a própria força de vontade. Malta não era feliz em nossa casa, pelo contrário. Ela não conseguia acalmar o coração nem por um instante. Tinha que reprimir e esconder a sua força dos olhos dos outros. Era como cultivar uma planta ornamental em um vaso minúsculo; errado e pouco natural. Malta sabia que devia sair de casa o mais rápido possível. Era sua única certeza. Ela começou a acreditar que em algum lugar existiria um mundo adequado para ela, um modo adequado de viver. Só que até concluir o segundo grau, precisou aguentar tudo em silêncio.

"Depois que terminou essa etapa, ela decidiu que não cursaria a faculdade e que iria para o exterior, para encontrar o seu caminho. Acontece que, como os meus pais sempre levaram uma vida bastante convencional, não deram a autorização para esse projeto. Então Malta se esforçou muito para poupar dinheiro e saiu de casa, sem contar nada para os nossos pais. Primeiro ela viajou para o Havaí e morou dois anos na ilha de Kauai. Tinha lido em algum lugar que havia uma região no litoral norte dessa ilha em que brotava uma água maravilhosa. Já naquele tempo Malta tinha muito interesse por água. Ela acreditava que a composição da água controlava grande parte da vida das pessoas. Por isso a escolha pela ilha de Kauai. Na época, havia no interior da ilha uma grande comunidade hippie, que aceitou Malta como membro. A água da ilha teve grande influência no dom mediúnico dela. A absorção dessa água permitiu que Malta *conciliasse melhor* o corpo ao dom espiritual. "É uma coisa realmente maravilhosa", ela me escreveu em uma carta, para a minha alegria. Apesar disso, chegou uma hora em que ela não estava mais satisfeita com aquele local belo e pacífico. As pessoas buscavam a paz interior e se afastavam de desejos materiais, mas consumiam muitas drogas e se entregavam demais à liberdade sexual. Malta não precisava de nada daquilo. Depois de dois anos, deixou a ilha de Kauai.

"Ela foi para o Canadá e também viajou por lugares no norte dos Estados Unidos, antes de seguir para a Europa, onde continuou provando a água de várias regiões. Encontrou diversos lugares com nascentes maravilhosas, mas nada da água perfeita. E assim prosseguia a viagem. Quando o dinheiro acabava, usava seus talentos de vidente, encontrava objetos perdidos, pessoas desaparecidas e recebia uma recompensa. Embora trocar o dom recebido dos céus por coisas materiais fosse algo ruim e desagradável, nessa época ela dependia disso para sobreviver. Com seu talento de vidente, Malta era conhecida em todo lugar por onde passava e não tinha muita dificuldade em arranjar dinheiro. Na Inglaterra chegou a ajudar em uma investigação policial. Conseguiu achar o cadáver escondido de uma menina desaparecida e também, nas imediações, a luva do assassino, que foi preso e confessou o crime. Esse fato virou notícia de jornal. Quando tiver oportunidade, posso mostrar o recorte ao senhor. Bom, para resumir, Malta perambulou por inúmeras regiões da Europa e, por fim, chegou à ilha de Malta, cinco anos depois de deixar o Japão. Essa ilha se tornou o destino final da viagem de busca pela água. Deve ter ouvido essa história da própria boca da minha irmã, não é mesmo, sr. Okada?"

Eu assenti.

— Durante essa vida errante, Malta sempre me escreveu cartas. Normalmente uma longa carta por semana, a não ser que as circunstâncias impedissem. Ela contava onde estava, o que estava fazendo, essas coisas. Sempre me dei muito bem com minha irmã. Mesmo com a distância, conseguíamos matar um pouco da saudade com as cartas, que eram realmente adoráveis. Se o senhor tiver a oportunidade de ler uma, acho que vai entender como Malta Kanô é maravilhosa. Através dessas cartas, conheci diversas coisas deste mundo e descobri que existem muitas pessoas interessantes. As cartas da minha irmã foram um verdadeiro ensinamento e contribuíram muito para me incentivar e me ajudar a crescer. Sou muito grata à minha irmã e nunca vou negar isso. Só que, apesar de tudo, cartas não passam de cartas. Na fase mais difícil da minha vida, na adolescência, quando eu mais precisava da minha irmã, ela vivia ausente, em algum lugar distante. Mesmo que estendesse a mão, eu não conseguia tocá-la. Eu estava sozinha em casa e levava uma vida solitária. Tive uma adolescência muito sofrida e dolorosa... depois vou explicar melhor essa dor. Não tinha ninguém para pedir conselhos. Nesse sentido, eu era tão solitária como minha irmã. Se Malta estivesse por perto, com certeza hoje a minha vida seria um pouco diferente. Acho que ela teria me dado conselhos valiosos e teria me salvado. Bom, mas o que passou, passou. Assim como Malta teve que encontrar o próprio caminho sozinha, eu também tenho que encontrar o meu sem a ajuda dela. E, quando completei vinte anos, decidi me matar.

Creta Kanô pegou a xícara de café e tomou o que restava.

— Que café gostoso — elogiou.

— Obrigado — disse eu, fingindo normalidade. — Pouco antes da sua chegada, preparei ovos cozidos. Gostaria de experimentar?

Ela hesitou um pouco e disse que sim, aceitaria um. Apanhei os ovos cozidos e o sal na cozinha. Também servi mais café na xícara dela. Como eu, Creta Kanô descascou e comeu um ovo, e tomou o café, com calma. Nesse meio-tempo o telefone tocou, mas não atendi. Depois de tocar quinze ou dezesseis vezes, silenciou por completo. Creta Kanô parecia nem ter notado o som do aparelho.

Depois de terminar o ovo, ela tirou um pequeno lenço da bolsa e limpou a boca. Em seguida esticou a barra da saia.

— Quando decidi me matar, resolvi escrever um testamento. Fiquei uma hora sentada diante da escrivaninha, tentando explicar os motivos de pôr um fim na vida. Queria deixar registrado que ninguém tinha culpa pelo meu ato, que faria aquilo por motivos pessoais. Não queria que ninguém se sentisse responsável pela minha morte.

"Só que não consegui terminar de escrever o testamento. Tentei várias vezes, mas, por mais que reescrevesse, tudo me parecia extremamente tolo e ridículo. Quanto mais sério era o tom, mais ridículo parecia. Então resolvi que não deixaria testamento nenhum.

"E senti que era... tão simples. Eu tinha perdido as esperanças na vida. Não conseguia mais aguentar tantas dores. Durante vinte anos, suportei a dor. Aqueles vintes anos não passavam de uma sequência interminável de dores. Até aquele dia, eu vinha me esforçando muito para suportar a dor, com sofreguidão. Tenho certeza absoluta disso e posso até fazer um juramento. Eu me esforcei mais do que qualquer um. E não estava simplesmente abandonando a luta... Nada disso. Porém, quando completei vinte anos, finalmente concluí que, na verdade, a minha vida não valia tanto esforço."

Creta Kanô ficou calada por um tempo, mexendo nas pontas do lenço branco no colo. Quando ela olhava para baixo, os cílios postiços pretos produziam sombras silenciosas no rosto.

Eu limpei a garganta. Deveria falar alguma coisa, mas, como não sabia o que, preferi ficar calado. Ao longe, ecoou o canto do pássaro de corda.

— Decidi morrer justamente por causa do sofrimento. Por causa da *dor* — prosseguiu Creta Kanô. — Não estou falando de dor psicológica, de dor no sentido figurado. Estou falando de dor *física*, literal, diária e pungente. Posso citar alguns exemplos: dor de cabeça, dor de dente, dor menstrual, dor nas costas, dor nos ombros, febre, dor muscular, queimaduras, entorse, fratura, contusão e assim por diante. Eu sentia essas dores com muito mais frequência e muito mais intensidade do que outras pessoas. Por exemplo, parece que nasci com algum problema nos dentes. O ano inteiro, algum dente sempre doía. Por mais que eu escovasse os dentes mil vezes por dia, com todo o cuidado, por mais que não comesse doces, não adiantava. Eu sempre tinha cárie. Para piorar, a anestesia local não funcionava direito comigo. Por isso, as consultas ao dentista eram um verdadeiro pesadelo. Como eu sentia uma dor que transcendia todas as explicações, tinha pavor de dentistas. A dor menstrual também era terrível. Eu tinha um fluxo extremamente pesado e sentia muitas cólicas, que eram como uma broca me perfurando durante uma semana e vinham acompanhadas de dores de cabeça. O senhor não pode fazer ideia, sr. Okada, mas era algo tão lancinante que eu chegava a chorar. Durante uma semana por mês, eu passava por essa tortura.

"E tem mais. Toda vez que eu pegava um avião, parecia que a minha cabeça ia explodir por causa da mudança de pressão atmosférica. O médico disse que tinha relação com a estrutura do meu ouvido: meus tímpanos eram sensíveis demais. Isso também acontecia em elevadores. Por isso, mesmo em arranha-céus, eu subia de escada, porque sentia tanta dor que tinha impressão de que minha cabeça iria rachar e jorraria sangue para todo lado. Pelo menos uma vez por semana, sentia muita dor no estômago quando acordava, a ponto de não conseguir levantar da cama. Apesar de eu ter passado por vários exames, ninguém descobriu a causa. Disseram que talvez fosse psicológica. Psicológica ou não, a dor era real. Mas eu não podia faltar às aulas por causa disso, até porque, se fosse faltar sempre que sentia dor, quase nunca iria à escola.

"Quando eu esbarrava em alguma coisa, sempre ficava com uma marca na pele. Toda vez que me via no espelho do banheiro, tinha vontade de chorar: havia manchas negras por todo o corpo, como uma maçã podre. Então, eu detestava usar roupa de banho e, desde que me conheço por gente, quase nunca nadei.

"Como meus pés têm tamanhos desproporcionais, eu ficava com bolhas toda vez que comprava sapatos novos, e doía muito. Por isso, quase nunca praticava esportes. Só que teve uma vez, quando estava no fim do primeiro grau, que fui levada para patinar no gelo, meio que à força. Na pista, caí e bati a bacia bem forte e, desde então, passei a sentir terríveis dores quando chegava o inverno. Era como se alguém me espetasse bem fundo agulhas grossas de costura. Caí diversas vezes no chão tentando apenas me levantar da cadeira.

"Eu também sofria com uma prisão de ventre bem forte e, uma vez a cada três ou quatro dias, tinha que ficar no banheiro por um bom tempo, em um terrível martírio. Sem falar das dores horríveis nos ombros. Quando tinha crises, meus ombros ficavam duros como pedra. Sentia tanta dor que nem conseguia ficar de pé, mas mesmo quando deitava as dores não davam trégua. Lembro que li em algum lugar sobre uma punição adotada na China antiga, que trancava por anos os presidiários numa caixa apertada de madeira. Eu invariavelmente pensava que esses presidiários deveriam passar pelo mesmo sofrimento que eu. Quando a dor nos ombros era aguda demais, eu mal conseguia respirar.

"Eu poderia citar muitas outras dores que sentia, mas, se continuar a lista, o senhor vai se cansar. Por isso vou parar por aqui. Só queria mostrar que meu corpo era como um catálogo de todos os tipos imagináveis de dor. Cheguei a pensar que eu era amaldiçoada. Não importava o que os outros diziam, para mim a vida era uma grande injustiça. Se todos carregassem as mesmas dores, acho que eu ainda aguentaria. Só que não carregavam. A dor é extremamente injusta. Eu perguntei a várias pessoas se tinham dores, mas ninguém conhecia a dor de verdade. A maioria das pessoas vive praticamente sem dor. Quando descobri isso (percebi com clareza na metade do primeiro grau), fiquei tão triste que comecei a chorar. *Por que só eu preciso carregar um fardo tão pesado?*, pensei. Gostaria de morrer agora mesmo.

"Mas depois voltei atrás e refleti que não, porque aquela dor não poderia durar para sempre. Um dia, quando acordar de manhã, a minha dor vai desaparecer, sem nenhuma explicação, num piscar de olhos, e vou levar uma vida sem dor, completamente nova e serena, disse de mim para mim, sem acreditar muito naquelas palavras.

"Até que tomei coragem e contei tudo a Malta. 'Não quero mais uma vida tão sofrida assim. O que eu devo fazer?', perguntei à minha irmã. Ela pensou um pouco a respeito e disse: 'Também acho que tem alguma coisa errada com você, mas não consigo entender ao certo o que é. Eu não sei o que você deve fazer. O meu poder ainda não é forte para esse tipo de julgamento. O que eu posso dizer é que você deve esperar até completar vinte anos. Você deve aguentar até os vinte anos e decidir depois, sentenciou minha irmã'.

"Dessa forma, decidi viver até os vinte anos. Mas com o decorrer do tempo nada melhorou. Pelo contrário, as dores se intensificaram. Compreendi que, quanto mais eu crescia, mais intensas ficavam, elas aumentavam proporcionalmente. Apesar disso, continuei suportando a dor por mais oito anos, procurando nesse meio-tempo ver apenas o lado bom da vida. Não reclamei mais para ninguém. Por mais intensa que fosse a dor, eu me esforçava para estampar um sorriso no rosto. Aprendi a manter a fisionomia serena, como se nada estivesse acontecendo, mesmo quando uma terrível dor me impedia de me levantar. Chorar e reclamar não adiantaria nada. A dor não diminuiria e eu seria ainda mais digna de pena. Graças a todos esses esforços, muitas pessoas passaram a me ver com bons olhos e a me considerar uma menina tranquila e simpática. Os mais velhos confiavam em mim, e consegui fazer muitos amigos que regulavam de idade comigo. Se não fosse a dor, poderia dizer que a minha juventude não deixava nada a desejar. Só que a dor sempre andava ao meu lado, como uma sombra. Quando eu conseguia me esquecer dela por um mísero instante, ela aparecia do nada e atingia alguma parte do meu corpo.

"Ao entrar na universidade, tive meu primeiro namorado e, no verão daquele primeiro ano, perdi a virgindade. Essa experiência, previsível naturalmente, só me trouxe sofrimento. As minhas amigas que já tinham passado por isso diziam: 'Não se preocupe, é normal, se você aguentar mais um pouco, vai se acostumar e parar de sentir dor'. Mas por mais que o tempo passasse a dor não parava. Dormir com o meu namorado me arrancava lágrimas. Até que fiquei cansada de sexo e, certo dia, falei para ele: 'Eu amo você, mas nunca mais quero fazer isso, porque dói muito'. Ele ficou assustado e disse que era um absurdo. 'Você deve ter algum problema emocional', sugeriu. 'Se você relaxar mais, não vai doer e será bom. Todo mundo faz isso. Por que você não seria capaz? Basta se esforçar mais. Você deveria ouvir menos sua cabeça e parar de colocar na dor a culpa por todos os seus problemas. Não adianta nada ficar só reclamando.'

"Quando ouvi aquilo, tudo o que eu vinha guardando dentro de mim explodiu. 'Não fale besteira', protestei. 'O que você sabe sobre dor? A dor que eu sinto não é normal. De dor, eu entendo tudo e, quando falo que dói, é porque *dói de verdade*', sentenciei, antes de enumerar uma a uma todas as dores que eu sentia. Só que ele não entendeu nada. A verdadeira dor não pode ser compreendida por quem nunca a sentiu. Então nós terminamos.

"Até que chegou o dia do meu aniversário. Eu tinha suportado durante vinte anos em silêncio, acreditando que alguma mudança brusca aconteceria na minha vida. Mas nada aconteceu, o que me deixou muito desapontada. Eu lamentei não ter morrido antes. Tudo só tinha servido para prolongar meu tempo de sofrimento."

Ao concluir essas palavras, Creta Kanô suspirou bem fundo, diante do pratinho com cascas de ovo e da xícara vazia de café. No colo, o lenço estava dobrado perfeitamente sobre a saia. Como se tivesse lembrado de súbito, ela olhou o relógio de mesa.

— Oh, desculpe — pediu Creta Kanô, em voz baixa e seca. — Acabei me empolgando e contando detalhes demais da história. Não vou continuar importunando o senhor com isso. Desculpe por essa história chata e demorada…

Assim dizendo, ela se levantou do sofá, segurando a alça da bolsa.

— Espere um pouco — me apressei em dizer, porque não queria que ela interrompesse a história no meio daquele jeito. — Não precisa se preocupar comigo. Não tenho nada para fazer esta tarde e estou com tempo de sobra. Já que contou até aqui, que tal ir até o fim? A história continua, não é mesmo?

— Claro, a história é bem mais longa — respondeu Creta Kanô, que ainda estava de pé, olhava de cima para mim e segurava a alça da bolsa com as duas mãos, bem firme. — O que eu contei até agora não passou de uma espécie de introdução.

Eu pedi que ela esperasse um pouco, fui até a cozinha, respirei duas vezes na frente da pia, apanhei dois copos do guarda-louça e coloquei gelo neles. Em seguida, servi o suco de laranja que tirei da geladeira e voltei para a sala com os copos sobre uma bandeja pequena. Fiz tudo isso bem devagar, gastando bem o tempo, mas, quando retornei, Creta Kanô continuava de pé, imóvel. Porém, assim que coloquei o copo de suco na sua frente, ela se sentou no sofá, como se tivesse mudado de ideia, e deixou a bolsa do lado.

— Não tem problema mesmo? — perguntou, como para confirmar. — Posso contar a história até o fim?

— Claro que pode.

Creta Kanô bebeu metade do suco de laranja e retomou a história de onde tinha parado.

— Como pode ver, sr. Okada, fracassei na tentativa de tirar minha própria vida. Se o plano tivesse dado certo, eu não estaria sentada aqui, bebendo o suco — comentou ela, fitando meus olhos com insistência. Eu esbocei um leve sorriso, como para concordar. — Se eu tivesse abraçado a morte, teria encontrado uma solução definitiva. Sem vida, sem sensibilidade. Logo, sem dor. Era o que eu desejava, mas, lamentavelmente, escolhi um método errado.

"No dia 29 de maio, às nove da noite, fui ao quarto do meu irmão e pedi emprestado o carro novo, que ele tinha acabado de comprar. Ele fez cara de poucos amigos, mas eu não liguei, porque tinha emprestado dinheiro para ele comprar aquele carro. Era um pedido irrecusável. Depois de pegar as chaves, entrei no Toyota MR2 novinho em folha e andei por uns trinta minutos. O automóvel estava só com 1800 quilômetros rodados, era confortável e, quando eu pisava no acelerador, respondia logo. Era o carro ideal para o que eu queria. Perto do rio Tama, avistei um grande muro de pedra de um condomínio. Ele parecia bem robusto e, para minha sorte, ficava no final de um cruzamento em T. Calculei uma boa distância para acelerar e pisei com tudo, até o fim. Bati de frente no muro, acho que a uns cento e cinquenta quilômetros por hora. Assim que bati, perdi a consciência.

"Só que infelizmente o muro era bem mais frágil do que aparentava. Provavelmente a empreiteira quis poupar gastos e não fez a fundação direito. O muro desabou e a parte frontal do carro ficou totalmente amassada, mas foi só. O muro era frágil demais e absorveu todo o impacto. Para piorar, como eu estava muito confusa, tinha me esquecido de retirar o cinto de segurança.

"E foi assim que escapei da morte. Para ser franca, saí quase ilesa. O curioso é que nem cheguei a ter dor. Atônita, senti como se tivesse sido enfeitiçada. Depois de ser encaminhada ao hospital, trataram de minha fratura na costela, a única consequência do acidente. A polícia me procurou durante a internação para me interrogar. Afirmei que não me lembrava de nada e que devia ter pisado por engano no acelerador em vez do freio. Os policiais não duvidaram nem por um segundo da minha versão. Afinal, eu tinha acabado de completar vinte anos e só estava há uns seis meses com a carteira de motorista. Sem falar que aparentemente eu não parecia o tipo de pessoa que cometeria suicídio, porque ninguém pensa em se matar com o cinto de segurança afivelado.

"Depois que recebi alta, tive que encarar alguns problemas práticos e complicados. Por exemplo, eu precisava quitar as prestações do carro que virou sucata e, para piorar, por um pequeno erro burocrático de procedimento junto à seguradora, estava sem seguro.

"*Para acabar assim, teria sido melhor alugar um carro com seguro,* pensei. Mas, quando decidi tirar minha vida, nem passou pela minha cabeça a questão do seguro. Nunca imaginaria que a droga do carro do meu irmão não tivesse seguro, e muito menos que a tentativa de suicídio fracassaria. Afinal, foi uma batida a cento e cinquenta quilômetros por hora contra um muro de pedra. Era inacreditável que eu continuasse viva.

"Depois de um tempo, a administradora do condomínio enviou a cobrança das despesas de reparação do muro, 1 364 294 ienes. Naturalmente, eu precisava pagar isso também, e à vista, em espécie. Sem alternativa, fiz um empréstimo com meu pai e paguei o valor. Como meu pai era rígido com questões de dinheiro, avisou que exigiria cada parcela emprestada: 'Você causou o acidente, a responsabilidade é toda sua. Você terá que me devolver esse dinheiro até o último tostão'. É verdade que ele não tinha dinheiro sobrando na época, porque havia uma reforma de ampliação do hospital em andamento e meu pai estava com dificuldades para levantar fundos.

"Cogitei tirar a minha vida de novo. Daquela vez, faria tudo direitinho, para não dar chance ao azar. Pularia do décimo quinto andar do edifício principal da minha universidade. Assim, morreria com certeza. Pensando na ideia, visitei diversas vezes o lugar e escolhi uma janela.

"Mas quando estava prestes a pular alguma coisa me impediu. Havia algo errado, algo que me incomodava, dentro de mim. E *isso* me impediu de pular no último instante, como se me puxasse pelas costas, literalmente. Levei muito tempo até perceber o que era, afinal das contas, esse *algo*.

"Eu não estava sentindo mais dor.

"Desde a internação por conta do acidente, eu quase não sentia mais dor. Com tantas preocupações enchendo minha cabeça, eu não tinha percebido que as antigas dores haviam desaparecido completamente. Eu já não encontrava problemas ao sentar no vaso do banheiro, não sentia mais a dor menstrual, não tinha mais dor de cabeça nem de estômago. Até a costela fraturada não doía quase nada. Eu não fazia a menor ideia de como aquilo tinha acontecido, mas, de qualquer forma, as dores tinham desaparecido quase completamente.

"Por isso, resolvi viver por mais um tempo. Estava curiosa e queria experimentar um pouco a vida sem dor. Até porque, se quisesse, podia morrer a qualquer momento.

"Só que para continuar vivendo eu tinha que pagar a dívida. No total, mais de três milhões de ienes. Assim, para arcar com esse valor, passei a fazer programa."

— A fazer programa? — repeti, assustado.

— Sim — confirmou Creta Kanô, com naturalidade. — Eu precisava fazer dinheiro rápido para quitar a dívida o mais depressa possível. Como não conhecia outro meio eficaz para conseguir dinheiro, não hesitei nem por um segundo. Eu continuava com pensamentos suicidas e achava que, cedo ou tarde, daria fim aos meus dias. A única coisa que me mantinha temporariamente viva era a curiosidade de não sentir dor. Comparado com a morte, vender o meu corpo não era nada de mais.

— Entendi.

Creta Kanô tomou um pouco do suco de laranja, depois de misturar com o canudo. O gelo havia derretido completamente.

— Posso perguntar uma coisa?

— Claro — respondeu ela.

— A senhorita contou isso para a sua irmã?

— Ela estava na ilha de Malta nessa época, fazendo treinamento espiritual. Nessas ocasiões, não passava seu endereço para mim, em hipótese alguma, para não interromper a prática nem perder a concentração. Por isso, durante os três anos em que minha irmã esteve na ilha de Malta, mal enviei cartas para ela.

— Compreendo. Gostaria de mais café?

— Aceito outra xícara, muito obrigada.

Fui até a cozinha aquecer o café. Enquanto esperava, respirei fundo algumas vezes, observando o exaustor da cozinha. Quando tudo ficou pronto, servi o café em xícaras novas, que levei até a sala sobre uma bandeja, junto com um pratinho de biscoitos de chocolate.

Por um tempo, ficamos tomando o café e comendo os biscoitos, em silêncio.

— Quando tentou se matar? — indaguei, por fim.

— Há seis anos, em maio de 1978 — respondeu Creta Kanô.

Maio de 1978: mês e ano de meu casamento com Kumiko. Na mesma época, Creta Kanô tinha tentado se matar e Malta Kanô realizava treinamento espiritual na ilha de Malta.

— Eu escolhia lugares movimentados, abordava homens aleatoriamente, negociava o preço e fazia o programa em algum hotel próximo — prosseguiu Creta Kanô. — Já não sentia mais dor física durante a relação sexual, mas também não experimentava nenhum prazer. O ato não passava de uma sequência de movimentos físicos. Não tinha nenhum remorso em receber dinheiro em troca do sexo. Eu estava envolvida numa profunda indiferença, tão profunda que nem conseguia ver o seu fundo.

"Conseguia um bom dinheiro fazendo programas. No primeiro mês, juntei quase um milhão de ienes. Se continuasse assim por mais uns três ou quatro meses, quitaria toda a dívida com facilidade. Depois das aulas na universidade, passava a tarde na rua e procurava voltar para casa no máximo até as dez da noite. Tinha dito aos meus pais que estava trabalhando de garçonete. Ninguém desconfiou de nada e, para não levantar suspeitas, eu pagava cem mil ienes por mês do empréstimo e depositava o restante no banco.

"Até que uma noite, perto da estação, pouco antes de eu começar a abordar os clientes, dois homens agarraram os meus braços por trás. Achei que fossem policiais, mas na verdade eram membros locais da yakuza. Eles me levaram para uma ruazinha, me mostraram uma faca e me arrastaram a um lugar nas proximidades. Em uma sala dos fundos, tiraram a minha roupa e me amarraram. Depois me violentaram por muito tempo e filmaram tudo, do começo ao fim. Eu permaneci o tempo todo com os olhos fechados e procurei não pensar em nada. Não foi tão difícil porque eu não sentia dor nem prazer.

"Em seguida me mostraram o vídeo e ameaçaram divulgar, caso eu não entrasse para a organização e não trabalhasse para eles. Também pegaram a minha carteirinha de estudante da bolsa e disseram que, se eu recusasse, mandariam uma cópia do vídeo para os meus pais e arrancariam cada centavo deles. Como eu não tinha escolha, disse que faria tudo o que eles quisessem. Nessa época, nada mais tinha importância para mim. 'Se você trabalhar para a nossa organização, receberá bem menos, porque vamos ficar com setenta por cento. Em compensação, não vai precisar procurar clientes nem se preocupar com a polícia. A gente vai escolher os clientes certos para você. Se continuar abordando qualquer um na rua, vai acabar sendo estrangulada num quarto de hotel.'

"Eu não precisava mais esquadrinhar as ruas em busca de clientes. À tarde, passava na sede da organização e me dirigia ao hotel indicado, seguindo as instruções. Eles escolhiam os clientes certos, como tinham dito. Não sei por que, mas eu recebia um tratamento diferenciado. Talvez porque parecesse iniciante e viesse de uma família rica, diferente da maioria das outras garotas, o que devia agradar aos clientes. As demais garotas costumavam ver três ou mais clientes por dia, mas eu atendia um, no máximo dois. As outras garotas precisavam carregar um bip na bolsa e, quando chamadas, tinham que se dirigir às pressas para algum pardieiro e dormir com um desconhecido. No meu caso, via de regra, os encontros tinham hora marcada e, na maioria das vezes, aconteciam nos melhores hotéis. Às vezes eu atendia em domicílio também. Normalmente, os clientes eram homens de meia-idade, mas de vez em quando eram novos.

"Uma vez por semana eu passava na sede para pegar minha parte. Não ganhava como antes, mas, com o acréscimo das gorjetas, não recebia tão mal assim. Naturalmente, alguns clientes exigiam coisas bizarras, mas eu não ligava. Quanto mais bizarra fosse a exigência, maior a gorjeta. Alguns passaram a me requisitar várias vezes e eram os que costumavam ser mais generosos no pagamento. Eu distribuía o que ganhava em diferentes bancos, mas, para ser franca, já não me importava com dinheiro nessa época. Não passava de uma sequência de números. Eu praticamente vivia imersa naquela grande indiferença.

"Ao acordar de manhã, ainda deitada na cama, eu confirmava que meu corpo não sentia nada que pudesse ser chamado de dor. Eu abria os olhos, despertava completamente a consciência e passava em revista o que sentia, da cabeça aos pés. Não experimentava dor em nenhum lugar. Não sabia ao certo se a dor tinha desaparecido de verdade ou se estava presente, mas eu não percebia. De qualquer forma, não sentia mais dor nem nenhum tipo de sensação. Depois dessa verificação, eu saía da cama e ia ao banheiro escovar os dentes. Em seguida tirava o pijama e tomava uma ducha quente. Sentia o corpo leve, tão leve que nem parecia o meu, como se minha alma mal estivesse lá dentro. Eu me observava no espelho, mas o que via me parecia bem distante.

"Uma vida sem dor era um sonho tão antigo... Mas, quando enfim consegui, tive dificuldade de encontrar meu lugar nesse novo universo. Era evidente que havia algo errado, o que me deixou confusa. Senti que não havia nada que me prendia a este mundo. Até aquele dia, sempre tinha alimentado um grande ódio pelo mundo, que achava injusto e desigual. Ao menos naquela época eu era eu, e o mundo era mundo. Agora, o mundo já não era mais mundo. E eu já não era mais eu.

"Passei a chorar muito. Durante o dia, visitava o Jardim Nacional Shinjuku Gyoen ou o Parque Yoyogi e me surpreendia chorando sozinha, sentada no gramado. Às vezes chorava sem parar por uma ou duas horas, soluçando alto. Os visitantes me lançavam olhares desconfiados, mas eu não ligava. Como seria bom se eu tivesse morrido naquele acidente de carro, na noite de 29 de maio. Agora, já nem conseguia mais morrer porque, com tanta indiferença, tinha perdido a força para dar um fim à minha vida. Não sentia mais dor nem alegria. Não sentia mais nada. Tudo o que havia dentro de mim era a brutal indiferença, e eu já não era mais eu."

Creta Kanô respirou fundo, pegou a xícara de café e observou seu interior por um tempo. Em seguida balançou a cabeça com movimentos curtos e devolveu a xícara ao pires.

— Foi nessa época que conheci o sr. Noboru Wataya.

— Noboru Wataya? — repeti, assustado. — Então ele era cliente?

Creta Kanô assentiu sem falar nada.

— Mas... — comecei e parei quase no mesmo segundo, para escolher bem as palavras. — Não consigo entender bem. A sua irmã disse que a senhorita tinha sido abusada pelo Noboru Wataya. O estupro aconteceu em outra ocasião?

Creta Kanô pegou o lenço do colo, limpou de leve a boca e pregou seus olhos nos meus, como se tentasse ler alguma coisa. Havia algo nas suas pupilas que desconcentrava o meu coração.

— Seria muito incômodo pedir mais uma xícara de café?

— Claro que não — respondi.

Coloquei as xícaras da mesa na bandeja e fui até a cozinha para preparar mais café. Esperei a água da cafeteira aquecer encostado na bancada, com as mãos no bolso da calça. Quando voltei com as xícaras, Creta Kanô não estava mais na sala. A bolsa, o lenço, tudo tinha desaparecido do sofá. Corri para a porta. Os sapatos dela não estavam mais na entrada.

9.
Falta absoluta de eletricidade, canal subterrâneo e considerações de May Kasahara sobre perucas

Depois que Kumiko saiu de casa, cedo, fui nadar na piscina pública. De manhã a piscina está mais vazia. Ao voltar, preparei café e, enquanto tomava uma xícara, pensei na estranha história que Creta Kanô contara pela metade. Lembrei cada episódio, um a um. Quanto mais lembrava, mais esquisita ela me parecia. Até que a minha mente parou de concatenar as ideias direito. Eu estava ficando com sono. O sono era tão forte que pensei que fosse desmaiar. Deitei no sofá, fechei os olhos e adormeci. E sonhei.

No sonho, Creta Kanô deu o ar da graça. Mas primeiro apareceu Malta Kanô, usando um chapéu no estilo tirolês, com uma grande pena de cor vívida. Embora no sonho o lugar estivesse abarrotado de gente (parecia um grande hall), logo notei a presença de Malta, com um chapéu chamativo. Ela estava sentada sozinha no balcão do bar. Na sua frente, repousava uma grande taça com uma espécie de drinque tropical, mas não deu para saber se ela estava tomando.

Eu estava de terno e usava aquela gravata de bolinhas. Assim que avistei Malta, tentei caminhar direto na sua direção, mas não consegui avançar por causa da multidão que obstruía a passagem. Quando enfim cheguei ao balcão, Malta Kanô não estava mais ali. Só tinha restado o drinque tropical, solitário. Sentei no banco ao lado e pedi um uísque escocês com cubos de gelo. "O senhor tem alguma preferência de uísque escocês?", perguntou o barman, e eu pedi Cutty Sark. A questão da marca era indiferente para mim, mas Cutty Sark foi o primeiro nome que me veio à mente.

No entanto, antes de chegar a bebida, alguém segurou o meu braço por trás, com delicadeza, como se segurasse algo bastante frágil. Eu me virei e vi um homem sem rosto. Não sei se ele realmente não tinha rosto: no lugar do rosto havia uma sombra escura, e não dava para saber o que se escondia atrás. "É por aqui, sr. Okada", disse o homem. Tentei falar alguma coisa, mas o desconhecido não me deu chance de abrir a boca. "Por aqui, por favor. Não temos muito tempo. Depressa!" Ele atravessou o hall a passos largos me puxando pelo braço, e saímos no corredor. Eu não impus muita resistência e segui pelo corredor, sendo puxado pelo homem. Ele ao menos sabia o meu nome. Não tinha pego alguém aleatoriamente, sem saber quem era. Devia estar fazendo isso porque tinha um motivo e um objetivo.

O homem sem rosto caminhou um tempo no corredor e parou na frente de uma porta, com uma placa com o número 208. "A porta não está trancada. Abra, por favor." Abri, seguindo a instrução. Dentro havia um quarto espaçoso, aparentemente a suíte de um hotel antigo. O pé-direito era alto e havia um lustre antiquado no meio. Só que ele não estava aceso. Havia apenas a iluminação fraca das lâmpadas da parede. Todas as cortinas estavam completamente fechadas.

"Aqui tem uísque à vontade. O senhor prefere Cutty Sark, certo? Pode tomar sem cerimônia", disse o homem sem rosto, apontando o armário bem ao lado da porta, que fechou sem fazer ruído, me deixando sozinho. Sem saber o que fazer, fiquei paralisado no meio do quarto por muito tempo.

Na parede havia um quadro grande. Era uma pintura a óleo, um rio. Tentando me acalmar, observei a pintura por um tempo. Sobre o rio brilhava uma lua, que iluminava vagamente a outra margem, sem revelar a paisagem. A luz da lua era muito fraca, e o contorno de todas as coisas estava vago e difuso.

Depois de um tempo fiquei com muita vontade de tomar uísque. Seguindo a recomendação do homem sem rosto, pensei em pegar uma garrafa, mas não consegui abrir o armário de jeito nenhum. As portas na verdade eram falsas, construídas com habilidade. Tentei descobrir o mecanismo de abertura, mas em vão.

"Sr. Okada, o armário não abre com tanta facilidade", disse Creta Kanô. Quando me dei conta, ela estava no quarto. Ainda usava o mesmo estilo do começo dos anos 1960. "Ele demora para abrir. Hoje já não dá mais. Sugiro que o senhor desista."

Sem preâmbulo nem explicação, ela se despiu e ficou nua diante de mim, como se abrisse uma vagem. "Sr. Okada, não temos muito tempo. Vamos terminar logo com isso. Sinto muito por não poder fazer tudo com calma, mas tenho os meus motivos. Já foi muito difícil para mim vir até aqui." Dizendo isso, ela caminhou até mim, abriu o zíper da minha calça e, como se fosse algo bem natural, tirou o meu pênis. Em seguida, em silêncio, abaixou os seus olhos com os cílios postiços pretos e pôs todo o pênis na sua boca, que era bem maior do que eu imaginava. Dentro da boca, meu pênis logo ficou duro e grosso. Quando ela mexia a língua, o cabelo ondulado nas pontas balançava um pouco, como se soprasse uma brisa. As pontas do cabelo acariciavam as minhas coxas. Eu só enxergava o cabelo e os cílios postiços dela. Eu estava sentado na cama, e ela estava de joelhos no chão, com a cabeça enterrada no meu abdômen. "Pare", pedi. "O Noboru Wataya está vindo para cá, não é? Vou ter problemas se ele der de cara com a gente no quarto. Não quero que ele nos veja assim."

"Não se preocupe", disse Creta Kanô, tirando o meu pênis da boca. "Ainda tempos tempo. Fique tranquilo."

E ela voltou a lamber o meu pênis com a ponta da língua. Eu não queria gozar, mas não me restou escolha. Tive a sensação de que seria sugado por completo. A boca e a língua dela prendiam meu pênis com firmeza, como se fossem formas de vida viscosas. Por fim, acabei gozando. E despertei.

Poxa, pensei. Fui ao banheiro, lavei a cueca suja e, para afastar a sensação pegajosa do sonho, tomei uma ducha quente, ensaboando meu corpo com cuidado. Há quantos anos eu não tinha sonhos eróticos? Tentei me lembrar da última vez, mas não consegui, de tanto tempo que fazia.

Saí do banho e comecei a enxugar o corpo com a toalha, quando de repente o telefone tocou. Era Kumiko. Fiquei um pouco tenso em conversar com ela, porque tinha acabado de gozar com outra mulher, no sonho.

— Sua voz está estranha, aconteceu alguma coisa? — perguntou Kumiko, que é extremamente sensível a essas coisas.

— Não aconteceu nada — respondi. — Estava cochilando e acabei de acordar.

— Ah, é? — insistiu ela, desconfiada.

Consegui sentir aquela desconfiança transmitida do outro lado da linha, o que me deixou mais tenso ainda.

— Olha, lamento, mas acho que vou chegar tarde hoje, talvez umas nove — prosseguiu ela. — Mas não precisa me esperar para o jantar.

— Tudo bem, eu me viro sozinho.

— Desculpe — pediu ela, como se acrescentasse de repente, ao se lembrar.

Depois de uma pausa, ela desligou. Fiquei observando o fone por um tempo, depois fui à cozinha e descasquei uma maçã.

Durante os seis anos de casamento com Kumiko, nunca dormi com outra mulher. Não significa, porém, que nunca senti desejo por outra mulher, nem tampouco que nunca tive oportunidades, mas apenas que não fui atrás disso. Não consigo explicar direito, mas acho que talvez fosse uma questão de prioridades na vida.

Só uma vez, por uma série de coincidências, dormi na casa de outra mulher. Eu simpatizava com ela, que não se oporia a dormir comigo, como pude perceber. Mesmo assim, não aconteceu nada.

Nós tínhamos sido colegas por alguns anos no escritório de advocacia. Acho que ela devia ser dois ou três anos mais nova do que eu. Ela atendia as ligações, organizava a agenda de todos e era bastante competente no que fazia. Tinha uma boa intuição e uma ótima memória. Sabia de tudo: quem estava onde e fazendo o quê, qual dossiê estava em qual armário... Ela conseguia responder a todas essas perguntas e agendava os compromissos de todos. Tinha a confiança e a simpatia do pessoal do escritório. Dá para dizer que nossa relação até que era próxima, e algumas vezes fomos tomar drinques juntos. Embora não pudesse ser considerada bonita, eu gostava do rosto dela.

Ela saiu do escritório porque se casaria (iria se mudar para Kyushu, no sul do Japão, em virtude do trabalho do seu noivo) e, no seu último dia, eu e alguns colegas a convidamos para uma festa de despedida. Como já era tarde e nós dois pegávamos o mesmo trem para voltar para casa, acabei acompanhando-a até o seu apartamento. Na entrada do prédio, ela me convidou para tomar um café. Até passou pela minha cabeça o horário do meu último trem, mas resolvi aceitar o convite, porque imaginei que talvez nunca mais fôssemos nos ver e também porque queria tomar café para ficar um pouco mais sóbrio. Ela morava num típico apartamento de moça solteira. Havia uma geladeira grande, ostentosa demais para quem mora sozinho, e um pequeno aparelho de som na estante de livros. "Ganhei a geladeira de um conhecido meu", justificou ela, que se trocou no quarto ao lado e, com uma roupa mais confortável, preparou o café na cozinha. Conversamos sentados no chão, lado a lado.

— Okada, você tem medo concreto de alguma coisa? — perguntou ela, como se lembrasse de súbito, tão logo houve uma pausa na conversa.

— Acho que não, nada em específico — respondi, depois de pensar um pouco. Acho que tenho medo de muitas coisas, mas não me lembrava de nenhum medo *concreto*. — E você?

— Tenho medo de canal subterrâneo — disse ela, abraçando os próprios joelhos com os braços. — Você sabe o que é um canal subterrâneo, não é? Um canal que passa debaixo da terra. Um rio coberto e completamente escuro.

— Canal subterrâneo — repeti, sem me lembrar dos ideogramas que compunham a palavra.

— Eu nasci e cresci no interior da província de Fukushima. Perto de casa, corria um pequeno riacho, desses que costumam abastecer as lavouras. Acontece que esse riacho se tornava subterrâneo em determinado ponto. Uma vez, quando eu tinha dois ou três anos, estava brincando com as crianças um pouco mais velhas da vizinhança e elas me colocaram dentro de um barquinho. Acho que sempre brincavam assim. Só que nesse dia o nível de água estava alto por causa da chuva, e o barquinho escapou das mãos das crianças e seguiu direto para a entrada do canal subterrâneo. Para minha sorte, um senhor que morava perto passou bem na hora, por acaso. Caso contrário, eu teria sido sugada pelo canal, e nunca mais teriam me achado.

Ela acariciou a boca com o dedo da mão esquerda, como se confirmasse mais uma vez que estava viva.

— Até hoje me lembro da cena, de estar deitada de costas, sendo levada pela correnteza. Vejo o muro de sustentação na margem do rio e, no alto, o céu de um azul límpido. Estou sendo levada cada vez mais depressa. Não sei o que está acontecendo, mas percebo uma escuridão à minha frente. Ela existe *de verdade*, mais e mais próxima, prestes a me engolir. A sensação gelada da escuridão está prestes a me envolver... Essa é a lembrança mais antiga que tenho.

Ela tomou um gole de café.

— Sinto muito medo, Okada — disse ela. — Muito, muito medo. Chega a ser insuportável. Tenho a mesma sensação daquele dia distante, como se estivesse sendo levada para *lá*, cada vez mais. Simplesmente não consigo fugir *disso*.

Ela tirou da bolsa um cigarro, que levou à boca e acendeu com o fósforo, expelindo a fumaça devagar. Era a primeira vez que eu a via fumar.

— Você está falando do casamento?

Ela assentiu.

— Sim, estou falando do casamento.

— Algum problema concreto no casamento?

Ela balançou a cabeça:

— Acho que nada parecido com um problema concreto. Agora, é claro que se enumerar as pequenas coisas daria uma lista sem fim.

Eu não sabia o que, mas sentia que precisava falar alguma coisa.

— Tenho a impressão de que todo mundo que vai se casar sente isso, em maior ou menor grau. Sabe, que pode estar prestes a cometer um grande erro. Acho que essa incerteza é natural, porque viver o resto da vida com uma pessoa é uma grande decisão. Por isso, acho que você não precisa ter tanto medo.

— Falar que todos passam por isso é fácil — objetou ela.

O relógio apontava mais de onze, e pensei em encerrar logo a conversa e sair daquele apartamento. No entanto, antes que eu tivesse tempo de falar alguma coisa, ela pediu para eu abraçá-la, de repente.

— Por quê? — perguntei, assustado.

— Quero que você recarregue minhas baterias — respondeu ela.

— Recarregar suas baterias?

— Falta eletricidade no meu corpo. Mal tenho dormido nesses últimos dias. Cochilo um pouco mas logo acordo e depois não consigo mais pegar no sono. Não consigo mais pensar. Nessas horas, preciso que alguém recarregue minhas baterias. Caso contrário, não posso continuar vivendo. Juro.

Contemplei os olhos dela para ver se continuava bêbada, mas seu olhar já tinha recuperado a tranquilidade e a inteligência de sempre. Ela não estava nem um pouco bêbada.

— Mas o seu casamento é na semana que vem. Você pode pedir isso para o seu noivo. Ele pode abraçar você todas as noites. A gente se casa basicamente para isso. Daqui para a frente, você nunca mais vai ter problemas com falta de eletricidade.

Ela não respondeu à minha observação. Fechou os lábios com firmeza e continuou observando os seus pés em silêncio. Seus pés, pequenos, brancos, com unhas bonitas, estavam bem juntinhos.

— Não interessa amanhã, semana que vem ou mês que vem. O problema é agora. *Falta eletricidade agora* — insistiu ela.

Como ela parecia querer muito um abraço de alguém, cedi. Era uma coisa muito estranha. Para mim, ela era uma colega de trabalho competente e simpática. Trabalhávamos na mesma sala, brincávamos e saíamos para beber de vez em quando. Porém agora, em meus braços, longe do trabalho, ela não passava de um pedaço de carne quente. No final das contas, pensei que apenas desempenhávamos os papéis atribuídos a nós no palco do trabalho. Uma vez fora de cena, ao removermos a máscara usada lá, não passávamos de um pedaço de carne inseguro e desajeitado. Não passávamos de mero pedaço de carne quente, provido de um esqueleto, com aparelho digestivo, coração, cérebro e órgãos sexuais. Durante o abraço, estendi os braços por trás dela, que pressionou com firmeza os seus seios no meu tronco. Pelo contato, percebi que ela tinha seios maiores e mais macios do que eu imaginava. Eu estava sentado no chão, encostado na parede, e ela se apoiava totalmente em mim. Permanecemos nessa mesma posição, abraçados em silêncio, por muito tempo.

— Desse jeito está bom? — perguntei.

A voz soou como se não fosse minha. Parecia que alguém falava por mim. Percebi que ela assentiu.

Ela usava uma blusa de moletom e uma saia de tecido fino até o joelho. Depois de um tempo, percebi que ela não usava nada por baixo. Quando me dei conta desse detalhe, não pude conter a ereção. Senti que ela percebeu isso. Aquela respiração quente continuou tocando a minha nuca.

Não dormimos juntos, mas fiquei "recarregando as baterias" dela até as duas da manhã. "Não me deixe, por favor, não vá embora, me abrace até eu pegar no sono", pediu ela. Eu a coloquei na cama, mas ela não dormia. Ela vestiu um pijama e continuamos abraçados o tempo todo. Tentando "recarregá-la", senti que suas bochechas ficaram quentes e seu coração batia forte nos meus braços. Eu não sabia se estava fazendo a coisa certa ou não. Seja como for, não tinha a menor ideia de como poderia resolver a situação de outra maneira. O mais fácil seria dormir com ela, mas com muito custo afastei essa possibilidade da minha mente, alertado por meu instinto.

— Okada, não deixe de gostar de mim por conta do que acontecer hoje. Só estou com uma falta absoluta de eletricidade e não aguentava mais.

— Tudo bem. Eu entendo perfeitamente.

Tenho que ligar para casa, pensei. Agora, como explicar para Kumiko? Não queria mentir, mas ela não entenderia a situação mesmo que eu explicasse em detalhes. Depois de um tempo, isso deixou de ter importância. O que tiver que ser, será, me conformei. No fim, saí do apartamento às duas e, como demorei para achar um táxi, cheguei em casa às três.

Naturalmente, Kumiko estava furiosa, à minha espera, acordada e sentada à mesa da cozinha. Expliquei que tinha bebido com os colegas de trabalho e passado a noite jogando mah-jongg. "Então por que não me ligou para avisar?", perguntou ela. Respondi que acabara me esquecendo. É óbvio que ela não se conformou com essa desculpa e logo descobriu a mentira. Fazia tempo que eu não jogava mah-jongg e também não sou bom em mentir. Por isso contei a verdade. Toda a verdade, do começo ao fim — omitindo, é claro, a parte da ereção. "Enfim, não aconteceu nada entre nós", garanti, concluindo a história.

Kumiko ficou sem falar comigo durante três dias. Não me dirigiu a palavra uma única vez. Dormiu no quarto separado e fez as refeições sozinha. Dá para dizer que foi a maior crise que enfrentamos desde o começo do casamento. Ela estava realmente zangada comigo. E eu entendia muito bem o motivo da sua ira.

— E se você estivesse no meu lugar, como se sentiria? — perguntou Kumiko, nas primeiras palavras que pronunciou depois de três dias de silêncio. — Se eu voltasse para casa às três da madrugada de domingo, sem dar um telefonema sequer, e dissesse que estava na cama com outro homem, mas que você não devia se preocupar e podia confiar que não tinha acontecido nada. Eu só estava recarregando as baterias dele. Então vamos deixar isso de lado, dormir e tomar o café da manhã normalmente. Você acreditaria em mim? Conseguiria não ficar zangado?

Eu permaneci calado.

— No seu caso, foi pior — prosseguiu Kumiko. — Você *mentiu* no começo. Disse que tinha passado a noite bebendo e jogando mah--jongg com colegas. Era mentira. Como agora eu posso acreditar que você não dormiu com a tal mulher? Como posso acreditar que isso também não passa de mentira?

— Eu não deveria ter mentido no começo — admiti. — Mas só menti porque achei que daria mais trabalho contar a verdade. Até porque não é algo fácil de explicar. Só quero que você acredite que não aconteceu nada de errado, de verdade.

À mesa, Kumiko ficou com a cabeça enterrada entre os braços por um tempo. Eu tinha a impressão de que o ar ficava cada vez mais rarefeito ao redor.

— Não consigo explicar direito, mas não tenho nada a acrescentar. Só me resta pedir que acredite em mim — falei.

— Já que está me pedindo, tudo bem. Eu posso acreditar em você — disse ela. — Mas se lembre de uma coisa: um dia, talvez eu faça com você a mesma coisa que você fez comigo. Quando chegar essa hora, eu quero que você acredite em mim. Tenho o direito de fazer isso.

Ela ainda não exerceu esse direito. De vez em quando, considero essa possibilidade. Imagino que vou acreditar nas palavras dela. Mesmo assim, devo ficar com uma sensação confusa, provavelmente insuportável. Meu pensamento vai ser: *Por que ela se deu o trabalho de fazer algo assim?* Deve ter sido exatamente o que Kumiko pensou quando descobriu o que eu tinha feito.

— Ei, Pássaro de Corda — chamou uma voz no quintal.

Era May Kasahara.

Enxugando o cabelo com a toalha, fui até o alpendre. Sentada, com os mesmos óculos escuros de quando nos encontramos pela primeira vez, ela mordia a unha do dedão. Vestia uma camiseta polo preta e uma calça de algodão de cor creme. Segurava uma prancheta na mão.

— Eu pulei daquele lugar. — May Kasahara apontou o muro de blocos de concreto, limpando o pó da calça. — Calculei mais ou menos a casa e pulei. Que bom que acertei: teria uma pequena dor de cabeça se pulasse o muro e entrasse na casa errada.

Ela tirou o maço de Hope do bolso e acendeu um cigarro.

— Você está bem, Pássaro de Corda?

— Mais ou menos.

— Estou indo trabalhar agora. Não quer vir comigo? Como tenho que trabalhar em dupla, ficaria mais à vontade com um conhecido. Sabe, um estranho vai querer saber um monte de coisa. Quantos anos eu tenho, por que não vou à escola e tudo o mais. Essas perguntas sempre me aborrecem. Sem contar que um estranho pode até ser um tarado, não pode? Por isso eu ficaria muito feliz se você fosse comigo, Pássaro de Corda.

— É para aquela fabricante de perucas que você comentou outro dia?

— Isso mesmo — confirmou ela. — Basta contar o número de carecas em Ginza, da uma às quatro da tarde. Pesquisa simples. Além do mais, como você vai ficar careca um dia, acho que vai ser útil para você também. Nada melhor do que já ir conhecendo diferentes casos.

— Se ficar circulando por Ginza em horário escolar, os policiais não vão abordar você e perguntar por que não está na escola?

— É só falar que estou fazendo pesquisa para uma atividade extracurricular de estudos sociais ou algo do gênero. Não se preocupe, sempre funciona.

Como eu não tinha planos para a tarde, resolvi acompanhar May Kasahara, que ligou para a fabricante e avisou que estava indo. No telefone, ela falava normalmente, de maneira educada. Sim, estou levando alguém, para trabalhar em dupla. Não, isso não é problema. Muito obrigada. Tudo bem. Sim, acho que chegamos depois de meio-dia, encerrou ela. Deixei um recado para Kumiko em uma folha de papel, informando que estaria em casa até as seis, pois ela poderia voltar mais cedo, e saí com May Kasahara.

A fabricante de perucas ficava em Shimbashi. No metrô, May Kasahara fez um breve resumo da pesquisa. Segundo ela, só precisávamos ficar na esquina, contando o número de pessoas carecas (ou com poucos cabelos) que passavam na avenida. Também tínhamos que anotar o grau de avanço da calvície, classificando em três estágios: bronze, pessoa que está começando a perder cabelo; prata, pessoa que perdeu bastante cabelo; e ouro, pessoa completamente careca. Ela abriu a prancheta, tirou uma folha de pesquisa e me mostrou exemplos de tipos diferentes de calvície. Cada calvície estava classificada em um dos estágios, conforme o avanço.

— Dá para saber mais ou menos como é a classificação, não? Em que estágio está cada tipo de calvície. Bom, se você for se deter aos detalhes, não tem fim, mas já deu para entender mais ou menos, certo? Pode ser bem por cima.

— Sim, acho que entendi mais ou menos — respondi, sem demonstrar muita convicção.

Ao lado dela estava sentado um homem gordo, vestido com formalidade, visivelmente no estágio bronze. Ele espiava o panfleto de modo bem desconfortável, mas May Kasahara parecia não se importar nem um pouco.

— O.k. Então assim, eu vou me encarregar de classificar em ouro, prata e bronze, e você fica do meu lado e escreve o que eu disser no formulário, certo? É mole, não é?

— Acho que sim. Mas o que eles ganham em uma pesquisa como essa?

— Como é que eu vou saber? — rebateu ela. — Eles fazem essa mesma pesquisa em vários lugares por aí. Shinjuku, Shibuya, Aoyama. Devem estar querendo saber em qual região tem mais carecas, ou pesquisando a distribuição de carecas em cada estágio — ouro, prata e bronze. Bom, o que importa é que eles têm dinheiro de sobra. Por isso, podem gastar à vontade com pesquisas como essa. A indústria de perucas gera muito dinheiro. Os seus funcionários recebem bem mais participação de lucro do que muitos que trabalham para empresas mais vistosas por aí. Você sabe por quê?

— Não.

— Porque a vida útil de uma peruca é bem curta. Sem brincadeira. Você não deve fazer ideia, mas as perucas de hoje duram só dois ou três anos, porque são bastante sofisticadas e desgastam muito rápido. Dois ou três anos, no máximo! Como elas têm que estar bem ajustadas no couro cabeludo, se o cabelo natural que está por baixo diminuir, precisam ser substituídas por novas, que se ajustam melhor. Vamos supor que você use uma e, depois de dois anos, perceba que ela está bem gasta. Será que você vai pensar: bom, essa peruca já deu, não tenho mais como usar. Mas comprar uma nova custa os olhos da cara, então a partir de amanhã vou ao trabalho sem peruca. Hein, será que vai pensar assim?

Eu balancei a cabeça.

— Acredito que não.

— Não é? Você não consegue pensar assim. O que estou querendo dizer é: uma vez que você começa a usar a peruca, é para sempre. Por isso que as fabricantes de perucas ganham rios de dinheiro. Eu nem deveria falar assim, mas elas são como traficantes de droga. Uma vez que conseguem um cliente, é para sempre. Até que a morte os separe. Ou você por acaso já ouviu falar de algum careca que começou a ter cabelos abundantes de repente? Uma peruca custa em torno de quinhentos mil ienes, e as mais elaboradas chegam a valer cerca de um milhão de ienes. Uma peruca que precisa ser trocada de dois em dois anos! Não dá, certo? Até carro você usa por uns quatro ou cinco anos e, na hora de trocar por um novo, consegue abatimento entregando o usado. Sem contar o ciclo mais curto, você não consegue abatimento na hora de trocar uma peruca.

— Entendi.

— Além do mais, as fabricantes de perucas têm os próprios salões de beleza, onde os clientes lavam as perucas e cortam o próprio cabelo.

Faz sentido, certo? Você já pensou em ir a um salão convencional, se sentar na frente do espelho, levantar a peruca e dizer, poderia cortar o meu cabelo? Não é constrangedor? Só com esses salões as fabricantes já lucram alto.

— Você é bem informada — comentei, admirado.

O homem no estágio bronze sentado ao lado dela estava prestando atenção na nossa conversa, compenetrado.

— Pois é. Sabe, fiquei amiga do pessoal do escritório e descobri muitas coisas — explicou May Kasahara. — Eles ganham muito dinheiro. As perucas são fabricadas nos países do Sudeste Asiático, onde o salário é bem baixo. Eles também compram os cabelos por lá. Na Tailândia ou nas Filipinas, as meninas cortam o próprio cabelo e vendem para as fabricantes de peruca. Em alguns casos, conseguem juntar o dinheiro do enxoval desse jeito. Esse mundo é bem estranho. Tem muito tiozinho desfilando por aí com cabelo que na verdade é das meninas da Indonésia.

Diante dessa observação, eu e o homem no estágio bronze olhamos instintivamente o vagão à nossa volta.

Passamos na fabricante de perucas em Shimbashi e pegamos o envelope com lápis e formulários de pesquisa. May Kasahara me disse que aquela era a segunda maior fabricante, mas a entrada era bem simples e não havia nenhum letreiro para que os clientes pudessem entrar sem chamar atenção. O nome da empresa não estava escrito nem no envelope nem no formulário. Escrevi meus dados (nome, endereço, escolaridade e idade) no formulário de cadastro de colaboradores temporários e entreguei no setor responsável. O escritório era extremamente silencioso. Ninguém gritava ao telefone nem batia no teclado do computador em desespero, com as mangas da camisa arregaçadas. Todos vestiam roupas limpas e trabalhavam em silêncio. Talvez fosse assim em todas as fabricantes de perucas, mas não havia ninguém careca. Alguns até podiam estar usando a peruca da fabricante, mas não dava para distinguir entre quem usava e quem não usava. Era o ambiente de trabalho mais estranho que eu já tinha visto.

Pegamos o metrô e fomos até a avenida Ginza. Como ainda tínhamos tempo e estávamos com fome, entramos no Dairy Queen e comemos um hambúrguer.

— Ei, Pássaro de Corda, você acha que vai usar peruca se ficar careca? — perguntou a garota.

— Não sei — respondi. — Como não gosto de ter trabalho, acho que não vou fazer nada se ficar careca. Vou andar careca mesmo.

— É, é melhor assim — concordou ela, limpando o ketchup da boca com o guardanapo. — Ser careca não é tão ruim como os carecas pensam. Acho que não é motivo para tanta preocupação.

— Hum — disse eu.

Nós nos sentamos na escadaria da entrada do metrô, bem na frente da loja da Wako, e contamos o número de pessoas com pouco cabelo durante três horas. Era melhor fazer essa observação do alto da escadaria da entrada do metrô, porque podíamos ver as cabeças que subiam e desciam os degraus. May Kasahara dizia ouro, bronze, e assim por diante, e eu anotava no formulário. Ela parecia bastante acostumada com o trabalho. Não hesitou, gaguejou ou se corrigiu uma única vez. Conseguia identificar os estágios de calvície de maneira rápida e precisa. Para não levantar suspeitas, ela dizia a classificação bem baixinho. Quando havia um fluxo grande de pessoas com pouco cabelo de uma vez, ela tinha que dizer, depressa, "bronze-bronze-prata--ouro-prata-bronze". Em determinada altura, um elegante senhor de idade (com fartos cabelos brancos) observou por um tempo o nosso trabalho e me perguntou:

— Desculpe incomodar, mas o que vocês estão fazendo?

— Uma pesquisa — respondi, sem pestanejar.

— Pesquisa do quê? — insistiu ele.

— De estudos sociais — eu disse.

— Bronze-ouro-bronze — soprou May Kasahara para mim, baixinho.

O senhor idoso continuou observando o nosso trabalho por mais um tempo, com uma fisionomia inconformada, mas depois desistiu e foi embora.

Quando o relógio da loja de departamentos Mitsukoshi, do outro lado da avenida, anunciou quatro horas da tarde, demos por encerrada a pesquisa e entramos no Dairy Queen outra vez, para tomar café. Embora não fosse um trabalho que exigisse muito esforço, meus músculos dos ombros e do pescoço estavam enrijecidos de modo estranho, talvez por uma espécie de consciência pesada que eu sentia por contar escondido o número de carecas. No trajeto de metrô até a fabricante em Shimbashi, eu acabava classificando involuntariamente os tipos de calvície em bronze, prata e ouro, assim que via alguém com poucos cabelos, e não era algo muito agradável. No entanto, por mais que tentasse me conter, já contava com certo impulso e não conseguia mais parar. Entregamos os formulários de pesquisa no setor responsável e recebemos o pagamento. A quantia não era ruim, considerando o tempo e o tipo do trabalho. Assinei o recibo e coloquei o dinheiro no bolso. May Kasahara e eu fomos de metrô até a estação Shinjuku, fizemos a baldeação para a linha Odakyu e voltamos para casa. Já estava começando o horário de pico. Fazia muito tempo que eu não pegava um vagão lotado, e não senti nenhuma saudade.

— O trabalho não é tão ruim assim, certo? — perguntou May Kasahara. — É moleza e o salário é razoável.

— Não é ruim — disse eu, chupando a bala de limão.

— Vamos trabalhar juntos de novo? Posso uma vez por semana, mais ou menos.

— Vamos, sim.

— Ei, Pássaro de Corda — chamou May Kasahara, depois de um intervalo de silêncio, como se tivesse se lembrado de súbito. — Sabe, acho que as pessoas têm medo de ficar careca porque a calvície lembra o fim da vida. Tenho a impressão de que, quando começam a perder cabelo, sentem que a vida está se desgastando, que estão bem mais perto da morte, no último estágio de esgotamento. Será que não é isso?

Pensei a respeito.

— É, talvez seja possível pensar assim.

— Ei, Pássaro de Corda, eu me pergunto de vez em quando: como será que é morrer aos poucos, a conta-gotas, levando muito tempo? Como será que a pessoa se sente?

Como não entendi direito aonde ela queria chegar, mudei de posição sem soltar a barra do vagão e encarei May Kasahara.

— Morrer aos poucos, a conta-gotas? Em que situação, por exemplo?

— Por exemplo... hum... quando você está preso, sozinho, em algum lugar escuro, sem comida, sem bebida, e morre aos poucos, bem devagar.

— Algo assim deve ser bem dolorido e sofrido. Não gostaria de morrer desse jeito.

— Mas, Pássaro de Corda, acho que a vida é assim, não? Todos acabam presos em algum lugar escuro, sem comida e sem bebida, e morrem aos poucos, bem devagar. A conta-gotas.

Eu ri.

— Você é nova, mas às vezes tem umas ideias bem pessimistas.

— Pessi... quê? O que é isso?

— Pessimista, uma pessoa que vê apenas o lado negativo da vida.

Ela repetiu a palavra algumas vezes, em voz baixa.

— Pássaro de Corda — disse ela, levantando os olhos para mim, como se me encarasse. — Eu posso ter apenas dezesseis anos e não conhecer muito do mundo, mas, se eu sou pessimista, todos os adultos deste mundo que não são pessimistas não passam de uns bobões. Tenho certeza.

10.
Toque mágico, morte dentro da banheira e entregador de recordações

Kumiko e eu nos mudamos para nossa atual casa no segundo outono depois do nosso casamento. Antes morávamos em um apartamento em Kôenji, mas o prédio seria demolido e tínhamos que nos mudar. Procuramos um apartamento barato e conveniente, mas não era fácil achar algo compatível com o nosso orçamento. Meu tio ficou sabendo da nossa dificuldade e perguntou se não gostaríamos de morar na sua casa em Setagaya, por um tempo. Ele tinha comprado essa casa quando ainda era novo e morou nela por cerca de dez anos. Agora queria demolir a residência e construir uma nova, mais funcional, mas por problemas no alvará não podia reconstruir do jeito que queria. Havia rumores de que as exigências para o alvará de construção ficariam mais brandas, e meu tio aguardava esse momento, mas se deixasse a casa vazia por muito tempo pagaria impostos consideráveis e, se a alugasse para estranhos, poderia ter problemas na hora de rescindir o contrato. "Por isso, vocês só precisam pagar um valor simbólico de aluguel, pode ser o mesmo que pagam no atual apartamento (que era bem barato), já que para mim é só uma maneira de economizar os impostos. Agora, quando eu precisar da casa, vocês têm que sair em três meses", afirmou ele. Não tínhamos objeções. Eu não entendia muito de impostos, mas, se podíamos morar em uma casa pagando pouco, mesmo que por pouco tempo, estava ótimo para nós. Embora ficasse relativamente longe da estação da linha Odakyu, a casa estava num bairro residencial tranquilo, e tinha até um quintal, apesar de pequeno. Não era nossa, mas tivemos a sensação de que estávamos em um *lar* assim que passamos a morar nela.

Esse tio era irmão mais novo de minha mãe e não perturbava. Poderia dizer até que era franco e tinha a mente aberta, mas como era de poucas palavras às vezes ficava difícil *ler* seus pensamentos.

De qualquer maneira, de todos os meus parentes, era com quem eu mais simpatizava. Ele se formou em uma universidade de Tóquio e começou a trabalhar em uma rádio, como locutor. Trabalhou dez anos assim, mas saiu dizendo que estava "cansado" e abriu um bar em Ginza, um pequeno e nada ostensivo bar, que até que ficou famoso por servir drinques bem-feitos. Em alguns anos, meu tio abriu outros restaurantes e bares. Tinha uma espécie de faro para negócios, e todos os estabelecimentos prosperaram bastante. Quando eu ainda estava na faculdade, perguntei uma vez a ele: "Por que todos os restaurantes e bares que você abre dão tão certo?". Eu gostaria de entender por que pessoas que abriam o mesmo tipo de bar em um mesmo quarteirão de Ginza ora tinham sucesso e prosperavam, ora fracassavam e faliam. Não entendia direito. Meu tio abriu as mãos e me mostrou a palma. "É o toque mágico", respondeu, com uma fisionomia séria. E não disse mais nada.

Talvez meu tio tivesse mesmo uma espécie de toque mágico. No entanto, não era só isso: ele tinha talento para reunir excelentes recursos humanos de determinado lugar. Pagava salários altos e oferecia tratamento diferenciado aos seus funcionários, que retribuíam a confiança na mesma moeda. "Quando eu acho que é a pessoa certa, ofereço muito dinheiro e oportunidades", explicou meu tio certa vez. "É melhor gastar seu dinheiro com coisas que dá para comprar, sem pensar nos lucros e prejuízos, do que gastar sua energia com coisas que não dá para comprar."

Ele se casou tarde, com quase quarenta e cinco anos. Já era financeiramente bem-sucedido. Sua esposa era três ou quatro anos mais nova, divorciada, e tinha considerável fortuna. Meu tio não contou como nem onde os dois se conheceram, e eu também não faço a menor ideia, mas ela parecia ser uma pessoa tranquila e educada. Eles não tinham filhos. Parece que ela não conseguiu ter filhos no primeiro casamento também. Talvez tenha sido esse o motivo da separação. De qualquer forma, embora meu tio não chegasse a ser milionário aos quase quarenta e cinco anos, já se encontrava em uma situação financeira que não precisava mais trabalhar duro, de sol a sol, para se sustentar. Além do lucro dos restaurantes e bares, ele tinha uma renda proveniente do aluguel dos seus imóveis e também de dividendos dos seus investimentos. Como era proprietário de restaurantes, ele não era muito bem-visto por nossos parentes, afeitos a profissões estáveis e vida modesta. Meu tio também não gostava muito de se relacionar com a família, mesmo antes do sucesso. Porém, desde a minha infância, sempre se mostrou preocupado comigo, que sou seu único sobrinho. No ano em que perdi minha mãe, entrei na faculdade e me desentendi com o meu pai, que arranjou outra esposa, meu tio passou a me dar ainda mais atenção. Na época em que eu levava uma vida humilde de estudante universitário e morava sozinho em Tóquio, ele deixava que eu comesse de graça em alguns dos seus restaurantes em Ginza.

Alegando que casa dava muito trabalho, meu tio e sua esposa moravam em um apartamento, em um prédio nas colinas de Azabu. Ele não era uma pessoa que gostava de levar uma vida luxuosa, mas tinha o hobby de colecionar carros raros, e sua garagem guardava modelos antigos de Jaguar e Alfa Romeo. Eles já eram quase uma antiguidade, mas eram bem cuidados e tão polidos que pareciam recém-nascidos.

Telefonei para meu tio para resolver alguns assuntos e aproveitei para perguntar sobre a família de May Kasahara, que me intrigava um pouco.

— Kasahara? — repetiu meu tio, pensando um pouco a respeito. — Não me lembro desse sobrenome. Bom, mas eu era solteiro quando morava aí e não tinha nenhum contato com os vizinhos.

— Tem uma casa desocupada atrás do terreno dos Kasahara, atravessando o beco — comentei. — Parece que a casa era dos Miyawaki, mas agora está vazia e madeiras estão pregadas sobre as janelas.

— Conheço bem o Miyawaki. Ele tinha alguns restaurantes até um tempo atrás. Tinha um em Ginza. Encontrei com ele algumas vezes para falar de negócios. Para ser franco, o restaurante dele não era lá grande coisa, mas, como a localização era boa, imaginei que estava indo bem. Miyawaki até que é um sujeito legal, mas muito mimado. Não sei se ele nunca passou por dificuldades na vida ou se nunca aprendeu com elas, mas é do tipo que não amadurece com o tempo nem com a idade. Ele começou a investir em ações por recomendação de alguém envolvido em transações de risco, acabou tendo prejuízo e perdeu tudo, terreno, casa e restaurantes. Tudo. Para piorar, ele tinha penhorado aquela casa e o terreno para abrir um novo restaurante. Foi um golpe duro, uma ironia do destino. Se não me engano, ele tinha duas filhas adolescentes.

— Quer dizer que ninguém mora naquela casa desde então?

— Ah, é? — se surpreendeu meu tio. — Ainda não mora ninguém lá? Hum, deve ter ocorrido algum problema com a escritura e o imóvel deve estar embargado ou algo do gênero. Enfim, mesmo que o preço seja atraente, recomendo que você não compre aquela casa.

— Mas, tio, não tenho condições de comprar a casa com ou sem preço atraente — respondi, rindo. — Agora, qual o motivo da sua recomendação?

— Eu fiz uma pesquisa antes de comprar a minha casa, e descobri que aquela apresenta alguns problemas.

— Como assim? É mal-assombrada?

— Não sei se chega a ser mal-assombrada, mas a fama daquela propriedade não é boa. Até o fim da guerra, um militar famoso morava lá, um coronel que tinha comandado uma tropa no norte da China e era um ferrenho entusiasta do Exército. Sua tropa recebeu muitas condecorações pelos serviços prestados na China, mas parece que seus homens também cometiam barbáries. Sua tropa chegou a executar, de uma vez, quinhentos prisioneiros de guerra, recrutou dezenas de milhares de camponeses para trabalho forçado, provocando a morte de mais da metade, esse tipo de coisa. Como são só boatos, não sei o que é verdade. Já no final da guerra o coronel foi chamado de volta ao Japão e estava em Tóquio quando a guerra terminou. De qualquer maneira, pelas circunstâncias da época, era grande a probabilidade de que fosse julgado no Tribunal de Crimes de Guerra de Tóquio. Generais e oficiais de alta patente que tinham praticado atrocidades na China estavam sendo presos um a um pelos militares do Exército de ocupação. Esse coronel não queria ser julgado. Não queria de jeito nenhum ser exposto ao ridículo e acabar condenado à pena de morte por enforcamento. Preferia acabar com a própria vida a passar por isso. Então, quando viu um Jeep do Exército dos Estados Unidos parar em frente à sua casa e um soldado norte-americano descer, estourou os próprios miolos com uma pistola, sem hesitar. Na verdade, ele queria cometer haraquiri, mas não tinha tempo para isso. Com a pistola, morreria mais rápido. A esposa dele se enforcou na cozinha logo depois do suicídio do marido.

— Ah, é?

— Sim. Só que na verdade o soldado tinha apenas se perdido tentando achar a casa da namorada. Tinha parado o carro só para pedir informação. Como você sabe, as ruas do bairro são bem confusas para quem está vindo pela primeira vez. Enfim, não é fácil decidir o momento certo de morrer.

— Tem razão.

— Depois a casa ficou desocupada, até que foi comprada por uma atriz de cinema dos velhos tempos. Como não era tão famosa, acho que você nunca ouviu falar nela. Enfim, ela chegou a morar na casa alguns anos, uns dez, se não me falha a memória. Era solteira e morava com a criada. Depois de alguns anos, ela contraiu uma doença nos olhos, ficou com a visão embaçada e só enxergava vagamente, mesmo de perto. Por ser atriz, ela não podia trabalhar de óculos. Naquela época as lentes de contato não eram boas como hoje, e as pessoas não costumavam usá-las. Por isso, antes das gravações, ela sempre passava o set em revista, memorizando tudo, tantos passos até tal lugar, tantos passos até tal lugar, e assim por diante, e só depois começava a interpretar. Como ela atuava em produções do Estúdio Shochiku voltadas para as famílias de antigamente, podia continuar trabalhando. Naquela época, tudo era mais fácil do que hoje. Mas certo dia, depois de voltar para o seu camarim após uma corriqueira e cuidadosa inspeção do set, um cinegrafista jovem que não sabia dos detalhes mudou muitas coisas do cenário de lugar.

"Então ela tropeçou em algo, caiu de certa altura e ficou paraplégica. Para piorar, talvez em consequência do acidente, foi perdendo cada vez mais a visão, ficando praticamente cega. Coitada, ela ainda era nova e bonita, mas não podia mais atuar. A única coisa que restava era ficar em casa, sem fazer nada. Até que um belo dia a criada, em quem depositava total confiança, fugiu com um homem, levando tudo. Dinheiro do banco, ações, tudo. Foi bem triste. O que você acha que aconteceu depois?"

— Pela sequência dos fatos, essa história não deve ter tido um final feliz.

— Bem, ela encheu a banheira com água, mergulhou a cabeça e se suicidou. Você deve imaginar que, se a pessoa não estiver muito determinada, não consegue se matar desse jeito.

— É, não teve um final feliz.

— Longe disso. Um tempo depois, Miyawaki comprou a propriedade. A vizinhança é boa, o terreno é amplo e, como fica numa parte elevada, bate bastante sol. Era um bom negócio. Miyawaki sabia do fim triste das pessoas que tinham morado lá antes e mandou demolir toda a casa, desde a fundação. Construiu uma nova em cima e até mandou fazer uma cerimônia de purificação. Aparentemente, não adiantou. Morar lá dá azar. Sabe, há lugares que são assim. Por isso, mesmo que alguém me oferecesse aquela casa de graça, eu não aceitaria.

Depois de fazer compras no supermercado perto de casa, comecei os preparativos para o jantar. Depois recolhi, dobrei e guardei as roupas no armário. Fui até a cozinha e passei um café. O telefone não tinha tocado nenhuma vez, era um dia silencioso. Li um romance deitado no sofá, e ninguém atrapalhou a minha leitura. De vez em quando, o pássaro de corda cantava no quintal. Fora isso, não havia nenhum som.

Às quatro da tarde, mais ou menos, alguém tocou a campainha. Era o carteiro, que apontou um espesso envelope e informou que era uma carta registrada. Assinei o recibo e peguei o envelope.

O esplêndido envelope, de papel tradicional japonês, trazia o meu nome e o meu endereço, com caracteres pretos e caligrafia feita em tinta nanquim. No verso do envelope constava o nome do remetente, Tokutarô Mamiya. Vinha de algum lugar na província de Hiroshima. Nem o nome do remetente nem o endereço me eram familiares. Pela caligrafia de pincel, imaginei que Tokutarô Mamiya devia ser um senhor com idade consideravelmente avançada.

Sentado no sofá, abri o envelope com uma tesoura. A carta também estava escrita em nanquim, em um rolo de papel tradicional em estilo antigo. Os caracteres eram magníficos, visivelmente traçados por alguém culto, mas eu encontrei muita dificuldade para ler, porque não tive esse tipo de educação. O estilo do autor também era antigo e bem formal. Enfim, depois de gastar muito tempo para tentar decifrar a carta, consegui entender em linhas gerais o conteúdo. Em resumo, contava que o sr. Honda, o vidente que visitávamos até alguns anos atrás, tinha morrido de ataque cardíaco há questão de duas semanas na sua casa em Meguro. De acordo com o médico, ele sofreu pouco e teve uma morte rápida. "Considerando que ele morava sozinho, podemos dizer que teve sorte em morrer sem sofrimento", dizia a carta. A criada chegou de manhã e encontrou o sr. Honda morto, sentado e com a cabeça apoiada na mesa horigotatsu. O sr. Tokutarô Mamiya tinha servido no Exército durante a guerra como primeiro-tenente, na Manchúria, e por coincidência participara de uma operação e enfrentara apuros ao lado do cabo Honda. Agora, respeitando o desejo do sr. Ôishi Honda, aceitara a missão de partilhar as recordações do finado no lugar de seus familiares. O sr. Honda tinha deixado instruções bastante precisas sobre a partilha de suas recordações. "O testamento deixado era extremamente minucioso e detalhado, como se o sr. Honda já previsse a própria morte que se aproximava. No testamento, o finado exprime que seria uma grande satisfação se o sr. Okada aceitasse uma de suas recordações", prosseguia a carta. "Suponho que o senhor seja uma pessoa extremamente ocupada, mas, se aceitar a singela recordação para manter viva a memória do finado, acatando os seus desejos, não haverá felicidade maior também para mim, um velho com pouco tempo de vida, na condição de um dos irmãos de arma do sr. Honda." No final, estava escrito o endereço em que Tokutarô Mamiya ficaria em Tóquio, com uma pessoa de sobrenome Mamiya em Hongô 2-chôme, Bunkyô-ku. Ele deveria estar hospedado na casa de algum parente.

Escrevi a resposta à mesa da cozinha. Ao pegar a caneta, pensei em dizer apenas o necessário, de modo bem sucinto, mas não consegui encontrar as palavras adequadas. "Tive a oportunidade de conhecer o finado sr. Honda e aprendi muito com ele. Ao pensar que ele já não se encontra entre nós, muitas recordações me vêm à mente. Não regulávamos de idade e só tive contato com o finado durante um ano, mas sentia que o sr. Honda tinha algo que tocava o coração das pessoas. De qualquer maneira, como tivemos pouco contato, devo admitir que nunca imaginei que ele fosse deixar uma recordação especialmente para mim. Não sei se mereço receber essa honra, mas, se era um desejo do finado sr. Honda, eu gostaria de aceitar com respeito e gratidão. Peço que o senhor entre em contato comigo quando for mais conveniente."

Depositei o cartão na caixa de correio perto de casa.

Quando morremos, podemos flutuar na parte rasa, Nomonhan, pensei.

Kumiko voltou quase às dez. Ela tinha me ligado antes das seis, "Hoje também não vou conseguir chegar cedo. Não precisa me esperar para a janta, eu vou comer qualquer coisa fora", informou ela. Eu disse que tudo bem e preparei um jantar simples para mim. Depois continuei lendo o romance. Quando chegou, Kumiko disse que queria tomar um copo de cerveja, e dividimos uma garrafa. Ela parecia cansada. Estava com o rosto apoiado nas mãos sobre a mesa, sem falar muito mesmo quando eu puxava assunto. Parecia pensar em outra coisa. Contei que o sr. Honda tinha falecido. "Ah, é? Ele faleceu?", perguntou ela, depois de suspirar. "Bom, mas ele já era velhinho e nem ouvia direito, não é?", acrescentou. No entanto, quando eu comentei que ele tinha deixado uma recordação para mim, ela se assustou, como se alguma coisa tivesse caído do céu, de repente.

— Ele deixou uma *recordação*? Para você?

— Deixou. Agora, não faço a menor ideia do motivo.

Kumiko franziu as sobrancelhas e pensou a respeito por um momento.

— Talvez ele gostasse de você.

— Pode ser, mas a gente mal se falava — observei. — Pelo menos eu não falava quase nada. Aliás, mesmo que eu falasse, ele não escutava. Eu e você íamos à casa dele uma vez por mês e ouvíamos, em silêncio. E ele praticamente só falava da batalha de Nomonhan, do tanque tal que incendeia quando é atingido por um coquetel molotov, do tanque tal que não incendeia.

— Não sei... De repente você tinha algo que agradou a ele. Só pode. Não consigo entender direito o que se passa na cabeça desse tipo de pessoa.

Em seguida ela voltou a ficar em silêncio. Era um silêncio meio constrangedor. Lancei um olhar para o calendário da parede. Ela não estava no período da menstruação. *Talvez tenha acontecido alguma chateação no trabalho*, pensei.

— Você está sobrecarregada de trabalho? — perguntei.

— Um pouco — respondeu Kumiko, observando o copo vazio. Ela tinha tomado a cerveja de um gole só. Notei um pequeno tom de desafio na sua voz. — Desculpe por voltar tarde. Na produção de revistas, há épocas em que uma editora tem que resolver muitas pendências. Mas nem sempre chego tão tarde assim, você sabe. Também sou uma das que fazem menos horas extras, depois de insistir que não posso trabalhar até muito tarde por ser casada.

Eu assenti.

— Sei que às vezes você precisa sair tarde por causa do trabalho. Não tem problema. Só fiquei preocupado que você estivesse muito sobrecarregada.

Ela tomou uma ducha demorada. Eu bebi a cerveja folheando a revista que ela tinha comprado.

Quando coloquei por acaso a mão no bolso da calça, percebi que o pagamento daquele trabalho de pesquisa continuava ali. Eu nem sequer havia tirado o dinheiro do envelope. Ainda não tinha contado a Kumiko sobre esse trabalho. Não pretendia esconder dela, mas deixei passar a oportunidade e, depois de um tempo, fiquei sem jeito para contar, o que é estranho. Olha, conheci na vizinhança uma garota estranha de dezesseis anos e fui com ela fazer uma pesquisa para uma fabricante de perucas. Eles até que não pagam mal. Pronto, eu só precisava dizer isso. Kumiko comentaria "Ah, é? Que bom", e talvez o assunto tivesse encerrado. No entanto, ela poderia querer saber mais sobre May Kasahara. Ela também poderia se incomodar por eu ter conhecido uma garota de dezesseis anos. Nesse caso, eu teria que explicar tudo desde o começo, em detalhes, quem e como era May Kasahara, quando, onde e como nós nos conhecemos. Não costumo ser muito bom em explicar as coisas de maneira ordenada.

Depois de passar o dinheiro para a carteira, amassei e joguei o envelope no cesto de lixo. *É assim que as pessoas acabam acumulando segredos*, refleti. Não pensei deliberadamente em esconder o fato de Kumiko, até porque não era nada de grande importância, e tanto fazia contar ou não para ela. Essa história, que no começo não passava de um riacho límpido, havia se turvado por uma camada opaca chamada segredo, independentemente da minha *intenção* inicial. Aconteceu o mesmo no caso de Creta Kanô. Eu contei à minha esposa que a irmã mais nova de Malta Kanô fizera uma visita. Ela se chama Creta Kanô, tem um estilo do começo dos anos 1960 e veio coletar a água da torneira. Só não falei que, depois que terminou, ela passou de repente a contar sua vida sem nexo e desapareceu sem avisar no meio da história. E não avisei porque a história era muito espantosa e im-possível de ser transmitida para minha esposa em todas as pequenas nuances. Talvez Kumiko não ficasse contente de saber que Creta Kanô permanecera um longo tempo em casa, mesmo depois de terminar de coletar a água, contando sua conturbada vida pessoal para mim. Por isso, acabei guardando mais um pequeno segredo.

Talvez Kumiko também tivesse o mesmo tipo de segredo, pensei com meus botões. Nesse caso, eu não poderia culpá-la. Afinal, todos têm algum segredo. Seja como for, é provável que eu tenha mais tendência a acumular segredos do que Kumiko. Eu diria que ela é mais do tipo que fala o que pensa, sem rodeios. Já eu não sou assim.

Fiquei um pouco preocupado e fui ao banheiro. A porta estava aberta. De pé, na porta, observei as costas de minha esposa. Ela já estava com um pijama azul sem estampa e enxugava o cabelo com uma toalha, diante do espelho.

— Sabe, é sobre trabalho — eu disse a ela. — Só queria dizer que também estou pensando muito, à minha maneira. Falei com amigos e procurei pessoalmente alguns conhecidos. Não vai faltar trabalho para mim, basta eu querer que posso começar em um novo emprego a qualquer momento. Se eu decidisse, poderia começar até mesmo amanhã. Mas ainda não decidi. Ainda não sei direito. Não sei se posso decidir algo assim desse jeito, às pressas.

— Nós já conversamos sobre isso outro dia. Pode fazer como achar melhor — respondeu ela, olhando para o reflexo do meu rosto no espelho. — Você não precisa decidir hoje nem amanhã, às pressas. Não precisa se preocupar com a nossa situação financeira. Agora, se você não se sente à vontade com essa situação, se fica incomodado de cuidar da casa e de me ver trabalhando fora, pode arranjar um trabalho agora mesmo. Para mim, tanto faz.

— Claro que vou ter que arranjar trabalho alguma hora. Eu sei muito bem disso. Até porque não posso ficar assim, sem fazer nada, o resto da vida. Vou arranjar um emprego, sim, mais cedo ou mais tarde. Só que devo admitir que no momento não consigo decidir direito o tipo de trabalho que quero fazer. Depois de pedir demissão, por um tempo pensei simplesmente que poderia trabalhar de novo com algo relacionado a direito. Afinal, mantive um pouco de contato com gente da área. Mas agora já não penso assim. Quanto mais tempo passa desde que deixei o escritório de advocacia, mais perco o interesse pela área. Sinto que trabalhar com direito não é para mim.

Minha esposa voltou a encarar o reflexo do meu rosto no espelho.

— Em compensação, não tem nada que eu me veja fazendo — prossegui. — Acho que seria capaz de realizar a maioria dos trabalhos, se precisasse. Só não consigo ter uma perspectiva concreta do que gosto, algo que eu pense é *esse*. É o meu problema, no momento. Não consigo ter uma perspectiva.

— Bom, se você já não tem interesse na área do direito, não trabalhe mais com isso — disse ela, largando a toalha e virando-se para mim. — Você pode esquecer completamente o Exame da Ordem. Como eu disse, não precisa ter pressa para encontrar um trabalho. Então, se não consegue se imaginar trabalhando em nada, espere até conseguir. Não é simples?

Eu assenti.

— Eu só queria deixar isso claro para você. Queria explicar o meu ponto de vista.

— Tudo bem — disse ela.

Fui até a cozinha e lavei os copos. Minha esposa saiu do banheiro e sentou-se à mesa.

— Ah, o meu irmão me ligou hoje à tarde.

— Ah, é?

— Sim. Parece que ele está pensando em concorrer na eleição. Pensando, não... já está praticamente decidido.

— Eleição? — repeti, assustado, tão assustado que não consegui falar por um momento. — Eleição? Ele está pensando em concorrer ao Parlamento?

— Está. Parece que ele foi convidado para concorrer na próxima eleição no distrito eleitoral do meu tio, de Niigata.

— Mas não estava decidido que um dos filhos do seu tio sucederia ao pai no distrito eleitoral e apresentaria candidatura? Imaginei que aquele seu primo que é diretor ou algo importante da Dentsu pediria demissão e voltaria para Niigata.

Kumiko pegou um cotonete e começou a limpar o ouvido.

— Bem, parece que a ideia inicial era essa, mas esse meu primo começou a falar que não queria mais. Ele mora em Tóquio com a família, está bem no trabalho e não queria voltar para Niigata para tentar carreira política. Na verdade, o principal obstáculo é a esposa, que é veementemente contra sua candidatura. Então, resumindo, ele não quer sacrificar a família.

O irmão mais velho do pai de Kumiko fora eleito membro da Câmara Baixa do Parlamento no distrito eleitoral de Niigata e se reelegera três ou quatro vezes. Não era dos políticos mais influentes, mas tinha uma carreira política consistente, e em uma ocasião chegou a ocupar o cargo de ministro de uma pasta sem muita importância. Porém, em virtude da idade avançada e de problemas cardíacos, não estava mais em condições de concorrer na próxima eleição, então alguém precisava suceder-lhe. Ele tinha dois filhos homens e, como o primogênito deixou claro desde o início que não tinha a menor intenção de ser político, recaíra sobre o segundo a expectativa de seguir a carreira do pai.

— O pessoal do distrito insiste que tem que ser meu irmão — continuou Kumiko. — Querem alguém novo, inteligente e dinâmico, que possa se reeleger muitas vezes e se torne influente no governo central. Como meu irmão é uma figura bem conhecida e pode atrair o voto da juventude, eles acham que é perfeito. Verdade que ele não seria capaz de fazer o corpo a corpo com os eleitores no interior, mas o comitê eleitoral do meu tio é forte e compensaria isso por lá. Se você quiser continuar morando em Tóquio, tudo bem, eles disseram. Basta vir para Niigata para a campanha eleitoral.

Não consegui imaginar direito Noboru Wataya como membro do Parlamento.

— E você: o que pensa sobre isso? — perguntei.

— As escolhas dele não são da minha conta. Ele pode fazer o que quiser, ser membro do Parlamento ou astronauta, tanto faz.

— Mas por que ele ligou para perguntar a sua opinião?

— Claro que não ele não ligou para saber minha opinião — respondeu minha esposa, em voz seca. — Ele nunca faria isso. Ele só me contou o que está se passando na vida dele. Afinal, somos irmãos.

— Hum. Mas ele não teria dificuldade de se eleger sendo divorciado e solteiro?

— Não faço ideia. Não sei muito de política, eleição, essas coisas, nem quero saber. Agora, já que você tocou no assunto, acho que ele nunca mais vai se casar. *Nunca.* Para começo de conversa, ele nem deveria ter se casado, porque sempre buscou *outra coisa*, algo *completamente diferente* do que eu ou você buscamos, por exemplo. Eu sei bem.

— Ah, é?

Kumiko enrolou os dois cotonetes num lenço de papel e jogou no cesto de lixo. Depois, levantou o rosto e fitou meus olhos.

— Muito tempo atrás, eu peguei ele se masturbando. Achei que não tinha ninguém no quarto, abri a porta e me deparei com a cena.

— Qual o problema? Todo mundo se masturba.

— Não, não é isso — disse ela, soltando um suspiro. — Acho que fazia uns três anos desde a morte da minha irmã mais velha. O mano cursava a faculdade, e eu devia estar no quarto ano do primário. Minha mãe ficou na dúvida se jogaria fora ou não as roupas da minha irmã, e ainda não tinha decidido. Pensou que talvez pudessem me servir mais tarde. Ela tinha colocado as roupas numa caixa de papelão e guardado no armário. Quando flagrei meu irmão, ele estava fazendo aquilo cheirando essas roupas.

Eu fiquei calado.

— Eu era muito nova e não sabia nada sobre sexo. Não entendi ao certo aquilo, embora compreendesse que era um ato deturpado que eu não deveria ter visto. Que era algo bem mais complexo do que aparentava — observou Kumiko, balançando a cabeça em silêncio.

— Ele sabe que você viu?

— Sabe, porque os nossos olhos se cruzaram.

Eu assenti.

— O que aconteceu com as roupas da sua irmã? Você chegou a usá-las depois?

— Claro que não.

— Será que ele gostava da sua irmã?

— Não sei — respondeu Kumiko. — Não sei se ele chegou a sentir atração sexual por ela, mas havia algo no ar, e sinto que ele provavelmente não conseguiu se libertar desse *algo*. Por isso que falei que ele não deveria ter se casado.

Em seguida, Kumiko permaneceu um longo tempo em silêncio. Eu também não disse nada.

— Nesse sentido, ele tem um distúrbio psicológico grave. Claro que todos carregamos algum tipo de distúrbio psicológico, em maior ou menor grau. Mas o distúrbio dele é diferente do meu ou do seu. É *algo* diferente, bem mais complexo e grave. Ele nunca revela para os outros o que carrega, essa espécie de ferida, de fraqueza. Você entende o que eu quero dizer? Estou um pouco preocupada com a eleição por causa disso.

— O que preocupa você?

— Não sei… *algo*. Mas já estou cansada e não consigo pensar mais. Vamos dormir um pouco.

Enquanto escovava os dentes, observei o reflexo do meu rosto no espelho do banheiro. Nos últimos três meses desde que pedi demissão, eu praticamente não saí para o *mundo exterior*. Só fazia o trajeto de casa para as compras na redondeza e para a piscina pública. Tirando o trabalho de pesquisa na frente da loja Wako, em Ginza, e o café no hotel em Shinagawa, a lavanderia diante da estação tinha sido o meu destino mais afastado. Eu quase não me encontrei com ninguém nesse meio-tempo, com exceção da minha esposa, das irmãs Malta e Creta Kanô e de May Kasahara. Era um mundo realmente estreito, um mundo praticamente sem movimento. No entanto, quanto mais estreito e mais estático ficava, esse mundo parecia cada vez mais preenchido e transbordava de peripécias e pessoas estranhas. Como se, escondidos na sombra, à espreita, todos aguardassem o momento de eu parar de caminhar. Toda vez que o pássaro de corda surgia em algum quintal e dava a corda, o grau de desordem do mundo ficava ainda mais profundo.

Eu enxaguei a boca e observei outra vez meu reflexo por um momento.

Eu não consigo ter uma perspectiva, pensei. *Estou com trinta anos, estou parado e não consigo mais ter uma perspectiva.*

Quando saí do banheiro e fui ao quarto, Kumiko já dormia.

11.
O primeiro-tenente Mamiya entra em cena, o que surgiu de dentro do barro morno e água-de-colônia

Três dias depois, o sr. Tokutarô Mamiya me telefonou. Eram sete e meia da manhã e eu tomava café da manhã com minha esposa.

— Sinto muito incomodar tão cedo. Espero que não tenha acordado o senhor com a ligação — disse ele, com uma voz de quem realmente pedia desculpas.

— Não tem problema, eu sempre acordo um pouco depois das seis — respondi.

Ele agradeceu pela carta e disse que precisava falar comigo ainda de manhã, sem falta, antes que eu saísse para o trabalho. Disse que ficaria muito feliz se eu arranjasse um pouco de tempo para me encontrar com ele de manhã ou no horário do almoço, explicando que pretendia voltar para Hiroshima no trem-bala da tarde, se possível. Na verdade, inicialmente ele planejava permanecer mais uns dias em Tóquio, mas alguns imprevistos o obrigavam a voltar às pressas, entre hoje e amanhã.

Eu disse que estava desempregado no momento, que estava livre o dia inteiro e que o encontro poderia ser marcado no horário mais conveniente para ele, de manhã, no almoço ou à tarde.

— Mas o senhor não tem planos para hoje? — perguntou ele, educadamente.

Respondi que não tinha planos.

— Nesse caso, será que poderíamos marcar na casa do senhor, às dez da manhã de hoje?

— Claro, pode ser.

— Então nos vemos daqui a pouco. Até logo — se despediu ele, e desligou.

Assim que coloquei o telefone no gancho, me dei conta de que não tinha explicado o trajeto da estação até a nossa casa. Mas tudo bem, como ele sabia o endereço, bastava pedir informação que com certeza chegaria até aqui.

— Quem era? — perguntou Kumiko.

— O senhor que está entregando as recordações do sr. Honda. Ele vai passar aqui antes do almoço, só para isso.

— É mesmo? — perguntou ela, tomando um gole de café e passando manteiga na torrada. — Quanta gentileza.

— É verdade.

— Escuta, não seria bom a gente dar uma passada na casa do sr. Honda e oferecer um incenso diante do altar? Pelo menos você deveria fazer isso, em sinal de agradecimento.

— Pois é. Vou comentar sobre isso também — concordei.

Antes de sair, Kumiko se aproximou e me pediu para fechar o zíper do seu vestido, nas costas. O vestido era bem justo e levei certo tempo para fechar completamente. Atrás da orelha dela, senti uma fragrância boa, uma fragrância que combinava com a manhã de verão.

— Está usando uma água-de-colônia nova? — perguntei.

Mas ela não respondeu. Lançou uma olhadela para o relógio de pulso e arrumou o cabelo, estendendo a mão.

— Tenho que sair — disse, já pegando a bolsa sobre a mesa.

Enquanto organizava o cômodo de quatro tatames e meio que Kumiko costumava usar para trabalhar, percebi uma fita amarela jogada no cesto de lixo. Ela estava escondida debaixo de manuscritos rasurados e malas diretas, e dava para ver apenas uma parte. Só notei porque o amarelo era bem chamativo e brilhante. Era uma fita usada para embrulhar presentes, com laço em formato de flor. Apanhei a fita do cesto de lixo e observei. Havia também o papel de embrulho da loja de departamentos Matsuya e, embaixo, uma caixa da Dior. Abri a embalagem e vi o espaço para um frasco. Só pela caixa dava para notar que o conteúdo era bem caro. Com a caixa na mão, fui ao banheiro e abri o compartimento onde Kumiko guardava os seus perfumes e cosméticos. O frasco com a água-de-colônia da Dior — praticamente intacta — estava ali e cabia direitinho no espaço dentro da caixa. Abri a tampa dourada do frasco. A fragrância era a mesma que eu tinha sentido atrás da orelha de Kumiko.

Sentei-me no sofá e tentei organizar as ideias enquanto tomava o resto do café. Provavelmente Kumiko recebera a água-de-colônia de presente, um presente bem caro, comprado na loja de departamentos Matsuya e embrulhado com fita. Se tivesse recebido o presente de um homem, deveria ser alguém bem íntimo. Um homem não tão íntimo não ofereceria uma água-de-colônia para uma mulher (ainda mais casada). Já se fosse de uma amiga... será que amigas se presenteavam com água-de-colônia? Eu não sabia. A única coisa que sabia era que não havia motivo para Kumiko ganhar um presente naquela época do ano, até porque fazia aniversário só em maio. O nosso aniversário de casamento também era em maio. Talvez ela tivesse comprado a água-de-colônia e pedido para embrulhar para presente. Mas por que faria algo assim?

Eu soltei um suspiro e olhei para o teto.

Será que deveria perguntar isso abertamente a Kumiko? Escuta, você ganhou essa água-de-colônia de alguém? Talvez ela respondesse, Ah, eu ajudei uma colega a resolver um problema. Não vou entrar em detalhes porque é uma longa história, mas ela parecia estar realmente em apuros e fiz uma boa ação. Ela retribuiu com o presente. O cheiro é bom, não é? Sabe, essa água-de-colônia é bem cara.

Tudo bem, faria sentido, e o assunto estaria encerrado. Então por que preciso me dar o trabalho de fazer a pergunta? Por que me incomodar com isso?

No entanto, tinha algo que me importunava. Kumiko poderia ter me contado sobre a água-de-colônia. Se depois de voltar para casa ela teve tempo de ir ao quarto de trabalho, tirar a fita e o embrulho, abrir a embalagem e jogar tudo no cesto de lixo, se teve tempo de guardar o frasco no compartimento de perfumes e cosméticos do banheiro, poderia ter me dito: "Olha que legal o presente que ganhei de uma colega de trabalho". Só que ela não disse nada. Talvez achasse que fosse algo insignificante que nem valia a pena ser mencionado. No entanto, mesmo que ela tivesse pensado assim, essa história já estava coberta por uma camada opaca chamada *segredo*. E era isso que me incomodava.

Fiquei observando o teto por muito tempo, distraído. Tentei pensar em outra coisa, mas, por mais que tentasse, minha mente não obedecia direito. Lembrei-me das costas brancas e macias de Kumiko, a fragrância que exalava por trás da orelha. Fiquei com vontade de fumar depois de muito tempo. Queria colocar um cigarro nos lábios, acender a ponta e inspirar fundo a fumaça para dentro dos pulmões. Pensei que assim me sentiria um pouco mais tranquilo. Mas eu não tinha cigarro. Sem outra opção, peguei uma bala de limão e joguei na boca.

Às nove e cinquenta o telefone tocou. *Deve ser o primeiro-tenente Mamiya*, pensei. A nossa casa ficava num ponto bem difícil de achar. Às vezes, até quem já tinha vindo algumas vezes ficava perdido. Porém, não era o primeiro-tenente Mamiya. Assim que peguei o gancho, escutei a voz daquela mulher misteriosa do estranho telefonema do outro dia.

— Olá, quanto tempo — começou ela. — E aí, gostou da outra vez? Foi bom para você? Escuta, precisava mesmo desligar no meio? A gente estava indo bem.

Por um instante, imaginei que ela estivesse se referindo àquele sonho erótico que tive com Creta Kanô. Naturalmente ela não estava falando disso, e sim do telefonema que me dera enquanto eu estava preparando espaguete.

— Olha, desculpe, mas estou um pouco ocupado agora — eu disse. — Vou receber uma visita daqui a dez minutos e preciso aprontar as coisas.

— Você está sem emprego, mas vive ocupado, não é? — perguntou ela, com a mesma voz cínica da outra vez. Em seguida, mudou um pouco o tom. — Você tem que preparar espaguete, receber visitas… Mas, tudo bem, dez minutos serão suficientes. Vamos conversar por dez minutos e, se a visita chegar, a gente desliga.

A minha vontade era desligar o telefone naquele exato segundo, sem falar nada. Mas não consegui. Ainda estava um pouco confuso com a história da água-de-colônia de Kumiko. Acho que precisava falar com alguém sobre qualquer coisa.

— Não sei quem é você — comentei, pegando e rodando entre os dedos o lápis que estava do lado do telefone. — Conheço mesmo você?

— Claro. Nós dois nos conhecemos. Eu não contaria uma mentira dessas. Não sou tão desocupada assim a ponto de ligar para um ilustre desconhecido. Você deve ter uma espécie de ângulo morto na memória.

— É que não entendo direito. Eu queria...

— Olha, escute — interrompeu ela, bruscamente. — Pare de pensar em hipóteses. Nós dois nos conhecemos. O importante é... Sabe, posso ser muito carinhosa com você, sem receber nada em troca. Não acha isso legal? Você não precisa fazer nada, não precisa assumir a responsabilidade por nada, porque que eu faço tudo. *Tudo*. Isso não é incrível? Pare de pensar em complicações e esvazie a mente. Como se você estivesse tomando um banho de barro morno numa tarde agradável de primavera.

Eu fiquei calado.

— Como se dormisse e sonhasse, deitado no barro quentinho... Esqueça a sua esposa, e que você está desempregado, e o futuro. Esqueça tudo. Todos surgimos do barro e vamos retornar para lá um dia. Por isso... Escute, Okada, você se lembra da última vez que fez sexo com sua esposa? Será que já não faz muito tempo? Algo como, digamos, umas duas semanas?

— Desculpe, mas a visita já vai chegar.

— Pelo jeito, faz mais tempo ainda. Consigo perceber pelo tom de sua voz. Então, o quê? Umas três semanas?

Eu não disse nada.

— Bom, isso não importa — prosseguiu ela, cuja voz lembrava o ato de tirar rapidamente o pó acumulado na cortina com um pequeno espanador. — Afinal de contas, é problema seu e da sua esposa. Mas eu posso oferecer tudo o que você quiser. E você não precisa assumir nenhuma responsabilidade por isso, Okada. Basta virar a esquina que vai encontrar o lugar, bem pertinho. Por trás se esconde um mundo que você nunca viu. Eu não disse que você tem um ângulo morto? Você ainda não entendeu isso.

Eu permaneci calado, com o gancho na mão.

— Dê uma olhada à sua volta e me conte — continuou a mulher. — O que tem aí? O que você consegue ver?

Neste momento, ouvi a campainha tocar. Fiquei aliviado e desliguei o telefone sem falar nada.

O primeiro-tenente Mamiya era um senhor de idade alto, completamente careca, que usava óculos de armação dourada. Parecia fazer exercício físico, estava bronzeado e apresentava uma pele saudável.

Não tinha nenhuma gordura desnecessária no corpo. Exibia três rugas profundas nas laterais de cada pálpebra e parecia prestes a estreitar os olhos diante de qualquer sinal de luz ofuscante. Não dava para saber a sua idade, mas com certeza tinha mais de setenta. Deve ter sido bem robusto na juventude, como sugeriam a postura correta e o modo de andar sem nenhum movimento desnecessário. Agia e falava com extrema educação, mas demonstrava autoconfiança e franqueza. Tive a impressão de que o primeiro-tenente Mamiya era alguém acostumado a julgar as coisas por si, a contar com a própria força e assumir toda a responsabilidade sozinho. Ele vestia um terno cinza-claro bastante comum, uma camisa branca e uma gravata com listras pretas e cinza. O terno, que dava ares de responsabilidade, era de um tecido grosso demais para ser usado numa manhã quente e abafada de julho, mas o sr. Mamiya não estava nem um pouco suado. Sua mão esquerda era uma prótese e estava coberta com uma luva de tecido fino cinza-claro, que combinava com o terno. Comparada com a costa da mão direita, peluda e bronzeada, essa mão postiça coberta pela luva cinza parecia excessivamente gelada e inanimada.

Eu convidei o sr. Mamiya a se sentar no sofá da sala e servi chá. Ele se desculpou por não ter cartão de visita.

— Eu era professor de estudos sociais num colégio público no interior da província de Hiroshima e, desde que me aposentei, não voltei a trabalhar. Como tenho um pedacinho de terra, faço trabalhos simples no campo, como hobby. Por isso não tenho cartão de visita, sinto muito.

Eu também não tinha cartão de visita.

— Desculpe a indelicadeza, mas quantos anos o senhor tem?

— Trinta anos — respondi.

Ele assentiu. E tomou o chá. Não sei ao certo a impressão que a descoberta da minha idade causou nele.

— O senhor mora numa casa bastante tranquila — observou ele, como se quisesse mudar de assunto.

Eu expliquei que a casa pertencia a meu tio, que cobrava um aluguel bem barato. Se dependesse da nossa renda, não teríamos condições nem de alugar uma casa com a metade desse tamanho, acrescentei. Ele assentiu e ficou olhando ao redor por um tempo, discretamente. Eu fiz o mesmo. *Dê uma olhada à sua volta*, dissera a mulher misteriosa. Olhando com mais atenção, senti que pairava uma espécie de ar distante dentro da casa.

— Faz duas semanas que estou em Tóquio — disse o primeiro--tenente Mamiya. — O senhor é a última pessoa a quem devo entregar a recordação antes de voltar para Hiroshima, sossegado.

— Se possível, gostaria de oferecer um incenso no altar da casa do sr. Honda.

— Agradeço muito pela consideração, mas a terra natal do sr. Honda fica em Asahikawa, em Hokkaido, assim como seu jazigo. A família do finado veio de Asahikawa e arrumou todos os pertences da casa, em Meguro. Já não sobrou nada.

— Entendo. Quer dizer que o sr. Honda morava sozinho em Tóquio, longe da família?

— Sim. Parece que o filho mais velho chegou a convidar o sr. Honda para morar junto com ele em Asahikawa, porque deixar o pai idoso sozinho em Tóquio era preocupante e também não era bem-visto pelas pessoas. De qualquer maneira, o sr. Honda recusou o convite categoricamente.

— Ele tinha filhos? — perguntei, um pouco assustado. Eu imaginava que o sr. Honda não tivesse família, que fosse completamente sozinho no mundo. — Então ele era viúvo?

— Bom, é uma história um tanto complexa. Na verdade, a esposa do sr. Honda se suicidou ao lado de outro homem, um pouco depois do fim da guerra. Acho que em 1950 ou 1951. Não conheço os detalhes. O sr. Honda não me contou, e eu também não fiquei perguntando.

Eu assenti.

— Depois disso, o sr. Honda criou sozinho os dois filhos, um menino e uma menina. Assim que os filhos se tornaram independentes, ele veio sozinho para Tóquio e passou a trabalhar com adivinhações, essas coisas, como o senhor deve saber bem.

— Qual era o emprego dele em Asahikawa?

— Ele e o irmão mais velho tinham uma gráfica.

Tentei imaginar o sr. Honda de macacão de operário diante de uma impressora, verificando a prova tipográfica. Para mim, o sr. Honda sempre seria um velhinho meio negligente, sentado à mesma mesa no verão e no inverno, vestindo uma roupa suja que parecia um pijama, com uma faixa na cintura, mexendo as varetas de adivinhação.

Em seguida, com destreza, o primeiro-tenente Mamiya pegou e abriu com uma mão só um pacote coberto por um grande lenço, retirando um objeto com o formato de uma pequena caixa de doces, envolto em papel kraft e amarrado firmemente com barbante. O primeiro-tenente Mamiya colocou o embrulho na mesa e empurrou na minha direção.

— O finado deixou isso para o senhor, como recordação, sr. Okada.

Aceitei e apanhei o embrulho, que era muito leve. Eu não fazia a menor ideia do que tinha dentro.

— Posso abrir aqui, agora?

O primeiro-tenente Mamiya balançou a cabeça.

— Lamento, mas o sr. Honda deixou instruções para que o senhor só abrisse quando estivesse sozinho.

Assenti e voltei a colocar o embrulho sobre a mesa.

— Sabe — prosseguiu o primeiro-tenente Mamiya —, recebi a carta do sr. Honda exatamente na véspera do falecimento. Ele informava que sua morte estava próxima. "Não tenho nenhum medo de morrer, pois é meu destino. Eu apenas sigo o meu destino. Mas deixei de fazer algumas coisas. No armário de casa guardei tais e tais objetos, pensando em entregar para certas pessoas. Como não vou ter tempo para isso, gostaria de pedir a sua ajuda para realizar a partilha das minhas recordações, conforme as instruções da folha em anexo. Bem sei que o pedido é impertinente, mas gostaria muito que o senhor se dispusesse a ajudar, atendendo ao meu último desejo." Era esse o conteúdo da carta. Eu fiquei muito assustado... afinal, fazia uns seis ou sete anos que não tinha mais contato com ele, e de repente uma carta dessas... Enfim, escrevi uma resposta ao sr. Honda, mas logo recebi um comunicado do filho informando o falecimento do pai.

O primeiro-tenente Mamiya pegou a xícara e tomou outro gole do chá verde.

— Ele sabia o momento da própria morte. Acho que tinha alcançado um estágio que vai muito além da minha imaginação. Como o senhor mesmo escreveu em sua resposta para mim, havia algo no sr. Honda que tocava o coração das pessoas. Senti isso desde a primeira vez que me encontrei com ele, na primavera de 1938.

— Durante a Batalha de Nomonhan, o senhor e o sr. Honda estavam na mesma tropa?

— Não, não estávamos na mesma tropa — respondeu o primeiro-tenente Mamiya, mordendo de leve os lábios. — Éramos de tropas e divisões diferentes. Mas atuamos lado a lado numa pequena operação antes. Na Batalha de Nomonhan, o cabo Honda sofreu um ferimento e foi transferido de volta ao Japão. Eu não cheguei a lutar nessa batalha, perdi a mão esquerda — ele levantou a mão postiça enluvada — durante a invasão do Exército soviético na Manchúria, em agosto de 1945. Fui atingido no ombro por um projétil de metralhadora enquanto enfrentávamos uma divisão blindada e, ao desmaiar, a lagarta de um dos tanques soviéticos passou por cima da minha mão. Acabei capturado pelo Exército soviético e, depois de receber tratamento no hospital de Chita, fui mandado para um campo de concentração na Sibéria, onde fiquei até 1949. Como eu tinha sido enviado para a Manchúria em 1937, fiquei ao todo doze anos na Ásia continental. Durante esse período não voltei para o Japão uma única vez. Todos da minha família imaginavam que eu tinha morrido lutando contra o Exército soviético e chegaram a erguer para mim um jazigo na minha terra natal. Até a moça com quem antes de sair do Japão eu tinha prometido casar, de modo nada oficial, já estava casada com outro homem quando eu voltei. Não havia jeito. Doze anos é tempo demais.

Eu assenti.

— Para um jovem como o senhor, sr. Okada, essas histórias velhas devem ser bem importunas — disse ele. — Só estou querendo dizer que todos nós éramos jovens comuns, como o senhor. Nunca desejei ser militar. Queria ser professor. Mas acabei convocado logo depois que me formei, virei cadete meio a contragosto e tive que ficar na Ásia continental, sem possibilidade de voltar ao Japão. A minha vida é como um sonho vazio — refletiu o primeiro-tenente Mamiya, antes de se calar.

— Poderia me contar como conheceu o sr. Honda? — perguntei, quebrando o silêncio.

Era um pedido sincero. Eu queria saber que tipo de pessoa tinha sido o sr. Honda. O primeiro-tenente Mamiya voltou a refletir por um momento, com as mãos postas sobre o colo. Ele não tinha dúvida sobre o que fazer, apenas estava pensando em algo.

— A história pode ser longa — disse ele.

— Não tem problema.

— Eu nunca contei essa história a ninguém — comentou ele. — E creio que o sr. Honda também não. Porque nós... nós decidimos que não contaríamos. Mas o sr. Honda já morreu, e só restou eu. Acho que agora posso contar, porque não vai causar problemas a ninguém.

Assim, o primeiro-tenente Mamiya começou a contar a sua história.

12.
Longa história do primeiro-tenente Mamiya — parte 1

Fui enviado à Manchúria no início de 1937. Assumi o posto de segundo-tenente no Estado-Maior do Exército de Guangdong, na cidade de Hsinking. Como tinha estudado geografia na faculdade, fui alocado no setor de geografia militar especializado em mapeamento. Fiquei bastante satisfeito com essa função, porque o trabalho que desempenhava, para ser bem franco, era um dos mais fáceis no Exército.

Além disso, a situação interna do Estado da Manchúria na época era relativamente pacífica, ou melhor, estável. A eclosão do Incidente Sino-Japonês já havia levado o teatro de operações para o interior da China, e as principais tropas de combate do Exército japonês não estavam mais agrupadas no Exército de Guangdong, e sim na força expedicionária enviada para a China. Claro, esporádicas operações de guerrilha antinipônica aconteciam na Manchúria, mas sobretudo no interior. De modo geral, o momento mais crítico parecia ter passado. O Exército de Guangdong mantinha as poderosas Forças Armadas no Estado da Manchúria recém-independente, para garantir a segurança e a estabilidade da nova nação, tentando controlar a fronteira norte.

Embora a situação fosse relativamente pacífica, como era tempo de guerra, exercícios militares aconteciam com frequência. Para a minha sorte, eu era dispensado deles. Realizados em pleno inverno, a uma temperatura que chegava a quarenta, cinquenta graus negativos, aqueles exercícios eram tão implacáveis que os mais azarados chegavam a morrer. Toda vez que acontecia um exercício militar, centenas de soldados sofriam queimaduras de frio, eram internados em hospitais ou enviados para tratamento em termas. Hsinking não era nenhuma metrópole esplêndida, mas era uma cidade interessante, cosmopolita, e oferecia bastante diversão para quem soubesse procurar. Todos os oficiais solteiros e recém-chegados moravam juntos em uma espécie de alojamento, separado do quartel. Era o meu caso. Desnecessário dizer que nós nos divertíamos como se vivêssemos uma extensão da vida universitária. Eu esperava que essa vida sem sobressaltos continuasse e que o serviço militar terminasse sem grandes incidentes, mantendo o otimismo.

Naturalmente, aquela era uma paz aparente, e a um passo fora desse soalheiro continuava a batalha sangrenta. Acho que a maioria dos japoneses sabia que a guerra na China estava prestes a se tornar um atoleiro sem saída. Os japoneses que tinham bom juízo ao menos sabiam. Mesmo ganhando algumas batalhas, o Japão não conseguiria ocupar e controlar por muito tempo um país tão grande como a China. Bastava pensar racionalmente para se dar conta disso. Como esperado, quanto mais a guerra se estendia, mais aumentava o número de mortos e de feridos. De repente, a relação entre o Japão e os Estados Unidos foi se agravando depressa, como se rolasse ladeira abaixo. Mesmo de dentro do Japão, era possível perceber que a sombra da guerra ficava cada vez mais pesada. Em 1937, 1938, já vivíamos uma época sombria. Apesar disso, como eu levava uma vida tranquila de oficial em Hsinking, confesso que tinha a sensação de que a guerra ocorria em algum lugar bem distante. Bebíamos quase todas as noites, contávamos piadas e nos divertíamos em bares e cafés, atendidos por garçonetes russas.

Até que um belo dia, no final de abril de 1938, se não me engano, fui chamado pelo oficial superior do Estado-Maior e apresentado a um homem vestido à paisana. Ele se chamava Yamamoto. Tinha uns trinta e cinco anos, cabelo curto e bigode. Não era muito alto. Havia uma cicatriz em sua nuca que parecia um ferimento provocado por algum objeto cortante. O oficial superior me disse: "O sr. Yamamoto é um civil e, a pedido do Exército, está conduzindo uma pesquisa sobre a vida e os costumes dos mongóis que vivem no Estado da Manchúria. Ele agora vai realizar um estudo na zona de fronteira entre a Manchúria e a Mongólia Exterior, na estepe Hulunbuir. O Exército vai enviar uma pequena escolta, e gostaríamos que você fizesse parte dessa missão". Confesso que não acreditei nas palavras do oficial superior. Embora Yamamoto estivesse à paisana, tinha aparência de militar profissional, denunciada pelo olhar, pela postura e pelo modo de se expressar. Pensei que deveria ser um oficial de alto escalão, provavelmente do setor de inteligência. Pelo próprio teor do trabalho, ele não podia revelar a sua identidade. Seja como for, pairava no ar um mau agouro.

Além de mim, mais dois soldados acompanhariam Yamamoto. Era uma escolta bem pequena, mas um grupo maior poderia chamar a atenção dos soldados da Mongólia Exterior que atuavam próximos à fronteira. O ideal seria uma escolta formada por poucos soldados de elites, mas a realidade era bem diferente. O único oficial, que era eu, não tinha nenhuma experiência de combate. Só um membro do grupo já havia participado de uma batalha, o sargento Hamano, que eu conhecia bem e pertencia ao Estado-Maior. Era um militar robusto que começou de baixo e tinha se destacado nos combates na China. Era um homem grande, arrojado e confiável em momentos de perigo. Já o outro membro da escolta, o cabo Honda, eu não entendia por que fora escolhido. Como eu, ele tinha vindo do Japão há pouco tempo e não contava com nenhuma experiência de combate. Durante nosso primeiro contato, tive a impressão de que aquele homem calmo e taciturno não teria utilidade alguma em caso de dificuldade. Apesar disso, ele pertencia à Sétima Divisão, o que significava que o Estado-Maior tivera o trabalho de pedir sua transferência para essa missão. Logo, ele deveria ter algum valor. Mas só fui entender isso bem mais tarde.

Eu tinha sido escolhido para liderar a escolta porque estava encarregado da topografia da região que abrangia a bacia hidrográfica do rio Khalkh, na fronteira oeste do Estado da Manchúria. A minha principal tarefa era aperfeiçoar o mapa da região. Eu já havia sobrevoado a área algumas vezes e fui considerado útil para a missão. Além de liderar a escolta, eu teria que recolher informações topográficas detalhadas e contribuir para melhorar a precisão do mapa. Era como matar dois coelhos com uma cajadada só. Para ser sincero, nosso mapa da zona de fronteira entre o Estado da Manchúria e a Mongólia Exterior, na estepe Hulunbuir, era bem precário. Datava da época da dinastia Qing, da China, com algumas correções. O Exército de Guangdong até tentara fazer um mapa mais preciso depois do estabelecimento do Estado da Manchúria, realizando diversos levantamentos e reconhecimentos, mas o território era extenso demais. Além disso, o oeste da Manchúria contava com uma vasta área deserta que parecia não ter fim, e era como se a linha fronteiriça não existisse. Para se ter uma ideia, essa região era povoada pelos nômades mongóis, que por milhares de anos viveram assim, sem nunca sentirem falta de uma fronteira, conceito inexistente para eles.

Os motivos políticos também atrasavam a elaboração de um mapa mais preciso. Para resumir: se fizéssemos um mapa oficial estabelecendo a linha fronteiriça por conta própria, poderia eclodir um grande conflito. A União Soviética e a Mongólia Exterior, que faziam fronteira com o Estado da Manchúria, estavam extremamente sensíveis com a violação da área fronteiriça, e violentos combates já tinham sido travados por isso. Naquele momento, o Exército japonês não desejava a deflagração da guerra contra a União Soviética, porque estava investindo as suas principais forças na guerra contra a China e não dispunha de contingentes reservas para um combate de grande escala contra a União Soviética. O número de divisões, tanques, artilharias pesadas e aeronaves era insuficiente, sem mencionar que a prioridade era a estabilização política do recém-fundado Estado da Manchúria. O Exército japonês considerava que a linha fronteiriça no norte e noroeste da Manchúria poderia ser delimitada mais tarde. O plano era ganhar tempo com uma demarcação dúbia e provisória. De modo geral, o Exército de Guangdong, conhecido por suas atitudes firmes, respeitava essa postura do Exército japonês e apenas monitorava a situação. Por isso, tudo foi deixado vago e indefinido.

Ainda assim, mesmo com essa estratégia, um conflito poderia ser deflagrado da noite para o dia, por qualquer razão (e de fato ocorreu um conflito em Nomonhan no ano seguinte). Nesse caso, se tornaria necessário um mapa para o combate. Um mapa normal não serviria nesse cenário. Numa guerra, é necessário um mapa com informações detalhadas, como o tipo e o local das trincheiras a serem construídas, a localização mais estratégica para o posicionamento das artilharias pesadas, o número de dias que a infantaria deve percorrer a pé para chegar a determinado ponto, onde conseguir água potável, a quantidade necessária de ração para os cavalos, e tudo o mais. Sem esse tipo de mapa, é impossível travar uma guerra moderna. Por isso, alguns aspectos do nosso trabalho tinham relação com os do setor de inteligência, e com frequência trocávamos informações com a Agência de Serviço Secreto de Hailar e com o setor de inteligência do Exército de Guangdong. Eu conhecia de vista o pessoal desses setores. Mas era a primeira vez que via esse Yamamoto.

Depois de cinco dias de preparativos, deixamos Hsinking de trem para Hailar. De lá, tomamos um caminhão e, passando por um lugar chamado Kanchuerhmiao e por seu monastério lamaísta, chegamos ao posto de controle de fronteira do Exército do Estado da Manchúria, próximo ao rio Khalkh. Não me lembro da distância exata, mas acho que percorremos entre trezentos e trezentos e cinquenta quilômetros, através de uma estepe completamente deserta, a perder de vista. Do alto do caminhão, eu comparava o mapa com a topografia, mas não havia nada que servisse de referência. Por todos os lados, brotavam montes baixos com grama, paisagem que se estendia infinitamente e se mesclava com o firmamento repleto de nuvens. Não havia como saber ao certo onde estávamos no mapa, e eu estimava nossa localização pelo tempo gasto para chegar a determinado lugar.

Seguindo em silêncio por uma paisagem desoladora como essa, às vezes eu era invadido por uma falsa sensação de que o meu corpo perdia a consistência e se desprendia aos poucos. Como o cenário à nossa volta era muito vasto, ficava cada vez mais difícil manter o equilíbrio da consciência. Será que o senhor compreende essa sensação? Era como se a consciência se expandisse cada vez mais, se tornasse dispersa como a paisagem, e não conseguíssemos mais prendê-la ao corpo carnal. Essa era a sensação que eu experimentava na planície da Mongólia. Pensava em como tudo ali era vasto. Para mim, parecia mais um oceano do que uma estepe. O sol despontava do horizonte leste, cruzava devagar o firmamento e se punha no oeste. Era a única alteração visível que conseguíamos distinguir. Nesse percurso eu sentia algo gigantesco, como uma ternura do universo.

Descemos do caminhão no posto de controle do Exército do Estado da Manchúria e depois seguimos a cavalo. Eram seis no total: um para cada e mais dois para provisões, água e equipamentos, relativamente leves e simples. Yamamoto e eu só carregávamos uma pistola cada um. Hamano e Honda traziam, além da pistola, um fuzil calibre .38 e duas granadas cada um.

Na prática, quem liderava o grupo era Yamamoto, que decidia tudo e passava as instruções. Na teoria, como Yamamoto era civil, pelo regulamento do Exército o comando teria que ser meu, mas ninguém apresentava objeções às ordens dele. Aos olhos de todos, Yamamoto era adequado para a função, e eu, apesar de ter a patente de segundo--tenente, não passava de um burocrata sem nenhuma experiência de combate. Os soldados costumam perceber a capacidade das pessoas e naturalmente seguem os mais fortes. Além disso, antes de partir para a missão, o meu superior tinha me orientado a respeitar as instruções do Yamamoto de maneira incondicional, embora oficiosa.

Chegando às margens do Khalkh, seguimos para o sul ao longo do rio, cujo nível estava alto, por conta da neve derretida. Dava para ver peixes grandes e, às vezes, lobos ao longe. Talvez não fossem bem lobos, e sim cães selvagens. De qualquer forma, representavam perigo, e à noite precisávamos colocar uma sentinela para proteger os cavalos. Havia também uma profusão de pássaros. Em sua maioria, pareciam aves migratórias retornando à Sibéria.

Yamamoto e eu discutíamos muito sobre a geografia da região, verificávamos o trajeto aproximado no mapa e anotávamos as infor-mações de cada detalhe avistado. Porém, fora essa troca de informação técnica, Yamamoto quase nunca abria a boca. Ele seguia em frente montado no cavalo, em silêncio, fazia as refeições sozinho e afasta-do, e dormia sem comentar nada. Eu fiquei com a impressão de que não era a primeira vez que ele estava naquela região, pois tinha um conhecimento da topografia e um senso de orientação assustadora-mente precisos.

Depois de seguir rumo ao sul durante dois dias sem nenhum incidente, Yamamoto me chamou para dizer que atravessaríamos o rio Khalkh na madrugada seguinte. Eu fiquei desnorteado. Afinal, a outra margem era território da Mongólia Exterior. A margem direita, onde estávamos, também era área de risco, uma região de disputa de fronteira que presenciava frequentes conflitos armados, pois tanto a Mongólia Exterior como o Estado da Manchúria alegavam a posse do território. De qualquer maneira, se fôssemos capturados pelo Exército da Mongólia Exterior na margem direita, ao menos teríamos uma desculpa, em virtude da divergência de posição dos dois países. Além disso, na margem onde estávamos, o risco de toparmos com as tropas da Mongólia Exterior era pequeno nessa época do ano, pois elas não costumavam atravessar o rio quando a neve estava derretendo. Já na margem esquerda do rio Khalkh a história era completamente diferente, porque sem dúvida havia patrulhas do Exército da Mongólia Exterior. Se fôssemos capturados por lá, não teríamos desculpas: seria uma violação de fronteira e, no pior dos casos, poderia se tornar uma questão política. Resumindo, se fôssemos baleados e mortos, não teríamos o direito de reclamar. Sem contar que eu não havia recebido instrução do meu superior autorizando a travessia da fronteira. Claro, eu tinha sido orientado a seguir as instruções do Yamamoto, mas não consegui julgar se isso incluía atos drásticos como violação de fronteira. Além disso, como mencionei, o nível do rio Khalkh estava bastante alto, a correnteza era muito forte para a travessia e, com a neve derretida, a água deveria estar extremamente gelada. Até os nômades evitavam atravessar o rio nesse período do ano: em geral atravessavam no inverno, quando a água estava congelada, ou no verão, quando a correnteza estava mais calma e a temperatura da água mais amena.

Depois de ouvir meus argumentos, Yamamoto me encarou por um tempo e assentiu algumas vezes.

— Compreendo muito bem a sua preocupação sobre a violação de fronteira — disse ele, como se tentasse me convencer. — Como comandante oficial da missão, é natural a sua preocupação e o seu questionamento. Entendo que você não queira arriscar a vida dos seus subordinados por uma causa sem sentido. Mas gostaria que você confiasse em mim, pois vou arcar com todas as responsabilidades. Pela minha posição, não posso contar os detalhes, mas o comandante máximo do Exército está ciente de tudo. Quanto ao problema técnico da travessia, não se preocupe: há pontos escondidos construídos pelo Exército da Mongólia Exterior por onde podemos atravessar. Você deve saber disso. Eu já atravessei por um desses pontos inúmeras vezes. No ano passado, nessa mesma época, entrei na Mongólia Exterior a partir do ponto que vamos atravessar. Por isso, não se preocupe.

De fato, o Exército da Mongólia Exterior conhecia bem a geografia da região e, mesmo naquela época do ano, quando a neve estava derretendo, tinha enviado algumas vezes tropas de combate para a margem direita do rio Khalkh, apesar de não ser uma constante. O rio Khalkh apresentava pontos por onde uma tropa inteira conseguia atravessar, se quisesse. Ora, se uma tropa inteira conseguia atravessar, Yamamoto também conseguia, e não deveria ser algo impossível para nós.

O ponto em questão era secreto e fora provavelmente construído pelo Exército da Mongólia Exterior. Estava muito bem camuflado e era imperceptível à primeira vista. Tratava-se de uma ponte de madeira submersa na parte rasa, que ligava uma margem à outra, com uma corda para que quem atravessasse não fosse levado pela forte correnteza. Naturalmente, se o nível do rio baixasse mais um pouco, veículos de transporte, carros blindados e tanques poderiam atravessar com facilidade. Como a ponte ficava submersa, não podia ser descoberta em reconhecimento aéreo. Cruzamos a correnteza segurando a corda. O primeiro a atravessar, sozinho, foi Yamamoto, que verificou que a patrulha do Exército da Mongólia Exterior não estava por perto e fez um sinal para nós. A água estava tão gelada que não conseguíamos sentir as pernas, mas com custo conseguimos chegar à margem esquerda, junto com os cavalos. A elevação do terreno na margem esquerda era grande, e conseguíamos avistar o deserto da margem direita até bem longe. Aliás, essa foi uma das vantagens do Exército soviético do começo ao fim da Batalha de Nomonhan. O grau de precisão do impacto de uma artilharia pode mudar muito dependendo da diferença de altura de um terreno. Enfim, confesso que fiquei impressionado com a vista diferente da outra margem do rio. Depois da travessia pela água gelada, meu corpo permaneceu anestesiado por muito tempo, a ponto de eu não conseguir falar. Mas, para ser franco, logo me esqueci do frio com a tensão que experimentei diante da ideia de que estava em terreno inimigo.

Depois rumamos para o sul ao longo do rio Khalkh, que seguia tortuoso como uma serpente, bem debaixo dos nossos olhos, na margem esquerda. Ao fim de alguns minutos, Yamamoto disse que era melhor todos tirarmos nossas insígnias, e obedecemos. *Se formos capturados pelo inimigo, teremos problemas se eles descobrirem a nossa patente*, pensei. Pelo mesmo motivo, troquei as botas de oficial por grevas.

Na mesma tarde da nossa travessia do rio Khalkh, quando preparávamos o acampamento, apareceu um homem. Era mongol, como conseguimos reconhecer de longe, pela sela mais alta do que o normal. O sargento Hamano avistou o desconhecido e apontou o fuzil, mas Yamamoto ordenou "Não atire". Hamano abaixou o fuzil devagar, sem dizer nada. Nós quatro ficamos de pé, em silêncio, aguardando o homem se aproximar no cavalo. Ele carregava um fuzil soviético nas costas e uma pistola Mauser no coldre. Tinha o rosto coberto de barba e usava um chapéu com tapa-orelha. Suas roupas eram sujas como as de um nômade, mas os gestos revelavam que era um militar.

O homem desceu do cavalo e começou a falar com Yamamoto, acho que em mongol. Eu entendia um pouco de russo e de chinês, mas ele não falava nenhuma dessas línguas. Por eliminação, imaginei que conversavam em mongol. Yamamoto também respondeu no mesmo idioma, o que me levou a ter certeza de que era um oficial do setor de inteligência.

— Segundo-tenente Mamiya, vou acompanhar esse homem — informou Yamamoto. — Não sei quanto tempo vou demorar, mas quero que vocês me esperem aqui. Acho que nem preciso dizer, mas sempre deixem alguém de sentinela. Se eu não voltar em trinta e seis horas, você deve comunicar ao quartel-general. Envie um soldado para o outro lado do rio, até o posto de controle.

— Entendido — respondi.

Yamamoto montou no cavalo e desapareceu com o mongol, rumo a oeste. Os dois homens e eu preparamos o acampamento e fizemos uma refeição simples. Não podíamos cozinhar nem fazer fogueira. De onde estávamos, fora as dunas baixas, não havia nenhum obstáculo na estepe. Por isso, a qualquer sinal de fumaça, seríamos capturados pelo inimigo. Montamos uma barraca baixa atrás de uma duna e, escondidos, comemos pães velhos e carne enlatada. Depois que o sol se escondeu no horizonte, as trevas cobriram tudo em poucos minutos, e incontáveis estrelas começaram a brilhar no céu. De vez em quando, o som da correnteza do rio Khalkh ganhava o acompanhamento do uivo dos lobos, em algum lugar. Deitados na areia, descansamos da fadiga daquele longo dia.

— Segundo-tenente, a situação está ficando perigosa, não é? — perguntou o sargento Hamano

— Está — respondi.

A essa altura, já havia nascido certo sentimento de companheirismo entre o sargento Hamano, o cabo Honda e eu. Em situações normais, um militar veterano e subalterno como Hamano evita ou menospreza um oficial novato sem nenhuma experiência de combate como eu, mas a nossa relação era boa. Como eu tinha formação universitária, o sargento Hamano demonstrava certo respeito por mim, e eu também procurava reconhecer a experiência de combate e o pragmatismo dele, sem me ater à hierarquia. Além disso, como ele era natural da província de Yamaguchi, quase na fronteira com a província de Hiroshima, onde nasci, tínhamos assuntos em comum, de modo que uma amizade nasceu entre nós. Ele me contou sobre as experiências de combate na China. Ele só tinha concluído o primário e sempre atuou como soldado, mas ainda assim tinha algumas dúvidas sobre a complexidade da guerra na China, que parecia nunca ter fim, e me revelou o que pensava com sinceridade.

— Como sou soldado, não me importo em guerrear ou em dar minha vida pela nação. Afinal, é o meu dever — disse ele. — Mas, segundo-tenente, nossa guerra de agora não é normal, não faz nenhum sentido. Não é uma guerra de verdade, com uma linha de frente e um inimigo delimitado. Nós avançamos, e os inimigos fogem praticamente sem lutar. Os soldados chineses batem em debandada, tiram a farda e se escondem em meio à multidão. Desse jeito, não sabemos quem é ou não inimigo e acabamos matando muitos inocentes em missões que são verdadeiras caças a bruxas ou a fugitivos. Saqueamos alimentos da população porque, apesar de a linha de frente avançar cada vez mais, o abastecimento não consegue dar conta, e não temos outra opção. Sem espaço e sem alimento para os prisioneiros de guerra, só nos resta matar todos. Não está certo. O Exército japonês cometeu muitas atrocidades em Nanjing. A nossa tropa também cometeu atrocidades. Jogamos dezenas de pessoas num poço e atiramos granadas dentro, sem contar outras barbáries que não posso nem falar. Segundo-tenente, esta guerra não tem nenhuma causa justa. Não passa de carnificina mútua. E quem paga a conta, no final, são os camponeses chineses pobres, que não têm filosofia. Para eles, tanto faz o Partido Nacionalista Chinês, o jovem marechal Zhang Xueliang, o Exército da Oitava Rota ou o Exército japonês. Eles só estão preocupados em comer. Como sou filho de um pescador pobre, sei muito bem como se sentem esses camponeses. Mesmo trabalhando duro de sol a sol, o dinheiro que essa gente consegue mal dá para sobreviver. Segundo-tenente, eu não acho que matar essas pessoas, sem nenhuma razão, traga benefícios ao Japão.

Comparado com o sargento Hamano, o cabo Honda não se abria muito. Costumava ficar calado, só ouvindo a conversa, sem emitir opinião. Era introspectivo, mas não taciturno. Apenas não tomava a iniciativa de falar. Por isso, muitas vezes eu não sabia direito o que ele pensava, embora ele não causasse nenhuma impressão desagradável. O silêncio do cabo Honda tinha algo que tranquilizava o coração dos outros. Talvez a melhor definição para ele fosse serenidade, expressão que seu rosto transmitia sempre, à revelia dos acontecimentos. Ele era natural de Asahikawa, em Hokkaido, e seu pai tinha uma pequena gráfica na cidade. Era dois anos mais novo do que eu e, depois de concluir o primeiro grau, tinha começado a ajudar o pai, ao lado do irmão mais velho. Era o caçula de três irmãos homens, e o primogênito tinha morrido guerreando na China dois anos antes. Gostava muito de ler e, sempre que tinha tempo livre, se deitava e mergulhava em livros relacionados ao budismo.

Como já mencionei, Honda não tinha experiência de combate e só tinha recebido um ano de treinamento no Japão, mas era um bom soldado. Todo pelotão sempre tem um ou dois soldados assim, homens que suportam muitas coisas, nunca reclamam e realizam bem cada uma das obrigações. São resistentes e têm boa intuição. Assimilam tudo e conseguem aplicar corretamente. Honda era assim. Como tinha recebido treinamento em cavalaria, entendia melhor de cavalo do que qualquer um do nosso pequeno grupo, e cuidava bem dos cavalos da escolta. Na verdade, ele tinha um dom para cuidar de animais e parecia que conseguia compreender tudo o que os cavalos sentiam, até os detalhes. O sargento Hamano também logo percebeu a competência do cabo Honda e passou a delegar muitas tarefas a ele, sem hesitar.

Por todas essas razões, acho que reinava um bom entendimento entre nós três. Como não formávamos uma divisão regular, não havia uma formalidade rígida. Posso dizer que nossa relação era descontraída, como a de três companheiros de estrada reunidos pelo acaso. Por isso o sargento Hamano se sentia à vontade para abrir o coração e falar o que pensava, sem se prender à hierarquia militar.

— O que pensa sobre aquele Yamamoto, segundo-tenente? — me perguntou Hamano.

— Deve ser da Agência de Serviço Secreto — respondi. — Como ele fala mongol, imagino que seja um especialista de alto nível, até porque conhece bem os detalhes dessa região.

— Eu concordo. No começo, até pensei que ele fosse um desses oportunistas que vêm para a Ásia continental em busca de fortuna fácil, um desses bajuladores de figurões do Exército, mas acho que eu estava enganado. Conheço muito bem esse tipo de gente, que gosta de ostentar e fala tudo da boca para fora, cães que latem, mas não mordem. Agora, aquele Yamamoto não é leviano assim. Parece bem destemido. Cheira a oficial de alta patente. Sabe, ouvi dizer que o Exército japonês está querendo formar uma unidade de operações secretas reunindo os mongóis que fizeram parte do Exército de Xingan. Para isso, foram enviados para cá alguns militares japoneses especializados do setor de inteligência. Talvez Yamamoto tenha alguma relação com isso.

Com um fuzil na mão, o cabo Honda montava guarda em um lugar mais afastado. Por prudência, eu tinha deixado a pistola Browning ao meu alcance, no chão. Já o sargento Hamano tinha tirado as grevas e estava massageando as pernas.

— É só um palpite, claro — continuou Hamano. — Talvez aquele mongol seja um oficial do braço antissoviético do Exército da Mongólia Exterior e tenha contato secreto com o Exército japonês.

— É uma possibilidade — eu disse. — Mas sugiro que você não fale sobre isso fora daqui. Cabeças poderão rolar.

— Não sou tão tolo. Apenas estou falando porque estamos sozinhos — respondeu Hamano, com um sorriso cínico, antes de ficar mais sério. — De qualquer maneira, segundo-tenente, se meu palpite estiver certo, estamos numa situação realmente perigosa. Isso poderá desencadear uma guerra.

Eu me limitei a assentir. Na teoria, a Mongólia Exterior era um país independente, mas na prática não passava de uma espécie de estado satélite controlado pela União Soviética. Nesse ponto, se parecia muito com o Estado da Manchúria, comandado na realidade pelo Exército japonês. Porém, era do conhecimento de todos que havia dentro do país um movimento secreto antissoviético. Até então, essa corrente antissoviética já havia provocado algumas rebeliões na Mongólia Exterior, sempre estabelecendo contato secreto com o Exército japonês estacionado no Estado da Manchúria. Os principais líderes rebeldes eram os militares mongóis insatisfeitos com a opressão dos soviéticos, os donos de terra contrários à concentração agrária forçada e os mais de cem mil monges lamaístas. A única força externa com que o movimento antissoviético podia contar era o Exército japonês presente na Manchúria. Esses mongóis pareciam se sentir mais próximos dos japoneses, asiáticos como eles, do que dos russos. Um ano antes, em 1937, a descoberta de um plano de rebelião de grandes proporções em Ulan Bator, capital da Mongólia Exterior, desencadeou um grande expurgo. Milhares de monges lamaístas e militares foram executados como contrarrevolucionários com ligações com o Exército japonês, mas o sentimento antissoviético ainda não tinha sido extinto por completo: a chama continuava ardendo em vários lugares. Por isso, não causava espanto que um oficial de inteligência japonesa atravessasse o rio Khalkh e estabelecesse contato secreto com um oficial do braço antissoviético do Exército da Mongólia Exterior. Para impedir comunicações dessa natureza, a guarda de fronteira do Exército da Mongólia Exterior realizava frequentes operações de patrulha e proibia a aproximação a menos de vinte quilômetros da fronteira com o Estado da Manchúria. No entanto, como a zona de fronteira era bastante extensa, a guarda não conseguia monitorar tudo.

Porém, mesmo que a rebelião dos dissidentes antissoviéticos fosse bem-sucedida, era evidente que o Exército soviético faria imediata intervenção e reprimiria a contrarrevolução. Caso ocorresse a interferência soviética, o Exército rebelde solicitaria a ajuda do Japão, e o Exército de Guangdong teria uma justificativa para interceder. Ocupar a Mongólia Exterior era a mesma coisa que enfiar uma faca no flanco da administração soviética na Sibéria. Embora o quartel-

-general imperial do Japão fosse tentar brecar as ambições do Exército de Guangdong, os militares do seu Estado-Maior, ofuscados pela ganância, não deixariam escapar uma oportunidade como essa. Se houvesse interferência militar, já não seria uma disputa de fronteira, e sim uma guerra soviético-japonesa de grande escala. Se fosse deflagrada uma guerra na fronteira entre a Manchúria e a União Soviética, Hitler poderia responder invadindo a Polônia e a Checoslováquia. Era a esse cenário que o sargento Hamano se referia.

Amanheceu, mas Yamamoto não retornou. Eu fui o último a montar guarda. Pedi emprestado o fuzil do sargento Hamano e, sentado numa duna um pouco mais alta, observei em silêncio o céu do leste. O amanhecer da Mongólia era esplêndido. Em poucos minutos, o horizonte todo se iluminava em um raio de luz e subia devagar em meio às trevas, como se uma grande mão estendida do alto do céu puxasse devagar a cortina da noite. Era uma cena magnífica, cuja grandeza ia muito além da minha consciência. Vendo essa paisagem, eu tinha a impressão que minha própria existência se dissolvia aos poucos e quase desaparecia. Nada nesse quadro, nem a mais ínfima trivialidade, fora criado pela mão humana. A mesma cena tinha se repetido durante centenas de milhões de anos, durante bilhões de anos, desde os tempos remotos quando não existia nenhuma forma de vida. Até me esqueci que estava de sentinela e observei impressionado a alvorada.

Quando o sol já tinha despontado por completo acima do horizonte, acendi um cigarro, tomei um pouco de água do cantil e urinei. Em seguida, pensei no Japão. Lembrei-me da paisagem da minha terra natal no início de maio, do perfume das flores, do murmúrio do riacho e das nuvens do céu. Pensei nos amigos de longa data e na família. Também me lembrei do *kashiwamochi* macio e saboroso, feito com arroz e doce de feijão e embrulhado em folha de carvalho. Não sou muito de doces, mas naquela hora tive muita vontade de comer um *kashiwamochi* e cheguei a ponderar que pagaria meio ano do meu soldo por um. Ao pensar no Japão, me sentia como se tivesse sido deixado para trás e abandonado nesse fim de mundo. Não conseguia entender por que precisava arriscar a minha vida em uma disputa por uma terra infértil e extensa como aquela, que só tinha grama feia e acidentada e percevejos, uma terra que praticamente não tinha nenhum valor militar estratégico nem industrial. Pela minha terra natal, eu entregaria a minha vida. Mas achava uma grande tolice arriscar a pele para proteger uma terra árida, onde nada crescia.

Yamamoto voltou na madrugada do dia seguinte, quando eu montava guarda. Eu estava contemplando distraidamente o rio e me virei às pressas, ao ouvir o relincho de um cavalo. Mas não vi nada. Sem falar uma palavra, apontei o fuzil para a direção de onde veio o relincho. Ao engolir a saliva, fiz um som alto, GLUP, tão alto que cheguei a me assustar. O meu dedo no gatilho tremia. Nunca tinha atirado em alguém antes.

Alguns segundos depois, cambaleante, Yamamoto apareceu montado no cavalo, subindo a duna. Mantive o dedo no gatilho e olhei à volta, mas não avistei ninguém além de Yamamoto. Nenhum sinal de soldados inimigos nem do mongol da outra vez. Nada além da grande lua branca flutuando a leste no céu, como uma gigantesca pedra de mau presságio. Yamamoto parecia estar ferido no braço esquerdo. A faixa enrolada no braço estava vermelha de sangue. Eu acordei o cabo Honda e pedi que cuidasse do cavalo de Yamamoto. O animal estava ofegante e banhado em suor, como se tivesse percorrido uma grande distância. Hamano me substituiu no posto de sentinela, e eu peguei o kit de primeiros socorros para fazer um curativo no braço de Yamamoto.

— A bala atravessou o braço, e a hemorragia está estancada — avisou Yamamoto.

De fato, havia duas aberturas no braço, e só uma estava em carne viva. Eu tirei a faixa que fazia as vezes de curativo, desinfetei o ferimento com álcool e enrolei um novo curativo. Nesse meio-tempo, sua fisionomia não se alterou nenhuma vez. Yamamoto só suava um pouco acima do lábio superior. Ele tomou um gole de água do cantil, acendeu um cigarro e inspirou a fumaça para dentro dos pulmões, com gosto. Em seguida, pegou a Browning e a apoiou debaixo do braço, retirou o cartucho e carregou três balas com uma só mão, de maneira habilidosa.

— Segundo-tenente Mamiya, vamos sair daqui agora mesmo. Vamos atravessar o rio e voltar ao posto de controle.

Nós desfizemos o acampamento às pressas, sem falar quase nada, montamos e seguimos para o ponto de travessia. Não perguntei nada a Yamamoto, nem onde ele estava, nem o que aconteceu, nem tampouco por quem foi baleado. Eu não estava na posição de fazer perguntas e, mesmo que estivesse, provavelmente ele não responderia. Além do mais, a única coisa que passava pela minha mente no momento era sair do território inimigo quanto antes, atravessar o rio Khalkh e chegar à margem direita, relativamente segura.

Cavalgamos em silêncio no meio da estepe. Ninguém abria a boca, mas era evidente que todos pensavam a mesma coisa: *Será que vamos conseguir atravessar o rio sãos e salvos? Se a patrulha do Exército da Mongólia Exterior chegasse à ponte antes de nós, seria o nosso fim. Não teríamos nenhuma chance.* Eu me lembro que suava muito nas axilas. O suor não secava.

— Segundo-tenente Mamiya, você já foi baleado alguma vez? — perguntou Yamamoto, montado no cavalo, quebrando um longo silêncio.

Respondi que não.

— Já atirou em alguém?

Repeti a resposta anterior. Não sei que impressão minhas réplicas causaram. Também não sabia o objetivo daquelas perguntas.

— Certo. Preste muita atenção, estou com um documento que precisa ser entregue ao quartel-general — disse ele, colocando a mão sobre um alforje. — Se a entrega não for possível, o documento deve ser eliminado. Você pode queimá-lo ou enterrá-lo. Mas não deixe que caia nas mãos do inimigo, de jeito nenhum. *Custe o que custar.* Estou falando de prioridade máxima. Gostaria que você soubesse. É algo muito, muito importante.

— Entendi.

Yamamoto me encarou, com firmeza.

— Em situação de perigo, atire em mim. Atire sem hesitar — avisou ele. — Se eu puder, vou atirar em mim, mas estou ferido e talvez não consiga me matar. Nessa hora, atire em mim, e para matar.

Eu assenti, em silêncio.

* * *

Chegamos ao ponto de travessia antes do anoitecer. Logo ficou evidente que o medo que sentimos durante a viagem tinha fundamento: o pelotão do Exército da Mongólia Exterior já estava por lá. Yamamoto e eu subimos numa duna e revezamos, para olhar pelo binóculo. Havia oito soldados, número não muito grande, mas pelos equipamentos pesados dava para notar que não se tratava de uma patrulha de fronteira qualquer. Um soldado carregava uma metralhadora ligeira. Num lugar um pouco mais elevado, protegida por pilhas de sacos de areia, despontava uma metralhadora pesada, que apontava para o rio. Aqueles homens estavam posicionados ali para impedir que passássemos para a outra margem. Tinham erguido barracas à beira do rio e amarrado dez cavalos em estacas. Provavelmente não mudariam de posição enquanto não nos capturassem.

— Não existem outros pontos de travessia? — perguntei.

Yamamoto afastou os olhos do binóculo e balançou a cabeça, me encarando.

— Sim, mas ficam bem longe, a dois dias de cavalo. Não temos tanto tempo assim. Precisamos encontrar uma maneira de forçar a passagem.

— Quer dizer que vamos atravessar sorrateiramente à noite?

— Sim. Não temos outra opção. Vamos deixar os cavalos. Temos apenas que dar um jeito na sentinela, assim que os outros soldados estiverem dormindo. O som da correnteza abafa quase todo o tipo de barulho, então não precisamos nos preocupar. Eu me encarrego da sentinela. Como por enquanto estamos de mãos atadas, o melhor a fazer é dormir bem agora, para descansar.

A execução do plano foi marcada para as três da manhã. O cabo Honda retirou toda a carga dos cavalos e levou os animais para um lugar distante. Enterramos as munições e as provisões desnecessárias em um buraco fundo. Cada um só ficou com o cantil, provisões para um dia, uma arma e um pouco de munição. Se fôssemos capturados pelo Exército da Mongólia Exterior, com o poder de fogo esmagadoramente superior ao nosso, não teríamos chances, por mais munição que tivéssemos. Depois dormimos até a hora de execução do plano, porque, em caso de sucesso, não voltaríamos a dormir por um bom tempo. Por isso, tínhamos que aproveitar para descansar naquele momento. O primeiro a montar guarda foi o cabo Honda, substituído na sequência pelo sargento Hamano.

Ao se deitar na barraca, Yamamoto logo pegou no sono. Aparentemente, ele não tinha dormido quase nada até então. O alforje de couro com o documento importante ficou ao lado. Em seguida, Hamano também adormeceu. Todos nós estávamos cansados. Porém, em virtude da tensão, custei a dormir. Estava morrendo de sono, mas não conseguia adormecer, e só pensava na sentinela do Exército da Mongólia Exterior sendo morta e na metralhadora pesada abrindo fogo contra nós, enquanto atravessávamos o rio. Fiquei cada vez mais nervoso: as palmas das minhas mãos se encharcaram de suor e as minhas têmporas formigavam. Eu não tinha certeza se seria capaz de agir com a dignidade de um oficial. Saí da barraca, fui até onde o cabo Honda montava guarda e me sentei ao seu lado.

— Ei, Honda, talvez a gente morra hoje, não acha? — perguntei.

— É possível — respondeu ele.

Permanecemos por um tempo em silêncio. Algo naquela resposta não me agradou. Senti que havia uma espécie de hesitação na sua voz. Não tenho uma intuição muito boa, mas percebi que Honda escondia algo e tinha me dado uma resposta vaga.

— Se tem algo para falar, o momento é este. Não precisa hesitar. Talvez esta seja a última oportunidade, então por que não me conta tudo o que está pensando?

Honda permaneceu com os lábios fechados, acariciando a areia próxima aos seus pés com os dedos. Dava a impressão de que estava passando por uma espécie de conflito interno.

— Segundo-tenente — disse ele depois de um tempo, me encarando —, o senhor é quem vai viver mais de nós quatro e falecerá no Japão. Vai ter uma vida muito mais longa do que imagina.

Foi a minha vez de encará-lo.

— Deve estar se perguntando como eu sei disso. Bom, eu também não consigo explicar. Apenas sei.

— É uma espécie de dom sobrenatural?

— Talvez. Mas não gosto muito dessa expressão, que me parece um pouco exagerada. Como eu disse, apenas sei. Só isso.

— Sempre soube dessas coisas?

— Sempre — disse ele, com voz firme. — Mas, desde que me entendo por gente, escondo isso dos outros. Só estou falando agora porque é questão de vida ou morte.

— E os outros? Sabe o que vai acontecer com eles?

Ele balançou a cabeça.

— Tem coisas que eu consigo ver, outras não. Mas acho que é melhor o senhor não saber, segundo-tenente. Talvez seja muita pretensão da minha parte falar isso para alguém que tem diploma universitário, mas o destino é uma coisa que olhamos para trás, depois de ter acontecido, não antes. Eu estou acostumado até certo ponto a ver as coisas com antecedência, mas o senhor não, segundo-tenente.

— Bom, de qualquer forma, não vou morrer aqui?

Ele pegou do chão um punhado de areia, que escorreu entre os dedos.

— Isso eu posso afirmar. O senhor não vai morrer aqui, na Ásia continental.

Eu gostaria de conversar mais, só que o cabo Honda ficou em silêncio e permaneceu assim. Parecia absorto em seus pensamentos ou em sua meditação. Ele observava fixamente a estepe, segurando o fuzil. Mesmo que eu falasse alguma coisa, ele provavelmente não ouviria.

Voltei à barraca, escondida atrás da duna, deitei ao lado de Hamano e fechei os olhos. Dessa vez, consegui adormecer. Caí em um sono profundo, como se alguém tivesse puxado o meu pé para as profundezas do oceano.

13.
Longa história do primeiro-tenente Mamiya — parte 2

Acordei com o som metálico, clic, do destravamento de fuzil. Um soldado em campo de batalha jamais deixa passar esse som, por mais profundo que seja o seu sono. Como posso dizer, é um som especial, pesado e gélido como a própria morte. Por reflexo, tentei pegar a Browning ao meu lado, mas alguém desferiu um pontapé na minha cabeça, na altura da têmpora, e acabei ficando desnorteado por um momento. Quando me recuperei um pouco e voltei a abrir os olhos, avistei o homem, provavelmente o autor do pontapé, se agachando para pegar a minha arma. Ao levantar devagar o rosto, vi dois canos de fuzis apontados para a minha testa. Atrás, havia dois soldados mongóis.

Eu me lembro de ter adormecido dentro da barraca, mas ela tinha sumido. Acima da nossa cabeça, brilhava o céu estrelado. Um outro soldado mongol apontava uma metralhadora ligeira para a cabeça do Yamamoto, ao meu lado. Provavelmente percebendo que não adiantava reagir, ele estava deitado em silêncio, como se quisesse economizar energia. Todos os soldados mongóis usavam capotes e capacetes. Dois apontavam lanternas para mim e para Yamamoto. Demorei para entender o que estava acontecendo, em razão do sono profundo e do grande choque. Porém, de tanto olhar para os soldados mongóis e o rosto de Yamamoto, enfim percebi a gravidade da situação. Antes que puséssemos em prática o plano de atravessar o rio, o inimigo tinha encontrado a nossa barraca.

Logo a imagem de Honda e Hamano invadiu minha mente. Eu olhei ao redor devagar, girando o pescoço, mas nenhum sinal dos dois. Não sabia se estavam mortos ou se tinham conseguido fugir.

Aparentemente, os soldados eram os mesmos que tínhamos visto no ponto de travessia. Não eram muitos e carregavam apenas uma metralhadora ligeira e alguns fuzis. Quem comandava o grupo era um oficial grande, o único com botas decentes, que usara para me acordar com um pontapé na cabeça. Ele se agachou, pegou e abriu o alforje de couro perto de Yamamoto e deu uma rápida conferida no interior. Depois virou e sacudiu o alforje de ponta-cabeça. A única coisa que caiu foi um maço de cigarro. Eu tomei um susto, porque tinha visto com os meus próprios olhos Yamamoto colocar o documento dentro do alforje, que depois desprendeu da sela do cavalo e deixou ao lado. Yamamoto se esforçava para manter a habitual fisionomia de indiferença, mas percebi uma leve alteração em seu rosto. Era um indicativo de que ele também não fazia a menor ideia de quando e por que o documento tinha desaparecido. De qualquer forma, assim foi melhor para ele, porque, de acordo com suas próprias palavras, nossa prioridade máxima era evitar que o documento caísse nas mãos do inimigo.

Os soldados reviraram nossos pertences e inspecionaram tudo, de cabo a rabo, sem encontrar nada importante. Depois ordenaram que tirássemos nossas roupas e examinaram cada um dos bolsos. Em seguida rasgaram nossas roupas e nossas mochilas com a baioneta, mas nada do documento. Então fizeram a limpa em tudo — cigarros, canetas, carteiras, cadernos, relógios — e experimentaram os nossos sapatos um por um, para verificar em quem se ajustavam melhor. Embora discutissem feio para decidir quem ficaria com o que, o oficial fingia que nada acontecia. Na Mongólia, deveria ser normal a posse dos pertences dos prisioneiros ou dos soldados mortos. O oficial ficou apenas com o relógio de Yamamoto e deixou o resto para os soldados. Todos os artigos militares, como pistolas, munições, mapas, bússolas e binóculo, foram colocados num saco de pano, provavelmente para serem enviados ao quartel-general em Ulan Bator.

Depois nos amarraram com uma corda fina e resistente. Enquanto éramos amarrados, nus, percebi que os soldados mongóis exalavam um cheiro que lembrava um estábulo que não era limpo há um bom tempo. Os uniformes que usavam eram bem precários e encardidos de barro, pó e manchas de alimento, a tal ponto que não dava mais para saber a cor original. Os sapatos eram muito surrados, com buracos em alguns pontos, e pareciam prestes a se desfazer. Era natural que quisessem ficar com os nossos sapatos. Aqueles soldados tinham rosto rude, dentes sujos e barba comprida. A maioria, ao menos. À primeira vista, pareciam mais uma quadrilha de bandoleiros montados a cavalo ou um bando de ladrões, e não soldados, mas as armas soviéticas e os galões não deixavam dúvidas: eram soldados legítimos da República Popular da Mongólia. Ainda assim, fiquei com a impressão de que a moral e a disciplina não eram o forte daquele grupo. Os mongóis suportam muitas coisas e são implacáveis, mas não são muito bons em guerras modernas, que exigem espírito de equipe.

Fazia um frio glacial naquela noite. Olhando a respiração branca dos soldados mongóis surgindo e sumindo na escuridão, eu não podia acreditar que aquilo estava acontecendo de verdade e tinha a sensação de estar em um pesadelo. Como eu descobriria mais tarde, era efetivamente um, que estava apenas começando.

Depois de um tempo, um dos soldados arrastou algo na escuridão. Com um sorriso de deboche, ele jogou o que trouxera ao nosso lado. Era o corpo de Hamano, descalço: provavelmente alguém já tinha se apossado de seus sapatos. Os soldados tiraram a roupa do cadáver e inspecionaram todos os bolsos. Pegaram o relógio de pulso, a carteira e o maço de cigarros, que dividiram entre si. Enquanto fumavam, verificaram o que havia na carteira: algumas cédulas do Estado da Manchúria e a foto de uma mulher, provavelmente da mãe de Hamano. O oficial que comandava o grupo disse alguma coisa e ficou com as notas. A foto foi jogada no chão.

Aparentemente, enquanto montava guarda, Hamano teve a garganta cortada por algum soldado mongol que se aproximou sorrateiramente pelas costas dele. Os mongóis foram mais rápidos do que nós e tinham feito primeiro o que pretendíamos fazer. Do ferimento aberto escorria sangue bem vermelho. Porém, apesar da profundidade e da extensão do corte, não escorria muito sangue, porque boa parte já devia ter jorrado antes. Um dos soldados tirou da bainha uma faca curvada com uma lâmina de cerca de quinze centímetros de comprimento e me mostrou. Era a primeira vez que via uma faca de formato tão estranho. Parecia ter algum uso específico. Em seguida, o soldado fez um gesto de cortar a garganta com a faca e exclamou, ZUM! Alguns soldados riram. Essa faca parecia um item pessoal, não um pertence fornecido pelo Exército mongol, porque todos traziam uma baioneta comprida na cintura, mas ele era o único com a faca. Provavelmente fora ele quem cortara a garganta de Hamano. Depois de rodá-la com destreza, ele guardou a faca na bainha.

Movendo apenas os olhos, Yamamoto deu uma olhada para mim, sem dizer nada. Foi um gesto rápido, mas entendi o significado. "Será que Honda conseguiu fugir?", era o que aqueles olhos me perguntavam. Em meio à confusão e ao medo, eu também pensava a mesma coisa. *Onde estará o cabo Honda?* Se tivesse conseguido fugir daquele ataque surpresa, talvez ainda nos restasse uma chance. Por mais que fosse uma chance pequena. Quando pensava no que Honda poderia fazer sozinho, eu quase perdia as esperanças. Mas uma chance era uma chance. Era melhor do que nada.

Os mongóis nos mantiveram amarrados e deitados sobre a areia até o amanhecer. Dois soldados, um com metralhadora ligeira e outro com fuzil, ficaram nos vigiando, mas os demais, provavelmente aliviados por terem nos capturado, se reuniram num lugar afastado para fumar, conversar e rir. Yamamoto e eu não trocamos uma única palavra. Embora fosse o mês de maio, a temperatura de madrugada estava abaixo de zero. Como estávamos nus, imaginei que fôssemos morrer congelados. No entanto, o frio não era nada perto do medo que eu sentia. Não fazia a menor ideia do que nos aguardava depois. Como esses mongóis eram pouco mais do que uma patrulha, não podiam decidir sozinhos a nossa sorte e precisavam aguardar ordens de cima. Por isso, por enquanto, não seríamos mortos. De qualquer maneira, o que aconteceria depois? Yamamoto provavelmente era um espião, e eu seria considerado um colaborador, por ter sido capturado junto. Nossa situação era bastante complicada.

Pouco depois de amanhecer, um estrondo de avião rasgou o céu, e uma aeronave prateada surgiu no nosso campo de visão. Era um avião de reconhecimento russo, com o brasão do Exército da Mongólia Exterior. A aeronave descreveu algumas voltas no céu, sobre a nossa cabeça, e todos os soldados acenaram. A aeronave respondeu balançando as asas algumas vezes, antes de aterrissar num espaço aberto próximo, levantando poeira. Como o terreno da região era sólido e não havia obstáculos, a aeronave podia decolar e aterrissar com relativa facilidade, mesmo sem uma pista. Talvez esse espaço já tivesse sido usado algumas vezes como aeródromo. Um dos soldados montou e seguiu rumo ao avião, levando consigo mais dois cavalos.

Quando retornou a galope, estava acompanhado de dois homens, um russo e um mongol, que pareciam oficiais de alto escalão. Logo supus que o oficial da patrulha devia ter informado ao quartel-general por rádio sobre a nossa captura, e os dois oficiais vieram de Ulan Bator apenas para nos interrogar. Deveriam ser oficiais do setor de inteligência. Eu tinha ouvido boatos de que o comando da Administração Política do Estado da União Soviética, o GPU, estava por trás da prisão em massa e do grande expurgo dos dissidentes, ocorridos no ano anterior na Mongólia.

Os dois oficiais vestiam fardas limpas e tinham a barba feita. O russo usava um capote parecido com *trench coat*, com um cinto. As botas reluziam e não tinham nenhuma mancha. Ele era magro e não muito alto para um russo. Aparentava pouco mais de trinta anos. Tinha testa larga, nariz fino e pele rosada. Usava óculos com armação metálica. De modo geral, seu rosto não causava nenhuma impressão especial. Já o oficial do Exército da Mongólia Exterior tinha pele escura, era robusto e baixo e, ao lado do russo, parecia um pequeno urso.

O oficial mongol chamou o comandante da patrulha e os três ficaram conversando, afastados dos demais. Supus que os dois superiores estavam recebendo um relatório detalhado do comandante da patrulha, que pouco depois buscou o saco com os nossos pertences, mostrando o que havia dentro. O russo examinou cada item com cuidado e devolveu tudo ao saco. Disse algo ao oficial mongol, que repassou para o oficial da patrulha. Em seguida, o russo retirou a cigarreira do bolso do capote e ofereceu cigarro aos dois homens do Exército da Mongólia Exterior, e os três ficaram fumando e conversando. O russo falava gesticulando, batendo várias vezes o punho direito na palma da mão esquerda. Parecia um pouco irritado. Com expressão séria, o oficial mongol cruzou os braços, e o comandante da patrulha balançou a cabeça algumas vezes.

Depois o oficial russo caminhou devagar em nossa direção e parou diante de nós.

— Vocês fumam? — perguntou, em russo.

Como mencionei, eu compreendia em linhas gerais o russo, porque tinha estudado o idioma na universidade. No entanto, como não queria me envolver em complicações, fingi que não compreendia nada.

— Não quero, obrigado — respondeu Yamamoto, em um russo bem fluente.

— Tudo bem — disse o oficial do Exército russo. — Se você fala russo, vai facilitar para nós.

Ele retirou as luvas e as guardou no bolso do capote. Um pequeno anel de ouro brilhou no anelar esquerdo.

— Como você deve saber muito bem, estamos procurando desesperadamente *certa coisa*. E sabemos que está com você. Não me pergunte como. Apenas sabemos. Mas não está com você *neste* momento. Pela lógica, significa que você escondeu em algum lugar antes de ser capturado. Porque para lá — ele apontou para a outra margem do rio Khalkh — você não levou. Ninguém atravessou o rio Khalkh ainda. Logo, a carta deve estar escondida em algum lugar deste lado do rio. Você entendeu o que eu disse?

Yamamoto assentiu.

— Eu entendi o que você disse, mas não sabemos de carta nenhuma.

— Tudo bem — disse o oficial russo, de maneira inexpressiva. — Então, vou fazer uma pergunta trivial: o que vocês estavam fazendo aqui? Como sabem, estão em território da República Popular da Mongólia. Por que entraram aqui? O que vieram fazer?

— Só estávamos realizando um mapeamento local — explicou Yamamoto. — Eu sou civil e trabalho numa empresa de mapeamento. O homem que me acompanha e aquele que vocês mataram estavam apenas me escoltando. Sabíamos que este lado pertence à Mongólia e sentimos muito por ter atravessado a fronteira, mas nossa intenção não era violar o território. Só queríamos ver deste lado da margem, que é mais alto, o terreno que estamos mapeando.

O oficial russo riu, torcendo os lábios finos, como quem não está muito feliz.

— *Sentimos muito* — repetiu ele, devagar. — Entendi. Vocês queriam ver de um lugar mais alto o terreno que estão mapeando, claro. Desta margem, a vista seria melhor. Faz sentido.

Por um tempo, ele contemplou as nuvens do céu, em silêncio. Depois voltou a encarar Yamamoto, antes de balançar a cabeça devagar, suspirando.

— Ah, como seria bom se eu pudesse acreditar nas suas palavras. Como seria bom se pudesse dar umas batidinhas nas suas costas e dizer: Claro, agora entendi. Faz todo o sentido. Podem atravessar o rio e voltar para a outra margem. Tomem mais cuidado da próxima vez. Como seria bom se eu pudesse acreditar nisso. De verdade. Só que infelizmente não posso, porque sei muito bem quem é você e sei muito bem o que faz por aqui. Sabe, nós temos alguns amigos em Hailar, assim como vocês têm alguns amigos em Ulan Bator.

O russo tirou as luvas do bolso do capote. Dobrou uma, depois outra, e voltou a levá-las ao bolso.

— Sabe, não temos interesse específico nem motivação especial em torturar ou matar vocês. Se entregarem a carta, vocês não terão mais utilidade para nós e darei a ordem para que sejam libertados imediatamente. Vocês poderão atravessar o rio e voltar para o outro lado. Dou a minha palavra de honra. O resto é um problema da conta do nosso país, não de vocês.

A luz do sol que brilhava no leste começou enfim a aquecer minha pele. Não ventava, e no firmamento desfilavam algumas nuvens brancas. Seguiu-se um longo, longo silêncio. Ninguém abria a boca. O oficial russo, o oficial mongol, o comandante da patrulha e seus soldados, Yamamoto, todos estavam calados. De resto, Yamamoto parecia preparado para morrer desde que fomos capturados, e seu rosto permanecia impassível.

— Ou vocês dois vão morrer aqui mesmo — disse o oficial russo, devagar, separando cada palavra, como se falasse para uma criança. — E garanto que vai ser uma morte bem dolorosa. Sabe, esses homens...
— o russo olhou na direção dos mongóis, e o soldado com a metralhadora ligeira me encarou com um sorriso sarcástico, os dentes sujos à mostra — esses homens adoram matar com requintes de crueldade e são especialistas nisso. Desde a época do Gengis Khan, os mongóis se divertiam matando brutalmente as pessoas. São verdadeiros mestres nessa arte. Nós, russos, estamos cansados de saber disso. Aprendemos nas aulas de história o que os mongóis fizeram na Rússia. Quando eles

invadiram a Rússia, mataram milhões de pessoas, praticamente sem nenhuma razão. Você conhece o episódio do assassinato de centenas de nobres russos que eles capturaram em Kiev? Eles construíram uma grande tábua espessa, deitaram os nobres russos embaixo e fizeram um banquete em cima. Os nobres foram mortos com o peso dos convivas. As pessoas comuns dificilmente pensariam num método desses, não acha? Leva tempo e é incômodo de preparar. Enfim, dá muito trabalho. Só que os mongóis fazem questão de algo assim, porque para eles é diversão. Até hoje cometem esse tipo de atrocidade. Eu já presenciei pessoalmente uma dessas práticas. Sempre imaginei que tinha visto muitas brutalidades antes, mas me lembro que aquela noite foi um marco. Demorei a recuperar o apetite. Você está me entendendo? Estou falando rápido demais?

Yamamoto balançou a cabeça.

— Tudo bem — disse ele, antes de dar uma tossida e fazer uma pausa. — Essa será então a segunda vez. Se tudo correr bem, talvez o meu apetite volte até a hora do jantar. Se dependesse de mim, queria evitar matança desnecessária, mas...

O russo cruzou as mãos por trás e voltou a contemplar o céu por um tempo. Depois, tirou de novo as luvas do bolso do capote e olhou para o avião.

— Que dia agradável. Estamos na primavera. Continua um pouco frio, mas assim está bom. Se esquentar mais, vão aparecer mosquitos, que são terríveis. A primavera é bem melhor que o verão.

Depois de fazer esse comentário, ele pegou a cigarreira mais uma vez, colocou um cigarro na boca e acendeu com fósforo. Em seguida, puxou a fumaça devagar e depois soltou.

— Vou perguntar a última vez: você não sabe mesmo nada da carta?

— Niet — se limitou a responder Yamamoto.

— Tudo bem — disse o oficial russo. — Tudo bem.

Ele então deu alguma ordem para o oficial mongol, que assentiu e transmitiu a determinação aos seus homens. Os soldados então trouxeram uma tora de algum lugar, apararam as extremidades com a baioneta, de maneira habilidosa, e construíram quatros estacas. Depois mediram a distância por passos e, com pedras, cravaram com firmeza as estacas no chão, formando praticamente um quadrado. Acho que levaram uns vinte minutos para aprontar tudo. Eu não fazia a menor ideia do que estava prestes a acontecer.

— Para eles, a arte de matar é como a boa culinária — observou o oficial russo. — Quanto mais preparativos, melhor. Não se trata apenas de matar. Nada disso. Para uma morte rápida, um tiro é suficiente. Só que para eles isso... — ele passou a ponta do dedo no queixo, devagar — não tem graça.

Depois que soltaram as cordas de Yamamoto, os soldados o levaram até as estacas. Completamente nu, ele foi amarrado nas estacas pelas mãos e pelos pés. Deitado de costas, com os braços e as pernas estendidos, ele exibia muitas feridas, todas recentes.

— Como você sabe — disse o oficial russo — os mongóis são nômades. Eles criam ovelhas e aproveitam tudo, a carne, a lã e a pele. A ovelha é um animal completo para eles. Como os mongóis convivem com rebanhos a vida inteira, conhecem excelentes técnicas para tirar a pele das ovelhas. Depois fazem barracas e roupas com a pele. Você já viu isso? Eles esfolarem uma ovelha?

— Se vão me matar, acabem logo com isso — vociferou Yamamoto.

O russo balançou a cabeça, esfregando as mãos devagar.

— Ah, não se preocupe. Vai demorar um pouco, mas eles vão matar você direitinho. Não tenha pressa. Estamos numa estepe deserta, a perder de vista, e temos tempo de sobra. Sem falar que ainda quero trocar uma palavra com você... Bom, voltando ao assunto, em qualquer grupo de mongóis existe pelo menos um especialista em tirar peles. Um profissional. Esses mestres realmente conseguem despelar muito bem, e sua técnica pode ser considerada milagrosa. Sabe, uma obra de arte. Esses artistas tiram a pele em um passe de mágica, tão rápido que parece que a ovelha nem percebe o que está acontecendo, mesmo sendo esfolada viva. Agora...

Ele fez uma breve pausa, pegou a cigarreira do bolso do capote, segurou com a mão esquerda e deu um leve peteleco com a mão direita. TOC.

— Naturalmente, é só impressão. Não existe maneira de não perceber, porque é extremamente doloroso ser esfolado ainda vivo.

Dói muito, uma dor inimaginável. Sem mencionar o tempo que se leva para morrer. Uma eternidade. A morte acontece por hemorragia, depois de muito tempo.

Ele estalou os dedos. Como se obedecesse a uma ordem, o oficial mongol que também estava no avião deu uns passos para a frente. Em seguida, tirou do bolso do capote a bainha de uma faca, com o mesmo formato daquela exibida pelo soldado da patrulha que fez o gesto de cortar a garganta. O oficial mongol desembainhou e levantou alto a faca, cuja lâmina de aço brilhou branca e opaca, refletindo a luz da manhã.

— Ele é um desses especialistas que mencionei — comentou o oficial russo. — Olhe com atenção para essa faca: é muito bem-feita, própria para esfolar. A lâmina é fina e afiada como uma navalha. Como eu disse, a técnica dos mongóis é extremamente apurada, porque tiram a pele de animais há milhares de anos. Posso garantir que eles tiram a pele das pessoas como se descascassem um pêssego. De maneira incrível, artística, sem machucar a pele. Estou falando rápido demais?

Yamamoto não disse nada.

— Bom, pedi para meu amigo aqui tirar sua pele sem pressa, aos poucos — prosseguiu o oficial russo. — Para esfolar direitinho, sem machucar a pele, o melhor é ir devagar. Se você quiser falar alguma coisa durante o processo, basta avisar que interrompemos imediatamente o ato. Seria uma maneira de você escapar da morte. Sabe, ele já fez isso inúmeras vezes, mas ninguém aguentou até o fim. Todos acabaram confessando. Gostaria que você tivesse isso em mente. Se quiser que ele pare, sugiro que fale quanto antes. Será melhor para todos.

Com a faca na mão, o oficial que parecia um urso abriu um sorriso sarcástico para Yamamoto. Até hoje me lembro desse sorriso. Chego a vê-lo em sonhos. Nunca consegui deixar para trás essa lembrança. Em seguida o oficial começou a operação. Os soldados seguravam Yamamoto pelas mãos e pelos joelhos nas estacas, enquanto o oficial tirava a pele com a faca, com muito cuidado. Ele foi esfolando Yamamoto como se realmente descascasse um pêssego, como o russo tinha comentado. Eu não conseguia olhar para a cena e fechava os olhos. Porém, toda vez que fazia isso, um soldado mongol me dava coronhadas e só parava quando eu voltava a abrir os olhos. De qualquer maneira, de olhos abertos ou fechados, eu ouvia os gritos de Yamamoto. No começo, ele aguentou firme e em silêncio, mas depois começou a soltar gritos que não pareciam deste mundo. O oficial primeiro fez um corte no ombro direito de Yamamoto, antes de passar a esfolar o braço, começando da base. Ele foi tirando a pele do braço direito devagar, com cuidado, como se sentisse ternura por ela. De fato, como mencionara o oficial russo, sua técnica chegava a ser artística e, não fossem os gritos, eu acharia que aquela operação não causava nenhuma dor. No entanto, os gritos denunciavam a intensidade da dor provocada.

Em seguida, o oficial mongol entregou a pele do braço direito completamente retirada, fina como uma folha de papel, ao soldado ao seu lado, que com a ponta dos dedos a estendeu como um troféu e mostrou aos demais. Gotas de sangue pingavam da pele. O oficial passou então a despelar o braço esquerdo, repetindo os mesmos passos. Em seguida foi para as pernas, cortou as genitálias e os testículos e passou para as orelhas. Depois retirou o couro cabeludo, foi para o rosto e o que restava do corpo. Durante o processo, Yamamoto desmaiou, acordou, e voltou a desmaiar muitas vezes. Os gritos paravam quando ele desmaiava e voltavam quando recobrava a consciência. Porém, os gritos foram ficando cada vez mais fracos, até que desapareceram por completo. Durante todo o tempo, o oficial russo ficou desenhando figuras sem sentido no chão, com o calcanhar da bota. Os soldados mongóis observavam a cena em silêncio. Nenhum deles apresentava expressão alguma no rosto: nenhum sinal de repugnância, emoção ou espanto. Eles ficaram observando a pele de Yamamoto ser retirada, membro por membro, como quem observa um canteiro de obras em meio a uma caminhada.

Já eu vomitei muitas vezes. No final, não sobrou mais nada no meu estômago, mas continuei vomitando. Quando a atrocidade chegou ao fim, o oficial mongol que lembrava um urso estendeu a pele do tronco de Yamamoto, retirada com perfeição. Até os mamilos estavam intactos. Eu nunca tinha visto nada tão aterrorizante na vida, nem voltei a ver. Alguém apanhou e estendeu essa pele, como se secasse um lençol. Estirado no chão, só restou o cadáver de Yamamoto, completamente sem pele, reduzido a carne vermelha e ensanguentada. O mais lastimável era o rosto. No meio de um pedaço de carne vermelha, havia globos oculares brancos e bem abertos. A boca estava escancarada e com os dentes à mostra, como se gritasse alguma coisa. No nariz restaram dois pequenos orifícios. O chão estava inundado por um mar de sangue.

O oficial russo cuspiu no chão e me encarou, antes de retirar um lenço do bolso e limpar a boca.

— Pelo jeito aquele homem não sabia mesmo — comentou, guardando o lenço no bolso. A sua voz estava um pouco mais seca do que antes. — Se soubesse, teria falado, com certeza. Que pena. Mas bom, como era espião, mais dia, menos dia teria uma morte trágica. Não tem jeito. Enfim, se ele não sabia, você é que não deve saber mesmo.

O oficial russo colocou um cigarro na boca e acendeu com um fósforo.

— Em outras palavras, você não tem mais utilidade para nós. Não vale a pena tentar arrancar alguma coisa mediante tortura, nem manter você como prisioneiro. Para falar a verdade, nós queremos resolver o assunto internamente, de maneira extraoficial. Não gostaríamos que o episódio se tornasse público. Por isso, se levarmos você para Ulan Bator, as coisas se complicam um pouco. O melhor é enfiar uma bala agora mesmo na sua cabeça e enterrar o corpo em algum lugar, ou queimá-lo e jogar as cinzas no rio Khalkh. Assim, tudo estará resolvido. Não é mesmo? — perguntou ele, ainda encarando o meu rosto, mas eu continuei fingindo que não entendia nada do que dizia. — Parece que você não entende russo e que estou perdendo meu tempo explicando isso, mas tudo bem. É como se fosse meu monólogo. Apenas continue me ouvindo. Bem, tenho uma boa notícia para você: decidi não acabar com sua vida. Você pode interpretar como um singelo pedido de perdão pelo fato de termos matado o seu amigo em vão, apesar de não ter sido essa a minha intenção. Já tivemos matança suficiente por hoje. Uma vez por dia basta. Por isso, não vamos matar você. Pelo contrário: vamos dar uma chance para que você sobreviva. Se der certo… você vai se safar. Sim, a chance é pequena, quase inexistente, eu diria. Mas uma chance é uma chance. Pelo menos, é bem melhor do que ser esfolado vivo, não é?

Ele levantou a mão e chamou o oficial mongol, que tinha acabado de afiar com uma pequena pedra de amolar a faca usada para despelar, depois de lavá-la com cuidado com a água do cantil. Os soldados mongóis discutiam alguma coisa diante da pele estendida de Yamamoto, como se trocassem impressões a respeito da técnica usada no processo. O oficial mongol guardou a faca na bainha, colocou-a no bolso do capote e veio em nossa direção. Ele me encarou por um tempo e depois olhou para o russo. Este disse alguma coisa em mongol para o oficial, que assentiu de maneira inexpressiva. Um dos soldados trouxe dois cavalos para os oficiais.

— Agora vamos retornar a Ulan Bator de avião — observou o russo. — É uma pena voltar de mãos abanando, mas não temos escolha. Às vezes somos bem-sucedidos, outras vezes, não. Espero que o meu apetite volte até o jantar, mas não apostaria nisso.

E os dois montaram nos cavalos e partiram até o avião, que logo decolou e virou um pontinho prateado, desaparecendo no céu do oeste. Na estepe, restaram apenas eu, os soldados mongóis e os cavalos.

Os soldados mongóis me amarraram na sela do cavalo e partiram enfileirados para o norte. O mongol logo à minha frente cantarolava uma melodia monótona. Além da cantiga, eu apenas ouvia o som seco produzido pelos cascos dos cavalos quando levantavam areia. Não fazia a menor ideia para onde eles estavam me levando nem o que fariam comigo, mas sabia que eu não tinha nenhum valor, nenhuma utilidade para eles. Eu repetia mentalmente as palavras do oficial russo, que dissera que eles não iriam me matar. Não vamos matar você... mas a chance de você se safar é quase inexistente. Não sabia o que aquelas palavras significavam concretamente, porque eram vagas demais. Talvez os soldados fossem me utilizar como peça de algum jogo hediondo. Não me matariam logo, só para ter um pouco de diversão com a minha agonia.

Apesar disso, suspirei aliviado por continuar vivo e sobretudo por não terem tirado minha pele. Talvez não conseguisse me safar, mas ao menos não teria uma morte tão horrível como aquela. Enfim, apesar de tudo, eu ainda estava vivo e respirava. E, se fosse acreditar nas palavras do oficial russo, não seria morto por enquanto. Se me restava algum tempo, talvez eu tivesse uma chance. Por mais ínfima que fosse essa esperança, só me restava me agarrar a ela.

Depois me veio à mente a conversa com o cabo Honda. A misteriosa profecia de que eu não morreria na Ásia continental. Amarrado na sela do cavalo e sentindo o sol do deserto queimar minhas costas nuas, ruminei cada palavra que ele dissera. Eu me lembrei da fisionomia de Honda e do tom de sua voz durante a conversa e decidi acreditar no que ele falava, do fundo da alma. "Não, não posso morrer assim num lugar como esse. Vou sair dessa com certeza e voltarei a pisar o solo da minha terra natal", dizia para mim mesmo.

Depois de duas ou três horas de cavalgada para o norte, os soldados pararam num lugar com um monumento lamaísta de pedra. Chamados na Mongólia de *obo*, esses monumentos são uma espécie de divindade que protege os viajantes, servindo também de ponto de sinalização no meio do deserto. Os mongóis apearam diante do *obo* e soltaram a corda que me amarrava. Em seguida, dois soldados me levaram para um lugar meio afastado, apoiando-me pelos braços. Achei que seria morto naquele momento, mas eles me levaram até um poço, cercado por uma mureta de pedra de um metro de altura. Eles me fizeram ajoelhar na borda do poço e, segurando a minha nuca, me obrigaram a olhar para dentro. O poço parecia fundo e o interior estava completamente escuro. O comandante da patrulha trouxe uma pedra do tamanho de um punho cerrado e jogou no poço. Depois de um tempo, ecoou um barulho, BOF. Parecia um poço seco. Antigamente, deveria ter servido bem, mas secara havia muito, pela deslocação do lençol freático. Pelo tempo que a pedra levou até atingir o fundo, parecia ter uma profundidade considerável.

O comandante me encarou e abriu um sorriso sarcástico. Em seguida, sacou uma grande pistola automática do cinto de couro. Soltou a trava de segurança e introduziu uma bala no tambor, CLIC, antes de apontar o cano para a minha cabeça.

No entanto, permaneceu nessa posição, sem puxar o gatilho. Depois, abaixou a arma devagar, levantou a mão esquerda e apontou para o poço atrás de mim. Eu passei a língua nos lábios secos e observei a pistola em silêncio. Entendi o significado do gesto. Eu podia escolher um destino ou outro. No primeiro, morreria baleado ali, uma morte rápida. No segundo, eu pularia no poço. Como tinha uma profundidade considerável, eu poderia morrer se caísse de mau jeito. Caso isso não acontecesse, teria uma morte lenta no fundo daquele buraco escuro. Então compreendi tudo. Aquela era a chance mencionada pelo russo. Ele apontou o relógio de pulso, o mesmo que pertencera a Yamamoto, e abriu os cinco dedos da mão. Ele me daria cinco segundos para pensar. Quando ele fechou o terceiro dedo, coloquei os pés na mureta e, decidido, pulei para dentro do poço. Eu não tinha opção. Até pensei em segurar a mureta e tentar descer devagar, me apoiando contra a parede, mas não tinha tempo. Minhas mãos não conseguiram tocar em nada e caí como uma pedra.

O poço era fundo e tive a impressão de que minha queda demorou uma eternidade. É claro que foram apenas alguns segundos, mas, ainda assim, lembro que pensei em muitas coisas enquanto caía, no meio da escuridão. Pensei na minha distante terra natal, na mulher com quem tinha passado uma única noite antes de ser mandado para a Manchúria, nos meus pais. Agradeci aos céus por ter uma irmã mais nova, e não um irmão. Mesmo que eu morresse, ela não seria convocada e ficaria perto dos meus pais. Pensei no *kashiwamochi*. Até que atingi o fundo seco do poço e, com o impacto, perdi os sentidos, como se todo o ar do meu corpo tivesse se dissipado de uma vez só. Atingi o fundo como um saco de areia, e um BOF reverberou pelas paredes do poço.

De qualquer maneira, perdi a consciência apenas por um instante. Quando voltei a mim, senti alguns respingos no corpo. No começo achei que fosse chuva, mas não. Era urina. Os soldados mongóis estavam urinando para dentro do poço. Eu conseguia distinguir aquelas silhuetas pequenas bem no alto, de pé na abertura redonda do poço, se revezando para urinar em mim. Para mim, aquela parecia uma cena impensável, como se eu estivesse tendo uma alucinação por efeito de alguma droga. Só que era a realidade. Eu estava no fundo do poço e os soldados mongóis estavam urinando sobre mim. Depois que todos terminaram, alguém apontou uma lanterna na minha direção. Antes que as silhuetas desaparecessem, ouvi risadas. Em seguida, tudo mergulhou num profundo silêncio.

Resolvi permanecer em silêncio, com a cabeça virada para baixo, esperando para ver se eles voltariam ou não. Como não ouvi nada ao fim de uns vinte ou trinta minutos (naturalmente, não passa de uma estimativa, pois estava sem relógio), concluí que eles tinham partido e me deixado sozinho no meio do deserto, no fundo de um poço. Ao me convencer que não voltariam mais, resolvi examinar o meu corpo, tarefa bastante difícil em meio à escuridão. Não enxergava nada e, mesmo tateando, não podia confiar no que percebia, já que minhas sensações poderiam estar distorcidas em tão profunda escuridão. Eu tinha a impressão de que estava sendo enganado. Era uma sensação muito estranha.

Mas aos poucos repassei os detalhes e fui tomando pé da situação. A primeira coisa que entendi é que, para a minha sorte, o fundo do poço era coberto de areia relativamente macia. Caso contrário, com a altura da queda, eu teria quebrado ou esmagado a maioria dos meus ossos. Respirei fundo e tentei me mexer. Primeiro, os dedos das mãos. Eles estavam um pouco instáveis, mas se mexeram. Depois tentei me levantar, mas não consegui. Parecia que meu corpo tinha perdido toda a sensibilidade. Eu estava consciente, mas a consciência e o corpo não estavam conseguindo se ligar. Mesmo querendo me mover, não conseguia transformar o pensamento em ação. Por fim, desisti de tentar me mover e fiquei deitado por um tempo, em silêncio, imerso na escuridão.

Não sei por quanto tempo fiquei nessa posição. A minha sensibilidade começou a voltar aos poucos e, junto com ela, a dor. Uma dor terrível. Eu devia ter quebrado a perna com a queda. Talvez o ombro tivesse deslocado ou, o que era pior, fraturado.

Permaneci na mesma posição, suportando a dor. Lágrimas escorriam pelo meu rosto involuntariamente. Eu chorava de dor e, mais do que isso, de desespero. Acho que o senhor não consegue imaginar quanto é solitário e desesperador ser abandonado com dores terríveis nas profundezas de um poço escuro, no meio do deserto, no fim de mundo. Cheguei a me arrepender por não ter optado pela morte rápida. Se eu tivesse morrido pela bala do oficial de patrulha, pelo menos haveria testemunhas da minha morte. Já se eu morresse ali, na solidão total, em silêncio, ninguém saberia de nada.

De vez em quando, ouvia o barulho do vento. Quando ele soprava por perto, produzia um som curioso na abertura do poço. Parecia o som do choro de uma mulher, vindo de um mundo distante. Para que eu pudesse ouvir aquele lamento, deveria haver um furo pequeno que ligava aquele mundo distante a este. Porém, só de vez em quando ouvia o barulho. No resto do tempo, em meio à completa solidão, apenas um profundo silêncio e trevas por todos os lados.

Suportando a dor, tentei examinar com as mãos, devagar, o chão à minha volta. Embora plano, o fundo do poço não era espaçoso e devia ter um pouco mais de um metro e meio de diâmetro. Continuei tateando o chão e, de repente, toquei com a mão em alguma coisa dura e pontuda. Tomei um susto e puxei o braço por instinto, mas depois estendi a mão outra vez para apalpar aquele ponto devagar e com cuidado. Os meus dedos tocaram de novo na coisa pontuda. No começo, achei que fosse um galho ou algo do gênero, mas depois me dei conta de que era um osso. Não era um osso humano, e sim de algum animal menor. Talvez estivesse todo fragmentado por ser muito antigo ou pelo impacto da minha queda. Além dessa pequena ossada, não havia nada no fundo do poço. Só areia fina e macia.

Em seguida apalpei com a palma das mãos as paredes, que pareciam feitas de pilhas de pedras finas e lisas. Apesar das temperaturas elevadas durante o dia, o calor da superfície não alcançava o mundo subterrâneo, e as paredes estavam frias como gelo. Examinei cada vão entre as pedras, imaginando que, com sorte, conseguiria apoiar meus pés para escalar até a superfície. Contudo, os vãos eram pequenos demais e, considerando meu estado debilitado, uma escalada era praticamente impossível.

Levantei o corpo do chão quase me arrastando e, com muito custo, consegui me encostar na parede. A qualquer movimento do corpo, o ombro e a perna doíam como se espetados por inúmeros pregos. Durante um tempo, tive a sensação de que meu corpo racharia e se fragmentaria a cada respiração. Ao tocar o ombro, senti que a parte dolorida estava quente e inchada.

Não sei quanto tempo se passou. Fato é que em determinado momento aconteceu algo inesperado. A luz do sol penetrou às pressas dentro do poço, como uma revelação. Nesse instante, consegui ver tudo à minha volta. O poço ficou preenchido com um clarão vívido, como uma enchente de luz. Quase não consegui respirar por causa da claridade sufocante. A escuridão e o frio foram dissipados rapidamente, e os calorosos raios do sol envolveram com carinho o meu corpo nu. Tive a impressão de que a luz do sol abençoava até a minha dor. Pude ver a parede de pedra que me circundava e, ao meu lado, a pequena ossada. A luz iluminava calorosamente esses ossos brancos. No meio da claridade, até aquela ossada agourenta parecia uma companheira calorosa. Banhado por essa luz, esqueci completamente do medo, da dor e até do desespero. Abismado, fiquei sentado no meio desse resplendor, que não durou muito tempo. A luz logo desapareceu, em um instante, da mesma forma como tinha surgido. A escuridão profunda voltou a envolver tudo em um piscar de olhos, acho que em uns dez ou quinze segundos. Por uma questão de ângulos, a luz do sol penetrava diretamente no fundo do poço apenas uma vez por dia, em um curto intervalo. A enchente de luz desapareceu por completo, antes mesmo que eu pudesse entender o que se passava.

Quando a luz do sol desapareceu, eu me vi envolto em trevas ainda mais profundas. Mal consegui me mexer. Estava sem água, sem comida, sem nada. Nem sequer tinha um trapo para me cobrir. A longa tarde deu adeus e a noite se anunciou. A temperatura caiu depressa, e eu não consegui dormir quase nada. Embora meu corpo pedisse repouso, o frio me espetava como mil espinhos. Senti que o pavio da minha vida oscilava e se extinguia aos poucos. Olhando para o alto, contemplei as constelações frias, em quantidades assustadoras. Observei em silêncio o lento percurso das estrelas pelo firmamento. Consegui me certificar de que o tempo continuava passando por esse trajeto. Vencido pelo cansaço, dormi um pouco, acordei de frio e dor, dormi mais um pouco, acordei em seguida...

Até que amanheceu. As estrelas que eu via pela abertura redonda do poço ficaram cada vez mais tênues, ofuscadas pela fraca luz da manhã. Porém, mesmo com a alvorada, as estrelas não sumiram e continuaram enfeitando o céu, só que mais fracas. Eu saciei a sede lambendo o orvalho matinal que escorria pelas paredes de pedras. Claro que era uma quantidade ínfima, mas para mim parecia uma bênção celestial, até porque eu não bebia nem comia nada há mais de um dia, embora continuasse sem nenhum apetite.

Permaneci imóvel no fundo desse buraco, sem que pudesse fazer nada. Não conseguia pensar em uma saída, porque o meu desespero e a minha solidão eram profundos demais. Eu me limitei a ficar sentado, sem me mexer, sem pensar em nada. Porém, inconsciente-mente, aguardava aquele feixe de luz solar ofuscante, que penetrava diretamente nas profundezas do poço durante poucos segundos do dia. Pela lógica, a luz incidiria em ângulo reto na superfície quando o sol estivesse no ponto mais alto do céu, ou seja, por volta do meio-dia. Eu apenas aguardava a chegada dessa luz. O que mais podia esperar?

Acho que se passou muito tempo. Sem perceber, eu cochilei. Despertei assustado, sentindo a presença de algo. Era a luminosidade. Logo me dei conta de que estava envolto outra vez por esse jorro de luz. Quase inconscientemente estendi os braços, com as mãos abertas, para receber os raios de sol, bem mais fortes do que os do dia anterior. Também fiquei com a impressão de que a luz permaneceu por mais tempo no fundo do poço e derramei todas as lágrimas que tinha. Parecia que meu próprio corpo derreteria e escorreria de tanto que eu chorava. Pensei que poderia morrer no meio dessa extraordinária e abençoada luz. *Desejei isso.* Tive a incrível sensação de que as peças se juntavam e formavam uma coisa só. Senti uma esmagadora sensa-ção de unidade. Sim, o verdadeiro sentido da vida está nessa luz que dura apenas alguns segundos. *Devo morrer aqui, agora mesmo*, pensei.

Porém, logo a luz desapareceu por completo. Quando me dei conta, estava outra vez sozinho no fundo do poço asqueroso, como no dia anterior. A escuridão e o frio me açoitavam, como se quises-sem provar que a luz nunca tinha existido. Permaneci prostrado por muito tempo, sem me mexer, o rosto banhado de lágrimas. Eu não conseguia pensar em nada, não conseguia fazer nada, como se tivesse sido nocauteado por uma força gigantesca. Não conseguia nem sentir a presença do meu corpo, como se fosse um cadáver em decomposição ou um corpo sem vida. Depois, quando a minha mente parecia um cômodo vazio, brotou de repente a profecia do cabo Honda: eu não morreria na Ásia continental. Naquela hora, depois de ter visto a luz chegar e ir embora, passei a acreditar de corpo e alma naquilo, porque eu não tinha conseguido morrer no lugar que deveria ter morrido nem no momento que deveria ter morrido. Não era questão de *não ter morrido*, mas de *não conseguir* morrer. O senhor entende a diferença? Eu tinha perdido a bênção daquele momento para sempre.

Ao chegar a esse ponto do relato, o primeiro-tenente Mamiya olhou o relógio de pulso.

— Bom, como o senhor pode ver, eu estou aqui — disse ele, em voz baixa, balançando a cabeça de leve, como para afastar a linha invisível da memória. — Como tinha previsto o sr. Honda, eu não morri na Ásia continental e, entre os quatro, serei o último a falecer.

Eu assenti.

— Peço desculpas pela delonga. O senhor deve ter se aborrecido com essa história antiga contada por um velho que viveu mais do que deveria — prosseguiu o primeiro-tenente Mamiya, se empertigando no sofá. — Se me alongar ainda mais, vou acabar perdendo o meu trem-bala.

— Espere um pouco — eu me apressei em dizer. — Por favor, não pare de contar a história nesse ponto. O que aconteceu depois? Eu quero saber como continua.

O primeiro-tenente Mamiya me encarou por um tempo.

— Tenho uma ideia. Como estou realmente sem tempo, que tal caminharmos juntos até o ponto de ônibus? Acho que consigo contar brevemente o resto da história no trajeto.

Eu saí de casa ao lado do primeiro-tenente Mamiya e caminhamos juntos em direção ao ponto de ônibus.

— Na manhã do terceiro dia, fui resgatado pelo cabo Honda. Na noite em que fomos capturados, ele percebeu a aproximação dos soldados mongóis, saiu sozinho da barraca e ficou escondido o tempo todo. Pouco antes de fugir, ele retirou sorrateiramente o documento do alforje de Yamamoto, porque a prioridade máxima era não deixar o documento cair nas mãos do inimigo. Talvez o senhor se pergunte: se ele percebeu a aproximação dos soldados inimigos, por que não acordou os outros, por que fugiu sozinho? Bem, se ele nos acordasse, não teríamos nenhuma chance, porque os soldados mongóis sabiam que estávamos no território deles e eram superiores em número e em equipamentos. Eles teriam achado nosso rastro sem dificuldade, nos matariam um a um e conseguiriam o documento. Por isso, naquela circunstância, era *necessário* que ele fugisse sozinho. Numa batalha, o que o cabo Honda fez sem dúvida seria considerado deserção diante do ataque inimigo. Agora, em uma missão especial como aquela, o mais importante era agir com flexibilidade, de acordo com a situação.

"O cabo Honda viu a chegada do oficial russo e do oficial mongol, assim como Yamamoto ser esfolado vivo. Também viu quando fui levado pelos soldados mongóis, mas, como estava sem cavalo, não pôde ir imediatamente atrás de mim. Ele desenterrou nossos equipamentos, enterrou o documento e em seguida saiu em meu encalço. A pé. Deve ter tido muita dificuldade para chegar até o poço, porque nem sabia que direção o grupo havia tomado."

— Como o sr. Honda conseguiu achar o poço? — perguntei.

— Isso eu não sei, e ele não me explicou direito. Acho que ele *simplesmente soube*. Quando me encontrou, rasgou a própria roupa, fez uma faixa comprida e me puxou com muito custo, pois eu estava praticamente desacordado. Em seguida, arranjou um cavalo em algum local, me ajudou a montar e então atravessamos as dunas e o rio, até que chegamos ao posto de controle do Exército do Estado da Manchúria. Lá recebi os primeiros socorros e fui transferido ao hospital de Hailar num caminhão do quartel-general.

— O que aconteceu com o documento, com a tal da carta?

— Provavelmente continua descansando sob a terra, perto do rio Khalkh. O cabo Honda e eu não tínhamos condições nem motivo de ir até lá desenterrá-lo. Chegamos à conclusão de que esse documento nunca deveria ter existido e combinamos que, durante o interrogatório militar, alegaríamos que não sabíamos de nada sobre o assunto. Caso contrário, imaginei que seríamos cobrados por não termos trazido o documento conosco. Ficamos de quarentena e em observação rigorosa em diferentes quartos do hospital, sob o pretexto de tratamento, e fomos interrogados quase todos os dias. Diversos oficiais de alto escalão vieram pedir explicações e contamos a mesma história muitas e muitas vezes. As perguntas que faziam eram elaboradas e traiçoeiras, mas aparentemente eles acreditaram na nossa história. Eu contei toda a experiência em detalhes, sem esconder quase nada. Apenas omiti com cuidado a parte relacionada ao documento. Eles transcreveram a minha versão e disseram: Este é um assunto confidencial e não irá constar no registro oficial do Exército, por isso você deve manter em segredo, sem contar a ninguém. Se descobrirmos que não fez isso, você será severamente punido. Enfim, duas semanas depois fui enviado de volta ao meu setor e imagino que o mesmo deve ter acontecido com o sr. Honda.

— Não entendi muito bem uma coisa na história: por que o sr. Honda foi transferido de outra divisão especialmente para essa missão?

— Nem para mim ele explicou direito. Provavelmente tinha sido proibido de falar a respeito e achou melhor não me revelar nada. Pelas minhas conversas com o sr. Honda, deduzo que ele e Yamamoto tinham alguma relação pessoal. E acho que isso está ligado com o dom do sr. Honda, porque ouvi boatos de que o Exército japonês manteria um setor de pesquisa sobre poderes paranormais, que reuniria videntes e oráculos de todo o Japão. Suponho que o sr. Honda tenha conhecido Yamamoto nessas atividades. De resto, se não fosse por seu dom, acho que o sr. Honda jamais teria me encontrado, nem teríamos conseguido chegar ao posto de controle do Exército da Manchúria. Mesmo sem mapa nem bússola, ele conseguiu chegar ao posto diretamente e sem se perder, algo impossível para pessoas comuns. Nem mesmo eu, que era especialista em mapas e conhecia de modo geral a topografia da região, conseguiria chegar com tanta facilidade ao posto. Provavelmente Yamamoto contava com o poder do sr. Honda.

Já estávamos no ponto, esperando o ônibus.

— Naturalmente ainda pairam alguns mistérios — continuou o primeiro-tenente Mamiya. — Até hoje não consigo entender algumas coisas. Por exemplo, quem era aquele oficial mongol que nos esperava na margem esquerda? O que teria acontecido se tivéssemos voltado ao quartel-general com aquele documento? Por que Yamamoto não nos deixou na margem direita e atravessou sozinho o rio Khalkh? Afinal, ele teria mais liberdade de movimento sem nós. De repente ele planejava nos usar como iscas para atrair o Exército mongol e fugir sozinho. Existe essa possibilidade. Talvez o cabo Honda soubesse dessa intenção desde o início e, por isso, não tenha feito nada para salvar Yamamoto.

"De qualquer forma, depois do episódio, o cabo Honda e eu ficamos sem nos reencontrar por um bom tempo. Assim que chegamos a Hailar, como mencionei, fomos postos em quarentena, em quartos separados, e proibidos de nos encontrar e de conversar. Antes da sua partida eu queria ao menos vê-lo para agradecer, mas nem isso consegui. Depois ele se feriu na Batalha de Nomonhan e foi enviado de volta ao Japão, enquanto eu fiquei na Manchúria até o fim da guerra e em seguida fui mandado para Sibéria como prisioneiro. Só consegui saber do paradeiro do sr. Honda alguns anos depois da minha volta da Sibéria. Desde então, nos encontramos algumas vezes e trocamos algumas cartas. Apesar disso, eu sentia que o sr. Honda evitava falar do episódio no rio Khalkh, e eu também não fazia muita questão de relembrar. Para nós, aquele fato teve um significado extremamente marcante. Compartilhávamos aquela experiência *sem falar nada* sobre ela, entende?

"Acabei me alongando na história, mas o que eu queria dizer é que a minha verdadeira vida provavelmente tenha terminado dentro das profundezas daquele poço no meio do deserto da Mongólia Exterior. Tenho a impressão de que o pavio da minha vida se queimou completamente dentro daquela luz intensa que irradiava apenas dez ou quinze segundos por dia, no fundo do poço. Sim, esse fenômeno teve para mim um significado místico a esse ponto. Não consigo explicar ao certo, mas, para ser franco, nada do que passei depois, nenhuma experiência, nenhuma visão, surtiu o menor efeito sobre mim. Mesmo quando enfrentamos a divisão blindada do Exército soviético, mesmo quando perdi a mão esquerda, mesmo no campo de concentração na Sibéria, que era um verdadeiro inferno, eu me encontrava anestesiado por uma espécie de insensibilidade. Pode soar estranho, mas para mim esses acontecimentos já não faziam diferença. *Algo* dentro de mim estava morto. E, como senti naquele momento, provavelmente eu deveria ter morrido no meio daquela luz, aquela era a minha hora. Porém, como tinha previsto o sr. Honda, não morri. Ou melhor, não *consegui morrer*.

"Depois de perder uma das mãos e doze preciosos anos, voltei ao Japão. Quando cheguei a Hiroshima, descobri que os meus pais e a minha irmã mais nova já estavam mortos. A minha irmã morreu durante a explosão da bomba atômica, numa fábrica em Hiroshima, para onde havia sido recrutada. Meu pai também morreu nessa ocasião, pois tinha ido visitar a minha irmã. Minha mãe ficou acamada pelo choque de perder o marido e a filha, e morreu em 1947. Como eu disse antes, até a moça com quem eu tinha prometido casar já estava casada com outro homem e tinha dois filhos. No cemitério havia o meu túmulo. Não havia restado nada para mim. Senti que estava completamente vazio. Concluí que teria sido melhor não ter voltado. Desde então, venho levando a vida sem prestar muita atenção. Eu me tornei professor de estudos sociais e lecionei geografia e história em um colégio público, mas nunca mais voltei a viver, na verdadeira acepção da palavra. Apenas desempenhei cada um dos papéis que me foram atribuídos, um atrás do outro. Não tive ninguém que possa ser chamado de amigo e não cultivei nenhum laço de afeto com os alunos. Não amei ninguém. Já não sabia mais o que era amor. Quando fechava os olhos, eu via a cena de Yamamoto sendo esfolado vivo. Sonhei com essa cena muitas e muitas vezes, com Yamamoto despelado e reduzido a um pedaço de carne vermelha. Eu ouvia com toda nitidez seus gritos de desespero. Também sonhei muitas e muitas vezes que eu apodrecia no fundo do poço, bem devagar. Às vezes, chegava a pensar que esse sonho era real, e que a vida que eu levava era sonho.

"Quando o sr. Honda me revelou na margem do rio Khalkh que eu não morreria na Ásia continental, eu fiquei feliz. Acreditando ou não em suas palavras, eu queria me agarrar em qualquer coisa. Provavelmente o sr. Honda sabia e falou aquilo para me tranquilizar. Olhando para trás, vejo que no fundo eu não tinha nenhum motivo para ficar feliz. Desde que retornei ao Japão, vivo como um cadáver ambulante, e isso não é viver, por mais tempo que se passe nessa condição. A soma de um coração vazio e um corpo vazio só pode ser uma vida vazia. Na verdade, era só isso que eu gostaria que o senhor compreendesse, sr. Okada."

— Quer dizer que desde que o senhor voltou ao Japão nunca casou?

— Claro que não. Não tenho esposa, não tenho pais nem irmãos. Eu sou um solitário total.

Eu hesitei um pouco e perguntei:

— O senhor acha que teria sido melhor não ter ouvido aquela espécie de profecia do sr. Honda?

O primeiro-tenente Mamiya permaneceu calado por um tempo. Em seguida me encarou por um momento.

— Talvez. Sim, talvez tivesse sido melhor o sr. Honda não ter me contado. Talvez eu não devesse ter ouvido aquela profecia. Como o sr. Honda comentou naquela oportunidade, o destino é uma coisa que olhamos para trás, depois de ter acontecido, não antes. De qualquer maneira, hoje penso que não faria diferença ter ouvido ou não aquela profecia. Agora estou apenas cumprindo a obrigação de continuar respirando.

Quando o ônibus chegou, o primeiro-tenente Mamiya se despediu de mim e fez uma mesura, curvando-se bastante. Também se desculpou por ter tomado o meu tempo.

— Então, até logo — disse o primeiro-tenente Mamiya. — Muito obrigado por tudo. Sabe, foi ótimo ter conseguido entregar o pacote ao senhor. Acho que enfim pude concluir a minha tarefa e posso voltar para casa tranquilo — acrescentou ele, separando as moedas habilidosamente com a mão direita e a mão postiça e pagando a tarifa.

De pé, imóvel no mesmo lugar, observei o ônibus desaparecer ao dobrar a esquina. Quando o veículo sumiu do meu campo de visão, pode parecer estranho, senti um grande vazio. Senti muita aflição, como uma criança que fosse abandonada sozinha numa cidade completamente desconhecida.

Depois voltei para casa, sentei-me no sofá e abri o pacote que sr. Honda tinha deixado para mim. Quando consegui retirar as várias camadas de papel que embrulhavam o pacote, surgiu uma caixa resistente de papelão, de uma edição especial de Cutty Sark. No entanto, pelo peso, eu sabia que não havia um uísque dentro. Eu abri a caixa e... nada. Ela estava completamente *vazia*. O sr. Honda havia deixado de recordação para mim apenas uma caixa vazia.

PARTE II

O pássaro profeta

De julho a outubro de 1984

1.
Informações mais concretas possíveis, o apetite na literatura

Na noite em que acompanhei o primeiro-tenente Mamiya até o ponto de ônibus, Kumiko não voltou para casa. Fiquei esperando acordado, lendo livro e ouvindo música. Porém, quando o ponteiro do relógio passou da meia-noite, desisti, fui me deitar e, sem que me desse conta, acabei dormindo com a luz acesa. Acordei de manhã, antes das seis. Já estava completamente claro lá fora. Ouvi o pássaro cantar atrás das cortinas finas. Mas ao meu lado, na cama, nem sinal da minha esposa. O travesseiro branco continuava fofo e intocado, indicando que ninguém colocara a cabeça sobre ele durante a noite. O pijama limpo de verão estava dobrado de maneira impecável sobre a mesinha de cabeceira. Ele tinha sido lavado e dobrado por mim. Apaguei a luz e respirei fundo, como se tentasse organizar o fluxo do tempo.

Ainda de pijama, fiz uma busca rápida pela casa. Procurei na cozinha, na sala e no cômodo que Kumiko usava para trabalhar. Também procurei no banheiro e, para garantir, abri os armários. Mas nem sinal de Kumiko. Talvez fosse só impressão, mas a casa parecia mais silenciosa do que o normal, como se um mero movimento meu bagunçasse essa harmonia silenciosa sem nenhuma razão.

Como não podia fazer nada, fui até a cozinha, coloquei água na chaleira e acendi o fogo. Quando a água ferveu, passei o café e tomei uma xícara, sentado à mesa. Em seguida, preparei uma torrada, tirei a salada de batata da geladeira e comi. Fazia muito tempo que eu não tomava o café da manhã sozinho. Pensando bem, desde que Kumiko e eu nos casamos, nunca tínhamos pulado o café da manhã. Isso acontecia muitas vezes com o almoço e, de vez em quando, com o jantar. Mas nunca tínhamos deixado de tomar o café da manhã juntos em todo esse tempo. Era uma espécie de acordo tácito, quase um ritual. Por mais tarde que deitássemos, acordávamos de manhã cedo, procurávamos caprichar no café da manhã e, na medida do possível, comíamos sem pressa.

Só que naquela manhã Kumiko não estava comigo. Tomei o café sozinho, em silêncio, e comi a torrada sozinho, em silêncio. Na minha frente, apenas uma cadeira vazia. Olhando para a cadeira, acabei me lembrando da água-de-colônia que Kumiko estava usando na manhã do dia anterior. Tentei imaginar o homem que talvez tivesse oferecido esse presente a ela. Pensei nos dois deitados na cama, abraçados. Imaginei as mãos do homem acariciando o corpo nu dela. Lembrei-me das costas lisas como cerâmica que apreciei quando fechei o zíper do vestido de Kumiko.

Não sei por quê, mas meu café estava parecendo sabão. Depois de tomar um gole, fiquei com um gosto ruim na boca. No começo, achei que fosse só impressão, mas depois do segundo gole experimentei a mesma sensação. Então joguei o café na pia e servi uma xícara nova. Mas continuei sentindo o gosto de sabão. Não sabia por que isso estava acontecendo, pois eu tinha enxaguado bem a cafeteira e o problema não estava na água. Mas eu continuava sentindo gosto forte de sabão ou talvez de detergente. Então joguei fora o resto do café e comecei a ferver mais água, mas fiquei com preguiça e desisti. Enchi a xícara com a água da torneira e bebi. Nem estava com muita vontade de tomar café mesmo.

Esperei até nove e meia e liguei para o trabalho de Kumiko. Falei para a atendente que gostaria de falar com Kumiko Okada. "A sra. Okada ainda não chegou", disse a atendente. Eu agradeci e desliguei. Em seguida comecei a limpar a casa, pois era o que sempre fazia quando estava nervoso. Empilhei jornais e revistas e amarrei tudo com barbante, limpei a pia e o armário da cozinha, assim como o banheiro e a banheira. Esfreguei os vidros das janelas e os espelhos com o limpa-vidros e retirei e lavei as luminárias. Troquei e lavei o lençol também.

Às onze, voltei a ligar para o trabalho de Kumiko. A mesma atendente, a mesma resposta: "A sra. Okada ainda não chegou".

— Será que ela vai se ausentar hoje? — perguntei.

— Não sei, ela não avisou nada — respondeu a atendente, cuja voz não demonstrava nenhuma emoção, limitando-se a descrever os fatos exatamente como eram.

Não era normal Kumiko não ter chegado ao trabalho até as onze. A maioria dos departamentos editoriais não tem horário fixo, mas na editora em que Kumiko trabalhava isso era diferente. Como publicava revistas relacionadas à saúde e a alimentos saudáveis, os colaboradores — escritores, fabricantes de alimentos, agricultores, médicos — começavam bem cedo e terminavam o expediente no final da tarde. Por isso, para acompanhar esse horário, Kumiko e os colegas começavam às nove em ponto e terminavam o mais tardar às seis, exceto quando estavam no processo de finalização de um número.

Depois que desliguei o telefone, fui ao nosso quarto e dei uma olhada nos vestidos, nas blusas e nas saias no armário. Se tivesse mesmo saído de casa, Kumiko teria levado suas roupas. Claro que eu não sabia de cor todo o guarda-roupa dela. Mal sabia o meu, seria incapaz de memorizar a lista de roupas de outra pessoa. Apesar disso, como eu costumava levar as roupas de Kumiko para a lavanderia e buscá-las, sabia mais ou menos o que ela mais usava e suas preferências. E, se a minha memória não estivesse enganada, todas as roupas preferidas dela estavam no armário.

Aliás, mesmo se quisesse, Kumiko não teria tido tempo de sair de casa com as suas roupas. Eu tentei me lembrar com precisão do momento exato da saída de Kumiko na manhã anterior. A roupa que usava, a bolsa que carregava. Ela saíra com uma bolsa que costumava usar para trabalhar e vivia abarrotada, com agenda, cosméticos, carteira, canetas e lenço. Logo, sem espaço para roupas.

Verifiquei a cômoda de Kumiko. Acessórios, meias, óculos escuros, roupas íntimas e camisetas estavam guardados de maneira organizada na gaveta. Não dava para saber se tinha sumido alguma coisa. Calcinhas e meias-calças talvez coubessem na bolsa. De qualquer maneira, pensando bem, essas peças poderiam ser compradas sem dificuldade em qualquer lugar, não precisavam necessariamente ser levadas de casa.

Fui até o banheiro e verifiquei mais uma vez o compartimento dos cosméticos. Tudo estava normal. Só perfumes e cosméticos. Abri de novo o frasco da água-de-colônia da Dior e senti o perfume. Continuava igual. Fragrância de flor branca que combinava com a manhã de verão. Mais uma vez me lembrei da orelha e das costas alvas de Kumiko.

Voltei para a sala e me deitei no sofá. Depois fechei os olhos e prestei atenção para ver se ouvia algum barulho. Porém, além do tique-taque do relógio, não consegui distinguir outro som. Nada. Nem sinal de barulho de carro, de canto dos pássaros. Eu não sabia o que fazer. Cogitei ligar mais uma vez para o trabalho de Kumiko e cheguei a pegar o telefone, mas logo me lembrei da atendente, fiquei desanimado e desisti. Enfim, não tinha nada que eu pudesse fazer: só me restava esperar. Talvez Kumiko terminasse comigo — não sei por que faria isso, mas *poderia acontecer*. No entanto, mesmo nesse caso, ela não era do tipo que sairia de casa sem dar satisfação. Se ela fosse terminar, tentaria me explicar do modo mais preciso possível os seus motivos. Eu estava quase certo disso.

Talvez ela tivesse sofrido um acidente. Talvez tivesse sido atropelada e estivesse num hospital. Talvez estivesse recebendo transfusão de sangue, inconsciente. Ao pensar nessa possibilidade, meu coração disparou. Só que Kumiko sempre carregava na bolsa a carteira de habilitação, o cartão de crédito e a agenda com os endereços. Se ela tivesse sofrido um acidente, eu já teria recebido um telefonema de alguém da polícia ou do hospital.

Sentado no alpendre, observei o quintal, distraído, sem ver nada. Tentei pensar em algo, mas não conseguia me concentrar. As costas brancas de Kumiko e a fragrância da água-de-colônia atrás de sua orelha não saíam da minha cabeça.

Depois da uma da tarde, o telefone tocou. Eu me levantei do sofá e atendi.

— Alô, é da residência do sr. Toru Okada?

Era voz de Malta Kanô.

— É sim.

— Aqui é Malta Kanô. Estou ligando porque gostaria de trocar uma palavrinha sobre o gato.

— O gato? — repeti, com voz distraída.

Eu tinha me esquecido completamente do gato, mas logo me lembrei. De qualquer maneira, a busca pelo gato me parecia uma história muito, muito antiga.

— O gato que sua esposa estava procurando — explicou Malta Kanô.

— Sim, claro.

Do outro lado da linha, Malta Kanô ficou calada por um momento, como se medisse alguma coisa. Talvez ela tivesse percebido algo no tom de minha voz. Eu limpei a garganta e troquei o fone de mão. Depois de um tempo, Malta Kanô rompeu o silêncio:

— Tenho a impressão de que nunca mais vão achar o gato, a não ser que ocorra algum imprevisto. Sinto muito, mas acho melhor desistirem. O gato se foi. Provavelmente nunca mais vai voltar.

— A não ser que ocorra algum imprevisto? — disse eu, repetindo as palavras de Malta Kanô.

Ela não respondeu e continuou calada por muito tempo. Aguardei para ver se ela falava alguma coisa, mas, por mais atenção que eu prestasse, não ouvia nada do outro lado da linha, nem sequer uma respiração. Quando estava começando a achar que o aparelho podia estar com problema, ela enfim abriu a boca.

— Sr. Okada, talvez eu esteja cometendo uma indelicadeza, mas será que não poderia ajudá-lo em algo mais além do gato?

Não fui capaz de responder a essa pergunta imediatamente. Com o fone na mão, encostei as costas na parede. Demorei um tempo até conseguir falar.

— Muitas coisas ainda estão confusas — respondi. — Ainda não tenho certeza de nada. Tudo ainda está desordenado dentro da minha cabeça. Mas acho que a minha esposa saiu de casa.

Em seguida, contei para Malta Kanô que Kumiko não dormira em casa na noite anterior e que não se encontrava no trabalho. Malta Kanô pensou a respeito no outro lado da linha.

— O senhor deve estar preocupado — comentou Malta Kanô. — No momento, acho que não tenho nada para falar, mas provavelmente muitas coisas vão se esclarecer em breve. Por enquanto, a única coisa que o senhor pode fazer é esperar. Deve ser difícil, mas tudo tem seu tempo. Como o fluxo e o refluxo das marés. Ninguém pode mudar isso. Quando é preciso esperar, não podemos fazer nada além de esperar.

— Olhe, desculpe falar assim com a senhora, que está nos ajudando bastante com o gato, mas no momento não estou muito disposto a ouvir generalizações banais. Estou perdido, perdido *de verdade*. Tenho um mau pressentimento, mas não faço a menor ideia do que fazer. Estou tão abalado que não sei nem o que fazer depois de desligar o telefone. Enfim, o que quero são fatos concretos, por menores e mais insignificantes que sejam, entende? Fatos concretos, perceptíveis e palpáveis.

Ouvi o som de algo cair no chão no outro lado da linha, algo não muito pesado, como uma bolinha. Em seguida, ouvi o som de algo sendo esfregado. Parecia o barulho de um papel vegetal preso entre os dedos sendo puxado com força, de um lugar não muito perto nem muito distante do telefone. No entanto, Malta Kanô parecia não se importar com esses barulhos.

— Entendo. O senhor quer informações concretas — disse Malta Kanô, com uma voz monótona.

— Exatamente. Quero as informações mais concretas *possíveis*.

— O senhor precisa aguardar uma ligação.

— Estou sempre aguardando ligações.

— Provavelmente alguém cujo nome começa com "O" vai ligar daqui a pouco.

— Essa pessoa tem alguma informação a respeito de Kumiko?

— Isso já não sei. Só comentei porque o senhor disse que queria informações concretas, por mais insignificantes que fossem. Ah, mais uma coisa: em breve, vamos ter alguns dias com a meia-lua.

— Meia-lua? A senhora se refere à lua que flutua no céu?

— Sim. Eu me refiro à lua que flutua no céu. Bom, de qualquer forma, o senhor precisa esperar. Esperar é tudo. Então, até logo, sr. Okada — assim se despedindo, Malta Kanô desligou o telefone.

Eu peguei a agenda de contatos e abri a página dos nomes que começavam com a letra "O". O nome, o endereço e o número de telefone de quatro pessoas estavam escritos com a caligrafia pequena e caprichada de Kumiko. O primeiro da lista era o meu pai, Tadao Okada. Além dele, a página trazia Onoda, um amigo meu da época da faculdade, Ôtsuka, o dentista, e Ômura, a loja de bebidas alcoólicas que ficava perto de casa.

A Ômura podia ser eliminada logo. A loja ficava a uns dez minutos a pé de casa e, embora pedíssemos de vez em quando uma caixa de cerveja por telefone, não havia nenhuma relação entre os donos e nós. O dentista também podia ser eliminado. Eu fiz algumas consultas para tratar um dente dos fundos uns dois anos antes, mas Kumiko nunca chegou a pôr os pés no consultório. Desde que nos casamos, Kumiko não consultou um dentista uma única vez. Quanto a Onoda, fazia anos que não me encontrava com ele. Onoda começou a trabalhar num banco assim que se formou, foi transferido para uma agência em Sapporo, na província de Hokkaido, no segundo ano de trabalho, e desde então não saiu mais de lá. Só trocávamos cartões no Ano-Novo. Não conseguia me lembrar se Kumiko chegara a conhecer Onoda.

Só restou o meu pai, com quem Kumiko não tinha relação. Depois que minha mãe faleceu e meu pai casou de novo, não voltei a me encontrar com ele. Não trocávamos mais cartas, nem tampouco conversávamos por telefone. Além do mais, Kumiko nem o conhecia.

Ao folhear a agenda de contatos, notei com toda clareza como éramos um casal antissocial. Em seis anos de casamento, vivíamos isolados, enfurnados em casa, sem contato com quase ninguém do mundo exterior além dos colegas de trabalho.

Resolvi preparar outra vez espaguete para o almoço. Estava sem muita fome e quase sem nenhum apetite, mas não podia ficar sentado para sempre no sofá, esperando uma ligação que não sabia quando ia receber. Tinha que fazer alguma coisa, estabelecer alguma meta. Enchi a panela com água, acendi o fogão e, enquanto esperava a água ferver, comecei a fazer um molho de tomate, ouvindo rádio. Estava tocando uma das sonatas para violino sem acompanhamento de Bach. A execução era ótima, mas havia algo que me irritava naquela versão. Não sabia se a causa estava no intérprete ou no meu próprio estado de espírito. Seja como for, desliguei o rádio e continuei preparando o molho em silêncio. Deixei o azeite de oliva ferver, adicionei alho e em seguida a cebola picada para refogar. Quando a cebola começou a dourar, adicionei o tomate que tinha picado, já sem o excesso de umidade. Cortar e refogar os ingredientes era algo que me fazia bem. A realização dessas tarefas me proporcionava sensações concretas: eu ouvia sons, sentia cheiros.

Quando a água da panela ferveu, adicionei sal e um punhado de macarrão. Ajustei o timer para tocar em dez minutos e lavei a louça suja. No entanto, mesmo pronto, o espaguete não me abriu o apetite. Comi a metade com muito custo e joguei o resto no lixo. Coloquei o molho que sobrou em um pote e guardei na geladeira. Bom, azar, eu estava sem apetite mesmo.

Lembrei que, no passado, tinha lido em algum lugar sobre um homem que não parava de comer enquanto esperava algo. Fiquei tentando recordar onde tinha lido, por muito tempo, até que me lembrei: era em *Adeus às armas*, de Hemingway. O personagem principal (cujo nome me esqueci) atravessou a fronteira da Itália em um bote para se refugiar numa cidadezinha da Suíça e, enquanto aguardava a mulher dar à luz, ficava o tempo todo no café do outro lado da rua, sem parar de beber e comer. Não me lembrava quase nada do enredo do romance, só dessa cena já perto do final, quando o personagem comia quase sem parar enquanto esperava o parto da esposa num país estrangeiro. Eu me lembrava bem porque achava que a cena era de um realismo vigoroso. Ter um apetite voraz quando se está ansioso parecia mais real do ponto de vista literário do que não ter apetite nenhum.

No entanto, diferente de *Adeus às armas*, aguardar imóvel que algo acontecesse, observando os ponteiros do relógio na casa silenciosa, não me abria nenhum apetite. De repente, pensei que talvez me faltasse algo como uma dimensão literária, e por isso estava sem apetite. Senti que eu fazia parte de um romance mal escrito. "Você não é nada realista", eu tinha impressão de que alguém me acusava. E talvez com razão.

O telefone tocou antes das duas da tarde. Atendi sem demora.

— É da residência do sr. Toru Okada? — perguntou a voz grave e baixa de um desconhecido, provavelmente um homem jovem.

— É — respondi, com a voz um pouco tensa.

— É da residência do sr. Toru Okada, que fica na quadra 2-26?

— Sim.

— Ótimo. Aqui é da Ômura. Agradecemos pela sua preferência. Gostaria de ir à casa do senhor para receber o pagamento. Pode ser agora?

— Pagamento?

— Sim, consta em aberto o pagamento de duas caixas de cerveja e uma caixa de suco.

— Tudo bem, não pretendo sair imediatamente — respondi, pondo um fim à nossa conversa.

Depois de devolver o fone ao gancho, tentei lembrar se havia alguma informação de Kumiko nesse telefonema. Porém, observando de todos os ângulos, não passava de uma ligação prática e curta de alguém de uma loja de bebidas para falar sobre um pagamento em aberto. Sim, eu realmente tinha pedido cerveja e suco e recebido a encomenda. Trinta minutos depois o rapaz da loja apareceu e eu paguei o valor de duas caixas de cerveja e uma de suco.

Era um jovem simpático e me passou o recibo sorrindo.

— Sr. Okada, o senhor ficou sabendo do acidente de hoje de manhã? Aconteceu mais ou menos às nove e meia, em frente à estação.

— Acidente? — repeti, assustado. — Alguém se feriu?

— Uma menina pequena, atropelada por uma van que dava ré. Parece que o estado dela é grave. Eu passei no local pouco depois do acidente. Sabe, não é legal ver uma cena dessas logo pela manhã. Sempre fico com receio de criança pequena quando dirijo. E, para dar ré, não usamos o espelho. O senhor conhece a lavanderia em frente à estação? Então, foi na frente. Com tantos bicicletários e pilhas de caixas de papelão, a visibilidade sempre fica prejudicada por lá.

Depois que o rapaz da loja de bebidas foi embora, eu já não aguentava ficar em casa, sem fazer nada. Tinha impressão de que o interior da casa de repente ficara abafado, escuro e apertado. Calcei os sapatos e saí de casa. Não tranquei a porta, nem fechei as janelas, nem tampouco apaguei a luz da cozinha. Perambulei pela vizinhança sem rumo, chupando uma bala de limão. Porém, enquanto repassava mentalmente a conversa que tive com o rapaz da loja de bebidas, me lembrei de que precisava pegar as roupas na lavanderia da frente da estação. A blusa e a saia de Kumiko continuavam lá. *Eu estou sem a comanda, mas vou falar com o dono e ele vai dar um jeito*, pensei.

Aos meus olhos, a cidade pareceu um pouco diferente do normal. Todos os transeuntes por quem passava na rua tinham algo antinatural e artificial. Enquanto caminhava, observava o rosto de cada um. Pensava, por fim, em que tipo de pessoas eram. Onde será que moram, que tipo de família têm e que vida levam? Será que os homens dormem com mulheres fora de casa e vice-versa? Será que são felizes ou sabem que parecem artificiais?

Na frente da lavanderia ainda havia os resquícios do acidente: o contorno de giz branco provavelmente feito pela polícia e um grupo de curiosos reunidos para comentar sobre o acidente, com a fisionomia séria. Porém, o interior da lavanderia continuava igual. O toca-fitas preto de sempre rodava o mesmo tipo de música ambiente, o ar-condicionado de modelo antigo rosnava no fundo e o vapor do ferro subia até o teto. A música era "Ebb Tide", com Robert Maxwell na harpa. *Como seria bom se eu pudesse ir à praia*, pensei. Imaginei o cheiro da areia e o som das ondas se quebrando. Pensei nas gaivotas e na lata de cerveja bem gelada.

Eu disse ao dono da lavanderia que tinha me esquecido da comanda.

— Deixei aqui uma blusa e uma saia, se não me engano na sexta ou no sábado da semana passada.

— Sr. Okada, vou ver... — disse o dono, começando a folhear o caderno. — Ah, aqui está. Uma blusa e uma saia. Mas, sr. Okada, sua esposa já fez a retirada.

— É mesmo? — perguntei, assustado.

— Sim, ela buscou o pedido ontem de manhã. Lembro bem porque estava aqui e entreguei a encomenda para ela. Ela parecia estar a caminho do trabalho e me entregou a comanda.

Como fiquei sem palavras, me limitei a observar aquele rosto em silêncio.

— Pergunte a ela depois. Com certeza ela fez a retirada — explicou ele e, pegando o maço ao lado da caixa registradora, acendeu um cigarro com o isqueiro.

— Ontem de manhã... — repeti. — Tem certeza de que não foi à tarde?

— Tenho. Foi de manhã, mais ou menos às oito. Ela foi a primeira cliente do dia, por isso lembro bem. Quando a primeira cliente do dia é uma mulher jovem, a gente começa com o pé direito, não é?

Não consegui fazer uma expressão adequada, e a voz que saiu da minha boca nem parecia minha:

— Então tudo bem. Não sabia que ela tinha vindo pegar.

O dono da lavanderia assentiu, deu uma olhada rápida no meu rosto e voltou a passar o ferro, depois de apagar o cigarro, ao fim de duas ou três tragadas. Ele parecia interessado em alguma coisa que viu em mim. Parecia que queria falar algo, mas mudou de ideia. Eu também queria fazer algumas perguntas, Como Kumiko estava vestida quando veio pegar as roupas? Que bolsa usava?, mas estava confuso e com muita sede. Queria me sentar em algum lugar e tomar algo gelado. Sentia que, se não fizesse isso, não conseguiria pensar em mais nada.

Depois de sair da lavanderia, entrei num salão de chá nas redondezas e pedi um chá preto gelado. O interior do estabelecimento estava agradável e eu era o único cliente. A pequena caixa de som tocava "Eight days a week", dos Beatles, em arranjo de orquestra. Voltei a pensar na praia e me imaginei caminhando na areia, descalço, em direção às ondas. A areia estava quente, como se ardesse em chamas, e o vento carregava um pesado cheiro de sal. Eu respirava fundo e contemplava o céu. Ao levantar os braços, podia sentir o calor do sol de verão. As ondas geladas banhavam meus pés.

Quanto mais eu pensava, menos entendia essa história de Kumiko ter buscado as roupas na lavanderia antes de ir ao trabalho. Ela teria que pegar trens lotados carregando as roupas que tinham acabado de ser passadas. As roupas fatalmente ficariam amassadas. Kumiko era sensível a vincos e sujeira nas roupas e não faria uma coisa assim, sem sentido. Bastava passar na lavanderia na volta do trabalho. Se ficasse tarde, era só me pedir para buscar o pedido antes que o estabelecimento fechasse. Então, só havia uma possibilidade para ela ter agido assim. *Quando fez a retirada, Kumiko já não pretendia voltar para casa.* Ela deve ter ido para algum lugar levando a blusa e a saia. Assim, teria uma muda de roupa e podia comprar o que faltava em qualquer lugar. Ela tinha um cartão de crédito e de débito, uma conta bancária própria. Podia ir aonde bem entendesse, se tivesse vontade.

E devia estar com alguém — provavelmente com um homem. Caso contrário, que motivo teria para sair de casa?

Devia ser sério. Kumiko sumiu deixando tudo para trás. Roupas, sapatos, tudo. Ela gostava de comprar roupas e de se cuidar. Para sair de casa praticamente só com a roupa do corpo, provavelmente estava bem determinada. Ela saiu de casa sem hesitar — ao menos aparentemente —, levando apenas a blusa e a saia. Quem sabe, naquele momento, Kumiko nem tivesse pensado em coisas tão comuns quanto roupas.

Encostado na cadeira do salão de chá, ouvindo distraidamente a música de fundo esterilizada, imaginei Kumiko tentando pegar o trem lotado, carregando as roupas no cabide de arame dentro de um saco plástico da lavanderia. Lembrei da cor do vestido que ela usava e da fragrância da água-de-colônia atrás da orelha. Lembrei das suas costas perfeitas e lisas. Eu estava extenuado. Tinha a impressão de que, se fechasse os olhos, perambularia por um mundo completamente diferente do real.

2.
Nenhuma notícia boa neste capítulo

Depois que saí do salão de chá, perambulei mais um pouco sem rumo. Enquanto caminhava, comecei a passar mal por conta do intenso calor da tarde. Senti até calafrios, mas não queria voltar para casa. Diante da ideia de que precisaria esperar uma ligação hipotética, eu experimentava um sufoco insuportável.

A única coisa que me ocorreu foi fazer uma visita a May Kasahara. Ao voltar para casa, pulei o muro do quintal, passei pelo beco e me aproximei dos fundos da casa dela. Em seguida, fingi que observava o jardim com a estátua do pássaro de pedra, encostado no muro da casa desocupada. Se permanecesse de pé ali, May Kasahara acabaria me encontrando. Ela costumava espreitar o beco a partir do seu quarto ou enquanto tomava banho de sol no quintal, exceto quando fazia pesquisas para a fabricante de perucas.

A garota estava demorando a aparecer. Não havia nenhuma nuvem no céu. O sol de verão queimava a minha nuca. Do chão subia um forte cheiro de capim. Observando a estátua do pássaro, me lembrei da história contada pelo meu tio e tentei pensar no destino que tiveram os moradores daquela casa. No entanto, só consegui pensar no mar. No mar azul e gelado. Respirei fundo e olhei o relógio. Quando eu estava prestes a desistir, May Kasahara enfim apareceu. Ela atravessou o quintal e veio na minha direção, devagar. Usava camisa havaiana azul, short jeans e chinelos de borracha vermelhos. Ela ficou de frente para mim e sorriu por trás dos óculos escuros.

— Olá, Pássaro de Corda. E então, achou o gato? O Noboru Wataru?

— Ainda não — respondi. — Hoje você demorou a aparecer.

May Kasahara enfiou as mãos nos bolsos de trás do short e deu uma olhada à volta, achando engraçado.

— Ei, Pássaro de Corda, eu posso ter muito tempo livre, mas não fico o tempo todo com os olhos pregados no beco, de sol a sol. Também tenho coisas para fazer. Mas tudo bem, desculpe. Você está esperando há muito tempo?

— Não tanto. Mas não estava fácil ficar aqui com todo esse calor.

Depois de encarar meu rosto por um longo tempo, May Kasahara franziu a testa de leve.

— Que foi, Pássaro de Corda? Você está com uma cara horrível. Parece um defunto que acabou de ser desenterrado. Não é melhor você descansar um pouco na sombra?

Ela me pegou pela mão e me levou para o quintal da sua casa. Em seguida, carregou uma das espreguiçadeiras de lona para debaixo do pé de carvalho e me fez sentar. Os galhos verdes e exuberantes projetavam uma sombra fresca que tinha o perfume de vida.

— Está tudo bem, não tem ninguém em casa, como sempre. Não precisa se preocupar. Descanse um pouco, sem pensar em nada.

— Posso pedir uma coisa?

— Diga.

— Queria que você telefonasse para uma pessoa.

Tirei um caderninho e uma caneta do bolso e anotei o número de telefone da editora de Kumiko. Em seguida, rasguei e entreguei a página a May Kasahara. O caderninho de capa plástica estava um pouco pegajoso por causa do meu suor.

— Você poderia ligar para esse número e perguntar se Kumiko Okada foi trabalhar? Se não tiver ido hoje, pergunte se foi ontem. Só isso.

May Kasahara pegou e olhou a folha por um momento, mordendo os lábios. Depois, me encarou.

— Não se preocupe, vou fazer o que você me pediu. Encoste aí e descanse um pouco, sem pensar em nada. Eu já volto.

Depois que May Kasahara saiu, eu me recostei e fechei os olhos, como ela tinha sugerido. O suor brotava de todos os poros do meu corpo. Quando eu tentava pensar em algo, minha cabeça doía e parecia que havia um novelo dentro do meu estômago. De vez em quando, eu sentia ânsia de vômito. À minha volta, tudo estava em silêncio. *Já faz tempo que não ouço o pássaro de corda cantar*, lembrei de repente.

Quando foi a última vez? Acho que quatro ou cinco dias atrás. No entanto, eu não tinha certeza. Quando me dei conta da ausência, já não ouvia o seu canto. Talvez fosse um pássaro migratório. Pensando bem, fazia mais ou menos um mês que começamos a ouvir o seu canto. Durante o período, esse pássaro invisível continuou dando corda no pequeno mundo que habitávamos, todos os dias. Tinha sido a época do pássaro de corda.

Ao fim de uns dez minutos, May Kasahara voltou e me estendeu um copo grande repleto de cubos de gelo, que se entrechocaram. O som produzido pelos gelos me parecia vir de um mundo bem distante. Havia vários portões entre aquele mundo e o meu. Como todos os portões estavam abertos ao mesmo tempo, por acaso, eu tinha conseguido escutar o som. Mas era algo temporário: assim que um dos portões voltasse a se fechar, aquele som não chegaria mais até os meus ouvidos.

— É água com limão. Beba — ordenou ela. — Para sua cabeça melhorar.

Tomei metade e devolvi o copo. A água gelada desceu devagar pelo meu corpo, garganta abaixo. Não demorou para que uma nova e forte ânsia de vômito me atormentasse. O novelo do meu estômago tinha se desenrolado e subiu até a minha garganta. Eu fechei os olhos e tentei impedir que saísse. Ao fechar os olhos, o pensamento de Kumiko pegando o trem com a blusa e a saia invadiu minha mente. Pensei que talvez fosse melhor vomitar de vez. Mas não o fiz. Depois de respirar fundo algumas vezes, a ânsia diminuiu aos poucos até desaparecer.

— Você está bem? — perguntou May Kasahara.

— Estou.

— Bom, telefonei como você pediu. Falei que era parente dela, tudo bem?

— Tudo.

— Ela é sua esposa, não é, Pássaro de Corda?

— Sim.

— Parece que ontem ela não foi trabalhar — disse May Kasahara. — Ela não avisou nada e também não foi hoje. Por isso, ninguém lá sabe o que fazer, porque disseram que ela não costuma agir assim.

— Verdade. Ela não é do tipo que falta sem justificar.

— Ela está desaparecida desde ontem?

Eu assenti.

— Pobre Pássaro de Corda — lamentou ela, estendendo a mão e colocando na minha testa. Ela devia realmente me achar digno de pena. — Será que posso fazer alguma coisa por você?

— Acho que não. Pelo menos, não no momento. Obrigado, de qualquer maneira.

— Hum… Escute, você se incomodaria se eu fizesse mais perguntas? Ou melhor não?

— Pode perguntar. Só não sei se vou conseguir responder.

— A sua esposa saiu de casa para ficar com outro homem?

— Não sei. Talvez. Existe essa possibilidade.

— Mas vocês viveram juntos esse tempo todo, não? Mesmo morando com ela, você não sabe nem isso?

Ela tem razão, pensei. *Por que não sei nem isso?*

— Pobre Pássaro de Corda — repetiu ela. — Eu adoraria ter uma palavra de consolo para o momento, mas infelizmente não faço ideia de como é a vida de casado.

Eu me levantei da cadeira. Para isso, tive que fazer mais força do que imaginava.

— Obrigado por tudo. Você ajudou bastante. Agora tenho que ir — avisei. — Alguém pode ligar ou bater à porta de casa.

— A primeira coisa que você tem que fazer ao voltar para casa é tomar uma ducha. A primeira coisa, entendeu? Depois troque de roupa. Aproveite e também faça a barba.

— A barba?

Passei a mão no queixo. Realmente, eu tinha me esquecido de fazer a barba. A ideia nem me passara pela cabeça naquela manhã.

— São detalhes importantes, Pássaro de Corda — insistiu May Kasahara, me encarando. — Quando chegar em casa, se olhe no espelho com calma.

— Está bem.

— Posso visitar você mais tarde?

— Pode, sim. Acho que sua presença vai me ajudar bastante.

May Kasahara assentiu em silêncio.

Voltei para casa e me olhei no espelho. Realmente eu estava com um aspecto horrível. Tirei a roupa, tomei uma ducha, lavei o cabelo e fiz a barba. Depois escovei os dentes, passei loção no rosto e me encarei outra vez no espelho. Aparentemente, estava com um aspecto um pouco melhor. Eu não sentia mais enjoo. Só minha cabeça ainda estava meio zonza.

Vesti uma polo limpa e um short. Sentado no alpendre, apoiei as costas no pilar e sequei o cabelo, observando o quintal. Tentei organizar os acontecimentos dos últimos dias. Primeiro, a ligação do primeiro-tenente Mamiya, ontem de manhã — sim, sem dúvida, ontem de manhã. Depois, a saída de Kumiko, que me pediu para fechar o zíper do seu vestido. Em seguida, a embalagem da água-de--colônia. Na sequência, a visita do primeiro-tenente Mamiya, que narrou aquela história estranha dos seus tempos de guerra, quando foi capturado pelos soldados mongóis e foi parar em um poço. Ele me entregou a recordação que o sr. Honda deixara para mim: apenas uma caixa vazia. À noite, Kumiko não voltou para casa. Porém, na manhã do mesmo dia, tinha passado para pegar suas roupas na lavanderia em frente à estação, antes de desaparecer sem deixar rastros e sem avisar os colegas de trabalho. Tudo isso acontecera ontem.

Era difícil acreditar que tudo isso tivesse acontecido em um único dia. Era muita coisa.

Repassar todos esses acontecimentos me deu muito sono, um sono anormal e tão intenso que chegava a ser violento. Como alguém que arrancasse as roupas de uma pessoa indefesa, o sono estava tentando arrancar de mim a consciência desperta. Fui para o quarto sem pensar em nada, tirei a roupa e me deitei na cama só de cueca. Tentei ver o relógio da mesa da cabeceira, mas nem sequer tive forças para virar a cabeça para o lado. Fechei os olhos e logo mergulhei rapidamente num sono profundo.

No sonho, eu fechava o zíper do vestido de Kumiko. Via as suas costas brancas e lisas. Porém, ao terminar, percebia que não era Kumiko, e sim Creta Kanô. Eu estava sozinho com ela no quarto.

Era o mesmo quarto do sonho anterior. Uma suíte de hotel. Sobre a mesa havia uma garrafa de Cutty Sark e dois copos. Havia também um balde de aço inoxidável cheio de gelo. Do lado de fora da porta, alguém passou pelo corredor falando alto. Não consegui entender direito, mas parecia um idioma estrangeiro. No teto, havia um lustre apagado. Apenas as lâmpadas das paredes iluminavam o ambiente, com uma luz fraca. As pesadas cortinas estavam completamente fechadas.

Creta Kanô usava um dos vestidos de verão de Kumiko: azul-claro, com estampas de pássaros que pareciam rendadas. O vestido chegava até um pouco acima do joelho. Como sempre, estava maquiada à la Jacqueline Kennedy e, no pulso esquerdo, usava dois braceletes que formavam um conjunto.

— Onde arranjou esse vestido? É seu? — perguntei.

Creta Kanô se virou para mim e balançou a cabeça negativamente. Quando fazia esse movimento, as pontas do cabelo ondulado balançavam com graça.

— Não, não é meu. Só peguei emprestado. Mas não se preocupe, sr. Okada, não estou prejudicando ninguém.

— Afinal, onde estamos? — perguntei.

Creta Kanô não respondeu. Como no sonho anterior, eu usava terno e gravata de bolinhas. Estava sentado na cama.

— O senhor não precisa pensar em nada, sr. Okada — disse Creta Kanô. — Não se preocupe, vai dar tudo certo. Fique tranquilo.

Como da outra vez, ela abaixou o zíper da minha calça, tirou o meu pênis e colocou na boca. Só que, diferentemente da outra vez, ela não se despiu. Creta Kanô permaneceu com o vestido de verão de Kumiko. Eu tentei me movimentar, mas o meu corpo não respondeu, como se estivesse preso por uma linha invisível. O meu pênis logo enrijeceu dentro da boca de Creta.

Vi os cílios postiços e as pontas do cabelo ondulado de Creta Kanô balançarem. Os dois braceletes produziram sons secos. Com a língua comprida e macia, ela me lambeu como se enrolasse, se embrenhasse em mim. Quando eu estava perto de gozar, ela se afastou de repente. E tirou as minhas roupas, devagar. Tirou o terno, a gravata, a calça, a camisa, a cueca e, quando eu estava completamente nu, me deitou de costas na cama. Ela não tirou a própria roupa. Ela se sentou na cama, pegou a minha mão e, devagar, conduziu para debaixo do seu vestido. Estava sem calcinha. Os meus dedos sentiram o calor da vagina, que era profunda, quente e muito úmida. O meu dedo entrou sem nenhuma resistência, como se fosse sugado para dentro.

— Ouça, Noboru Wataya já vai chegar, não é? Você não está esperando por ele? — perguntei.

Creta Kanô se manteve em silêncio e pousou a mão na minha testa.

— O senhor não precisa pensar em nada, sr. Okada. Vamos cuidar de tudo. Deixe para nós.

— *Nós?* — repeti.

Ela não respondeu. Montou em mim, pegou o meu pênis duro e introduziu nela. Quando ele estava bem fundo, ela começou a mover o quadril, devagar. Como se respondesse ao movimento do corpo dela, a barra do vestido azul-claro acariciava a minha barriga e as minhas pernas nuas. Montada em mim com a barra do vestido aberta, Creta Kanô parecia um grande cogumelo macio, uma criptógama abrindo suas fibras silenciosamente debaixo das asas da noite e surgindo sobre as folhas caídas sem fazer barulho. A vagina dela era quente, convidativa e envolvente. Mas ao mesmo tempo era gelada e tentava me expelir. Dentro dela, meu pênis enrijeceu e cresceu mais ainda, parecendo que ia explodir. Era uma sensação curiosa, algo que transcendia o desejo e o prazer. Eu tinha a impressão de que algo de dentro dela, algo especial, entrava sorrateiramente dentro de mim, aos poucos, atravessando o meu pênis.

Creta Kanô balançava o corpo para a frente e para trás, em silêncio, como se devaneasse, com os olhos fechados e o queixo levemente levantado. Eu podia ver o peito dela sob o vestido inchar e diminuir, seguindo o ritmo de sua respiração. Alguns fios de cabelo caíam na sua testa. Eu me imaginei boiando sozinho no meio de um imenso oceano. Fechei os olhos, prestei atenção e tentei ouvir o barulho das pequenas ondas que batiam em meu rosto. O meu corpo estava completamente envolto na água tépida do mar. A corrente se movia sem pressa. Eu boiava e estava sendo carregado para algum lugar. Resolvi não pensar em nada, como Creta Kanô tinha recomendado. Fechei os olhos, relaxei o corpo e fui levado pela corrente.

Quando dei por mim, o quarto estava completamente escuro. Olhei ao redor, sem conseguir enxergar quase nada. As lâmpadas estavam todas apagadas. Eu via vagamente o contorno do vestido azul de Creta Kanô balançar sem pressa sobre o meu corpo. "Esqueça", disse ela. Só que não era a voz de Creta Kanô. "Esqueça tudo. Como se dormisse e sonhasse, deitado no barro quentinho. Todos surgimos do barro e vamos retornar para lá um dia."

Era a voz da mulher do telefonema. Quem estava transando comigo era ela, também usando o vestido de Kumiko. Creta Kanô e ela tinham trocado de lugar sem que eu percebesse. Tentei falar alguma coisa. Não sabia o quê. Apesar disso, tentei falar alguma coisa. Mas estava muito confuso e não conseguia emitir nenhum som. A única coisa que consegui expelir foi um pouco de hálito quente. Abri bem os olhos e tentei distinguir o rosto da mulher que estava montada em mim, mas o quarto estava escuro demais.

A mulher não disse mais nada e começou a movimentar o quadril de modo ainda mais gostoso. A vagina macia dela envolvia e apertava meu pênis com carinho, como se fosse um organismo vivo autônomo. Ouvi o barulho da maçaneta da porta sendo girada atrás dela. Teria sido apenas impressão? Algo branco brilhou no meio do breu. Talvez o balde com gelos sobre a mesa tenha refletido a luz do corredor. Talvez fosse o brilho de um objeto afiado e cortante. Mas não consegui pensar em mais nada. E gozei.

Tomei um banho e aproveitei para lavar à mão a cueca suja de sêmen. Poxa vida, por que eu preciso ter sonhos eróticos em um momento complicado desses?

Vesti outra roupa limpa e fui mais uma vez ao alpendre observar o quintal. Os ofuscantes raios de sol dançavam na sombra das folhas verdes e exuberantes. Por conta das últimas chuvas, o mato tinha um tom de verde bem forte e brotava em alguns pedaços do chão, projetando no quintal uma sombra sutil de desânimo e estagnação.

Outra vez com Creta Kanô. Era a segunda vez que gozava em um sonho erótico e, nas duas vezes, com Creta Kanô. Até agora não tinha desejado dormir com ela. Era algo que não tinha passado nem de relance pela minha cabeça. Ainda assim, em sonhos, estava sempre transando com ela naquela suíte. Não sabia o porquê. E quem afinal seria aquela misteriosa mulher do telefonema que trocou de lugar com Creta Kanô no meio da relação? Ela dizia que me conhecia e jurava que a recíproca era verdadeira. Tentei me lembrar de todas as minhas parceiras sexuais. Nenhuma era a mulher do telefonema. Mesmo assim, tinha alguma coisa a respeito dela que permanecia nebuloso na minha cabeça. E isso me incomodava.

Eu tinha a impressão de que alguma lembrança estava tentando sair de uma caixa apertada. Era *algo* que eu sentia se mexer de maneira desajeitada. Bastava uma pequena pista. Bastava puxar uma única linha, e todo o resto se desenredaria com facilidade. Era algo que esperava ser desenredado por mim. Só que eu não estava conseguindo achar a linha fina.

Enfim desisti de pensar. "Esqueça tudo. Como se dormisse e sonhasse, deitado no barro quentinho. Todos surgimos do barro e vamos retornar para lá um dia."

Até as seis da tarde não recebi nenhuma ligação. Em compensação, May Kasahara veio me ver. Como ela disse que estava com vontade de tomar um gole de cerveja, peguei uma garrafa da geladeira e a dividimos. Acabei ficando com fome e preparei um sanduíche de presunto e alface para mim. Quando comecei a comer, May Kasahara disse que queria também. Então preparei um para ela. Comemos os sanduíches em silêncio e tomamos cerveja. De vez em quando, eu olhava o relógio da parede.

— Não tem TV nesta casa? — perguntou May Kasahara.

— Não — respondi.

A garota mordeu de leve o lábio.

— Bom, eu já imaginava que aqui não deveria ter TV. Você não gosta de TV?

— Não é que não goste, mas não sinto falta.

May Kasahara pensou um pouco a respeito.

— Você está casado há quanto tempo, Pássaro de Corda?

— Seis anos.

— E vocês viveram esse tempo todo sem TV?

— Sim. No começo não tínhamos condições de comprar uma, mas depois acabamos nos acostumando a viver sem. É bom por causa do silêncio.

— Acho que vocês eram felizes.

— Por que acha isso?

May Kasahara franziu a testa.

— Eu não aguentaria ficar sem TV nem por um dia.

— Porque você é infeliz?

May Kasahara não respondeu à minha pergunta.

— Mas Kumiko ainda não voltou para casa. Por isso o Pássaro de Corda não está tão feliz assim.

Eu assenti e tomei um gole de cerveja.

— Bem, é isso.

Bem, era isso. Ela colocou um cigarro na boca e acendeu com fósforo, como se estivesse acostumada a fazer isso.

— Olha, quero que você seja bem sincero comigo. Você me acha feia? — perguntou ela.

Deixei o copo de cerveja e observei o rosto de May Kasahara. Até então, eu estava pensando em outras coisas enquanto conversávamos. Como ela usava uma regata preta um pouco folgada, quando se abaixava, eu conseguia ver a parte superior dos seus seios de adolescente que estavam começando a crescer.

— Você não é nada feia. Pode ter certeza. Por que uma pergunta dessas?

— O meu ex-namorado vivia me chamando de feia. Dizia também que tenho peitos pequenos.

— O mesmo do acidente de moto?

— Ele mesmo.

Eu observei May Kasahara expelir a fumaça, devagar.

— Os meninos dessa idade costumam falar essas coisas. Como ficam com vergonha de expressar o que sentem, falam de propósito coisas opostas ao que pensam. Agindo assim, acabam se machucando e magoando os outros, sem nenhuma razão. Mas você não é nada feia. Acho você uma gracinha. De verdade. Não estou falando da boca para fora.

May Kasahara pensou a respeito por um momento. Jogou as cinzas do cigarro na garrafa vazia de cerveja.

— A sua esposa é bonita, Pássaro de Corda?

— Bem, eu não sei direito. Alguns acham, outros não. É questão de preferência.

— Hum… — fez May Kasahara, batucando no copo com a unha, como se estivesse entediada.

— E o que aconteceu com o seu namorado da moto? Vocês não saem mais?

— Não — respondeu ela, tocando a cicatriz do lado do olho esquerdo de leve. — Nunca mais vou sair com ele. Com certeza absoluta. Duzentos por cento de certeza. Posso apostar o dedinho do meu pé direito. Mas não quero falar muito sobre isso agora. Sabe, dependendo do assunto, quando a gente começa a falar, acaba mentindo. Entende o que quero dizer, Pássaro de Corda?

— Acho que sim — respondi.

Dei uma olhada no aparelho telefônico da sala, que estava envolvido por uma camada de silêncio e parecia um ser das profundezas do mar, aguardando uma presa, encolhidinho e camuflado.

— Ei, Pássaro de Corda, um dia eu conto sobre o meu namorado. Quando estiver a fim. Mas não agora. Estou sem a mínima vontade — comentou ela, olhando o relógio de pulso. — Bom, eu tenho que ir. Obrigada pela cerveja.

Acompanhei May Kasahara até o muro do quintal. A lua quase cheia derramava raios de luz sobre o chão. Ao olhar para a lua, lembrei que se aproximava o período de menstruação de Kumiko. Porém, em breve, isso talvez não fosse mais da minha conta. Ao pensar nessa hipótese, uma sensação estranha me assolou, como se o meu corpo fosse preenchido por um líquido desconhecido. Era uma sensação parecida com tristeza.

Com as mãos no muro, May Kasahara me encarou.

— Você ama Kumiko, não é mesmo, Pássaro de Corda?

— Acho que sim.

— Se ela tiver um amante e estiver com ele agora, você vai continuar amando? Se ela disser que quer voltar, você vai aceitá-la de volta, Pássaro de Corda?

Eu suspirei.

— É uma pergunta difícil. Se isso acontecer, vou ter que pensar bem.

— Talvez eu esteja falando demais — disse May Kasahara, estalando a língua de leve. — Não fique bravo comigo. Eu só queria saber o que leva uma esposa a sair de casa de repente. Sabe, há muitas coisas que eu não sei.

— Não estou bravo — respondi, olhando de novo a lua quase cheia.

— Então boa sorte, Pássaro de Corda. Espero que sua esposa volte e fique tudo bem.

Ao fim dessas palavras, May Kasahara pulou o muro de modo bastante ágil, me deixando admirado, e desapareceu no meio da noite de verão.

Depois que May Kasahara se foi, voltei a ficar completamente só. Sentado no alpendre, pensei nas perguntas feitas por ela. Se Kumiko tivesse um amante e estivesse com ele, eu conseguiria aceitá-la de volta? Eu não sabia. *Mesmo*. Havia muitas coisas que eu não sabia.

O telefone tocou abruptamente. Atendi sem demora, como por reflexo.

— Alô? Aqui é Malta Kanô. Desculpe incomodá-lo tantas vezes ao dia, sr. Okada… De qualquer maneira, por acaso o senhor teria algum compromisso para amanhã?

Respondi que não, que não tinha nada parecido com um compromisso, pelo menos por enquanto.

— Então será que poderíamos nos encontrar amanhã, mais ou menos na hora do almoço?

— O encontro teria alguma relação com Kumiko?

— Acho que poderia dizer que sim — respondeu Malta Kanô, escolhendo as palavras com cuidado. — Tem mais uma coisa: acredito que o sr. Noboru Wataya estará presente também.

Ao ouvir isso, quase derrubei o fone no chão.

— Então significa que nós três vamos nos encontrar para uma conversa?

— Receio que sim. Neste caso, é preciso. Por telefone, não posso explicar mais detalhes.

— Entendi. Está bem.

— Então que tal marcarmos à uma, no mesmo lugar da outra vez? No café do Pacific Hotel, em frente à estação de Shinagawa.

— À uma, no café do Pacific Hotel — repeti. E desliguei o telefone.

Às dez da noite, recebi uma ligação de May Kasahara. Ela não tinha nenhum assunto específico: só queria conversar com alguém. Falamos de coisas leves por um tempo. No final, ela perguntou:

— E aí, Pássaro de Corda, recebeu alguma notícia boa?

— Não — respondi. — Não recebi nenhuma notícia boa.

3.
Discurso de Noboru Wataya, história dos macacos da ilha indecente

Cheguei ao café com mais de dez minutos de antecedência em relação ao horário combinado, uma hora da tarde, mas Noboru Wataya e Malta Kanô já estavam sentados à mesa, me esperando. Como ainda era horário de almoço, o salão estava cheio, mas consegui encontrar Malta Kanô sem dificuldade. Poucas pessoas no mundo usam chapéu vermelho de vinil no início da tarde de um dia ensolarado de verão. O chapéu que ela usava devia ser o mesmo do nosso primeiro encontro, a não ser que ela tivesse uma coleção de chapéus de vinil de formato e cor iguais. Como da outra vez, ela usava um figurino simples mas de bom gosto. Jaqueta de linho de mangas curtas sobre uma camisa de algodão com gola redonda. A jaqueta e a camisa eram brancas, sem nenhum amassado. Nada de acessórios nem de maquiagem. Somente o chapéu vermelho de vinil — o material e o efeito que causava — destoava completamente do resto. Quando eu me aproximei, ela tirou o chapéu e o colocou na mesa, como se esperasse esse momento. Ao lado do chapéu, repousava uma pequena bolsa amarela de couro. Diante de Malta Kanô, havia uma bebida que parecia água tônica, praticamente intocada, como da outra vez. Dentro do copo, o líquido parecia incomodado, não tinha nada melhor a fazer do que bolhas.

Assim que me sentei, Noboru Wataya tirou os óculos escuros e observou as lentes em silêncio, mas logo voltou a colocá-los. Usava uma jaqueta esportiva de algodão azul-escuro sobre uma polo branca que parecia novinha em folha. Na sua frente, havia um copo de chá preto gelado, também praticamente intocado.

Eu pedi um café e bebi um pouco de água gelada.

Por um momento, ninguém abriu a boca. Noboru Wataya parecia nem ter notado a minha chegada. Para me certificar de que eu não estava invisível, estendi a mão sobre a mesa e a virei algumas vezes. Finalmente o garçom chegou, colocou uma xícara diante de mim e serviu o café do bule. Depois que o garçom se retirou, Malta Kano deu uma pequena tossida, como se verificasse o som do microfone. Porém, não falou nada.

Noboru Wataya foi o primeiro a se manifestar.

— Como tenho pouco tempo, vamos falar da maneira mais simples e direta possível — disse.

Ele parecia se dirigir ao açucareiro de aço inoxidável no centro da mesa, mas naturalmente falava para mim. O açucareiro entre nós apenas cumpria uma questão de conveniência.

— Vamos falar da maneira mais simples e direta sobre o quê? — perguntei de uma vez.

Por fim, Noboru Wataya tirou os óculos escuros, desta vez os colocou sobre a mesa, e me fitou. Embora fizesse mais de três anos que não nos encontrávamos, nem de longe parecia que tinha passado tanto tempo assim. Provavelmente porque eu via aquele rosto na TV e nas revistas de tempos em tempos. Querendo ou não, gostando ou não, certo tipo de informação acaba penetrando na nossa consciência e nos nossos olhos, como fumaça.

Entretanto, observando-o de perto, percebi que sua fisionomia tinha mudado muito nos últimos três anos. Aquela coisa meio estagnada que antes eu percebia, bem difícil de ser explicada, fora oculta em algum recanto e dera lugar a algo novo, artificial e inteligente. Em palavras simples, Noboru Wataya tinha adquirido uma nova máscara, mais sofisticada. Era uma máscara bem-acabada, sem sombra de dúvida. Talvez fosse uma espécie de pele nova. Independentemente de ser máscara ou pele, eu precisava admitir que notei certo tipo de magnetismo dentro desse *algo* novo. *Parece que estou vendo uma tela de TV*, pensei. Ele falava e se movia como os profissionais da TV. Senti que continuava existindo um vidro entre nós. Eu estava deste lado, e ele, do outro.

— Provavelmente você já sabe, mas vamos falar de Kumiko — disse Noboru Wataya. — Do que vocês vão fazer de agora em diante.

— Do que nós vamos fazer? Como assim? — falei, pegando a xícara para tomar um gole de café.

Noboru Wataya me encarou com os olhos que curiosamente careciam de expressão.

— "Como assim"? Vocês não podem continuar nessa situação. Afinal, Kumiko tem outro homem, saiu de casa e abandonou você. Uma situação dessas não é confortável para ninguém.

— Tem outro homem? — repeti.

— Um momento, senhores, por favor — interveio Malta Kanô. — Uma conversa dessas precisa seguir a ordem cronológica. Sr. Wataya, sr. Okada, vamos falar dos acontecimentos na ordem.

— Que ordem? — rebateu Noboru Wataya, com voz monótona. — Por que essa conversa precisa de uma ordem?

— Vamos deixar ele falar primeiro — sugeri a Malta Kanô. — Depois colocamos ordem nos acontecimentos, se existir uma, é claro.

Com os lábios levemente fechados, Malta Kanô ficou me medindo por um tempo, até que assentiu de leve.

— Está bem. Então poderia recomeçar, sr. Wataya?

— Kumiko tinha outro homem e agora saiu de casa para ficar com ele. Ponto. Então, o casamento de vocês não faz mais sentido. Por sorte, vocês não tiveram filhos e, considerando diversos fatores, não há necessidade de negociar muito dinheiro no divórcio. Podemos resolver o caso com facilidade, basta dar entrada na papelada. Você só precisa assinar e carimbar o documento preparado pelo advogado e tudo estará resolvido. Ah, só para deixar claro, essa é a decisão final da família Wataya.

Eu cruzei os braços e refleti por um momento.

— Tenho algumas perguntas. Primeiro, como você sabe que Kumiko tem outro homem?

— Ela me contou — respondeu Noboru Wataya.

Eu não sabia o que dizer e fiquei calado por um tempo, com as mãos sobre a mesa. Não entendia ao certo por que Kumiko contaria algo assim para Noboru Wataya.

— Kumiko me ligou uma semana atrás, mais ou menos, e disse que precisava falar comigo — prosseguiu Noboru Wataya. — Então nos encontramos e conversamos. Nessa oportunidade, ela me disse com toda clareza que estava saindo com outro homem.

Pela primeira vez em muito tempo, fiquei com vontade de fumar. Porém, naturalmente, eu não tinha cigarro. Em vez de fumar, tomei um gole de café e devolvi a xícara ao pires, o que provocou um barulho seco, TOC.

— E Kumiko saiu de casa — acrescentou ele.

— Eu percebi. Bom, se você está falando, deve ser isso mesmo. Kumiko deve ter um amante. E deve ter ido conversar com você a respeito. Eu ainda não consigo acreditar direito, mas imagino que você não teria coragem de inventar uma história dessas.

— Claro que não. É a pura verdade — disse Noboru Wataya, cujos lábios até esboçavam um sorriso.

— Então Kumiko tem outro homem e eu deveria concordar com o divórcio. É só isso que você tem a me dizer?

Noboru Wataya assentiu de leve uma vez, como se quisesse economizar energia.

— Provavelmente você já sabe, mas eu nunca concordei com esse casamento. Como não era da minha conta, eu não me manifestei na época, mas hoje penso que deveria ter me posicionado com clareza — disse ele, tomando um gole de água e devolvendo silenciosamente o copo à mesa. — Desde a primeira vez que nos encontramos, não depositei nenhuma esperança em você. Senti que você não carregava nada de positivo, que não tinha nenhuma vontade de realizar alguma coisa, de ser uma pessoa decente. Não havia nada que brilhasse, nem vontade de produzir algum brilho. Pensei que você só faria coisas pela metade, não conseguiria concluir nada. E foi exatamente o que aconteceu. Vocês estão casados há seis anos. O que você fez nesse tempo? Nada, não é? Nada além de abandonar o emprego e tornar a vida de Kumiko ainda mais complicada. Hoje você não tem trabalho nem projeto de vida. Para ser bem claro, você não tem nada na cabeça, nada além de lixo e entulho.

"Até hoje não entendo direito por que Kumiko se casou com você. Talvez ela tenha se interessado justamente por esse lixo e por esse entulho. Só que, no final das contas, lixo não passa de lixo e entulho não passa de entulho. Falando de outro jeito, desde o começo os botões estavam em casas erradas. É claro que Kumiko também tem os problemas dela. Por conta de alguns fatores, ela tem uma personalidade um pouco estranha desde a infância. Acho que por isso ela se sentiu atraída por você. Mas tudo isso já ficou para trás. Enfim, uma vez que a situação é essa, o melhor a fazer é resolver as coisas quanto antes. Eu e meus pais vamos pensar no que fazer com Kumiko. Não queremos mais que você se aproxime. Não tente saber do paradeiro dela. Já não é mais problema seu. Se você se intrometer, as coisas só vão ficar ainda mais complicadas. Você deve recomeçar uma vida que combine mais com você em outro lugar. Assim vai ser melhor para todos."

Para demonstrar que tinha terminado de falar tudo que queria, Noboru Wataya tomou toda a água que restava no copo e chamou o garçom para pedir mais água.

— Você quer falar mais alguma coisa? — perguntei.

Noboru Wataya balançou a cabeça de leve, negativamente, só uma vez.

— E então. Qual será a ordem dessa história? — perguntei para Malta Kanô.

Ela retirou da bolsa um pequeno lenço branco e limpou a boca. Em seguida, pegou o chapéu vermelho de vinil da mesa e o colocou sobre a bolsa.

— Imagino que o senhor esteja chocado com o que ouviu — comentou Malta Kanô. — Para mim também é muito doloroso falar sobre isso. Acho que o senhor me entende.

Noboru Wataya deu uma olhada no relógio de pulso para se certificar de que a terra continuava a sua rotação e que ele estava perdendo o seu precioso tempo.

— Enfim… — prosseguiu Malta Kanô. — Como combinado, vou falar de maneira simples e direta. A sua esposa veio me procurar primeiro, para pedir conselhos.

— Por meu intermédio — acrescentou Noboru Wataya. — Kumiko me procurou por causa do gato, e eu apresentei as duas.

— Isso foi antes ou depois do nosso encontro? — perguntei a Malta Kanô.

— Antes — respondeu ela.

— Então, para colocar a história em ordem cronológica, seria mais ou menos assim: por intermédio de Noboru Wataya, Kumiko conhecia a senhora e a procurou para pedir conselhos sobre o gato desaparecido. Depois, por alguma razão, ela omitiu que vocês duas se conheciam e me pediu para conversar com a senhora. Então eu vim e nós tivemos uma conversa aqui, neste mesmo café. Seria um bom resumo?

— Sim, é mais ou menos isso — admitiu Malta Kanô, meio sem jeito. — No começo, ela só queria saber do gato. Mas eu senti que o problema poderia ser mais fundo. Por isso, solicitei um encontro com o senhor para uma conversa frente a frente. Depois precisei me encontrar outra vez com a sua esposa para abordar *questões profundas e pessoais*.

— Foi nessa ocasião que Kumiko disse que tinha um amante?

— Bom, poderia dizer que sim. Agora, até pela minha posição, não posso contar os detalhes — explicou Malta Kanô.

Eu suspirei. Suspiros não adiantavam de nada, mas eu não podia evitar.

— E há quanto tempo Kumiko saía com esse homem?

— Acho que uns dois meses e meio, mais ou menos.

— Dois meses e meio — repeti. — Por que não notei nada durante todo esse tempo?

— É porque o senhor não desconfiava nem um pouco da sua esposa, sr. Okada — disse Malta Kanô.

Eu assenti.

— É, a senhora tem razão. Eu nunca desconfiei dela. Não imaginava que Kumiko seria capaz de mentir para mim desse jeito e até agora não consigo acreditar direito.

— Sem entrar no mérito das consequências, conseguir confiar totalmente em alguém é uma das qualidades mais belas de um ser humano — observou Malta Kanô.

— Não é para qualquer um — disse Noboru Wataya.

O garçom se aproximou e serviu mais café na minha xícara. Uma moça ria alto na mesa ao lado.

— Bom, mas qual era mesmo o propósito desse nosso encontro? — perguntei a Noboru Wataya. — Por que nós três estamos reunidos aqui? Para que eu me convença a aceitar o divórcio ou tem algum objetivo mais profundo? A história que você me contou parece lógica à primeira vista, mas há muitas pontas soltas. Você disse que Kumiko tem outro homem e por isso saiu de casa. Então para onde ela foi? Onde ela está agora e o que está fazendo? Está sozinha ou com *esse homem*? Por que Kumiko não entra em contato comigo? Se ela tem outro homem, não posso fazer nada. Mas eu quero que Kumiko me conte isso pessoalmente. Enquanto isso não acontecer, não vou acreditar nessa história. Veja bem, Kumiko e eu somos as partes interessadas. Logo, nós dois vamos sentar e decidir o que fazer. Esse assunto não é da sua conta.

Noboru Wataya empurrou o copo de chá gelado intocado.

— Nós estamos aqui para *informar* você. Eu solicitei a presença da sra. Kanô porque achei melhor que uma terceira pessoa estivesse presente. Eu não sei quem é o amante de Kumiko nem onde ela está agora. Ela já é adulta e faz o que bem entender. Aliás, mesmo que eu soubesse, não contaria para você. Agora, se Kumiko não entrou em contato, é porque não quer falar com você.

— Ah, e com você ela quis? Até onde me lembre, vocês dois não eram tão próximos assim.

— Se Kumiko era tão próxima de você, por que ela dormiu com outro homem? — disparou Noboru Wataya.

Malta Kanô deu uma leve pigarreada.

— Kumiko disse que estava tendo um caso com outro homem. E que queria resolver todas as questões. Eu aconselhei o divórcio. Ela disse que iria pensar a respeito — disse Noboru Wataya.

— Foi só isso? — perguntei.

— Teria mais alguma coisa?

— Eu não consigo entender. Para ser sincero, não consigo nem imaginar Kumiko procurando você só para falar sobre isso. Sem querer ofender, mas Kumiko não procuraria você para falar de algo tão importante. Ela tomaria a decisão sozinha ou falaria direto comigo. Tem certeza de que ela não tinha outro assunto para tratar com você? Um assunto para ser tratado pessoalmente?

Noboru Wataya esboçou um leve sorriso, fino e gelado como uma lua crescente que flutua no céu da madrugada.

— Você está revelando sua natureza sem perceber — alfinetou ele, com voz baixa, mas bem sonora.

— Revelando sua natureza sem perceber — repeti, tentando entender a expressão.

— E não é verdade? A sua esposa traiu você, saiu de casa e, mesmo assim, você está querendo colocar a culpa em outras pessoas. Nunca ouvi um disparate desses. Não vim aqui por prazer, mas porque não tive escolha. Tudo isso é um desperdício. É como jogar o tempo no esgoto.

Depois que ele parou de falar, houve um profundo silêncio.

— Você conhece a história dos macacos da ilha indecente? — perguntei a Noboru Wataya.

Noboru Wataya balançou a cabeça como se não tivesse interesse.

— Não.

— Em algum lugar bem distante, existe uma ilha indecente. Ela não tem nome, porque nem merece um. É uma ilha indecente e tem um formato bem indecente. Lá, palmeiras de formato indecente produzem cocos de cheiro indecente. Nessa ilha, moram macacos indecentes que adoram o coco de cheiro indecente e fazem cocôs indecentes. Os seus cocôs cultivam o solo indecente que torna os pés de palmeira ainda mais indecentes. Esse é o ciclo da ilha.

Eu tomei o resto do café e continuei falando para Noboru Wataya.

— Olhando para você, me lembrei dessa ilha. O que estou querendo dizer é que certo tipo de indecência, de estagnação, de sombra reproduz seu próprio ciclo com sua própria força. Passando de um determinado ponto, ninguém consegue mais interromper esse processo. *Mesmo que a própria pessoa queira.*

Noboru Wataya não demonstrava nenhuma emoção no rosto. O seu sorriso já tinha desaparecido e não havia nenhuma sombra de irritação, apenas uma linha entre as sobrancelhas que parecia uma pequena ruga. Eu não conseguia lembrar se aquela linha já estava ali antes.

Eu continuei:

— Veja bem, eu sei muito bem que tipo de pessoa você é *na realidade.* Você diz que eu sou como lixo ou entulho e acha que, querendo, consegue me aniquilar sem maiores problemas. Só que as coisas não são tão simples assim. Para você, segundo os seus valores, talvez eu não passe de lixo ou entulho. Mas eu não sou tão tolo como você imagina. Eu sei muito bem o que há por trás dessa sua máscara lisinha voltada para a TV, voltada para os telespectadores. Conheço o segredo que está escondido aí. Kumiko conhece, e eu também. Se eu quiser, posso revelar e tornar público esse mistério. Pode levar tempo, mas eu consigo fazer isso. Talvez eu seja uma pessoa insignificante, mas não sou um saco de pancada. Sou um ser humano. Se eu apanhar, vou revidar. Acho melhor você não se esquecer disso.

Noboru Wataya não disse nada e se limitou a me encarar em silêncio com o seu rosto sem expressão, que parecia um pedaço de pedra flutuando no ar. Na verdade, eu só estava blefando. Não sabia de nenhum segredo de Noboru Wataya. Eu só imaginava que havia algo profundo e distorcido dentro dele. Mas não tinha como saber o que era concretamente. Entretanto, tive impressão de que minhas palavras atingiram algo dentro dele. Tive essa nítida impressão fitando o seu rosto. Ele não debochou do que eu disse, não contestou os detalhes nem atacou os deslizes de maneira ardilosa como costumava fazer nos debates de TV. Ele ficou completamente calado e imóvel.

Depois algo um pouco estranho começou a acontecer no rosto dele. Noboru Wataya passou a corar, aos poucos. Até o seu modo de corar era curioso: algumas partes da face ficaram bem vermelhas, outras levemente vermelhas e as demais mais brancas do que o normal, o que era estranho. Aquele rosto me lembrava uma floresta pintada com uma paleta outonal, com uma mistura aleatória e heterogênea de incontáveis espécies de árvores caducifólias e perenes.

De repente, Noboru Wataya se levantou sem falar nada, pegou os óculos escuros e os colocou. Seu rosto continuava tingido de manchas heterogêneas e curiosas, que davam a impressão de que não sairiam mais da sua face. Malta Kanô permaneceu sentada em silêncio, sem se mexer. Eu fingi que nada acontecia. Noboru Wataya fez menção de falar algo para mim, mas aparentemente mudou de ideia. Ele se afastou da mesa sem dizer uma palavra e desapareceu.

Depois da saída de Noboru Wataya, Malta Kanô e eu permanecemos calados por um momento. Eu estava esgotado. O garçom se aproximou e perguntou se eu gostaria de mais café. Respondi que não. Malta Kanô pegou o chapéu vermelho da mesa e, em silêncio, observou-o por uns dois ou três minutos, antes de colocá-lo na cadeira ao seu lado.

Senti um gosto amargo na boca. Tentei tirá-lo tomando um gole de água, mas não adiantou.

Um pouco depois Malta Kanô começou a falar:

— Às vezes precisamos liberar nossas emoções. Caso contrário, o fluxo fica estagnado dentro de nós. O senhor deve estar se sentindo melhor depois de ter falado tudo o que queria.

— Um pouco — admiti. — Mas nada está resolvido. Nada acabou.

— Sr. Okada, o senhor não gosta do sr. Wataya?

— Sempre que falo com ele, sinto um grande vazio. Tenho a impressão de que tudo ao meu redor perde a substância. Tudo o que vejo parece estar completamente vazio. Mas não consigo explicar isso direito. Enfim, acabo falando coisas que eu não falaria e fazendo coisas que eu não faria normalmente. Depois me sinto péssimo. Ficaria muito feliz se não precisasse me encontrar com ele nunca mais.

Malta Kanô balançou a cabeça algumas vezes.

— Infelizmente o senhor terá que se encontrar com o sr. Wataya mais algumas vezes. É inevitável.

Ela deve ter razão, refleti. *Provavelmente não poderei cortar as relações com ele com tanta facilidade assim.*

Eu peguei o copo da mesa e tomei mais um gole de água. *De onde vem esse cheiro ruim?*, pensei.

— Eu tenho uma pergunta: afinal, de que lado a senhora está nesse caso? Do lado de Noboru Wataya ou do meu?

Ela colocou os cotovelos sobre a mesa e juntou as palmas das mãos diante do rosto.

— Não estou do lado de ninguém — disse ela. — Porque neste caso *não existem lados*. Nada nem perto de cima e de baixo, direita e esquerda, frente e verso, sr. Okada.

— Sua resposta parece um enigma do zen-budismo. É interessante se encarado como um sistema de pensamento, mas em si não explica nada.

Ela assentiu. Em seguida afastou cerca de cinco centímetros as palmas das mãos diante do rosto e as virou de leve para mim. Suas mãos tinham um formado bonito.

— O senhor tem razão. O que estou falando é completamente ambíguo. Tem razão em ficar chateado. Agora, mesmo se eu falasse algo neste momento, não ajudaria em nada. Pelo contrário, acabaria trazendo prejuízos. O senhor precisa descobrir as coisas com suas próprias forças, com suas próprias mãos.

— Reino animal — observei, sorrindo. — Se eu apanhar, vou revidar.

— Exatamente — disse Malta Kanô. — Exatamente.

Em seguida, ela pegou sua bolsa sem falar nada, como se recolhesse um pertence de um defunto, e pôs o chapéu vermelho de vinil. Quando ela colocou o chapéu, tive a curiosa sensação de que uma unidade de tempo estava chegando ao fim.

Depois que Malta Kanô saiu, fiquei sozinho à mesa, sem me mexer nem pensar em nada. Não fazia a menor ideia de onde ir nem do que fazer. De qualquer maneira, não poderia ficar sentado para sempre. Uns vinte minutos depois, acertei os pedidos e saí do café. No fim, eu tinha pagado a conta toda.

4.
Graça que se perdeu para sempre, prostituta da consciência

Ao voltar para casa e conferir a caixa de correio, vi que havia um espesso envelope. Era uma carta do primeiro-tenente Mamiya. No envelope, o meu nome e o meu endereço estavam escritos à mão, em tinta nanquim, com caracteres magníficos e bem fortes. Antes de fazer a leitura, troquei de roupa, lavei o rosto na pia do banheiro e tomei dois copos de água gelada na cozinha. Depois de descansar um pouco, abri o envelope.

A carta tinha cerca de dez páginas e estava escrita em um papel fino, com caneta-tinteiro e caracteres pequenos. Dei uma folheada e guardei a carta no envelope. Estava cansado demais para me concentrar e ler uma mensagem tão longa. Ao seguir com os olhos a sequência de caracteres escritos à mão, eles pareciam uma colônia de insetos azuis e esquisitos. Na minha mente, a voz de Noboru Wataya ainda ecoava de leve.

Deitei no sofá e permaneci de olhos fechados por muito tempo, sem pensar em nada. No momento, não era algo muito difícil. Para não pensar em nada, bastava pensar em várias coisas, um pouco de cada, antes de liberar tudo na atmosfera, sem aprofundar.

Só resolvi ler a carta do primeiro-tenente Mamiya um pouco antes das cinco da tarde. Fui até o alpendre, me encostei no pilar e tirei a carta do envelope.

Na primeira página havia uma longa saudação, palavras de agradecimento por eu ter me disposto a recebê-lo em casa e um pedido de desculpas por ele ter tomado o meu tempo com sua história longa e chata. Mamiya era extremamente cortês, um sobrevivente da época em que a cortesia ainda tinha grande valor nas relações cotidianas. Fiz uma rápida leitura da parte inicial e passei para a página seguinte:

Desculpe-me pela longa introdução. Escrevo esta carta ciente da minha indelicadeza e do incômodo que causarei ao senhor, apenas para reiterar que a história que contei não se trata de invenção, nem de uma reminiscência confusa de um velho. Tudo o que narrei é absolutamente verdadeiro, inclusive os mínimos detalhes. Como o senhor sabe, a guerra terminou há muitos anos e a memória naturalmente acaba padecendo com o curso do tempo. Assim como as pessoas, a memória e as reminiscências também envelhecem. No entanto, certas lembranças jamais envelhecem, jamais desbotam.

Até hoje, não contei aquela história a mais ninguém além do senhor. Provavelmente se contasse, as pessoas achariam que era uma invenção, um delírio. As pessoas costumam ignorar e repudiar tudo o que está além de sua compreensão, como se fosse algo irracional, que não merecesse consideração. Penso como seria bom se tudo aquilo não passasse de um delírio, de uma invenção. Eu vivi... ou melhor, sobrevivi até hoje como que me arrastando, com uma ínfima esperança de que tudo aquilo não tivesse passado de engano, de alucinação ou de pesadelo. Tentei me convencer inúmeras vezes disso, mas, sempre que tentava expulsar essas memórias para algum lugar escuro, elas retornavam com mais força e mais nitidez ainda. Ela criou raízes na minha consciência e consumiu minha carne como um câncer.

Até hoje consigo me lembrar com clareza de cada detalhe, como se fosse ontem. Consigo tocar a areia e o capim, sentir o cheiro. Consigo me lembrar do formato das nuvens que flutuavam no céu e até sentir o misto de vento seco e areia tocar as minhas faces. Para mim, tudo o que vivi depois é que não parece real, e sim uma alucinação, um sonho.

As raízes da minha vida, as coisas que poderia considerar minhas de verdade, foram completamente congeladas e queimadas naquela estepe da Mongólia Exterior, onde o horizonte se descortinava livre. Depois perdi uma das mãos em um combate violento contra uma divisão de tanques soviéticos que atravessava a fronteira e invadia a Manchúria. Passei por situações terríveis e inimagináveis no campo de concentração da Sibéria, onde o frio era intenso. Voltei ao Japão, trabalhei trinta anos sem grandes contratempos como professor de estudos sociais numa escola do interior e, agora que me aposentei, vivo sozinho, cuidando da minha pequena lavoura. Pois bem, todos esses anos parecem uma ilusão, como se não tivessem existido de verdade. Em um instante minha memória voa por todo esse período em que vivi como um cadáver ambulante e retorna direto à estepe de Hulunbeier.

Acho que minha vida se perdeu e se tornou vazia por causa do que estava oculto naquela luz que vi no fundo do poço. Os intensos raios de sol que irradiavam diretamente sobre as profundezas do poço apenas dez ou vinte segundos do dia. Aquela luz aparecia repentinamente uma vez por dia, sem aviso, e desaparecia em um piscar de olhos. Porém, no meio dessa enchente de luz que durava poucos segundos, acabei vendo o que não consegui ver durante todo o resto da minha vida. Essa iluminação fez de mim uma pessoa completamente diferente do que eu era.

Hoje, mesmo mais de quarenta anos depois, não consigo compreender direito o que se passou no fundo daquele poço. O que passo a descrever é apenas uma hipótese, sem nenhum fundamento lógico. Apesar disso, penso que essa hipótese é o que mais se aproxima da realidade que vivenciei naquele momento.

Quando acabei no poço fundo e escuro por conta dos soldados inimigos, estava com a perna e o ombro machucados, sem água e sem provisões, simplesmente aguardando a morte. Antes, eu tinha presenciado um ser humano ser completamente esfolado vivo. Numa situação excepcional como aquela, minha mente tinha atingido um grau tão elevado de concentração que, quando recebi a luz intensa por alguns segundos, consegui atingir diretamente o âmago da minha consciência. Naquele momento, vi algo. Eu estava cercado por uma claridade intensa, no meio da enchente de luz, sem conseguir enxergar nada. Estava simplesmente envolto por completo pela luz. Porém, enxerguei algo. No meio da cegueira momentânea, percebi que algo estava começando a ganhar forma. Só posso chamar de *algo*. Algo com vida. Dentro da luz, um vulto ganhava forma, como a sombra de um eclipse solar. Eu não sabia direito o que era, mas aquilo estava tentando se aproximar, estava tentando me oferecer uma espécie de graça.

Aguardei tremendo, mas o vulto não chegou até a mim. Talvez tenha mudado de ideia, talvez tenha faltado tempo. Seja como for, quando estava prestes a adquirir sua forma definitiva, ele se desfez e desapareceu em meio à luz, que foi ficando mais tênue. O tempo da luz do sol incidir estava chegando ao fim.

Essa cena se repetiu por dois dias. A mesma coisa. Algo tentava ganhar forma no meio da luz transbordante e desaparecia sem conseguir. Eu estava faminto e sedento no fundo do poço e sentia um sofrimento inimaginável. Apesar disso, em última análise, o problema mais grave para mim, o maior sofrimento no fundo daquele poço era não ser capaz de distinguir esse *algo* dentro da luz. Estava faminto por não conseguir distinguir o que precisava, estava sedento por não conseguir saber o que precisava. Se pudesse ver com clareza e nitidez o que havia dentro da luz, não me importaria de morrer de fome e de sede ali mesmo, cheguei a refletir. Pensei nisso seriamente. Estaria disposto a sacrificar tudo para distinguir o que era.

Porém, essa oportunidade foi arrancada de mim para sempre. A graça não me foi concedida. E, como mencionei, levei uma vida vazia depois de sair do poço, como um cadáver ambulante. Por isso, no final da guerra, quando o Exército russo estava prestes a invadir a Manchúria, eu me voluntariei para a linha de frente de batalha. E no campo de concentração na Sibéria procurei conscientemente me colocar na situação mais delicada possível. No entanto, por mais que tentasse, não consegui morrer. Como o cabo Honda tinha profetizado naquela noite, meu destino era retornar ao Japão e ter uma vida assustadoramente longa. Lembro que fiquei feliz ao ouvir as palavras do cabo Honda, mas o vaticínio na verdade era uma espécie de maldição. *Não morri porque não consegui morrer.* Como dissera o cabo Honda, teria sido melhor que eu não soubesse do meu destino.

Quando perdi a revelação e a graça, a minha vida também se perdeu. Tudo o que eu trazia dentro de mim, tudo o que tinha vida e valor, já estava completamente morto. No meio daquela luz intensa, tudo foi queimado e virou cinzas. Provavelmente o calor da revelação ou da graça queimou completamente o pavio da minha vida. Acho que não fui forte o suficiente para suportar o calor. Por isso, não tenho medo de morrer e poderia até dizer que a morte do corpo representa uma salvação para mim, porque vai me libertar para sempre desse sofrimento de continuar existindo, dessa prisão sem saída.

Percebo que volto a me delongar. Sinto muito. Era isso que eu gostaria de transmitir ao senhor, sr. Okada. Acabei perdendo a minha própria vida em virtude das circunstâncias e levei uma existência sem sentido durante mais de quarenta anos. E, como uma pessoa que viveu nessa condição, acredito que a vida é muito mais limitada do que as pessoas imaginam. A luz incide sobre o ato de viver por um tempo extremamente curto e limitado. Talvez um pouco mais de dez segundos. Se a pessoa não conseguir distinguir a revelação nesse intervalo, se a luz desaparecer, não haverá uma segunda chance. A pessoa vai precisar viver o resto da existência em profunda solidão e em profundo arrependimento, sem nenhum tipo de consolo. Em semelhante mundo de crepúsculo, a pessoa não poderá esperar mais nada e segurará nas mãos apenas um resquício efêmero daquilo que deveria segurar.

De todo modo, estou feliz por ter conseguido contar essa história pessoalmente ao senhor, sr. Okada. Não sei se ela será de alguma valia, mas acho que consegui experimentar certo consolo por ter contado. Confesso que é um consolo muito pequeno, mas, para mim, já representa um tesouro precioso. Além disso, como o nosso encontro foi arranjado pelo sr. Honda, não posso deixar de notar a presença de uma espécie de fio do destino. Desejo com sinceridade que o senhor possa levar uma vida feliz daqui para a frente.

Assim que terminei, fiz uma nova e lenta leitura da carta e a guardei no envelope.

Embora as palavras curiosamente tenham tocado o meu coração, só me trouxeram vagas e distantes imagens. Consegui confiar no primeiro-tenente Mamiya e aceitar como verdadeiro o que ele afirmava ser verdadeiro. Ainda assim, os próprios conceitos de "verdade" ou "realidade" já não eram tão convincentes para mim. O que mais me tocou na carta foi uma espécie de frustração. Frustração por não conseguir descrever, por não consegui explicar como queria, apesar dos esforços.

Fui até a cozinha, bebi um copo de água e em seguida caminhei por toda a casa. No quarto de casal, sentei na cama e observei as roupas de Kumiko no armário. E pensei: que sentido minha vida tivera até agora? Consegui entender bem as palavras de Noboru Wataya. Na hora fiquei irritado, mas, pensando bem, ele tinha razão.

"Vocês estão casados há seis anos. O que você fez nesse tempo? Nada, não é? Nada além de abandonar o emprego e tornar a vida de Kumiko ainda mais complicada. Hoje você não tem trabalho nem projeto de vida. Para ser bem claro, você não tem nada na cabeça, nada além de lixo e entulho." Essas foram as palavras de Noboru Wataya, e eu precisava reconhecer que ele tinha razão. Objetivamente, não fiz quase nada que tivesse propósito ao longo desses seis anos e só trazia tralhas na cabeça, coisas como lixo e entulho. Eu era um zero à esquerda. Ele tinha razão.

Agora, será que eu tinha mesmo tornado a vida de Kumiko ainda mais complicada?

Observei os vestidos, as blusas e as saias pendurados no armário, como sombras deixadas para trás. Sombras sem força por terem perdido sua dona. Depois fui até o banheiro, peguei a água-de-colônia da Dior que Kumiko ganhara de alguém e abri o frasco. A fragrância era a mesma que senti atrás da orelha de Kumiko na manhã em que ela saiu de casa. Despejei devagar o conteúdo do frasco na pia. O líquido sumiu pelo ralo e um forte perfume de flor (cujo nome não consegui me lembrar de jeito nenhum) impregnou o banheiro, como se estimulasse a minha memória vivamente. Em meio a esse perfume intenso, lavei o rosto e escovei os dentes. Em seguida decidi visitar May Kasahara.

Como sempre fazia, fiquei de pé diante da casa do sr. Miyawaki, no beco, à espera de May Kasahara. No entanto, por mais que esperasse, ela não aparecia. Encostado no muro, chupei uma bala de limão, observei a estátua do pássaro de pedra e pensei na carta do primeiro-tenente Mamiya. Até que começou a escurecer. Esperei cerca de trinta minutos e desisti. May Kasahara provavelmente não estava em casa.

Atravessei o beco até os fundos do meu quintal e pulei o muro. A casa estava envolvida por uma escuridão de fim de tarde de verão, azulada e silenciosa. De repente, avistei Creta Kanô e tive a sensação de estar no sonho. Porém, aquilo tudo era realidade. Dentro de casa, ainda pairava a leve fragrância da água-de-colônia que eu tinha despejado na pia. Creta Kanô estava sentada no sofá, com as mãos no colo. Mesmo diante da minha aproximação, ela permaneceu imóvel, como se o tempo tivesse parado para ela. Acendi a luz da sala e me sentei na cadeira em frente a Creta.

— A porta não estava trancada — explicou Creta Kanô, enfim abrindo a boca. — Por isso, tomei a liberdade de entrar.

— Tudo bem. Costumo sair de casa e deixar a porta destrancada.

Creta Kanô estava com uma blusa branca rendada, uma saia bufante malva e grandes brincos nas orelhas. No braço esquerdo, usava dois braceletes. Quando vi, tomei um susto, pois eram praticamente idênticos aos do meu sonho. Ela estava com o penteado e a maquiagem de sempre. Os cabelos estavam bem ajeitados com laquê, como se ela tivesse vindo direto do salão de beleza.

— Não tenho muito tempo — avisou Creta Kanô. — Preciso ir embora em breve, mas gostaria muito de ter uma palavrinha com o senhor, sr. Okada. O senhor se encontrou com a minha irmã e com o sr. Noboru Wataya, não é?

— Sim, mas não foi um encontro muito agradável.

— O senhor não teria nada que gostaria de perguntar para mim?

As pessoas apareciam do nada na minha vida para me encher de perguntas.

— Gostaria de saber mais a respeito de Noboru Wataya. Tenho a impressão de que é importante.

Ela assentiu.

— Eu também gostaria de saber mais a respeito do sr. Wataya. Acho que minha irmã já contou ao senhor que ele me maculou, muito tempo atrás. Não posso entrar em detalhes agora, mas um dia vou contar a história ao senhor. Ele agiu sem o meu consentimento.

Nosso encontro estava agendado, e o que ele fez comigo foi um tipo diferente de violência. Ele me *maculou*, e esse acontecimento provocou uma grande transformação na minha vida, em vários sentidos. Com muito custo, consegui me recuperar. Melhor dizendo: superei essa experiência e consegui subir a um degrau mais alto, naturalmente com a ajuda de Malta Kanô. Mas isso não muda o fato de que fui violentada e maculada pelo sr. Noboru Wataya. O que ele fez foi errado e perigosíssimo. Eu podia ter me perdido para sempre. O senhor entende o que eu quero dizer?

Claro que eu não entendia.

— Claro, eu também tive relações sexuais com o senhor, sr. Okada. Mas as circunstâncias, o objetivo, a maneira, tudo foi feito às claras. Nesse tipo de relação, eu não sou maculada.

Eu encarei o rosto de Creta Kanô por um momento, como quem observa uma parede de cores heterogêneas.

— *Você teve relações sexuais comigo?*

— Tive — respondeu Creta Kanô. — Na primeira vez, só usei a boca. Já na segunda houve penetração. No mesmo quarto. O senhor se lembra, não é? Como estávamos sem muito tempo na primeira vez, tivemos que fazer às pressas. Na segunda, contávamos com um pouco mais de tempo.

Eu não sabia o que responder.

— Na segunda vez, eu estava usando um vestido da sua esposa. Um vestido azul. Também estava com esses mesmos braceletes que uso no pulso esquerdo, não é? — perguntou ela, estendendo o braço e me mostrando os dois braceletes que formavam um conjunto.

Eu assenti.

— Naturalmente, essa relação não aconteceu no mundo real. Quando o senhor gozou, não gozou dentro de mim, e sim dentro da sua própria consciência. Entende o que eu quero dizer, sr. Okada? Dentro da consciência criada. Mas mesmo assim compartilhamos a sensação de uma relação sexual — explicou Creta Kanô.

— Por que fizemos isso?

— Para saber. Para saber de mais coisas, mais a fundo.

Soltei um longo suspiro. As pessoas podiam achar o que bem entendessem dessa história absurda. No entanto, Creta Kanô descreveu exatamente o cenário dos meus sonhos. Passando a mão na boca, lancei um olhar para os dois braceletes no pulso esquerdo dela.

— Provavelmente não sou tão inteligente, porque confesso que não captei toda essa profundidade que você mencionou — respondi com um tom seco.

— No nosso segundo sonho, eu troquei de lugar com uma desconhecida no meio da nossa relação, certo? Não sei quem era ela, mas esse acontecimento deve estar sugerindo algo ao senhor. Era isso que eu gostaria de transmitir.

Eu permaneci calado.

— O senhor não precisa se sentir culpado por ter tido uma relação comigo — prosseguiu Creta Kanô. — Veja bem, sr. Okada, eu sou uma prostituta. Antes eu era uma prostituta do corpo, agora sou uma prostituta da consciência. As coisas passam através de mim.

Em seguida, ela se levantou, se ajoelhou ao meu lado e segurou a minha mão nas suas. Eram mãos pequeninas, delicadas e quentes.

— Sr. Okada, me abrace, por favor — pediu Creta Kanô.

Eu a abracei. Para ser sincero, não fazia a menor ideia de como agir, mas imaginei que abraçar Creta Kanô naquele momento estava longe de ser errado. Não consigo explicar direito, mas foi o que senti. Estendi os braços e abracei o corpo magro de Creta Kanô, como se fôssemos dançar. Como ela era mais baixa do que eu, sua cabeça ficava na altura do meu queixo, e os seios se comprimiam contra meu estômago. Ela encostou a bochecha no meu peito e ficou assim, chorando em silêncio. As lágrimas quentes dela molharam minha camiseta. Fiquei observando o cabelo bem-arrumado balançar de leve. Parecia um sonho muito real. Mas não era sonho.

Depois de permanecer nessa posição por muito tempo, sem se mexer, ela se afastou de mim como se de repente se lembrasse de alguma coisa. Recuou alguns passos e, já mais afastada, me olhou.

— Muito obrigada, sr. Okada. Já vou embora — disse Creta Kanô.

Apesar de ter chorado muito, a sua maquiagem estava praticamente intacta. O senso de realidade tinha se perdido de maneira curiosa.

— Escute, você vai aparecer no meu sonho outra vez? — perguntei.

— Não sei — respondeu ela, balançando a cabeça em silêncio.
— Confesso que também não sei. De qualquer maneira, confie em mim, por favor. Aconteça o que acontecer, não tenha medo de mim. Certo, sr. Okada?

Eu assenti.

E Creta Kanô foi embora.

O breu da noite estava mais denso do que antes. Minha camiseta estava encharcada na altura do peito. Eu não consegui pegar no sono até a alvorada. Não estava com sono e tinha medo de adormecer. Sentia que, se dormisse, seria levado para alguma outra dimensão, sugado por um fluxo como o de uma areia movediça. E nunca mais voltaria para este mundo. Passei a madrugada tomando conhaque, sentado no sofá, pensando a respeito daquela conversa. Mesmo depois de amanhecer, o vestígio de Creta Kanô e a fragrância da água-de-colônia da Dior continuavam na casa, como sombras em cativeiro.

5.
Paisagem de uma cidade longínqua, meia-lua eterna, escada de corda presa com firmeza

Quase na mesma hora em que peguei no sono, o telefone começou a tocar. No início, tentei ignorar e continuar dormindo, mas o aparelho permaneceu tocando insistentemente, dez, vinte vezes, como se adivinhasse minhas intenções. Abri um dos olhos devagar e conferi o relógio da cabeceira. Passava um pouco das seis da manhã. Já estava bem claro lá fora. Talvez fosse Kumiko. Saí da cama, fui até a sala e atendi.

— Alô.

Nenhuma resposta. Senti que havia alguém do outro lado da linha, mas que não falava nada. Também permaneci em silêncio. Ao encostar o fone no ouvido, conseguia ouvir uma leve respiração.

— Quem fala?

Nenhuma resposta.

— Se é quem estou pensando, poderia ligar mais tarde? Não quero falar de sexo antes do café da manhã.

— Em quem é que você estava pensando? — perguntou de repente a voz no outro lado da linha. Era May Kasahara.   Hein? Com quem você fala de sexo?

— Com ninguém — respondi.

— Não seria com a mulher que você estava abraçando ontem à noite, no alpendre? Não seria com ela que você fala de sexo?

— Não, não seria.

— Pássaro de Corda, quantas mulheres afinal você tem em sua vida, além da sua esposa?

— É uma longa história. Além do mais, são seis da manhã e essa noite não consegui dormir direito. Você passou por aqui ontem à noite?

— Passei. E vi você abraçado naquela mulher.

— Aquilo não foi nada. De verdade. Como posso dizer... foi uma espécie de ritual.

— Não precisa se explicar para mim, Pássaro de Corda — disse May Kasahara, com frieza. — Eu não sou sua esposa. Olha, não sei se deveria falar uma coisa dessas, mas acho que você tem algum problema.

— Talvez.

— Não sei por que tipo de barra você está passando agora... quer dizer, *imagino* que esteja passando por uma situação delicada... mas tenho a impressão de que a culpa é toda sua. Acho que você tem um problema central, que atrai os outros problemas, como se fosse um ímã. Por isso, acho que as mulheres um pouco mais inteligentes se afastam depressa de você.

— Talvez você tenha razão.

May Kasahara ficou um tempo em silêncio no outro lado da linha. Em seguida, deu uma tossida.

— Ontem à tarde, você deu uma passada pelo beco, não foi? E ficou um bom tempo parado atrás da minha casa, como um ladrãozinho de meia-tigela. Eu vi com meus próprios olhos.

— Por que você não apareceu?

— Tem horas que uma garota não quer aparecer para os outros, Pássaro de Corda. Às vezes a gente tem vontade de ser cruel e pensa: bom, se ele quer esperar, então que seja por um bom tempo.

— Ah, é?

— Mas, como achei que tinha sido cruel demais, fui até a sua casa. Sou uma idiota mesmo.

— Então me viu abraçado com uma mulher.

— Será que ela não tem algum problema na cabeça? — perguntou May Kasahara. — Hoje em dia, ninguém mais usa aquele tipo de penteado e de maquiagem. Se ela não veio do passado em uma máquina do tempo, é melhor consultar um médico da cabeça.

— Não se preocupe. Ela não tem problemas na cabeça. Cada um tem seu estilo.

— Cada um pode ter o seu estilo, o.k. Mas uma pessoa normal não exageraria tanto assim. Como posso explicar... pelo jeito de vestir, pelo penteado, parece que ela saiu de uma revista do passado.

Permaneci calado.

— Então, Pássaro de Corda, você transou com ela?

— Não — respondi, depois de hesitar um pouco.

— Jura?

— Juro. Nunca tive uma *relação física* com ela.

— Então por que vocês dois estavam abraçados?

— As pessoas às vezes precisam de um abraço, só isso.

— Talvez você tenha razão, mas acho um pouco perigoso essa linha de pensamento — observou May Kasahara.

— Acho que você tem razão — admiti.

— Como ela se chama?

— Creta Kanô.

May Kasahara ficou em silêncio por um tempo do outro lado da linha.

— É sério?

— Sim. A irmã mais velha dela se chama Malta Kanô.

— Não são nomes de verdade, não é?

— Não. São nomes artísticos.

— Elas são comediantes ou algo do gênero? Por acaso esses nomes têm alguma relação com o mar Mediterrâneo?

— Sim, certa relação.

— Escuta, a irmã dela é mais normal?

— Eu diria que sim. Ao menos no modo de se vestir. Mas ela está sempre com o mesmo chapéu vermelho de vinil.

— Hum… Pelo jeito a irmã também não bate muito bem da cabeça. Agora, por que você tem que se relacionar com pessoas tão esquisitas?

— É uma longa história — respondi. — Quando a poeira abaixar um pouco, talvez eu explique tudo para você. Mas não agora. A minha mente está muito confusa, e a situação, mais confusa ainda.

— Ah, é? — perguntou May Kasahara, com voz desconfiada. — Bom, mas e a sua esposa? Ainda não voltou?

— Não, não voltou.

— Ei, Pássaro de Corda, você já é bem grandinho, então que tal usar melhor a cabeça? Pense bem: se sua esposa tivesse mudado de ideia e voltado para casa ontem à noite, o que pensaria ao flagrar você nos braços de outra mulher?

— Pois é...

— E se sua esposa tivesse ligado, e não eu, o que ela pensaria ao ouvir você falar de sexo por telefone?

— Você tem razão.

— Acho que você tem sérios problemas — afirmou May Kasahara, soltando um suspiro.

— Pois é, acho que sim.

— Pare de aceitar tão fácil tudo o que digo. Você acha que as coisas se resolvem em um passe de mágica só por admitir o erro e pedir desculpas. Pedindo desculpas ou não, um erro é e sempre será um erro.

— Você tem razão — respondi.

Ela tinha razão.

— De novo! — exclamou May Kasahara, abismada. — Bom, mas o que você queria comigo ontem à noite? Você me procurou porque tinha um assunto a tratar, certo?

— Deixa pra lá.

— Deixar pra lá?

— É. Quer dizer... bom, deixa pra lá.

— Ah, como você abraçou aquela mulher ontem, já não precisa mais de mim, não é?

— Não, claro que não. Eu só pensei...

May Kasahara desligou o telefone na minha cara. Poxa vida. May Kasahara, Malta Kanô, Creta Kanô, a mulher misteriosa do telefonema, Kumiko. Realmente, acho que havia mulheres demais na minha vida nos últimos tempos, como dissera May Kasahara. E cada uma com suas próprias complicações.

Mas eu estava com muito sono para continuar pensando no assunto. Apesar de tudo, eu precisava dormir, até porque, ao acordar, tinha coisas para fazer.

Voltei para a cama e adormeci.

Ao levantar, peguei uma mochila do armário. Era a mochila de emergência, com itens essenciais: uma garrafa de água, um pacote de biscoito de água e sal, uma lanterna e um isqueiro. Kumiko a comprara logo depois de mudarmos para essa casa, pois tinha medo de que acontecesse um grande terremoto. De qualquer maneira, a garrafa estava vazia, o biscoito estava mole e as pilhas da lanterna já não funcionavam. Enchi a garrafa com água, joguei fora os biscoitos e troquei as pilhas da lanterna. Em seguida, fui até uma loja na vizinhança e comprei uma escada de corda para incêndios. Pensei se precisava de mais alguma coisa, mas não consegui me lembrar de nada, a não ser de um pacote de balas de limão. Dei uma olhada em toda a casa, fechei as janelas e apaguei as luzes. Tranquei a porta da frente, mas logo mudei de ideia e destranquei. Alguém poderia me procurar. Kumiko poderia voltar. Além do mais, não tinha nada de valor na casa para ser roubado. Deixei um bilhete na mesa da cozinha.

Saí. Volto. T.

Imaginei o que Kumiko pensaria se voltasse para casa e encontrasse aquele bilhete. Como se sentiria? Amassei o papel e reescrevi a mensagem.

Saí para resolver um assunto importante. Volto em breve. Me espere. T

Com a mochila nas costas, de polo de manga curta e calça de algodão, saí pela porta dos fundos, pelo alpendre. Dei uma olhada ao redor e percebi com clareza que estávamos no verão, um verão de verdade, em toda a sua glória. O brilho do sol, o cheiro do vento, o azul do céu, o formato das nuvens, o chiar das cigarras, tudo estava presente. Com a mochila nas costas, pulei o muro de blocos do quintal dos fundos e saí.

Na infância, fugi de casa uma vez, durante uma manhã de verão ensolarada como esta. Não me lembro por que decidi fugir. Provavelmente estava com raiva dos meus pais por algum motivo. Então saí de casa com a mochila nas costas e as economias no bolso. Menti dizendo que iria passear com os amigos e pedi para a minha mãe preparar um lanche. As crianças costumavam ir sozinhas à montanha perto de casa, que era ideal para uma caminhada. Enfim... Eu saí de casa, peguei o ônibus que tinha escolhido com antecedência e saltei no fim da linha. Para mim, era uma "cidade longínqua e desconhecida". Depois peguei outro ônibus para outra "cidade (mais) longínqua e desconhecida", cujo nome eu nunca ouvira, e caminhei a esmo, sozinho. Era uma cidade sem nenhuma particularidade, um pouco mais movimentada e um pouco mais suja do que onde eu morava. Havia uma rua comercial, uma estação de trem, uma pequena fábrica, um córrego e um cinema na frente. O cartaz anunciava um filme de faroeste. Quando chegou a hora do almoço, me sentei no banco da praça e comi o lanche. Fiquei na cidade até o entardecer, sentindo-me cada vez mais solitário à medida que escurecia. *Essa é a minha última chance de voltar atrás*, pensei. *Se cair a noite, talvez eu não consiga mais voltar*. Então peguei os mesmos ônibus e voltei para casa. Cheguei um pouco antes das sete, mas ninguém percebeu que eu havia fugido. Meus pais achavam que eu havia passado a tarde na montanha, com os amigos.

Eu tinha me esquecido completamente dessa história. Porém, quando pulei o muro com a mochila nas costas, me lembrei da sensação daquele momento. Da solidão indescritível que senti quando estava naquela rua desconhecida, no meio de pessoas desconhecidas e de casas desconhecidas, completamente só, observando o pôr do sol de um entardecer que perdia seu brilho. E me lembrei de Kumiko. Ela, que desaparecera levando apenas uma bolsa, e a blusa e a saia que retirara da lavanderia. Ela deixara passar a última chance de voltar atrás. Devia estar sozinha, numa cidade longínqua e desconhecida. Quando pensei nisso, tive uma sensação insuportável.

Não, talvez ela não esteja sozinha, refleti. *Provavelmente está com um amante*. Fazia muito mais sentido.

Então, parei de pensar em Kumiko.

Atravessei o beco.

A grama sob meus pés já havia perdido seu alento verde e fresco, estava seca e dura, como costumam ficar as vegetações no verão. À medida que eu caminhava, gafanhotos verdes pulavam do nada, como se brotassem do chão. Vi até sapos pulando. O beco era povoado por pequenos seres vivos, e eu era um invasor que perturbava aquela paz.

Ao chegar à casa vazia do sr. Miyawaki, abri o portão e entrei no quintal. Avancei afastando o mato, passei pela estátua meio suja do pássaro de pedra que, imóvel, continuava contemplando o céu e fui para a lateral da casa. *Tomara que May Kasahara não tenha me visto*, pensei.

Assim que me aproximei do poço, removi os dois tijolos de concreto sobre a tampa e tirei uma das tábuas de madeira, deixando uma abertura no formato de meia-lua. Joguei uma pedrinha para me certificar de que o poço continuava seco. Ela produziu um barulho seco, POF, como da outra vez. O poço continuava sem água. Tirei a mochila das costas, peguei a escada de corda e amarrei uma das extremidades no tronco de uma árvore próxima. Testei a corda várias vezes, puxando com força, para garantir que não se soltaria. Cautela nunca é demais. Se por algum motivo a escada se soltasse, provavelmente eu não conseguiria mais voltar à superfície.

Levei a escada de corda até o poço, e soltei devagar. Embora fosse comprida, mesmo depois de soltar tudo, tive a impressão de que a escada não chegara até o fundo. Imaginava que o comprimento seria suficiente, mas o poço era grande e, mesmo iluminando com a lanterna, não dava para ver onde terminava. O foco de luz era sugado e desaparecia em meio às trevas, como se perdesse o fôlego.

Eu me sentei na mureta do poço e prestei atenção aos sons à minha volta. As cigarras cantavam com força entre as árvores, como se competissem entre si para ver quem cantava por mais tempo ou mais alto. Mas eu não ouvi o som de pássaros. Diante dessa constatação, me lembrei e senti saudades do pássaro de corda. Talvez ele tivesse voado para outro lugar para evitar a competição com as cigarras.

Virei as palmas das mãos para que recebessem a luz do sol, e elas se aqueceram depressa. Parecia que os raios de sol penetravam em cada linha, em cada impressão digital. Sem dúvida, eu estava em um reino da luz. Tudo ao redor recebia a luz abundante e refletia a cor de verão. Até as coisas sem forma, como o tempo e a memória, recebiam as bênçãos da luz do estio. Coloquei uma bala de limão na boca e continuei sentado, até ela se desmanchar totalmente. Testei a corda mais uma vez, puxando com toda a força, para ter certeza de que estava bem presa.

Descer pela escada de corda era mais difícil do que eu imaginava. De algodão e náilon, a corda era bem resistente, mas bastante instável, de modo que, quando eu fazia um pouco mais de força nos pés, a sola de borracha dos meus tênis escorregava. Por isso precisei segurar com muita firmeza, a ponto de sentir dor nas mãos. Fui descendo degrau por degrau, com cautela, mas sem nunca chegar ao fundo. Tive a impressão de que desceria para sempre. Pensei no som que ouvi quando a pedrinha atingiu o chão. *Está tudo bem, este poço tem um fim, só estou demorando por causa dessa escada imprestável.*

Porém, assim que terminei de contar vinte, fui invadido por um medo terrível, que chegou de repente, como um choque elétrico, e me imobilizou por completo. Meus músculos ficaram duros como pedra. Eu suava por todos os poros, e minhas pernas tremiam. Um poço não podia ser tão fundo assim. Estamos dentro de Tóquio. Bem perto *da casa onde eu moro.* Prendi a respiração e agucei os ouvidos para tentar escutar algo. Mas não ouvi nada. Nem sequer o chiar das cigarras. Nada além das batidas fortes do meu coração, que reverberavam. Respirei fundo. Segurava bem firme o vigésimo degrau da escada, sem conseguir descer nem subir. O ar do interior do poço era gelado e tinha cheiro de terra. Era um mundo completamente à parte da superfície terrestre, onde o sol de verão banhava tudo com generosidade. Ao olhar para cima, vi a pequena entrada do poço. A abertura redonda estava dividida bem no meio, pela tábua que ficara da tampa. De onde eu estava, a abertura parecia uma meia-lua flutuando no céu. "Em breve, vamos ter alguns dias com a meia-lua", dissera Malta Kanô. Foi o que ela havia *previsto* no telefone.

Poxa vida! Diante dessa lembrança, fiquei um pouco mais tranquilo. Senti os músculos relaxarem e a respiração fluir melhor.

Reuni as forças mais uma vez e comecei a descer de novo. *Só mais um pouco*, pensei com meus botões. *Só mais um pouco. Está tudo bem, este poço tem fim.* No vigésimo terceiro degrau, enfim cheguei. O meu pé tocou o fundo do poço.

No meio da escuridão, com as mãos em um dos degraus da escada para poder fugir em caso de emergência, tentei verificar o chão com a ponta do tênis. Ao me certificar de que não havia água nem nenhum objeto estranho, coloquei enfim os dois pés no chão do poço. Tirei a mochila, abri o zíper às apalpadelas e apanhei a lanterna, que iluminou o ambiente. O chão não era nem muito duro nem muito macio. Por sorte, estava seco. Havia algumas pedras, provavelmente atiradas por diferentes pessoas, e também um pacote velho de salgadinho. Iluminado pela lanterna, o fundo do poço me lembrava a superfície da lua que eu vira muito tempo atrás na TV.

A parede era de concreto liso e bem comum, com musgos aqui e ali, e subia como uma chaminé. Bem no alto, dava para ver a pequena abertura no formato de meia-lua. Ao olhar para cima, era possível perceber como o poço era profundo. Mais uma vez, puxei a escada de corda com força. Estava firme. *Está tudo bem. Enquanto a escada continuar presa, poderei voltar à superfície a qualquer momento.* Respirei fundo. Senti um pouco de cheiro de mofo, mas o ar parecia normal. A minha maior preocupação era com o ar. Muitos poços secos liberavam gases tóxicos do subsolo. Muito tempo atrás eu havia lido no jornal sobre um trabalhador que perdera a vida no fundo do poço, por conta do gás metano.

Respirei fundo outra vez e me sentei no chão, encostado à parede. Fechei os olhos e tentei fazer o meu corpo se familiarizar com o local. *Muito bem, agora estou no fundo do poço*, pensei.

6.
Testamento, considerações sobre a água-viva, sensação de alienação

Eu estava sentado em meio à escuridão. Acima da minha cabeça, ao alto, a luz que formava uma perfeita meia-lua na abertura do poço continuava flutuando solitária, como um sinal, embora a luz da superfície não chegasse ao fundo do poço.

Com o tempo, meus olhos foram se acostumando com a escuridão, e passei a enxergar o contorno vago das minhas mãos quando as aproximava dos meus olhos. Ao meu redor, diversas coisas indefinidas começaram gradualmente a ganhar forma, como animaizinhos medrosos que aos poucos se acostumassem com a presença de alguém. Contudo, por mais que meus olhos se habituassem, trevas continuavam sendo trevas e, quando eu tentava ver algo, este algo se escondia rápida e silenciosamente, infiltrando-se no meio do desconhecido. Poderia chamar isso de *obscuridade branda*? Não importava o nome, era algo específico. Quem sabe até existisse ali uma obscuridade mais significativa do que a de uma escuridão total. Naquele ambiente, eu conseguia enxergar alguma coisa, mas ao mesmo tempo não via nada.

No meio dessas trevas que encerravam tamanha sutileza, minha memória começou a ganhar uma força intensa, desconhecida até então. As inúmeras imagens fragmentadas que despertavam dentro de mim, de tempos em tempos, eram curiosamente nítidas até os mínimos detalhes e pareciam tão reais que tive a impressão de conseguir apalpá-las com as mãos. Fechei os olhos e tentei me lembrar de quando havia conhecido Kumiko, quase oito anos atrás.

Conheci Kumiko na sala de espera de um hospital universitário, no bairro de Kanda, Tóquio. Na época, eu visitava quase todos os dias um dos clientes do escritório de advocacia para tratar da papelada do testamento. Esse cliente estava internado, tinha sessenta e oito anos e inúmeras propriedades, incluindo terras, montanhas e florestas, a maioria na província de Chiba. Ele já havia aparecido na lista dos maiores contribuintes do Japão divulgada pela imprensa e, para dificultar as coisas, tinha como um dos hobbies reescrever periodicamente o seu testamento. No escritório, estávamos todos cansados dele, de suas manias e seus hábitos. Mas ele tinha muito dinheiro e, sempre que reescrevia o testamento, recebíamos uma quantia considerável pelos serviços prestados. E, como reescrever o testamento não era muito difícil, ninguém do escritório tinha motivos para reclamar. Por isso eu, na época novato, fui encarregado de cuidar diretamente do caso.

No entanto, como eu não tinha prestado o Exame da Ordem, na prática não passava de um garoto de recados um pouco mais qualificado. O advogado especializado em testamento consultava o cliente sobre os bens que desejava registrar, dava conselhos práticos do ponto de vista jurídico (um testamento tem suas regras e um formato específico e, se não atender aos requisitos, às vezes pode não ser reconhecido), decidia o conteúdo geral e preparava o esboço do documento na máquina de escrever. Depois eu levava e lia esse esboço ao cliente. Se não houvesse divergências, bastava ele transcrever o conteúdo, carimbar e assinar. No campo jurídico, esse tipo de testamento era chamado de hológrafo e precisava ser escrito de próprio punho pelo testador, do começo ao fim.

Assim que o cliente terminava de escrever e assinava, o testamento era colocado em um envelope, que por sua vez era selado. Meu trabalho era levar o documento de volta ao escritório, tomando o máximo de cuidado. Uma vez lá, o testamento era guardado no cofre. Embora normalmente fosse um trabalho simples, no caso desse cliente as coisas não eram tão fáceis, pois ele estava no hospital e não conseguia escrever todo o testamento de uma só vez. Além disso, como o conteúdo era grande, ele demorava cerca de uma semana só para fazer a transcrição. Durante esse período, eu ia todos os dias ao hospital, tirava suas dúvidas (como era formado em direito, eu conseguia esclarecer boa parte delas) e, quando não tinha condições de responder, ligava para o escritório para confirmar. Ainda que se prendesse a detalhes e quisesse saber o significado de cada palavra, o cliente conseguia avançar um pouco a cada dia, e eu tinha esperanças de que esse trabalho cansativo chegasse ao fim em breve. No entanto, quando eu achava que o fim do túnel estava próximo, ele sempre se lembrava de um detalhe esquecido ou mudava completamente uma decisão anterior. Se fosse uma pequena alteração, uma nota poderia ser acrescentada no final. Caso contrário, todo o testamento precisava ser reescrito desde o começo.

Enfim, era um trabalho que parecia não ter fim. Para dificultar, ao longo do processo o cliente precisava se submeter a cirurgias, exames e outros procedimentos, de modo que nem sempre conseguíamos conversar na hora marcada. Às vezes, ele agendava determinado horário e, quando eu chegava, me pedia para retornar outro dia, porque não estava se sentindo bem. Não era raro eu ter que aguardar duas ou três horas até ser recebido. Em suma, fui ao hospital quase todos os dias durante duas ou três semanas e, sentado na cadeira da sala de espera, precisava arranjar coisas para me ocupar durante aquele período que parecia não ter fim.

A sala de espera do hospital, como todos podem imaginar, não era um lugar dos mais acolhedores. O sofá era de uma rigidez quase *post mortem*, e o ar parecia tão viciado que as pessoas corriam o risco de adoecer apenas respirando naquele ambiente. A tv não passava uma programação interessante, e o café da máquina automática tinha um gosto horrível. Todos os familiares que usavam o espaço tinham uma fisionomia fechada e sombria. Cheguei a pensar que, se os romances de Kafka fossem ilustrados por Munch, provavelmente ganhariam reproduções de ambientes como aquele. No entanto, foi ali que conheci Kumiko, que ia ao hospital todos os dias, nos intervalos entre as aulas da faculdade, para visitar a mãe que estava internada e se preparava para uma cirurgia de úlcera duodenal. Normalmente Kumiko usava suéter e calça jeans ou uma saia curta simples, e prendia o cabelo num rabo de cavalo. Como era início de novembro, às vezes ela usava também um casaco. Sempre carregava uma bolsa, alguns livros provavelmente relacionados às aulas e um caderno que parecia ser de desenho.

Já na primeira vez em que fui ao hospital, à tarde, encontrei Kumiko na sala de espera. Ela estava sentada no sofá com as pernas cruzadas, usava sapatos pretos de salto baixo e lia um livro, compenetrada. Eu me sentei à frente dela e, enquanto aguardava o horário agendado com o cliente, conferia o relógio de cinco em cinco minutos. Ela quase não tirava os olhos do livro. Lembro que achei as pernas dela bonitas. Ao olhar para Kumiko, me senti um pouco mais animado. *Qual é a sensação de ser jovem, ter um rosto simpático (ou, no mínimo, inteligente) e um lindo par de pernas?*, pensei.

Depois de esbarrarmos algumas vezes na sala de espera, passamos a conversar sobre banalidades, a trocar revistas que tínhamos lido e a dividir as frutas que os familiares traziam para os pacientes e sobravam. Nós dois estávamos muito entediados e sentíamos falta de interagir com pessoas da nossa faixa etária.

Acho que houve certa empatia entre nós dois desde o início. Não sentimos nada forte nem impulsivo à primeira vista, nada parecido com um choque. Foi algo bem mais sereno e afetuoso. Nossa ligação nasceu como se duas pequenas luzes paralelas num lugar escuro e desértico começassem a se aproximar aos poucos. À medida que aumentava o número de encontros com Kumiko na sala de espera, visitar o cliente deixou de ser um tormento para mim. Quando me dei conta disso, achei curioso. Era como se eu já conhecesse Kumiko antes e reencontrasse por acaso uma velha amiga, e não uma recém--conhecida.

Eu pensava em como seria bacana se pudéssemos conversar em outro lugar, com calma, em vez de trocar meia dúzia de palavras na sala de espera de um hospital, no intervalo entre nossas visitas. Um dia, tomei coragem e convidei Kumiko para sair.

— Acho que precisamos descontrair um pouco — arrisquei. — Não gostaria de dar uma volta em algum lugar mais leve, sem pessoas doentes nem clientes?

— Que tal o aquário? — sugeriu Kumiko, depois de refletir um pouco.

Assim marcamos o nosso primeiro encontro. Numa manhã de domingo, Kumiko levou algumas mudas de roupa para a mãe, no hospital, e me encontrou na sala de espera. Era um dia agradável e ensolarado, e ela usava um vestido branco relativamente simples, com um cardigá azul-claro por cima. Desde aquela época, o modo de se vestir de Kumiko me surpreendia. Mesmo com roupas discretas, ela conseguia ser elegante com um simples toque, um detalhe, como a maneira de dobrar as mangas ou de arrumar a gola. Também percebi que Kumiko parecia cuidar bem e com carinho das suas roupas. Em cada encontro, eu observava admirado as suas roupas, enquanto caminhava ao seu lado. As blusas eram impecavelmente passadas e não apresentavam pregas, as peças brancas estavam sempre irretocáveis e como novas, e os sapatos não exibiam nenhuma mancha, nenhum risco. Quando olhava para ela, eu conseguia imaginar as blusas e os suéteres bem dobrados na gaveta do guarda-roupa, e as saias e os vestidos pendurados, envoltos em sacos protetores (depois do nosso casamento, minhas impressões se confirmaram).

No primeiro encontro, passamos a tarde inteira juntos no aquário, que ficava dentro do Zoológico de Ueno. Como o tempo estava bonito, no trem a caminho de Ueno sugeri uma caminhada pelo zoológico, mas Kumiko parecia irredutível sobre ir ao aquário. É claro que, se ela fazia tanta questão, eu não tinha objeção. No aquário estava acontecendo uma exposição de águas-vivas do mundo todo, e percorremos tudo, olhando uma por uma (algumas eram raríssimas). Diferentes águas-vivas flutuavam e balançavam na água. Havia de todos os tipos, desde as do tamanho da ponta de um dedo, que pareciam ser de algodão, até as monstruosas, com mais de um metro de diâmetro. Embora fosse domingo, o aquário não estava muito lotado. Estava quase deserto, eu diria. Num dia ensolarado como aquele, a maioria dos visitantes preferia ver elefantes e girafas no zoológico a águas-vivas no aquário.

Não cheguei a comentar com Kumiko, mas eu detestava águas-vivas. Na infância, fui queimado várias vezes por essas criaturas quando tomava banho de mar perto de casa. Também já estive no meio de uma dezena de águas-vivas quando nadava sozinho. Ao me dar conta, estava cercado por várias. Até hoje me lembro bem da sensação gelada e viscosa daquelas criaturas. Lembro que senti muito medo, como se estivesse sendo arrastado para trevas profundas, em meio a um redemoinho de águas-vivas. Por alguma razão, não sofri nenhuma queimadura daquela vez, mas entrei em pânico e engoli muita água do mar. Por isso, se tivesse escolha, gostaria de ter pulado aquela exposição e ido ver os peixes, os atuns e linguados.

Só que Kumiko parecia fascinada com as águas-vivas. Ela parava perto de cada aquário, curvava-se para a frente e ficava imóvel, como se tivesse esquecido do tempo.

— Ei, veja só — apontou. — Nunca imaginei que veria águas--vivas de um rosa tão vívido assim. E como nadam! Perambulam a vida inteira pelos oceanos do mundo. Não é legal?

— Muito — respondi.

Ao acompanhar Kumiko pela exposição e observar a contragosto cada uma das águas-vivas, comecei a me sentir sufocado. Sem perceber, fiquei completamente em silêncio, contando e recontando as moedas dentro do bolso, impaciente, e limpando a boca com o lenço. Rezei para que as águas-vivas chegassem logo ao fim, mas os tanques se multiplicavam e pareciam ser infinitos. Havia inúmeras espécies de águas-vivas, de todos os oceanos do planeta. Eu aguentei por trinta minutos, mas estava cada vez mais zonzo, em virtude da tensão. Como não conseguia me manter firme, nem me apoiando no corrimão, acabei indo sentar em um banco próximo, sozinho. Kumiko se aproximou de mim e, com a fisionomia preocupada, perguntou se eu estava bem.

— Desculpe, mas acabei ficando um pouco zonzo de olhar as águas-vivas — admiti.

Kumiko me encarou com uma expressão séria.

— É mesmo. Seus olhos estão meio perdidos. Não posso acreditar... Você ficou assim só de olhar as águas-vivas? — perguntou, impressionada.

Ainda assim, ela segurou meu braço e saiu comigo do aquário escuro e úmido para a luz do sol. Depois de me sentar num parque próximo e de respirar fundo por cerca de dez minutos, fui me recuperando aos poucos e voltando ao normal. A luz do sol de outono era agradável e ofuscante, e as folhas completamente secas de gingko eram carregadas pelo vento que soprava de vez em quando, produzindo um leve som.

— E então, está melhor? — perguntou Kumiko depois de um tempo. — Como você é estranho. Se não gostava de águas-vivas, era só ter me falado no começo. Não precisava aguentar até passar mal — disse ela, rindo.

O céu estava claro, o vento era suave e os visitantes que caminhavam pelo parque pareciam felizes nesse domingo. Uma garota magra e bonita passeava com um grande cão de pelos longos, e um velhinho com chapéu de feltro observava a netinha brincar no balanço. Alguns casais estavam sentados no banco como nós. Ao longe, alguém treinava melodias em um saxofone.

— Por que você gosta tanto de águas-vivas?

— Bem, acho que é porque elas são graciosas — respondeu Kumiko. — Sabe o que pensei olhando essa exposição das águas-vivas? Que a paisagem que vemos nada mais é do que uma pequena parte do mundo. Costumamos achar que estamos vendo *o mundo*, mas não estamos. O verdadeiro mundo fica num lugar mais profundo e escuro, e a sua maior parte é povoada por criaturas como as águas-vivas. E a gente acaba se esquecendo disso. Não concorda? Os oceanos cobrem dois terços da superfície terrestre, e o que conseguimos enxergar a olho nu não passa de uma espécie de *pele* do mar. Não sabemos quase nada do que existe nas profundezas.

Depois caminhamos por muito tempo. Às cinco, Kumiko disse que precisava voltar ao hospital, e eu a acompanhei.

— Obrigada por hoje — agradeceu ela, ao se despedir.

Consegui ver em seu sorriso uma espécie de luz serena que não existia antes. Percebi que nesse dia eu tinha me aproximado um pouco mais de Kumiko. Provavelmente graças às águas-vivas.

Kumiko e eu continuamos saindo. Já não tínhamos necessidade de frequentar o hospital, porque a mãe dela tinha se recuperado e recebido alta, e o testamento do meu cliente estava concluído, mas nos víamos uma vez por semana e íamos ao cinema, ao concerto ou apenas caminhávamos. À medida que aumentava o número de encontros, íamos nos acostumando com a presença um do outro. Eu aproveitava os momentos com ela e, quando nossos corpos se esbarravam sem querer, meu coração disparava. Às vezes, quando o fim de semana se aproximava, eu não conseguia nem me concentrar direito no trabalho. Eu tinha certeza de que a recíproca era verdadeira e de que Kumiko também gostava de mim. Caso contrário, não aceitaria sair comigo toda semana.

Apesar disso, eu não tinha pressa em avançar no relacionamento, pois sentia que por algum motivo ela ainda hesitava um pouco. Não conseguia apontar essa hesitação de maneira concreta, mas era algo que transparecia em algumas falas e atitudes dela. Às vezes, quando eu fazia uma pergunta, ela demorava um pouco para responder. Havia uma pequena pausa. Nessa pausa, que durava uma fração de segundo, eu sempre sentia uma espécie de *sombra*.

O inverno chegou e o Ano-Novo também. Continuamos saindo quase toda semana. Eu não fazia perguntas sobre essa *sombra*, e Kumiko também não falava nada. A gente se encontrava, ia a algum lugar, almoçava ou jantava e conversava sobre banalidades.

— Então, você tem namorado, né? — perguntei certo dia, ao tomar coragem.

Kumiko me encarou por um tempo.

— Por que você acha isso?

— É só uma impressão — respondi.

Estávamos passeando no Jardim Nacional Shinjuku Gyoen, praticamente deserto no inverno.

— Como assim?

— Parece que você tem alguma coisa que quer me contar. Sabe, pode contar, se quiser.

Senti uma leve mudança na fisionomia de Kumiko, algo muito sutil, quase imperceptível. Talvez ela tenha hesitado um pouco, mas estava decidida desde o começo.

— Obrigada, mas é algo que nem vale a pena falar.

— Você ainda não respondeu à minha primeira pergunta.

— Se eu tenho namorado?

— É.

Kumiko parou de caminhar, tirou as luvas e guardou no bolso do casaco. Em seguida, com sua mão, quente e macia, segurou e apertou a minha, que estava sem luva. Quando retribuí o gesto, tive a impressão de que a respiração dela havia ficado mais fraca.

— Podemos ir ao seu apartamento?

— Claro — respondi, um pouco assustado. — Podemos, sim. Mas já aviso que moro num lugar bem pequeno.

Naquela época, eu morava em Asagaya, numa quitinete com uma cozinha minúscula e um banheiro com um boxe do tamanho de uma cabine telefônica. Ficava no segundo andar, voltada para o sul, e a janela dava para o depósito de uma empresa de construção civil. Por isso, o lugar recebia muito sol e era bem iluminado. Era a única vantagem dessa modesta quitinete. Kumiko e eu sentamos lado a lado no chão, encostados na parede, e ficamos assim por muito tempo.

Naquele dia, transei com Kumiko pela primeira vez, mas até hoje acredito que a decisão tenha partido mais dela do que de mim. De certa forma, ela me seduziu. Ela não me convidou de maneira explícita, com palavras. Ainda assim, quando lhe dei um abraço, percebi que Kumiko queria transar comigo desde o início. Seus movimentos eram brandos, e não senti nenhuma resistência.

Foi a primeira vez de Kumiko. Depois da relação, ela ficou calada por muito tempo. Tentei puxar conversa algumas vezes, mas ela me ignorou. Tomou uma ducha, se vestiu e voltou a se sentar no chão. Como eu não sabia o que dizer, fiquei sentado e mudo ao seu lado. À medida que o sol se movia, nós também nos movíamos, trocando de lugar para segui-lo. À tarde, Kumiko quis voltar para casa e eu a acompanhei.

— Você não tem algo para me contar? — perguntei mais uma vez, no trem.

— Não, isso já não tem importância — respondeu Kumiko em voz baixa, balançando a cabeça.

Não voltei a tocar no assunto. Afinal, ela havia decidido dormir comigo e, mesmo que tivesse algum segredo, acabaria me contando naturalmente, com o tempo.

Nós continuamos nos encontrando uma vez por semana. Normalmente ela vinha à minha quitinete e fazíamos sexo. À medida que fomos unindo e entrelaçando nossos corpos, ela passou a se abrir mais. Falava sobre si, sobre as várias experiências de vida e sobre o que pensou e como se sentiu ao superá-las. Aos poucos, passei a compreender o mundo que aqueles olhos enxergavam. E também comecei a me abrir e a contar o mundo que eu via. Passei a amar Kumiko profundamente, e ela também dizia que não queria ficar longe de mim. Esperamos ela terminar a faculdade e nos casamos.

Depois do casamento, tivemos uma vida feliz e sem maiores problemas. Mesmo assim, de vez em quando eu sentia que Kumiko tinha um território exclusivo, inacessível para mim. Por exemplo, às vezes estávamos em uma conversa animada e, de repente, por alguma razão inexplicável, ela mergulhava em profundo silêncio. Sem motivo algum (pelo menos, não que eu conseguisse me lembrar), ela se calava no meio da conversa, como se estivesse caminhando e inesperadamente caísse num buraco. O silêncio não durava muito, mas por um instante era como se a mente dela se afastasse do corpo e demorasse um pouco para voltar. Nesses momentos, ela me respondia quase monossilabicamente: "É", "Isso", "Pode ser". Dava a impressão de que ela estava com a cabeça em outro lugar. Nos primeiros meses de casados, cada vez que isso acontecia, eu perguntava: "O que aconteceu?". Eu ficava aflito e preocupado, imaginando que tivesse ofendido Kumiko sem querer, com alguma palavra ou ato. E sempre Kumiko se limitava a responder, sorrindo: "Não foi nada". E depois voltava ao normal.

Lembro que tive essa mesma sensação confusa em nossa primeira relação sexual. Provavelmente a única coisa que Kumiko sentiu durante a penetração foi dor. O corpo dela ficou rígido durante a relação. Porém, não foi só por isso que fiquei confuso. Havia um estranho desprendimento. Não consigo explicar ao certo, mas havia nela uma sensação parecida com alienação. Eu tinha a impressão de que o corpo que estava entrelaçando não era o mesmo da mulher que conversava comigo instantes antes, como se Kumiko tivesse trocado de lugar com outra pessoa sem eu perceber. Mas continuei abraçado a ela o tempo todo, acariciando suas costas, pequenas e macias, cuja textura me excitava. Porém, apesar do toque das minhas mãos, aquelas costas pareciam distantes de mim. Tive a impressão de que, enquanto fazia sexo comigo, Kumiko estava com a cabeça em outro lugar, como se eu estivesse abraçando uma substituta. Talvez por isso eu tenha demorado muito para gozar, apesar de toda minha excitação.

Mas tive essa sensação só na primeira vez. Da segunda em diante, senti Kumiko mais próxima de mim. O corpo dela também ficou mais sensível. Provavelmente aquela sensação de alienação que percebi decorria do fato de ser a primeira vez dela.

Enquanto evocava a memória, eu estendia a mão de vez em quando, segurava a escada de corda e puxava com força, para me certificar de que continuava presa. O medo de que a escada pudesse se soltar por alguma razão persistia dentro de mim. Sempre que pensava nessa possibilidade, me sentia aflito em meio às trevas. Meu coração batia tão forte que eu conseguia ouvi-lo. No entanto, depois de testar a corda umas vinte ou trinta vezes, me tranquilizei aos poucos. A escada estava presa com firmeza à árvore. Não se soltaria sem mais, nem menos.

Conferi o relógio. Os ponteiros luminosos estavam prestes a chegar às três. Três da tarde. Eu ainda enxergava a meia-lua formada entre a abertura e a tampa. Lá em cima, uma ofuscante luz de verão devia estar banhando tudo. Conseguia me lembrar do riacho com sua corrente cintilante e das folhas verdes balançando ao vento. Bem abaixo dessa luz esmagadora, existia um lugar como este, imerso em trevas. Bastava descer um pouco no poço pela escada de corda para encontrar uma escuridão bem profunda.

Puxei a escada mais uma vez para me certificar de que continuava firme. Encostei a cabeça na parede e fechei os olhos. Então o sono avançou sobre mim, como uma maré subindo devagar.

7.
Reminiscências e reflexões sobre as gestações, estudo experimental sobre a dor

Quando acordei, a abertura do poço no formato de meia-lua já tinha adquirido uma cor profunda e azulada de crepúsculo. Os ponteiros do meu relógio de pulso indicavam sete e meia. Sete e meia da noite. Significava que eu tinha dormido por quatro horas e meia.

O ar estava gelado no fundo do poço. Meu estado de excitação durante a descida devia ser tão grande que eu nem sequer tinha pensado na temperatura. Já agora eu conseguia sentir com nitidez o ar gelado do ambiente na minha pele. Tentei aquecer os braços descobertos esfregando-os com as mãos e me arrependi por não ter trazido um agasalho na mochila. Havia me esquecido completamente de que a temperatura no fundo do poço era diferente da temperatura da superfície.

Uma escuridão profunda me envolvia. Por mais que eu tentasse ver as coisas, não enxergava nada, nem minhas mãos. Tateei as paredes, encontrei a escada às palpadelas e puxei. Ela continuava presa com firmeza. Quando eu mexia as mãos em meio às trevas, sentia que a obscuridade oscilava um pouquinho, mas talvez não passasse de ilusão de ótica.

Que sensação curiosa não ser capaz de enxergar o próprio corpo, bem diante do nariz. Ao permanecer imóvel na escuridão, ficava cada vez mais difícil para mim vislumbrar minha existência real. Por isso, de vez em quando eu dava uma leve tossida ou passava as palmas das mãos no rosto, para que meus ouvidos confirmassem a existência da minha voz, para que minhas mãos confirmassem a existência do meu rosto.

No entanto, por mais que me esforçasse, meu corpo foi perdendo gradualmente a densidade e o peso, como areia sendo carregada pelo vento. Era como se um feroz cabo de guerra estivesse sendo travado nas profundezas silenciosas do meu ser, e aos poucos minha consciência arrastasse meu corpo ao seu território próprio. A escuridão estava provocando esse grande desequilíbrio. O corpo, em última análise, é apenas um recipiente provisório que abriga dentro de si a consciência, pensei de repente. Se os cromossomos que compõem o meu corpo fossem ordenados em outras sequências, eu provavelmente habitaria um corpo diferente. "Prostituta da consciência", tinha dito Creta Kanô. No momento, eu conseguia aceitar a expressão sem nenhuma resistência. Era possível transar dentro da consciência e gozar no mundo real. Dentro de trevas profundas, muitas coisas estranhas passavam a ser possíveis.

Balancei a cabeça, fazendo um esforço para que a minha consciência voltasse para dentro do meu corpo.

Imerso na escuridão, uni as pontas dos dedos das mãos, os dedões, os indicadores, e assim por diante. Os dedos da mão direita confirmaram a existência dos dedos da mão esquerda, e vice-versa. Respirei fundo, devagar. *Não vou mais pensar na consciência, e sim em coisas mais concretas. Vou pensar no mundo real ao qual o meu corpo pertence. É para isso que estou aqui, para pensar na realidade.* Para pensar na realidade, achei melhor me afastar o máximo possível dela, indo para um lugar bem distante, como o fundo de um poço, por exemplo. "Quando o fluxo estiver para baixo, basta encontrar o poço mais fundo e descer até as profundezas", dissera o sr. Honda. Encostado na parede, inspirei devagar o ar que cheirava a mofo.

Não fizemos festa de casamento. Nossa condição financeira não permitia, e também não queríamos pedir ajuda aos nossos pais. Era bem mais importante para nós começar uma vida a dois de acordo com nossas possibilidades do que respeitar as convenções, como festas e afins. Fomos à prefeitura numa manhã de domingo, tocamos a campainha da seção de atendimento e acordamos o funcionário de plantão, a quem entregamos a declaração de casamento. À noite fomos a um restaurante francês chique que não tínhamos condições de frequentar em situações normais, jantamos e tomamos uma garrafa de vinho. Essa foi a nossa comemoração de casamento.

Na época, não tínhamos praticamente nenhuma economia (eu contava com uma pequena reserva, da herança deixada por minha mãe, mas havia decidido que só usaria esse dinheiro em caso de emergência) nem móveis. As perspectivas de futuro não eram nada promissoras. Alguém como eu, sem ter prestado o Exame da Ordem, não tinha futuro num escritório de advocacia. Kumiko trabalhava em uma editora pequena e desconhecida. Depois de formada, se quisesse, ela poderia ter conseguido emprego em uma empresa mais renomada com a ajuda do pai. Mas ela recusou qualquer ajuda e foi procurar trabalho sozinha. Apesar de tudo, nós dois estávamos satisfeitos, porque viver juntos já era o suficiente.

Não foi fácil começar uma vida do zero com uma pessoa que até pouco tempo atrás era uma ilustre desconhecida. Eu costumava apreciar os momentos de solidão, como acontece com muitos filhos únicos. Quando precisava realizar algo que exigia concentração, eu preferia ficar sozinho. Queria fazer tudo, do começo ao fim, em silêncio, mesmo que exigisse mais tempo e mais trabalho, para não ter que dar explicações nem pedir ajuda. Kumiko também vivera praticamente sozinha desde a morte da irmã mais velha, fechando as portas do coração à sua família. Ela não consultava os familiares para nada. Nesse sentido, nós dois éramos parecidos.

Mesmo assim, aos poucos, fomos habituando nosso corpo e nossa mente a essa nova unidade chamada *lar*. Nos condicionamos a pensar e sentir juntos, fazendo todo tipo de esforço para aceitar e compartilhar os diversos acontecimentos ao nosso redor como *nossos*. Naturalmente, algumas coisas deram certo, outras, não. Ainda assim, acredito que nos divertíamos com os erros e os acertos, pois tudo era novidade para nós. Mesmo quando discordávamos seriamente sobre algum assunto, conseguíamos nos esquecer da desavença quando ficávamos abraçados.

Depois de três anos de casamento, Kumiko engravidou. Como tomávamos as precauções para não ter filhos, para nós — pelo menos para mim — foi uma grande surpresa. Provavelmente foi um acidente, um lapso. Eu não fazia ideia de quando o deslize teria acontecido, mas não encontrava outra explicação. De qualquer maneira, pela nossa situação financeira, era impossível termos um filho. Kumiko estava enfim se adaptando ao trabalho e queria continuar na editora, que por ser pequena não tinha condições de conceder licença-maternidade às funcionárias. Quem queria ter filhos precisava parar de trabalhar. E, se Kumiko parasse, teríamos que sobreviver só com o meu salário, o que na prática era quase impossível.

— Bem, dessa vez temos que desistir — afirmou Kumiko, com a voz inexpressiva, quando voltou do hospital e ficou sabendo do resultado do exame.

Eu também achava que era a única opção, a solução mais razoável sob todos os pontos de vista. Éramos jovens e não estávamos preparados para ter e criar um filho. Tanto Kumiko quanto eu precisávamos de tempo só para nós. Construir a nossa vida: essa era a prioridade. Não faltariam oportunidades para filhos.

Para ser sincero, eu não queria que Kumiko abortasse. Quando estava no segundo ano de faculdade, eu havia engravidado uma garota. Nós tínhamos nos conhecido no meu emprego temporário. Ela era um ano mais nova do que eu e era bacana. Tínhamos afinidades e sentíamos carinho um pelo outro, mas não estávamos apaixonados nem havia possibilidade de um avanço no relacionamento. Apenas estávamos sozinhos e buscávamos alguém para trocar carinho.

Eu sabia quando tinha acontecido. Embora sempre usasse camisinha, naquele dia eu não tinha nenhuma, por descuido. Havia me esquecido de comprar. Quando falei que estava sem preservativo, ela hesitou uns dois ou três segundos e disse: "Bem, acho que não tem problema". Mas ela acabou engravidando.

Mesmo que não tivesse me caído a ficha de que eu tinha *engravidado* uma garota, não havia alternativa a não ser o aborto. Arranjei o dinheiro e fomos juntos, de trem, a um hospital indicado por uma amiga dela, em uma cidadezinha na província de Chiba. Quando descemos na estação cujo nome nunca tínhamos ouvido falar, avistamos inúmeras casinhas construídas ao longo de uma colina suave, que se estendiam a perder de vista. Tratava-se de um grande bairro residencial recém-construído, voltado para trabalhadores relativamente jovens que não tinham condições de comprar um imóvel em Tóquio. A estação era nova e ainda havia arrozais diante dela. Assim que saímos, vimos poças d'água enormes, maiores do que todas que já havíamos visto, e ruas tomadas por anúncios de imóveis à venda.

A sala de espera do hospital estava abarrotada de jovens gestantes com barrigas enormes, em sua maioria mulheres casadas há quatro ou cinco anos, que tinham conseguido comprar uma casinha no subúrbio a muito custo, com financiamento, e agora que estavam um pouco mais estabilizadas decidiram ter filhos. Eu era o único homem jovem que perambulava pela cidade em plena luz do dia, em horário comercial. E, para piorar, estava na sala de espera de uma maternidade. As gestantes me olhavam de relance, curiosas. Não eram olhares de simpatia. Para todas, estava claro que eu não passava de um universitário de primeiro ou segundo ano que, sem querer, havia engravidado uma garota e agora a acompanhava para um aborto.

Depois do procedimento, pegamos o trem de volta a Tóquio. Como não era horário de pico, o vagão estava vazio. Pedi desculpas a ela e falei que sentia muito por fazê-la passar por aquela situação por conta de um descuido meu.

— Tudo bem, não se preocupe — disse ela. — Pelo menos você me acompanhou ao hospital e pagou as despesas.

Pouco tempo depois, paramos de sair. Perdemos completamente o contato, e não sei onde ela mora nem o que está fazendo. Seja como for, depois do episódio carreguei por muito tempo um sentimento de inquietação, mesmo quando já não nos encontrávamos. Toda vez que me lembrava daquele dia, pensava nas jovens gestantes seguras de si que abarrotavam a sala de espera do hospital. E toda vez me arrependia de ter engravidado aquela garota.

No trem, para me consolar — isso mesmo, para *me* consolar —, ela contou em detalhes o procedimento, explicando que não era nada de mais.

— Não é uma grande cirurgia como você está pensando, Okada. Foi rápido e não senti dor. Só precisei tirar a roupa e ficar deitada. Senti vergonha, sim, mas o médico era bonzinho, e as enfermeiras eram atenciosas. Claro, eles me deram uma bronca, falaram que eu tinha que tomar cuidado de agora em diante. Mas não se preocupe.

Eu também tenho minha parcela de culpa. Eu falei que não tinha problema, lembra? Então, não fique tão abatido assim.

Porém, de alguma maneira, nesse meio-tempo — entre a ida à cidadezinha da província de Chiba, de trem, e a volta a Tóquio, também de trem — eu havia me tornado outra pessoa. Depois de acompanhar a garota à casa dela e voltar para a minha, deitado no chão do quarto, enquanto observava o teto, percebi com clareza essa mudança. Eu havia me transformado em um *novo eu* e nunca mais voltaria a ser como era antes. Tive a consciência de ter perdido a minha inocência.

Quando soube da gravidez de Kumiko, a primeira coisa que me veio à mente foi a imagem das jovens gestantes que abarrotavam a sala de espera da maternidade. O cheiro peculiar que pairava no local. Eu não sabia identificar que cheiro era aquele. Talvez não fosse exatamente um *cheiro*, mas apenas *algo semelhante* a um cheiro. Quando a enfermeira chamou, a garota que eu acompanhava se levantou devagar da cadeira dura de plástico e se dirigiu direto à porta. Antes de se levantar, ela olhou para mim e esboçou um sorriso fugidio, como se quisesse sorrir mas tivesse desistido na hora.

— Sei muito bem que ter um filho agora não é uma alternativa realista, mas será que não temos como evitar o aborto? — perguntei a Kumiko.

— Nós já discutimos muito sobre isso. Se tivermos um filho agora, a minha carreira acaba e você terá que arranjar outro emprego que pague melhor para sustentar a casa. A nossa vida vai ficar ainda mais difícil e não poderemos fazer mais nada, por causa da criança. A nossa vida seria bem mais limitada. É isso que você quer?

— Acho que por mim não tem problema — afirmei.

— Sério?

— Se eu fizer um bom esforço, acho que consigo outro trabalho. Sabe, meu tio está procurando um gerente, ele quer abrir um novo restaurante. Como não encontrou a pessoa certa, ainda não conseguiu levar adiante o projeto. Acho que ele pode me pagar bem mais do que o que recebo hoje. É um trabalho que não tem nada a ver com a minha área, mas também não tenho tanta paixão assim pelo direito, para ser sincero.

— Você vai tomar conta de um restaurante?

— Não deve ser um bicho de sete cabeças. E, em último caso, tenho guardado um pouco de dinheiro da herança da minha mãe. Não vamos passar fome.

Kumiko refletiu por muito tempo, calada. Rugas se formaram nos cantos dos olhos, um detalhe que eu apreciava em seu rosto.

— Você quer ter filhos? — perguntou ela, quebrando o silêncio.

— Não sei — respondi. — Às vezes acho que é cedo, que precisamos de mais tempo só para nós dois. Mas às vezes acho que com filhos poderemos ampliar um pouco mais o nosso horizonte. Não sei qual das opções é a melhor. Na verdade, eu só não queria que você fizesse o aborto. Então não posso garantir nada. Não tenho certeza de nada e não tenho uma solução mágica para oferecer. Só estou abrindo meu coração.

Kumiko refletiu mais um pouco, tocando algumas vezes a barriga com as palmas das mãos.

— Por que você acha que eu engravidei? Você tem alguma ideia do que aconteceu?

Eu balancei a cabeça.

— Eu sempre tomei precauções. Não queria cometer um deslize e sofrer depois por causa disso. Realmente não faço a menor ideia de como você engravidou.

— Não passou pela sua cabeça que eu poderia ter traído você? Não pensou nessa possibilidade?

— Não.

— Por que não?

— Eu não tenho uma intuição muito boa, mas acho que perceberia isso.

Kumiko e eu estávamos sentados à mesa da cozinha, bebendo vinho. Já era tarde da noite e tudo estava em silêncio. Kumiko observava o resto do vinho no copo, estreitando os olhos. Ela quase não bebia, mas se permitia um pouco de vinho quando não conseguia dormir. Uma dose e ela já conseguia pegar no sono. Nessas ocasiões, eu sempre a acompanhava. Como não tínhamos taças, bebíamos em pequenos copos de cerveja que havíamos ganhado da loja de bebidas perto de casa.

— Você dormiu com outro homem? — perguntei só por perguntar, pois estava um pouco incomodado.

Kumiko balançou a cabeça algumas vezes, rindo.

— Claro que não. Eu não faria uma coisa dessas. Disse isso apenas como uma das possibilidades — respondeu ela, apoiando os cotovelos na mesa. — Mas, para ser franca, às vezes eu me sinto bastante confusa. Fico sem saber o que se passou ou não, o que é verdade ou não... Mas, como eu disse, *às vezes*.

— E o que está acontecendo agora é um desses *às vezes*?

— Bem... Você nunca passou por isso?

Eu refleti por um instante.

— Não consigo me lembrar de nada concreto.

— Como posso explicar... Há uma pequena diferença entre as coisas que eu acho que são realidade e as coisas que são realidade de fato. Às vezes sinto como se existisse alguma coisa escondida dentro de mim, como um ladrão que entrasse sorrateiramente na casa e continuasse escondido no armário, sabe? Bom, essa coisa aparece de vez em quando para perturbar a minha ordem e a minha lógica, como um campo magnético que interrompesse o funcionamento de uma máquina.

Encarei Kumiko por um tempo.

— E você acha que essa *coisa* escondida dentro de você tem alguma relação com a sua gravidez? — perguntei.

Kumiko balançou a cabeça em negativa.

— A questão não é ter relação ou não. O que estou querendo dizer é que às vezes fico sem saber direito a ordem correta das coisas. Só isso.

A irritação começou a transparecer nas palavras de Kumiko. O relógio já marcava mais de uma da manhã. Pensei que já estava na hora de dar o assunto por encerrado. Estendi a minha mão e peguei a de Kumiko sobre a mesa.

— Escute, eu posso tomar a decisão sozinha? — pediu Kumiko. — Sei que é uma questão importante e que tem a ver com nós dois, sei muito bem. Nós já conversamos bastante e já entendi como você pensa. Será que você poderia me deixar refletir mais um pouco? Mais um mês, talvez. Enquanto isso, seria bom a gente não tocar mais no assunto.

Eu estava em Sapporo, na ilha de Hokkaido, quando Kumiko fez o aborto. O escritório de advocacia quase nunca enviava um funcionário de baixo escalão como eu para uma viagem a trabalho, mas daquela vez não havia ninguém disponível e eu fui escolhido. Bastava levar a papelada a um cliente, fazer uma breve explicação e trazer os documentos que ele me entregaria. Como era uma documentação importantíssima, não podia ser enviada pelo correio nem entregue a terceiros. Todos os voos para Tóquio estavam lotados no dia, pela época do ano, e eu precisei pernoitar em um hotel comercial em Sapporo. Durante essa minha ausência, Kumiko foi sozinha ao hospital e realizou o procedimento. Ela ligou para o hotel onde eu estava hospedado depois das dez da noite e disse:

— Hoje fui ao hospital depois do almoço e fiz o aborto. Desculpe dar a notícia só agora, depois de tudo estar resolvido, mas decidi às pressas. Sabe, achei que resolver tudo sozinha, durante a sua ausência, seria o melhor para nós.

— Não se preocupe. Se você achou que seria o melhor, tudo bem.

— Eu tenho mais coisas para contar, mas agora não posso. De qualquer maneira, acho que um dia será inevitável.

— Quando voltar a Tóquio, vamos conversar com calma.

Depois de desligar o telefone, vesti um casaco e saí para dar uma caminhada pelas ruas de Sapporo, sem rumo. Era início de março e montes de neve se formavam nos dois lados da rua. O ar estava tão gelado que doía só de respirar; uma névoa branca saía da boca dos transeuntes e desaparecia rapidamente. Todos usavam casacos grossos, luvas, cachecóis em volta do rosto e andavam com cautela pela calçada congelada, para não escorregar. Os táxis rodavam com pneus com correntes e circulavam pelas ruas produzindo o som de gelo trincando. Quando eu já não aguentava mais o frio espalhado pelo corpo, entrei num bar que encontrei por acaso e tomei alguns copos de uísque, sem gelo. Depois continuei perambulando pela cidade.

Andei por muito tempo. De vez em quando nevava, mas os flocos eram tão frágeis como uma memória antiga prestes a desvanecer. Entrei em outro bar, que ficava no subsolo. O interior era bem mais espaçoso do que deixava transparecer pela fachada. Havia um pequeno palco no canto, e um homem magro de óculos cantava e tocava violão, sentado em uma cadeira de aço. Ele estava com as pernas cruzadas, o estojo do violão no chão, a seus pés.

Bebi sentado, ouvindo a música sem muito interesse. Entre uma canção e outra, ele explicou que as composições eram de sua autoria. O músico tinha pouco mais de vinte e cinco anos, usava óculos marrons com armação de plástico e não apresentava nenhuma peculiaridade no rosto. Estava de camisa de flanela xadrez, com a barra para fora da calça jeans, e coturno. Não consigo descrever ao certo como eram suas músicas. Acordes simples, melodias simples, letras superficiais.

Em uma situação normal, eu não ficaria para ouvir esse tipo de música e teria saído assim que terminasse a bebida. Só que naquela noite meu corpo estava completamente gelado e eu não sairia por nada até me aquecer da cabeça aos pés. Acabei com o copo de uísque sem gelo e logo em seguida pedi mais um. Permaneci por um tempo de casaco e cachecol. Como o garçom perguntou se eu não queria algo para comer, pedi uma porção de queijo, que mal belisquei. Tentei pensar em qualquer coisa, mas a minha cabeça não funcionava direito. Eu não sabia nem no que pensar. Senti que havia me tornado um cômodo completamente vazio, onde a música ressoava vagamente, como um eco seco.

Depois de algumas músicas, os fregueses aplaudiram. Não chegavam a ser palmas entusiasmadas, mas também não eram apenas por uma questão de educação. O bar não estava muito lotado. Acho que devia ter dez ou quinze pessoas. O cantor se levantou da cadeira e se curvou para a plateia. Falou algo espirituoso e alguns riram. Chamei o garçom e pedi o terceiro uísque. Só então tirei o cachecol e o casaco.

— A apresentação de hoje está chegando ao fim — anunciou o cantor, fazendo uma pausa e percorrendo o olhar por todo o estabelecimento. — Mas, como parece que algumas pessoas aqui não gostaram das minhas músicas, vou improvisar um pequeno encerramento. Não costumo fazer isso, mas hoje é especial. Por isso, todos que estão aqui podem se considerar sortudos.

O cantor colocou o violão no chão, com cuidado, e pegou uma vela grossa e branca que estava dentro do estojo do instrumento. Ele acendeu a vela e a colocou de pé, num pires, depois de pingar umas gotas de cera. Em seguida, levantou o pires de modo teatral, como um filósofo grego.

— Poderiam diminuir as luzes? — pediu ele. Um funcionário diminuiu um pouco a iluminação. — Um pouco mais escuro, por favor.

O interior do bar ficou mais escuro ainda, de modo que dava para ver com clareza a chama da vela que o cantor levantava. Eu observava o homem e a vela, enquanto tentava aquecer o copo de uísque, envolvendo-o com as mãos.

— Como todos sabem, experimentamos diversos tipos de dor ao longo da vida — prosseguiu o homem, com voz calma e clara. — Sentimos dores no corpo e no coração. Ao longo da minha vida, já experimentei vários tipos de dor, e imagino que todos aqui também. Acontece que muitas vezes é difícil expressar em palavras como é essa dor. Só você consegue entender a sua dor, é o que dizem. Mas será que é verdade? Eu não concordo. Por exemplo, quando estamos diante de alguém que está sofrendo de verdade, nós conseguimos sentir esse sofrimento ou essa dor como algo nosso. Esse é o poder da empatia. Vocês entendem o que estou querendo dizer?

Ele fez uma pausa e olhou de novo para a plateia.

— As pessoas cantam porque querem ser capazes de sentir empatia. Porque querem se distanciar do próprio casulo estreito e compartilhar a dor e a alegria com os outros. Naturalmente essa não é uma tarefa simples. Por isso, eu gostaria de mostrar um experimento para que vocês sintam uma empatia física mais simples.

A plateia observava o palco com a respiração suspensa e aguardava ansiosa o que estava para acontecer. O homem ficou encarando o vazio como se estivesse marcando uma pausa ou tentando se concentrar. Em seguida, colocou a mão esquerda acima da chama da vela sem dizer nada. Depois aproximou cada vez mais a chama da mão. Um dos presentes soltou um som indistinguível, entre suspiro e gemido. De repente, a ponta da chama começou a queimar a palma da mão do cantor. Tive até a impressão de ouvir o som da pele se queimando. Uma das mulheres soltou um grito baixo e agudo. Os demais clientes observavam a cena, paralisados. O homem suportou a dor franzindo a testa. *Afinal, que diabos é isso?*, pensei. *Por que ele precisa fazer uma tolice sem sentido dessas?* Senti que a minha garganta ficava cada vez mais seca. Depois de cinco ou seis segundos, ele afastou a mão devagar e colocou o pires com a vela no chão. Em seguida, uniu as duas palmas das mãos e cruzou os dedos.

— Como vocês puderam ver, a dor literalmente fere o corpo humano — afirmou o homem.

A voz dele continuava inalterável. Uma voz fria, calma e firme. No seu rosto já não havia nenhum vestígio de sofrimento. Ele até sorria um pouco.

— Vocês conseguiram sentir a dor que eu senti como se fosse de vocês. Esse é o poder da empatia.

Ele afastou devagar as mãos que estavam unidas, e uma echarpe fina e vermelha apareceu entre elas. Em seguida, mostrou as palmas das mãos à plateia. Não havia nenhuma queimadura. Depois de um momento de silêncio, os fregueses aplaudiram com entusiasmo e alívio. O bar voltou a se iluminar, e as pessoas passaram a conversar animadamente, sem o clima de tensão. O homem guardou o violão no estojo, como se nada tivesse acontecido, desceu do palco e sumiu.

Na hora de pagar a conta, perguntei para a funcionária se aquele cantor se apresentava sempre no bar e se costumava fazer mágicas como aquela.

— Olha, eu não sei direito — respondeu ela. — Para falar a verdade, é a primeira vez que ele canta aqui e a primeira vez que ouço falar nele. Nem sabia que ele ia fazer mágica depois do show. Mas foi incrível, não é? Como será que ele fez aquilo? Com esse número, ele poderia até se apresentar na TV.

— É verdade. Parecia mesmo que a mão estava queimando — concordei.

Voltei ao hotel a pé e, ao me deitar, não demorei a cair no sono, como se estivesse aguardando aquele momento. Quando estava quase adormecendo, pensei em Kumiko. Mas ela me parecia muito distante e não consegui pensar em mais nada. O rosto do homem que queimava a própria mão me veio de repente à mente. *Parecia que ela estava queimando de verdade*, pensei, antes de mergulhar no sono.

8.
Raiz do desejo, interior do quarto 208, atravessando a parede

Pouco antes do amanhecer, no fundo do poço, tive um sonho. Não era exatamente um sonho, mas *algo* que por acaso tinha a aparência de sonho.

Eu caminhava sozinho. Uma TV de tela grande no centro do saguão espaçoso mostrava o rosto de Noboru Wataya, que se preparava para começar um discurso. Ele estava com um terno de tweed, camisa listrada, gravata azul-escura e, com as mãos cruzadas sobre a mesa, falava para a câmera. Às suas costas, na parede, tinha um grande mapa-múndi. Provavelmente havia mais de cem pessoas no saguão, e todas pararam para prestar atenção, com a fisionomia séria, no que Noboru Wataya tinha a dizer. Pareciam estar diante de um pronunciamento importante que mudaria o destino de todos.

Eu também parei para olhar. Num tom que demonstrava grande confiança, Noboru Wataya falava para os milhões de pessoas que não conseguia ver, como se estivesse acostumado à situação. Aquela *coisa* insuportável e desagradável que ele carregava, que eu notava quando me encontrava pessoalmente com ele, estava escondida em algum lugar longe da vista das pessoas. Seu estilo era peculiar e persuasivo. O modo sutil de fazer pausas entre as palavras, o ressoar da sua voz e as mudanças em sua fisionomia geravam uma curiosa sensação de realidade. Pelo jeito, a eloquência de Noboru Wataya estava cada dia melhor. Eu não queria, mas tive que reconhecer esse fato.

— Vejam bem, todas as coisas são complexas e, ao mesmo tempo, muito simples. Essa é a regra básica que controla o mundo — afirmou. — Não podemos nos esquecer disso. Mesmo quando as coisas parecem e são complexas, na verdade a motivação por trás é bem simples. A questão é: *o que nós buscamos*. A motivação é, em outras palavras, a raiz do desejo. O importante é encontrar essa raiz e, para isso, é preciso cavar para além da superfície confusa da realidade. Cavar até o fim. Cavar até encontrar essa raiz. Assim — e ele apontou sem se virar para o mapa às suas costas —, tudo se tornará evidente. É assim que funciona o mundo. Os tolos nunca conseguirão se libertar da aparente confusão e vão morrer buscando a saída, completamente perdidos na escuridão, sem compreender nada do mundo, como se estivessem desorientados em uma mata fechada ou nas profundezas de um poço. Estão perdidos pois não compreendem o princípio das coisas. Na cabeça deles, só há lixo e entulho. Eles não entendem nada, não sabem distinguir a frente dos fundos, o que está em cima e o que está embaixo, o norte e o sul. Por isso, não conseguem sair da escuridão.

Noboru Wataya fez uma pausa, esperou que suas palavras fossem absorvidas pela audiência e recomeçou:

— Vamos deixar esses tolos de lado. Se eles querem continuar perdidos, que continuem. Temos coisas mais importantes para fazer.

À medida que eu ouvia aquele discurso, a ira crescia dentro de mim, uma ira sufocante. Noboru Wataya aparentemente falava para o mundo, mas na verdade se dirigia apenas a mim. Sem dúvida falava com uma espécie de motivação bem deturpada e malévola, mas ninguém percebia, só eu. Noboru Wataya estava enviando uma mensagem cifrada para mim, usando o sistema de televisão. Fechei o punho dentro do bolso, com força, mas não sabia onde extravasar a minha ira. Como não podia dividir aquele sentimento com mais ninguém ao meu redor, senti uma profunda solidão.

Atravessei o saguão abarrotado de gente que assistia ao discurso de Noboru Wataya com atenção, tentando não perder uma única palavra, e fui até o corredor que dava para os quartos. Acabei esbarrando no homem sem rosto que aparecera em outro sonho. Ele olhou para mim com sua cara sem rosto e barrou o caminho.

— Agora não é um bom momento. O senhor não pode estar aqui.

Só que a dor provocada por Noboru Wataya, uma dor que lembrava a de um corte profundo, me impelia. Estendi a mão e empurrei o homem sem rosto, que cambaleou como uma sombra e saiu do meu caminho.

— É para o seu bem — falou o homem sem rosto, atrás de mim. Cada palavra dita perfurava minhas costas, como cacos afiados de vidro. — Se o senhor seguir em frente, não vai mais conseguir voltar atrás. É isso que deseja?

Continuei caminhando, sem me importar com seu alerta. Eu precisava saber. Não podia continuar perdido para sempre.

Avancei pelo corredor que me era bastante familiar. Depois de um tempo, virei para trás, imaginando que o homem sem rosto poderia estar me seguindo para me impedir, mas não vi ninguém. No corredor comprido com algumas curvas, havia muitas portas parecidas. Eram numeradas, mas eu não me lembrava do quarto em que tinha entrado da outra vez. Na hora, eu havia memorizado o número, mas agora já não conseguia me lembrar e não podia abrir todas as portas para conferir.

Percorri o corredor diversas vezes, sem saber o que fazer, até cruzar com um funcionário que levava o serviço de quarto. Em uma bandeja, havia uma garrafa intocada de Cutty Sark, um balde com gelo e dois copos. Depois que ele passou por mim, resolvi segui-lo discretamente. A bandeja prateada impecável reluzia de vez em quando, refletindo as luzes do teto do corredor. O rapaz não se virou em nenhum momento. Caminhava sempre em frente, com passos regulares e o queixo erguido. Vez ou outra assobiava. Era a abertura de *La gazza ladra*, bem no início, quando rufam os tambores. Até que ele assobiava bem.

O corredor era bem comprido, mas não encontrei ninguém enquanto seguia o funcionário. A certa altura, ele se deteve diante de uma das portas e deu três batidas curtas. Alguns segundos depois, alguém abriu e o rapaz entrou com a bandeja. Eu me escondi atrás de um grande vaso chinês, me encostei na parede e resolvi esperar até o funcionário sair. O número do quarto era 208. Sim, 208! Por que não tinha me lembrado antes?

O funcionário demorou para sair. Conferi meu relógio de pulso, mas até aquele momento não havia percebido que os ponteiros não estavam funcionando. Observei cada uma das flores do vaso, sentindo o cheiro. Estavam coloridas e perfumadas, completamente frescas, como se tivessem acabado de ser colhidas, sem nem sequer perceberem. Havia um pequeno mosquito na rosa vermelha com pétalas grossas e aveludadas.

Depois de uns cinco minutos, o rapaz enfim saiu do quarto, sem a bandeja. Ainda de queixo erguido, retornou pelo mesmo caminho por onde tinha vindo. Quando ele dobrou o corredor e sumiu do meu campo de visão, fui para a frente da porta. Prendi a respiração e agucei os ouvidos para tentar escutar algum barulho de dentro do quarto, mas não escutei nada que indicasse a presença de alguém. Então tomei coragem e bati à porta, três batidas rápidas como as do funcionário. Nenhuma resposta. Depois de um momento, dei mais três batidas, um pouco mais fortes. Nenhuma resposta.

Levei a mão à maçaneta e girei, com cuidado. A porta se entreabriu sem ranger. Embora o interior do quarto estivesse escuro, uma luz tênue vazava por uma fresta entre as cortinas espessas e, ao olhar com mais atenção, pude reconhecer o vago contorno das janelas, da mesa e do sofá. Sem dúvida era o mesmo quarto onde eu fizera sexo com Creta Kanô, uma suíte com dois ambientes: a sala de estar e o quarto, ao fundo. Consegui identificar vagamente a garrafa de Cutty Sark, os copos e o balde com gelo sobre a mesa da sala. E, ao abrir completamente a porta, vislumbrei o reflexo de uma faca afiada no balde de aço inoxidável, ou teria sido apenas a luz do corredor? Mergulhei na escuridão e, sem fazer barulho, fechei a porta atrás de mim. O ar do interior do quarto estava abafado, e senti um forte perfume de flor. Prendi a respiração e tentei distinguir o que havia à minha volta. Continuava segurando a maçaneta com a mão esquerda, para poder abrir a porta a qualquer momento. Devia haver alguém ali dentro, já que pediram uísque, gelo e copos pelo serviço de quarto e abriram a porta para o funcionário entrar.

— Não acenda a luz — pediu uma voz de mulher.

A voz vinha do quarto, ao fundo. Logo percebi quem era: a mulher misteriosa dos telefonemas estranhos. Afastei a mão da maçaneta e caminhei devagar em direção à voz, tateando na escuridão. O quarto, ao fundo, era mais escuro do que a sala de estar. Parado entre os dois cômodos, tentei enxergar o que havia dentro. Ouvi o farfalhar do lençol e avistei um vulto se mover sem pressa na escuridão.

— Não acenda a luz — repetiu a mulher.

— Tudo bem. Não vou acender — respondi.

Eu continuava entre os dois cômodos.

— Você veio sozinho? — perguntou a mulher, com a voz um pouco cansada.

— Sim. Achei que encontraria você por aqui. Ou então Creta Kanô. Preciso saber onde está Kumiko. Afinal, toda essa história começou com a sua ligação. O seu telefonema estranho foi o estopim para uma sucessão de acontecimentos esquisitos, como se uma caixinha de surpresas tivesse sido aberta. E agora Kumiko desapareceu. Por isso vim sozinho até aqui. Não faço ideia de quem você seja, mas você tem uma chave ou algo do gênero, não?

— Creta Kanô? — perguntou a mulher, com a voz cautelosa. — Nunca ouvi esse nome. Ela também está aqui?

— Eu não sei onde ela está. Mas já me encontrei com ela algumas vezes neste quarto.

A cada inspiração, eu sentia o perfume forte de flor. O ar estava pesado, viciado. Em algum lugar do quarto, devia ter um vaso de flor, que estava respirando e se contorcendo no meio das trevas. Nessa escuridão impregnada, eu começava a perder de vista o meu corpo, como se estivesse me tornando um pequeno inseto, prestes a entrar nas pétalas de uma flor gigante, onde mel viscoso, pólen e pelos macios me aguardavam. Eles precisavam da minha invasão, da minha presença.

— Bom, mas antes quero saber quem é você — prossegui. — Você diz que me conhece, mas não consigo me lembrar, por mais que eu tente. Afinal, quem é você?

— Quem sou eu? — disse a mulher, me imitando, mas sem um tom de deboche. — Quero beber alguma coisa. Poderia preparar dois uísques com gelo? Você também bebe, não é?

Voltei à sala de estar, abri a garrafa intocada de uísque, coloquei cubos de gelo nos copos e servi. Demorei um bom tempo, já que fiz tudo isso no escuro. Voltei ao quarto com os dois copos na mão.

— Deixe na mesa de cabeceira e se sente na cadeira, aos pés da cama — pediu a mulher.

Fiz como ela pediu: deixei um dos copos na mesa de cabeceira e me sentei, com o outro na mão, na cadeira estofada um pouco mais afastada, aos pés da cama. Meus olhos estavam mais acostumados com a escuridão, pois vi uma silhueta se mover em silêncio. Aparentemente, a mulher havia levantado e sentado na cama. Pelo som dos cubos de gelo se chocando, percebi que ela tomava o uísque. Também resolvi beber um gole do meu.

A mulher permaneceu calada por muito tempo. À medida que o silêncio se estendia, eu tinha a impressão de que o perfume de flor ficava ainda mais forte.

— Você quer mesmo saber quem sou eu? — perguntou a mulher.

— É para isso que estou aqui — respondi, percebendo que o som da minha voz traía certo desconforto.

— Você veio até este quarto para saber o meu nome?

Em vez de responder, eu me limitei a dar uma tossida, que também traiu certo desconforto.

A mulher balançou os cubos de gelo dentro do copo.

— Você quer saber o meu nome, mas infelizmente não posso falar. Conheço você muito bem. Você me conhece muito bem. Mas eu não me conheço.

Balancei a cabeça na escuridão.

— Não estou entendendo aonde você quer chegar. Sabe, já estou cansado de enigmas. O que eu preciso é de uma pista material, de um fato concreto que possa usar como pé de cabra para forçar a porta.

A mulher soltou um longo suspiro, como se quisesse lançar para fora todo o ar do corpo.

— Toru Okada, descubra o meu nome. Não, pensando bem, nem precisa. *Você já sabe o meu nome.* Basta se lembrar. Se conseguir se lembrar do meu nome, eu posso sair daqui e ajudar você a encontrar sua esposa, Kumiko Okada. Então, se você quer encontrar sua esposa, faça um esforço para lembrar meu nome. Esse será o seu *pé de cabra.* Você não tem tempo para ficar perdido. A cada dia que passa, Kumiko se afasta mais de você.

Coloquei o copo de uísque no chão.

— Mas, afinal, onde estamos? Desde quando você está neste quarto? E o que está fazendo aqui?

— Acho melhor você sair agora — disse a mulher, de repente, como se tivesse acabado de se dar conta. — Se *aquele homem* encontrar você aqui, com certeza será um problema. *Ele* é bem mais perigoso do que você imagina e pode matar você. Não seria surpresa para ninguém.

— *Aquele homem?* De quem você está falando?

Ela não respondeu. Eu também não sabia o que falar e percebi que estava completamente desnorteado. Não havia nenhum som no quarto, e o silêncio era profundo, pegajoso e sufocante. Minha cabeça estava latejando. Talvez fosse por causa do pólen. Os minúsculos grãos de pólen dispersos no ar haviam se infiltrado no meu cérebro e estavam afetando meu sistema nervoso.

— Ei, Toru Okada — disse a mulher, com uma voz diferente. Por alguma razão, a voz dela havia mudado completamente e estava úmida, como o próprio ar do quarto. — Você quer transar comigo de novo? Quer me penetrar? Quer me lamber todinha? Você pode fazer o que quiser comigo e eu posso fazer tudo o que você pedir. Até as coisas que sua esposa não faz. Tudo. Posso ser a fonte de prazeres inesquecíveis. Se você...

Subitamente, sem nenhum aviso, alguém bateu à porta. O som da batida era sólido, como o do martelar de um prego em uma superfície dura, e parecia um mau agouro na obscuridade.

A mulher estendeu a mão e segurou o meu braço.

— Por aqui, rápido — disse ela, baixinho.

A voz dela agora estava normal. Ouvimos mais duas batidas de mesma intensidade. Lembrei que não tinha trancado a porta.

— Venha, rápido. Você precisa sair daqui, e só tem um jeito para isso.

Caminhei na escuridão, puxado por ela. Ouvi alguém girar a maçaneta devagar e, por alguma razão, esse som me arrancou um arrepio. Quase no mesmo instante em que a luz do corredor incidiu sobre a escuridão do quarto, nós dois adentramos a parede. Ela tinha a consistência de uma enorme massa gelatinosa e fria. Precisei fechar os lábios com força, para impedi-la de entrar na minha boca. *Eu estava atravessando a parede*, para ir de um lugar a outro. Porém, enquanto fazia isso, me parecia o ato mais natural do mundo.

Senti a língua da mulher entrar na minha boca. Ela era quente e macia, e percorria minha boca e se entrelaçava com a minha língua. O perfume asfixiante das pétalas de flor acariciou a parede dos meus pulmões. No meu quadril, senti o lânguido desejo de gozar, mas resisti, fechando os olhos com firmeza. Pouco depois, senti uma espécie de calor ardente na bochecha direita. Era uma sensação estranha. Não sentia dor *nessa parte*, apenas calor. Não sabia se vinha de fora ou se aflorava de dentro de mim. Mas logo tudo passou: a língua, o perfume de flor, o desejo de gozar, o calor da bochecha. Logo atravessei toda a parede e, quando abri os olhos, estava do outro lado. No chão do fundo do poço.

9.
Poço e estrelas, como a escada sumiu

O céu já estava claro às cinco da manhã, mas eu ainda conseguia ver algumas estrelas acima da minha cabeça. O primeiro-tenente Mamiya tinha razão: do fundo do poço, dava para ver as estrelas mesmo durante o dia. No recorte perfeito de meia-lua, as estrelas brilhavam de leve no firmamento, reunidas como amostras de minérios raros.

Quando eu estava na quinta ou sexta série do primeiro grau, lembro que fui acampar com alguns amigos na montanha e vi o céu tão carregado de estrelas que parecia prestes a quebrar, sucumbir ao peso das constelações. Nunca mais vi um céu tão estrelado como aquele. Fiquei acordado e, depois que todos dormiram, saí da barraca na ponta dos pés para contemplar o lindo céu estrelado deitado de costas no chão. De vez em quando uma estrela cadente desenhava um traço, iluminando o céu. Porém, em determinado momento, comecei a ficar com medo. Havia uma infinidade de estrelas, e o céu noturno era extenso e profundo. Pareciam estranhos corpos esmagadores, que me engoliam, me envolviam e me davam vertigens. Até aquele momento eu achava óbvio que o chão em que pisava era firme e que duraria para sempre, e não perdia tempo com a questão. No entanto, na realidade, a Terra não passava de uma pedrinha que flutuava num canto do universo. Na comparação com a grandeza do universo, não passava de um andaime frágil e provisório. Ela poderia ser destruída com todos os seres vivos da noite para o dia, por uma mudança sutil da gravidade ou por um breve lampejo de luz. Ao sentir a pequenez e a fragilidade da minha condição, fiquei paralisado sob aquele deslumbrante céu estrelado.

Contemplar as estrelas na alvorada, no fundo de um poço, era uma experiência diferente daquela de observar o céu estrelado no alto de uma montanha. Senti que a minha consciência estava intrinsecamente ligada às estrelas por meio de um laço estreito que passava por aquela pequena abertura em meia-lua. Senti uma forte afinidade com as estrelas. Provavelmente só eu, no fundo de um poço escuro, conseguia enxergá-las. Eu as considerava como minhas e, em troca, elas me ofereciam uma espécie de energia e calor.

À medida que o tempo passava e o céu era dominado pela claridade do verão, as estrelas foram desaparecendo devagar da minha vista, uma a uma. Fiquei observando em silêncio esse processo. No entanto, nem todas se ofuscavam com a chegada do amanhecer. Aquelas que tinham brilho mais intenso permaneceram, firmes e persistentes, mesmo depois que o sol subiu mais alto. Fiquei feliz com isso. Além das nuvens que cruzavam o firmamento de vez em quando, as estrelas eram minhas únicas companheiras no fundo do poço.

Eu tinha transpirado durante o sono, e o suor aos poucos esfriara. Eu estava tremendo de frio. O suor me fazia pensar no quarto escuro do hotel e na mulher que estava lá. Cada palavra dela e o som da batida da porta ainda ressoavam em meus ouvidos. O perfume sufocante e delicado de flor permanecia nas minhas narinas. Noboru Wataya continuava falando na TV. A memória dessas sensações não tinha desbotado nem um pouco, mesmo ao fim de um bom tempo. *É porque não foi um sonho*, me dizia a minha memória.

Mesmo depois de despertar completamente, continuei sentindo uma pontada quente na bochecha direita e uma dor leve, como se uma lixa áspera tivesse esfolado minha pele. Levei a palma da mão à parte dolorida, sobre a barba nascente, mas o calor e a dor não diminuíram. Para piorar, eu não tinha como ver o que havia na minha bochecha, pois estava no fundo de um poço escuro e sem espelho.

Estendi a mão e toquei a parede, tateando com a ponta dos dedos e empurrando de leve com a palma da mão. Era uma parede de concreto bem comum. Dei algumas batidinhas leves. A superfície era dura, como esperado, e estava levemente úmida. Eu me lembrava muito bem da sensação viscosa e estranha que havia sentido quando a atravessei. Parecia que estava passando dentro de uma gelatina.

Às apalpadelas, peguei a garrafa da mochila e tomei um gole de água. Não tinha comido nada por quase vinte e quatro horas e, quando me lembrei, de repente senti muita fome. Mas depois de um tempo a fome começou a diminuir lentamente até que passou, engolida por uma espécie de insensibilidade. Levei mais uma vez as mãos ao rosto para conferir minha barba, havia crescido o equivalente a um dia. De fato, um dia se passara. Mas provavelmente o fato de eu ter ficado um dia fora não tinha mudado a vida de ninguém. Ninguém devia nem ter percebido o meu sumiço. Mesmo com meu desaparecimento, o mundo deve estar girando da mesma forma, como se nada tivesse acontecido. A minha situação estava bastante intrincada, mas uma coisa era certa: ninguém precisava de mim.

Voltei a olhar para o alto e a contemplar as estrelas. Aos poucos, as batidas do meu coração foram se acalmando. De repente, me lembrei da escada de corda e estendi a mão para procurá-la em meio às trevas. Ela deveria estar suspensa na parede do poço, mas não encontrei nada. Tateei toda a parede com muito cuidado, mas nem sinal da escada, ela não estava mais onde deveria. Respirei fundo, aguardei um instante, peguei a lanterna da mochila e acendi. A escada não estava no lugar de antes. Eu me levantei, iluminei o chão e depois a parte de cima da parede. Passeei a lanterna por todos os lugares onde a luz alcançava, mas a escada não estava em lugar nenhum. Um suor gelado desceu devagar das minhas axilas e escorreu pelo meu corpo, como um ser vivo. A lanterna caiu da minha mão, desabou no chão e se apagou com o impacto. Foi um sinal. Minha consciência se pulverizou de repente e se transformou em algo como areia fina, sendo assimilada e absorvida pela escuridão ao redor. Meu corpo parou de funcionar por completo, como se tivesse sido desligado, e fui assolado por um enorme vazio.

Provavelmente tudo isso durou apenas alguns segundos, até que consegui me recompor. Recuperei a consciência do meu corpo gradativamente. Eu me agachei, apanhei a lanterna do chão, dei uma chacoalhada e pressionei o botão. Ela acendeu. Tentei me acalmar e organizar as ideias. De nada adiantaria eu me apavorar e entrar em pânico. Quando foi que conferi a escada pela última vez? Um pouco antes de dormir, após a meia-noite. Só adormeci depois de confirmar que ela continuava no seu devido lugar. Com certeza. Então a escada tinha desaparecido durante o meu sono, foi tomada e arrancada de mim.

Apaguei a lanterna e me encostei na parede. Fechei os olhos. Logo voltei a sentir fome, uma fome que vinha de longe, como uma onda que se quebrava em meu corpo e se afastava em silêncio. Depois que a onda passou, meu corpo ficou tão oco e vazio quanto o de um animal empalhado. Porém, assim que o esmagador pânico inicial ficou para trás, não senti mais medo nem desespero. É curioso, mas o que eu sentia era uma espécie de resignação.

Quando voltei de Sapporo, abracei Kumiko para consolá-la. Ela estava confusa e transtornada. Não tinha ido trabalhar e me contou que não conseguira dormir à noite.

— Como o hospital tinha horário, decidi fazer o procedimento sozinha — explicou ela, e chorou um pouco.

— Já passou — falei. — Está tudo bem. A gente já tinha conversado bastante sobre isso. Não adianta nada ficar remoendo agora. Se você tem algo para me contar, o momento é este. Depois vamos esquecer isso tudo. Você me disse por telefone que queria me contar uma coisa, não é?

— Não, já ficou para trás. Você tem razão: vamos esquecer isso tudo — respondeu ela, balançando a cabeça.

Durante um tempo, a muito custo, evitamos falar sobre qualquer assunto relacionado a aborto. Não foi fácil. Quando conversávamos, muitas vezes ficávamos calados de repente, do nada. Nos dias de folga, passamos a ir com frequência ao cinema. Na sala escura, procurávamos nos concentrar no filme, pensar em outra coisa ou apenas descansar a mente, sem refletir sobre nada. Eu notava e sentia que Kumiko não estava prestando atenção no filme.

Depois de sair do cinema, costumávamos ir a um bar ou a um restaurante para tomar cerveja e fazer uma refeição simples. Às vezes, ficávamos sem assunto. Essa foi nossa realidade durante seis semanas, seis longas semanas, até que Kumiko propôs:

— Olha, que tal tirarmos uma folga amanhã e fazermos uma viagem? Como hoje é quinta, podemos descansar até domingo. Acho que estamos precisando de um repouso um pouco maior.

— Sei que estamos, mas não tenho certeza se vou conseguir um dia de liberdade no escritório — disse eu, sorrindo.

— Então diga que está doente, com uma gripe forte. Também vou inventar essa desculpa.

E foi assim que decidimos fazer uma viagem de trem a Karuiza-wa, na província de Nagano. Kumiko queria passar um tempo nas montanhas, onde pudesse fazer caminhadas e apreciar o silêncio. Por ser abril, baixa temporada, não havia quase ninguém no hotel e a maioria das lojas e dos restaurantes estava fechada, o que para nós era melhor. Passamos todos os dias fazendo caminhadas, da manhã até o cair da tarde.

Kumiko levou um dia e meio para conseguir extravasar as emo-ções. Ela chorou por quase duas horas, sentada na cadeira do quarto do hotel. Não falei nada durante todo esse tempo e fiquei abraçando-a em silêncio.

Em seguida, ela passou a se abrir, aos poucos. Falou sobre o abor-to. Sobre o que sentiu na hora. Sobre a terrível sensação de perda. Sobre a solidão que experimentou durante minha estadia em Hokkai-do. Sobre como tomou a decisão porque estava se sentindo sozinha.

— Não é que esteja arrependida — explicou Kumiko. — Essa era a única opção. Isso é fato. O mais difícil para mim é não encontrar as palavras para explicar para você tudo o que estou sentindo.

Kumiko prendeu os cabelos no alto da cabeça, deixando à mostra suas pequenas orelhas.

— Não pretendo guardar esse segredo. Quero contar um dia. Acho que é algo que só posso contar para você. Mas não agora. Ainda não consigo encontrar as palavras.

— É algo do passado?

— Não, não é bem do passado.

— Se você precisa de mais tempo para me contar, tudo bem, eu espero. Temos todo o tempo do mundo, e eu vou continuar sempre do seu lado. Não precisa ter pressa. Só não se esqueça de que sempre vou apoiar você, porque tudo o que é seu é meu, inclusive os problemas. Por isso, não se preocupe tanto.

— Obrigada — disse Kumiko. — Fico feliz de ter um marido como você.

Porém, não tínhamos todo o tempo do mundo, como eu imagi-nava na época. O que será que ela *não conseguia encontrar as palavras* para explicar? Será que tinha relação com seu desaparecimento? Se eu tivesse obrigado Kumiko a revelar o segredo naquele momento, talvez não a tivesse perdido. Mas, depois de refletir melhor, cheguei à conclusão de que no final teria dado na mesma. Kumiko afirmara que não conseguia encontrar as palavras para me explicar. Era algo que estava além das forças dela.

— Ei, Pássaro de Corda! — chamou May Kasahara, bem alto. Eu estava cochilando e achei que era um sonho. Mas não era. Ao olhar para cima, vi o rosto pequeno dela. — Ei, Pássaro de Corda, você está aí, não é? Sei que está. Então me responda.

— Sim, estou aqui.

— O que você está fazendo aí, afinal?

— Pensando — respondi.

— Não estou entendendo direito. Por que você precisa descer ao fundo de um poço para pensar? Deve ter dado um trabalhão, hein?

— Aqui consigo me concentrar melhor. É escuro, fresco, silencioso.

— Você costuma fazer isso sempre?

— Não, não costumo. É a primeira vez na vida que desço ao fundo do poço.

— E está conseguindo pensar direitinho? Dá para pensar melhor aí?

— Ainda não sei. Estou só testando.

Ela deu uma tossida. O som ecoou alto até onde eu estava.

— Pássaro de Corda, você deu falta da escada?

— Dei falta agora há pouco.

— Imaginava que tinha sido eu?

— Não, não imaginava.

— Então imaginava que tinha sido quem?

— Não sei. Não consigo explicar direito, mas não imaginei que tinha sido você nem ninguém. Achei que a escada tivesse simplesmente… sumido.

May Kasahara ficou em silêncio por um momento.

— Achou que tivesse *simplesmente sumido* — repetiu ela, com cautela, como se suspeitasse de uma armadilha complexa por trás das minhas palavras. — Como assim? O que significa simplesmente sumir? Você achou que a escada tivesse evaporado, do nada?

— Talvez.

— Olha, Pássaro de Corda, talvez seja estranho eu falar isso só agora, mas você é bem esquisito, sabia? Não existem tantas pessoas como você neste mundo.

— Eu não me acho tão esquisito assim.

— Então como você pode achar que uma escada some sozinha, do nada?

Esfreguei o rosto com as mãos e tentei me concentrar no diálogo com May Kasahara.

— Então você tirou a escada?

— É claro — respondeu a garota. — Se você usasse um pouco a cabeça, teria percebido. Fui eu. Puxei a escada no meio da noite, sem que você percebesse.

— Por que fez isso?

— Ontem passei na sua casa várias vezes. Ia chamar você para fazer aquela pesquisa para a fabricante de perucas, mas você não estava. Achei o bilhete que você deixou e fiquei um bom tempo esperando, mas nada. Então me lembrei de vir procurar você aqui, no quintal da casa desocupada. Aí percebi que a tampa do poço estava meio aberta e vi uma escada de corda presa. Na hora nem passou pela minha cabeça que você poderia estar no fundo do poço. Achei que devia ser alguém que veio fazer obra e deixou a escada. Até porque, pense comigo, quem teria o trabalho de descer ao fundo do poço só para pensar sozinho, em silêncio?

— Pois é.

— Depois, no meio da noite, saí de casa na ponta dos pés e fui atrás de você, mas nada de você ter voltado. Só então desconfiei que você poderia estar no fundo do poço. Não fazia a menor ideia do que você ganharia com isso, mas você é meio esquisito, sabe? Então me aproximei sem fazer barulho e tirei a escada. Você tomou um susto, não tomou?

— Tomei.

— Você tem água e comida?

— Tenho um pouco de água. Não trouxe comida. Tenho mais três balas de limão.

— Desde quando você está aí?

— Desde ontem, pouco antes do meio-dia.

— Você deve estar com fome, hein?

— Estou.

— E para fazer xixi e o resto, como é?

— Faço aqui mesmo. Como quase não comi nem bebi, não tem sido um problema tão grande.

— Ei, Pássaro de Corda, sabia que você pode morrer aí dentro? Só depende da minha vontade. Só eu sei que você está aí dentro e escondi a escada de corda, sabia? Se eu sumir, você vai morrer no poço. Mesmo se você gritar, ninguém vai ouvir. Por sinal, ninguém vai desconfiar que você está aí nem dar por sua falta, porque você não trabalha fora, e sua esposa saiu de casa. Tudo bem que depois de um tempo alguém pode até perceber seu sumiço e avisar a polícia, mas aí você já vai estar morto, e ninguém vai achar o corpo.

— Você tem razão. Posso morrer aqui dentro. Só depende da sua vontade.

— E como você se sente ao saber disso?

— Sinto medo.

— Você não me parece muito amedrontado.

Eu continuava esfregando o rosto com as mãos. *Essas são minhas mãos, esse é meu rosto*, pensei. Não enxergava nada na escuridão, mas meu corpo ainda estava ali.

— Acho que é porque ainda não caiu a ficha.

— A minha ficha já caiu. Acho que matar uma pessoa é mais fácil do que parece — sentenciou May Kasahara.

— Depende de como você mata.

— É fácil. Basta deixar você aqui. Não preciso fazer mais nada. Tente imaginar, Pássaro de Corda, como é doloroso morrer devagar no meio da escuridão, de sede e de fome. Você não vai morrer tão rápido assim.

— É verdade.

— Você não está me levando a sério, hein, Pássaro de Corda? Está mesmo achando que não sou capaz de uma crueldade dessas?

— Não sei. Acho que nem uma coisa nem outra. Mas sempre existe a possibilidade de acontecer algo.

— Não estou aqui falando de possibilidades — afirmou ela, com voz bastante fria. — Sabe, tive uma ideia. Já que você desceu aí para pensar, vou dar uma mãozinha para que você fique mais concentrado ainda.

— Como assim? — perguntei.

— Assim — respondeu ela, fechando a tampa do poço que estava aberta pela metade.

Uma escuridão total me envolveu.

10.
Considerações de May Kasahara sobre a morte e a evolução do homem, o que foi construído em *outro lugar*

Eu estava agachado no fundo do poço, em meio à escuridão total. Só conseguia enxergar o *nada*, de que agora eu fazia parte. Fechei os olhos e ouvi meu coração bater, o sangue circular pelas minhas veias, os pulmões se contraírem como um fole e o estômago se contorcer, pedindo comida. No meio da profunda escuridão, todos os movimentos e todas as vibrações eram ampliados ao extremo. Era isso o meu corpo. Porém, na escuridão, ele me parecia demasiado vivaz, demasiado carnal.

Aos poucos a minha consciência foi deixando o meu corpo.

Eu imaginei que me transformava em um pássaro de corda: sobrevoando o céu ensolarado, dando corda no mundo, empoleirado em um galho de uma gigantesca árvore. Se o pássaro de corda tinha sumido de verdade, alguém teria que assumir o seu papel e dar corda no mundo. Alguém precisava fazer isso. Caso contrário, o sofisticado sistema do mundo ficaria cada vez mais frouxo, até parar de funcionar por completo. Só que aparentemente ninguém mais além de mim havia notado o desaparecimento do pássaro de corda.

Tentei reproduzir no fundo da garganta o canto do pássaro de corda, ric-ric, mas não deu muito certo. Só consegui produzir um som sem sentido e desastroso, semelhante ao friccionar de objetos. Provavelmente só o verdadeiro pássaro de corda era capaz de produzir aquele som. Só ele era capaz de dar corda no mundo, da maneira correta e precisa.

Ainda assim, resolvi me imaginar sobrevoando o céu ensolarado como um pássaro de corda silencioso, incapaz de dar corda. Na verdade, voar até que não era tão difícil. Uma vez no alto, bastava ajustar a direção e a altura, movendo as asas no ângulo correto. Meu corpo logo pegou o jeito e passou a voar pelo céu com facilidade. Comecei a contemplar o mundo sob a perspectiva de um pássaro de corda. Quando me cansava de voar, pousava num galho de árvore e, entre as folhas verdes, observava o telhado das casas e as ruas, assim como o movimento das pessoas, conduzindo sua vida na superfície terrestre. No entanto, eu não conseguia ver o meu corpo com os meus próprios olhos, porque nunca tinha visto um pássaro de corda de verdade e não sabia como era a sua aparência.

Por muito tempo — não sei quanto — me tornei um pássaro de corda. Mas isso não me levava a lugar nenhum. Naturalmente era divertido sobrevoar o céu como um pássaro de corda, mas eu não podia apreciar aquele momento para sempre. Tinha coisas para resolver no fundo daquele poço completamente escuro. Então deixei de ser pássaro de corda e voltei a ser quem eu era.

May Kasahara retornou depois das três horas. Três horas da tarde. Quando ela abriu a metade da tampa do poço, a luz despontou acima da minha cabeça. Era a ofuscante luz de uma tarde ensolarada de verão. Permaneci por um tempo de olhos fechados e com o rosto para baixo, para não machucar a minha vista, já acostumada com a escuridão. Só de pensar na luz lá no alto, sentia lágrimas brotarem.

— Ei, Pássaro de Corda! — chamou May Kasahara. — Você ainda está vivo? Se está, responda!

— Estou — respondi.

— Você deve estar com fome, hein?

— Acho que sim.

— Você *acha*? Ah, então ainda vai demorar muito para morrer de fome. Sabe, ninguém morre tão rápido assim de fome, se tiver água.

— Você deve ter razão.

Minha voz ecoava no poço e parecia bem incerta. Sem dúvida, essa incerteza na voz era significativamente ampliada pelo eco.

— Hoje de manhã fui até a biblioteca e dei uma pesquisada. Consultei alguns livros sobre fome, sede, essas coisas. Você sabia, Pássaro de Corda, que uma pessoa sobreviveu vinte e um dias tomando só água, sem comer nada? Isso aconteceu na época da Revolução Russa.

— Ah, é?

— Deve ser bem doloroso.

— Deve mesmo.

— Essa pessoa acabou sobrevivendo, mas perdeu todos os dentes e todos os cabelos. Caiu tudo. Mesmo conseguindo se safar, deve ser horrível sobreviver assim.

— É verdade.

— Pensando bem, mesmo perdendo os dentes e os cabelos, hoje dá para levar uma vida normal com uma boa peruca e uma boa dentadura.

— Pois é, os processos de fabricação de perucas e de dentaduras devem ter evoluído muito desde a Revolução Russa. Nesse sentido, deve ser mais fácil mesmo hoje em dia.

— Ei, Pássaro de Corda — chamou May Kasahara, dando uma tossidinha.

— Que foi?

— E se o ser humano não morresse nunca? Se vivesse para sempre, sem envelhecer, mantendo a saúde, será que pensaria tanto em algumas coisas, como fazemos hoje? Quer dizer, nós acabamos pensando muito em diversas coisas, em maior ou menor grau: filosofia, psicologia, lógica. Também em religião e literatura. Acho que os pensamentos e os conceitos complexos não teriam surgido se não existisse a morte. Quer dizer...

May Kasahara parou de repente e ficou calada por um momento. Só as palavras "Quer dizer..." continuaram pairando em meio à silenciosa escuridão do poço, como um fragmento de pensamento arrancado à força. Talvez ela tivesse perdido a vontade de concluir o raciocínio. Ou precisasse de mais tempo para elaborar a sequência. Seja como for, aguardei em silêncio. Eu continuava com o rosto virado para baixo. De repente pensei em como seria fácil se May Kasahara quisesse me matar naquele instante. Bastaria soltar uma pedra grande lá do alto. Se soltasse algumas, com certeza uma acertaria minha cabeça.

— Quer dizer... as pessoas precisam pensar a fundo no sentido da vida justamente porque sabem que vão morrer um dia. Não concorda? Se o ser humano vivesse para sempre, se pudesse manter os hábitos sem problemas, quem pensaria no sentido da vida? Seria algo necessário? E bom, mesmo se fosse necessário, as pessoas deixariam para depois: "Ainda temos bastante tempo, vamos pensar nisso mais tarde". Só que não é assim que acontece. Precisamos pensar nessas questões agora, no presente, porque ninguém está livre de morrer atropelado por um caminhão na tarde de amanhã, ou na manhã de depois de amanhã. Veja o seu caso, Pássaro de Corda! Você pode morrer de fome aí no fundo do poço, não é? Ninguém sabe o que vai acontecer depois. Precisamos da morte como combustível para a evolução. É isso que eu acho. Quanto mais forte a presença da morte, mais desesperadamente pensaremos sobre as coisas.

May Kasahara fez uma pausa.

— Ei, Pássaro de Corda?

— Hum?

— Você pensou bastante sobre a própria morte dentro desse poço escuro? Pensou como você vai morrer aí dentro?

Refleti um pouco a respeito.

— Não — respondi. — Acho que não pensei nisso.

— Por quê? — perguntou May Kasahara, abismada, como se falasse com um animal sem inteligência. — Por que não pensou? Afinal, você está literalmente frente a frente com a morte. Sério, não estou brincando. Como eu disse, só depende da minha vontade se você vai morrer ou viver.

— Você pode jogar uma pedra também — sugeri.

— Pedra? Que história é essa?

— Você pode soltar uma pedra grande aí de cima.

— Hum, também seria uma opção — disse May Kasahara, sem parecer ter gostado muito da ideia. — Bom, mas você está com fome, não está, Pássaro de Corda? E vai sentir mais fome ainda. Logo a água vai acabar. Como você pode *não* pensar na morte? É estranho não pensar nisso.

— Pois é, mas eu estava pensando em outras coisas. Acho que, se ficar com mais fome, vou começar a pensar na morte. De qualquer maneira, como você mencionou, ainda tenho mais três semanas até morrer de fome, certo?

— Três semanas só se tivesse água — corrigiu May Kasahara. — Aquele russo tinha água. Era um latifundiário ou algo parecido. Durante a revolta, foi jogado pelos revolucionários num poço comprido de uma mina abandonada, mas conseguiu sobreviver porque lambia a água que corria pelas paredes. Ele ficou num lugar completamente escuro, como você. Só que você não tem tanta água assim, tem?

— Tenho só mais um pouco.

— Então é melhor você aproveitar bem — sugeriu May Kasahara. — Tome uma gota por vez. E pense com calma sobre a morte. Sobre a sua morte. Você ainda tem muito tempo.

— Por que você faz tanta questão que eu pense a respeito da morte? Não consigo entender. Se eu pensar a fundo na morte, isso vai ajudar você de alguma maneira?

— Claro que não — respondeu May Kasahara, como se estivesse realmente perplexa. — Não vai me ajudar em nada. Que ideia! Por que me ajudaria? A vida é sua. Não tem nada a ver comigo. Eu só tenho curiosidade.

— Curiosidade? — repeti.

— Isso. Curiosidade. Quero saber como as pessoas morrem. Como se sentem quando estão morrendo. Não passa de curiosidade.

May Kasahara não falou mais nada. Quando havia uma pausa na conversa, uma profunda calma preenchia o ambiente ao meu redor, como se o silêncio estivesse aguardando por esse momento. Eu queria levantar a cabeça e olhar para cima, para ver se conseguia avistar May Kasahara. Mas a luz era forte demais e provavelmente ofuscaria meus olhos.

— Sabe, quero contar uma coisa para você — falei por fim.

— Pode contar.

— Minha esposa tinha um amante. Ao menos é o que acho. Eu não tinha me dado conta, mas nos últimos meses ela se encontrava e transava com ele, ainda casada comigo. No começo, tive dificuldade de aceitar, mas, quanto mais pensei na história, mais fez sentido. Vendo agora, isso explica muitas outras coisas. Ela começou a voltar em horários cada vez mais irregulares e sempre tomava um susto quando eu tocava nela... Mas eu não consegui interpretar esses sinais, porque confiava nela. Achava que nunca me trairia. Nunca imaginei que ela pudesse fazer algo assim.

— Sério? — perguntou May Kasahara.

— Pois é. Certo dia, ela saiu apressada, depois do café da manhã. Saiu de casa como fazia todos os dias, como se estivesse indo trabalhar. Levou uma bolsa, pegou uma blusa e uma saia na lavanderia e desapareceu. Sem se despedir de mim, sem escrever um bilhete. Deixou as roupas no armário, deixou tudo. Provavelmente Kumiko nunca mais vai voltar para mim nem para nosso lar, ao menos não por livre e espontânea vontade. Sei disso.

— Será que Kumiko está com o amante agora?

— Não sei — respondi, balançando a cabeça devagar. Quando fazia esse movimento, o ar à minha volta parecia uma água tão pesada que quase deixara de ser líquida. — Mas acho que sim.

— Foi por isso que você ficou triste e desceu ao fundo do poço, Pássaro de Corda?

— Fiquei triste, sim, claro. Mas não foi por isso que desci. Não estou me escondendo, nem tentando fugir da realidade no fundo do poço. Como eu disse, precisava de um lugar onde pudesse ficar sozinho para pensar em silêncio, concentrado. Não sei quando minha relação com Kumiko se deteriorou, quando tomamos o rumo errado. Claro que nossa vida a dois não era sempre um mar de rosas. Duas pessoas adultas, com personalidades diferentes, se conheceram por acaso e passaram a morar juntas. Todo casal tem problemas. Mas eu sempre achei que, no geral, a nossa relação ia bem. Tínhamos muitos problemas pequenos, mas eu imaginava que se resolveriam com o tempo, naturalmente. Só que não foi bem assim. Acho que deixei passar algo importantíssimo. Houve um problema fundamental. Eu queria pensar sobre isso.

May Kasahara não disse nada. Eu engoli em seco.

— Você está entendendo? Seis anos atrás, quando Kumiko e eu nos casamos, queríamos construir um mundo completamente novo, como uma casa nova em um terreno vazio. Tínhamos uma imagem clara do que buscávamos. A casa não precisava ser magnífica. Bastava um lugar onde pudéssemos ficar a sós, ao abrigo da chuva e do vento. Era melhor não ter nada supérfluo. Por isso achávamos que as coisas seriam bem fáceis e simples. Será que você nunca pensou em ser uma pessoa completamente diferente num lugar totalmente novo?

— Claro que já — respondeu May Kasahara. — Eu sempre penso nisso.

— Era isso que queríamos fazer quando decidimos casar. Eu queria me livrar do meu velho eu e me tornar uma nova pessoa, e Kumiko também. Queríamos nos tornar novas pessoas, condizentes com nossa nova realidade, nosso novo mundo. Achávamos que poderíamos ter uma vida melhor, uma vida digna dessa nova realidade.

Aparentemente, May Kasahara havia se mexido um pouco lá no alto, na claridade. Eu senti isso. Ela parecia esperar que eu continuasse a explicação, mas eu não tinha mais nada para falar. Não me lembrei de nada a acrescentar. Minha voz ecoava dentro do cilindro de concreto do poço, me deixando cansado.

— Será que você entende o que estou querendo dizer? — perguntei.

— Entendo, sim.

— O que você acha disso?

— Bom, como eu ainda sou muito nova e não sei como funciona um casamento, não entendo o que sua esposa estava pensando quando começou a ter um caso com outro homem e quando abandonou você — respondeu May Kasahara. — Agora, pelo que você me contou, tenho a impressão de que desde o começo seu modo de pensar estava errado. Veja, Pássaro de Corda, acho que ninguém consegue fazer o que você quis fazer. Esse negócio de "construir um mundo completamente novo", "ser uma pessoa completamente diferente". É o que penso. Mesmo quando você acha que deu certo, que conseguiu se tornar uma nova pessoa, por trás dessa fachada você continua sendo o mesmo de antes, e a qualquer momento seu velho eu pode mostrar a cara e dar um alô. Acho que você não percebeu isso ainda. Você foi criado em *outro lugar*, e o seu *desejo* de se tornar uma nova pessoa, completamente diferente, também foi criado em *outro lugar*. Até eu consigo perceber isso, Pássaro de Corda. Então, por que você, que já é bem grandinho, não consegue? Acho que você não compreender isso é um problema sério. Por isso, imagino que você esteja sendo punido. Muitas coisas estão se vingando de você, como o mundo que você tentou abandonar, seu velho eu que você tentou abandonar. Você entende o que estou querendo dizer?

Fiquei em silêncio, observando as trevas que cobriam o chão. Não sabia direito o que responder.

— Então, Pássaro de Corda — prosseguiu May Kasahara, com uma voz delicada. — Pense. Pense. Pense.

E, dizendo isso, fechou completamente a tampa do poço mais uma vez.

Peguei a garrafa da mochila e sacudi. Um som leve de água ecoou no meio da escuridão. Ainda restava cerca de um quarto. Encostei minha cabeça na parede e fechei os olhos. May Kasahara deve ter razão, pensei. Em última análise, eu fui construído em *outro lugar*. Todas as coisas vêm de *outro lugar* e retornam para *lá*. Eu sou apenas uma via de acesso por onde passa o meu eu.

"Até eu consigo perceber isso, Pássaro de Corda. Então, por que você não consegue?"

11.
Fome que dói, longa carta de
Kumiko, pássaro profeta

Adormeci e despertei muitas vezes. Eram cochilos curtos, instáveis e agitados como os que temos durante um voo, sentados em um assento de avião. Quando eu começava a ter um sono profundo, me contraía e acordava. Quando começava a despertar, titubeante, sem querer adormecia de novo. Era uma repetição sem fim. Como não havia alteração de luz, o tempo se tornava tão instável quanto um veículo desgovernado, e minha posição desconfortável e pouco natural extenuava cada vez mais meu corpo. Eu conferia meu relógio de pulso sempre que despertava, para ver que horas eram. O tempo corria lento e irregular.

Quando eu cansava de ficar sem fazer nada, pegava a lanterna e passeava a luz de um lado para outro. Iluminava o chão, as paredes e a tampa fechada do poço, que eram as únicas coisas que eu conseguia ver, sempre iguais. Quando movia o facho da lanterna, as sombras se esticavam e se encolhiam, se dilatavam e se contraíam, como se estivessem se contorcendo. Quando me cansava disso, eu apalpava o rosto de ponta a ponta, com cuidado. Levava muito tempo analisando o seu formato. Até então, eu nunca havia prestado atenção no formato das minhas orelhas e provavelmente ficaria perdido se alguém me pedisse para desenhá-las, mesmo que só um esboço. Já agora eu seria capaz de reproduzir correta e minuciosamente todas as bordas, depressões e curvas que formavam minhas orelhas. Por sinal, analisando os detalhes, percebi com perplexidade que elas tinham formatos bem diferentes. Eu não sabia o motivo dessa assimetria, nem as consequências (deveria existir alguma).

Os ponteiros do relógio indicavam sete e vinte e oito. *Acho que já devo ter conferido as horas umas duas mil vezes desde que cheguei aqui,* pensei. Sete e vinte e oito, da noite. Se eu estivesse assistindo a uma partida noturna de beisebol, seria a segunda metade da terceira entrada ou a primeira metade da quarta entrada. Na infância, gostava de me sentar na parte de trás da arquibancada, num dia de verão, e observar a tarde cair de mansinho. Mesmo depois que o sol desaparecia na linha do horizonte, os resquícios da bela e nítida claridade permaneciam. As compridas sombras dos refletores se estendiam pelo campo, como uma insinuação. Pouco depois do início da partida, os refletores eram acesos, um a um, com cuidado. Porém o céu continuava claro, a ponto de ser possível ler o jornal. Era como se uma longa reminiscência do dia estivesse impedindo a chegada da noite, ainda na soleira da porta.

No entanto, com paciência, calma e também perseverança, a luz artificial aos poucos sobrepujava a luz solar, e a coloração festiva gradativamente preenchia o ambiente. O verde vívido do gramado, a terra bem negra, a recém-traçada linha branca e reta, o verniz brilhando no taco do rebatedor que aguardava a sua vez, a fumaça de cigarro flutuando na luz (nos dias sem vento, ela parecia um aglomerado de almas a vagar em busca de um abrigo), todos esses detalhes começavam a surgir com nitidez. Os jovens vendedores de cerveja contavam o troco entre os dedos, os espectadores se levantavam um pouco do assento, ansiosos para ver até onde a bola subiria, gritando ou suspirando, dependendo da trajetória. Revoadas de pássaros alçavam voo em direção ao mar, rumo aos seus ninhos. Essa era a cena que se descortinava diante dos meus olhos, dentro do estádio, em uma partida de beisebol às sete e meia da noite.

Lembrei de várias partidas de beisebol que eu tinha visto. Quando eu ainda era bem pequeno, o time do St. Louis Cardinals realizou um amistoso no Japão, e marquei presença na arquibancada atrás do campo, ao lado de meu pai. Antes do começo da partida, os jogadores do Cardinals fizeram uma volta olímpica, carregando um cesto e, como se estivessem em uma gincana, lançaram bolas autografadas para o público. Os torcedores tentavam desesperadamente pegá-las. Permaneci sentado, sem me mexer, e, quando me dei conta, uma das bolas estava no meu colo. Foi um acontecimento repentino e estranho, como um passe de mágica.

Conferi as horas outra vez. Sete e trinta e seis. Oito minutos haviam se passado. Meros oito minutos. Tirei a pulseira e encostei o relógio na orelha: ele estava funcionando. Encolhi os ombros na escuridão. A sensação de tempo estava ficando cada vez mais estranha. Decidi que ficaria por um período sem olhar o relógio. Mesmo sem nada para fazer, não era saudável ficar conferindo as horas com tanta frequência. Mas, para isso, precisei me esforçar muito. A angústia que eu sentia era semelhante à de quando eu havia parado de fumar. Depois que decidi parar de pensar sobre o tempo, ele quase não saía da minha mente. Era uma espécie de contradição. Quanto mais eu tentava me esquecer do tempo, mais acabava pensando nele. De modo inconsciente, meus olhos tentavam se virar na direção do relógio, no meu pulso esquerdo. Sempre que isso acontecia, eu virava o rosto, fechava os olhos e procurava me controlar. Até que desisti, tirei o relógio e o joguei na mochila. Mesmo assim, minha consciência procurava por ele, que continuava fazendo tique-taque na mochila.

Assim, o tempo foi escoando na escuridão, sem o avanço dos ponteiros do relógio. Não era mais divisível nem mensurável. Sem um registro, deixava de ser contínuo, tornando-se um fluido instável que ora inchava, ora encolhia, a bel-prazer. E, no meio desse tempo, eu cochilava e acordava, cochilava de novo e acordava de novo. Aos poucos, fui me acostumando com a situação de *não olhar o relógio*. Tentei fazer o meu corpo entender que não precisava mais de tempo, mas comecei a ficar atormentado. Sim, eu estava livre do doentio ato de olhar para o relógio a cada cinco minutos. Porém, depois que o eixo de coordenada chamado tempo desapareceu por completo, experimentei a sensação de ter sido jogado do convés de um navio em movimento para o mar da noite. Por mais que eu gritasse, ninguém percebia minha queda. O navio continuava sua jornada sem mim, se afastando cada vez mais, prestes a desaparecer do meu campo de visão.

Resignado, tirei o relógio da mochila e o coloquei de volta no pulso esquerdo. Os ponteiros indicavam seis e quinze. Provavelmente eram seis e quinze da manhã. Quando havia conferido as horas pela última vez, eram quase sete e meia. Da noite. Então era razoável concluir que onze horas haviam se passado, e não vinte e três. Mas eu não tinha certeza. Aliás, haveria alguma diferença fundamental entre a passagem de onze horas e a de vinte e três? Nos dois casos, minha fome tinha aumentado bastante. De qualquer maneira, o que eu sentia era bem diferente do que havia vagamente imaginado para uma fome intensa. Eu acreditava que a fome era por essência uma sensação de falta. No entanto, na realidade, se aproximava muito mais de uma dor puramente física. Física e direta, semelhante a ser perfurado por uma broca ou ser amarrado com uma corda. Era uma dor irregular e incoerente. De vez em quando, aumentava como uma maré alta atingindo o pico pungente, antes de diminuir aos poucos.

Tentei me concentrar e pensar em qualquer coisa para me distrair, para me esquecer da dor da fome. Só que já era impossível focar meu pensamento em algo. Fragmentos vinham de vez em quando à mente, mas logo desapareciam. Quando eu tentava agarrar um ou outro resquício, o pensamento escorregava entre os dedos, como um animal viscoso e sem consistência, e desaparecia.

Por fim, me levantei, estiquei o corpo e respirei fundo. Senti dor em diversos pontos. Todos os músculos e todas as articulações expressaram seu descontentamento por ficarem tanto tempo em uma posição tão pouco natural. Alonguei o corpo devagar e fiz algumas flexões. Mas, ao chegar à décima, senti de repente uma tontura. Voltei a sentar no fundo do poço e fechei os olhos. Sentia um zumbido nos ouvidos e o suor escorrendo pelo rosto. Queria me segurar em alguma coisa, mas não havia nada para me segurar. Senti ânsia de vômito, embora meu estômago não tivesse o que vomitar. Respirei fundo várias vezes. Tentei oxigenar o corpo, estimular a circulação sanguínea e manter a consciência ativa, mas estava bem zonzo. *Parece que o meu corpo já está bem debilitado*, pensei. Quis verbalizar o pensamento, "Parece que o meu corpo já está bem debilitado", mas não consegui mexer a boca direito. Pensei em como seria bom se ao menos pudesse ver as estrelas. Mas não podia. Por causa de May Kasahara, que fechara a tampa do poço.

Achei que ela voltaria até o meio-dia, mas não voltou. Aguardei por ela, imóvel, encostado na parede do poço. Continuava com o mesmo enjoo da manhã e tinha perdido momentaneamente a capacidade de concatenar as ideias. A fome aparecia e desaparecia. A escuridão ora ficava mais densa, ora mais tênue. A fome e a escuridão foram acabando com a minha capacidade de raciocinar, pensar tim-tim por tim-tim, como um ladrão que saqueasse, um a um, os móveis de uma casa sem ninguém.

Mesmo depois do meio-dia, May Kasahara não apareceu. Fechei os olhos e tentei dormir. Achei que Creta Kanô poderia aparecer no meu sonho, mas tive um sono demasiado leve e sem fragmentos de sonho. Pouco depois que desisti de concatenar as ideias, começaram a desfilar por minha mente inúmeros retalhos de memória, que vinham sorrateiramente, como a água que preenche sem barulho uma cavidade. Eu conseguia me lembrar com clareza dos lugares que visitei, das pessoas que encontrei, das lesões que tive, das palavras que troquei, das coisas que perdi e que comprei. Conseguia me lembrar dos mínimos detalhes. Espantado, me perguntei por que memorizara tudo aquilo. Eu me lembrei das casas onde morei e dos meus quartos. Das janelas, dos armários, dos móveis e das lâmpadas. De alguns professores, desde o primário até a faculdade. Muitas dessas memórias estavam fora de contexto. Não havia nenhuma sequência cronológica. Em sua maioria, essas reminiscências não passavam de detalhes insignificantes, sem quase nenhum significado. Volta e meia, esse retorno ao passado era obstruído pela fome intensa que me assolava. Ainda assim, essas memórias tinham incrível nitidez e sacudiam o meu corpo como um forte redemoinho que brotava de algum lugar.

Percorrendo essas memórias involuntárias, me lembrei de um acontecimento no trabalho, de três ou quatro anos atrás. Tinha sido algo insignificante. Mas, enquanto eu reconstituía todos os detalhes para passar o tempo, uma sensação desagradável foi se apoderando de mim, até virar uma raiva evidente. Fui invadido por uma fúria que superava o cansaço, a fome, a angústia, tudo. De repente, meu corpo começou a tremer e a respiração a ficar ofegante. O coração passou a bater forte e a raiva forneceu adrenalina ao meu sangue. Tinha sido uma discussão acalorada com um colega, com origem em um pequeno mal-entendido. Ele me lançara palavras grosseiras e eu retribuíra na mesma moeda. Como tudo fora causado por um pequeno mal-entendido, pedimos desculpas e fizemos as pazes alguns dias depois, sem guardar ressentimentos. Não ficou nenhuma sequela. Quando estamos cansados e sobrecarregados, acabamos sendo grosseiros sem querer. Por isso, eu havia me esquecido completamente do incidente. Entretanto, no fundo de um poço escuro, isolado por completo da realidade, aquela memória me voltou com uma nitidez fulgurante, queimando devagar a minha consciência. Senti o calor na pele e ouvi o som da carne sendo queimada. Pensei, mordendo os lábios: *por que respondi com tanta indulgência depois de ouvir todos aqueles disparates?* Eu me lembrei de cada palavra que deveria ter jogado na cara do colega e afiei uma a uma. Quanto mais afiadas ficavam as palavras, maior ficava a minha raiva.

Só que, do nada, tudo isso deixou de ter importância, como se o espírito maligno que me possuía tivesse sido exorcizado. Por que eu precisava desenterrar aquele episódio? O meu colega também devia ter se esquecido completamente da discussão. Era a primeira vez que me lembrava do fato, até então. Respirei fundo, relaxei os ombros e voltei a acostumar o corpo à escuridão. Tentei vasculhar alguma outra memória. No entanto, depois que a intensa raiva irracional sumira, eu já não tinha mais nada para lembrar, pois minha mente estava tão vazia quanto meu estômago.

Percebi que estava falando sozinho sem me dar conta. Inconscientemente, murmurava fragmentos de reflexões. Eu não conseguia me conter. Ouvi algumas palavras saindo da boca, mas eram praticamente incompreensíveis. A minha boca se movia de maneira automática, para além da minha consciência, e fiava palavras ininteligíveis na escuridão. As palavras brotavam nas trevas e em um instante eram sugadas pelo breu. Eu tinha a impressão de que meu corpo havia se tornado um túnel completamente vazio. Eu apenas fazia as vezes de via de acesso para as palavras, que atravessavam de um lado para outro. Sem sombra de dúvida, eram fragmentos de reflexões, ainda que o ato de pensar ocorresse em algum lugar fora da minha consciência.

O que será que está acontecendo? Será que meus nervos estão saindo do controle? Conferi as horas. Os ponteiros do relógio indicavam três e quarenta e dois. *Provavelmente* três e quarenta e dois da tarde. Pensei na claridade de uma tarde de verão, às três e quarenta e dois. Imaginei essa luz me banhando. Agucei os ouvidos para captar algum som. Não ouvi nada. Nem o chiar das cigarras, nem o cantar dos pássaros, nem as vozes das crianças. Nada chegava até meus ouvidos. Talvez o mundo tivesse parado de girar enquanto eu estava no fundo do poço, porque o pássaro de corda tinha deixado de dar corda. A engrenagem estava ficando cada vez mais frouxa e, em determinado momento, tudo — a correnteza do rio, o farfalhar das folhas, os pássaros no céu — tinha parado completamente.

O que aconteceu com May Kasahara? Por que ela não voltou? Fazia muito tempo que ela não aparecia. Talvez algo inesperado tivesse acontecido com ela, cogitei. Talvez ela tivesse sofrido um acidente de trânsito. Nesse caso, mais ninguém no mundo saberia que estou aqui, e vou morrer devagar no fundo do poço.

Depois refleti melhor. May Kasahara não era tão distraída e imprudente assim. Não seria atropelada sem mais, nem menos. Deveria estar agora no seu quarto, pensando em mim no fundo do poço e observando de vez em quando o quintal da casa desocupada com o binóculo. *Ela está me fazendo esperar de propósito, para me deixar angustiado. Ela quer que eu me sinta abandonado*, imaginei. Bom, se era essa a intenção por trás da ausência, May Kasahara tinha conseguido: eu estava muito angustiado e me sentia abandonado. Diante da ideia que podia apodrecer devagar na escuridão, eu sentia tanto medo que às vezes mal conseguia respirar. *Com o tempo, vou definhar cada vez mais e sentir uma fome cada vez mais cruel e fatal. Em breve, não vou nem conseguir mais me mexer. Mesmo que a escada de corda seja jogada de novo, talvez nem tenha mais forças para subir. Talvez eu acabe perdendo todos os cabelos e todos os dentes.*

E o ar?, me ocorreu de súbito. Já há alguns dias eu estava preso no fundo de um buraco de concreto estreito e comprido, com a tampa bem fechada. O ar quase já não circulava ali dentro. Quando pensei na questão, senti que de repente o ar ao meu redor ficou pesado e opressivo. Não sabia se era só impressão ou se faltava mesmo oxigênio. Inspirei e expirei algumas vezes para verificar. No entanto, quanto mais respirava, mais sufocava. Estava ficando encharcado de suor por causa do medo e da agonia. Quando comecei a refletir sobre o ar, o pensamento de morte se alojou na minha mente como algo mais grave e iminente. A ideia chegou silenciosamente, como uma água bem turva, e inundou toda a minha consciência. Até o momento, a possibilidade de morrer de inanição tinha me ocorrido, mas eu achava que ainda contava com muito tempo. Agora, se passasse a faltar oxigênio, eu estava bem mais próximo da morte.

Como será morrer por asfixia?, pensei. *Em quanto tempo vou morrer? Será que é um sofrimento prolongado ou é como morrer dormindo, perdendo a consciência aos poucos?* Imaginei May Kasahara vindo e me encontrando morto. Ela me chamaria várias vezes e, sem ouvir uma resposta, tentaria jogar algumas pedrinhas, achando que eu podia estar dormindo. Mas eu não acordava. Então ela descobria que eu estava morto.

Eu queria gritar e pedir socorro. Queria gritar que estava no poço, preso. Que estava com fome e que o ar estava ficando cada vez mais rarefeito. Eu era outra vez um menino indefeso. Tinha fugido de casa por um motivo banal e não conseguia mais voltar, por ter esquecido o caminho. Tive esse sonho muitas e muitas vezes. Era meu pesadelo de infância. Não saber para onde ir, esquecer o caminho de volta. Fazia muito tempo que não me lembrava desse pesadelo. Só que agora, no fundo do poço profundo, sentia que esse pesadelo voltava com toda a nitidez. No meio da escuridão, o tempo corria ao contrário, absorvido por uma temporalidade diferente.

Tirei a garrafa de água da mochila, abri a tampa e derramei na boca com cuidado, para não desperdiçar nem uma gota sequer. Esperei a umidade preencher toda a boca e só depois engoli. Então ouvi um som alto no fundo da garganta, semelhante a um objeto duro e pesado que caísse no chão. Porém, era o som de um pequeno gole de água.

— Sr. Okada — chamou uma voz no meio do sono. — Sr. Okada, sr. Okada, acorde!

Era a voz de Creta Kanô. Abri os olhos com dificuldade, mas estava tudo escuro e não enxerguei nada. A fronteira entre o sono e o despertar não estava bem delimitada. Tentei me levantar, mas não consegui colocar força suficiente na ponta dos dedos. Meu corpo estava encolhido de frio e entorpecido, como um alimento esquecido por muito tempo na geladeira. Minha consciência estava envolta pela exaustão e por uma sensação de impotência. *Tudo bem, faça o que quiser. Posso ter uma ereção dentro da consciência e gozar dentro da realidade. Se é isso que quer, fique à vontade.* Dentro da consciência nebulosa, esperei a mão de Creta Kanô soltar a fivela do meu cinto. Mas a voz dela vinha de um lugar bem alto.

— Sr. Okada, sr. Okada! — chamava essa voz.

Ao olhar para o alto, vi a tampa do poço aberta pela metade e o magnífico céu estrelado mais acima. O firmamento estava recortado em meia-lua.

— Estou aqui!

Levantei com dificuldade, olhei para o alto e gritei mais uma vez:

— Estou aqui!

— Sr. Okada — chamou Creta Kanô, a *de carne e osso*. — O senhor está aí?

— Sim, estou aqui.

— Por que está aí?

— É uma longa história.

— Desculpe, não estou ouvindo direito. Poderia falar mais alto?

— É UMA LONGA HISTÓRIA! — gritei. — Vou contar com calma quando estiver aí em cima. Agora não consigo falar muito alto.

— A escada de corda que está aqui é do senhor?

— É.

— Como o senhor conseguiu colocar a escada aqui em cima? Por acaso jogou ela daí de baixo?

— Não. — Por que eu faria algo assim? Como seria capaz de uma proeza dessas? — Não. Não joguei daqui de baixo. Alguém puxou da superfície, sem eu perceber.

— Assim o senhor não vai conseguir sair.

— Não — disse eu, com paciência. — Você tem razão. Será que poderia jogar a escada aqui para baixo? Assim, vou poder sair.

— Claro. Vou jogar.

— Antes, poderia verificar se a extremidade da escada está presa com firmeza no tronco da árvore? Caso contrário…

Nenhuma resposta. Parecia que não havia mais ninguém lá em cima. Olhei com atenção, mas não avistei ninguém na abertura do poço. Peguei a lanterna da mochila e iluminei o alto, mas o facho de luz não iluminou ninguém. Entretanto, a escada de corda estava suspensa, bem ao meu lado, como se nunca tivesse saído do lugar. Respirei fundo, sentindo que a rigidez do meu corpo se afrouxava, derretendo.

— Ei, Creta Kanô — chamei.

Nenhuma resposta. Os ponteiros do relógio indicavam uma e sete. Obviamente, uma e sete da madrugada. Sabia disso pelas estrelas que brilhavam no céu. Coloquei a mochila nas costas, respirei fundo outra vez e comecei a subir, tarefa difícil, pela instabilidade da escada de corda. Quando eu fazia força, todos os músculos, ossos e articulações rangiam e gritavam. Porém, à medida que subia com cuidado degrau por degrau, senti que o ar ao redor ficava cada vez mais quente, e já conseguia sentir até o cheiro de grama. O chiar dos insetos já alcançava os meus ouvidos. Segurei e pulei a mureta do poço, reunindo a última força que me restava e pisando o chão macio como se caísse. Eu estava na *superfície*. Durante um tempo, não pensei em nada e fiquei deitado de costas, em silêncio. Contemplando o céu, respirei fundo várias vezes, enviando o ar para dentro dos pulmões. Aquele ar noturno de verão estava quente e pesado, mas impregnado de cheiro de vida nova. Senti o cheiro de terra e também de grama. Só pelo cheiro, já conseguia sentir a sensação macia da terra e da grama nas palmas das mãos. Tive até vontade de pegar e comer terra e grama.

Não enxergava mais nenhuma estrela no céu. Elas só podiam ser vistas do fundo do poço. No céu, pairava apenas uma lua arredondada e quase cheia. Não sei quanto tempo permaneci deitado, prestando atenção apenas nas batidas do meu coração. Sentia que podia viver para sempre só ouvindo aquelas batidas. Depois, me levantei e olhei à minha volta, devagar. Não havia ninguém. Apenas o quintal e a estátua de pássaro, que imóvel observava o céu noturno, como sempre. Todas as luzes da casa da May Kasahara estavam apagadas, e apenas uma lâmpada de mercúrio do quintal estava acesa, lançando uma luz pálida e inexpressiva no beco deserto. Para onde teria ido Creta Kanô?

Seja como for, no momento, minha prioridade era voltar para casa. Precisava voltar para casa, beber alguma coisa, comer algo e tomar um banho demorado. Meu corpo deveria estar com um cheiro horrível. Primeiro, tinha que eliminar esse cheiro. Depois, matar a fome. O resto podia esperar.

Voltei para casa pelo beco, como sempre. Desta vez, porém, o beco me pareceu estranho e desconhecido. Achei que ele estava mais estagnado e mais degradado do que antes, talvez pela incidência da luz estranhamente vívida da lua. Eu sentia o cheiro podre de um cadáver de animal em decomposição e um inconfundível odor de excrementos. Embora fosse madrugada, muitos moradores ainda estavam acordados, conversando ou comendo algo em frente à tv. Da janela de uma das casas vinha um cheiro de gordura, que estimulou violentamente a minha mente e o meu estômago. A unidade externa do ar-condicionado gemia e, quando passei ao seu lado, me lançou uma baforada de ar quente. Ouvi o barulho de um chuveiro vindo do banheiro de uma das casas e, pelo vidro da janela, percebi o vulto de alguém.

Com custo, escalei o muro de blocos e pulei para o quintal. Vista dali, a casa parecia completamente escura e silenciosa, como se prendesse a respiração. Não restava nenhuma sensação de calor ou de intimidade. Era a casa onde eu levava a minha vida, mas agora não passava de uma construção vazia, sem ninguém. Apesar disso, era a única casa para onde eu podia voltar.

Fui até o alpendre e abri a porta de vidro, sem fazer barulho. O ar de dentro estava pesado e estagnado, porque a casa ficara muito tempo fechada. Cheirava a um misto de fruta amadurecida e repelente. Sobre a mesa da cozinha, estava o bilhete que eu tinha deixado antes de sair. A louça lavada estava empilhada no escorredor, exatamente como eu tinha deixado. Peguei um copo e abri a torneira. Tomei um copo de água atrás do outro. Não havia muita coisa na geladeira. Restos de comida e sobras de ingredientes estavam espalhados, sem nenhuma coerência. Ovos, presunto, salada de batata, berinjela, alface, tomate, tofu, queijo cremoso. Abri uma sopa de legumes instantânea e despejei na panela. Comi um pouco de cereal com leite. Eu deveria estar faminto, mas, ao abrir a porta da geladeira e olhar para a comida, tinha perdido o apetite. Até senti um pouco de náusea. Ainda assim, para aliviar a dor no estômago, comi alguns biscoitos de água e sal.

Fui até o banheiro, me despi e joguei a roupa suja na máquina de lavar. Abri o chuveiro, entrei debaixo da água quente, lavei o corpo e a cabeça com um sabonete novo. A touca de banho de Kumiko ainda estava pendurada. Havia também o shampoo, o condicionador e a escova, só dela. Havia também a escova de dente e o fio dental dela. Mesmo depois que Kumiko saiu de casa, a casa continuava a mesma, sem nenhuma alteração. O único fato concreto era a própria ausência.

Fiquei de pé diante do espelho e medi meu rosto. Ele estava coberto de fios de barba bem pretos. Hesitei um pouco e decidi não fazer a barba, na medida em que, se fizesse agora, provavelmente machucaria o rosto. Decidi fazer a barba na manhã seguinte. Até porque não encontraria ninguém no momento. Escovei os dentes, fiz um gargarejo demorado e saí do banheiro. Abri uma lata de cerveja, peguei tomate e alface da geladeira e preparei uma salada simples, que me abriu o apetite. Então peguei a salada de batata da geladeira e a usei como recheio para um sanduíche. Só olhei o relógio uma vez. *Afinal, quantas horas ao todo fiquei no fundo do poço?*, pensei. Porém, quando pensava no tempo, sentia uma dor lancinante na cabeça. Não queria pensar mais no tempo. Era uma das coisas em que menos queria pensar por agora.

Fui até o banheiro de novo e, de olhos fechados, urinei demoradamente. Tão demoradamente que cheguei a ficar assustado. Tive a impressão de que desmaiaria urinando. Depois me deitei no sofá da sala e observei o teto. Experimentava uma sensação curiosa: o corpo estava cansado, mas a consciência, desperta. Eu não sentia nem uma pontada de sono.

Subitamente saltei do sofá e pensei em conferir a caixa de correspondência. Poderia ter recebido alguma carta enquanto estava no fundo do poço. Saí de casa, fui até a caixa e só havia uma carta, sem remetente. Porém, percebi imediatamente que era de Kumiko, pela escrita pequena e peculiar, tudo feito com muito capricho, como uma fonte de design. Escrever uma carta assim levava tempo, mas Kumiko não sabia fazer de outra maneira. Por reflexo, conferi o carimbo do correio. Estava desbotado e não consegui decifrar direito, mas reconheci o "Taka". Poderia ser Takamatsu. Takamatsu, da província de Kagawa? Até onde eu sabia, Kumiko não tinha nenhum conhecido em Takamatsu. Desde nosso casamento, nunca estivemos em Takamatsu, e ela nunca mencionou que alguma vez tivesse passado por lá. Nunca havíamos falado sobre Takamatsu. Talvez não fosse isso.

Voltei para a cozinha com a carta, sentei-me à mesa e abri o envelope com uma tesoura. Abri com cuidado, devagar, para não cortar sem querer a carta. Os meus dedos tremiam. Para me acalmar, tomei outro gole de cerveja. Como de costume, ela tinha usado uma caneta azul da Montblanc. Já o papel de carta era fino e branco, como o que se encontra em qualquer lugar.

Você deve ter se assustado e ficado preocupado com meu sumiço repentino. Eu gostaria de ter escrito esta carta antes, para explicar muitas coisas, mas fiquei pesando muito em cada palavra, para transmitir fielmente meus sentimentos, para explicar de uma maneira compreensível a situação, e o tempo foi passando... Sinto muito, de verdade.

Você já deve estar desconfiado, mas preciso admitir que estou saindo com outro homem. Venho mantendo relações sexuais com ele há quase três meses. Nos encontramos por questões de trabalho e você não o conhece. Bom, nesse caso, não faria muita diferença. De qualquer maneira, nunca mais vou me encontrar com ele. Pelo menos para mim, está tudo terminado. Não sei se isso vai servir de consolo para você.

Se você me perguntar se eu amava esse homem, eu não saberia responder. Para mim, a própria pergunta parece descabida. Agora, se me perguntar se eu amava *você*, posso responder sem pestanejar: Sim, eu amava. Sempre achei que fiz a escolha certa ao me casar com você. E continuo achando. Então por que você me traiu, por que saiu de casa?, você deve estar se perguntando. Também fiz essa pergunta muitas e muitas vezes. Por quê?

Não consigo explicar. Nunca desejei ter um amante, trair você. Por isso, não havia maldade nos primeiros encontros com esse homem. Nós dois nos encontrávamos algumas vezes por questões profissionais e, como tínhamos afinidades, passamos a conversar por telefone de vez em quando, sobre assuntos sem relação com trabalho. Ele é bem mais velho do que eu, tem esposa e filhos, e não é muito atraente. Nunca tinha passado pela minha cabeça que eu pudesse vir a ter um caso com ele.

Não posso negar que já havia pensado em me vingar de você. No meu âmago, ainda causava desconforto aquela sua noite na casa de outra mulher. Acabei confiando nas suas palavras, acreditei que não houve nada entre vocês dois, mas o assunto não estava encerrado só porque não aconteceu nada entre vocês. Por dentro, eu não tinha me conformado. Só não quero dizer que saí com esse homem como retaliação. Eu me lembro de ter insinuado isso para você, mas era apenas uma ameaça. Transei com ele simplesmente porque quis. Não pude resistir. Não pude controlar o meu desejo.

Ficamos um tempo sem nos ver e, quando nos encontramos para resolver algumas pendências, resolvemos jantar. Depois fomos a um bar, para descontrair e beber um pouco. Como não sou muito resistente, tomei um suco de laranja, só para acompanhá-lo. Não tomei uma gota de álcool. O que aconteceu não foi desencadeado por bebida. Tivemos um encontro normal e conversamos banalidades. Só que de repente, quando nossos corpos se esbarraram, experimentei um desejo forte e repentino de transar com ele, e senti intuitivamente que a recíproca era verdadeira. Ele também pareceu ter percebido minhas intenções. Parecia uma esmagadora transmissão de correntes, sem lógica, sem nada. Parecia que o céu tinha caído na minha cabeça. Minhas bochechas ficaram quentes em um segundo, o meu coração disparou e senti um nó na boca do estômago. Foi até difícil continuar sentada. No começo, eu não sabia o que estava acontecendo comigo, mas depois percebi que era desejo. Eu desejava aquele homem de maneira intensa e mal conseguia respirar, como se asfixiada. Entramos em um hotel próximo e fizemos sexo como se fôssemos nos devorar.

Talvez você fique chateado lendo esses detalhes, mas acredito que é melhor escrever tudo com minúcia e sinceridade. Gostaria que você continuasse lendo, mesmo que seja doloroso.

Essa relação não tinha praticamente nada a ver com amor. Eu só queria transar com ele, só queria que ele me penetrasse. Era a primeira vez na vida que desejava tanto o corpo de um homem. Até aquele momento eu não conseguia imaginar ao certo o significado da expressão "desejo incontrolável", que lia em romances.

Não sei por que esse desejo brotou em mim de repente, ainda mais com outro homem, e não com você. Só que na hora não pude nem quis resistir. Gostaria que você entendesse isso. Não me ocorreu nenhuma vez que era traição. Fiz sexo com ele na cama do hotel como se eu estivesse em transe. Vou ser franca: nunca gozei tanto na vida. Não, essas palavras não são suficientes para expressar o que eu senti. Meu corpo como que rolava dentro de um barro quente. A minha consciência absorveu a sensação de prazer, expandiu a ponto de quase rebentar e então explodiu de verdade. Parecia que um milagre tinha acontecido. Foi uma das coisas mais extraordinárias que aconteceu na minha vida.

E, como você sabe, escondi essa relação o tempo todo. Você não percebeu que eu estava saindo com outro homem, nem desconfiou quando eu voltava tarde. Provavelmente tinha confiança total em mim. Achava que eu nunca teria coragem de trair você. Sabe, eu não me sentia culpada por estar traindo essa confiança. Cheguei a ligar do quarto do hotel para avisar você que chegaria tarde por conta de uma reunião de trabalho. Não experimentei nenhuma dor mentindo para você. Para mim, tudo parecia normal. No meu coração, eu desejava viver com você, voltar para o lar que tínhamos construído. Era o meu mundo. Já meu corpo desejava desesperadamente seguir com o caso, mantendo relações com outro homem. Metade de mim estava de um lado, metade, de outro. Era evidente que um dia isso chegaria ao fim. Na época, porém, parecia que essa vida dupla entre a tranquilidade com o marido e o sexo ardente com o amante duraria para sempre.

Não significa que você seja sexualmente inferior a ele, que tenha menos atrativos ou que eu estivesse enjoada de transar com você. Gostaria que entendesse isso. Na hora meu corpo estava realmente faminto, e não pude me controlar nem resistir. Não sei por que aconteceu. *Simplesmente aconteceu*: é tudo o que posso dizer. Enquanto mantive o caso, tentei transar com você muitas vezes, pois me parecia uma grande injustiça fazer sexo com ele e não com você. Só que passei a não sentir *absolutamente* nada em nossas relações. Acho que você também percebeu isso. Por esse motivo, nos últimos dois meses, inventei uma desculpa para não ter que transar com você.

Até que um belo dia esse amante pediu para eu me separar de você e me casar com ele. Como nossa combinação era perfeita, não havia motivos para não ficarmos juntos. "Eu também vou deixar minha mulher e meus filhos", ele disse. Respondi que precisava de um pouco de tempo para pensar. Mas já no trem para casa me dei conta de repente de que não sentia mais nenhuma atração por ele. Não consigo explicar direito, mas, assim que ele falou em casamento, a relação perdeu todo o interesse para mim, como se a graça tivesse sido levada por uma forte ventania. Não restou nada parecido com desejo.

Só então passei a me sentir culpada. Como disse, enquanto sentia um forte desejo pelo amante, eu não experimentava nenhum tipo de culpa. Simplesmente achava conveniente você não desconfiar de nada. Achava que eu podia fazer qualquer coisa, contanto que você não percebesse. Achava que meu caso fazia parte de um universo completamente paralelo à vida conjugal. No entanto, quando o desejo que sentia por meu amante desapareceu, eu já não fazia a menor ideia do meu lugar no mundo.

Sempre me considerei uma pessoa sincera e honesta. Naturalmente, tenho muitos defeitos, mas nunca tinha mentido nem para os outros nem para mim, quando se tratava de um assunto importante. Nunca tinha feito nada pelas suas costas antes. Até sentia um pouco de orgulho por isso. Porém, durante alguns meses, levei uma vida dupla, sem experimentar qualquer remorso por ter mentido para você.

Essa realidade me fez sofrer. Percebi que eu era uma pessoa vazia, sem nenhum valor, sem nenhum propósito. Aliás, continuo achando isso. Porém, uma coisa me incomodava, uma dúvida: por que do nada passei a ter tanto desejo sexual por quem não amava? Não conseguia entender isso de jeito nenhum. Se não fosse por esse apetite sexual, eu estaria levando uma vida feliz e tranquila ao seu lado até hoje. E esse amante continuaria sendo um bom amigo para mim. Só que esse desejo irracional destruiu e arruinou tudo que tínhamos construído em nossa vida conjugal, desde a base. Ele arrancou tudo de mim: você, o lar que construímos e meu trabalho. Por que isso tinha que acontecer?

Há três anos, quando fiz o aborto, eu disse que tinha uma coisa a contar a você, lembra? Talvez eu devesse ter contado tudo naquela hora. Quem sabe, nesse caso, as coisas teriam tomado outro rumo. No entanto, mesmo agora, acho que ainda não sou capaz de contar. Tenho a impressão de que, se contar, muitas coisas vão desmoronar de modo mais definitivo ainda. Por isso, preferi desaparecer da sua vida sem dizer nada, guardando tudo para mim.

Lamento ter que confessar, mas nunca senti prazer na cama com você, nem antes, nem ao longo do casamento. O sexo com você era bom, só sentia uma sensação distante, vaga e indiferente, como se tudo acontecesse com outra pessoa. A culpa por eu não conseguir sentir prazer não é sua, claro. É totalmente minha. Havia uma espécie de *bloqueio* dentro de mim, que reprimia todo o meu prazer. Não sei por que esse bloqueio passou de repente, quando transei com outro homem, e desde então fiquei sem rumo.

Desde o começo, tive com você uma relação bem íntima e sutil. Só que agora isso se perdeu. A combinação harmoniosa, quase mítica, foi destruída. Por culpa minha. Para ser mais exata, por culpa de *algo* que havia dentro de mim. Sinto muito por isso. Afinal, nem todos têm a sorte que tivemos. Odeio a coisa que desencadeou tudo isso. Você não faz ideia como. Só não sei *exatamente* o que é. Acho que preciso saber, custe o que custar. Quero ir atrás da raiz para cortá-la, mas não estou segura de que tenho forças suficientes. Seja como for, é um problema meu, sem nenhuma relação com você.

Peço por favor que você não se preocupe mais comigo. Também não procure saber onde estou. Apenas me esqueça e pense na sua vida nova. Vou escrever uma carta aos meus pais e explicar que a culpa foi toda minha, que você não tem responsabilidade nessa história. Acho que eles não vão incomodar você. Imagino que resolveremos a questão da papelada do divórcio em breve. Acho que é a melhor solução para nós dois. Por favor, aceite o divórcio consensual. Pode jogar fora meus pertences e tomar as providências adequadas com as roupas. Para mim, tudo isso pertence ao passado. Não pretendo ficar com nada que lembre a vida que levava com você.

Adeus.

Depois de reler devagar, gastando muito tempo, guardei a carta no envelope. E peguei outra cerveja da geladeira.

Se Kumiko estava pensando na papelada do divórcio, não pretendia se matar tão cedo. Isso me deixou um pouco aliviado. Depois me dei conta de que não tinha feito sexo com ninguém nos últimos dois meses. Kumiko sempre dava um jeito de não transar comigo, como admitiu na carta. Ela inventou que estava com uma leve cistite e recebera orientação médica para evitar o sexo por um tempo. Claro que acreditei nas palavras dela. Para mim, não havia nenhum motivo para não acreditar.

Nos últimos meses, transei com algumas mulheres durante o sonho — ou durante o que meu limitado vocabulário só podia chamar de sonho. Transei com Creta Kanô e com a mulher do telefonema. Porém, na vida real, fazia dois meses que eu não transava com uma mulher de carne e osso. Eu me deitei no sofá e, fitando as mãos sobre o peito, lembrei a última vez que tinha visto o corpo de Kumiko. Lembrei as curvas delicadas das costas ao fechar o zíper do seu vestido e a fragrância de água-de-colônia atrás da orelha. No entanto, se o que Kumiko escrevia na carta era fato consumado, talvez nunca voltasse a dormir com ela. E, para ela ser tão categórica, devia ser *fato consumado*.

Quanto mais pensava na hipótese de que minha relação com Kumiko podia ter chegado ao fim, mais saudades sentia ao me lembrar do delicado calor do seu corpo. Eu gostava de transar com ela. Antes do casamento já gostava e, mesmo alguns anos depois, quando a empolgação inicial tinha passado, continuava gostando. Conseguia me lembrar com nitidez da textura daquelas costas finas, da nuca, das pernas e dos seios, como se aquele corpo estivesse diante de mim. Lembrei cada carícia trocada durante nossas relações sexuais.

Contudo, Kumiko fez sexo ardente com um homem que eu não conhecia, mas comigo nunca sentiu prazer. Enquanto transava com o amante, devia soltar gritos que chegavam até o quarto vizinho e se contorcer toda, balançando a cama. Também devia ter tomado a iniciativa de experimentar coisas que nunca tinha sugerido para mim. Eu me levantei, peguei outra cerveja da geladeira e tomei. Comi a salada de batata. Fiquei com vontade de ouvir música e liguei o rádio baixinho, numa estação de música clássica. "Amor, hoje estou cansada, desculpe", Kumiko vivia dizendo. "Não, tudo bem", eu respondia. A *Serenata para Cordas* de Tchaikóvski chegou ao fim e começou uma peça curta, aparentemente de Schumann. Embora me soasse familiar, eu não me lembrava do nome. Depois da execução, a locutora revelou que se tratava da sétima peça de *Cenas da Floresta*, *Pássaro profeta*. Imaginei Kumiko deitada sob o amante, contorcendo o quadril, levantando bem as pernas, arranhando as costas dele e babando no lençol. A locutora explicou que Schumann descreveu a cena fantástica de uma floresta onde havia um pássaro misterioso que fazia profecias.

Afinal, o que eu sabia de Kumiko?, me perguntei. Amassei a lata de cerveja vazia e joguei no cesto de lixo. Será que a Kumiko que eu achava que conhecia, a Kumiko que considerava minha esposa e com quem transei por tantos anos não passava da parte mais superficial? Será que a verdadeira Kumiko se escondia em um lugar mais profundo? Como se fosse possível conhecer só a parte superficial do mundo, e sua maior parte, dominada por águas-vivas, permanecesse um mistério. Se fosse assim, o que esses seis anos ao lado dela significavam? Que sentido tinham?

Quando estava relendo outra vez a carta, o telefone começou a tocar. O som me fez pular literalmente do sofá. Quem me ligaria depois das duas da madrugada? Seria Kumiko? Não, não deveria ser. Em hipótese alguma ela ligaria para casa. Deveria ser May Kasahara. Deve ter me visto saindo do quintal da casa desocupada e estava me ligando. Ou então Creta Kanô, que me explicaria por que sumiu de repente. Talvez fosse a mulher misteriosa do telefonema, querendo me transmitir uma mensagem. Seja lá quem fosse, May Kasahara tinha razão: havia mulheres demais na minha vida. Enxuguei o suor do rosto com a toalha que tinha na mão e peguei o fone, devagar.

— Alô.

— Alô — disse a voz do outro lado da linha.

Não era May Kasahara. Nem Creta Kanô. Nem a mulher misteriosa. Era Malta Kanô.

— Alô — repetiu ela. — É o sr. Okada? Aqui é Malta Kanô. Será que o senhor se lembra de mim?

— Claro que sim — falei, controlando a palpitação.

Poxa vida, como eu poderia esquecer?

— Desculpe estar ligando a essa hora, tão tarde. Como era urgente, resolvi ligar, mesmo sabendo que estou sendo indelicada e que poderia irritar o senhor. Me desculpe, de verdade.

Respondi que ela não precisava se preocupar. Como eu estava acordado, não tinha problema.

12.
O que descobri quando fazia a barba, o que descobri quando acordei

— Estou ligando tão tarde porque achei que seria melhor falar com o senhor quanto antes, sr. Okada — explicou Malta Kanô, que sempre me dava a impressão de que escolhia cada palavra com extrema lógica e ordenação. — Gostaria de fazer algumas perguntas ao senhor, tudo bem?

Eu me sentei no sofá com o fone na mão.

— Tudo. Fique à vontade para fazer qualquer pergunta.

— Por acaso o senhor se ausentou de casa nos últimos dois dias, sr. Okada? Tentei ligar várias vezes, mas ninguém atendeu.

— Bem, eu diria que sim. Fiquei fora por uns dias. Queria ficar um tempo sozinho para pensar. Preciso refletir sobre muitas questões.

— Sim, claro, eu sei muito bem. Entendo como o senhor se sente. Quando queremos um tempo para pensar, é importantíssimo mudar de ares. Desculpe estar sendo intrometida, mas será que o senhor estava em algum lugar *bem* longe, sr. Okada?

— Nem tão longe assim... — respondi, de maneira vaga, antes de mudar o fone da mão esquerda para a direita. — Como posso dizer, fiquei num lugar um pouco isolado. Mas não posso dar detalhes. Tenho os meus motivos e, além do mais, acabei de chegar em casa. Estou cansado demais para uma conversa longa por telefone.

— Claro. Todos temos nossos motivos. Não quero que o senhor se sinta obrigado a dizer o que não quer. Por sua voz, pude perceber que está bem cansado, sr. Okada. Não se preocupe. Sinto muito pelas perguntas inconvenientes que estou fazendo numa hora dessas. Voltaremos a falar disso em outra ocasião. Eu só estava preocupada, achando que algo ruim pudesse ter acontecido com o senhor nos últimos dias. Por isso acabei fazendo perguntas indiscretas. Me desculpe.

Eu dei uma resposta monossilábica bem baixinho, mas não soou bem como uma resposta, e sim como o arquejo de um animal aquático que não conseguia respirar direito. *Algo ruim?*, pensei. *Com todas as coisas que estão acontecendo na minha vida, o que é ruim e o que é bom? O que é certo e o que é errado?*

— Muito obrigado pela preocupação, mas acho que está tudo bem comigo, por enquanto — disse eu, recuperando a voz. — Acho que não aconteceu nada de bom, mas também não aconteceu nada de muito ruim.

— Bom saber.

— Só estou cansado — acrescentei.

Malta Kanô deu uma tossida de leve.

— A propósito, sr. Okada, o senhor percebeu alguma grande alteração física nos últimos dias?

— Uma grande alteração física? No meu corpo?

— Sim, no seu próprio corpo.

Levantei o rosto e vi o reflexo do meu corpo na janela de vidro que dava para o quintal. Não percebi nada que pudesse ser chamado de alteração física. Já não havia notado nada na hora do banho, quando lavei o corpo demoradamente.

— Que tipo de alteração?

— Também não sei direito, mas é uma alteração física evidente, visível para qualquer pessoa.

Estendi a palma da mão esquerda sobre a mesa e a observei por um momento. A minha mão continuava igual. Não percebi nenhuma alteração. Não estava folheada a ouro nem tinha nadadeira. Não era bonita nem feia.

— *Uma alteração física evidente, visível para qualquer pessoa?* Seria como nascerem asas nas costas ou algo parecido?

— Pode ser — respondeu Malta Kanô, em voz assertiva. — Naturalmente estou falando de apenas *uma das possibilidades.*

— Claro.

— E então, notou alguma coisa?

— Não, não notei nenhuma alteração. Por enquanto. Se nascessem asas nas minhas costas, eu perceberia, mesmo não querendo.

— Sim, o senhor tem razão — concordou Malta Kanô. — Em todo caso, é melhor tomar cuidado, sr. Okada. Não é muito fácil conhecermos o nosso próprio estado. Por exemplo, não conseguimos ver nosso rosto diretamente, apenas o reflexo dele no espelho. E acreditamos, *por experiência*, que a imagem refletida está correta.

— Vou tomar cuidado.

— Gostaria de perguntar mais uma coisa. Sabe, não estou conseguindo falar com Creta, como não estava conseguindo falar com o senhor. Talvez seja só uma coincidência, mas é estranho. O senhor por acaso teria alguma informação sobre o paradeiro dela?

— Creta Kanô? — perguntei, assustado.

— Sim. Será que o senhor tem alguma ideia de onde ela possa estar?

Respondi que não, não teria a menor ideia. Mesmo sem uma justificativa, achei que por enquanto era melhor não contar para Malta que eu tinha acabado de falar com Creta, e que ela tinha sumido em seguida. Por algum motivo, tive essa intuição.

— Como não estávamos conseguindo falar com o senhor, Creta ficou preocupada e saiu de casa à tarde, para lhe fazer uma visita. Só que até agora não voltou. Por alguma razão, não consigo sentir direito a *presença* dela.

— Entendo. Bom, se ela aparecer por aqui, vou pedir para entrar em contato imediatamente.

Malta Kanô ficou calada por um tempo no outro lado da linha.

— Para ser franca, estou preocupada com ela. Como o senhor sabe, o trabalho que nós duas fazemos está longe de ser comum, e Creta não está tão familiarizada com esse mundo quanto eu. Não estou querendo dizer que ela não tem talento, porque ela tem. Só não está muito familiarizada com o próprio talento.

— Entendo.

Malta Kanô se calou de novo. Desta vez, o silêncio foi mais longo do que o anterior. Ela parecia hesitar em falar algo.

— Alô — chamei.

— Estou aqui, sr. Okada — respondeu Malta Kanô.

— Se Creta aparecer por aqui, vou pedir para ela te ligar — repeti.

— Muito obrigada — agradeceu Malta Kanô.

Depois pediu desculpas outra vez por ter ligado tão tarde e desligou. Assim que coloquei o fone no gancho, olhei mais uma vez para o reflexo do meu corpo no vidro da janela. Nessa hora, tive um pressentimento: *Talvez eu nunca mais volte a falar com Malta Kanô, talvez ela desapareça da minha vida.* Não tinha nenhum motivo especial para pensar assim. Era apenas um pressentimento, que brotara *do nada*.

Pouco depois, me lembrei de repente que tinha deixado a escada de corda suspensa no poço. Era melhor recolhê-la o mais rápido possível. Se alguém encontrasse, talvez eu tivesse problemas. O sumiço repentino de Creta Kanô também me preocupava. Tinha falado com ela pela última vez naquele poço.

Coloquei uma lanterna no bolso, calcei os sapatos, fui até o quintal e pulei de novo o muro de blocos. Segui pelo beco e cheguei até a casa desocupada. A casa de May Kasahara continuava completamente escura. Os ponteiros do relógio indicavam quase três horas da manhã. Entrei no quintal da casa desocupada e fui direto ao poço. A escada de corda ainda estava presa ao tronco da árvore e suspensa no poço. A tampa estava aberta pela metade, o que me deixou incomodado. Lancei uma espiada para o fundo do poço.

— Creta Kanô — chamei, como se sussurrasse.

Nenhuma resposta. Peguei a lanterna do bolso e iluminei o interior do poço. A luz não chegou ao fundo, mas ouvi uma voz baixinha, que parecia um gemido. Chamei mais uma vez.

— Estou aqui, não se preocupe — respondeu Creta Kanô.

— Afinal, o que está fazendo aí? — perguntei, baixinho.

— O que estou fazendo aqui?... Ora, o mesmo que o senhor — disse ela, com voz questionadora. — Estou pensando. Realmente, este é um ótimo lugar para pensar.

— Bem, isso é verdade — concordei. — Mas sua irmã acabou de ligar lá para casa. Estava muito preocupada porque você sumiu e está tarde. Disse que você não tinha voltado ainda e que não estava sentindo a sua presença. Pediu para você ligar para ela assim que recebesse o recado.

— Está bem. Muito obrigada por vir até aqui para me contar.

— Poderia sair agora, Creta Kanô? Gostaria de conversar com você com calma.

Creta Kanô não respondeu.

Apaguei a luz da lanterna e a guardei no bolso.

— Que tal descer até aqui, sr. Okada? Vamos conversar aqui, sentados, a sós — respondeu Creta Kanô.

Talvez não seja má ideia conversar a sós com Creta Kanô dentro do poço, pensei. Porém, ao me lembrar da escuridão do fundo do poço e do cheiro de mofo, senti o meu estômago ficar pesado.

— Desculpe, mas não quero mais descer ao fundo do poço. Acho melhor você voltar logo para cima. Alguém pode remover a escada, e o ar não circula direito aí dentro.

— Eu sei. Mas quero ficar mais um pouco. Não se preocupe comigo.

Se Creta Kanô não queria vir para a superfície, eu não podia fazer nada.

— Quando falei com a sua irmã, não contei que tinha visto você aqui. Tudo bem? Achei que era melhor não contar.

— Sim, foi uma boa escolha. Por favor, não conte a ela que estou aqui — pediu Creta Kanô, que, ao fim de uma pausa, acrescentou: — Não quero deixar a minha irmã preocupada, mas às vezes também gosto de um tempo para pensar. Assim que terminar de pensar, vou sair. Poderia me deixar sozinha mais um pouco, sr. Okada? Prometo que não vou causar problemas.

Resolvi deixar Creta Kanô ali e voltar para casa. Amanhã de manhã, eu voltaria para ver como ela estava. Mesmo que May Kasahara retirasse a escada durante a noite, eu poderia resgatar Creta Kanô do fundo do poço. Voltei para casa, tirei a roupa e me deitei na cama. Peguei o livro da cabeceira e abri na página em que tinha parado. Estava agitado e não conseguiria adormecer tão cedo. No entanto, depois de ler uma ou duas páginas, percebi que estava quase dormindo. Fechei o livro e apaguei a luz. Um segundo depois, já tinha caído no sono.

Acordei às nove e meia da manhã. Como estava preocupado com Creta Kanô, me vesti às pressas e saí, sem nem lavar o rosto. Passei pelo beco e fui até a casa desocupada. As nuvens pairavam baixas no céu, o ar estava bastante úmido e parecia que a chuva cairia a qualquer momento, ainda pela manhã. A escada de corda não estava mais suspensa no poço: alguém a tirara do tronco da árvore e sumira com ela. As duas tábuas da abertura do poço estavam fechadas e, sobre elas, havia dois tijolos. Removi uma das tábuas, olhei para dentro do poço e chamei Creta Kanô. Não houve resposta. Depois de um tempo, chamei mais algumas vezes e até joguei umas pedrinhas, imaginando que ela poderia estar dormindo. No entanto, parecia não haver mais ninguém no poço. Creta Kanô devia ter subido à superfície quando começou a amanhecer, desamarrado a escada de corda e ido para algum lugar. Fechei a tampa e me afastei do poço.

Saí do quintal da casa desocupada e, encostado no muro, contemplei por um momento a casa de May Kasahara, que poderia notar minha presença e sair para conversar, como sempre fazia. Porém, mesmo depois de um tempo, ela não apareceu. Tudo ao redor estava em silêncio. Não havia ninguém e não se ouvia nenhum barulho. As cigarras não chiavam mais. Com a ponta do sapato, cavei um buraco no chão, devagar. Senti certo estranhamento: tinha a impressão de que no intervalo de alguns dias, enquanto estava dentro do poço, a realidade que existia até então fora sobrepujada por uma nova e diferente. Desde que saí do fundo do poço e voltei para casa, continuava sentindo esse estranhamento no coração.

Retornei passando pelo beco e, uma vez em casa, resolvi escovar os dentes e fazer a barba, que tinha crescido nos últimos dias e cobria todo o meu rosto, preta. Eu até parecia um náufrago que acabara de ser resgatado. Era a primeira vez que deixava a barba crescer tanto e cogitei deixá-la comprida. Depois pensei melhor e resolvi me barbear. Por alguma razão, achei que seria melhor manter a aparência que tinha quando Kumiko saíra de casa.

Coloquei uma toalha quente no rosto e apliquei uma grande quantidade de creme de barbear, antes de passar a gilete com cuidado, para não irritar a pele. Raspei o queixo, a bochecha esquerda e em seguida a bochecha direita. Quando terminei o lado direito e olhei para o espelho, tomei um susto: eu estava com uma espécie de mancha azul-escura. No começo, como achei que fosse sujeira, removi todo o creme, lavei o rosto com sabonete e esfreguei a mancha com a toalha, com força. Mas ela não saiu, nem mostrou sinais de que iria sair, como se estivesse firmemente arraigada na pele. Passei o dedo. Ela parecia um pouco mais quente do que o resto do rosto, mas eu não sentia nada. Só podia ser um *hematoma* que tinha aparecido bem no local onde eu senti calor naquele fundo do poço.

Aproximei meu rosto do espelho e observei o hematoma com mais cuidado. Ele ficava na parte exterior da maçã do rosto e era do tamanho da palma da mão de um bebê. Tinha um tom azul-escuro, quase preto, e lembrava a tinta azul-escura da caneta Montblanc que Kumiko costumava usar.

Poderia ser uma alergia de pele. Será que tinha entrado em contato com alguma coisa nociva no fundo do poço? Será que era uma inflamação? Mas o que poderia haver no poço para causar uma inflamação? Iluminei o fundo daquele poço apertado de ponta a ponta e só vi terra e parede de concreto. Além do mais, uma alergia ou uma inflamação provocaria um hematoma tão estranho como esse?

Fui assolado por um leve pânico momentâneo. Fiquei confuso e desnorteado, como se tivesse sido engolido por uma onda gigantesca. Derrubei a toalha no chão, virei a lixeira, bati o pé em algum lugar e disse coisas sem sentido. Em seguida, me recompus e, encostado na pia, pensei com calma em como lidar com a situação.

Resolvi esperar mais um tempo para ver no que daria. Podia consultar um médico depois. Talvez o hematoma fosse passageiro e desaparecesse naturalmente, como uma inflamação qualquer. Como tinha surgido num intervalo de poucos dias, também poderia desaparecer dentro de poucos dias. Resolvi ir até a cozinha preparar o café. Embora eu estivesse com fome, quando tentava comer algo, o apetite desaparecia em uma fração de segundos, como uma miragem.

Eu me deitei no sofá e observei em silêncio a chuva que começou a cair. De vez em quando, ia até o banheiro para me ver no espelho. O hematoma continuava no mesmo lugar, tingido de um azul incrivelmente profundo na parte superior da bochecha.

Ele só poderia ter surgido durante aquela visão que tive no fundo do poço antes do amanhecer, aquela visão que me pareceu um sonho, quando atravessei a parede puxado pela mulher misteriosa do telefonema. Ela pegou minha mão e me puxou para dentro da parede, tentando me livrar de *alguém* perigoso que abriu a porta do quarto. Quando eu estava atravessando a parede, senti um calor intenso na parte superior da bochecha. Bem no lugar onde apareceu o hematoma. Claro que eu não fazia a menor ideia da relação entre atravessar a parede e ter um hematoma no rosto.

O homem sem rosto dissera para mim no corredor do hotel: "Agora não é um bom momento. O senhor não pode estar aqui". Estava fazendo uma advertência. Mas eu ignorei o seu alerta e segui em frente. Estava com raiva de Noboru Wataya e com raiva por eu estar completamente perdido. Talvez eu tivesse contraído o hematoma em consequência desse episódio.

Ou talvez esse hematoma no rosto fosse um estigma deixado por aquele sonho ou por aquela visão. *Não foi apenas um sonho*, era a mensagem transmitida por aquele hematoma. *Tudo aconteceu de verdade e, toda vez que você se olhar no espelho, vai ter que se lembrar, para sempre.*

Balancei a cabeça. Havia coisas demais sem explicação. Eu tinha só uma certeza: não tinha entendido nada. De repente, comecei a sentir outra vez a dor pungente na cabeça. Não consegui mais raciocinar. Não tive vontade de fazer nada. Tomei um gole do café morno e observei a chuva que caía lá fora.

Depois do almoço liguei para meu tio, e conversamos sobre assuntos banais. Senti que, se não falasse com alguém, com qualquer pessoa, acabaria me separando e me afastando cada vez mais do mundo real.

Meu tio perguntou se Kumiko estava bem, e respondi que sim. Disse que ela estava viajando a trabalho. Poderia abrir o jogo e contar toda a verdade, mas para mim era praticamente impossível explicar de maneira lógica o que estava acontecendo nos últimos tempos com minha vida. Como nem eu entendia ao certo, não tinha condições de explicar direito para os outros. Por isso, resolvi não contar a verdade ao meu tio por enquanto.

— Tio, você morou um tempo nesta casa, não é?

— Morei sim, acho que por uns seis ou sete anos — respondeu ele. — Deixa eu ver... Comprei essa casa quando estava com trinta e cinco, e morei até os quarenta e dois. Então foram sete anos no total. Depois me casei e me mudei para o apartamento atual. Antes, eu morava sozinho nessa casa.

— Só por curiosidade: aconteceu algo ruim enquanto você morava aqui?

— Algo ruim? — repetiu meu tio, em voz indagativa.

— Sim, você ficou doente, terminou com a namorada, algo assim? Meu tio riu do outro lado da linha, achando graça.

— Bem, terminei com uma namorada quando morava aí, mas acho que não dá para considerar nada de mais, porque também terminei com outras namoradas quando morava em outros lugares. Além disso, para ser sincero, não gostava muito dessa namorada mesmo... Agora, não me lembro de ter ficado doente, não. O máximo que apareceu foi um pequeno carocinho na nuca, que mandei tirar, seguindo o conselho do cabeleireiro. Só por precaução, consultei um médico e pedi para extrair, mas não era maligno. Foi a única vez que consultei um médico durante todo o tempo que morei aí. Droga, deveria ter pedido o reembolso da taxa do seguro-saúde.

— Você não tem nenhuma lembrança negativa da época em que morou aqui?

— Não — respondeu meu tio, depois de refletir um pouco. — Aliás, por que você quer saber essas coisas?

— Nada não. É que Kumiko consultou esses dias um vidente, que sugeriu que a localização da casa não era muito boa ou algo do gênero — menti. — Achei que não era motivo para preocupação, mas Kumiko insistiu que eu perguntasse para você.

— Bom, não entendo muito desse negócio de ler a sorte pela localização da casa ou pela disposição dos cômodos, então não sei dizer se a casa traz sorte ou azar. Agora, na minha experiência não tive problemas. Como já contei, a casa dos Miyawaki, sim, era conhecida pelos maus agouros, mas fica a uma distância razoável, certo?

— Quem morou nessa casa depois de você, tio?

— Deixa eu lembrar... Acho que logo depois da minha mudança, morou um professor do município com a família, por uns três anos. Em seguida um casal jovem, por uns cinco anos. Se não me engano o rapaz tinha um negócio, mas não lembro de quê. Não sei se essas pessoas foram ou não felizes na casa, porque a imobiliária se encarregava de tudo. Não conheci nenhum locatário pessoalmente e não sei por que saíram. Mas nunca ouvi nenhuma história ruim. Acho que saíram porque a casa ficou pequena ou porque compraram um imóvel próprio.

— Uma pessoa disse que o fluxo da casa foi obstruído. Você faz ideia do que isso significa?

— O fluxo... obstruído?

— Pois é. Também não sei o que isso significa, mas foi o que me falaram.

Meu tio pensou um pouco a respeito.

— Não faço a menor ideia. Talvez não tenha sido uma boa fechar as duas entradas do beco com cerca. É estranho uma rua não ter entrada nem saída. O princípio básico de um caminho ou de um rio é fluir. Se a rota for bloqueada, eles acabam ficando estagnados.

— É verdade. Ah, tem mais uma coisa que gostaria de perguntar. Alguma vez você já ouviu o pássaro de corda cantar nas redondezas?

— Pássaro de corda? — repetiu meu tio. — O que é isso?

Expliquei rapidamente sobre o pássaro de corda, que pousava na árvore de algum quintal e cantava uma vez por dia, produzindo um ric-ric que lembrava o som de dar a corda.

— Não sei. Nunca vi esse pássaro, nem ouvi o seu canto. Gosto de pássaros e desde pequeno presto atenção no modo como cantam. Mas é a primeira vez que ouço alguém falar sobre esse pássaro. Ele tem alguma relação com a casa?

— Não, nenhuma relação. Só queria saber se você conhecia.

— Hum... Bom, se você quer saber mais detalhes sobre essas coisas ou sobre as pessoas que moraram na casa depois de mim, é melhor procurar o sr. Ichikawa, um velhinho que trabalha na imobiliária Setagaya Daiichi, em frente à estação. Pode falar que é meu sobrinho. Essa imobiliária cuidava da casa. O sr. Ichikawa é um morador antigo do bairro e sabe muitas coisas. Aliás, foi ele quem me contou sobre os Miyawaki. Como ele gosta de conversar, procure por ele um dia.

— Obrigado. Vou fazer isso.

— E então, já arranjou um novo trabalho? — perguntou meu tio.

— Ainda não. Na verdade, não estou me esforçando muito nas buscas. Por enquanto, Kumiko está trabalhando fora, e eu estou cuidando da casa. Até agora não tivemos problemas.

Meu tio pareceu pensar em alguma coisa por um tempo.

— Bom, quando você estiver realmente em apuros, me procure. Talvez eu possa ajudar.

— Obrigado. Quando estiver em apuros, procuro você, tio.

Depois que desliguei, pensei em telefonar para a imobiliária mencionada por meu tio, para perguntar sobre a história desta casa e sobre os locatários anteriores, mas achei que era bobagem e desisti.

Mesmo depois do meio-dia, a chuva continuou caindo silenciosamente, molhando os telhados das casas, as árvores dos quintais e o chão. No almoço comi torradas e uma sopa instantânea. Passei toda a tarde no sofá. Cogitei sair para fazer compras, mas fiquei desanimado ao me lembrar do hematoma no rosto. *Podia ter deixado a barba crescer*, pensei, arrependido. Ainda havia umas verduras na geladeira e alguns enlatados no armário, além de arroz e ovos. Se eu fosse econômico, poderia sobreviver por mais dois ou três dias.

No sofá, não pensei quase em nada. Li um livro e ouvi músicas clássicas em fita cassete. Observei distraidamente a chuva que caía no quintal. Talvez por ter ponderado no poço por tanto tempo, a minha capacidade de reflexão já estivesse esgotada. Quando tentava pensar em alguma coisa a fundo, sentia uma dor pungente na cabeça, como se ela estivesse sendo pressionada por um torno. Sempre que tentava me lembrar de alguma coisa, todos os músculos ou todos os nervos do meu corpo produziam um som semelhante a um rangido. Eu parecia o homem de lata enferrujado e sem óleo de *O mágico de Oz*.

De vez em quando, eu ia até o banheiro e, diante do espelho, verificava o hematoma do rosto, mas ele continuava inalterado, sem aumentar nem diminuir. A tonalidade também não mudava. Em uma dessas ocasiões, percebi que não tinha tirado o bigode. Fiquei tão confuso quando raspei a barba da bochecha direita e descobri o hematoma, que tinha me esquecido de fazer o bigode. Então lavei o rosto com água quente, passei o creme de barbear e tirei o bigode.

Depois de olhar algumas vezes para o reflexo do meu rosto no espelho do banheiro, me lembrei das palavras de Malta Kanô no telefone. *Acreditamos, por experiência, que a imagem refletida está correta. É melhor tomar cuidado, sr. Okada.* Para me certificar, resolvi olhar o meu rosto no espelho de corpo inteiro de Kumiko, que ficava no nosso quarto. Mas o hematoma continuava no mesmo lugar. Não era problema do espelho.

Fora o hematoma do rosto, não percebi nenhuma anomalia no meu corpo. Medi minha temperatura, estava dentro do padrão. Eu não estava com muito apetite, apesar de não ter comido nada por três dias, e às vezes sentia uma leve ânsia de vômito — provavelmente era uma extensão do enjoo que senti no fundo do poço. Fora isso, meu corpo estava normal.

Foi uma tarde silenciosa. O telefone não tocou nenhuma vez e não chegou nenhuma carta. Ninguém passou pelo beco e não dava para ouvir nem a voz dos vizinhos. Nenhum gato atravessou o quintal e nenhum pássaro veio cantar. De vez em quando a cigarra chiava, mas não com a habitual intensidade.

Pouco antes das sete, senti uma fome leve e preparei um jantar simples, com enlatados e verduras. Ouvi o noticiário do fim de tarde no rádio, depois de um bom tempo, mas nada de muito especial tinha acontecido no mundo: um motorista não conseguiu fazer a ultrapassagem e bateu em um muro, matando alguns jovens que estavam no carro; o gerente e um funcionário de uma agência de um grande banco estavam sendo investigados por fraude; na cidade de Machida, uma dona de casa de trinta e seis anos morreu ao ser atacada na rua por um jovem com um martelo. Todos aqueles eram acontecimentos de um mundo bem distante. No meu mundo, a chuva simplesmente caía no quintal em silêncio, sem fazer nenhum barulho.

Quando os ponteiros do relógio indicavam nove horas, deixei o sofá e fui para a cama, li um pouco, apaguei a lâmpada e dormi.

Acordei bruscamente no meio de um sonho. Não conseguia lembrar o que se passava, mas acordei com o coração palpitando, sinal de que tinha sido um sonho tenso. O quarto estava completamente escuro. Na hora, não consegui lembrar onde estava. Depois de um bom tempo, percebi que estava na minha cama, na minha casa. Os ponteiros do relógio indicavam mais de duas da madrugada. Provavelmente por ter cochilado de maneira irregular no fundo do poço, eu estava com o ciclo do sono desajustado. Quando consegui me acalmar, senti vontade de fazer xixi, porque tinha tomado cerveja antes de deitar. Teria preferido continuar deitado e voltar a dormir, mas não tinha escolha. Ao me sentar na cama com dificuldade, resignado, a minha mão tocou em alguém que estava ao meu lado. Mas eu não fiquei assustado. Afinal, Kumiko sempre dormia comigo, e eu estava acostumado a dividir a cama com alguém. No entanto, logo me dei conta: Kumiko saiu de casa, e não podia ser ela. *Alguém que não era Kumiko estava dormindo ao meu lado.*

Tomei coragem e acendi o abajur. Era Creta Kanô.

13.
Continuação da história de Creta Kanô

Creta Kanô estava completamente nua. Dormia de lado, voltada para mim, sem nada que a cobrisse. Eu conseguia ver seus dois lindos seios, os mamilos pequenos e rosados e, abaixo da barriga lisinha, os pelos pubianos pretos, que pareciam sombras em um esboço. Sua pele era branca e lisa, como se fosse recém-criada. Sem entender o que estava acontecendo, fiquei contemplando seu corpo, demoradamente. As pernas dela estavam unidas e dobradas. Eu não conseguia ver os seus olhos, pois o cabelo caído cobria metade do rosto. Ela parecia dormir como uma pedra e não esboçou movimento algum quando acendi a luz, mas ainda era possível escutar o regular e pesado som de sua respiração. Já eu havia despertado completamente. Peguei no armário um edredom fino e joguei por cima de Creta Kanô. Desliguei o abajur, fui até a cozinha, ainda de pijama, e fiquei por um momento sentado à mesa.

Depois me lembrei do *hematoma* do meu rosto. Ao tocá-lo, senti que ainda estava quente. Nem precisava me olhar no espelho: o hematoma continuava no mesmo lugar. Não era algo simples para desaparecer de um dia para outro. De manhã, talvez fosse melhor pesquisar na lista telefônica um dermatologista perto de casa. Mas o que eu responderia se o médico perguntasse se tenho alguma ideia de como apareceu aquilo? Fiquei três dias no fundo de um poço, e não, não foi a trabalho. Só queria pensar um pouco. Achei que o fundo do poço era o lugar ideal para pensar. Não, não levei comida. Não, não era o poço da minha casa. Ficava em uma propriedade desocupada, nas imediações. Não, não pedi autorização para entrar.

Suspirei. Poxa vida, não é possível falar uma coisa dessas.

Estava distraído e com os cotovelos apoiados na mesa, quando do nada a imagem nítida do corpo despido de Creta Kanô invadiu minha mente. Ela estava dormindo como pedra na minha cama naquele momento. De repente, me lembrei daquele sonho em que transamos, ela usando o vestido de Kumiko. Eu recordava perfeitamente a textura da sua pele e o peso do seu corpo. Precisava concatenar os acontecimentos, caso contrário, não conseguiria mais distinguir realidade de ficção. A parede que separava os dois territórios estava cada vez mais fina. Na minha memória, ao menos, realidade e ficção andavam lado a lado, com peso e nitidez praticamente iguais. Eu havia e, ao mesmo tempo, não havia transado com Creta Kanô.

Para expulsar da mente esses pensamentos sexuais confusos, fui ao banheiro e lavei o rosto com água gelada. Depois voltei ao quarto para ver como Creta Kanô estava. Ela continuava dormindo como uma pedra, com o edredom na altura da cintura. Eu só conseguia ver as costas dela, que lembravam as de Kumiko. Pensando bem, o corpo de Creta Kanô era assustadoramente parecido com o de Kumiko. Eu não havia notado isso antes porque o penteado, o estilo e a maquiagem eram bem diferentes. As duas tinham mais ou menos a mesma altura, e o peso também deveria ser quase igual. Deveriam usar até o mesmo tamanho de roupa.

Peguei outro edredom, fui para a sala, me deitei no sofá e abri o livro. Estava com um livro de história que retirei na biblioteca um tempo atrás. Abordava a administração japonesa da Manchúria antes da guerra e os conflitos entre Japão e União Soviética em Nomonhan. Depois de ouvir a história do primeiro-tenente Mamiya, fiquei interessado pela situação da Ásia continental da época e procurei alguns livros relacionados ao período. No entanto, depois de ler as descrições detalhadas dos acontecimentos históricos por cerca de dez minutos, fui assaltado pelo sono. Para descansar um pouco a vista, pus o livro no chão e fechei os olhos, mas acabei dormindo pesado, sem nem apagar a luz.

Assim que acordei, ouvi um barulho na cozinha. Quando fui conferir o que era, encontrei Creta Kanô preparando o café da manhã. Ela usava uma camiseta branca e um short azul de Kumiko.

— Onde estão suas roupas? — perguntei de pé, na soleira da porta.

— Desculpe. Como o senhor estava dormindo, tomei a liberdade de pegar emprestadas algumas peças de sua esposa. Achei que não deveria, mas não tinha nada para vestir — respondeu Creta Kanô.

Ela mal tinha virado o rosto para mim. O penteado e a maquiagem já haviam voltado ao costumeiro estilo dos anos 1960. Só faltavam os cílios postiços.

— Não tem problema, mas... onde estão suas roupas?

— Perdi — respondeu Creta Kanô, como se não fosse nada.

— Perdeu?

— Sim, perdi em algum lugar.

Entrei na cozinha e, encostado na mesa, observei Creta preparar uma omelete. Ela quebrou os ovos com habilidade, acrescentou o tempero e bateu tudo com rapidez.

— Então você veio pra cá sem roupa?

— Isso mesmo — confirmou ela, com a maior naturalidade do mundo. — Eu estava completamente nua. O senhor sabia disso, não sabia? Afinal, me cobriu com o edredom.

— Bem... sim — balbuciei. — Mas gostaria de saber onde e como você perdeu as roupas. Como chegou até aqui nua?

— Também não sei — disse ela, dobrando a omelete dentro da frigideira.

— Você também não sabe — repeti.

Creta Kanô colocou a omelete nos pratos e adicionou brócolis cozidos. Depois preparou torradas e serviu tudo, junto com o café. Peguci a manteiga, o sal e a pimenta e coloquei na mesa. Tomamos o café da manhã como recém-casados, um de frente para o outro.

De repente, me lembrei do hematoma no meu rosto, mas Creta Kanô não parecia ter se assustado quando me viu, e também não fez perguntas. Para me certificar, passei a mão na bochecha: o calor do machucado permanecia.

— Está doendo, sr. Okada?

— Não, não está.

Creta Kanô observou o meu rosto por um tempo.

— Parece um hematoma.

— Pois é, também estou achando que é um hematoma. Ainda não decidi se procuro ou não um médico.

— Pode ser impressão minha, mas acredito que um médico não vá resolver.

— Talvez você tenha razão. Mas não posso deixar isso assim do jeito que está.

Creta Kanô refletiu um pouco, com o garfo na mão.

— Se o senhor está precisando fazer compras ou ir a algum lugar, pode me pedir, que eu vou. O senhor não precisa sair de casa.

— Muito obrigado pela gentileza, mas você tem seus afazeres, e eu também não posso ficar dentro de casa para sempre.

Creta Kanô ficou em silêncio por um momento, pensando a respeito.

— Talvez Malta Kanô saiba algo sobre esse hematoma. Que tipo de cuidado tomar, essas coisas.

— Então você poderia falar com ela?

— Malta Kanô telefona para as pessoas, mas não recebe ligação de ninguém — explicou Creta Kanô, mordiscando o brócolis em seguida.

— Mas você consegue ligar para ela, não consegue?

— Claro que sim. Somos irmãs.

— Então, quando ligar para ela, poderia perguntar sobre meu hematoma? Ou poderia pedir para ela me ligar?

— Sinto muito, mas não posso fazer isso. Não posso passar o recado de outras pessoas para ela. É uma espécie de regra.

Soltei um suspiro enquanto passava a manteiga na torrada.

— Bom, então quer dizer que, quando eu tiver que falar com Malta Kanô, a única coisa que posso fazer é esperar por um telefonema dela?

— Sim, é isso — disse Creta Kanô, assentindo. — Agora, se o hematoma não provoca dor nem coceira, acho melhor se esquecer dele por uns dias. Eu não me importo com isso, e o senhor também não precisa se importar. Essas coisas aparecem de vez em quando.

— É mesmo?

Continuamos tomando o café da manhã, sem falar nada por um momento. Fazia tempo que eu não tomava o café da manhã com alguém, e estava tudo delicioso. Creta Kanô pareceu feliz quando comentei isso.

— Então, sobre as suas roupas... — retomei o assunto.

— O senhor ficou chateado por eu estar usando as roupas de sua esposa sem pedir permissão? — perguntou Creta Kanô, demonstrando preocupação.

— Não, não. Realmente não me importo com isso. Como Kumiko não quis levar as roupas dela, não tem problema. Minha preocupação é saber como e onde você perdeu as suas.

— Eu perdi as roupas e também os sapatos.

— E como foi que perdeu tudo isso?

— Não consigo me lembrar — admitiu Creta Kanô. — Eu só lembro que, quando acordei, estava dormindo pelada na sua cama, sr. Okada. Tudo o que se passou antes está confuso para mim.

— Você entrou no poço depois que eu saí, não foi?

— Sim, até esse ponto consigo me lembrar. Dormi lá dentro, mas depois não me lembro de mais nada.

— Então não se lembra de como saiu de dentro do poço, é isso?

— Isso mesmo. Não me lembro de nada. Minha memória está partida.

Ao concluir a frase, Creta Kanô ergueu os indicadores das mãos em uma distância de cerca de vinte centímetros. Eu não sabia quanto tempo essa distância representava.

— Você também não sabe o que aconteceu com a escada de corda pendurada no poço? Ela não estava mais lá quando fui ver.

— Não sei de escada nenhuma. Nem se saí do poço por ela.

Durante um momento, preguei os olhos na xícara de café que eu segurava.

— Escuta, posso ver a sola dos seus pés? — perguntei.

— Sim, claro — respondeu Creta Kanô.

Ela se sentou na cadeira ao meu lado, estendendo as pernas e me mostrando a sola de cada pé, que analisei segurando pelo tornozelo. Ela tinha pés muito bonitos, com um formato perfeito e sem machucados nem sujeira.

— Não tem barro nem machucado — observei.

— Não — confirmou Creta Kanô.

— Ontem choveu o dia inteiro. Se você tivesse vindo para cá descalça, estaria com as solas dos pés sujas de barro. Como deve ter entrado pelo quintal, teria deixado pegadas no alpendre. Não acha? Só que seus pés estão limpos, e o chão do alpendre também.

— Pois é.

— Então significa que você não chegou descalça.

Creta Kanô inclinou a cabeça, impressionada.

— O que o senhor está dizendo tem lógica.

— Talvez tenha lógica, mas não chegamos a nenhuma conclusão. Não sabemos onde você perdeu as roupas e os sapatos, nem como veio andando até aqui.

— Bem, eu também não faço a menor ideia — respondeu Creta Kanô, balançando a cabeça.

Enquanto Creta Kanô lavava com zelo a louça na pia, eu pensava sobre aquelas questões sentado à mesa. Naturalmente, também não fazia a menor ideia.

— Acontece com frequência? Digo, não se lembrar de onde estava?

— Não é a primeira vez. Em algumas ocasiões não consigo lembrar onde estava nem o que estava fazendo, mas não é frequente. Já perdi as roupas uma vez, mas é a primeira vez que perco os sapatos também.

Creta Kanô fechou a torneira e passou um pano na mesa.

— Creta Kanô, eu ainda não ouvi o resto da história que você começou a contar. Da outra vez, você desapareceu no meio, lembra? Será que poderia contar tudo até o fim? Você falou que foi capturada pelos membros da yakuza, começou a trabalhar para a organização, conheceu Noboru Wataya e dormiu com ele. O que aconteceu depois?

Encostada na pia, Creta Kanô me encarou. A gota d'água em sua mão escorreu devagar pelo dedo e caiu no chão. O formato dos seios se delineava com clareza por trás da camiseta branca. Diante da visão, me lembrei com nitidez do seu corpo nu, que vira na noite anterior.

— Está bem. Vou contar tudo o que aconteceu depois — disse ela, voltando à cadeira onde estava sentada, de frente para mim.

— Naquele dia, fui embora sem avisar no meio da história, porque ainda não estava preparada para contar tudo. Queria dizer o que me aconteceu com sinceridade, sem esconder nada, na medida do possível. Mas não consegui ir até o final. Acho que o senhor ficou assustado com meu sumiço repentino.

Com as mãos sobre a mesa, Creta Kanô falava olhando nos meus olhos.

— Fiquei assustado, sim. Mas essa nem foi a maior surpresa que tive nos últimos tempos — afirmei.

— Como eu tinha dito, o último cliente da minha época de prostituta, ou melhor, de *prostituta do corpo*, foi o sr. Noboru Wataya. Voltamos a nos encontrar quando eu trabalhava com Malta Kanô, e reconheci aquele homem assim que o vi. Mesmo se quisesse, eu não conseguiria esquecê-lo, mas não sei se ele se lembrava de mim. O sr. Noboru Wataya é o tipo de pessoa que dificilmente demonstra sentimentos.

"Bom, mas acho melhor contar na ordem. Primeiro, vou falar da época de prostituta, quando ele foi meu cliente, uns seis anos atrás.

"Como expliquei antes, na época eu não sentia nenhuma dor no corpo. Não sentia dor, mas também não sentia nenhuma outra sensação. Eu vivia em uma profunda ausência de sensibilidade. Bom, não digo que eu era insensível ao calor, ao frio, à dor e ao sofrimento. Não. Só era como se essas sensações existissem em um lugar bem distante, como se não tivessem nenhuma relação comigo. Por isso, eu não tinha nenhuma dificuldade em transar com homens em troca de dinheiro. Os clientes podiam fazer o que quisessem com meu corpo, pois as sensações que eu experimentava não me pertenciam. Como as sensações não eram minhas, o corpo também não era meu. Eu fazia parte da organização de prostituição controlada pela yakuza. Fazia sexo com os clientes que eles enviavam e aceitava o dinheiro que eles me pagavam. Acho que contei ao senhor até essa parte, não?"

Assenti com a cabeça.

— Certo dia, recebi instruções para ir ao décimo sexto andar de um hotel no centro de Tóquio. A reserva tinha sido feita por Wataya, que não é um sobrenome muito comum. Quando bati à porta, encontrei o sr. Wataya sentado no sofá, lendo um livro e tomando o café trazido pelo serviço de quarto. Ele usava uma polo verde e uma calça de algodão marrom, tinha cabelos curtos e usava óculos marrons. Quando entrei, reparei no bule, na xícara de café e em um livro sobre a mesinha de frente ao sofá. Tive a impressão de que ele estava concentrado na leitura, pois seus olhos traíam uma espécie de excitação. O rosto dele não era nada peculiar, mas seus olhos transmitiam uma inquietação diferente. Ao ver aqueles olhos, achei que eu tinha me enganado e entrado no quarto errado. Mas não era isso. Ele pediu para eu entrar e trancar a porta.

"Ele ficou calado, sentado no sofá, contemplando sem pressa o meu corpo, da cabeça aos pés. Os clientes costumavam olhar o meu corpo e o meu rosto quando eu entrava no quarto. Desculpe a indelicadeza, mas o senhor alguma vez já pagou por uma prostituta?"

Respondi que não.

— Bem, os clientes me mediam com olhos de quem confere uma mercadoria, e logo me acostumei com esses olhares. Afinal, como eles estavam comprando o meu corpo, era natural examinarem o produto que estavam pagando. Mas os olhos daquele homem eram diferentes. Parecia que, enquanto me contemplava, ele via além do meu corpo. Aquela situação me causou um desconforto, pois era como se eu fosse meio invisível.

"Acho que, por ter ficado um pouco confusa, acabei deixando a bolsa cair no chão. Embora a queda tenha produzido um barulho, eu estava distraída e demorei um pouco a perceber. Depois me agachei para pegar a bolsa, que havia se aberto e espalhado alguns pertences pelo chão. Recolhi o lápis de sobrancelha, o batom e o frasquinho de água-de-colônia, e fui guardando um por um na bolsa. Enquanto isso, ele continuava me olhando do mesmo jeito.

"Depois que terminei de recolher e guardar tudo na bolsa, ele me mandou tirar a roupa. 'Será que eu poderia tomar uma ducha rápida antes? Estou suada.' Era um dia muito quente, eu tinha ido de trem e suado muito durante o trajeto. 'Não me importo com o suor', respondeu ele, antes de acrescentar: 'Não tenho muito tempo, tire a roupa agora mesmo'.

"Assim que tirei a roupa, ele disse para me deitar de bruços na cama. Obedeci. 'Não se mexa, feche os olhos e não diga nada se eu não mandar', ordenou ele.

"Ele se sentou ao meu lado, sem se despir. Não tocou um dedo sequer em mim, se limitou a ficar sentado e só baixou os olhos, contemplando meu corpo nu, de bruços. Acho que fez isso por quase dez minutos. Eu podia sentir o seu olhar aguçado devorar minha nuca, minhas costas, meu quadril e minhas pernas. *Será que ele é impotente?*, pensei. Já atendi clientes assim, que chamam a prostituta, tiram a roupa dela e ficam só olhando. Há outros que tiram nossa roupa e se masturbam diante de nós. Homens de todos os tipos que contratam uma prostituta por motivos de todos os tipos. Por isso, achei que ele se encaixava em uma dessas categorias.

"Só que de repente ele estendeu a mão e começou a percorrer minha pele. Os dez dedos procuravam alguma coisa, tateando cada parte do meu corpo devagar, indo dos ombros para as costas e das costas para o quadril. Não se tratava de preliminares nem de massagem. Aqueles dedos se moviam em mim com cuidado, como se seguissem a linha de um mapa. Ele parecia pensar em alguma coisa enquanto me tocava. Não pensava distraidamente, mas *a fundo*, concentrado em algo.

"Seus dedos perambularam por vários lugares, sem rumo, ora se detendo, ora permanecendo em uma mesma região por muito tempo. Às vezes os dedos ficavam como que perdidos, outras seguiam com certeza. O senhor entende o que estou querendo dizer? Cada dedo parecia ter vida própria, pensar por conta própria. Era uma sensação bem estranha e até assustadora.

"Mesmo assim, o contato com a ponta dos dedos dele me deixou excitada. Eu nunca tinha sentido nada parecido. Antes de me tornar prostituta, o ato sexual apenas me proporcionava dor. Só de pensar em sexo, o medo da dor tomava conta de mim. Depois de me tornar prostituta, passei a não sentir absolutamente nada. Não experimentava mais dor, nem nenhuma outra sensação. Eu suspirava e fingia excitação para satisfazer os clientes, mas era tudo mentira. Não passava de uma encenação exigida pela profissão. Porém, ao ser tocada por aquele homem, eu soltava suspiros longos e verdadeiros, que brotavam do âmago do meu corpo. Senti que algo começava a se mexer dentro de mim, como se o centro de gravidade do meu corpo estivesse se movendo.

"Até que ele parou de mexer os dedos e pôs as mãos na minha cintura, parecendo refletir sobre alguma coisa. Pelo contato com a ponta dos seus dedos, percebi que ele estava tentando controlar a respiração, em silêncio. Depois ele passou a tirar a própria roupa, devagar. Continuei de olhos fechados, com o rosto enterrado no travesseiro, esperando. Assim que se despiu, ele abriu os meus braços e as minhas pernas.

"Dentro do quarto reinava um silêncio assustador. Só dava para ouvir o leve ruído do ar-condicionado. Aquele homem quase não fazia barulho. Eu mal ouvia sua respiração. Ele colocou a palma da mão nas minhas costas, e eu relaxei o corpo. O pênis dele tocou meu quadril, mas ainda estava flácido.

"Nessa hora, o telefone começou a tocar na mesa de cabeceira. Abri os olhos e virei a cabeça para aquele homem, que parecia não perceber o que estava acontecendo. O telefone tocou oito ou nove vezes e parou, antes que o silêncio voltasse a se estabelecer no quarto."

Creta Kanô parou de contar a história e soltou um pequeno suspiro. Depois observou em silêncio as próprias mãos.

— Sinto muito, mas será que eu poderia descansar um pouco?

— Claro — respondi.

Coloquei mais café na xícara e tomei um gole. Ela bebeu água gelada. Continuamos sentados, em silêncio, por cerca de dez minutos.

— Ele continuou acariciando o meu corpo com seus dez dedos, de ponta a ponta — prosseguiu Creta Kanô. — Não sobrou nenhum recanto que não tenha sido tocado. Eu não conseguia mais pensar em nada. Meu coração batia de um jeito estranho, devagar e forte, como dentro dos meus ouvidos. Eu já não conseguia me conter e, enquanto ele passava as mãos em mim, soltava gemidos. Tentava me manter calada, mas era como se uma desconhecida arquejasse e gemesse no meu lugar. Senti que todos os parafusos do meu corpo se afrouxavam. O homem continuou fazendo os mesmos movimentos durante muito tempo e, então, inseriu *algo* em mim, por trás, me mantendo ainda de bruços. Até hoje não sei o que me penetrou. Era algo bem duro e bem grande, mas não era o pênis dele. Tenho certeza. Concluí que ele é mesmo impotente.

"Apesar de não saber o que era, quando ele inseriu aquilo em mim, senti, pela primeira vez desde a tentativa de suicídio, uma dor que pertencia a mim. Como posso descrever... Era uma dor quase irracional, que parecia partir meu corpo bem ao meio. No entanto, mesmo sentindo essa horrível dor, eu agonizava de prazer. O prazer e a dor eram uma coisa só. O senhor entende o que estou querendo dizer? Eu tinha descoberto a dor no prazer e o prazer na dor. Precisei aceitar as duas sensações como uma só. No meio da dor e do prazer, meu corpo se partia. Eu não conseguia mais impedir o processo. Então aconteceu algo estranho. Do meu corpo partido, começou a sair algo que eu nunca vira ou tocara antes. Não saberia dizer o tamanho, mas era algo escorregadio como um recém-nascido. Eu não fazia a menor ideia do que poderia ser aquilo. Era algo que estava dentro de mim, mas que eu desconhecia. Seja como for, aquele homem tinha arrancado a coisa de dentro de mim.

"Eu queria saber o que era, queria muito. Queria ver com meus próprios olhos, porque fazia parte de mim. Eu tinha esse direito. Mas não consegui. Estava sendo consumida por aquela enxurrada de dor e de prazer. Eu era apenas um pedaço de carne que gemia, babava e mexia o quadril sem parar. Eu não era capaz nem de abrir os olhos.

"Então atingi o orgasmo. A sensação que tive, no entanto, era de estar caindo de um enorme penhasco. Quando eu gritava, parecia que todos os vidros das janelas se quebravam. Não só imaginei isso, mas visualizei todos os vidros se quebrando e os cacos se espatifando. Senti como se pequenos estilhaços caíssem sobre mim. Depois fiquei muito mal. Minha consciência foi se apagando, e meu corpo ficou gelado. A comparação pode parecer esdrúxula, mas tive a impressão de que eu era uma tigela de mingau frio. Meu corpo estava pastoso e com alguns pedaços misturados. Esses pedaços indefiníveis palpitavam em grandes movimentos, de acordo com as batidas do coração. Eu conhecia essa palpitação. Não demorou muito até eu me lembrar do que era: era *aquela* dor fatal e pungente que eu sentia sem cessar até minha tentativa de suicídio. Ela estava tentando remover o invólucro da minha consciência com força, como um pé de cabra. A dor arrombou esse invólucro da consciência e, contra a minha vontade, estava puxando a minha memória, que tinha consistência de uma gelatina. Sei que é estranho dizer, mas me senti como um morto que enxergasse o próprio corpo sendo dissecado na autópsia. O senhor entende? Era como se eu estivesse em um lugar distante, vendo as próprias vísceras do corpo sendo retiradas.

"Tive convulsões e babei no travesseiro. Até urinei ali mesmo sem querer. Eu tentava me controlar, mas não podia deter o movimento dos músculos. Todos os parafusos do meu corpo tinham se afrouxado e caído. Nesse estado confuso de consciência, percebi quanto era solitária e impotente. Diversas coisas, com forma e sem forma, vazavam de mim, escorrendo para fora do meu corpo como líquido, saliva e urina. *Não posso permitir que tudo vaze e saia de mim*, pensei. *Estou me esvaindo. Não posso permitir que tudo vaze e se perca.* Porém, eu não conseguia parar o fluxo. Não tinha outra escolha além de observar tudo vazar, incapaz de agir. Não sei quanto tempo durou: parecia que eu tinha perdido toda a memória e toda a consciência. Senti que tudo havia escorrido de dentro de mim, até que, de repente, uma escuridão me envolveu por completo, como se uma pesada cortina tivesse se fechado.

"Quando recobrei a consciência, eu havia me transformado em outra pessoa."

Creta Kanô parou de falar e me encarou.

— Foi isso que aconteceu — disse ela, calmamente.

Sem responder nada, esperei ela continuar.

14.
Nova partida para Creta Kanô

Creta Kanô continuou:

— Depois disso, passei alguns dias com a sensação de que meu corpo estava todo despedaçado. Quando eu caminhava, parecia que não pisava no chão. Quando eu comia, parecia que não mastigava. Quando eu ficava imóvel, parecia que estava caindo sem parar em um abismo sem fundo ou que estava subindo cada vez mais alto, puxada por uma espécie de balão. Eu tinha medo por não conseguir controlar os movimentos e as sensações do meu corpo, que se movia por vontade própria, sem seguir ordem nem direção. Eu não sabia como controlar esse caos intenso. A única coisa que podia fazer era aguardar, em silêncio, que tudo se acalmasse, assim que chegasse o momento. Informei minha família que não estava me sentindo bem e me tranquei o dia inteiro no meu quarto, praticamente sem comer nada.

"Esse caos durou uns três ou quatro dias, se não me engano. Depois tudo parou e silenciou, como se uma intensa tempestade tivesse passado. Olhei ao meu redor e vi o meu próprio corpo. Descobri que tinha me tornado uma pessoa completamente diferente. Era, por assim dizer, a minha terceira versão. A primeira agonizava de intensa e incessante dor. A segunda vivia na perfeita insensibilidade, sem dor alguma. A primeira versão era meu eu original, que não conseguia se livrar de jeito nenhum dos pesados grilhões da dor, firmemente presos ao meu corpo. Quando tentei romper esses grilhões, quando tentei acabar com minha vida e fracassei, desencadeei a segunda versão, o meu eu intermediário. Sim, a dor física que causava sofrimento havia desaparecido por completo, mas levando consigo as outras sensações. A vontade de viver, a força física, a concentração, tudo isso desapareceu junto com a dor. Depois de passar por essa etapa transitória e estranha, adquiri um novo eu, que ainda não sabia se era o meu *eu verdadeiro*. Apesar disso, tinha uma vaga intuição de que estava no caminho certo."

Creta Kanô levantou o rosto e fitou os meus olhos, como se esperasse alguma observação de minha parte sobre o que eu acabara de ouvir. As mãos dela continuavam sobre a mesa.

— Então quer dizer que por causa desse homem você se tornou outra pessoa?

— Acho que dá para dizer que sim — assentiu Creta Kanô, cujo rosto carecia de expressão, parecendo o fundo de um lago completamente seco. — O meu corpo passou por uma grande transformação ao ser acariciado e tocado por aquele homem, e senti um prazer sexual irracional que nunca havia experimentado antes. Não sei por que isso aconteceu, não sei por que teve que ser proporcionado pelas mãos *daquele homem*. De qualquer maneira, independentemente do processo, quando percebi já estava em uma nova versão. E, como eu disse, ao fim do caos profundo, procurei aceitar essa nova versão como o meu eu *verdadeiro*. Até porque consegui me libertar daquele estado de profunda insensibilidade, que para mim representava uma prisão sufocante.

"Ainda assim, uma sensação desagradável me acompanhou por muito tempo, como uma sombra. Sempre que eu me lembrava dos dez dedos, sempre que me lembrava do objeto que aquele homem introduziu em mim, sempre que me lembrava da coisa viscosa que saiu das minhas entranhas... ou que senti ter saído... eu ficava inquieta. Sentia uma fúria incontrolável, um grande desespero. Queria apagar todas as lembranças daquele dia, mas não consegui. Afinal, aquele homem *abriu* algo dentro do meu corpo. Como uma mácula, a sensação de ser *aberta* à força ficou gravada em mim, assim como a lembrança daquele homem. Era uma espécie de contradição, entende? Por um lado, a transformação era pura e correta. Por outro, o agente da transformação era maculado e errado. Essa contradição causou em mim um longo sofrimento."

Creta Kanô ficou observando as mãos sobre a mesa por um tempo.

— Depois dessa experiência, parei de me prostituir. Não havia mais sentido em continuar — afirmou ela, cujo rosto continuava sem expressão.

— Você conseguiu parar sem dificuldades?

Creta Kanô assentiu.

— Eu simplesmente parei sem avisar, mas não tive problemas. Até que foi bem simples. Estava esperando ao menos um telefonema, mas ninguém me ligou. Eles sabiam o endereço e o telefone de casa e podiam me ameaçar, mas não fizeram nada.

"E foi assim que, aparentemente, eu voltei a ser uma garota comum. Nessa época, eu já havia quitado todas as parcelas do empréstimo que fiz com meu pai e tinha uma poupança considerável. Meu irmão mais velho comprou um carro novo com o dinheiro que lhe dei, sem fazer a mínima ideia de como consegui a quantia.

"Levei um tempo para me familiarizar com o meu novo eu. Precisei entender, memorizar e absorver, dia após dia, como ele funcionava, o que ele sentia e como ele sentia. O senhor entende? A maioria das coisas que eu trazia dentro de mim tinha vazado e se perdido. Eu estava totalmente diferente e, ao mesmo tempo, praticamente vazia. Era preciso preencher esses espaços, aos poucos. Eu precisava construir com minhas próprias mãos, tim-tim por tim-tim, esse *novo eu*, ou *o que formava* esse eu.

"Embora eu ainda estivesse na faculdade, não pretendia voltar a estudar e saía de casa de manhã cedo para ir ao parque e ficar sentada no banco, sozinha, sem fazer nada. De vez em quando, caminhava pelas trilhas do parque e, quando chovia, ia até a biblioteca para fingir que estava fazendo alguma leitura. Cheguei a passar um dia inteiro no cincma c outro dia inteiro no vagão da linha circular Yamanote. Sentia que flutuava sozinha num espaço completamente escuro, sem contar com ninguém para desabafar. Com Malta Kanô eu poderia me abrir, mas, como mencionei na outra ocasião, nessa época ela estava fazendo treinamento espiritual na distante ilha de Malta. Como eu não sabia o endereço dela, não tinha nem como mandar cartas. Por isso, precisei superar tudo com minhas próprias forças. Nenhum livro apresentava uma solução para meu problema. Eu era solitária, mas não infeliz, pois conseguia encontrar apoio em mim mesma. Pelo menos nessa época eu já tinha adquirido um eu em que *podia me apoiar*.

"Esse novo eu era capaz de sentir dor, mas não tão intensa como antes. Ao mesmo tempo, eu tinha criado uma técnica para me distanciar da dor, e conseguia me afastar do corpo físico que sofria. O senhor entende? Eu conseguia dividir meu novo eu em dois: o *eu físico* e o *eu não físico*. Parece algo difícil quando tento explicar com palavras, mas depois de conhecer o jeito fica mais fácil. Quando sinto dor, eu me afasto do meu corpo físico. É como fugir para o quarto ao lado, sorrateiramente, quando chega uma visita indesejada. Consigo fazer isso com certa facilidade, pois percebo a dor que assola o meu corpo e sinto a presença dela. Só não estou dentro desse corpo, e sim no quarto ao lado. Por isso, a dor não consegue me atingir."

— Então você consegue se dividir sempre que deseja?

— Não — respondeu Creta Kanô, depois de refletir um pouco. — No começo, eu só conseguia me dividir quando uma dor física invadia meu corpo. Em outras palavras, a chave para a minha consciência se separar era a dor. Depois, com a ajuda de Malta Kanô, passei a conseguir me dividir conscientemente, até certo ponto. Mas isso foi bem mais tarde.

"Depois de um tempo, recebi uma carta de Malta Kanô contando que seu treinamento espiritual de três anos havia enfim acabado e anunciando sua volta ao Japão dentro de uma semana. Ela dizia que estava voltando para ficar e que não pretendia mais ir para outros lugares. Fiquei feliz com o reencontro iminente, pois fazia sete ou oito anos que não via minha irmã. Além disso, como comentei antes, ela era a única pessoa no mundo para quem eu conseguia abrir o coração.

"No dia em que Malta chegou ao Japão, contei tudo o que tinha acontecido comigo. Ela ouviu a minha longa e estranha história até o fim, sem me interromper nem fazer perguntas. Quando terminei, ela soltou um longo suspiro e disse:

"'Eu não devia ter deixado você sozinha. Precisava ter ficado ao seu lado para tomar conta de você. Não sei como não percebi que você estava passando por um problema tão grave. Talvez porque tivéssemos uma relação muito próxima. De qualquer forma, eu precisava resolver algumas questões inadiáveis. E ir a alguns lugares sozinha. Eu não tinha escolha.'

"Respondi que ela não precisava se preocupar com isso, que eram *meus* problemas e que, no fim das contas, eu estava evoluindo, mesmo que aos poucos e devagar. Malta refletiu por um momento, em silêncio, antes de falar: 'Acho que essas experiências que você teve nos últimos anos, desde que eu saí do Japão, foram terríveis e cruéis. Mas, como você disse, acho que você está se aproximando aos poucos do seu eu verdadeiro. A fase mais difícil já passou e não vai voltar. Você nunca mais vai passar por isso. Não vai ser fácil, mas você vai conseguir se esquecer de muitas coisas depois de um tempo. Além disso, ninguém consegue viver se não adquirir seu eu verdadeiro. Ele é como a terra: sem ela, nada pode ser cultivado.

"'Você só não deve esquecer que o seu corpo foi maculado por esse homem, que fez algo que não deveria. No cenário mais sombrio, você corria o risco de ter se perdido e de vagar para sempre no completo vazio. Felizmente, *por acaso*, o resultado não foi negativo, pois você não estava manifestando o seu eu verdadeiro e agora conseguiu se libertar do seu eu provisório. Você teve muita sorte. Mesmo assim, essa mácula continua dentro de você. Em algum momento, precisará se livrar dela. Lamentavelmente, não poderei ajudar, pois não sei como acabar com isso. Cabe a você descobrir um jeito.'

"Em seguida, minha irmã me deu um novo nome: *Creta Kanô*. Como eu tinha renascido e me transformado em uma nova pessoa, precisava de um novo nome. Logo passei a usar esse, que me agradava. Comecei a ajudar Malta Kanô nos trabalhos, e com a ajuda dela aprendi aos poucos a controlar o meu novo eu e a separar corpo e mente. Finalmente, pela primeira vez desde que me conhecia por gente, passei a levar uma vida tranquila. Claro, ainda não aprendi *tudo* sobre o *meu eu verdadeiro*. Ainda faltam muitas coisas, mas agora tenho por perto minha irmã, que me compreendeu e me aceitou. Ela me orienta e me protege."

— E chegou a reencontrar Noboru Wataya?

Creta Kanô balançou a cabeça positivamente.

— Sim, reencontrei o sr. Noboru Wataya meses atrás, no começo de março. Mais de cinco anos haviam se passado desde que vivi a transformação e comecei a trabalhar com Malta, depois daquela noite com o sr. Wataya. O reencontro ocorreu quando ele foi consultar Malta em nossa casa. Mas não conversamos. Apenas vi o sr. Wataya de relance, na porta de casa. Porém, ao ver aquele rosto, fiquei paralisada por alguns segundos, como se tivesse levado um choque. Logo percebi que *aquele homem* tinha sido meu último cliente.

"Chamei Malta e contei que aquele tinha sido o homem responsável por me macular. 'Hum, entendi. Não se preocupe, vou cuidar de tudo', disse ela. 'Se esconda em algum lugar da casa e não saia. Ele não pode ver você em hipótese alguma.' Segui à risca as instruções de minha irmã, então não sei o teor da conversa que eles tiveram."

— Por que será que Noboru Wataya procurou Malta Kanô em casa?

— Também não sei — respondeu Creta Kanô, balançando a cabeça.

— Quando as pessoas procuram você ou sua irmã, costumam buscar alguma coisa, não é?

— Sim, exatamente.

— O que buscam? Poderia dar um exemplo?

— Buscam de tudo.

— Como assim?

Creta Kanô mordeu os lábios por um momento.

— De tudo. Querem saber o destino, o futuro... essas coisas.

— E é possível fornecer esse tipo de resposta?

— É, sim — respondeu Creta Kanô, apontando para a própria têmpora. — Claro, minha irmã e eu não sabemos de tudo, mas a maioria das respostas está aqui dentro. Basta entrarmos aqui dentro.

— Assim como descer no fundo de um poço?

— Sim.

Apoiei os cotovelos na mesa e respirei fundo.

— Sabe, gostaria que me explicasse uma coisa. Você apareceu no meu sonho algumas vezes. E apareceu *de propósito*, por livre e espontânea vontade, certo?

— Certo — confirmou Creta Kanô. — Apareci porque quis. Entrei em sua consciência e fiz sexo com o senhor.

— Você tem esse poder?

— Sim. É uma das minhas habilidades.

— Nós tivemos uma relação dentro da consciência... — Ao pronunciar essa frase, senti como se tivesse feito um desenho surrealista ousado em uma parede completamente branca. Repeti as palavras, como se verificasse o desenho de longe, para ver se não estava torto:

— Nós tivemos uma relação dentro da consciência. Só que eu não pedi nada a você, nem buscava respostas, certo? Então por que fez isso comigo?

— Malta me deu essa ordem.

— Então Malta Kanô buscava uma resposta dentro da minha consciência por meio dos seus poderes espirituais. Por quê? Será que ela buscava uma resposta relacionada ao pedido de Noboru Wataya ou ao pedido de Kumiko?

Creta Kanô permaneceu calada por um momento. Parecia hesitante, mas acabou falando:

— Não sei. Também não tenho todas as informações em detalhes. Quando não sei de tudo, posso agir com mais naturalidade. Sou apenas um canal. Quem atribui significado às informações descobertas é Malta. Só gostaria que entendesse uma coisa, sr. Okada: basicamente, Malta Kanô é sua aliada. Odeio o sr. Noboru Wataya, e minha irmã sempre pensa no meu bem, acima de tudo. Por isso, acredito que Malta me deu essa ordem pensando no *seu bem*, sr. Okada.

— Sabe, continuo não entendendo muito bem. Muitas coisas começaram a acontecer na minha vida depois que você e sua irmã surgiram. Não estou querendo apontar culpados. Talvez você e sua irmã estejam fazendo as coisas pensando no *meu bem*. Mas, para ser bem sincero, não acho que a minha vida tenha se tornado melhor depois que nos conhecemos. Pelo contrário, acabei perdendo muitas coisas, e outras tantas se afastaram de mim. Primeiro o gato desapareceu. Depois foi a vez da minha esposa, que ainda me escreveu uma carta confessando que tinha outro homem há alguns meses. E eu? Eu não tenho amigos. Nem emprego. Nem renda. Nem perspectivas. Nem objetivo na vida. Será que o que você e sua irmã estão fazendo vem contribuindo para o *meu bem*? Afinal, o que fizeram por mim e por Kumiko?

— Entendo muito bem suas palavras e sua decepção, sr. Okada. Gostaria de poder explicar tudo ao senhor, de maneira clara.

Dei um suspiro e passei a mão no hematoma da bochecha direita.

— Bem, deixe para lá. Foi uma espécie de monólogo. Não precisa levar em conta o que acabei de dizer.

Olhando fixamente para os meus olhos, Creta Kanô disse:

— Sei que muitas coisas aconteceram com o senhor nos últimos meses, sr. Okada. Talvez Malta e eu tenhamos uma parcela de culpa por tudo, mas acredito que são coisas que aconteceriam em *algum momento*, mais cedo ou mais tarde. E, se fatalmente aconteceriam, melhor que acontecessem logo, não? É o que sinto. Veja bem, sr. Okada: *poderia ter sido pior*.

Creta Kanô se ofereceu para fazer compras em um mercado da vizinhança. Eu entreguei o dinheiro e falei que era melhor que ela usasse roupas um pouco mais apropriadas para sair na rua. Ela concordou, foi ao guarda-roupa de Kumiko e voltou com uma blusa branca de algodão e uma saia verde com estampa floral.

— O senhor não se importa que eu use as roupas de sua esposa sem a autorização dela?

Eu balancei a cabeça.

— Kumiko escreveu na carta que eu podia jogar fora todo o guarda-roupa dela. Ninguém vai ligar que você use essas roupas.

Como eu imaginava, as roupas de Kumiko serviram perfeitamente em Creta Kanô. Por incrível que pareça, até o número que calçavam era igual. Depois de colocar as sandálias de Kumiko, Creta Kanô saiu de casa. Ao ver Creta Kanô usando as roupas de Kumiko, senti que a realidade estava mudando de rumo mais uma vez, aos poucos. Era como se o timão de um gigantesco navio estivesse sendo girado.

Assim que Creta Kanô saiu, fui para o sofá e me deitei, observando distraidamente o quintal. Cerca de trinta minutos depois, ela voltou de táxi, carregando três grandes sacolas de compras. Em seguida, preparou ovos com presunto e uma salada de sardinha para mim.

— O senhor não tem interesse na ilha de Creta? — perguntou ela, de repente, quando terminei de comer.

— Ilha de Creta? — repeti. — Está falando da ilha de Creta, no Mediterrâneo?

— Isso mesmo.

Balancei a cabeça.

— Não sei. Na verdade, nunca pensei sobre isso.

— Não gostaria de ir à ilha de Creta comigo?

— Irmos à ilha de Creta juntos?

— Sim. Sabe, estou querendo me ausentar um tempo do Japão. Depois que o senhor voltou para casa, eu fiquei no fundo do poço, sozinha, refletindo sobre isso. Desde que passei a me chamar Creta, tive vontade de conhecer a ilha. Li muitos livros a respeito e até comecei a estudar grego por conta própria, para viver uma experiência lá. Como tenho uma boa reserva, conseguiríamos sobreviver sem problemas por um tempo. Não precisa se preocupar com dinheiro.

— Malta Kanô sabe que você vai para lá?

— Ainda não falei nada à minha irmã. Mas acho que ela não vai ser contra, se eu falar que já estou decidida. Provavelmente vai pensar que uma mudança de ares me fará bem. Trabalhei ao lado dela nos últimos cinco anos como vidente, mas não significa que ela só tenha me usado como seu instrumento. Em certo sentido, ela estava ajudando na minha recuperação. Acho que ela pensou que eu poderia consolidar meu próprio eu através da consciência ou do ego de outras pessoas. O senhor entende o que estou querendo dizer? Ela estava me fazendo vivenciar o ego de outras pessoas.

"Pensando bem, nunca falei para ninguém de maneira clara, até hoje: Quero fazer isso de qualquer jeito. Na verdade, nunca pensei: Quero fazer isso de qualquer jeito. Desde que nasci, a dor sempre ocupou o centro da minha vida. Poderia dizer que o meu único objetivo era conviver com a dor intensa. Aos vinte anos, fracassei na tentativa de me matar e a dor desapareceu, dando lugar a uma insensibilidade muito, muito profunda. Eu me tornei uma espécie de cadáver ambulante, e o grosso véu da insensibilidade envolveu todo o meu corpo. Nessa fase, eu não tinha nada parecido com vontade própria. Então meu corpo foi maculado pelo sr. Noboru Wataya, a minha consciência foi aberta à força e adquiri o meu terceiro eu, que mesmo assim ainda não era o meu eu verdadeiro. Eu tinha apenas adquirido um recipiente. Nessa condição, recebi orientações de Malta Kanô, e vários egos passaram dentro de mim. Até agora, essa tem sido minha vida, que já dura vinte e seis anos. Tente imaginar, sr. Okada. *Durante vinte e seis anos eu não era ninguém.* Percebi isso com clareza enquanto refletia, sozinha, no fundo daquele poço. Percebi que durante todo esse tempo eu não fui ninguém, que não fui nada. Era apenas uma prostituta. Primeiro, uma prostituta do corpo, depois uma prostituta da consciência.

"Só que agora estou prestes a adquirir o meu novo eu, que não é mais um recipiente nem um canal. Estou tentando estabelecer o meu novo eu com firmeza e pés no chão."

— Compreendo o que quer dizer. Mas por que deseja que a gente vá junto para a ilha de Creta?

— Porque acho que é a melhor opção para nós dois — respondeu Creta Kanô. — Por enquanto, nenhum de nós tem necessidade de ficar *aqui* e, se fosse o caso, sinto que seria melhor não ficarmos. O senhor tem algum plano para o futuro, para sua vida?

Balancei a cabeça em silêncio.

— Nós dois precisamos começar algo novo em algum lugar — disse Creta Kanô, fitando meus olhos. — E acho que ir para a ilha de Creta não seria um mau começo.

— Talvez não seja má ideia mesmo — reconheci. — O convite é bem inesperado, mas talvez não seja um mau começo.

Creta Kanô sorriu para mim. Salvo engano, era a primeira vez que ela sorria. Diante daquele sorriso, tive a impressão de que a história começava a tomar um rumo um pouco melhor.

— O senhor ainda tem tempo. Mesmo se eu me preparasse às pressas, acho que não conseguiria partir antes de duas semanas. Pode pensar com calma até lá. Não sei se conseguirei oferecer alguma coisa ao senhor, sr. Okada. Acho inclusive que não tenho nada para oferecer no momento, porque estou vazia, literalmente. Pretendo preencher esse recipiente vazio aos poucos. Se o senhor não se importar com isso, posso oferecer minha companhia. Acho que podemos nos ajudar mutuamente.

Assenti com a cabeça.

— Entendo. Bom, mas antes preciso pensar em algumas coisas e resolver outras — respondi.

— Se o senhor decidir não ir à ilha de Creta comigo, não vou ficar chateada. Vai ser uma pena, mas fique à vontade para fazer sua escolha.

Creta Kanô também passou a noite na minha casa. À tarde, ela me convidou para um passeio em um parque nas imediações. Decidi sair de casa e esquecer o hematoma no rosto. *Não posso ficar preocupado com isso o tempo todo*, pensei. Caminhamos na tarde agradável de verão por cerca de uma hora, voltamos para casa e preparamos um jantar leve.

Durante o passeio contei à Creta Kanô os detalhes da carta de Kumiko. Acho que ela nunca mais vai voltar para casa, comentei. Ela tinha um amante e se encontrou por mais de dois meses com ele. Parece que o caso terminou, mas ela não pretende mais voltar para mim. Creta Kanô me escutou em silêncio, sem manifestar nenhuma impressão, como se já soubesse de todos esses detalhes. Provavelmente quem menos sabia do que estava acontecendo na minha vida era eu.

Depois de comermos, Creta Kanô disse que queria transar e dormir comigo. Surpreso, respondi com sinceridade:

— Não sei o que fazer diante de um convite tão inesperado.

Ela me encarou com firmeza e disse:

— O senhor pode ou não me acompanhar até a ilha de Creta, mas eu gostaria que fizesse sexo com a prostituta Creta Kanô pelo menos uma vez. Gostaria que o senhor comprasse meu corpo hoje. Depois, pretendo deixar para sempre de ser prostituta, da consciência e do corpo. Estou pensando até em abandonar o nome Creta Kanô. Só que para isso preciso de uma linha divisória bem clara, que mostre que *aqui* é o fim.

— Entendo que você queira uma linha divisória, mas por que precisa ser comigo?

— Porque transando com o senhor no *mundo real*, quero passar através do ser que é o sr. Okada. E assim me libertar de uma espécie de mácula que carrego dentro de mim. Essa será a linha divisória.

— Desculpe, mas não posso comprar o corpo de outras pessoas.

Creta Kanô mordeu os lábios.

— Então vamos fazer o seguinte. Em vez de me pagar em dinheiro, o senhor poderia me dar algumas roupas de sua esposa. Sapatos também. Tecnicamente, isso corresponderia ao pagamento pelo meu corpo. Pode ser? Fazendo isso, o senhor vai salvar minha vida.

— Salvar sua vida? Está querendo dizer que, transando comigo, você vai se livrar da mácula deixada por Noboru Wataya?

— Sim, é isso.

Fiquei um tempo observando o rosto de Creta Kanô. Sem os cílios postiços, seu rosto parecia bem mais infantil do que de costume.

— Afinal, quem é Noboru Wataya? Embora seja o irmão mais velho da minha esposa, pensando bem, não sei quase nada sobre ele. Não sei o que ele pensa, nem o que busca... Ignoro completamente. A única coisa que sei é que ele me odeia e que a recíproca é verdadeira.

— O sr. Noboru Wataya pertence a um mundo completamente oposto ao do senhor — explicou Creta Kanô, que depois ficou calada, procurando as palavras para continuar. — No mundo em que o senhor perde, ele ganha. No mundo em que o senhor é rejeitado, ele é aceito. E vice-versa. Por isso ele tem verdadeiro ódio do senhor.

— Bom, é isso que não consigo entender. Para ele, não passo de um ser insignificante que nem merece atenção. Noboru Wataya tem fama e poder. Já eu sou um zero à esquerda. Por que ele precisa gastar tempo e esforço para me odiar?

Creta Kanô balançou a cabeça.

— O ódio é como uma sombra longa e escura. Normalmente nem a própria pessoa sabe de onde ele vem. É uma faca de dois gumes. Fere os outros, mas também fere a nós mesmos. O ódio que causa uma mágoa profunda nos outros é o mesmo que também causa uma mágoa profunda em nós. Em alguns casos, pode causar até a morte. Não é fácil se livrar do ódio, mesmo querendo. O senhor também precisa tomar cuidado, sr. Okada, pois o ódio é realmente perigoso e praticamente inextirpável quando cria raízes em nosso coração.

— Quer dizer que você consegue sentir essa espécie de raiz do ódio que existe dentro de Noboru Wataya?

— Consigo — afirmou Creta Kanô. — Foi essa raiz que dividiu o meu corpo e me maculou, sr. Okada. Por isso não quero que o sr. Noboru Wataya seja o meu último cliente como prostituta, entende?

Nessa noite, transei com Creta Kanô. Depois de tirar as roupas de Kumiko que ela vestia, fizemos sexo, um sexo silencioso, como uma continuação do sonho. Era como se a relação que tivemos no sonho se repetisse na realidade. Eu abraçava a Creta Kanô de carne e osso, a Creta Kanô *real*. Ainda assim, faltava algo, e não consegui ter a sensação concreta de estar transando com ela. Durante o ato, de vez em quando fui assaltado pela ilusão de estar transando com Kumiko.

Quando gozei, achei que acordaria do sonho. Mas não acordei. Eu tinha gozado dentro dela. Era mesmo realidade. Apesar disso, sempre que reconhecia a realidade, eu tinha a impressão de que ela cada vez mais se tornava ficção. Essa realidade se afastava cada vez mais, se desviava cada vez mais, mas continuava sendo realidade.

— Sr. Okada, vamos para a ilha de Creta juntos — disse Creta Kanô, com os braços enlaçados em mim. — Aqui não é o nosso lugar. Não deveríamos estar aqui. Precisamos ir à ilha de Creta. Se o senhor continuar aqui, com certeza algo ruim vai acontecer. Tenho certeza.

— Algo ruim?

— *Muito* ruim — profetizou Creta Kanô, em uma voz bem límpida e suave, como a do pássaro profeta que vive na floresta.

15.
Nome correto, o que foi queimado na manhã de verão junto com o óleo de cozinha, metáfora incorreta

De manhã, Creta Kanô não tinha mais nome.

Um pouco depois do amanhecer, ela me acordou silenciosamente. Eu despertei, abri os olhos e percebi a luz da alvorada se insinuando entre as cortinas. Depois vi Creta Kanô me fitando, ao meu lado, sentada na cama. Vestia uma velha camiseta minha e mais nada. Sob a luz da manhã, seus pelos pubianos brilhavam palidamente.

— Não tenho mais nome, sr. Okada — disse *ela*.

Ela tinha deixado de ser prostituta, de ser vidente e também de ser Creta Kanô.

— Certo, você não é mais Creta Kanô — concordei, esfregando os olhos com os dedos. — Parabéns, é uma nova pessoa. Mas, se não tem nome, como devo chamá-la de agora em diante? Como devo chamá-la quando estiver de costas, por exemplo?

Ela, a mulher que até a noite de ontem era Creta Kanô, balançou a cabeça.

— Não sei. Acho que vou procurar um novo nome. Antes, eu tinha meu nome verdadeiro. Depois, na época de prostituta, adotei um nome artístico, que nunca mais pretendo mencionar na vida. Quando deixei de ser prostituta e passei a trabalhar como vidente, Malta Kanô me batizou de Creta Kanô. Só que agora que não desempenho mais esses papéis e adquiri meu novo eu, acho que preciso de um nome completamente novo. Será que o senhor tem alguma sugestão adequada para meu novo eu?

Refleti por um momento mas não me lembrei de nenhum nome apropriado.

— Acho que cabe a você procurar. Afinal, será uma pessoa nova e independente. Mesmo que leve algum tempo, vai ser melhor se você escolher por conta própria.

— Mas é difícil achar um nome correto.

— Claro que não é fácil. Até porque, dependendo do caso, o nome representa o que a pessoa é na sua totalidade. Talvez para mim também seja melhor abandonar meu nome. Sinto isso.

A irmã de Malta Kanô sentou-se na cama, estendeu a mão e tocou a minha bochecha direita com a ponta do dedo, no local onde deveria estar o hematoma do tamanho da palma da mão de um bebê.

— *Se* abandonasse o seu nome agora, sr. Okada, como poderia chamá-lo?

— Pássaro de Corda — respondi.

Pelo menos eu tinha um novo nome.

— Pássaro de Corda — repetiu ela, observando meu nome pairando no ar. — É um nome muito bonito. Mas como é esse pássaro de corda?

— É um pássaro que existe de verdade, mas eu não sei como é a aparência dele porque nunca o vi. Só ouvi seu canto. O pássaro de corda pousa no galho das árvores da vizinhança e dá corda no mundo, devagar, ric-ric. Se não fizer isso, o mundo para de girar. Ninguém sabe disso. Todas as pessoas acham que um gigantesco, complexo e incrível mecanismo movimenta o mundo, mas estão enganadas. Na verdade, é o pássaro de corda que sobrevoa os quatro cantos, dá um pouquinho de corda em cada lugar, girando a pequena chave, e movimenta o mundo. O mecanismo é bem simples, como o de um brinquedo de dar corda. Basta girar a chave, mas só o pássaro de corda pode fazer isso.

— Pássaro de Corda — repetiu Creta Kanô. — Pássaro de Corda, que dá corda no mundo.

Eu levantei o rosto e corri os olhos ao redor. Vi o mesmo quarto de sempre, onde dormi por quatro ou cinco anos, todos os dias. Porém, o quarto me pareceu curiosamente vazio e espaçoso.

— Só que infelizmente eu não sei onde está nem como é a chave para dar corda no mundo.

Ela colocou o dedo no meu ombro. E desenhou um pequeno círculo com a ponta.

Deitado de costas, observei por muito tempo, sem me mexer, uma pequena mancha que tinha formato de um estômago. A mancha estava no teto, bem acima do meu travesseiro. Nunca tinha percebido antes. *Afinal, desde quando essa mancha está aí?*, pensei. Provavelmente já estava no teto antes de minha mudança com Kumiko e, em silêncio, prendendo a respiração, ficava imóvel no mesmo lugar, enquanto Kumiko e eu dormíamos na cama. Ela só aguardava o momento de ser notada por mim, uma bela manhã.

Senti o calor da mulher que tinha se chamado Creta Kanô ao meu lado. Consegui sentir o perfume do seu corpo macio. Ela continuava desenhando pequenos círculos no meu ombro. Se pudesse, gostaria de estender os braços e abraçá-la outra vez, mas não sabia se seria correto ou não. A relação entre as coisas, em cima e embaixo, esquerda e direita, estava intrincada demais. Desisti de pensar e continuei observando o teto em silêncio. Até que a irmã de Malta Kanô se curvou sobre o meu corpo e me deu um beijo de leve na bochecha direita. Quando os seus lábios macios tocaram meu hematoma, senti uma espécie de dormência profunda.

Fechei os olhos e prestei atenção no som do mundo. Ouvi um pombo arrulhar em algum canto. Ele era persistente. Pru-pru-pru, repetia, repleto de boas intenções com o mundo. Ele abençoava a manhã de verão e anunciava o início de um novo dia. *Mas não é suficiente*, pensei. *Alguém precisa dar corda.*

— Pássaro de Corda — disse a mulher que já tinha se chamado Creta Kanô. — Acho que o senhor vai acabar encontrando o mecanismo para dar corda.

Ainda de olhos fechados, perguntei:

— Se isso acontecer, se eu achar a chave e conseguir dar corda, será que minha vida retomará o curso normal?

Ela balançou a cabeça, em silêncio. Pairava uma espécie de tristeza sutil em seus olhos, que pareciam nuvens flutuando bem no alto do céu.

— Eu não sei — disse ela.

— Ninguém sabe — disse eu.

No mundo, há coisas que é melhor não saber, dissera o primeiro-tenente Mamiya.

A irmã de Malta Kanô comentou que queria ir ao salão de beleza. Como ela estava sem um tostão (viera para casa só com o próprio corpo, literalmente), eu lhe emprestei dinheiro. Ela saiu com uma blusa, uma saia e as sandálias de Kumiko e foi ao salão de beleza perto da estação, o mesmo que Kumiko costumava frequentar.

Assim que fiquei sozinho, passei o aspirador de pó pela casa depois de muito tempo e coloquei as roupas sujas acumuladas na máquina de lavar. Em seguida, abri todas as gavetas da minha mesa e despejei tudo dentro de uma caixa grande de papelão. Pretendia selecionar apenas as coisas importantes e queimar todo o resto, mas descobri que não havia quase nada de importante. Quase tudo não tinha importância. Diários velhos, cartas antigas que aguardavam resposta há uma eternidade, agendas obsoletas cheias de compromissos, agendas de endereços com os nomes de quem passara pela minha vida, recortes de jornais e de revistas desbotados, carteira vencida de um clube de natação, manual e garantia do toca-fitas, meia dúzia de canetas esferográficas e lápis usados, números de telefone escritos na folha de um bloco de anotação (não fazia a menor ideia de quem era o número). Decidi queimar também todas as cartas velhas que estavam guardadas no armário, dentro de uma caixa. Quase metade das cartas era de Kumiko. Antes do casamento, trocávamos muitas cartas. No envelope, estavam os caracteres pequenos e caprichados de Kumiko. A caligrafia dela não tinha mudado quase nada nos últimos sete anos. Até a cor da tinta era a mesma.

Fui até o quintal carregando a caixa grande de papelão, joguei uma boa quantidade de óleo de cozinha por cima, risquei um fósforo e ateei fogo. No começo, a caixa de papelão queimou com vigor, mas demorou mais tempo do que eu imaginava até todas as cartas virarem cinza. Como não ventava, a fumaça subiu do chão para o céu de verão em linha reta, lembrando o gigantesco pé de feijão que crescia até as nuvens do conto de fadas *João e o pé de feijão*. Se escalasse bem alto a fumaça, talvez eu encontrasse o pequeno mundo onde todo o meu passado vivia alegre e feliz. Sentado em uma pedra do quintal, suando, fiquei observando até onde a fumaça subia. Era uma manhã quente de verão que anunciava uma tarde mais quente ainda. Minha camiseta estava encharcada de suor e colada ao meu corpo. Nos antigos romances russos, as cartas costumavam ser queimadas na noite de inverno, na lareira. Ninguém queimava as cartas em uma manhã de verão, no quintal, com óleo de cozinha. Porém, na miserável realidade, as cartas podiam ser queimadas numa manhã de verão, por alguém encharcado de suor. Há coisas no mundo que não podem depender de preferências pessoais. Há coisas que não podem esperar o inverno.

Quando quase todas as cartas estavam queimadas, apanhei um balde de água, apaguei o fogo e pisei sobre as cinzas que restavam.

Depois que terminei de arrumar meus pertences, fui ao cômodo que Kumiko usava para trabalhar e examinei as gavetas da mesa dela. Desde que Kumiko saíra de casa, eu não tinha mexido em suas coisas, porque achei que não era adequado. Porém, como na carta ela deixara claro que não pretendia voltar nunca mais, não ficaria incomodada mesmo se soubesse que mexi em suas coisas.

As gavetas de sua mesa estavam quase vazias, provavelmente porque ela tinha organizado tudo antes de sair de casa. Só havia envelopes novos, papéis para carta, uma caixa de clipes, uma régua e uma tesoura, meia dúzia de canetas esferográficas e lápis. Talvez ela tivesse deixado tudo arrumado para que pudesse sair de casa a qualquer momento. Não havia vestígios que lembrassem a presença de Kumiko.

O que será que Kumiko teria feito com as cartas que mandei? Ela também tinha mais ou menos a mesma quantidade de cartas que eu. Devia guardá-las em algum lugar. Mas não encontrei.

Depois fui até o banheiro e coloquei todos os produtos de beleza em uma caixa. Joguei tudo dentro: batons, removedor de maquiagem, perfume, presilhas, lápis de sobrancelha, algodões, loções e outros produtos que eu não sabia para que serviam. No fim das contas, não havia muita coisa. Kumiko não era de passar horas se arrumando. Joguei também a escova de dente e o fio dental dela, assim como a touca de banho.

Quando terminei, estava exausto. Tomei bastante água e me sentei na cadeira da cozinha. Kumiko tinha deixado também livros que cabiam numa estante não muito grande, além de roupas. Os livros eu podia vender no sebo. O problema era a questão das roupas, que Kumiko não tinha mais interesse em usar. Na carta ela pedira que eu tomasse as "providências adequadas", mas não mencionou concretamente quais seriam. Eu não sabia se devia vender as roupas dela para um brechó, se devia colocá-las em um saco plástico e jogá-las no lixo, se devia doá-las para o Exército de Salvação. Na verdade, para mim, nenhuma dessas providências parecia "adequada". Bem, não importava, não precisava ter pressa. Por enquanto, eu podia deixar as roupas como estavam. Talvez Creta Kanô (ou melhor, a mulher que tinha se chamado Creta Kanô) pudesse usá-las, ou talvez Kumiko mudasse de ideia e voltasse para pegá-las. Por enquanto a volta dela parecia impossível, mas quem podia garantir? Afinal, do amanhã ninguém sabe. E menos ainda do depois de amanhã! Na verdade, ninguém sabe nem do que pode acontecer na tarde de hoje.

A mulher que tinha se chamado Creta Kanô voltou do salão de beleza pouco antes do almoço. Tinha cortado o cabelo bem curto, e os fios mais longos não passavam dos três ou quatro centímetros. Os cabelos estavam bem fixados com laquê ou algo parecido. Como ela tinha tirado toda a maquiagem, no começo não a reconheci. Pelo menos não parecia mais Jacqueline Kennedy.

Elogiei o novo penteado dela.

— Você está mais natural e rejuvenescida, mas parece outra pessoa.

— Eu sou outra pessoa — respondeu ela, rindo.

Convidei-a para o almoço, mas ela balançou a cabeça. Disse que tinha muitas coisas que precisava resolver sozinha.

— Sabe, sr. Oka… Pássaro de Corda — corrigiu ela. — Acho que consegui dar o primeiro passo como uma nova pessoa. Agora vou para casa, conversar com calma com minha irmã e começar os preparativos para a viagem à ilha de Creta. Preciso tirar o passaporte, reservar a passagem de avião, organizar a mala. Como não estou acostumada, não faço a menor ideia do que preciso fazer. Confesso que nunca viajei. Nunca saí de Tóquio.

— O convite para eu ir junto ainda está de pé? — perguntei.

— Claro — disse ela. — Acho que essa seria a melhor opção para nós dois. Por isso, gostaria que o senhor pensasse bem sobre a proposta. É algo muito importante.

— Vou pensar bem — prometi.

* * *

Depois que a mulher que tinha se chamado Creta Kanô saiu de casa, vesti uma polo nova e uma calça. E, para disfarçar o hematoma, coloquei óculos escuros. Caminhei até a estação debaixo do sol forte, peguei o trem vazio da tarde e fui a Shinjuku. Comprei dois guias turísticos da Grécia na livraria Kinokuniya e uma mala média na loja de departamentos Isetan. Em seguida, resolvi entrar e almoçar num restaurante que me chamou atenção. A garçonete era antipática e estava mal-humorada. Eu me considerava um expert em garçonetes antipáticas e mal-humoradas, mas aquela superava todas. Aparentemente, ela não gostou de nada: nem de mim nem do pedido. Enquanto eu tentava me decidir consultando o cardápio, ela não desgrudou os olhos do hematoma do meu rosto, fazendo a cara de alguém que acabasse de ler na tira de papel uma previsão das mais sombrias. Durante todo o tempo, senti seus olhos pregados no meu rosto. Pedi uma garrafa pequena de cerveja, mas recebi uma grande, depois de um bom tempo. Mesmo assim, não reclamei. Provavelmente eu deveria agradecer só pelo fato de ter recebido uma cerveja que estava gelada e não estava choca. Se não conseguisse tomar tudo, bastava deixar a metade.

Enquanto esperava meu prato, folheei o guia turístico, entre um gole e outro de cerveja. Estreita e comprida, a ilha de Creta é a região grega que fica mais próxima da África. Não há ferrovias na ilha, e os turistas costumam se locomover de ônibus. A maior cidade é Heraclion e, nas imediações, ficam as ruínas do palácio de Cnossos, famoso pelo seu labirinto. A principal atividade industrial é o cultivo de oliveiras, e o vinho da região também é famoso. Venta muito na maior parte da ilha e há muitos moinhos de vento. Por diversos motivos políticos, foi a última região grega a se tornar independente da Turquia e, por isso, a cultura e os costumes são um pouco diferentes na comparação com as outras regiões do país. Seu espírito de combate é forte e, durante a Segunda Guerra Mundial, a ilha era conhecida pelo movimento de resistência contra o Exército alemão. Kazantzakis situou o romance *Zorba, o grego* na ilha. Essas foram as informações que recolhi nos guias turísticos. Não obtive quase nenhuma informação sobre a vida prática da ilha. Bem, talvez não devesse esperar tanto. Guias turísticos são voltados para quem está de passagem, não para quem está decidido a ficar.

Tentei me imaginar morando na Grécia com a *mulher que tinha se chamado Creta Kanô*. Que tipo de vida levaríamos na ilha? Onde moraríamos e o que comeríamos? O que faríamos e sobre o que conversaríamos o dia inteiro? Quantos meses, quantos anos duraria essa vida? Não consegui estabelecer nenhuma imagem concreta.

Não importa como será a vida na Grécia, eu posso ir à ilha de Creta, pensei. *Posso ir à ilha de Creta e morar com a mulher que tinha se chamado Creta Kanô.* Fiquei observando ora os dois guias turísticos sobre a mesa, ora a mala nova no chão. Esses objetos representavam a *possibilidade* concreta de partir. Para tornar o conceito palpável, eu tinha vindo para Shinjuku adquirir os guias turísticos e a mala. Agora, quanto mais observava as compras, mais atraente me parecia essa possibilidade. Bastava abandonar tudo e sair do país com uma mala. Era simples.

A única coisa que eu podia fazer no Japão era ficar trancafiado em casa, à espera de Kumiko. Só que ela não voltaria mais. Tinha sido categórica na carta: não se preocupe mais comigo, não procure saber onde estou, ela escrevera. Naturalmente eu tinha o direito de continuar me preocupando com Kumiko, contrariando a sua vontade. Porém, se eu fizer isso, vou me desgastar cada vez mais. Vou me tornar cada vez mais solitário, mais desnorteado e mais impotente. O problema era que ninguém precisava de mim neste lugar.

Provavelmente a melhor coisa a fazer seria ir para Creta com a irmã de Malta Kanô. Como ela mencionara, essa seria a melhor opção para nós dois. Observei a mala no chão mais uma vez. Tentei me imaginar descendo com essa mesma mala no aeroporto de Heraclion (era o nome do aeroporto da ilha de Creta), ao lado da irmã de Malta Kanô. Tentei me imaginar morando em uma vila tranquila, comendo peixes e nadando no mar azul. No entanto, à medida que imaginava fantasias vagas que pareciam fotos de um cartão-postal, nuvens carregadas e sombrias se formavam em meu peito. Enquanto caminhava com a mala nova pelas ruas abarrotadas de Shinjuku, sentia uma espécie de sufoco, de asfixia. Eu tinha a impressão de que não era capaz de controlar os movimentos dos braços e das pernas.

Eu perambulava pelas ruas ao sair do restaurante, quando minha mala bateu na perna de um homem que vinha caminhando apressado na minha direção. Ele era jovem e grande, vestia uma camiseta cinza e usava boné de beisebol. Estava de fone de ouvido. Eu pedi desculpas, mas ele não disse nada, se limitou a ajeitar o boné e, estendendo a mão, me deu um empurrão forte no peito. Como eu não esperava, acabei cambaleando, caí e bati a cabeça na parede de um prédio. Assim que caí, ele continuou andando, sem mudar de expressão. Até pensei em seguir o sujeito, mas mudei de ideia. Não adiantaria nada. Eu me levantei, soltei um suspiro e limpei a sujeira da calça. Peguei a mala. Alguém juntou os guias que tinham caído e me entregou. Era uma idosa baixinha, que usava um chapéu redondo, quase sem aba. O chapéu tinha um formato bem estranho. Quando me entregou os guias, ela balançou a cabeça em movimentos breves, sem falar nada. Ao olhar o chapéu da idosa e seu semblante de quem sentia pena, eu me lembrei sem nenhuma razão do pássaro de corda. Ele estava em alguma floresta.

Continuei com a cabeça doendo por algum tempo, mas não tinha me machucado, embora um pequeno galo tivesse se formado na nuca. *Acho melhor voltar para casa logo, sem perambular por aqui,* pensei. *Preciso voltar para o beco silencioso.*

Para me acalmar, comprei um jornal e uma bala de limão em um quiosque da estação. Tirei a carteira do bolso, paguei e, quando estava me dirigindo para a catraca, com o jornal debaixo do braço, ouvi uma mulher gritar atrás de mim.

— Ei, moço! — gritava a mulher. — Ei, moço alto, com hematoma no rosto!

Ela estava me chamando. Era a vendedora do quiosque. Voltei sem saber o que estava acontecendo.

— O senhor se esqueceu do troco — avisou.

Ela me entregou as moedas, o troco para uma nota de mil ienes. Eu agradeci e peguei o dinheiro.

— Desculpe mencionar o hematoma — disse ela. — Falei sem querer, já que não sabia como chamar o senhor.

Eu balancei a cabeça com um sorriso no rosto, como se não me importasse. A mulher me encarou.

— O senhor está encharcado de suor. Está passando mal?

— Não. É só o calor. Estava caminhando debaixo do sol. Estou bem, obrigado.

Peguei o trem e, sentado, li o jornal. Não tinha me dado conta, mas fazia muito tempo que não lia as notícias. Kumiko e eu não assinávamos jornal. No caminho para o trabalho, ela comprava o exemplar da manhã de vez em quando, em uma lojinha da estação, e o trazia para casa, pensando em mim. Então eu costumava ler o jornal do dia anterior na manhã seguinte, mais para conferir os classificados. No entanto, desde o sumiço de Kumiko, já não havia ninguém para comprar o jornal para mim.

Passei os olhos por todas as páginas, de ponta a ponta, mas nenhuma notícia despertou meu interesse. Não havia nenhuma informação imprescindível. Depois que fechei o jornal, comecei a olhar os anúncios de revistas semanais suspensos no vagão, um por um, quando o nome *Noboru Wataya* me chamou a atenção. Na manchete de uma das revistas, havia uma chamada em caracteres bem grandes: REPERCUSSÃO DO LANÇAMENTO DA CANDIDATURA POLÍTICA DO SR. NOBORU WATAYA. Fiquei olhando por muito tempo os caracteres que formavam "Noboru Wataya". Ele não estava brincando. Queria mesmo ser político. *Só a candidatura dele já é motivo suficiente para eu sair do Japão*, pensei.

Ao saltar na minha estação, peguei o ônibus e voltei para casa, carregando a mala vazia. A casa parecia estar sem vida, mas, mesmo assim, senti um grande alívio quando cheguei. Depois de descansar um pouco, fui tomar um banho. O banheiro já não carregava mais vestígios de Kumiko. A escova de dentes, a touca de banho, os cosméticos e produtos de beleza, tudo tinha desaparecido. As meias-calças e as calcinhas não estavam mais penduradas, e o shampoo dela também tinha sumido.

Ao sair do banho e enxugar o corpo com a toalha, pensei que deveria ter comprado a revista com a repercussão sobre a candidatura de Noboru Wataya. Fiquei cada vez mais curioso para saber o que estava escrito no artigo. Depois balancei a cabeça. Se ele queria seguir carreira política, o problema era dele. No Japão, quem quisesse se candidatar tinha esse direito. Sem contar que, na prática, eu não tinha mais nenhuma relação com ele, agora que Kumiko tinha me abandonado. Logo, não era mais da minha conta o tipo de vida que ele levaria daqui para a frente. Assim como não era da conta de Noboru Wataya o tipo de vida que eu levaria daqui para a frente. Ponto final. *Ótimo. Deveria ter sido assim desde o início.*

Mas não consegui expulsar da minha mente a manchete da revista. Durante a tarde, organizei os armários e arrumei a cozinha, porém, por mais que tentasse, os grandes caracteres que formavam "Noboru Wataya" no anúncio surgiam bem diante dos meus olhos, como uma imagem persistente, como o distante toque de telefone na casa vizinha, atravessando a parede e chegando até meus ouvidos. O telefone continuava tocando sem parar, sem que ninguém atendesse. Procurei me convencer de que o som do telefone não existia. Procurei fingir que não ouvia o toque. Mas não adiantou. Vencido, caminhei até a loja de conveniência mais próxima e comprei a revista.

Sentado na cadeira da cozinha, li o artigo, enquanto tomava chá preto gelado. O famoso economista e crítico Noboru Wataya está considerando lançar sua candidatura na próxima eleição para a Câmara Baixa, pela província de Niigata, distrito de X, começava o artigo. Havia uma breve apresentação do candidato: o nível de formação, os livros publicados e a atuação nos meios de comunicação nos últimos anos. Noboru é sobrinho de Yoshitaka Wataya, membro da Câmara Baixa eleito pelo distrito de X da província de Niigata. Yoshitaka declarou que vai se aposentar por motivos de saúde e, como não tem sucessor à altura, muitos acreditam que, se tudo correr bem, indicará o sobrinho, Noboru Wataya, para ocupar sua vaga. Se o apoio acontecer, é quase certo que Noboru será eleito, considerando a forte base eleitoral do tio, assim como a fama e o potencial do jovem candidato, prosseguia o artigo. "Bem, eu diria que há noventa e cinco por cento de chance de Noboru concorrer ao pleito. Os detalhes ainda vão ser acertados, mas, como há interesse do próprio Noboru, acredito que as coisas devam se arranjar da melhor forma", afirmava "uma figura influente" da região.

Havia também um longo posicionamento de Noboru Wataya. "Oficialmente, ainda não decidi concorrer à eleição", começava ele. "Sim, recebi essa proposta, mas tenho meu planejamento e não vou aceitar sem refletir primeiro. A questão não é tão simples assim. Talvez o que busco no mundo político seja bem diferente daquilo que as pessoas buscam em mim como candidato. Por isso, ainda teremos que conversar muito para acertar os ponteiros. Quando as partes chegarem a um acordo e ficar decretada minha candidatura a membro da Câmara Baixa, quero entrar para ganhar. Depois de eleito, não pretendo ser um aventureiro, um voto a mais para o partido. Tenho apenas trinta e sete anos e, se decidir por esse caminho, terei uma longa carreira política pela frente. Tenho visão objetiva e potencial para convencer eleitores. Sem dúvida, vou agir com base em uma estratégia e uma perspectiva de longo prazo. Minha meta inicial será para daqui a quinze anos. Ainda no século XX, pretendo ocupar um posto em que possa promover o estabelecimento de uma identidade clara da nação japonesa. Essa é a minha meta, por enquanto. Pretendo fazer com que o Japão deixe sua posição política marginal e se torne uma nação-modelo na esfera cultural e política. Em outras palavras, pretendo promover uma reestruturação da nação japonesa. Está na hora de abandonarmos a hipocrisia e de estabelecermos a nação na lógica e na ética. Não bastam frases de efeito nem retóricas rebuscadas que não levam a lugar nenhum, e sim uma imagem clara e definida. Está na hora de propagarmos essa imagem clara como nação. Os políticos devem se empenhar em estabelecer o consenso nacional e popular dessa imagem. A nossa despropositada política atual acabará transformando o Japão em uma gigantesca água-viva, que vive à mercê do fluxo da maré. Não tenho interesse em idealismo nem em sonhos. Estou falando apenas daquilo que 'precisa ser feito', e o que precisa ser feito tem que ser feito a qualquer custo. Tenho uma proposta política concreta para isso, e pretendo dar detalhes em breve, de acordo com o andamento da situação."

De modo geral, o artigo da revista parecia favorável a Noboru Wataya. Crítico de política e de economia, com uma mente aguçada, Noboru Wataya aparecia como muito competente e tinha a eloquência reconhecida por muitos. Jovem e nascido em uma boa família, a carreira política parecia um quadro promissor. Nesse caso, a "perspectiva de longo prazo" mencionada com uma visão tão realista poderia deixar de ser sonho e se concretizar. A possibilidade de sua candidatura foi recebida com animação por muitos eleitores. Ainda assim, como ele concorreria em um distrito eleitoral conservador, o fato de ser divorciado e solteiro representava certo obstáculo, embora sua juventude e competência fossem mais do que suficientes para compensar os pontos negativos. Noboru Wataya também poderia atrair muitos votos do público feminino. Apesar disso, o artigo terminava em tom crítico: "Entretanto, o fato de Noboru Wataya concorrer herdando a base eleitoral de seu tio pode ser encarado como uma forma de 'pegar carona' na 'velha política' que ele tanto critica. A nobre visão de Noboru Wataya é bastante convincente, mas sua eficácia prática deveria ser julgada com base em seus próximos passos".

Depois de terminar a leitura do artigo sobre Noboru Wataya, joguei a revista no cesto de lixo da cozinha. Em seguida, comecei a fazer a mala, colocando as roupas e os artigos necessários para a viagem à ilha de Creta. Não fazia a menor ideia do rigor do inverno de lá. Pelo mapa, a ilha ficava bem próxima à África. Porém, dependendo da região africana, fazia muito frio no inverno. Apanhei e coloquei na mala uma jaqueta de couro. Dois suéteres e duas calças. Duas camisas de manga comprida e três de manga curta. Uma jaqueta de tweed. Camisetas e shorts. Meias e cuecas. Chapéu e óculos de sol. Roupa de banho. Toalha. Um nécessaire. Mesmo com tudo isso, só preenchi metade da mala. No entanto, não conseguia me lembrar de mais nada necessário.

Fechei a mala mesmo assim e, nessa hora, tive a sensação de que estava realmente prestes a deixar o Japão. Deixaria minha casa e meu país. Com uma bala de limão na boca, fiquei observando a mala nova por um tempo. Depois me lembrei, do nada, que Kumiko não tinha levado nenhuma mala ao sair de casa. Ela saíra em uma manhã ensolarada de verão apenas com uma pequena bolsa, além da blusa e da saia retiradas na lavanderia em frente à estação. Tinha levado menos coisas do que eu, que pretendia viajar para o exterior.

Depois pensei nas águas-vivas. "A nossa despropositada política atual acabará transformando o Japão em uma gigantesca água-viva, que vive à mercê do fluxo da maré", afirmara Noboru Wataya. Será que alguma vez ele já tinha examinado uma água-viva de verdade de perto? Provavelmente não. Eu, sim. Vi com meus próprios olhos águas-vivas do mundo todo, ao lado de Kumiko, é bem verdade que contra a minha vontade. Kumiko contemplava com admiração os movimentos tranquilos e delicados das águas-vivas, quase sem falar nada, parando diante de todos os aquários. Estávamos no nosso primeiro encontro, mas parecia que ela tinha se esquecido completamente de mim.

Nessa exposição, havia águas-vivas de todos os formatos e espécies. Águas-vivas em formato de sino, de guarda-chuva, de bexiga, de disco e de caravela... Kumiko ficou fascinada por todas. Depois ofereci a ela um livro ilustrado de águas-vivas. Provavelmente Noboru Wataya não sabe, mas algumas espécies de água-viva têm ossos e até músculos. Respiram oxigênio e evacuam. Têm espermatozoides e óvulos. Fazem belos movimentos usando o seu guarda-chuva e os seus tentáculos. Não vivem apenas à mercê do fluxo da maré. Longe de mim defender as águas-vivas, mas elas também têm um propósito de vida, à sua maneira.

— Escute, Noboru Wataya — disse eu, em voz alta. — Tudo bem você se tornar um político. Claro, você é livre para fazer o que quiser da sua vida. Não é problema meu. Só quero dizer uma coisa: É um erro ofender as águas-vivas usando uma metáfora incorreta.

Depois das nove da noite, o telefone começou a tocar, mas não atendi na hora. Observei fixamente o aparelho tocar sobre a mesa e pensei *Quem será? Quem será dessa vez? E o que quer de mim?*

Depois descobri quem era. Era a *mulher misteriosa*. Não sei por que, tive essa certeza. Ela estava naquele quarto escuro e estranho, me procurando. No quarto ainda pairava o perfume pesado e asfixiante de pétalas. Ainda pairava o intenso desejo sexual da mulher. "Eu posso fazer tudo o que você pedir. Até as coisas que sua esposa não faz." De qualquer maneira, não atendi o telefone, que tocou dez vezes e parou, antes de tocar mais doze vezes. Depois se calou definitivamente. O silêncio que se seguiu era bem mais profundo do que o anterior. Meu coração batia alto. Fiquei observando por muito tempo a ponta dos meus dedos. Imaginei meu sangue sendo bombeado pelo coração e atingindo a ponta dos dedos. Em seguida cobri o rosto com as mãos, em silêncio, e suspirei fundo.

Apenas o som seco do relógio, tique-taque, ressoava na sala, rasgando o silêncio. Fui até o quarto e, sentado no chão, observei por um bom tempo a mala nova. *Ilha de Creta*, pensei.

— Sinto muito, mas vou mesmo à ilha de Creta. Já estou um pouco cansado de viver essa vida de Toru Okada. Eu, o homem que tinha se chamado Toru Okada, resolvi ir à ilha de Creta com a mulher que tinha se chamado Creta Kanô — afirmei, em voz alta. Eu não sabia a quem me dirigia, mas me dirigia a *alguém*.

O relógio seguia marcando o tempo. Tique-taque, tique-taque, tique-taque. Seu som parecia em sintonia com as batidas do meu coração.

16.
O único problema que aconteceu na casa de May Kasahara, considerações de May Kasahara sobre a fonte de calor pegajosa

— Ei, Pássaro de Corda — disse uma voz feminina.

Com o fone contra o ouvido, conferi o relógio. Eram quatro da tarde. Quando o telefone tocou, eu estava no sofá dormindo, encharcado de suor. Tive um sono curto e agitado. Meu corpo estava estranho, como se alguém tivesse ficado o tempo todo sentado sobre mim, enquanto eu dormia. Alguém tinha me esperado dormir para se sentar sobre mim, e se levantado pouco antes do meu despertar.

— Alô — disse a mulher em voz baixa, como se sussurrasse. Aquela voz parecia vir até mim em um ar rarefeito. — É May Kasahara.

— Olá — falei, ou pelo menos tentei falar.

Não sei o que deu para ouvir do outro lado da linha, pois os músculos da minha boca ainda não estavam funcionando direito. Talvez ela só tenha ouvido um gemido.

— O que você estava fazendo? — perguntou ela.

— Nada — respondi, antes de afastar um pouco o fone para limpar a garganta. — Não estava fazendo nada. Só cochilando.

— Acordei você?

— Acordou, mas tudo bem. Era só um cochilo.

May Kasahara fez uma pausa, como se hesitasse, e perguntou:

— Ei, Pássaro de Corda, não quer vir aqui em casa?

Fechei os olhos. Vi luzes de diversos formatos e cores flutuando no meio da escuridão.

— Pode ser.

— Estou tomando banho de sol no quintal. Você pode entrar pelos fundos?

— Posso.

— Você está bravo comigo, Pássaro de Corda?

— Não sei. De qualquer forma, vou tomar um banho, me vestir e dar um pulo aí. Também quero conversar com você.

Primeiro tomei um banho de água fria para clarear a cabeça. Depois aqueci a água. Para finalizar, tomei outro banho de água fria. Despertei completamente, mas meu corpo continuava pesado. Minhas pernas tremiam e, por várias vezes, tive que me apoiar no porta-toalhas ou me sentar na ponta da banheira. Talvez eu estivesse mais cansado do que imaginava. Continuava com o galo na cabeça e, enquanto lavava o cabelo, pensei no homem jovem que me empurrara em Shinjuku. Não conseguia entender direito. Por que as pessoas faziam aquilo? Tinha sido ontem, mas parecia que uma ou duas semanas haviam se passado.

Saí do chuveiro, enxuguei o corpo com a toalha, escovei os dentes e observei meu rosto no espelho. O hematoma azul-escuro continuava na bochecha direita. Não estava nem mais escuro nem mais claro do que antes. Eu estava com olheiras, e havia alguns riscos vermelhos e finos no meu globo ocular. Minhas bochechas estavam murchas, e o cabelo me parecia comprido demais. Eu tinha o aspecto de um cadáver novinho em folha que acabara de ressuscitar e sair do túmulo.

Vesti uma camiseta nova e um short e, de boné e óculos escuros, saí para o beco. O calor ainda não tinha diminuído. Todos os seres vivos da face da Terra, sem exceção, arquejavam, à espera da chuva da tarde, mas não havia nenhuma nuvem no céu. Também não ventava, e o ar quente e estagnado envolvia o beco. Como sempre, não encontrei ninguém durante o trajeto. Também não queria encontrar ninguém num dia tão quente, muito menos com esse meu aspecto horrível.

No quintal da casa vazia, a estátua do pássaro de pedra continuava encarando o céu, bico voltado para cima. Ele me parecia bem mais sujo e cansado do que da última vez. Seu olhar também me parecia mais tenso, como se ele observasse fixamente uma cena incrivelmente nefasta no céu e quisesse desviar os olhos, sem conseguir. Como seu olhar estava fixo, ele não tinha escolha além de observar a cena. As ervas daninhas ao redor da estátua pareciam um coro da tragédia grega, aguardando o oráculo, imóveis, prendendo a respiração. A antena de TV sobre o telhado estendia seus tentáculos prateados com apatia, em meio ao ar quente e asfixiante. Sob o intenso calor de verão, tudo estava seco e exausto.

Depois de observar um tempo os fundos da casa vazia, entrei no quintal da casa de May Kasahara. O pé de carvalho projetava uma sombra fresca no chão, mas a garota estava deitada debaixo do sol, evitando a sombra. Usava um minúsculo biquíni cor de chocolate e estava deitada de costas, na espreguiçadeira. O biquíni não passava de um pequeno pedaço de pano com uma fita simples, e eu não sabia se alguém seria capaz de nadar com uma coisa daquelas. Ela estava com os mesmos óculos escuros de quando nos conhecemos. Gotas de suor rolavam por seu rosto. No chão, havia uma grande toalha branca, um frasco de bronzeador e algumas revistas. Havia também duas latas vazias de Sprite, e uma parecia estar sendo usada como cinzeiro. Na grama, uma mangueira de plástico estava largada de maneira desleixada, esquecida desde o último uso.

Ao me ver chegando, May Kasahara levantou o corpo e estendeu a mão para desligar o rádio. Ela estava bem mais bronzeada do que da última vez que nos vimos. Seu bronzeado não era superficial, como quem passou um final de semana na praia, mas incrivelmente uniforme, indo dos lóbulos das orelhas até a ponta dos dedos dos pés. Ela devia ter ficado no quintal todos os dias, só tomando banho de sol. Mesmo quando eu estava no fundo do poço. Dei uma olhada ao redor. O quintal continuava praticamente igual desde minha última visita: o gramado estava bem aparado, e o tanque, completamente seco, a ponto de atiçar minha sede só de olhar.

Eu me sentei na espreguiçadeira ao lado dela e peguei uma bala de limão do bolso. Por causa do calor, a bala estava grudada na embalagem.

May Kasahara ficou medindo o meu rosto por um tempo, sem falar nada.

— O que é esse hematoma no seu rosto, Pássaro de Corda? É um hematoma, não é?

— Bem, acho que sim. Mas não sei o que aconteceu. Quando me dei conta, já estava no meu rosto.

A garota levantou a metade do corpo e me encarou. Ela enxugou o suor das laterais do nariz com os dedos e levantou um pouco a ponte dos óculos. Quase não dava para ver seus olhos por trás das lentes escuras.

— Você não faz nem ideia de quando apareceu?

— Não.

— Nenhuma ideia, mesmo?

— Percebi depois de sair do poço, quando me olhei no espelho. Isso é tudo.

— Dói?

— Não dói nem coça. Só está um pouco quente.

— Foi ao médico?

Balancei a cabeça.

— Acho que o médico não vai resolver.

— Talvez — disse May Kasahara. — Bom, eu também não gosto de médicos.

Tirei o boné e os óculos escuros e enxuguei com um lenço o suor da testa. As axilas da minha camiseta cinza já estavam escuras de suor.

— Que biquíni bonito.

— Obrigada.

— Parece feito de retalhos. Uma boa maneira de aproveitar os limitados recursos naturais.

— Quando não tem ninguém em casa, fico sem a parte de cima.

— Ah, é?

— Bem, não tenho quase nada para esconder mesmo — explicou ela, como se justificasse.

Os seios visíveis por baixo do biquíni realmente ainda eram pequenos e sem volume.

— Você já nadou com esse biquíni? — perguntei.

— Não. Não sei nadar. Você nada, Pássaro de Corda?

— Nado, sim.

— Quantos quilômetros?

Rolei a bala de limão sobre a língua.

— Muitos.

— Dez?

— Talvez.

Eu me imaginei nadando no mar da ilha de Creta. "Areias brancas e mar de tonalidade escura que lembra o vinho", dizia o guia turístico.

384

Não conseguia imaginar como seria o mar de tonalidade escura que lembra o vinho, mas não parecia ruim. Enxuguei o suor do rosto mais uma vez.

— Você está sozinha em casa? — perguntei.

— Estou. Como é final de semana, foram todos para a casa de praia em Izu, nadar no mar. Quando digo todos, me refiro a meus pais e meu irmão mais novo.

— Por que você não foi?

Ela encolheu os ombros de leve. Em seguida, pegou o maço de Hope e o fósforo no meio da toalha, colocou um cigarro na boca e acendeu.

— Sabe, você está com uma cara horrível, Pássaro de Corda.

— Eu passei alguns dias no fundo de um poço, na escuridão total, praticamente sem comida nem água. Como você queria que minha cara estivesse?

May Kasahara tirou os óculos escuros e se virou para mim. No canto do seu olho esquerdo, ainda havia a cicatriz.

— Ei, Pássaro de Corda, você está bravo comigo?

— Não sei. Acho que tenho muitas coisas para refletir antes de começar a ficar bravo com você.

— A sua esposa voltou?

Balancei a cabeça.

— Não. Recebi uma carta dela dizendo que nunca mais vai voltar. E, se Kumiko escreveu que nunca mais vai voltar, significa que nunca mais vai voltar.

— Então ela é uma pessoa que, quando põe uma coisa na cabeça, não tem jeito de mudar de ideia?

— É, não tem jeito.

— Pobre Pássaro de Corda — disse May Kasahara, levantando o corpo, estendendo a mão e tocando de leve meu joelho. — Pobre, pobre Pássaro de Corda! Sabe, você talvez não acredite, mas eu pretendia mesmo tirar você do fundo do poço na última hora. Só queria fazer ameaças e ver você sofrer antes. Queria que você ficasse com medo e começasse a gritar. Queria ver até onde você aguentava, sem abrir mão do seu próprio mundo e sem entrar em pânico.

Como eu não sabia o que responder, assenti em silêncio.

— Escute, você não achou que eu estava falando sério, não é? Não acreditou quando eu disse que ia deixar você morrer no fundo do poço, certo?

Fiquei amassando a embalagem da bala de limão na minha mão.

— Eu não sabia direito. Era difícil saber se você estava falando sério ou só ameaçando. Como você estava lá em cima, a voz ecoava de uma forma estranha para baixo, e eu não conseguia entender bem a entonação. De qualquer maneira, no final das contas, acho que não era uma questão de certo e errado, entende? A realidade é formada por várias camadas. Por isso, em uma dessas camadas, talvez você quisesse mesmo me matar. Mas, em outra, talvez você não quisesse. Acho que o ponto é qual das camadas você vai escolher e qual eu vou escolher.

Joguei a embalagem de bala amassada na lata vazia de Sprite.

— Queria pedir um favor a você, Pássaro de Corda — disse May Kasahara, e apontou para a mangueira de água estendida na grama. — Será que você pode me molhar com aquela mangueira? Preciso me refrescar, sabe? Estou quase enlouquecendo de tanto calor.

Eu me levantei, caminhei pela grama e peguei a mangueira de plástico azul, que estava quente, maleável e macia. Em seguida, abri a torneira atrás das plantas. De início, saiu água bem quente, mas logo a água foi se renovando e ficando fria. Joguei um jato de água fria no corpo de May Kasahara, deitada na espreguiçadeira.

Enquanto eu molhava May Kasahara, ela ficou de olhos fechados.

— A água está uma delícia. Você também não quer se refrescar, Pássaro de Corda?

— Não estou com roupa de banho — respondi.

No entanto, May Kasahara parecia realmente se refrescar e o calor era intenso demais. Não resisti. Tirei a camiseta encharcada de suor, inclinei o corpo para a frente e joguei água sobre a cabeça. Aproveitei para tomar um pouco de água da mangueira. Estava bem gelada, uma maravilha.

— É água daqui? — perguntei.

— Sim, temos uma bomba para extraí-la. É bem gelada, não é? E é potável. Os funcionários da vigilância sanitária analisaram faz pouco tempo e não encontraram nenhum problema. Disseram que é raro encontrar uma água tão boa dentro de Tóquio nos dias de hoje. Ficaram espantados. Mas a gente acaba não tomando por prudência. Afinal, tem muitas casas na redondeza. Nunca dá para saber o que pode infiltrar, não é?

— Sabe, não deixa de ser curioso. O poço da casa do sr. Miyawaki, do outro lado do beco, está completamente seco, mas vocês têm água fresca à vontade. Por que tanta diferença, se apenas um beco estreito separa as duas casas?

— Não sei — May Kasahara inclinou a cabeça. — Talvez o fluxo do lençol freático tenha mudado por algum motivo, e o poço do outro lado secou, mas o mesmo não aconteceu com a fonte deste lado. Deve ser algo assim.

— Na sua casa não aconteceu algum problema?

May Kasahara franziu a testa e balançou a cabeça.

— O único problema que aconteceu na minha casa, nos últimos dez anos, é que a gente morre de tédio.

Depois de molhar o corpo por um tempo, May Kasahara se enxugou com a toalha e me perguntou se eu queria cerveja. Aceitei. Então ela trouxe duas latas de Heineken gelada de dentro de casa. Ela pegou uma e me entregou a outra.

— E você, Pássaro de Corda? O que pretende fazer de agora em diante?

— Ainda não decidi nada — respondi. — Mas acho que vou me mudar. Talvez até saia do Japão.

— Para onde você vai?

— Para a ilha de Creta.

— A ilha de Creta? Hum. Tem relação com aquela mulher, aquela *Creta alguma coisa*?

— Um pouco.

May Kasahara refletiu a respeito.

— Foi essa Creta alguma coisa que tirou você do poço?

— Creta Kanô — respondi. — Sim, foi Creta Kanô quem me tirou do poço.

— Você deve ter muitos amigos, Pássaro de Corda.

— Pelo contrário. Sou famoso por ter poucos amigos.

— Mas como Creta Kanô sabia que você estava no fundo do poço? Você entrou sem avisar ninguém, não foi? Então como ela sabia que você estava lá dentro?

— Não sei — respondi. — Não faço a menor ideia.

— Bom, mas você vai à ilha de Creta com ela?

— Ainda não decidi. Só comentei que existe essa *possibilidade*.

May Kasahara colocou um cigarro na boca e acendeu. Com a ponta do mindinho, tocou a cicatriz do lado do olho.

— Sabe, Pássaro de Corda, enquanto você estava no fundo do poço, eu passei a maior parte do tempo deitada aqui, tomando sol. Enquanto me bronzeava, olhando o quintal da casa vazia, pensava em você no fundo do poço. Pensava, o Pássaro de Corda está lá, no meio da escuridão total, com fome, cada vez mais perto da morte. Ele não consegue sair, e só eu sei que ele está lá. Quando pensava assim, eu conseguia sentir com bastante nitidez e realismo a sua dor, o seu pânico e o seu medo, entende? Eu tinha a impressão de que estava *bem mais* próxima de você. Não pretendia mesmo matar você. Juro, Pássaro de Corda. Mas pretendia ir mais adiante. Até o limite. Até você ficar zonzo, entrar em pânico e não aguentar mais. Achei que chegar a esse ponto seria o melhor para nós dois.

— Será que, se você chegasse realmente ao limite, não ficaria com vontade de ir até o final? Talvez isso fosse bem mais fácil do que você imagina. Uma vez no limite, faltaria só um empurrãozinho. E, depois de terminar tudo, você pensaria: No fim das contas, foi o melhor para nós dois — disse eu, e tomei um gole de cerveja.

May Kasahara ficou pensativa, mordendo os lábios.

— Talvez — admitiu ela, depois de um tempo. — Eu também não sei.

Tomei o último gole de cerveja e me levantei. Em seguida, coloquei os óculos escuros e vesti a camiseta encharcada de suor.

— Obrigado pela cerveja.

— Escute, Pássaro de Corda. Ontem à noite, depois que todos foram para a praia, eu entrei no poço. Fiquei lá embaixo, sentada, sem me mexer, por umas cinco ou seis horas — contou May Kasahara.

— Então foi você quem sumiu com a escada de corda?

May Kasahara fez uma leve careta.

— Pois é, fui eu, sim.

Olhei para o gramado do quintal. Da terra empapada de água subia um vapor que parecia miragem. May Kasahara apagou o cigarro na lata de Sprite.

— Nas primeiras duas ou três horas não senti nada de mais. Como estava tudo escuro, fiquei um pouco preocupada, claro, mas não senti muito medo. Não sou dessas pessoas que têm medo de tudo. Só está escuro, eu dizia. Como o Pássaro de Corda ficou alguns dias aqui, não tem perigo. Não tenho motivo para ter medo, eu repetia. Enfim... Depois de umas duas ou três horas, passei a entender cada vez menos quem eu era. Sozinha na escuridão, senti que *algo* que havia dentro de mim passou a crescer. Tive a impressão de que esse *algo* cresceria cada vez mais dentro do meu corpo, até me partir, como a raiz de uma árvore que cresce demais até quebrar o vaso. O que não se manifestava dentro de mim sob a luz do dia começou a crescer em uma velocidade assustadoramente rápida na escuridão, como se sugasse nutrientes especiais. Tentei impedir o crescimento daquilo, mas não consegui. Então comecei a sentir muito medo. Nunca tinha sentido tanto medo na vida. Eu estava prestes a ser possuída por aquela coisa branca e pegajosa que trazia dentro de mim. Aquela coisa, que parecia um pedaço de gordura, estava prestes a me devorar, Pássaro de Corda. Aquela coisa *pegajosa*, que era bem pequena no começo.

May Kasahara ficou um tempo calada, observando as próprias mãos, como se lembrasse do que acontecera naquela hora.

— Eu senti muito medo, de verdade — prosseguiu ela. — Acho que eu queria que você sentisse o mesmo tipo de medo. Eu queria que você ouvisse o som dessa *coisa* devorando seu corpo.

Eu me sentei de novo na espreguiçadeira. E observei o corpo de May Kasahara, com aquele biquíni minúsculo. Embora tivesse dezesseis anos, seu corpo parecia o de uma menina de uns treze ou catorze. Os seios e o quadril ainda estavam na fase de crescimento. O corpo dela me lembrava o esboço de um desenho feito com um número mínimo de traços, apesar de curiosamente real. No entanto, ao mesmo tempo, havia algo naquele corpo que me lembrava da velhice.

— Você já sentiu alguma vez que foi maculada por algo? — me ocorreu perguntar, de repente.

— Maculada? — repetiu ela, estreitando um pouco os olhos. — Você quer dizer ter o corpo maculado? Ser abusada?

— Sim. Pode ser física ou psicologicamente.

A garota olhou o próprio corpo e me encarou em seguida.

— Nunca fui maculada fisicamente. Afinal, ainda sou virgem. Já deixei um menino tocar os meus seios, mas só por cima da roupa.

Assenti em silêncio.

— Agora, ser maculada psicologicamente? Não sei, porque não sei bem o que é isso.

— Eu também não consigo explicar direito. É questão de se sentir ou não maculada. Se você nunca sentiu isso, então acho que não aconteceu.

— Por que você fez uma pergunta dessas?

— Porque algumas pessoas que conheço já se sentiram maculadas. Isso gera uma série de problemas complexos. Ah, queria saber mais uma coisa: por que você está sempre pensando na morte?

Ela colocou outro cigarro na boca e acendeu o fósforo com uma mão só, com destreza. E colocou os óculos escuros.

— E você não pensa muito na morte, Pássaro de Corda?

— Penso sim, claro. Mas não é sempre. Só *às vezes*. Sabe, como a maioria das pessoas.

— Veja, Pássaro de Corda, acho que cada pessoa nasce carregando coisas diferentes no centro da sua existência. E cada uma dessas coisas move as pessoas por dentro, como uma fonte de calor. Claro que eu também tenho isso dentro de mim, mas às vezes não consigo controlar. É algo que cresce e diminui em mim por vontade própria, me deixando abalada. Quero explicar essa sensação aos outros, mas ninguém me entende. Claro que tenho uma parcela de culpa, por não conseguir explicar direito, mas ninguém escuta direito o que eu falo. Só fingem que escutam, mas não prestam atenção de verdade. Por isso, às vezes eu fico muito irritada e faço coisas irracionais.

— Coisas irracionais?

— É, como trancar você no poço, por exemplo, ou tapar os olhos de quem está dirigindo uma moto.

Assim dizendo, ela tocou a cicatriz do canto do olho esquerdo com a mão.

— Foi por isso que aconteceu o acidente de moto? — perguntei.

May Kasahara olhou para mim com um semblante indagativo, como se não tivesse ouvido direito a pergunta. Porém, todas as minhas palavras tinham chegado aos seus ouvidos, sem exceção. Não consegui ver bem os olhos dela por trás dos óculos escuros, mas percebi uma espécie de insensibilidade se espalhar por todo o rosto dela, rapidamente, como óleo derramado na superfície da água.

— O que aconteceu com o rapaz? — indaguei.

May Kasahara me observava com o cigarro entre os lábios. Para ser mais exato, observava o meu hematoma.

— Preciso mesmo responder, Pássaro de Corda?

— Só se você quiser. Foi você quem tocou no assunto. Se não quiser falar, tudo bem.

May Kasahara ficou calada, como se estivesse hesitante. Deu uma longa tragada e depois expeliu a fumaça do cigarro devagar. Com uma cara de preguiça, tirou os óculos escuros e se virou para o sol, com os olhos bem fechados. Diante desse seu movimento, parecia que o tempo escorria cada vez mais devagar. *Parece que as engrenagens do relógio estão prestes a parar*, pensei.

— Morreu — disse May Kasahara, com voz monótona, resignada.

— Morreu?

May Kasahara derrubou as cinzas do cigarro no chão. E enxugou o suor do rosto com a toalha branca de praia, muitas e muitas vezes. Depois deu uma explicação rápida e mecânica, como se acrescentasse o que tinha esquecido de mencionar.

— A moto estava em alta velocidade. Foi perto da ilha de Enoshima.

Observei o rosto de May Kasahara em silêncio. Ela segurava a toalha branca com as mãos, pressionando contra a testa. O cigarro entre os dedos levantava uma fumaça branca. Como não ventava, a fumaça subia direto para cima, como um pequeno sinal. May Kasahara parecia estar em dúvida entre rir e chorar. Ao menos foi a impressão que tive. Ela oscilava na corda bamba entre o riso e o choro. Por fim, não caiu para nenhum dos lados. Ficou séria, colocou a toalha no chão e deu outra tragada. Já eram quase cinco da tarde, mas o calor não dava trégua.

— Eu matei ele. Claro que não era a minha intenção. Eu só queria chegar ao limite. A gente já tinha feito isso várias vezes. Era uma espécie de jogo. Quando andávamos de moto, eu tapava os olhos dele ou fazia cócegas na cintura... Mas nunca tinha acontecido nada. Só que nessa hora, por uma coincidência...

May Kasahara levantou o rosto e me encarou.

— Sabe, Pássaro de Corda, sinto que não estou maculada. Eu só queria me aproximar dessa coisa *pegajosa*. Queria atrair essa coisa de alguma forma, tirá-la de dentro de mim e esmagá-la completamente. E, para isso, eu precisava chegar até o verdadeiro limite. Caso contrário, eu não conseguiria atraí-la direito. Precisava de uma boa isca, entende? — Ela balançou a cabeça devagar. — Acho que não estou maculada. Mas também não estou salva. No momento, ninguém pode me salvar. Para mim, o mundo parece vazio, Pássaro de Corda. Tudo ao meu redor parece mentira. A única coisa que não parece mentira é esse negócio *pegajoso* que existe dentro de mim.

May Kasahara continuou respirando de maneira ritmada e leve. Nada mais cantava, nem os pássaros nem as cigarras. O quintal estava bem silencioso. Parecia que o próprio mundo tinha se tornado vazio.

Como se tivesse se lembrado de algo, May Kasahara virou o corpo e olhou para mim. Não havia expressão no seu rosto, que parecia ter sido lavado.

— Escute, Pássaro de Corda, você dormiu com a Creta Kanô?

Eu assenti.

— Quando chegar à ilha de Creta, você pode me escrever uma carta?

— Posso, sim. Se eu for mesmo. Ainda não decidi.

— Mas você pretende ir, não é?

— Acho que sim.

— Ei, venha para cá, Pássaro de Corda — chamou a garota, se ajeitando na espreguiçadeira.

Eu me levantei e me aproximei dela.

— Sente-se aqui, Pássaro de Corda — pediu May Kasahara.

Eu me sentei ao lado dela, seguindo a sua orientação.

— Olhe para mim, Pássaro de Corda.

Ela ficou me encarando por um longo tempo. Em seguida, colocou uma das mãos no meu colo e a palma da outra mão no hematoma do meu rosto.

— Pobre Pássaro de Corda — disse May Kasahara, como se sussurrasse. — Você deve atrair essas coisas. Sem querer, sem ter escolha. Como o campo que recebe a chuva. Agora feche os olhos, Pássaro de Corda. Feche bem os olhos, como se tivessem colados.

Fechei bem os olhos.

May Kasahara tocou o hematoma do meu rosto com seus lábios pequenos e finos. Pareciam lábios artificiais bem desenhados. Depois, ela estendeu a língua e lambeu toda a superfície do hematoma, devagar, de ponta a ponta. Uma de suas mãos continuava no meu colo. Senti uma sensação molhada e quente chegar de um lugar bem distante, atravessando uma distância maior do que todos os campos do mundo juntos. Em seguida, ela pegou minha mão e levou à cicatriz do canto do olho. Acariciei a cicatriz de cerca de um centímetro de comprimento. Nesse instante, senti na ponta dos dedos a vibração da sua consciência. Era um leve tremor que parecia buscar alguma coisa. Alguém deveria dar um longo abraço nessa garota. Alguém que não era eu. Alguém em condições de oferecer algo a ela.

— Se você for à ilha de Creta, me escreva uma carta, entendeu, Pássaro de Corda? Gosto de receber cartas bem longas. Mas ninguém me escreve.

— Escrevo, sim — respondi.

17.
A coisa mais fácil,
a vingança sofisticada,
o que tinha dentro do estojo de violão

Na manhã seguinte, resolvi tirar foto para o passaporte. Quando me sentei na cadeira, o fotógrafo me fitou com um olhar profissional por um tempo, foi até os fundos do estúdio sem falar nada e voltou com algo parecido com um pó, que passou no hematoma da minha bochecha direita. Em seguida, recuou alguns passos para ajustar a intensidade e o ângulo da iluminação, para não realçar a mancha. Esbocei um leve sorriso olhando a lente da câmera, seguindo as instruções do fotógrafo. "Pode vir buscar depois de amanhã, à tarde", ele disse. Em seguida, voltei para casa e telefonei a meu tio para avisar que estava pensando em viajar em breve. "Desculpe avisar de última hora, mas é que Kumiko saiu de casa, do nada", confessei. "Ela me escreveu depois e, pelo conteúdo da carta, não pretende voltar nunca mais. Então, estou pensando em viajar por um tempo, ainda não defini quanto." Depois de ouvir minha explicação, meu tio ficou calado do outro lado da linha, como se pensasse.

— Eu achava que você e Kumiko se davam muito bem — comentou ele, depois de soltar um leve suspiro.

— Para falar a verdade, eu também achava — admiti.

— Se você não quiser contar, tudo bem, mas Kumiko saiu de casa por algum motivo específico?

— Acho que ela tinha um amante.

— Teve algum indício?

— Não, eu não desconfiei de quase nada. Mas a própria Kumiko revelou na carta que tinha um amante.

— Entendi. Se ela escreveu, então deveria ter um mesmo.

— Acho que sim.

Ele suspirou de novo.

— Tio, eu estou bem — falei em voz alegre, para consolá-lo. —

Eu só queria sair de casa por um tempo. Queria espairecer a cabeça em outro lugar, pensar com calma no que vou fazer daqui para a frente.

— Você tem algum plano?

— Estou pensando em ir à Grécia. Conheço uma pessoa que mora lá, e faz um tempo que ela está me convidando para uma visita — menti.

Diante da mentira, me senti um pouco pior, mas era impossível explicar tudo o que estava acontecendo na minha vida, de maneira compreensível, clara e sincera. Por isso, era melhor contar uma história falsa.

— Entendi — disse ele. — Por mim, não tem problema. Como não pretendo alugar essa casa para mais ninguém, você pode deixar as suas coisas do jeito que estão. Afinal, você ainda é novo e pode recomeçar sua vida. Acho que vai fazer bem para você relaxar um tempo num lugar distante. Grécia... Grécia deve ser incrível.

— Desculpe pelo incômodo, tio. De qualquer maneira, se você resolver alugar a casa durante a minha ausência, pode se livrar das minhas coisas. Não tenho nada de valor mesmo.

— Está bem. Vou fazer o que achar melhor. Escute, aquilo que você comentou da outra vez no telefone, do fluxo obstruído, tem a ver com Kumiko?

— Bem, tem um pouco a ver, sim. Quando me disseram sobre o fluxo, fiquei um pouco preocupado e resolvi perguntar para você aquele dia.

Meu tio pareceu pensar um tempo a respeito.

— Posso fazer uma visita para você um dia desses? Quero ver com meus próprios olhos como estão as coisas. Sem falar que faz um tempo que não nos encontramos.

— Pode vir quando quiser. Não tenho nenhum compromisso mesmo.

Depois de desligar, fiquei com uma sensação horrível. Um fluxo estranho que surgira nos últimos meses tinha me arrastado até ali. E agora havia, entre o mundo em que eu estava e o mundo em que o meu tio estava, uma espécie de muro invisível, alto e espesso. Esse muro separava os nossos mundos. O meu tio estava no mundo *de lá*, e eu estava no *de cá*.

* * *

Dois dias depois, meu tio veio me visitar. Ele olhou o hematoma do meu rosto e não disse nada. Provavelmente não sabia o que dizer. Apenas estreitou os olhos de maneira indagativa. Ele trouxe um uísque escocês de boa qualidade e um kamaboko que comprara em Odawara. Nós dois nos sentamos no alpendre, comemos e bebemos uísque.

— Ter um alpendre é realmente uma maravilha — observou meu tio, balançando a cabeça para cima e para baixo algumas vezes. — No apartamento obviamente não tem. Às vezes sinto muita falta. A atmosfera no alpendre é bem peculiar, sem dúvida.

Por um momento, meu tio ficou observando a lua que flutuava no céu. Era uma lua crescente toda branca, que parecia que tinha acabado de ser polida. Para mim, o fato da lua conseguir flutuar no céu era bem curioso.

— A propósito, desde quando você está com esse hematoma? — perguntou meu tio, como se fosse a coisa mais natural do mundo.

— Nem eu sei direito — expliquei, antes de beber um gole de uísque. — Quando me dei conta, ele já estava no meu rosto. Acho que apareceu uma semana atrás, mais ou menos. Gostaria de ter uma explicação melhor e mais detalhada, mas o problema é que não sei mesmo o que aconteceu.

— Você já foi ao médico?

Balancei a cabeça negativamente.

— Não quero parecer intrometido, mas será que existe uma relação entre *isso* e o fato de Kumiko ter saído de casa?

Balancei a cabeça.

— Cronologicamente falando, o hematoma apareceu depois que Kumiko saiu de casa. Agora, não sei se existe uma relação entre as duas coisas.

— Nunca ouvi falar de um hematoma que tenha aparecido do nada no rosto de alguém.

— Eu também não. Sabe, tio, não consigo explicar bem, mas acho que estou me acostumando aos poucos com o hematoma. Claro, também fiquei amedrontado no começo, tomei um grande susto. Eu me sentia mal só de olhar o rosto, e a possibilidade de ter que conviver com isso para o resto da vida me deixava apavorado. Depois, com o tempo, a marca passou a não me incomodar muito, por alguma razão. Até comecei a achar que não é tão ruim ter uma coisa assim. Também não sei por que comecei a pensar dessa forma.

— É mesmo?

Depois de fazer essa pergunta, meu tio ficou observando o hematoma da bochecha direita por muito tempo, com um olhar desconfiado.

— Bom, se você está dizendo, acho que não preciso me preocupar — comentou ele. — Afinal, é seu problema. Agora, se quiser recomendação de médico, posso indicar um.

— Obrigado, mas por enquanto acho que não precisa. Nenhum médico vai resolver esse problema.

Meu tio ficou contemplando o céu, de braços cruzados. Naquela noite, as estrelas não estavam visíveis, como costumavam estar. No firmamento havia apenas a lua crescente, bem nítida.

— Fazia tempo que não conversava com você assim, com calma, a sós. Achei que você não precisava de mim, que estava tudo bem no casamento. Também não gosto de ficar me metendo na vida dos outros.

Eu disse que sabia muito bem disso.

Meu tio balançou os gelos no copo, tomou um gole de uísque e deixou o copo no chão.

— Eu não sei direito o que está acontecendo com você ultimamente: fluxo obstruído, localização da casa, sumiço da Kumiko, hematoma que aparece de repente, viagem à Grécia… Bom, isso não é da minha conta. É a sua esposa, é o seu rosto. Talvez eu esteja sendo cruel, mas não foi a minha esposa, não foi o meu rosto, certo? Então, se você não quiser me contar os detalhes, tudo bem. Eu também não quero meter o nariz onde não sou chamado. Só acho bom você pensar com calma sobre tudo o que realmente importa para você.

Eu assenti.

— Tenho pensado muito. Mas várias coisas estão amarradas em um nó cego, que não consigo desatar. Não sei como resolver isso.

Meu tio sorriu.

— Existe um jeito para resolver isso. A maioria das pessoas toma decisões erradas porque não conhece esse segredo. Depois fracassam e ficam reclamando ou culpando os outros. Cansei de ver exemplos, e não é algo que me agrade. Por isso, vou dar uma dica a você: o jeito, o segredo, é começar resolvendo as questões mais fáceis. Por exemplo, se você tem uma escala de A a Z, onde A é mais importante, não deve começar do A, e sim do X, do Y ou do Z. Você comentou que as coisas estão amarradas em um nó cego e que não sabe por onde começar. Será que não é porque você está tentando começar pelas questões mais difíceis? Quando você for tomar uma decisão importante, é melhor começar resolvendo as questões menos importantes. Começar pelas coisas bobas, coisas que qualquer um consegue resolver com facilidade. Você precisa gastar muito tempo com essas coisas bobas e insignificantes.

"Você conhece meus negócios. Tenho quatro ou cinco restaurantes em Ginza. Aos olhos da sociedade, isso não é nada de mais, nem de outro mundo. Agora, se a questão for ser *bem-sucedido ou não*, posso dizer que nunca fracassei na vida, porque sempre pus em prática o jeito, o segredo que acabei de explicar. As pessoas costumam pular as questões bobas que qualquer um consegue resolver. Querem primeiro eliminar as questões mais complicadas. Eu não faço isso. Gasto mais tempo com questões bobas porque sei que, quanto mais tempo gastar com coisas insignificantes, melhor será o resultado depois."

Meu tio tomou mais um gole de uísque.

— Por exemplo, vamos supor que você resolvesse abrir um restaurante, um bar, enfim, qualquer estabelecimento comercial. Tente imaginar que você vai abrir um negócio. Você tem diversas opções de lugar, mas precisa escolher só um. O que você faz?

Pensei um pouco a respeito.

— Bem, acho que eu faria diversas simulações para analisar cada caso. Calcularia o aluguel, o empréstimo, os custos mensais, a capacidade de lotação do local, a rotatividade dos fregueses, o consumo médio per capita, os custos da mão de obra, as possibilidades de renda...

— É por fazer justamente como você que a maioria das pessoas fracassa — disse meu tio, rindo. — Eu vou dizer o que faço. Quando acho que um lugar é bom, fico parado na sua frente por umas três ou quatro horas todos os dias, durante vários dias, observando o rosto das pessoas que passam pela rua. Não penso em nada, não calculo nada:

só olho os pedestres. Fico uma semana observando, no mínimo. Acho que, ao todo, acabo vendo o rosto de umas três ou quatro mil pessoas. Às vezes fico mais tempo. Porém, depois de determinado momento, eu percebo com clareza, como se a névoa tivesse se dissipado. Percebo que tipo de lugar é. Percebo o que esse lugar está buscando. Se houver incompatibilidade entre o que esse lugar busca e o que eu busco, desisto. Vou para outro lugar e repito os mesmos passos. Agora, se descubro que existe um ponto comum, uma compatibilidade entre o que esse lugar busca e o que eu busco, tenho um sinal de que estou no caminho certo. Basta persistir, agarrando com firmeza a oportunidade. Só que para perceber isso é preciso observar com os próprios olhos o rosto das pessoas, faça chuva, faça neve, como um idiota. Os cálculos podem esperar. Na verdade, sou uma pessoa realista. Só acredito nas coisas que vejo com meus próprios olhos. Em geral, as lógicas, a lista de prós e contras, os cálculos, os ismos e as teorias existem para as pessoas que não conseguem ver as coisas com os próprios olhos. E a maioria das pessoas não consegue. Não sei explicar por quê. Afinal, basta um pouco de vontade para fazer essa observação.

— Então não era um toque mágico?

— Isso também é importante — comentou meu tio, sorrindo.

— Mas só isso não basta. É apenas um conselho, claro, mas acho que você deveria pensar primeiro nas questões mais fáceis. Por exemplo, ficar parado em alguma esquina para observar o rosto das pessoas dia após dia. Você não precisa decidir as coisas com pressa. Talvez seja difícil, mas algumas coisas precisam ser feitas com calma e tempo, permanecendo no mesmo lugar.

— Então você acha que eu devo ficar mais um tempo por aqui, tio?

— Não, não estou dizendo isso. Não estou sugerindo que você vá ou fique. Se quer ir à Grécia, acho que deve ir. Se quer ficar, acho que deve ficar. Cabe a você decidir, colocando uma ordem nas coisas. Para ser franco, sempre achei que o seu casamento com Kumiko fazia bem para você e também para ela. Ainda não entendi direito por que deu errado, sem mais, nem menos. Você também não deve ter entendido direito ainda, certo?

— Não.

— Então acho melhor você fazer um teste para ver as coisas com os próprios olhos, até saber com clareza o que está acontecendo. Você não pode ter medo de gastar tempo. Gastar bastante tempo em alguma coisa é, em certo sentido, uma vingança mais sofisticada.

— *Vingança* — repeti, um pouco assustado. — Que negócio é esse de *vingança*? Vingança contra quem?

— Bom, um dia você vai descobrir o que estou querendo dizer — declarou meu tio, rindo.

Meu tio e eu ficamos bebendo sentados no alpendre por pouco mais de uma hora. Depois ele se levantou, pediu desculpas por ter se prolongado e foi embora. Ao ficar sozinho, contemplei distraidamente o quintal e a lua, encostado no pilar do alpendre. Por um tempo, consegui inspirar bem fundo a atmosfera de realismo deixada por meu tio. Graças a isso, senti certo conforto pela primeira vez em muito tempo.

No entanto, depois de algumas horas, quando o ar dessa atmosfera deixada pelo meu tio se tornou rarefeito, o entorno foi sendo envolvido outra vez por uma espécie de camada de tristeza sutil. Em última análise, eu estava em um lado do mundo, e meu tio, em outro.

Meu tio tinha dito para eu pensar primeiro nas questões mais fáceis, mas eu não conseguia distinguir o que era fácil do que era difícil. Por isso, na manhã seguinte, depois do horário de pico, peguei o trem e fui até Shinjuku. Resolvi ficar parado numa esquina apenas para observar, *literalmente*, o rosto das pessoas. Não sabia se isso serviria para alguma coisa, mas achei que seria melhor do que não fazer nada. Se um dos exemplos de coisa fácil era ver o rosto dos pedestres até cansar, por que não tentar? Pelo menos eu não tinha nada a perder e, se desse certo, talvez essa prática pudesse me dar pistas do que seria uma "coisa fácil" para mim.

No primeiro dia, me sentei na mureta de um canteiro de flores, de frente para a estação de Shinjuku, e fiquei observando por duas horas o rosto das pessoas que passavam diante de mim. No entanto, havia uma infinidade de pedestres, e todos caminhavam rápido demais. Era difícil observar com calma o rosto deles. Além disso, depois de ficar um tempo sentado, um homem que parecia um sem-teto se aproximou e tentou puxar conversa, com insistência. Os policiais passaram várias vezes na minha frente, me encarando. Então desisti desse lugar e resolvi ir em busca de outro mais adequado para uma observação calma dos transeuntes.

Depois de passar por baixo do viaduto, fui para a saída oeste da estação de Shinjuku e caminhei a esmo até encontrar uma pracinha em frente a um arranha-céu. Lá havia bancos bonitos, onde poderia me sentar e observar com calma as pessoas. Além disso, não passava tanta gente como na frente da estação, e não havia sem-teto com uma garrafinha de uísque no bolso. Comprei rosquinhas e um café no Dunkin' Donuts, para o almoço, e fiquei sentado no banco da pracinha. Voltei para casa antes do horário de pico da tarde.

No começo, só reparei nas pessoas com poucos cabelos, um hábito adquirido com May Kasahara, durante as pesquisas feitas para a fabricante de perucas. Os meus olhos seguiam involuntariamente os carecas, que eu classificava em ouro, prata e bronze, de maneira automática. *Nesse caso, teria sido melhor ligar para May Kasahara e pedir para fazer a pesquisa outra vez,* pensei.

Porém, depois de alguns dias, passei a conseguir observar o rosto das pessoas sem pensar em nada. Boa parte dos homens e das mulheres que passavam na minha frente trabalhava nos escritórios do arranha--céu. Os homens usavam camisa branca e gravata e carregavam uma pasta, e a maioria das mulheres usava sapatos de salto alto. Havia também pedestres que iam ao restaurante ou às lojas do arranha-céu. Algumas famílias com crianças iam ao observatório do último andar. Outros pedestres só atravessavam o local, para ir de um lugar a outro. Apesar disso, de modo geral, as pessoas não caminhavam muito rápido. Fiquei apenas observando aqueles rostos, distraidamente, sem nenhum objetivo. Se por acaso alguém me chamasse muita atenção, eu observava o seu rosto de maneira concentrada, seguindo com os olhos.

Fiz isso por uma semana, todos os dias. Eu pegava um trem mais ou menos às dez para Shinjuku, depois do horário de pico, me sentava no banco da pracinha e ficava observando o rosto das pessoas quase sem me mexer, até as quatro. Ao seguir com os olhos o rosto dos transeuntes todos os dias, descobri que realmente conseguia deixar a minha mente completamente vazia, como se o conteúdo vazasse por uma tampa aberta. Eu não falava com ninguém e ninguém vinha falar comigo. Não achava nada e não pensava em nada. De vez em quando, sentia que era parte do banco de pedra.

Só uma vez uma pessoa veio puxar conversa comigo. Era uma senhora da meia-idade, magra e bem vestida. Usava um vestido justo de um tom bem vivo de rosa, óculos escuros com armação de tartaruga, chapéu branco e bolsa branca de malha. Tinha pernas bonitas e calçava sandálias brancas de couro que pareciam bem caras e estavam impecáveis. Sua maquiagem era pesada, mas não desagradável. Ela me perguntou se eu estava com algum problema. Eu disse que não. "Vejo o senhor por aqui todo dia. O que está fazendo?", perguntou ela. "Estou vendo o rosto das pessoas", respondi. "O senhor faz isso com algum objetivo?", perguntou ela. "Nenhum específico", respondi.

Ela pegou da bolsa um maço de Virginia Slims e acendeu o cigarro, com um pequeno isqueiro de ouro. Ela me ofereceu um. Balancei a cabeça negativamente. Ela tirou os óculos escuros e fitou o meu rosto, sem dizer nada. Para ser mais exato, fitou o hematoma do meu rosto. Observei os olhos dela, mas não notei nenhum traço de emoção. Eram apenas olhos pretos que pareciam funcionar normalmente. A mulher tinha um nariz afilado e pequeno. Os lábios eram finos, e o batom fora passado com capricho. Era difícil decifrar sua idade, mas provavelmente tinha cerca de quarenta e cinco anos. À primeira vista, parecia mais nova, mas as linhas em volta da boca eram a marca de um cansaço peculiar.

— Você tem dinheiro? — perguntou ela.

— Dinheiro? — repeti, assustado. — Por que quer saber?

— Só fiz uma pergunta. Você tem dinheiro? Não está com problemas financeiros?

— Por enquanto, não — respondi.

Ela me mediu com atenção, com os lábios um pouco inclinados, como se refletisse sobre a minha resposta. Então balançou a cabeça, colocou os óculos escuros, jogou o cigarro no chão, se levantou às pressas e foi embora, sem se virar. Atônito, fiquei observando a mulher sumir no meio da multidão. Talvez ela não batesse muito bem da cabeça. Porém, era difícil de dizer, porque estava bem-arrumada demais. Com a sola do sapato, apaguei o cigarro que ela jogou e olhei devagar à minha volta. O mundo real preenchia o entorno, como sempre. As pessoas se deslocavam de um lugar a outro, cada uma com seus objetivos. Eu não as conhecia e elas também não me conheciam. Respirei fundo e voltei à minha atividade de observar o rosto das pessoas sem pensar em nada.

No total, fiquei sentado neste lugar por onze dias. Todos os dias eu tomava café, comia e apenas observava o enxame de pessoas que passava pela minha frente. Com exceção da meia dúzia de palavras sem sentido que troquei com a mulher de meia-idade bem vestida, não falei com mais ninguém durante esses onze dias. Não fiz nada de especial e não aconteceu nada de especial. Porém, mesmo depois que esses onze dias passaram quase vazios, não consegui chegar a lugar nenhum. Continuava completamente perdido, no meio de um labirinto intrincado e complexo. E não conseguia desatar nem a mais simples ponta do nó.

Porém, na tarde do décimo primeiro dia, aconteceu algo estranho. Como era domingo, fiquei observando o rosto das pessoas até mais tarde do que o normal. Pessoas diferentes circulam por Shinjuku no domingo, e não há horário de pico. De repente, meu olhar pousou cm um rapaz que carregava um estojo de violão preto. Ele tinha estatura mediana, usava óculos com armação de plástico, tinha cabelos compridos até os ombros, vestia camisa e calça jeans, e usava tênis brancos meio puídos. Ele passou por mim olhando para a frente, com um olhar pensativo. Quando vi esse homem, algo despertou em minha consciência. O meu coração disparou. *Conheço esse homem*, pensei. *Já vi esse rosto em algum lugar.* Demorei alguns segundos até me lembrar. Era o homem que tinha se apresentado no bar de Sapporo naquela noite. Era ele, com certeza.

Sem perder tempo, me levantei do banco e o segui às pressas. Não foi difícil alcançá-lo, pois ele caminhava devagar. Acompanhando seus passos, a uns dez metros de distância, cogitei seriamente puxar conversa com ele. "Escute, você cantou num bar de Sapporo uns três anos atrás, não cantou? Vi uma apresentação sua por lá", eu poderia dizer. "Ah, é? Que bacana", comentaria ele. Mas e depois? O que eu falaria? "Sabe, naquela noite minha esposa fez um aborto. E recentemente ela saiu de casa. Estava me traindo com outro homem há alguns meses", era isso o que eu teria para dizer? De qualquer forma, resolvi segui-lo para ver o que acontecia. Talvez eu tivesse alguma ideia do que dizer enquanto caminhava.

Ele continuou na direção contrária à estação. Atravessou a região de arranha-céus, cruzou a avenida Kôshû Kaidô e se dirigiu para a estação de Yoyogi. Ele parecia pensar a fundo em algo, de maneira concentrada, mas eu não sabia em quê. Parecia conhecer bem o caminho, pois não olhou para os lados nenhuma vez, nem hesitou. Continuou caminhando no mesmo ritmo, olhando sempre para a frente. Enquanto o seguia, eu me lembrei do dia em que Kumiko fizera o aborto. Era início de março, e eu estava em Sapporo. O chão estava duro e congelado e, de vez em quando, caía neve. Eu estava de volta àquelas ruas, inspirando o ar glacial. Podia ver até a respiração branca dos pedestres, bem diante dos meus olhos.

Algo deve ter começado a mudar a partir daquele dia, me ocorreu de repente. Sem sombra de dúvida. Daquele dia em diante, o fluxo ao meu redor passou a mudar de modo definitivo. Olhando para trás, agora, eu percebia que aquele aborto tivera um significado bem marcante para nós dois. Porém, na época, não consegui compreender direito a sua importância. Eu estava preso demais ao *aborto* em si. No entanto, talvez a chave estivesse em outro lugar.

"Essa era a única opção. Achei que resolver tudo seria o melhor para nós. Tenho mais coisas para contar, mas agora não posso. Não pretendo guardar esse segredo. Fico sem saber o que se passou ou não, o que é verdade ou não. Ainda não consigo encontrar as palavras."

Naquele momento, Kumiko ainda não tinha certeza se esse *algo* era <u>verdade ou não</u>. Sem dúvida esse *algo* tinha relação com a *gravidez*, e não com o aborto. Ou tinha relação com o feto. O que poderia ser? O que teria deixado Kumiko tão confusa assim? Será que Kumiko teve relação com outro homem e não quis dar à luz o filho do amante?

Não, isso seria impossível. Ela garantiu que não era isso. O filho era meu, com certeza. Ainda assim, havia *algo* que Kumiko não podia contar. E esse *algo* estava intimamente ligado ao fato de Kumiko ter saído de casa. Tudo começou ali.

Porém, eu não fazia a menor ideia do segredo oculto em suas palavras. Estava tateando sozinho no escuro. A única certeza que eu tinha era que, enquanto não descobrisse o segredo desse *algo*, Kumiko nunca mais voltaria. De repente, comecei a sentir uma espécie de ira silenciosa dentro de mim, uma ira contra *algo* que eu não conseguia ver. Empertiguei a coluna, respirei fundo e tentei acalmar as batidas do meu coração. No entanto, a ira inundava todo o meu corpo, de ponta a ponta, silenciosamente, como se fosse água. Eu sentia uma ira impregnada de tristeza. Não podia descarregar em ninguém, nem tinha como eliminá-la.

O homem continuou caminhando no mesmo ritmo. Atravessou a trilha da linha Odakyû, passou por uma avenida comercial, por um santuário xintoísta e por becos intrincados. Continuei seguindo seus passos, mantendo uma distância adequada, tomando cuidado para não ser notado. Era evidente que ele não percebeu que estava sendo seguido. Ele não virou para trás nenhuma vez. *Esse homem tem algo incomum*, pensei. Ele não olhava para trás, nem tampouco para os lados. Em que estaria pensando com tanta concentração? Ou será que não estava pensando em nada?

Até que ele se afastou da avenida movimentada e entrou numa ruazinha silenciosa, com casas de madeira de dois andares. A rua era estreita, sinuosa e, de um lado e de outro, as casas velhas se enfileiravam, praticamente sem nenhum espaço entre si. O estranho é que não dava para sentir nenhuma presença de gente no local, talvez porque mais da metade das casas estivesse abandonada. Nas portas estavam pregadas placas anunciando um novo empreendimento. Aqui e ali, como dentes arrancados em meio à fileira de casas, havia terrenos baldios onde a grama de verão crescia, cercada por telas de arame. Provavelmente existia um plano para demolir todas as casas da região e construir um novo complexo de edifícios. Diante das casas habitadas, vasos de ipomeia e outras plantas dividiam o espaço apertado, lado a lado. Havia também triciclos e, nas janelas do segundo andar, toalhas e roupas de banho de crianças estavam estendidas. Os gatos me olhavam com preguiça, deitados nos parapeitos da janela ou em frente à porta. Ainda não tinha começado a escurecer, mas não havia ninguém na rua. Eu não sabia exatamente onde estava. Não sabia nem onde era o norte e o sul. Presumia que estivesse dentro do triângulo entre as estações de Yoyogi, Sendagaya e Harajuku, mas não tinha certeza.

De qualquer forma, eu estava num bairro esquecido e abandonado, bem no meio de Tóquio. O local deveria ter se afastado do desenvolvimento por um longo período, em virtude das ruas estreitas que quase não permitiam a circulação de carros. Ao andar pela região, senti que tinha voltado uns vinte ou trinta anos no tempo. Quando me dei conta, já não ouvia mais o ruído dos carros, como se o barulho do trânsito tivesse sido sugado em algum lugar. Carregando o estojo de violão, o homem seguiu pela rua que lembrava um labirinto e parou diante de um edifício de madeira, que parecia residencial. Ele abriu a porta, que aparentemente não estava trancada, entrou e a fechou.

Fiquei parado no mesmo lugar por um tempo. Os ponteiros do relógio de pulso indicavam seis e vinte. Por um momento, observei o edifício, encostado na tela de arame do terreno baldio da frente. Era um prédio de madeira de dois andares, bastante comum. Percebi isso pela porta e pela disposição dos apartamentos. Na minha época de estudante, morei num lugar assim por um período. Na entrada, havia um armário para sapatos, o banheiro era compartilhado, o apartamento tinha apenas um cômodo, com uma pequena cozinha. Costumava ser o lar de estudantes ou de trabalhadores solteiros. No entanto, naquele edifício diante de mim, eu não conseguia sentir nenhum sinal da presença de moradores. Nada de barulho, nem de movimento. A porta de fórmica não tinha mais placa. Parecia ter sido arrancada recentemente, já que despontava um retângulo branco e estreito no lugar onde deveria estar pendurada. O calor da tarde ainda não havia cedido, mas as janelas de todos os apartamentos estavam completamente fechadas, assim como as cortinas.

Talvez esse edifício também esteja fadado à demolição, como os imóveis ao redor, e ninguém mais more aqui. Então, o que o homem com o estojo de violão faz em um lugar assim? Imaginei que a janela de um dos apartamentos se abriria, já que o homem tinha entrado, mas tudo permaneceu igual.

Eu não podia ficar para sempre matando tempo na ruazinha deserta, então me aproximei do edifício e abri a porta. Como eu havia desconfiado, ela não estava trancada e se abriu com facilidade para dentro. Ainda na soleira, observei o interior do prédio, mas estava tudo escuro e, à primeira vista, não consegui distinguir o que havia dentro. Todas as janelas estavam fechadas, e o interior estava abafado e quente. Pairava no ar um cheiro de mofo bem parecido com o que senti no fundo do poço. Minha camiseta estava encharcada embaixo do braço por causa do calor. Uma gota de suor escorreu por trás da minha orelha. Respirei fundo, entrei e fechei a porta, sem fazer barulho. Para conferir se ainda havia gente morando no prédio, procurei a caixa de correspondência ou o armário para sapatos, onde deveria constar o nome dos moradores. No entanto, nesse momento, percebi de relance a presença de alguém que me encarava fixamente.

Logo à direita da porta havia um armário alto para sapatos e, atrás, *alguém* estava escondido. Prendi a respiração e olhei para o interior escuro, quente e abafado. Era aquele homem novo que carregava o estojo de violão. Depois de entrar no prédio, ele tinha se escondido atrás do armário para sapatos. Meu coração estava quase saindo pela garganta, e suas batidas eram fortes como marteladas. O que o homem estava fazendo ali? Talvez estivesse me esperando, ou… "Olá", chamei, depois de tomar coragem. "Eu gostaria de saber se…"

Nessa hora, algo atingiu meu ombro, de repente. A pancada foi forte. Não entendi direito o que estava acontecendo, apenas senti um baque forte, que me deixou atordoado. Sem saber o que estava acontecendo, continuei parado e imóvel. No entanto, no instante seguinte, entendi tudo. Era um bastão. O homem saíra de trás do armário em um salto, como um gorila, e atingira meu ombro em cheio, com um taco de beisebol. Aproveitando que eu continuava atordoado, ele levantou o bastão de novo. Tentei desviar do golpe, mas já era tarde. Desta vez, ele acertou meu braço esquerdo. Por um momento, não senti nada. Nenhuma dor. Tinha perdido totalmente a sensibilidade do braço esquerdo, como se ele tivesse desaparecido no espaço.

No entanto, no segundo seguinte, chutei o homem quase que por reflexo. Eu nunca tinha feito aula de artes marciais mas, na época do ensino médio, um amigo faixa preta me ensinou as técnicas básicas de karatê. Treinei chutes por muitos dias seguidos, seguindo suas instruções. Minha técnica estava longe de ser sofisticada: meu amigo só me ensinara a dar chutes fortes, altos e retos, da distância mais curta possível. Ele me avisara que, em situações de perigo, esse chute seria útil. E tinha razão. Obcecado apenas em me acertar com o taco, o homem não tinha cogitado a possibilidade de levar um chute. Como eu estava atordoado, não sabia onde tinha acertado. Além disso, o chute não tinha sido muito forte, mas suficiente para fazer o homem recuar de susto. Ele parou de girar o bastão e ficou me observando com olhos vagos, como se o tempo tivesse parado. Aproveitando que ele baixara a guarda, desferi um chute mais certeiro e mais forte no seu abdômen. Quando se contorceu de dor, arranquei o taco da sua mão. Em seguida, desferi outro chute no seu flanco, com toda a força. Como o homem tentou segurar minha perna, desferi outro chute. E mais um, no mesmo lugar. Depois bati na coxa dele com o bastão. Ele rolou no chão, soltando algo parecido com um grunhido.

No começo, eu chutava e batia por medo e excitação. Para me defender. No entanto, depois que o homem caiu no chão, o medo tinha se transformado em raiva. A ira silenciosa que inundara meu corpo quando eu caminhava pensando em Kumiko permanecia em mim. Agora estava à solta, inflamável e ardente como chama. Era uma ira mais próxima do ódio, ódio intenso. Bati outra vez com o bastão na coxa do homem, que babava pelo canto da boca. Meu ombro e meu braço esquerdo atingidos pelo bastão estavam começando a doer, o que incitou ainda mais a minha ira. Embora o rosto do homem estivesse distorcido de dor, ele tentou se levantar, apoiando-se com os braços. Como eu não conseguia mais fazer força na mão esquerda, joguei o bastão, fui para cima dele e desferi um soco com a mão direita em seu rosto, com toda a força. Bati no rosto dele muitas e muitas vezes, até que os dedos da minha mão direita começaram a formigar e a doer. Pensei em bater até ele desmaiar. Peguei-o pelo colarinho e bati a sua cabeça no piso de madeira. Nunca tinha brigado com ninguém antes. Nunca tinha batido em ninguém com toda a força. Mas por alguma razão eu não conseguia parar. *Eu preciso parar*, pensava. *Já chega, não posso continuar, ele não consegue nem se levantar mais*, eu me dizia. Mas não conseguia parar. Percebi que eu estava dividido. *Uma parte* de mim não conseguia mais parar a *outra*. Senti um intenso calafrio.

De repente, me dei conta de que o homem ria. Enquanto apanhava, ria para mim, com ironia. Quanto mais apanhava, mais alto ria. No final, estava gargalhando, derramando sangue do nariz e da boca cortada, engasgando com a própria saliva. Pensei que ele não regulava bem da cabeça. Parei de bater e me levantei.

Olhei ao redor e, ao lado do armário para sapatos, vi o estojo de violão preto, de pé. Afastei-me do homem que continuava gargalhando, derrubei o estojo, levantei o fecho e abri a tampa. Não tinha nada dentro. Estava vazio. Não tinha violão nem vela. O homem me encarava, gargalhando e tossindo. De súbito, senti que estava sufocando. O ar quente e abafado de dentro do prédio ficou insuportável. O cheiro de mofo, do meu próprio suor, de sangue e saliva, de ira e ódio, tudo isso foi se tornando insuportável. Abri a porta e saí. Fechei a porta. A rua continuava deserta. Havia apenas um grande gato marrom que atravessou o terreno baldio devagar, sem olhar para mim.

Eu queria sair dali sem ser visto. Não sabia que direção tomar, mas caminhei seguindo minha intuição e encontrei um ponto. Enquanto esperava o ônibus para a estação de Shinjuku, tentei controlar a respiração e concatenar as ideias. Porém, minha respiração continuou ofegante e não consegui organizar os pensamentos. *Eu só queria ver o rosto das pessoas*, repeti para mim mesmo, mentalmente. Assim como fazia meu tio, eu estava apenas observando o rosto dos transeuntes. Só queria desatar o nó mais simples. Quando entrei no ônibus, todos os passageiros voltaram os olhos para mim. Eles me lançaram longos olhares assustados e desviaram o rosto, desconcertados. A princípio, achei que fosse por causa do hematoma do meu rosto. Demorei para perceber que era porque minha camiseta branca estava ensanguentada (com o sangue do nariz do homem) e porque eu segurava o bastão de beisebol na mão. Sem me dar conta, eu tinha apanhado e trazido o bastão de beisebol.

Acabei voltando para casa com o bastão, que joguei dentro do armário.

* * *

Naquela noite, não consegui pregar os olhos até o raiar do dia. À medida que a madrugada avançava, meu ombro e meu braço esquerdo atingidos pelo bastão incharam e começaram a doer cada vez mais. Além disso, no punho direito, permanecia a sensação dos socos desferidos no homem. Quando me dei conta, o punho direito estava fechado com força, prestes a atacar. Mesmo tentando relaxar a mão, ela não me obedecia. Bom, eu nem queria dormir. Se dormisse agora, com certeza teria um pesadelo. Para me acalmar, me sentei à mesa da cozinha e tomei puro o uísque deixado por meu tio, ouvindo uma música tranquila. Gostaria de conversar com alguém. Gostaria que alguém falasse comigo. Coloquei o telefone na mesa e cravei os olhos no aparelho. *Bem que alguém podia me ligar*, pensei. Poderia ser aquela mulher misteriosa e estranha. Poderia ser qualquer pessoa. Topava qualquer assunto insignificante e absurdo, qualquer tema agourento. Gostaria que alguém falasse comigo.

Só que o telefone não tocou. Acabei com metade do uísque escocês que tinha sobrado, e me recolhi quando já tinha amanhecido completamente. *Por favor, não posso sonhar, pelo menos hoje preciso ter um sono vazio*, pensei, antes de dormir.

No entanto, naturalmente, eu sonhei. Tive um pesadelo, como receava. No sonho, apareceu o homem com o estojo de violão. E fiz exatamente o que tinha feito na realidade. Segui o homem, abri a porta do edifício do prédio residencial, fui atingido primeiro por um bastão e depois bati, bati, bati e bati no homem. Mas a sequência foi diferente. Quando parei de bater e me levantei, o homem sacou uma faca do bolso, babando e gargalhando. A faca era pequena e parecia bem afiada. Ao refletir a tênue luz do entardecer que se infiltrava pelas cortinas, a lâmina emitiu um brilho de uma brancura óssea. Porém, o homem não me atacou com a faca. Ele se despiu completamente e começou a tirar a própria pele, como se descascasse uma fruta. Ele foi se esfolando enquanto gargalhava alto. O sangue jorrava de todo o seu corpo, formando uma grande poça escura e assustadora no chão. Ele tirou a pele da mão esquerda com a mão direita, depois da mão direita com a ensanguentada e despelada mão esquerda. No fim, só restava um pedaço de carne bem vermelho. Mesmo assim, o homem continuou gargalhando, abrindo a boca que parecia um buraco escuro. Naquele pedaço de carne, apenas os globos oculares, que se moviam bastante, eram brancos. A pele retirada rastejou no chão em minha direção, produzindo um barulho em sintonia com a grande e tenebrosa gargalhada. Eu tentei fugir, mas minhas pernas não se moveram. Ao chegar até meus pés, a pele começou a subir pelo meu corpo, lentamente. E foi cobrindo a minha pele, aos poucos. A pele ensanguentada e pegajosa do homem foi se grudando e se sobrepondo à minha, bem devagar. O cheiro de sangue preenchia o ambiente. A pele cobriu as minhas pernas, o meu corpo e o meu rosto, como uma fina película. Até que tudo ficou escuro diante dos meus olhos, e apenas a gargalhada ecoava de maneira vazia na escuridão. Então acordei.

Despertei aterrorizado, em um estado de confusão total. Por um tempo, nem consegui saber direito quem eu era. Os dedos das minhas mãos tremiam ligeiramente. Apesar disso, tinha chegado a uma conclusão.

Eu não posso, não devo fugir. Seja lá para onde for, *essa coisa* vai me seguir. Por todos os lugares.

18.
Correspondência da ilha de Creta, as coisas que caíram da borda do mundo, as boas notícias são transmitidas em voz baixa

Refleti muito até o último segundo, mas decidi não ir à ilha de Creta. Uma semana antes de partir à Grécia, a mulher que tinha se chamado Creta Kanô veio me visitar com uma sacola cheia de alimentos e preparou um jantar. Quase não conversamos durante a refeição. Depois de tirar a mesa, eu disse: "Acho que não posso ir à ilha de Creta com você". Ela não pareceu ter ficado muito surpresa ao ouvir minha decisão. Apenas aceitou a escolha, como uma coisa natural. E disse, passando os dedos na franja curta:

— Lamento muito que o senhor não me acompanhe à ilha de Creta, sr. Okada, mas faz parte. Tudo bem, posso ir sozinha. Não precisa se preocupar comigo.

— Você já terminou os preparativos para a viagem?

— Está quase tudo pronto: o passaporte, a reserva de voo, o traveller check, a mala. Mas não vou levar muita coisa.

— O que a sua irmã achou da ideia?

— Como somos muito próximas, para nós duas é muito difícil essa separação. Mas Malta é forte e inteligente, e sabe muito bem do que eu preciso — disse ela, me fitando e esboçando um sorriso silencioso. — Então o senhor achou melhor ficar aqui sozinho, sr. Okada?

— Sim — respondi. Depois me levantei e coloquei água na chaleira para preparar café. — Acho que é melhor assim. Percebi isso outro dia, de repente. Posso *sair* daqui, mas não *fugir*. De certas coisas a gente não consegue fugir, por mais longe que vá. Acho que passar um tempo na ilha de Creta vai fazer bem para você, que está tentando recomeçar uma nova vida depois de resolver muitas questões do passado. Agora, meu caso é diferente.

— O senhor se refere a Kumiko?

— Acho que sim.

— Pretende ficar aqui à espera de Kumiko, sr. Okada?

Encostado na pia, eu aguardava a água ferver. Mas estava demorando.

— Para ser sincero, não sei o que pretendo fazer. Não faço nenhuma ideia. Mas estou começando a entender aos poucos. Digo, que preciso fazer *alguma coisa*. Não posso ficar sentado, de braços cruzados, apenas esperando Kumiko voltar. Se quero a volta de Kumiko, preciso resolver muitas coisas com meus próprios meios.

— Mas não sabe ainda por onde começar?

Assenti.

— Sinto que algo está tentando tomar forma, aos poucos, à minha volta. Muitas coisas continuam vagas, e deve haver uma ligação entre elas. Só que eu não posso simplesmente agarrar ou arrancar à força essas coisas. Acho que preciso esperar até que elas fiquem mais claras.

A irmã de Malta Kanô colocou as mãos sobre a mesa, uma ao lado da outra, e pensou um pouco a respeito.

— Mas esperar não é fácil.

— Eu sei — concordei. — Deve ser bem mais difícil do que estou imaginando. Ficar aqui sozinho, carregando problemas mal resolvidos, à espera de algo que nem sei se vai acontecer. Para ser bem sincero, também queria largar tudo e ir à ilha de Creta com você, se pudesse. Queria esquecer tudo e recomeçar do zero. Até comprei uma mala e tirei foto para o passaporte. Arrumei as minhas coisas. Estava mesmo disposto a sair do Japão. Mas não consigo me livrar do pressentimento ou da sensação de que *algo* está querendo que eu fique aqui. Por isso disse que não posso fugir.

A irmã de Malta Kanô assentiu em silêncio.

— Superficialmente, parece um assunto bobo e insignificante. Minha esposa arrumou um amante e saiu de casa. Ela quer o divórcio. Como Noboru Wataya disse, é algo que acontece todos os dias na sociedade. Talvez eu devesse recomeçar uma nova vida me esquecendo de tudo e indo à ilha de Creta com você, sem pensar na complexidade da coisa. Só que *na realidade* não é algo tão simples como parece. Sei disso. Você também sabe, não é? Malta Kanô também sabe. Noboru Wataya também, provavelmente. Existe algum segredo que desconheço. Quero esclarecer isso, custe o que custar.

Desisti de preparar o café, apaguei o fogo e, voltando a me sentar à mesa, olhei de frente para a irmã da Malta Kanô.

— E, se for possível, quero recuperar Kumiko. Quero trazê-la de volta para *este mundo*, com meus próprios meios. Caso contrário, acho que continuarei penando sem parar. Estou começando a me dar conta disso, aos poucos. Só que de maneira vaga.

A irmã de Malta Kanô observou as próprias mãos sobre a mesa e, em seguida, levantou o rosto e olhou para mim. Seus lábios sem batom estavam bem fechados. Por fim, ela disse:

— É justamente por isso que gostaria que o senhor fosse à ilha de Creta comigo, sr. Okada.

— Para me impedir de fazer isso?

Ela assentiu de leve.

— Por que você não quer que eu faça isso?

— Porque é perigoso — respondeu ela, em voz baixa. — Perigosíssimo. O senhor ainda pode voltar atrás. Basta ir à Creta comigo. Lá, estaremos em segurança.

Ao observar distraidamente o novo rosto da ex-Creta Kanô, sem sombra nem cílios postiços nos olhos, por um momento fiquei sem saber onde eu estava. Algo como uma névoa espessa envolveu toda a minha consciência, sem nenhum aviso. E acabei me perdendo de vista. Eu estava perdido de mim mesmo. *Onde estou?*, pensei. *Afinal, o que estou fazendo aqui? Quem é essa mulher?* Mas logo em seguida a realidade voltou. Eu estava sentado à mesa da cozinha da minha casa. Enxuguei o suor com o pano de prato. Senti uma leve tontura.

— O senhor está bem, sr. Okada? — perguntou com preocupação a mulher que tinha se chamado Creta Kanô.

— Sim, estou bem.

— Sr. Okada, também não sei se algum dia o senhor vai conseguir recuperar Kumiko. Mesmo que consiga, não há nenhuma garantia de que o senhor e ela possam ser felizes como eram. Acredito que as coisas não vão ser exatamente iguais a antes. O senhor já chegou a pensar sobre isso?

Cruzei e descruzei os dedos das mãos diante do meu rosto. Não havia som ao redor. Voltei a me familiarizar com minha existência.

— Já pensei, sim. Talvez tudo já esteja tão arruinado que não tenha mais volta, por mais que eu tente. Talvez isso seja o mais possível, o mais provável. Mas algumas coisas não funcionam apenas com possibilidades ou probabilidades.

A irmã de Malta Kanô estendeu sua mão sobre a mesa e tocou de leve a minha.

— Se o senhor decidiu ficar depois de refletir sobre todas as possibilidades, é isso que deve fazer. Claro, a decisão é sua. Lamento não contar com a sua companhia durante a viagem, mas entendi muito bem seu ponto de vista. Acho que *muitas coisas* ainda vão acontecer na sua vida, mas eu gostaria que o senhor não se esquecesse de mim. Veja bem, sr. Okada, quando estiver com problemas, se lembre de mim. Eu também vou me lembrar do senhor.

— Vou me lembrar de você, sim.

A mulher que tinha se chamado Creta Kanô voltou a fechar os lábios com firmeza e, por muito tempo, ficou procurando as palavras. Depois que encontrou, disse em voz bem baixa:

— Como bem sabe, sr. Okada, este mundo é violento e sanguinário. Para sobreviver, o senhor precisa ser forte. Mas ao mesmo tempo é fundamental se manter em silêncio, de ouvidos bem abertos, para não perder nenhum sussurro. O senhor está me entendendo? Na maioria das vezes, as boas notícias são transmitidas em voz baixa. Não se esqueça disso.

Assenti.

— Tomara que o senhor consiga encontrar a chave para dar corda, Pássaro de Corda — disse a mulher que tinha se chamado Creta Kanô. — Adeus.

Quase no final de agosto, recebi um cartão-postal da ilha de Creta. O selo era grego, assim como as letras do carimbo. Com certeza era da mulher que tinha se chamado Creta Kanô. Afinal, além dela, eu não conhecia mais ninguém que poderia me mandar um cartão-postal da ilha de Creta. Porém, os dados do remetente não estavam preenchidos. *Ela ainda não encontrou um novo nome*, pensei. Quem não tem nome não tem como escrevê-lo. Além do remetente em branco, o postal não trazia nenhuma mensagem. Só o meu nome e o meu endereço estavam escritos com caneta esferográfica azul, abaixo do carimbo do correio da ilha de Creta. A foto colorida retratava uma praia: em uma estreita faixa de areia bem alva rodeada por montanhas rochosas, uma moça tomava banho de sol de topless. O mar era profundo e azul, e no céu flutuavam nuvens tão brancas que pareciam artificiais. Nuvens tão compactas que dava a impressão de que era possível caminhar sobre elas.

A mulher que tinha se chamado Creta Kanô sem dúvida chegara bem à ilha de Creta. Fiquei feliz por ela. Ela provavelmente encontraria um novo nome e, com ele, também uma nova identidade e uma nova vida. Mas ela não se esqueceria de mim. Era a mensagem que o cartão-postal transmitia.

Para passar o tempo, escrevi uma carta a ex-Creta Kanô. Como eu não sabia o seu endereço nem o seu novo nome, não pretendia enviá-la. Desde o começo, minha ideia era apenas escrever uma carta a alguém.

"Faz muito tempo que Malta Kanô não entra em contato comigo", comecei. "Parece que ela também desapareceu do meu mundo. Aparentemente, as pessoas caem uma a uma da borda do meu mundo. Todas caminham até ali e, de repente, somem. Acho que deve haver uma espécie de borda em algum lugar. Os meus dias são bastante monótonos. Como são muito parecidos, está ficando cada vez mais difícil distinguir um do outro. Não leio jornal, não assisto à TV e quase não saio de casa. Só vou nadar na piscina de vez em quando. Já parei de receber o seguro-desemprego há algum tempo e agora vivo de economias. Não tenho grandes despesas (talvez o custo de vida do Japão seja um pouco mais alto do que o de Creta) e, graças a uma pequena herança deixada por minha mãe, acho que poderei levar por mais um tempo. O hematoma do meu rosto continua igual. Devo admitir que, quanto mais tempo passa, menos ele me incomoda. Se precisar viver com esse hematoma para o resto da vida, tudo bem. Talvez seja algo com que eu *precise* conviver o resto da vida. Não sei por que, mas comecei a pensar assim, por alguma razão. De qualquer maneira, me mantenho em silêncio, de ouvidos bem abertos."

* * *

De vez em quando eu lembrava a noite em que dormira com Creta Kanô. Porém, curiosamente, era uma lembrança bastante vaga. Naquela noite, nós nos abraçamos e transamos algumas vezes. Era um fato irrefutável. No entanto, ao fim de algumas semanas, a lembrança foi aos poucos perdendo consistência. Eu não conseguia mais me lembrar bem de como era o corpo de Creta Kanô, nem do ato sexual. Para mim, a lembrança da ocasião anterior, da transa de dentro da minha consciência — dentro do mundo que não era real —, era bem mais nítida do que a lembrança daquela noite, que tinha sido real. A cena do quarto misterioso do hotel e de Creta montada em mim com o vestido azul de Kumiko surgiu diante dos meus olhos muitas e muitas vezes, com nitidez. Ela usava dois braceletes no pulso esquerdo, que produziam sons secos quando se chocavam. Eu conseguia me lembrar também da ereção do meu pênis, que estava mais duro e mais grosso do que nunca. Ela o pegou na mão, inseriu dentro de si e girou, como se desenhasse um círculo. Eu me lembrava com clareza da sensação da barra do vestido de Kumiko tocando meu corpo. De repente, Creta Kanô tinha trocado de lugar com a mulher misteriosa que eu não sabia quem era. Quem estava montada em mim usando o vestido de Kumiko era a mulher misteriosa que tinha me ligado algumas vezes. Eu penetrava essa mulher, e não Creta Kanô. Notava a diferença de temperatura e de textura. Como se tivesse entrado em um quarto completamente diferente. "Esqueça tudo", sussurrava a mulher. "Como se dormisse e sonhasse, deitado no barro quentinho". E eu gozei.

Sem dúvida essa experiência trazia algum significado. Justamente por isso sua recordação superava a realidade e havia se gravado com persistência na minha memória. Porém, eu ainda não conseguia entender seu significado. Fechei os olhos e suspirei, repassando sem cessar essas imagens.

No início de setembro, recebi uma ligação do dono da lavanderia em frente à estação. Era para a retirada das roupas que estavam prontas.

— Roupas? — perguntei. — Não me lembro de ter deixado nenhuma roupa com vocês.

— Pois é, mas estou com suas roupas aqui. O senhor poderia vir retirar? Como já foram pagas, basta vir buscar. É o sr. Okada, não é?

Confirmei. O número de telefone também batia. Meio incrédulo, fui até a lavanderia. O dono passava uma camisa, enquanto o mesmo tipo de música saía do grande toca-fitas. No pequeno mundo da lavanderia em frente à estação, nada tinha mudado. Nada de tendências, nada de mudanças. Nada de vanguarda, nada de retaguarda. Nada de progresso, nada de retrocesso. Nada de elogios, nada de reprovações. Nada a mais, nada a menos. No momento, estava tocando a saudosa "Do you know the way to San Jose", de Burt Bacharach.

Quando entrei, o dono da lavanderia mediu meu rosto em silêncio, meio atordoado, segurando o ferro na mão. De início, não entendi por que ele me olhava com tanta insistência, mas logo me dei conta de que era por causa do hematoma. Era compreensível. Todos ficam assustados quando percebem que um hematoma apareceu do nada no rosto de um conhecido.

— Foi um acidente — expliquei.

— Sinto muito — disse ele.

O tom de sua voz demonstrava compaixão sincera. Ele observou o ferro que segurava por um tempo e o colocou de pé na tábua, como se desconfiasse de sua participação no hematoma.

— Ele vai sumir?

— Não sei — respondi.

Depois ele me entregou a blusa e a saia de Kumiko, envoltas em um plástico. Eram roupas que eu dera a Creta Kanô. "Foram deixadas aqui por uma moça de cabelo bem curto, mais ou menos assim?", perguntei, mostrando uma distância de cerca de três centímetros com os dedos. "Não, o cabelo dela chegava até aqui", comentou o dono da lavanderia, indicando a altura do ombro com a mão. "Ela vestia um terno marrom e usava um chapéu vermelho de vinil. Ela deixou pago e me pediu para ligar para o senhor quando as roupas estivessem prontas." Eu agradeci e voltei para casa carregando a blusa e a saia. Eu tinha dado as roupas a Creta Kanô como "pagamento" por seu corpo, e já não sabia o que fazer com elas. Também não sabia por que Malta Kanô levara as roupas para a lavanderia. De qualquer forma, dobrei com cuidado as duas peças e guardei na gaveta, junto com outras roupas de Kumiko.

Escrevi uma carta ao primeiro-tenente Mamiya e contei resumidamente o que tinha acontecido comigo. Talvez ele não fosse gostar de receber uma carta minha, mas não me lembrei de mais ninguém a quem pudesse escrever. Comecei me desculpando por escrever uma carta e expliquei em seguida que, no mesmo dia de sua visita, Kumiko saíra de casa. Escrevi também que Kumiko dormia com outro homem há alguns meses, que entrei no poço para refletir e permaneci por quase três dias, que agora estava morando sozinho na casa, que a lembrança deixada pelo sr. Honda era apenas uma caixa vazia de uísque.

Uma semana depois recebi a resposta. "Na verdade, eu também fiquei preocupado com o senhor, o que pode parecer curioso", escreveu o primeiro-tenente Mamiya. "Sentia que deveria ter conversado com o senhor por mais tempo, abrindo o coração. Lamento não ter feito isso. Porém, naquele dia, surgiu um compromisso urgente, e precisei voltar para Hiroshima imediatamente. De qualquer maneira, fiquei muito feliz ao receber sua carta. Acho que o sr. Honda queria promover nosso encontro. Provavelmente imaginava que isso faria bem para nós dois. Por isso me encarregou de procurar o senhor, com a desculpa de entregar a tal lembrança. Acredito que tenha sido por esse motivo que a sua lembrança foi uma caixa vazia, porque a verdadeira lembrança deixada pelo sr. Honda para o senhor foi o nosso encontro.

"Fiquei bastante surpreso ao saber que o senhor entrou no poço. Devo confessar que também continuo sentindo forte atração por poços. Normalmente, quem passou por uma experiência terrível como a minha não quer mais saber de poço nunca mais na vida, mas até hoje acabo olhando para dentro toda vez que vejo um. Chego a ter vontade de descer ao fundo quando percebo que está seco. Provavelmente espero encontrar alguma coisa lá dentro. Acho que tenho esperança de poder encontrar alguma coisa no fundo, ao ficar em silêncio, esperando. Naturalmente, não acho que poderei recuperar a minha vida fazendo isso. Estou velho demais para esperar algo assim. O que busco é algum significado para a minha vida que se perdeu. Quero saber por que ela se perdeu, e o que a levou a se perder. Quero descobrir isso com meus próprios olhos. Se eu obtivesse essa resposta, aceitaria me perder mais ainda do que já estou perdido. Não sei quanto tempo ainda tenho pela frente, mas chego a pensar que, se eu conseguisse obter a resposta, aceitaria carregar esse fardo pesado pelo resto da vida.

"Lamento saber que sua esposa saiu de casa. De qualquer maneira, não me sinto à vontade para dar conselhos sobre o que o senhor deve ou não fazer. Como passei a maior parte da minha vida longe de um amor, de um lar, não tenho autoridade para falar desses assuntos. Apesar disso, se o senhor ainda tem o desejo, por menor que seja, de esperar o retorno de sua esposa por um tempo, acho que a coisa certa a fazer é esperar, sem fazer nada. Essa é a minha opinião, caso tenha interesse em saber. Bem sei que é muito penoso permanecer no mesmo lugar e viver sozinho depois de ser abandonado por alguém, mas não há nada mais cruel na vida do que a desolação de não ter nada para esperar neste mundo.

"Adoraria ir a Tóquio em breve para fazer uma nova visita ao senhor. Porém, infelizmente machuquei a perna e, ao que tudo indica, precisarei de um pouco de tempo para me recuperar. Gostaria de finalizar esta carta desejando saúde e felicidade ao senhor."

May Kasahara ficou sem aparecer por muito tempo. Só veio me procurar no final de agosto. Ela pulou o muro de blocos, como sempre fazia, entrou pelo quintal e me chamou. Ficamos conversando sentados no alpendre.

— Ei, Pássaro de Corda, você está sabendo? A casa desocupada começou a ser demolida ontem. A famosa casa dos Miyawaki.

— Então alguém comprou a casa?

— Bem, isso já não sei.

May Kasahara e eu atravessamos o beco e fomos até os fundos da casa vazia, que realmente já estava sendo demolida. De capacete, seis trabalhadores removiam as persianas e os vidros das janelas e carregavam as pias e as luminárias. Ficamos observando por um tempo. Eles pareciam estar bem acostumados com demolições e trabalhavam de maneira bastante sistemática, quase sem trocar palavras. Várias nuvens brancas flutuavam bem alto no céu, anunciando a chegada do outono. *Como deve ser o outono na ilha de Creta?*, pensei. As nuvens seriam assim?

— Você acha que eles vão fechar o poço, Pássaro de Corda?

— Acho que sim — respondi. — Um poço seco não serve para nada. Sem falar que é perigoso.

— É verdade. Alguém pode ter a ideia de entrar lá dentro — disse ela, com fisionomia séria.

Ao olhar para seu rosto bronzeado, me lembrei com clareza da sensação de quando ela lambeu o hematoma do meu rosto, no quintal abafado.

— Você não foi à ilha de Creta, Pássaro de Corda?

— Resolvi ficar aqui e esperar.

— Você disse outro dia que Kumiko não ia mais voltar, não disse?

— Esse é outro problema.

May Kasahara estreitou um pouco os olhos e me encarou. Quando fazia isso, a cicatriz do canto do olho ficava mais profunda.

— Por que você dormiu com Creta Kanô, Pássaro de Corda?

— Porque eu precisava.

— Esse também é outro problema?

— É.

Ela suspirou.

— Bom, tchau, Pássaro de Corda. Até logo.

— Tchau.

— Sabe, Pássaro de Corda — disse ela, depois de uma pequena hesitação. — Acho que vou voltar para a escola.

— Você resolveu voltar a estudar?

Ela encolheu os ombros de leve.

— Vou para outra escola. Não quero voltar para meu antigo colégio, de jeito nenhum. Como a nova escola fica um pouco longe, acho que não vamos nos ver por um tempo.

Balancei a cabeça para cima e para baixo. Depois peguei uma bala de limão do bolso e coloquei na boca. May Kasahara deu uma olhada ao redor, colocou um cigarro na boca e acendeu.

— Escute, Pássaro de Corda, é legal dormir com várias mulheres?

— Esse é outro problema.

— Você já disse isso.

— Eu sei.

Não sabia o que poderia dizer além disso.

— Bem, tanto faz. Sabe, Pássaro de Corda, só resolvi voltar para a escola depois de ter conhecido você. É a pura verdade.

— Por quê?

— Por que será? — perguntou May Kasahara, estreitando os olhos e me encarando. — Acho que é porque eu queria voltar para o mundo mais normal. Me diverti muito ao seu lado, Pássaro de Corda, muito mesmo. É verdade. Você parece uma pessoa bem normal, mas faz coisas que estão longe de ser normais. Além do mais, como posso dizer... você é imprevisível. Por isso eu nunca ficava entediada com a sua companhia. Você me ajudou muito, nesse sentido. Como eu não estava entediada, não tinha tempo para pensar em coisas desnecessárias, certo? Então, nesse sentido, foi ótimo ter conhecido você. Mas, para ser sincera, às vezes é muito doloroso ficar vendo você.

— Como assim?

— Como posso explicar... Quando olho para você, às vezes tenho a impressão de que você está lutando contra alguma coisa, com toda a força, e que faz isso *por mim*. Sei que é estranho mas, quando penso assim, fico cansada, começo a suar, entende? Você está sempre com uma fisionomia indiferente, como se não se importasse com nada, como se tudo fosse igual. Só que na verdade não é bem assim. Você está lutando contra alguma coisa, com toda a força, à sua maneira. Mesmo que os outros não percebam. Caso contrário, você não teria o trabalho de entrar num poço como aquele, não é? Mas é claro que não é por mim que você está lutando contra alguma coisa, como um tonto, desesperadamente, mas para encontrar Kumiko. Então eu não precisaria me sentir cansada. Eu sei disso, mas mesmo assim sinto que você está lutando por mim também, Pássaro de Corda. Acho que você está lutando por Kumiko mas, *no fim das contas*, está lutando por muitas outras pessoas ao mesmo tempo. Por isso que às vezes você parece um bobo. É isso que eu acho. Mas às vezes é muito doloroso ficar vendo você. Juro. Porque parece que você não tem nenhuma chance de ganhar. Se eu tivesse que apostar, lamento dizer, mas não apostaria em você. Gosto de você, Pássaro de Corda, mas não quero ir à falência ao seu lado.

— Entendo muito bem.

— Não quero ver você perder, se arruinar. Não quero me sentir mais cansada ainda. Por isso, estou querendo voltar ao mundo um pouco mais normal. Agora, se não tivesse conhecido você, Pássaro de Corda, se não tivesse visto você na frente dessa casa vazia, provavelmente eu não teria tomado essa decisão. Não teria pensado em voltar para a escola. Acho que continuaria enrolando mais um tempo em um lugar que não é muito normal. Nesse sentido, graças a você decidi voltar a estudar. Como pode ver, você não é completamente inútil, Pássaro de Corda.

Assenti. Fazia realmente muito tempo que não recebia um elogio.

— Você pode apertar a minha mão? — pediu May Kasahara.

Segurei a mão pequena e bronzeada. Só então percebi como era pequena. *É mão de criança*, pensei.

— Tchau, Pássaro de Corda — disse ela, mais uma vez. — Por que você não foi para a ilha de Creta? Por que não fugiu?

— Porque não consegui escolher o lado para apostar.

May Kasahara soltou a minha mão e me encarou por um tempo, como se visse algo bastante raro.

— Tchau, Pássaro de Corda. Até algum dia.

Dez dias depois, a casa desocupada estava completamente demolida. O terreno ficou plano. Não sobrou nenhum vestígio da casa, nem do poço, que foi fechado. A grama, as flores e as árvores foram arrancadas, e a estátua de pássaro também foi removida, provavelmente jogada em algum canto. Talvez fosse melhor assim para o pássaro. A cerca simples que separava beco e quintal deu lugar a uma cerca de madeira robusta, que escondia o terreno dos curiosos.

Numa tarde de meados de outubro, quando nadava sozinho na piscina pública, tive uma espécie de alucinação. Como sempre, estava tocando música de fundo. Naquela tarde, a escolha era Frank Sinatra e suas músicas antigas, como "Dream" e "Little Girl Blue". Eu estava dando algumas voltas na piscina de vinte e cinco metros, devagar, ouvindo essas músicas sem prestar muita atenção. De repente, tive um delírio. Ou uma espécie de revelação.

Quando percebi, eu estava dentro de um gigantesco poço. Não nadava na piscina pública, e sim no fundo do poço. A água era pesada e quente. Eu estava completamente sozinho, e o som da água ecoava de uma forma estranha, anormal. Parei de nadar, dei uma olhada à minha volta, boiando em silêncio, e olhei para cima. A densidade da água era tão alta que eu conseguia boiar sem dificuldade. Os arredores estavam imersos em trevas profundas, e eu só conseguia enxergar o céu recortado em um círculo perfeito bem acima de mim. Pode soar estranho, mas não senti medo. Para mim, parecia a coisa mais natural do mundo o fato de existir um poço ali e que eu estivesse boiando no fundo. O mais surpreendente era que eu não tinha percebido isso antes. Eu estava boiando em um dos incontáveis poços que existem no mundo, e era um dos incontáveis eus que existem no mundo.

No recorte redondo de céu, as incontáveis estrelas brilhavam cintilantes, como se o próprio universo tivesse se partido e se dividido em pequenas partículas. As estrelas perfuravam com sua luz viva as diferentes camadas de escuridão do teto. Consegui ouvir o som do vento que soprava lá no alto. Consegui ouvir também o som de uma pessoa chamando alguém no meio do vento. Tinha ouvido aquela voz havia muito tempo. Queria dirigir alguma palavra a essa voz, mas não consegui emitir som algum. Provavelmente minha voz não conseguia vibrar o ar desse mundo.

O poço era assustadoramente comprido. Ao olhar para sua abertura no alto, tive a sensação de que as pontas se inverteram e de que eu estava no topo de uma chaminé bem alta, olhando para baixo. Mesmo assim, eu voltava a experimentar um silêncio e uma paz que há muito não sentia. Estendi os braços e as pernas dentro da água e respirei fundo algumas vezes. Meu corpo se aqueceu por dentro e ficou leve, como se sustentado delicadamente por uma mão invisível. Eu me senti envolvido, amparado e protegido.

Não sabia quanto tempo tinha se passado, mas a alvorada despontou em silêncio. Uma linha de luz lilás surgiu na borda do círculo e foi se estendendo devagar, mudando de tonalidade, e as estrelas passaram a perder seu brilho aos poucos. Algumas estrelas mais cintilantes permaneceram por mais um tempo no firmamento, cada vez mais tênues, até que também desapareceram. Fiquei observando o sol em silêncio, boiando na água densa. Ele não ofuscava meus olhos, que estavam protegidos contra os intensos raios graças a uma força, como se eu estivesse de óculos escuros.

Depois de um tempo, quando o sol já estava bem acima do poço, ocorreu uma sutil mas nítida alteração na gigantesca esfera. Pouco antes, porém, houve um estranho momento, como se o eixo do tempo tivesse tremido intensamente. Prendi a respiração e prestei atenção para ver o que estava prestes a acontecer. Até que vi uma mancha escura que parecia um hematoma brotar no canto direito do sol. A pequena mancha foi corroendo a luz solar aos poucos, assim como o sol corroera as trevas noturnas que existiam antes. *Um eclipse solar*, pensei. Um eclipse solar estava começando bem diante dos meus olhos.

Só que não era um eclipse solar na verdadeira acepção da palavra. A mancha escura cobriu cerca de metade do sol e parou. Além do mais, ela não tinha um formato bem definido, como um eclipse solar convencional. Era óbvio que, apesar de parecer um eclipse solar, não podia ser chamado assim. Porém, eu não fazia a menor ideia de como chamar o fenômeno. Tentei encontrar algum significado na mancha, estreitando os olhos, como se fizesse um teste de Rorschach. No entanto, ela tinha forma e, ao mesmo tempo, não tinha. Era *algo* e, ao mesmo tempo, não era *nada*. Ao observar demoradamente o seu formato, fui aos poucos perdendo a confiança na minha própria existência. Respirei fundo algumas vezes, para acalmar as batidas aceleradas do coração, e mexi devagar os dedos das mãos dentro da água densa, para me certificar do meu corpo na escuridão. *Está tudo bem. Estou aqui, com certeza. Na piscina pública que é, ao mesmo tempo, o fundo do poço. Estou vendo um eclipse solar que, ao mesmo tempo, não é um eclipse solar.*

Fechei os olhos. Então, consegui ouvir um som abafado, ao longe. No começo, era tão sutil que eu mal pude distinguir que eram sons quase inaudíveis vindos do quarto ao lado, atravessando a parede. Depois, o som passou a ter um contorno mais definido, como se as ondas de rádio tivessem sido sintonizadas. "As boas notícias são transmitidas em voz baixa", dissera a mulher que tinha se chamado Creta Kanô. De ouvidos bem abertos, prestei atenção para tentar decifrar o som. Porém, não era voz de gente, e sim o relincho de cavalos. Os cavalos relinchavam alto, bufavam e batiam seus cascos no chão, com força, como se estivessem exaltados em algum lugar perdido nas trevas. Pareciam tentar me enviar uma mensagem urgente, através de sons e movimentos. Mas eu não conseguia captar o sentido. Afinal, por que os cavalos estavam aqui? E o que queriam me transmitir?

Eu não fazia a menor ideia. Ainda de olhos fechados, tentei imaginar os cavalos que deveriam estar ali. Todos os cavalos que eu imaginava estavam deitados na palha no estábulo, agonizando e soltando bolhas brancas da boca. Alguma coisa os atormentava.

Foi então que me lembrei da história dos cavalos que morrem em dias de eclipse solar. Era isso que estava matando os cavalos. Tinha lido sobre o assunto no jornal e comentado com Kumiko. Naquela noite em que ela voltara tarde para casa e que eu jogara a comida no lixo. Os cavalos estavam amedrontados e em pânico vendo o sol desaparecer aos poucos. Alguns estavam prestes a morrer de verdade.

Quando abri os olhos, o sol já tinha sumido. Não havia mais nada. Apenas o vazio circular pairava lá no alto. O silêncio cobria o fundo do poço. Um silêncio profundo e intenso, capaz de sugar todas as coisas que existiam ao redor. Comecei a me sentir sufocado e inspirei bem fundo. Então, senti cheiro de alguma coisa. Era fragrância de flor, um perfume sensual emitido por inúmeras flores na escuridão. Era efêmero, como a reminiscência de um sonho arrancado à força. Porém, no instante seguinte ele ficou intenso, como se encontrasse um poderoso catalisador dentro dos meus pulmões, e se multiplicou depressa. As agulhas finas dos grãos de pólen perfuravam a minha garganta, as minhas narinas e o meu corpo.

É o perfume que senti na escuridão do quarto 208, pensei. O perfume das flores no grande vaso sobre a mesa, misturado com o leve cheiro de uísque escocês no copo. No quarto 208, com a mulher daquele telefonema estranho, que dizia: "Você tem um ângulo morto". Olhei ao redor, por reflexo. Não distingui nada entre a profunda escuridão. Mas senti claramente a presença de alguma coisa que estava ali até há pouco, mas que não estava mais. Por um breve momento, a mulher compartilhou a escuridão comigo, antes de me abandonar, deixando o perfume de flor como sinal.

Continuei boiando na água, prendendo a respiração. A água continuava sustentando meu peso, como se encorajasse minha existência, sem palavras. Cruzei os dedos das mãos sobre o peito, em silêncio. Fechei os olhos mais uma vez, para me concentrar. Ouvia as batidas aceleradas do coração bem nos ouvidos. Pareciam batidas do coração de outra pessoa. Mas eram as batidas do meu coração, cujo som vinha de algum outro lugar. "Dentro de você tem um ângulo morto", afirmara ela.

Sim, tenho um ângulo morto.

Deixei passar alguma coisa.

Conheço ela muito bem.

Então compreendi tudo, como se algo virasse do avesso, de repente. Tudo estava sendo exposto à luz do dia. Diante da claridade, as coisas eram nítidas e simples. Inspirei e expirei lentamente. O ar expirado era duro e quente, como argila recém-retirada do forno. Não havia dúvida. *Aquela mulher era Kumiko.* Por que não tinha me dado conta disso até agora? Balancei com violência a cabeça dentro da água. Era só refletir que teria percebido. Era óbvio. Kumiko estava tentando me enviar uma única mensagem, desesperadamente, de dentro daquele quarto estranho: "Descubra o meu nome".

Kumiko estava presa naquele quarto escuro e pedia ajuda para sair. Não havia mais ninguém além de mim que pudesse tirá-la de lá. Nesse vasto mundo, só eu tinha condições, porque amava Kumiko e porque Kumiko também me amava. Se naquele momento eu tivesse descoberto o nome dela, provavelmente teria conseguido salvar Kumiko daquele mundo das trevas, por algum meio oculto. Mas não consegui descobrir. Além disso, quando ela me telefonava, eu não atendia suas chamadas. Talvez tivessem sido as únicas chances de Kumiko, talvez ela nunca mais voltasse a me ligar.

Depois de um momento, a euforia que chegava a fazer meu corpo tremer foi se dissipando em silêncio, dando lugar ao medo, que me assolou sem fazer barulho. A água ao redor perdeu o calor em um piscar de olhos, e *algo* com formato estranho e pegajoso, como um cardume de águas-vivas, me cercou, como se me envolvesse. Eu podia ouvir as batidas aceleradas e fortes do meu coração. Consegui me lembrar com clareza de tudo o que tinha presenciado naquele quarto. O som seco e duro de alguém batendo à porta continuava ressoando em meus ouvidos, e o reflexo de uma faca afiada no balde de aço inoxidável (ou teria sido apenas a luz do corredor) ainda me arrancava arrepios. Provavelmente era a cena oculta em algum lugar no interior de Kumiko. Provavelmente aquele quarto escuro era o território de trevas que a própria Kumiko carregava. Quando engoli a saliva, ouvi um grande som vazio, como se alguém batesse em uma cavidade, do lado de fora. Eu sentia medo da cavidade e, ao mesmo tempo, do que estava prestes a preenchê-la.

Até que o medo também desapareceu, tão depressa quanto surgira. Expirei devagar o ar congelante e inspirei um ar renovado. A água ao meu redor foi recuperando aos poucos o calor, e senti brotar das profundezas do meu corpo um sentimento vívido que lembrava alegria. Kumiko deu a entender que nunca mais me veria. Não sei por que, mas ela tinha me deixado repentina e decididamente. Porém, Kumiko não havia me abandonado. Pelo contrário, ela precisava de mim mais do que nunca, e me buscava sem tréguas. Só que, por algum motivo, não podia me contar isso abertamente. Então tentava a todo custo transmitir para mim algo como um grande segredo, de diferentes formas, por vários métodos.

Quando me dei conta disso, meu coração se aqueceu. Senti que as coisas congeladas dentro de mim estavam se quebrando e derretendo. Todas as lembranças, ideias e sensações se transformaram em uma coisa só e varriam aquela crosta de sentimentos que havia dentro de mim. Essa camada derreteu e foi carregada, se misturou em silêncio à água e, no meio das trevas, envolveu com delicadeza meu corpo com uma membrana fina. *Está lá*, pensei. *À espera que eu estenda a mão. Não sei quanto tempo vai demorar, nem quanta força vou precisar fazer. Mas preciso resistir. E preciso achar um meio de estender minha mão para esse mundo.* Era isso que eu tinha que fazer. "Quando precisa esperar, precisa esperar", dissera o sr. Honda.

Ouvi um barulho surdo na água. Alguém veio nadando em minha direção, como um peixe. E agarrou meu corpo com braços fortes. Era o salva-vidas da piscina, com quem já tinha trocado algumas palavras.

— Você está bem? — perguntou.

— Estou, sim — respondi.

Não estava mais no fundo do poço gigantesco, e sim na piscina pública de vinte e cinco metros, onde costumava nadar. O cheiro de cloro e o barulho da água retornaram em um instante à minha consciência. Algumas pessoas à beira da piscina olhavam para mim, curiosas. Expliquei ao salva-vidas que tive cãibra na perna, de repente. Por isso tinha ficado parado, boiando. O salva-vidas me tirou da piscina e pediu que eu descansasse um pouco fora d'água.

— Obrigado — agradeci.

Encostei-me na parede da beira da piscina e fechei os olhos, em silêncio. Dentro de mim, ainda permanecia a sensação feliz provocada por aquela alucinação, como um canto banhado de sol. E, dentro desse lugar, eu refleti. *Está lá.* Nem tudo se perdeu, escorrendo por meus dedos. Nem tudo foi engolido pelas trevas. Algo ainda restava, algo quente, belo e valioso. *Está lá.* Eu sabia.

Talvez eu seja derrotado. Talvez eu me perca para sempre. Talvez eu não chegue a lugar nenhum. Talvez as coisas já estejam irremediavelmente danificadas, por mais esforços desesperados que eu faça. Talvez eu esteja apenas recolhendo em vão os destroços da ruína e ainda não tenha percebido. Talvez ninguém aposte em mim. "Não importa", eu disse baixinho, mas com firmeza, para alguém que estava lá. "Uma coisa é certa. Pelo menos, tenho algo para esperar, algo para buscar."

Depois prendi a respiração e prestei atenção. Tentei ouvir a voz baixa que deveria estar lá. Por trás dos respingos, da música e das risadinhas, senti o ecoar sutil de algo que não era som. Alguém estava chamando alguém. Alguém estava buscando alguém. Com uma voz que não era voz. Com palavras que não eram palavras.

PARTE III
O caçador de pássaros

De outubro de 1984 a dezembro de 1985

1.
Ponto de vista de May Kasahara — parte 1

Fazia um tempo que estava pensando em escrever uma carta para você, Pássaro de Corda, mas não conseguia me lembrar do seu *nome verdadeiro*, de jeito nenhum, então acabava adiando. Afinal, por mais gentil que seja o carteiro, ele não vai entregar uma carta endereçada ao "sr. Pássaro de Corda, Setagaya, xxx, número 2". Eu sei que quando nos conhecemos você falou o seu nome, mas eu tinha me esquecido completamente. (Até porque Toru Okada é um nome que a gente esquece completamente depois de duas ou três chuvaradas.) Até que uns dias atrás eu me lembrei *de repente*, por acaso, como se a porta se abrisse por causa do vento. É mesmo! O nome verdadeiro do Pássaro de Corda é Toru Okada.

Acho que devo começar contando rapidamente onde estou e o que estou fazendo, mas isso não é muito fácil. Não, não significa que estou numa situação bem complicada e difícil. Acho que minha situação é bem simples e fácil. Não cheguei até aqui passando por um processo tão complicado assim. Basta pegar uma régua e um lápis e fazer o traço ligando os pontos. Simples! *Agora*, quando tento explicar para você, Pássaro de Corda, desde o começo e na ordem, por alguma razão não consigo encontrar as palavras de jeito nenhum. Dá um branco total na cabeça, como um coelho clarinho em dia de neve. Como posso dizer, explicar uma coisa simples para alguém não é nada simples, dependendo do caso. Por exemplo, afirmar que "a tromba do elefante é bem comprida" pode se tornar uma grande mentira, dependendo do momento, não acha? Foi isso que descobri *agora há pouco*, depois de tentar escrever a carta para você e gastar muito tempo e papel. Foi uma grande descoberta para mim, como Colombo descobrindo a América.

Bom, não quero fazer mistério, mas digamos que estou agora em "algum lugar". Era uma vez, em algum lugar... Estou escrevendo esta carta num pequeno quarto, com uma carteira, uma cama, uma estante e um armário. Todos os móveis são pequenos, simples e sem ornamento, e a expressão "estritamente necessário" se aplicaria bem. Sobre a mesa há uma luminária, uma xícara de chá, o papel de carta que estou usando agora e um dicionário. Na verdade, dificilmente uso o dicionário. Sabe, não gosto muito de dicionários. Não gosto da aparência nem do conteúdo. Toda vez que consulto um dicionário, faço uma careta e penso: "Ah, não perco nada não sabendo disso mesmo". Uma pessoa como eu não vai se dar bem com um dicionário, certo? Só para dar um exemplo, a definição de "transição": "mudança de um estado para outro". *Bom, isso não é da minha conta, não é mesmo.* Então, quando vejo um dicionário na minha mesa, a sensação que tenho é a mesma de quando vejo um cão desconhecido entrar no quintal de casa e fazer cocô no gramado. Mas, como achei que poderia precisar do dicionário quando fosse escrever essa carta para você, resolvi comprar um, contrariada.

Tenho também uma dúzia de lápis bem apontados e alinhados na mesa, novinhos em folha, que acabei de comprar na papelaria. Não é para você ficar todo convencido, mas só comprei para escrever a carta para você, Pássaro de Corda. Lápis novos e bem apontados dão uma sensação muito boa, não é? Tem também cinzeiro, cigarros e fósforos na mesa. Estou fumando bem menos do que antes, mas às vezes dou umas tragadas para espairecer (estou fumando agora mesmo). Isso é tudo o que tenho na mesa. Na frente dela, há uma janela com cortina. A cortina é uma graça e tem estampa floral, mas não ligue para ela. Não foi escolha minha: já estava no quarto. Com exceção da cortina com estampa floral, é um quarto de aparência bem simples. Parece mais um modelo de quarto de prisão para infratores primários, projetada por um arquiteto bem-intencionado. Não parece um quarto de adolescente.

Ainda não quero falar da vista que tenho da janela. Quero contar isso mais para a frente. Não estou querendo fazer mistério, mas as coisas precisam seguir a ordem. Por enquanto, só posso falar sobre o interior deste quarto. *Por enquanto.*

Mesmo depois que parei de ver você, Pássaro de Corda, pensei muito no *hematoma* do seu rosto. Na mancha azul que apareceu de repente na sua bochecha direita. Um belo dia você entrou sorrateiramente no poço da casa vazia dos Miyawaki, como um texugo, e quando saiu alguns dias depois *estava* com aquele hematoma. Ao me lembrar agora parece mentira, mas tudo aconteceu bem diante dos meus olhos. E, desde a primeira vez que vi a mancha, achei que ela representava algum *sinal* especial. Que tinha um significado profundo que eu desconhecia. Do contrário, não apareceria um hematoma no seu rosto da noite para o dia.

Por isso, em um dos nossos últimos encontros, dei um beijo no hematoma. Queria muito saber como era a textura e o sabor. Não significa que eu saia por aí todas as semanas beijando o rosto do primeiro homem que encontro. Quero contar em outra ocasião, com calma, o que senti com aquele beijo e o que aconteceu nessa hora (só não tenho muita certeza se vou conseguir contar direito).

No último final de semana, fui ao salão de beleza para cortar o cabelo depois da última aula e achei por acaso uma matéria sobre a casa vazia dos Miyawaki numa revista semanal. Claro que tomei um *grande susto.* Bom, não costumo ler revistas semanais. Agora, como ela estava por acaso na minha frente, abri uma página qualquer e me deparei com um artigo que falava sobre a casa vazia dos Miyawaki. A reportagem me deixou muito assustada. E não era para menos, não acha? A matéria era meio confusa, e claro que não falava nada sobre você, Pássaro de Corda. Mas confesso que pensei na hora, de repente: "O Pássaro de Corda pode estar envolvido nessa história". Essa dúvida me ocorreu do nada. Então decidi: preciso escrever uma carta para ele. Foi nesse instante que soprou um vento brusco que abriu a porta e me fez lembrar do seu nome verdadeiro: É mesmo! O nome verdadeiro do Pássaro de Corda é Toru Okada.

Com o tempo que estou levando para escrever esta carta, eu poderia pular o muro da sua casa como antes e fazer uma visita. Então poderíamos conversar com calma, frente a frente, com aquela mesa tristonha de cozinha entre nós. Acho que essa seria a forma mais rápida, mas infelizmente não posso no momento, por *circunstâncias diversas*. Por isso, estou sentada diante da mesa, escrevendo esta carta com o lápis na mão.

Sabe, nos últimos tempos tenho pensado muito em você, Pássaro de Corda. Para falar a verdade, sonhei algumas vezes com você. Sonhei com aquele poço também. Todos os sonhos eram insignificantes. Você não era o personagem principal, só um figurante, com uma pequena participação. Logo, o sonho em si não tem nenhum significado profundo. Apesar disso, ter sonhado com você me deixou *muito preocupada, mas muito mesmo*. E então, como para comprovar que eu não estava errada, encontrei na revista semanal a matéria sobre a casa vazia dos Miyawaki (se bem que agora não está mais vazia).

É só uma impressão minha, Pássaro de Corda, mas acho que Kumiko ainda não voltou para você, não é? E você deve ter começado a fazer alguma coisa estranha, de novo, para tentar recuperá-la. Imaginei isso instintivamente.

Até logo, Pássaro de Corda. Quando eu tiver vontade, volto a escrever.

2.
O mistério da casa dos enforcados — parte 1

O MISTÉRIO DA FAMOSA CASA DOS ENFORCADOS DE SETAGAYA
Quem comprou a propriedade, palco da tragédia do suicídio
de uma família inteira?
O que está acontecendo hoje neste bairro residencial?
Trecho retirado do número de 7 de dezembro da revista semanal

A propriedade que fica em Setagaya, xxx, número 2 é conhecida pela vizinhança como "a casa dos enforcados". O terreno tem 330 m², fica num pacato bairro residencial de bom nível de Tóquio, é voltado para o sul, bem iluminado e parece perfeito para uma residência. Apesar disso, as pessoas que conhecem o local são unânimes: "Nem de graça eu quero aquela propriedade". O motivo? Todos os seus antigos moradores, sem exceção, tiveram destino trágico. De acordo com nosso levantamento, as sete pessoas que moraram na propriedade desde 1926 cometeram suicídio, a maioria por enforcamento ou asfixia.

[Os detalhes dos suicídios foram omitidos.]

UMA EMPRESA-FANTASMA COMPROU O
TERRENO MAL-ASSOMBRADO

O caso mais recente da série de tragédias, que não pode ser considerada mera coincidência, foi o suicídio da família de Kôji Miyawaki (foto 1), dono da Roof Top Grill, uma tradicional rede de restaurantes. Há dois anos, depois de fracassar em seus negócios, Kôji Miyawaki contraiu uma grande dívida, vendeu todos os restaurantes e declarou falência, mas mesmo assim continuou sendo perseguido por credores. Em janeiro deste ano, em um hotel em Takamatsu, província de

Kagawa, ele acabou estrangulando com um cinto a segunda filha, Yukie (catorze anos na época), enquanto ela dormia, e em seguida se enforcou com sua esposa, Natsuko, com uma corda. A filha mais velha do casal, que estava na universidade na época da tragédia, está desaparecida até hoje. Kôji Miyawaki sabia dos sinistros rumores que cercavam o local quando adquiriu a propriedade, em abril de 1972, mas não levou a sério, considerando mera coincidência. Depois de comprar o local, demoliu a casa velha e desocupada há muito tempo, nivelou o terreno e mandou erguer uma casa de dois andares, após contratar, por desencargo de consciência, uma cerimônia de purificação conduzida por um sacerdote xintoísta. Os vizinhos são unânimes em afirmar que as filhas eram alegres e que a família parecia feliz. Onze anos depois, a família Miyawaki era vítima de uma calamidade.

No outono de 1983, Kôji Miyawaki abriu mão do terreno e da casa, ambos penhorados, como garantia de um empréstimo. Porém, devido a uma disputa entre os credores para decidir quem teria prioridade para receber o pagamento das dívidas, a resolução foi adiada. O terreno só foi liberado no verão do ano passado, depois da decisão judicial. Ele foi comprado por uma imobiliária de médio porte de Tóquio, a Terrenos e Prédios xxx, por um preço bem abaixo do de mercado. Essa imobiliária demoliu a casa construída por Kôji Miyawaki e tentou revender o terreno. Como era uma região privilegiada de Setagaya, choveram interessados, mas, por conta do histórico do local, todos desistiram na última hora. O gerente de vendas da imobiliária Terrenos e Prédios xxx, o senhor M., disse o seguinte:

"Nós também sabíamos da péssima fama do lugar. Porém, como a localização era excelente, estávamos otimistas em encontrar um comprador, achando que bastaria baixar um pouco o preço. No entanto, ao colocar o terreno no mercado, ninguém se interessou. Nesse meio-tempo, para nossa infelicidade, aconteceu o lamentável suicídio de toda a família Miyawaki, em janeiro, e nós também ficamos sem saber o que fazer."

Em abril deste ano, enfim, apareceu um comprador. "Desculpe, mas não podemos revelar os dados do comprador nem os valores do negócio", explica M. Por isso, os detalhes são desconhecidos. Ainda assim, de acordo com uma fonte ligada ao ramo imobiliário, parece que a Terrenos e Prédios xxx foi obrigada a vender o terreno, a contragosto, por um valor bem abaixo do que pagou. "Naturalmente o comprador está ciente de tudo. Não queremos enganar ninguém, então contamos toda a verdade", explicou M.

Em todo caso, o mistério permanece: quem comprou o terreno com esse histórico trágico? Não foi fácil realizar a investigação. Segundo a escritura, o local foi adquirido por uma empresa chamada Akasaka Research, que se denomina prestadora de serviços de pesquisa e consultoria econômica. O objetivo da aquisição do terreno seria a construção de uma casa para abrigar os funcionários. Logo depois da compra, a casa foi construída. Porém, a Akasaka Research é uma típica empresa-fantasma e, na sede registrada na escritura, encontramos apenas uma placa com os dizeres "Akasaka Research" na porta de uma sala de um pequeno prédio. Quando tocamos a campainha, ninguém atendeu.

SEGURANÇA TOTAL E SIGILO ABSOLUTO

Atualmente o antigo terreno da família Miyawaki está cercado por um muro de concreto mais alto do que os da vizinhança. O grande portão preto de ferro parece bem robusto e não existe nenhuma fresta para espiar o interior (foto 2). No alto de uma das colunas, há uma câmera de segurança. Segundo relato dos vizinhos, o portão eletrônico se abre algumas vezes por dia para a saída ou a entrada de um Mercedes-Benz 500sel preto, com vidro fumê. Afora isso, não há nenhuma movimentação, nenhum barulho.

As obras de construção tiveram início em maio e foram concluídas em dois meses e meio, período excepcionalmente curto. Como transcorreram do começo ao fim atrás do muro alto, os vizinhos não sabem que tipo de casa foi erguida. Um fornecedor que entregou comida no canteiro da obra declarou o seguinte: "A casa em si não é muito grande. É quadrada, de concreto, e lembra uma caixa. Não parece uma casa para pessoas normais levarem uma vida normal. Uma empresa de paisagismo e jardinagem estava plantando grandes árvores em todo o quintal. Acho que o jardim saiu muito caro".

Ligamos para todas as grandes empresas de paisagismo e jardinagem nas proximidades de Tóquio e encontramos uma que admitiu participação na obra do antigo terreno dos Miyawaki. No entanto, essa empresa também não tinha informações sobre o seu cliente. Apenas recebeu uma lista de pedidos de uma construtora conhecida e a planta do jardim para providenciar as árvores.

Segundo uma fonte dessa empresa de paisagismo e jardinagem, uma empresa de escavação de poço também foi contratada e, durante o plantio das árvores, um poço comprido foi construído no quintal.

"Havia uma torre de perfuração em um dos cantos do quintal, para escavar o poço. Observei a obra porque plantamos um pé de caqui bem ao lado. Como estavam escavando o local onde já havia um poço, acredito que o trabalho tenha sido fácil. Agora, o estranho é que não tinha água. O poço de antes já não tinha água e, como escavaram o mesmo local, não havia como ter água. Achei isso curioso, parecia ter algum motivo especial."

Infelizmente não conseguimos localizar a empresa que escavou o poço. Descobrimos que o Mercedes-Benz 500SEL que circula pela casa pertence a uma grande locadora de carros, cuja matriz fica em Chiyoda, Tóquio, e está alugado para uma empresa de Minato desde julho, com um contrato válido por três anos. O nome da empresa que alugou o carro não foi revelado mas, pelas circunstâncias, só pode ser a Akasaka Research. A título de curiosidade, o valor estimado de aluguel do Mercedes 500SEL é de cerca de dez milhões de ienes. A locadora de carros também oferece a opção de motorista, mas não se sabe se o contrato firmado do 500SEL inclui esse profissional.

Os vizinhos não quiseram comentar muito sobre a casa dos enforcados com nossos repórteres. Nesse bairro, os moradores não costumam ter uma relação muito próxima e provavelmente ninguém quer muito envolvimento com a casa. Um dos moradores, A, afirmou o seguinte:

"A segurança é realmente rigorosa, mas não tenho motivos para reclamar e acho que o pessoal também não está ligando muito. Melhor assim do que ter uma casa abandonada e com péssima reputação na vizinhança."

Seja como for, o mistério só aumenta. Quem é o novo proprietário do terreno? E com que objetivo esse ilustre desconhecido pretende usar a casa?

3.
O inverno do Pássaro de Corda

Depois do fim daquele verão estranho, não aconteceu nada que pudesse ser chamado de mudança na minha vida até o início do inverno. Os dias se passavam tranquilamente, da alvorada ao anoitecer. Choveu muito em setembro. Alguns dias de novembro foram tão abafados que eu chegava a suar. No entanto, afora as mudanças climáticas, quase não havia diferenças entre um dia e outro. Eu ia quase todos os dias à piscina pública para nadar, fazia caminhadas, preparava três refeições por dia e procurava me concentrar nas questões reais e práticas.

Mesmo assim, de vez em quando, a solidão espetava com força meu coração. Até a água que eu tomava e o ar que eu respirava tinham agulhas longas e pontudas, e os cantos das páginas dos livros que eu folheava me ameaçavam com seu brilho branco que lembrava a lâmina fina de uma navalha. Às quatro da manhã, no silêncio total, eu conseguia ouvir o som da raiz da solidão se expandir cada vez mais.

Havia algumas pessoas — poucas — que não me deixavam em paz: os familiares de Kumiko. Eles me enviaram várias cartas. Diziam que Kumiko não podia mais continuar casada comigo e pediam que eu aceitasse o divórcio consensual o mais rápido possível. Para que os problemas fossem resolvidos de maneira amistosa. As primeiras cartas foram coercivas e objetivas. Como não respondi a nenhuma delas, começaram a chegar cartas de ameaça, até que as últimas tinham um tom de súplica. Mas todas pediam a mesma coisa.

O pai de Kumiko, então, me ligou.

— Não estou dizendo que sou irredutível em relação ao divórcio — respondi. — Mas antes quero me encontrar e conversar a sós com

Kumiko. Se eu me convencer, posso fazer. Agora, sem uma conversa, não tem divórcio.

Olhei pela janela da cozinha e observei o céu chuvoso e escuro lá fora. Aquele era o quarto dia seguido de chuva na semana. O mundo todo estava escuro, úmido e molhado.

— Kumiko e eu decidimos nos casar depois de conversar muito, a sós — prossegui. — Para terminarmos a nossa relação, quero fazer o mesmo.

A conversa com o pai de Kumiko não nos levou a lugar nenhum. Não, para ser mais preciso, levou a um lugar, sim: à insatisfação de nós dois.

Comecei a me perguntar algumas coisas: será que Kumiko desejava mesmo a separação? Ela teria pedido a seu pai para tentar me convencer? "Kumiko *disse* que não quer mais ver você", tinha afirmado seu pai. Seu irmão Noboru Wataya também tinha mencionado algo semelhante durante nosso encontro. Logo, não deveria ser totalmente mentira. Os pais de Kumiko costumavam interpretar os fatos da maneira mais conveniente possível para eles. No entanto, até onde eu soubesse, não inventavam algo do nada. Por bem ou por mal, eram pessoas realistas. Por isso, se o pai estava falando a verdade, será que a família estava escondendo Kumiko em algum lugar?

Eu não conseguia acreditar nessa hipótese. Desde a infância, Kumiko não alimentava quase nenhum tipo de amor pelos pais ou pelo irmão mais velho, e se esforçava muito para não depender da família para nada. Talvez Kumiko tivesse arrumado um amante e me trocado por ele. Eu ainda não estava totalmente convencido da explicação que ela me dera na carta, mas podia admitir que essa possibilidade *não era completamente infundada*. Agora, não conseguia acreditar que Kumiko pudesse estar na casa dos pais ou em algum lugar providenciado por eles, nem que tentaria entrar em contato comigo por intermédio da família.

Quanto mais pensava, menos entendia o que estava acontecendo. Será que Kumiko tivera um colapso mental e não conseguia mais tomar as próprias decisões? Será que estava confinada em algum lugar, por algum motivo, contra a sua vontade? Eram possibilidades que me ocorriam. Procurei reunir, ordenar e reordenar fatos, palavras e memórias, mas acabei desistindo. Minhas suposições não me levavam mais a lugar nenhum.

O outono estava chegando ao fim e o clima de inverno já pairava no ar. Como eu costumava fazer quando chegava essa época do ano, juntei com uma vassoura as folhas secas caídas no quintal e coloquei num saco plástico para jogar fora. Subi no telhado pela escada e tirei as folhas que entupiam as calhas. Embora não houvesse árvores no meu pequeno quintal, os vizinhos tinham caducifólias de galhos compridos, que derrubavam grande quantidade de folhas quando ventava. No entanto, o trabalho de limpar o quintal não era pesado para mim. Quando ficava contemplando distraidamente as folhas secas caírem à tarde, o tempo passava sem que eu percebesse. No quintal do vizinho da direita, havia um grande pé de uma árvore que dava frutas vermelhas e, de vez em quando, pássaros pousavam nos galhos e cantavam, como que competindo entre si. Eram pássaros de cores vívidas, que gorjeavam em sons agudos e curtos, como se espetassem o ar.

Eu não sabia como organizar nem onde guardar as roupas de verão de Kumiko. Pensei em me livrar de todas de uma vez, como ela tinha sugerido na carta, mas lembrava muito bem que Kumiko cuidava com bastante carinho de cada peça. *Como não está faltando espaço na casa, posso deixá-las como estão por enquanto*, pensei.

No entanto, toda vez que abria a porta do guarda-roupa, acabava me lembrando da ausência de Kumiko. As roupas penduradas eram como restos mortais de algo que um dia já tinha existido. Eu me lembrava muito bem de Kumiko usando cada peça, e algumas estavam impregnadas de recordações concretas. Às vezes me pegava olhando os vestidos, as blusas e as saias de Kumiko, sentado na cama. Não sabia quanto tempo tinha passado mergulhado nessas lembranças. Talvez dez minutos, talvez uma hora.

De vez em quando, ao olhar aquelas roupas, imaginava um desconhecido tirando as roupas de Kumiko. Imaginava mãos desconhecidas tirando seu vestido, suas roupas íntimas, acariciando seus seios, abrindo suas pernas. Conseguia ver os seios macios e as coxas brancas de Kumiko, e até as mãos do desconhecido sobre elas. Eu não queria imaginar essa cena, mas era inevitável porque provavelmente tinha acontecido *de verdade*. E eu tinha que me familiarizar com essa imagem. Afinal, não podia empurrar a realidade para algum lugar distante.

O tio de Noboru Wataya que era membro da Câmara Baixa pela província de Niigata faleceu no início de outubro. Ele estava internado no hospital de Niigata e sofreu uma parada cardíaca durante a noite. Apesar dos esforços dos médicos, acabou falecendo de madrugada. Como sua morte era esperada e corriam boatos de que em breve seriam convocadas eleições para a Câmara Baixa, seu comitê eleitoral agiu com bastante agilidade. Noboru Wataya sucedeu a base eleitoral do tio, como já estava acordado. O falecido Wataya era muito forte para atrair votos, e esse distrito eleitoral era famoso pelo ferrenho apoio ao partido conservador. Se não acontecesse uma calamidade, a eleição de Noboru Wataya estava garantida, dizia a matéria do jornal que li na biblioteca. A primeira coisa que pensei quando li a notícia foi que a família Wataya ficaria ocupada durante um período e não teria tempo de se preocupar com o divórcio de Kumiko.

Pouco depois, no início da primavera do ano seguinte, houve a dissolução da Câmara Baixa e foram convocadas eleições. Noboru Wataya se elegeu como esperado, com grande margem de votos. Acompanhei as notícias desde a candidatura até a contagem dos votos por meio de jornais da biblioteca, mas a eleição dele para membro da câmara não me despertou praticamente nenhuma emoção. Para mim, tudo já parecia selado há muito tempo. A realidade estava acompanhando com cuidado linhas que já estavam traçadas.

O hematoma azul-escuro não aumentou nem diminuiu. Não provocava febre nem dor. Aos poucos, esqueci que ele estava no meu rosto. Eu já não usava óculos escuros nem chapéu para tentar escondê-lo. De vez em quando eu me lembrava dele, quando saía para fazer compras e cruzava com pessoas que me olhavam assustadas ou desviavam o olhar, mas acabei me acostumando com essa situação, que não me causava mais incômodo. Afinal, eu não estava criando problemas a ninguém por causa do hematoma. Toda manhã eu o olhava com cuidado, enquanto lavava o rosto e fazia a barba, mas não notava nenhuma mudança. O tamanho e a cor permaneciam iguais.

Poucos conhecidos notaram o hematoma que apareceu do nada no meu rosto. Quatro, no total. O dono da lavanderia em frente à estação, o cabeleireiro, o funcionário da loja de bebidas Ômura e a mulher do balcão da biblioteca. Ninguém mais. Quando me perguntaram, fiz uma expressão de constrangimento e expliquei em poucas palavras que tinha sofrido um pequeno acidente. Eles não pediram detalhes. "Puxa!", "Sinto muito", se limitaram a dizer, como se realmente estivessem sentidos.

Parecia que eu me afastava cada dia mais de mim mesmo. Quando observava minha mão demoradamente, eu tinha a impressão de que ela ficava transparente e conseguia ver o que tinha atrás dela. Eu não falava praticamente com ninguém. Ninguém me mandava carta, ninguém me ligava. Na caixa de correspondência eu só recebia contas para pagar e malas diretas, a maioria para Kumiko: catálogos coloridos de grifes, com fotos de vestidos, blusas e saias da coleção primavera. O inverno estava bastante rigoroso, mas às vezes eu me esquecia de ligar o aquecedor. Não conseguia distinguir se estava frio de verdade ou se o frio estava apenas dentro de mim. Olhava o termômetro para me certificar de que estava frio de verdade e só então ligava o aquecedor. Porém, por mais que aquecesse os cômodos, o frio que eu sentia não diminuía.

De vez em quando, eu pulava o muro do quintal, como fazia no verão, e seguia pelo beco sinuoso até o local onde no passado existia a casa dos Miyawaki. Vestia um casaco curto, enrolava o cachecol até o queixo e caminhava pelo beco, pisando a grama seca, castigada pelo inverno. O vento congelante soprava entre os fios elétricos, produzindo sons curtos. A casa estava completamente demolida, e o terreno, cercado por um muro alto de madeira. Eu conseguia espiar o interior pelas frestas do muro, mas não havia restado mais nada dentro. Nem casa, nem pedras no chão, nem poço, nem árvores, nem antena de TV, nem estátua do pássaro. Apenas uma desoladora extensão de terra escura e dura, nivelada pelas lagartas dos tratores, e algumas ervas daninhas, que despontavam aqui e ali. Parecia mentira que um poço comprido já tinha existido ali e que eu tinha descido até o seu fundo.

Encostado no muro, observei a casa de May Kasahara. Olhei para o alto, para o quarto dela. Mas May não estava mais ali, nem sairia para me dizer: "Olá, Pássaro de Corda".

Numa tarde muito fria de meados de fevereiro, passei na imobiliária Setagaya Daiichi, que ficava em frente à estação, como meu tio tinha sugerido. Quando abri a porta, me deparei com uma funcionária de meia-idade. Havia algumas mesas perto da entrada, mas estavam vazias. Os outros funcionários deveriam ter saído para atender fora. No meio da sala, um grande aquecedor a gás estava ligado. Havia um cômodo nos fundos, que parecia sala de visita, e um velhinho lia jornal compenetrado, sentado no sofá. Perguntei à funcionária se o sr. Ichikawa estava. "Eu sou Ichikawa. Em que posso ajudar?", disse o velhinho, virando-se para mim na sala dos fundos.

Eu me apresentei, falei do meu tio e expliquei que estava morando na casa dele.

— Ah, sim, o sobrinho do sr. Tsuruta — disse o velhinho.

Ele então deixou o jornal na mesa, tirou os óculos de leitura e guardou no bolso. Depois, me analisou da cabeça aos pés. Eu não sabia que tipo de impressão ele teve de mim.

— Entre, por favor. Aceita chá?

Respondi que não, não se incomode, obrigado. Não sei se ele não ouviu a resposta ou se apenas me ignorou, porque pediu para a funcionária preparar chá para mim. Depois de um tempo, ela apareceu com um bule, e o velhinho e eu tomamos chá na sala de visita, sentados frente a frente. O aquecedor dessa sala estava desligado e fazia frio. Na parede, havia um mapa da região, com marcações de lápis e caneta em alguns pontos. Ao lado, estava pendurado um calendário com o famoso quadro da ponte, do Van Gogh. Era o calendário de um banco.

— Faz tempo que não vejo o sr. Tsuruta. Ele está bem? — perguntou o velhinho, depois de tomar um gole do chá.

— Acredito que sim. Meu tio está sempre tão ocupado que mal nos vemos — respondi.

— Que ótimo. Há quantos anos será que não me encontro com ele? Hum... tenho a impressão de que faz uma eternidade — disse o velhinho, que pegou um cigarro do bolso do paletó e, como se calculasse um ângulo, riscou o fósforo com força. — Eu ajudei seu tio a encontrar aquela casa e, depois que ele saiu de lá, fiquei cuidando da locação. Que bom saber que ele está sempre ocupado. Sinal de que as coisas andam bem.

Aparentemente, o sr. Ichikawa não estava sempre ocupado. Deveria estar meio aposentado, vindo à imobiliária só para atender os clientes antigos.

— E a casa, como está? Algum problema?

— Não, nenhum problema — eu disse.

O velhinho balançou a cabeça.

— Que ótimo. Aquela casa é muito boa. Embora um pouco pequena, é boa para viver. Todos os inquilinos que viveram nela se deram bem. E você, está indo bem?

— Mais ou menos — respondi. *Pelo menos estou vivo*, pensei. — Resolvi procurar o senhor porque queria fazer algumas perguntas. Meu tio disse que o senhor conhece os terrenos da região como ninguém.

O velhinho riu.

— Bom, realmente conheço bastante. Veja bem, trabalho no ramo imobiliário nessa região há quase quarenta anos.

— Gostaria de saber a respeito da casa da família Miyawaki, que fica na redondeza. O terreno está vazio agora, não está?

— Está — confirmou o velhinho, fechando os lábios, como se buscasse uma gaveta na memória. — O terreno foi cedido em agosto do ano passado e liberado para venda só depois que todo o imbróglio foi resolvido. Como havia muita coisa envolvida, credores, escritura, questões jurídicas, demorou muito. A empresa que comprou a propriedade demoliu a casa para vender o terreno. Como a casa estava vazia e abandonada há muito tempo, tinha perdido todo o seu valor. A empresa que comprou não é dessa região. Ninguém por aqui se interessa por aquele terreno. Você sabe o que aconteceu naquela casa?

— Sim, meu tio me contou.

— Então você deve entender o que estou querendo dizer. Quem conhece o histórico do local não vai comprar. Nossa imobiliária também não. Jamais lucraríamos em cima de alguém que não soubesse de nada. Aqui a gente não engana os clientes. Não fazemos esse tipo de negócio.

Assenti, dando razão a ele.

— Então, que empresa comprou aquele terreno?

O velhinho franziu a testa, balançou a cabeça e disse o nome de uma imobiliária de médio porte.

— Acho que eles não pesquisaram direito e decidiram comprar sem refletir bem, levando em conta apenas a localização e o preço. Imaginaram que a margem de lucro com a revenda seria grande. Estavam redondamente enganados.

— Ainda não conseguiram vender?

— Até aparece gente interessada, mas está difícil — explicou o velhinho, cruzando os braços. — Terreno não é algo barato, e quem compra pensa em construir uma casa e morar o resto da vida no mesmo lugar. Então, antes de decidir, os potenciais compradores sempre fazem uma longa pesquisa. No caso daquele terreno, o que descobrem? Várias histórias, nenhuma boa. Depois de descobrir o histórico do lugar, gente normal não compra um terreno daqueles. Já as pessoas dessa região conhecem de longe a fama do lugar.

— O senhor sabe o preço?

— O preço?

— Isso, o preço do terreno onde ficava a casa da família Miyawaki.

O sr. Ichikawa me encarou com curiosidade.

— Pelo preço de mercado, o *tsubo* naquela região custa um milhão e meio de ienes. A localização é excelente. Bate muito sol e é uma área perfeita para uma casa. Por isso, chega a esse preço. Agora as imobiliárias estão em recessão, e as vendas caíram, mas aquela região não foi afetada. Bastaria esperar mais um pouco, que seria vendido pelo preço de mercado. Claro, se fosse um *terreno normal*. Mas não é um terreno normal. Então, por mais que se espere, não vai aparecer comprador. Naturalmente, o preço vai cair. Hoje, o preço do *tsubo* daquele terreno está na faixa de um milhão de ienes. Como tem quase cem *tsubo*, o valor pode chegar a cem milhões de ienes, um pouco menos.

— O senhor acha que o preço vai baixar mais ainda?

O velhinho assentiu, com segurança.

— Claro que sim. Vai cair até novecentos mil ienes o *tsubo*, com certeza. Esse foi o preço que a imobiliária pagou e posso apostar que vai cair até esse preço. Aliás, eles começaram a perceber que fizeram um mal negócio e, se conseguirem recuperar o dinheiro investido, já vão se dar por satisfeitos. Agora, se pode cair mais, isso eu já não sei. Se eles estiverem precisando de dinheiro, talvez baixem mais ainda, mesmo levando prejuízo. Caso contrário, talvez esperem um pouco. Não sei como anda a situação daquela imobiliária. O que posso garantir é que estão arrependidos do negócio. Aquele terreno dá azar — afirmou o velhinho, batendo o cigarro no cinzeiro.

— Havia um poço naquele terreno, certo? — perguntei. — O senhor sabe alguma coisa do poço?

— Sim, havia um poço — disse o sr. Ichikawa. — Era um poço bem fundo, mas parece que foi fechado. Já estava seco mesmo. Não servia para nada.

— O senhor sabe quando ele secou?

O velhinho fitou o teto por um tempo, de braços cruzados.

— Hum... Faz muito tempo. Já não consigo lembrar direito. Mas ouvi dizer que antes da guerra ainda havia água. Então secou depois. Não sei quando exatamente. De qualquer maneira, quando aquela atriz se mudou para a casa, o poço já estava seco, e ela ficou na dúvida se fechava ou não. No fim das contas, acabou deixando, porque fazer isso não é nada fácil.

— Ouvi dizer que na casa da família Kasahara, que fica bem perto, ainda corre água, uma água boa.

— Ah, é? Pode ser que sim. Naquela região a água é boa desde sempre, por causa da geologia do local. Agora essa questão do lençol freático é complexa, sabe? Não é raro ter água em um lugar e não ter logo ao lado. Mas, enfim, você tem algum interesse pelo poço?

— Para falar a verdade, estou pensando em comprar aquele terreno.

O velhinho levantou o rosto e me encarou. Ele pegou a xícara e tomou um gole do chá verde, em silêncio.

— *Você está pensando em comprar aquele terreno?*

Sem dizer nada, me limitei a assentir.

O velhinho pegou mais um cigarro do maço e bateu a ponta na mesa. Apenas colocou o cigarro entre os dedos, sem acender. Em seguida, passou a ponta da língua pelos lábios.

— Como acabei de dizer, aquele local tem problema. Ninguém que morou lá teve um final feliz. Você sabe disso, não é? Vou ser bem claro: por mais barato que seja, nunca será um bom negócio. Você quer comprar o terreno mesmo assim?

— Sim, e sei de tudo. De qualquer maneira, ainda não tenho o dinheiro, mesmo que o valor esteja bem abaixo do preço de mercado. Mas pretendo dar um jeito, mesmo que demore um pouco. Por isso, gostaria de me manter informado. O senhor poderia me avisar caso haja alguma flutuação de preços ou interessados na compra?

O velhinho continuou me encarando por um tempo, pensativo, com o cigarro apagado entre os dedos. Depois deu uma leve tossida.

— Não se preocupe, aquele terreno não vai vender tão cedo. Não precisa ter pressa. Só vai começar a ter movimento quando a imobiliária tentar vender a todo custo, assumindo os prejuízos e tentando reaver parte do investimento. Minha intuição diz que ainda vai demorar muito até essa hora chegar.

Passei o telefone de casa ao velhinho. Ele anotou o número na pequena agenda preta, desbotada de suor. Depois que guardou a agenda no bolso do paletó, fitou meus olhos e em seguida o hematoma do meu rosto.

Fevereiro chegou ao fim e, quase em meados de março, o frio congelante passou aos poucos a dar trégua, e desatou a soprar um vento agradável do sul. Folhas verdes começaram a aparecer nas árvores e pássaros de espécies novas começaram a aparecer no quintal. Quando fazia tempo bom, eu passava o dia contemplando o quintal, sentado no alpendre. Lá pela metade do mês, em uma bela tarde, recebi uma ligação do sr. Ichikawa. O antigo terreno da família Miyawaki ainda não tinha sido vendido, e o preço caíra mais um pouco, me informou ele.

— Eu não disse que ele não seria vendido com tanta facilidade? — comentou o velhinho, orgulhoso. — Não se preocupe, vai baixar mais ainda. E você, como está? Conseguindo juntar dinheiro?

Naquela noite, mais ou menos às oito horas, quando eu estava lavando o rosto no banheiro, percebi que o hematoma estava ficando quente. Quando toquei com o dedo, senti que estava quente. A cor também estava mais vívida, um pouco roxa. Fiquei observando o espelho por muito tempo, prendendo a respiração. Olhei fixamente para o reflexo, até que meu rosto não pareceu mais meu rosto. Parecia que o hematoma *estava exigindo* algo de mim, com urgência. Enquanto observava meu reflexo no espelho, meu reflexo também me observava, em silêncio.

Preciso conseguir aquele poço a qualquer custo.

Essa foi a conclusão a que cheguei.

4.
O despertar da hibernação, mais um cartão de visita, dinheiro não tem nome

É claro que, para conseguir comprar um terreno, não basta querer. Na verdade, eu não tinha praticamente nenhum tostão. Ainda contava com um pouco de dinheiro da herança deixada pela minha mãe, mas em breve aquela reserva acabaria, por ser minha única fonte de subsistência. Além disso, eu não tinha emprego nem bens para oferecer de garantia. Não havia no mundo um banco tão generoso que se dispusesse a emprestar dinheiro para um sujeito como eu. Em outras palavras, eu precisava tirar dinheiro da cartola, como num passe de mágica. E sem demora.

Certa manhã, caminhei até a estação e comprei dez bilhetes de loteria, cujo primeiro prêmio era de cinquenta milhões de ienes. Com tachinha, preguei na parede da cozinha os bilhetes e observei cada um, todos os dias. Em pelo menos uma ocasião, observei os bilhetes sem desviar os olhos durante uma hora, sentado na cadeira. Como se esperasse surgir um sinal secreto que só eu pudesse enxergar. Depois de alguns dias tive algo como um pressentimento.

Não tenho nenhuma chance de ganhar na loteria.

Até que o pressentimento se transformou em convicção. O problema *nunca* se resolveria com facilidade, só porque caminhei até a estação, comprei alguns bilhetes de loteria e fiquei esperando o dia do sorteio. Eu precisava conseguir o dinheiro do meu *próprio jeito*, usando minha própria capacidade. Rasguei e joguei no lixo os dez bilhetes de loteria. Depois fui até o banheiro e, diante do espelho, observei o reflexo do meu rosto. *Com certeza deve ter um jeito*, disse ao meu reflexo no espelho, que naturalmente não me respondeu.

Cansado de ficar divagando dentro de casa, saí para dar uma caminhada pela vizinhança. Durante três ou quatro dias, fiz caminhadas a esmo. Quando me cansei de andar pela vizinhança, decidi pegar o trem e ir até Shinjuku. Assim que me aproximei da estação, tive vontade de ir para o centro da cidade, depois de longa data. Não seria má ideia meditar em um cenário diferente. Aliás, fazia muito tempo que não pegava trem. Quando coloquei as moedas para comprar o bilhete na máquina, senti certo desconforto de fazer algo com que não estava mais acostumado. Pensando bem, fazia mais de seis meses desde a última vez que tinha ido ao centro da cidade — quando havia visto e seguido o homem que carregava o estojo de violão, na entrada oeste da estação de Shinjuku.

Eu me senti esmagado diante da multidão da metrópole que voltava a ver depois de tanto tempo. Sentia-me sufocado só de ver a circulação de pedestres, e meu coração disparou um pouco. Como o pico da manhã já tinha passado, na verdade não havia tanta gente assim pelas ruas, mas de início não consegui caminhar direito no meio da multidão, que parecia mais uma onda gigantesca que derrubava prédios e casas do que um aglomerado de pessoas. Caminhei um pouco e, para me acalmar, entrei num salão de chá envidraçado, de frente para a avenida, e me sentei perto da janela. Como ainda não era hora do almoço, o estabelecimento não estava cheio. Pedi um chocolate quente e observei distraidamente as pessoas que passavam lá fora.

Não sei quanto tempo se passou. Talvez quinze ou vinte minutos. Quando me dei conta, estava acompanhando com os olhos os Mercedes-Benz, os Jaguar e os Porsche reluzentes que avançavam devagar pela avenida congestionada. Sob os raios de sol que havia sucedido à chuva, suas capotas brilhavam ofuscantes e de maneira excessiva, como símbolos de alguma coisa. Os carros não tinham nenhum arranhão, nenhuma mancha. *Está aí um pessoal que tem dinheiro*, pensei na hora. Nunca tinha me ocorrido esse pensamento. Balancei a cabeça silenciosamente, olhando o reflexo do meu rosto no vidro. Pela primeira vez na vida, eu precisava *desesperadamente* de dinheiro.

Como o salão de chá começou a encher pela proximidade da hora do almoço, decidi sair para caminhar pelas ruas. Não tinha nenhum lugar para ir. Só queria caminhar no centro da cidade. Andei pelas avenidas pensando apenas em não esbarrar em ninguém que passasse por mim. Virava para a direita, para a esquerda ou seguia em linha reta, dependendo dos semáforos ou do meu humor. Com as mãos nos bolsos da calça, me concentrei no próprio ato de caminhar. Andei pela avenida principal e passei por vitrines de lojas de departamento e grandes butiques, pelas ruazinhas com sex shops de decoração vulgar, por avenidas movimentadas com cinemas, por um santuário xintoísta silencioso e voltei de novo à avenida principal. Era uma tarde agradável e quase metade dos pedestres estava sem agasalho. Até o vento que soprava de vez em quando era agradável. Assim que me dei conta, estava no meio de um cenário familiar. Olhei o chão azulejado, a pequena estátua e a parede de vidro que se erguia majestosa diante dos meus olhos. Eu estava bem no meio de uma praça de frente para um arranha-céu. Era o local onde tinha me postado no verão passado, para observar o rosto das pessoas que passavam diante de mim, seguindo o conselho do meu tio. Tinha feito aquilo durante onze dias ali, sentado. E havia topado por acaso com aquele homem estranho que carregava o estojo de violão. Depois de segui-lo, eu tinha sido atingido pelo taco de beisebol no braço esquerdo, na entrada de um prédio desconhecido. Então, após perambular por Shinjuku, tinha acabado voltando para o mesmo lugar.

Como no ano anterior, comprei café e rosquinha no Dunkin' Donuts ali perto e comi sentado no banco da praça. Observei fixamente o rosto das pessoas que passavam pela minha frente. Então, comecei a sentir paz e serenidade. Não sei por que, mas senti um conforto, como se tivesse descoberto no canto da parede uma depressão onde meu corpo se encaixava perfeitamente. Fazia muito tempo que não observava com tanta insistência o rosto das pessoas. Depois percebi que não era só o rosto das pessoas que eu não via há muito tempo: na verdade, nesses seis meses, eu não tinha visto *praticamente nada*. Eu me ajeitei no banco e olhei as pessoas que passavam, o arranha-céu que se erguia majestoso, o alegre firmamento primaveril entre as nuvens, os outdoors coloridos e o jornal que achei por perto. Tive a sensação de que as cores voltavam aos poucos ao redor, à medida que o entardecer se aproximava.

Na manhã seguinte, peguei de novo o trem e fui a Shinjuku. E, sentado no mesmo banco de praça, observei o rosto das pessoas que passavam. Na hora do almoço, tomei café e comi uma rosquinha. E voltei para casa de trem, antes do horário de pico da tarde. No dia seguinte, fiz a mesma coisa. Não aconteceu nada de diferente. Não fiz nenhuma descoberta. O que era mistério continuava sendo mistério e o que era dúvida continuava sendo dúvida. Porém, eu tinha uma vaga sensação de que estava me aproximando de algo, bem aos pouquinhos. Consegui verificar essa *aproximação* com meus próprios olhos quando estava de pé diante do espelho do banheiro. O hematoma estava mais quente, e a sua cor, ainda mais vívida. *Esse hematoma está vivo*, percebi certa hora. Assim como eu estou vivo, esse hematoma também está.

Continuei com a mesma rotina por uma semana, como no verão passado. Todos os dias pegava o trem depois das dez da manhã, ia a Shinjuku, me sentava no banco da praça do arranha-céu e ficava o dia inteiro observando as pessoas que passavam pela minha frente, sem pensar em nada. De vez em quando, o som da realidade se distanciava de mim e desaparecia, por algum motivo. Nessas horas, apenas o som profundo e silencioso de uma corrente de água que corria chegava aos meus ouvidos. De repente me lembrei de Malta Kanô. Se não me engano, ela tinha falado alguma coisa sobre ouvir o som da água. Era o tema central de sua busca. Mas não conseguia lembrar o que Malta Kanô tinha falado exatamente. Já não conseguia mais me lembrar nem do rosto dela. Só conseguia me lembrar da cor vermelha do seu chapéu de vinil. Por que será que ela sempre usava um chapéu vermelho de vinil?

Porém, o som das coisas ao redor voltou aos poucos, e recomecei a olhar o rosto das pessoas.

Na tarde do oitavo dia, uma mulher puxou conversa comigo, quando eu estava olhando para o outro lado, segurando um copo de papel vazio.

— Ei, você!

Eu me virei e olhei para cima, para o rosto da mulher que estava de pé. Era a mulher de meia-idade que eu tinha encontrado no verão passado, nesse mesmo lugar. Ela tinha sido a única pessoa a me abordar naqueles onze dias. Eu não esperava reencontrá-la mas, quando ela me chamou, senti que era o resultado natural desse fluxo.

Ela usava roupas que pareciam de excelente qualidade, como da outra vez. Seu modo de vestir também era impecável. Usava óculos escuros de armação de tartaruga, um terno azul-opaco com ombreiras e uma saia de flanela vermelha. A camisa era de seda, e um delicado e pequeno broche de ouro cintilava na lapela do terno. Os sapatos vermelhos de salto alto eram simples, sem ornamento, mas provavelmente cobririam minhas despesas de alguns meses. Já eu continuava me vestindo muito mal. Estava de jaqueta esportiva, comprada no primeiro ano de faculdade, um moletom cinza com gola frouxa e uma calça jeans com alguns rasgos. O tênis que eu calçava já tinha sido branco, mas estava tão encardido que não dava mais para saber a cor original.

Ela se sentou ao meu lado, cruzou as pernas em silêncio, abriu a bolsa e pegou um maço de Virginia Slims. E me ofereceu um cigarro, como da vez passada. Respondi que não queria, como da outra vez. Ela colocou na boca um cigarro e acendeu com um isqueiro de ouro do tamanho de uma borracha comprida. Depois, tirou e guardou os óculos escuros no bolso do terno e observou os meus olhos, como se procurasse moedas que tinha derrubado num tanque raso. Também fitei os olhos dela. Eram curiosos, com profundidade mas sem expressão.

Ela estreitou um pouco os olhos.

— Quer dizer que você acabou voltando.

Assenti.

Observei a fumaça fina se levantar da ponta do cigarro, oscilar pelo vento e desaparecer. Ela deu uma olhada ao redor, como para verificar com os próprios olhos o que eu podia ver do banco. Aparentemente, o resultado todo não despertou muito o seu interesse. Ela voltou a olhar o meu rosto. Encarou meu hematoma por muito tempo, meus olhos, meu nariz, minha boca, e voltou para o hematoma. Tive a impressão de que, se pudesse, ela tentaria abrir minha boca à força para olhar meus dentes e observaria o interior das minhas orelhas, como se avaliasse um cão.

— Acho que estou precisando de dinheiro — comentei.

Ela fez um breve silêncio e perguntou:

— Quanto?

— Acho que bastam uns oitenta milhões de ienes.

Ela parou de me encarar e ficou observando o céu. Parecia que estava fazendo um cálculo mental, como se adicionasse aqui, diminuísse ali, transferisse acolá. Nesse meio-tempo, fiquei observando a maquiagem dela, a leve sombra dos olhos que parecia uma sombra tênue de sua consciência, a suave curva dos cílios que parecia símbolo de alguma coisa.

Ela torceu de leve os lábios.

— Não é uma quantia pequena.

— Para mim, é uma quantia *exorbitante*.

Ela jogou no chão o cigarro pela metade e pisou com cuidado, com a sola do sapato de salto alto. Depois, tirou da bolsa achatada um porta-cartões de couro, pegou um cartão e colocou na minha mão.

— Me encontre amanhã à tarde, às quatro em ponto.

No cartão de visita só estava escrito o endereço, em caracteres bem pretos. Minato, Akasaka, o número, o nome do prédio e a sala. O nome dela não estava escrito. Nem o telefone. Virei o cartão para confirmar, mas o verso estava branco. Aproximei do meu nariz. Não tinha cheiro. Era só um papel branco, comum.

Olhei o rosto da mulher.

— Não tem seu nome.

A mulher sorriu pela primeira vez. Em seguida, balançou a cabeça, em silêncio.

— Você não está precisando de dinheiro? Dinheiro tem nome?

Também balancei a cabeça. É claro que dinheiro não tinha nome. Se tivesse, deixaria de ser dinheiro. O que dava significado ao dinheiro, de fato, era sua natureza anônima, que lembrava uma noite escura, e sua absoluta intercambialidade, de tirar o fôlego.

A mulher se levantou do banco.

— Você consegue vir às quatro?

— Vou conseguir o dinheiro?

— Não sei.

O sorriso pairava no canto dos olhos dela, como marcas feitas pelo vento na areia. Ela observou mais uma vez o cenário ao redor e limpou a barra da saia, por mera formalidade.

Depois que a mulher desapareceu a passos largos no meio da multidão, fiquei olhando por um tempo a bituca de cigarro que ela pisoteou e a marca de batom no filtro. O vermelho vívido me fez lembrar o chapéu de vinil de Malta Kanô.

Se tudo aquilo tinha alguma vantagem, era a de que eu não tinha nada a perder. Provavelmente.

5.
Acontecimento na calada da noite

O menino ouviu um barulho bem nítido na calada da noite. Ele acordou, acendeu a luz do abajur às apalpadelas e passeou os olhos pelo quarto. O relógio de parede indicava quase duas. O menino não fazia a menor ideia do que poderia estar acontecendo no mundo na calada da noite.

Depois voltou a ouvir o mesmo barulho. Vinha com certeza de fora da janela. Era som de alguém dando corda em uma grande engrenagem. Quem estaria fazendo isso tão tarde da noite? Para quê? Não, o som *parecia* de dar corda, mas ninguém estava dando corda. Devia ser o canto de algum pássaro. O menino levou para perto da parede uma cadeira, subiu nela e abriu a cortina e uma fresta da janela. A grande e branca lua cheia do final de outono flutuava no céu e iluminava todo o quintal, como se fosse dia. As árvores do quintal pareciam diferentes sob o luar e não apresentavam a costumeira familiaridade. De vez em quando, o pé de carvalho tremia os seus galhos, e as pesadas folhas produziam sons desagradáveis, como se reclamassem. Mais brancas e lisas do que o normal, as pedras olhavam o céu em silêncio, de modo arrogante, como rostos de um defunto no quintal.

O pássaro parecia cantar no galho do pé de pinheiro. O menino olhou para cima, colocando metade do corpo para fora da janela. Só que não dava para ver o pássaro de baixo, pois os galhos sobrepostos o escondiam. O menino queria saber como era o pássaro. Queria memorizar a cor e a aparência, para na manhã seguinte pesquisar seu nome no livro ilustrado. O menino logo perdeu o sono, ardendo de curiosidade. Pesquisar sobre peixes e pássaros nos livros ilustrados era o que mais gostava de fazer. Na sua estante havia uma série de grossos e magníficos livros ilustrados que ele ganhara de presente. Embora ainda não tivesse entrado no primário, o menino já conseguia decifrar frases que continham os ideogramas *kanji*.

O pássaro deu corda algumas vezes e depois se calou. O menino se perguntou se alguém mais teria ouvido seu canto. Será que papai e mamãe ouviram? Será que a vovó ouviu? Se não tivessem ouvido, eu poderia contar para eles amanhã de manhã. Às duas da manhã, um pássaro pousou no pé de pinheiro e cantou, soltando um som de dar corda, *de verdade*. Ah, como seria bom se eu tivesse visto esse pássaro só por um instante! Assim, eu poderia ensinar o nome para todos.

Mas o pássaro não cantou mais. No galho do pinheiro banhado pela luz do luar, o pássaro se manteve em silêncio, como uma pedra. Até que o vento frio invadiu o quarto, como uma advertência. Depois de tremer um pouco, o menino desistiu e fechou a janela. Aquele pássaro não devia aparecer para as pessoas, não era como os pardais e os pombos. O menino tinha lido em algum livro ilustrado que, em sua maioria, os pássaros noturnos eram inteligentes e cautelosos. Provavelmente aquele pássaro sabia que estava sendo vigiado. Por isso, não vai aparecer, por mais que eu fique esperando. O menino hesitou se iria ou não ao banheiro, pois precisaria passar por um longo e escuro corredor. Não, vou voltar para a cama e dormir. Consigo me segurar até de manhã.

O menino apagou a luz e fechou os olhos, mas não conseguiu pegar no sono, preocupado com o pássaro que estava no pé de pinheiro. Mesmo depois de apagar a luz do abajur, a clara luminosidade do luar se infiltrava pela fresta entre as cortinas. Quando ouviu mais uma vez o som do *pássaro de corda*, o menino saltou da cama, em um piscar de olhos. Dessa vez, não acendeu a luz, colocou um cardigã sobre o pijama e subiu na cadeira perto da janela, sem fazer barulho. Abriu a cortina só um pouquinho e, da fresta, olhou para o pé de pinheiro. Assim, o pássaro não vai perceber que estou aqui, vigiando, pensou.

Porém, em vez do pássaro, o menino viu dois homens. Ele prendeu a respiração inconscientemente. Os dois homens estavam agachados sob o pé de pinheiro, como vultos. Vestiam roupas escuras.

Um estava sem chapéu, e o outro, com um chapéu que parecia de feltro, com viseira. O que homens desconhecidos estão fazendo no quintal de casa, tarde da noite?, estranhou o menino. Por sinal, por que o cachorro não latiu? Talvez fosse melhor avisar papai e mamãe quanto antes. Mas o menino não saiu de perto da janela. Preso pela curiosidade, se manteve no mesmo lugar. *Vou ver o que eles vão fazer*, pensou.

Até que o pássaro de corda cantou em cima da árvore, dando corda algumas vezes, ric-ric-ric. Só que os homens não ligaram para seu canto. Não levantaram a cabeça nem fizeram movimento algum. Continuaram agachados, com o rosto bem próximo, aparentemente discutindo em voz baixa. Como os galhos obstruíam o luar, o menino não conseguia ver o rosto dos homens. De repente, os dois se levantaram ao mesmo tempo, como se tivessem combinado. A diferença de altura entre eles era de cerca de vinte centímetros. Ambos eram magros. O mais alto (com chapéu) usava um casaco comprido, e o mais baixo, roupas bem justas.

O mais baixo se aproximou do pé de pinheiro e ficou olhando para o alto por um tempo. Começou a passar a mão e a apertar o tronco, como se examinasse algo. Depois, segurou o tronco com firmeza e começou a subir rapidamente, com muita facilidade (pelo menos aos olhos do menino). *Parecia uma atração de circo*, pensou o menino, impressionado. Não era fácil subir naquele tronco de pinheiro, que era liso e escorregadio, sem nenhum lugar para apoio até chegar mais ao alto. O menino conhecia bem esse pé de pinheiro do quintal, como se fosse seu amigo. Bom, mas por que o homem estava subindo na árvore àquela hora da noite? Será que estava tentando apanhar o pássaro de corda?

De pé na base da árvore, o homem mais alto ficou olhando para cima, em silêncio. Até que o mais baixo sumiu do campo de visão do menino. De vez em quando, dava para ouvir o farfalhar das folhas do pinheiro. O homem parecia continuar subindo na árvore. O pássaro de corda vai alçar voo em um segundo, assim que perceber a aproximação do homem. Por mais habilidoso que seja para subir na árvore, não é fácil apanhar um pássaro. Se tiver sorte, talvez consiga ver o pássaro de relance, quando ele alçar voo. O menino aguardou o bater das asas do pássaro, prendendo a respiração. No entanto, por mais que esperasse, não ouviu esse som, tampouco seu canto.

Por muito tempo, não houve nenhum som ao redor, nenhum movimento. Tudo estava sendo apagado pelo luar branco e irreal, e o quintal pareceu viscoso como um fundo de oceano que acabasse de secar. Fascinado e sem se mexer, o menino ficou observando o pé de pinheiro e o homem alto embaixo. O menino já não conseguia mais desgrudar os olhos daquela direção. O ar que expirava embaçou o vidro. Devia estar frio lá fora. O homem ficou olhando para o alto, com as mãos na cintura, em silêncio. Ele também não se mexia, como se estivesse congelado. Será que ele está esperando, preocupado, o homem mais baixo descer do pé de pinheiro? Será que o homem mais baixo tinha que cumprir alguma missão?, se perguntou o menino. O homem tinha motivos para ficar preocupado. Descer de uma árvore era muito mais difícil do que subir: o menino sabia bem disso. No entanto, o homem mais alto de repente se afastou da árvore, como se abandonasse tudo, e caminhou às pressas para algum lugar.

O menino se sentiu abandonado. O homem mais baixo desapareceu na copa da árvore. O homem mais alto foi para algum lugar. E o pássaro de corda continuava calado. Será que devo acordar o papai? Mas ele não vai acreditar em mim. Vai achar que não passa de outro sonho. O menino realmente sonhava muito, às vezes misturando sonho e realidade. Mas podem dizer o que quiser, porque *é verdade*. O pássaro de corda, os dois homens de roupa escura. Quando ele menos esperava, todos tinham desaparecido de repente. Se eu explicar direito, papai vai entender.

Depois o menino se deu conta de uma coisa: *aquele homem mais baixo parece um pouco o papai*. Acho que é um pouco mais baixo, mas o porte físico e os movimentos são bem parecidos. Não, mas não podia ser, porque papai não consegue subir numa árvore tão rápido assim. Não é tão ágil nem tem tanta força. Quanto mais o menino pensava, menos entendia o que estava acontecendo.

Depois de um tempo, o homem mais alto voltou para a base do pé de pinheiro. Ele segurava algo nas mãos. Era uma pá e uma grande bolsa de tecido. Ele colocou a bolsa no chão, com cuidado, e começou a escavar com a pá perto da base da árvore. O som seco e sonoro da pá contra a terra ecoou ao redor. *Agora com certeza todos vão acordar*, pensou o menino, já que o barulho era alto e bem perceptível.

Mas ninguém acordou. O homem continuou escavando, sem olhar para os lados, sem descansar. Ele era alto e magro, mas parecia bem mais forte do que aparentava. Dava para perceber isso pelo modo como mexia a pá, em movimentos regulares e ordenados. Quando terminou de cavar, deixou a pá no tronco do pinheiro e observou o buraco, de pé na sua borda. Parecia ter se esquecido completamente do homem na árvore, pois não olhou nenhuma vez para cima. Agora, só pensava no buraco. O menino não gostou disso. *Se fosse eu, ficaria preocupado com o homem que subiu na árvore.*

Pela quantidade de terra retirada, dava para saber que o buraco não era tão fundo assim. Devia chegar na altura do joelho do menino. O homem parecia satisfeito com o tamanho e o formato do buraco. Então retirou da bolsa algo envolto em um tecido escuro. Pelo movimento de suas mãos, era macio e maleável. *Talvez ele queira enterrar algum cadáver no buraco.* Diante desse pensamento, o coração do menino disparou. *Pelo tamanho, poderia ser um gato ou algo assim. Se fosse um cadáver de gente, seria o de um bebê. Por que o homem precisava enterrar uma coisa dessas no quintal da minha casa?* Sem perceber, o menino engoliu a saliva e se assustou com o som que isso provocou. Foi um barulho tão alto que ficou com medo que pudesse chegar aos ouvidos do homem no quintal.

Como se estimulado pelo som do menino engolindo a saliva, o pássaro de corda cantou, ric-ric-ric, como se desse corda em uma engrenagem ainda maior.

Algo muito importante está prestes a acontecer, sentiu intuitivamente o menino, ao ouvir o canto do pássaro. Ele mordeu os lábios e esfregou os braços, sem se dar conta. *Não devia ter visto nada daquilo. Mas agora era tarde demais.* Já não podia desgrudar os olhos. Ele abriu um pouco a boca, pressionou o nariz no vidro gelado da janela e observou em silêncio a estranha cena que se desenrolava no quintal. Não esperava mais que alguém da sua família acordasse. *Por mais barulho que eles façam, ninguém vai acordar*, refletiu o menino.

Além de mim, provavelmente ninguém mais vai ouvir esse som. Isso já estava decidido desde o começo.

O homem alto se agachou e colocou o embrulho de tecido escuro no fundo do buraco, com cuidado. E, ao ficar de pé, observou o embrulho por um longo tempo. Não dava para ver seu rosto porque a viseira do chapéu fazia sombra, mas o menino imaginou que ele devia estar com uma fisionomia solene e grave. *Deve ser mesmo um cadáver*, pensou o menino. Em seguida, o homem pegou a pá, decidido, e tapou o buraco. Depois, deu alguns pisões na superfície, para nivelar. Voltou a apoiar a pá no tronco da árvore e se afastou a passos lentos, carregando a bolsa de tecido. Não virou para trás nenhuma vez. Nem olhou para cima, para a copa da árvore. O pássaro de corda também não cantou.

O menino se virou e conferiu o relógio de parede. Com certa dificuldade, percebeu que os ponteiros marcavam duas e meia. Vigiou o pé de pinheiro pela fresta entre as cortinas por cerca de dez minutos, para ver se havia mais algum movimento, mas de repente sentiu sono, como se sua cabeça fosse coberta por uma pesada tampa de ferro. Ele queria saber o que aconteceria com o homem mais baixo que estava em cima da árvore e com o pássaro de corda, mas não conseguia mais ficar de olhos abertos. Sem forças para tirar o cardigã, se deitou na cama e apagou, como se desmaiasse.

6.
A compra de sapatos novos, o que voltou para casa

Desci na estação de metrô Akasaka, atravessei a movimentada avenida com incontáveis restaurantes e subi uma rampa suave para chegar ao prédio comercial de seis andares que eu estava procurando. O prédio não era muito novo nem muito velho, nem muito grande nem muito pequeno, nem muito esplêndido nem muito modesto. No primeiro andar funcionava uma agência de viagens, cuja grande vitrine trazia cartazes de um porto da ilha Míconos e de um bonde de San Francisco. Os dois cartazes estavam desbotados, como um sonho antigo. Atrás da vitrine, três funcionários atarefados atendiam o telefone ou digitavam no teclado do computador.

A arquitetura do prédio não tinha nada de mais e era bastante comum, como se a planta tivesse sido desenhada a lápis por crianças do primário. Talvez o prédio tivesse sido construído assim de propósito, para passar despercebido no meio da paisagem urbana. Até eu, que vinha seguindo a numeração da rua, quase passei reto, sem notar a fachada. Ao lado da porta da agência de viagens havia uma entrada discreta e, dentro, um painel com as placas dos locatários. Depois de uma rápida olhada, percebi que a maioria das salas estava ocupada por escritórios de advocacia, de arquitetura, de importação, por consultórios odontológicos etc. Não havia nenhuma grande empresa. Se algumas placas ainda eram novas e reluzentes, a ponto de eu conseguir ver o reflexo do meu rosto com bastante nitidez, a da sala 602 era bem velha, descolorida e opaca. Pelo visto, fazia muito tempo que a mulher tinha o escritório nesse prédio. Na placa estava escrito ESCRITÓRIO DE DESIGN E MODA. A placa gasta me deixou um pouco mais tranquilo.

No fundo da entrada do prédio havia uma porta de vidro e, para entrar e pegar o elevador, era preciso interfonar para a sala que se pretendia visitar. Disquei para a sala 602. Desconfiei que alguma câmera de segurança estivesse enviando minha imagem ao monitor da sala. Dei uma olhada ao redor e realmente avistei no canto do teto um aparelho que parecia uma pequena câmera. Quando ouvi um sinal sonoro de destravar a porta, abri e entrei.

Desci do elevador simples e sem graça no sexto andar e, depois de caminhar pelo corredor igualmente simples e sem graça, encontrei a porta da sala 602. Após conferir a placa ESCRITÓRIO DE DESIGN E MODA, apertei a campainha ao lado da porta, de leve, apenas uma vez.

Um rapaz magro, de cabelos curtos e rosto bonito abriu a porta. Eu poderia dizer que era o homem mais bonito que já tinha visto na vida. No entanto, o que me chamou a atenção, mais ainda do que sua beleza, foi seu modo de vestir. Ele usava uma camisa tão branca que chegava a ofuscar meus olhos e uma gravata verde-escura com estampas delicadas. A gravata em si já era bastante elegante, mas não parava aí: tudo estava impecável, até mesmo o formato do nó. A depressão e o modo de torcer eram perfeitos, e parecia foto de uma revista de moda masculina. Eu jamais seria capaz de fazer um nó tão bem-feito assim. Como alguém conseguia aquela proeza? Talvez fosse dom de nascença. Ou apenas resultado de um longo e árduo treinamento. O rapaz usava calça cinza-escura e mocassins marrons, com um nó de enfeite. Tanto a calça quanto os sapatos pareciam novos, comprados há uns dois ou três dias.

Ele era um pouco mais baixo do que eu. E estampava um sorriso alegre nos lábios, um sorriso muito natural, como se ele tivesse acabado de ouvir uma piada engraçada. Engraçada, mas não vulgar. Uma piada sofisticada, como a contada pelo ministro de Relações Exteriores de alguns anos atrás para o príncipe herdeiro do Japão, numa festa no jardim organizada pela família imperial, provocando risadinhas de todos ao redor. Quando fui me apresentar, o rapaz balançou a cabeça de leve, indicando que não era necessário. E, com a porta aberta para dentro, fez um sinal para que eu entrasse e fechou a porta em seguida, depois de dar uma espiada no corredor. Nesse meio-tempo, ele não disse nada. Só estreitou um pouco os olhos para mim, como se dissesse: Sinto muito, mas no momento não posso falar nada, porque uma pantera negra está dormindo aqui ao lado e não seria bom acordá-la. Naturalmente, não havia nenhuma pantera negra por perto. Foi só impressão minha.

Do outro lado da porta, havia uma espécie de sala de espera, com um sofá de couro aparentemente bem confortável e, ao lado, um cabideiro de madeira em estilo antigo e uma luminária de chão. Na parede ao fundo, havia uma porta que devia dar para outra sala. Ao lado da porta, uma mesa de carvalho simples, de costas para a parede. Um grande computador estava sobre a mesa. Na frente do sofá havia uma mesinha onde mal cabia uma lista telefônica. No chão, um tapete verde-claro, de tom agradável. A caixa de som que deveria estar embutida em algum lugar tocava baixinho o quarteto de Haydn. Nas paredes havia belas gravuras, com desenhos de flores e pássaros. Nada estava fora de lugar, e a sala estava bastante limpa. Na estante embutida em uma das paredes estavam dispostos livros de amostras de tecido e revistas de moda. Embora não fossem luxuosos nem novos, por estarem gastos na medida certa, os móveis passavam uma espécie de calor tranquilizante.

O rapaz me apontou o sofá e se sentou na cadeira atrás da mesa. Abriu as mãos de leve e, mostrando as palmas para mim, fez sinal para que eu aguardasse um pouco, sentado. Em vez de dizer "Sinto muito", ele sorriu de leve. Em vez de dizer "Não vai demorar", levantou um dedo. Parecia conseguir transmitir o que queria sem usar palavras. Assenti apenas uma vez, para mostrar que tinha entendido. Diante dele, o mero ato de falar parecia vulgar e inadequado.

Com cuidado, como se segurasse algo frágil, o rapaz pegou o livro que estava ao lado do computador e abriu na página que estava lendo. O livro era grosso e preto. Como estava sem sobrecapa, eu não podia saber o título. De qualquer maneira, tão logo abriu a página, o rapaz mergulhou na leitura, e parecia ter se esquecido até de que eu estava na sua frente. Eu também gostaria de ler alguma coisa para passar o tempo, mas não tinha nada. Sem escolha, cruzei as pernas e ouvi a música de Haydn (se me perguntassem se era mesmo Haydn, eu não apostaria), encostado no sofá. Era uma música que dava a impressão de que você iria levitar e desaparecer, mas não me desagradava. Na mesa havia, além do computador, um aparelho telefônico preto e convencional, um porta-canetas e um calendário de mesa.

Eu estava praticamente com a mesma roupa do dia anterior: jaqueta esportiva, moletom, calça jeans e tênis. Tinha vestido as primeiras peças que encontrei, sem prestar atenção. Dentro da sala limpa e organizada, diante do rapaz bonito e bem vestido, meus tênis pareciam mais puídos e mais sujos ainda. Não, não só pareciam: *estavam realmente mais sujos e mais puídos.* Os calcanhares estavam gastos, já meio cinzentos, e na lateral despontava até um furo. Minhas andanças estavam impregnadas nos tênis, como carrapatos. Afinal, eu tinha usado os mesmos sapatos todos os dias, durante o ano inteiro. Tinha pulado muitas e muitas vezes o muro do quintal de casa com esses tênis, e atravessado o beco, pisando volta e meia em cocô, e até entrado no poço. Não era de causar espanto que estivessem sujos e puídos. Aliás, desde que eu havia saído do meu emprego, não me importava com o tipo de sapatos que eu calçava. Porém, ao observá-los com calma agora, percebi com clareza como eu era solitário e estava abandonado, afastado da sociedade. Acho que está na hora de comprar sapatos novos, pensei. Esses estavam em um estado deplorável demais.

Até que a música de Haydn acabou. O fim pareceu inacabado e vago. Depois de um momento de silêncio, começou uma música que parecia de Bach para cravo (eu achava que era Bach, mas também não apostaria). Sentado no sofá, cruzei e descruzei as pernas diversas vezes. O telefone tocou. O rapaz fechou o livro inserindo um marcador na página que estava lendo. Em seguida, empurrou o livro para o lado e atendeu o telefone. Ele estava compenetrado e assentia de leve, de vez em quando. Olhou o calendário de mesa, fez uma marca com lápis, aproximou o fone da superfície da mesa e bateu duas vezes, como se batesse à porta, TOC, TOC, e desligou. A ligação durou cerca de vinte segundos, e ele não falou uma única palavra. Desde que entrei na sala, ele não tinha falado uma única palavra. Seria mudo? Surdo com certeza não era, porque ouviu o telefone tocar, atendeu a ligação e escutou o que a pessoa falava no outro lado da linha.

O rapaz observou o aparelho telefônico da mesa por um tempo, como se meditasse, até que se levantou sem fazer barulho, veio até mim e se sentou ao meu lado, sem hesitar. Ele colocou as mãos no colo, lado a lado, juntinhas. Seus dedos eram finos e elegantes, como seria de supor olhando seu rosto. Naturalmente havia algumas rugas nas costas das mãos e nas juntas dos dedos. Era impossível não haver rugas. Certo número delas era necessário para dobrar e movimentar os dedos. Mas não eram muitas. Apenas as imprescindíveis. Sem conseguir evitar, fiquei contemplando aquelas mãos. Será que esse rapaz é filho daquela mulher?, me perguntei. O formato dos dedos era bem parecido. Olhando bem, havia outras semelhanças. Como o formato do nariz, pequeno e um pouco afilado. Como a transparência inorgânica das pupilas. O rapaz estava estampando outra vez seu sorriso simpático. O sorriso parecia se esconder e aparecer com toda a naturalidade, como uma gruta cravada em um rochedo, que aparecesse e desaparecesse de acordo com a maré. Depois o rapaz se levantou depressa, como tinha se sentado, e moveu os lábios como se dissesse "Venha" ou "Por favor". Porém, sua boca não produziu nenhum som. Apenas os lábios se moveram de leve e em silêncio. De qualquer maneira, tinha entendido bem o que ele queria dizer. Levantei-me e acompanhei o rapaz, que abriu a porta na parede ao fundo e me fez um sinal para entrar.

Havia uma pequena cozinha atrás da porta e também um cômodo que parecia banheiro. E nos fundos, mais uma sala, semelhante à sala de entrada, só que um pouco menor. Mesmo sofá de couro um pouco desgastado, mesmo formato de janela, mesmo tom de tapete. No centro, havia uma grande mesa. Tesouras, caixa de ferramentas, lápis e livros de design estavam dispostos em ordem sobre ela. Havia dois bustos de manequim. Na janela sem persianas estavam penduradas cortinas de tecido e de renda, fechadas milimetricamente, sem nenhuma fresta. A luminária de teto estava apagada, a sala estava escura como uma tarde nublada, e apenas uma pequena luminária de chão um pouco afastada do sofá se encontrava acesa. Havia um vaso de vidro sobre a mesa em frente ao sofá, com flores brancas de gladíolo que pareciam ter acabado de ser colhidas. A água do vaso estava transparente. Não tocava nenhuma música. Na parede não havia gravura nem relógio.

O rapaz me apontou em silêncio o sofá. Quando me sentei, seguindo as suas instruções (o sofá também era confortável), ele tirou algo como óculos de natação do bolso da calça e estendeu diante dos meus olhos. Eram mesmo óculos de natação. Óculos normais, de borracha e plástico, como os que eu costumava usar para nadar. Mas não entendi por que ele estava me mostrando os óculos naquele lugar. Não fazia a menor ideia.

"Não precisa ter medo", disse o rapaz. Para ser exato, não disse, apenas moveu os lábios como se dissesse, e mexeu o dedo de leve. Mas consegui entender com perfeição o que ele queria dizer. Acenei com a cabeça.

"Coloque esses óculos. E não tire até eu mandar. Também não mexa neles, entendeu?"

Acenei mais uma vez.

"Ninguém vai machucar você. Está tudo bem, não se preocupe."

Assenti.

O rapaz foi para trás do sofá e colocou os óculos em mim, passando a tira atrás da minha cabeça e ajustando a borrachinha. Ao contrário dos óculos de natação que eu costumava usar, com aqueles eu *não enxergava nada*. As lentes de plástico transparente estavam com revestimento grosso interno. Uma escuridão completa e artificial me envolveu. Eu não enxergava absolutamente nada. Não conseguia nem sequer saber onde estava a luz da luminária de chão. Tive a sensação de que eu estava coberto da cabeça aos pés.

Como se me encorajasse, o rapaz colocou as mãos nos meus ombros, de leve. As pontas dos seus dedos eram delicadas, mas não frágeis. Era curioso, mas aqueles dedos tinham o sentido bem definido da própria existência, como os dedos de um pianista colocados silenciosamente sobre as teclas de um piano. Consegui sentir uma espécie de afeição pelas pontas dos seus dedos. Para ser exato, não era afeição, e sim algo *parecido com afeição*. "Está tudo bem, não se preocupe", me diziam as pontas dos dedos. Acenei com a cabeça. Em seguida, ele se retirou do cômodo. Diante da escuridão, ouvi seus passos se afastarem, a porta se abrir e se fechar.

Depois que o rapaz saiu, continuei sentado por mais um tempo no mesmo lugar, na mesma posição. A escuridão produzia em mim uma sensação estranha. No sentido de não enxergar nada, era idêntica à do fundo do poço, mas sua característica era completamente diferente, pois não havia direção nem profundidade. Nem peso nem tato. Era mais próxima de um vazio do que de uma escuridão. Tecnicamente eu tinha sido privado de visão e estava momentaneamente cego. Os músculos do meu corpo se encolheram e se enrijeceram, e senti sede no fundo da garganta. O que estaria prestes a acontecer? Porém, me lembrei da sensação das pontas dos dedos do rapaz. *Não se preocupe*, me diziam seus dedos. Sem nenhum fundamento, senti que podia acreditar em suas palavras.

O silêncio reinava na sala, e tive a sensação de que, se eu continuasse parado, prendendo a respiração, o mundo pararia de girar e tudo seria engolido pela profundidade abissal do oceano. Só que aparentemente o mundo continuava girando. De repente, uma mulher abriu a porta e entrou a passos furtivos.

Percebi que era mulher pelo leve perfume. Não era perfume masculino. Nem tampouco uma fragrância barata. Pensei em memorizar o cheiro, mas não tinha certeza se conseguiria. Quando privam você da visão, parece que o olfato também se perde. Pelo menos não era o perfume que aquela mulher bem vestida que marcou o encontro usava. A mulher atravessou a sala, produzindo um leve som de farfalhar de tecido, e se sentou em silêncio no sofá, à minha direita. Pelo silencioso modo de se sentar, percebi que era uma mulher pequena e não muito pesada.

Sentada ao meu lado, ela observou com insistência o meu rosto. Senti seu olhar na minha pele, com clareza. Mesmo sem enxergar nada, a gente consegue sentir o olhar, pensei. A mulher me encarou por um longo tempo, sem se mexer. Eu não conseguia ouvir sua respiração. Ela respirava devagar, procurando não fazer barulho. Continuei olhando para a frente, sem mudar de posição. Tive a impressão de que meu hematoma estava ficando ligeiramente quente. Sua cor também devia estar ficando mais vívida. A mulher estendeu a mão e tocou meu hematoma com a ponta do dedo, como se tocasse em um objeto frágil e de valor. E começou a acariciá-lo, em silêncio.

Eu não sabia como reagir, nem como ela esperava que eu reagisse. O senso de realidade estava em algum lugar bem distante. Havia uma curiosa sensação de desprendimento, como se eu estivesse prestes a pular de um veículo a outro, de velocidade diferente. Dentro desse espaço de desprendimento, eu era como uma casa vazia, uma casa vazia como a da família Miyawaki até certo tempo atrás. A mulher tinha entrado dentro de mim, que era uma casa vazia, e *por algum motivo* estava passando a mão nas paredes, nas colunas, por conta própria. Só que o motivo não fazia diferença, porque eu era uma casa vazia (uma mera casa vazia) e não podia fazer nada. Aliás, não *precisava* fazer nada. Diante desse pensamento, me senti mais tranquilo.

A mulher não disse uma única palavra. Com exceção do farfalhar das suas roupas, a sala estava imersa em silêncio profundo. A mulher continuou tocando a minha pele com a ponta dos dedos, sem pressa, como se tentasse decifrar caracteres secretos que foram encravados há muito tempo.

De repente a mulher parou de passar o dedo, se levantou do sofá, foi para trás de mim e tocou meu hematoma com a ponta da língua. Depois começou a lambê-lo, assim como May Kasahara fizera no verão passado, em seu quintal. Só que a mulher lambia de maneira bem mais experiente do que May Kasahara. Sua língua envolvia com paixão minha pele, saboreando, chupando e estimulando meu hematoma com uma variação de intensidade, direção e movimento. Comecei a sentir um formigamento quente e lânguido no quadril. Eu não queria ter uma ereção, que não me parecia fazer sentido naquele momento. Mas não pude resistir.

Tentei assumir de corpo e alma o papel de casa vazia. Tentei encarnar os pilares, as paredes, os tetos, os pisos, os telhados, as janelas, as portas e as pedras da casa, o que me parecia a coisa mais lógica a fazer no momento. Fechei os olhos e me afastei do meu corpo — que calçava tênis sujos, usava óculos de natação esquisitos e tinha uma ereção desajeitada. Afastar-me do meu corpo não era algo muito difícil. Eu me senti muito mais leve e consegui me livrar da sensação desagradável. Eu era o quintal com ervas daninhas, era o pássaro de pedra que não conseguia voar, era o poço seco. Sabia que a mulher estava dentro da casa vazia que era eu. Não conseguia vê-la. Mas nada mais importava. Se a mulher buscava alguma coisa dentro de mim, eu podia lhe oferecer.

A passagem de tempo se tornou mais confusa. Entre distintas dimensões de tempo, eu não sabia mais em qual me encontrava. A minha consciência voltou devagar ao meu corpo, enquanto a mulher saía. Ela se retirou da sala em silêncio, do mesmo modo como entrou. Ouvi o farfalhar de suas roupas e senti o seu perfume se afastar. Ouvi o barulho da porta se abrir e se fechar. Parte da minha consciência ainda permanecia *naquele lugar*, como uma casa vazia. Já outra parte estava sentada *neste* sofá, pensando o que deveria fazer agora. Eu ainda não conseguia saber direito qual das partes era a real. Sentia que a palavra "aqui" se dividia: *estou aqui*, mas *também estou ali*. Para mim, as duas partes da consciência pareciam realidade. Sentado no sofá, me entreguei a essa curiosa sensação de desprendimento.

Depois de um tempo, a porta se abriu e alguém entrou. Pelos passos, percebi que era aquele rapaz. Eu me lembrava do som de seus passos. Ele ficou de pé atrás de mim e tirou os óculos de natação. A sala continuava escura e só a pequena luminária de chão estava acesa. Passei a palma das mãos de leve nos meus olhos, para acostumá-los com o mundo real. O rapaz estava usando agora um paletó sobre a blusa. A cor da gravata combinava muito bem com o paletó cinza--escuro um pouco esverdeado. Ele pegou meu braço com delicadeza, com um sorriso no rosto, me fez levantar e abriu a porta dos fundos. Havia um banheiro, com uma privada e um boxe pequeno, com chuveiro. Ele me fez sentar na privada com a tampa fechada e abriu a torneira do chuveiro. Esperou por um tempo até a água esquentar. Quando o chuveiro estava no ponto, ele fez um gesto com as mãos, que significava: tome uma ducha. Ele tirou um sabonete novo da embalagem e entregou para mim. Em seguida, saiu e fechou a porta. Eu não entendia por que precisava tomar banho num lugar daqueles. Haveria algum motivo?

Quando estava tirando as roupas, descobri o motivo. Sem que eu me desse conta, havia gozado na cueca. Debaixo da água quente, lavei bem o corpo com o sabonete novo, de cor verde. Removi o sêmen grudado nos pelos pubianos. Depois saí do boxe e enxuguei o corpo com a toalha grande. Ao lado dela, havia uma camiseta e uma cueca boxer da Calvin Klein, ainda dentro da embalagem. Eram do meu tamanho. Talvez minha ejaculação já estivesse prevista. Observei por um tempo o reflexo do meu rosto no espelho. Minha cabeça não estava funcionando direito. De qualquer maneira, joguei a cueca suja no cesto de lixo e coloquei a cueca nova, branca e limpa, que tinha sido providenciada. Vesti também a camiseta nova, branca e limpa. Em seguida, a calça jeans e o moletom. Pus as meias e os tênis sujos. Enfiei a jaqueta. E saí do banheiro.

O rapaz estava me aguardando do lado de fora. Ele me levou para a sala de entrada.

A sala continuava igual. Sobre a mesa, havia o livro que ele estava lendo. Ao lado, o computador. Da caixa de som saía uma música clássica qualquer. O rapaz me apontou o sofá e trouxe um copo de água gelada. Tomei só metade.

— Acho que estou cansado — comentei.

Mas a voz não pareceu minha. Sem contar que eu não pretendia fazer aquele comentário. A voz saiu naturalmente, contra a minha vontade. Mas era sem dúvida a minha voz.

O rapaz acenou com a cabeça. Retirou um envelope bem branco do bolso interno do paletó e inseriu no bolso interno da minha jaqueta, como se colocasse um adjetivo apropriado numa frase. Em seguia, acenou de leve mais uma vez. Olhei para fora da janela. O céu já estava completamente escuro, e os letreiros de néon, as janelas acesas, os postes de rua e os faróis de carro iluminavam a cidade. Permanecer naquela sala estava ficando cada vez mais insuportável para mim. Sem falar nada, me levantei do sofá, atravessei a sala, abri a porta e saí. O rapaz ficou me olhando de pé diante da mesa, mas não disse nada nem tentou me impedir.

A estação de Akasaka Mitsuke estava abarrotada de passageiros que voltavam do trabalho. Como eu não queria pegar um vagão impregnado de ar viciado, resolvi andar um pouco. Passei na frente do Palácio Akasaka e saí na estação Yotsuya. Depois segui pela avenida

Shinjuku, entrei em um pequeno restaurante não muito lotado e pedi um chope. Após tomar um gole, percebi que estava com fome e pedi um prato simples. Quando conferi o relógio, já eram quase sete. De qualquer maneira, pensando bem, as horas não tinham quase nenhuma importância para mim.

Quando me mexi, notei algo no bolso interno da jaqueta. Puxa, eu tinha me esquecido completamente que o rapaz colocara um envelope pouco antes da minha saída. Embora fosse um envelope branco bem normal, ao pegá-lo percebi que era mais pesado do que aparentava. Seu peso era curioso, como se algo escondido dentro dele estivesse prendendo a respiração. Abri o envelope depois de hesitar um pouco — afinal, tinha que fazer isso mais cedo ou mais tarde. Dentro havia um maço de notas de dez mil ienes. Eram cédulas novinhas em folha, sem vincos, nem dobras, tão novas que pareciam falsas, ainda que eu não tivesse motivo para desconfiar que não fossem autênticas. Havia vinte notas no total. Contei mais uma vez para ter certeza. Sim, sem dúvida: vinte notas. Duzentos mil ienes.

Devolvi as notas ao envelope, que guardei no bolso. Depois peguei o garfo da mesa e observei o talher, sem nenhum motivo específico. A primeira coisa que pensei em fazer com esse dinheiro foi comprar sapatos novos. Até porque eu precisava de sapatos novos. Paguei a conta, saí do restaurante e entrei numa grande loja de sapatos, de frente para a avenida Shinjuku. Escolhi um par bem comum de tênis azuis e disse minha numeração ao atendente. Nem verifiquei o preço. Os tênis serviram certinho e avisei que já queria sair usando minha compra. Depois de colocar com destreza os cadarços brancos nos tênis, o atendente de meia-idade (talvez o dono da loja) perguntou: "O que o senhor vai fazer com os tênis velhos?". "Não vou precisar deles, o senhor poderia jogar fora para mim?", respondi. Depois mudei de ideia e disse "Não, pensando bem, vou levar os tênis velhos também".

"Às vezes é bom ter um par velho para bater, não é?", perguntou o atendente, esboçando um sorriso simpático, como se dissesse: eu vejo todos os dias sapatos sujos e velhos como os seus. Em seguida, ele me entregou uma sacola com a caixa dos tênis novos e os tênis velhos dentro. Na caixa, os tênis velhos pareciam cadáveres de um animal pequeno. Entreguei uma nota impecável de dez mil ienes e recebi algumas notas não tão impecáveis de mil ienes de troco. Depois voltei para casa pegando o trem da linha Odakyu, carregando a sacola com os tênis velhos. Segurando a alça no vagão, em meio a trabalhadores que voltavam para casa, pensei nas peças novas que estava usando: *cueca nova, camiseta nova* e *sapatos novos*.

Ao chegar em casa, tomei uma cerveja, sentado à mesa da cozinha, como sempre fazia, e ouvi música. Tive vontade de conversar com alguém. Não importava o assunto, podia ser sobre o tempo, sobre política. Eu só queria *conversar* com alguém. Mas infelizmente não havia ninguém com que pudesse conversar. Nem o gato estava aqui para me fazer companhia.

Na manhã seguinte, enquanto fazia a barba no banheiro, examinei o hematoma do rosto, diante do espelho, como de costume. O hematoma continuava igual. Sentado no alpendre, observei depois de muito tempo o quintal dos fundos e passei o dia sem fazer nada. A manhã foi agradável, e a tarde também. O silencioso vento do início de primavera balançava as folhas das árvores.

Peguei do bolso interno da jaqueta o envelope com dezenove notas de dez mil ienes e guardei na gaveta da mesa. O envelope continuava estranhamente pesado na minha mão, como se trouxesse um significado oculto no seu peso, um significado que eu não conseguia decifrar. *Se parece com alguma coisa*, pensei de repente. O que eu tinha feito se parecia muito com alguma coisa. Tentei lembrar o que era, observando com insistência o envelope dentro da gaveta. Mas não consegui.

Fechei a gaveta e fui para a cozinha. Preparei chá preto e tomei uma xícara, em pé, diante da pia. Depois me lembrei enfim. *Era curioso, mas o que eu tinha feito no dia anterior se parecia muito com o serviço de garota de programa descrito por Creta Kanô.* Ir ao local indicado, transar com um desconhecido e receber o pagamento. Na verdade, eu não tinha transado com aquela mulher (tinha gozado sem tirar a calça), mas, com exceção desse detalhe, era quase igual. Eu precisava de uma grande quantia de dinheiro e estava oferecendo meu corpo a outras pessoas. Pensei sobre a questão enquanto tomava a xícara de chá. Ouvi um cão latir ao longe. Depois de um tempo, ouvi o barulho do motor de um avião a hélice. De qualquer maneira, não consegui organizar as ideias. Voltei a me sentar no alpendre e contemplei o quintal, envolto pela luz da tarde. Quando me cansei de olhar o quintal, conferi a palma das minhas mãos. *Quem diria, eu trabalhando de garoto de programa*, pensei. Quem poderia imaginar que eu venderia meu corpo por dinheiro e, com parte do valor, compraria tênis novos?

Como queria espairecer, resolvi sair para fazer compras na vizinhança. Saí para desfilar meus tênis novos. Parecia que eles tinham me tornado uma nova pessoa. Parecia que a paisagem da cidade, o rosto das pessoas com quem eu cruzava, estavam um pouco diferentes. Comprei verduras, ovos, leite, peixe e grãos de café no supermercado perto de casa, e paguei com as notas de mil ienes que tinha recebido de troco na loja de sapatos. Queria contar à caixa de meia-idade com rosto redondo: Ganhei esse dinheiro ontem, vendendo meu corpo. Recebi duzentos mil ienes pelo programa. Duzentos mil ienes! No escritório de advocacia onde eu trabalhava antes, eu ganhava pouco mais de cento e cinquenta mil ienes por mês, apesar de me matar trabalhando e fazer horas extras todos os dias. Eu queria contar à caixa. Mas claro que não disse nada. Entreguei as notas e peguei a sacola com as compras.

Bom, aparentemente as coisas tinham começado a andar, disse para mim mesmo, caminhando com as sacolas nas mãos. Agora, eu precisava me agarrar com firmeza, para não acabar caindo do vagão em movimento. Assim, deverei chegar a algum lugar. *Pelo menos a algum lugar diferente daquele onde estava agora.*

Eu não estava enganado em meu pressentimento. Quando voltei para casa, fui recebido pelo gato. Assim que abri a porta da frente, ele se aproximou de mim, miando alto, como se estivesse à minha espera, levantando a ponta do rabo um pouco curvada. Era o velho Noboru Wataya, desaparecido há quase um ano. Deixei as sacolas de compra no chão e peguei o gato.

7.
Você vai saber se pensar bem
Ponto de vista de May Kasahara — parte 2

Olá, Pássaro de Corda.

Você deve achar que estou estudando agora, com o livro aberto na sala de aula de algum colégio, como uma aluna normal. Como no nosso último encontro eu disse que iria para outra escola, é natural você pensar assim, Pássaro de Corda. Além do mais, *na verdade*, fui para outra escola, para um internato particular só para meninas, que fica bem, bem longe. Mas não vá imaginar que era um internato rústico. Nada disso. O meu quarto parecia de hotel, limpo e incrível, e eu podia escolher as refeições que queria no refeitório, e tinha até quadras de tênis e piscina. Tudo lindo e maravilhoso. É claro que a mensalidade custava os olhos da cara e as alunas eram todas filhinhas de papai, meninas *só meio problemáticas*. Ao ler essa descrição, você deve conseguir imaginar mais ou menos como era o lugar, não é, Pássaro de Corda? Ficava no meio da montanha, e era uma espécie de colégio de alto nível a céu aberto, com um muro alto ao redor, com arame farpado, um portão de ferro que nem um Godzilla seria capaz de quebrar, com guardas que pareciam soldados de terracota fazendo revezamento para vigiar vinte e quatro horas por dia. Óbvio, era para não deixar ninguém sair, não para não deixar ninguém entrar.

A essa altura você talvez me pergunte: Se sabia que era um lugar tão terrível assim, por que você foi? Se não queria isso, bastava não ter ido. Sabe, você tem razão. É um argumento válido. Mas, para ser franca, eu não tinha opção naquela hora. Como eu já havia causado muitos problemas, nenhuma escola concordava em me aceitar. Essa foi a única que me aceitou apesar do meu histórico e, além do mais, eu queria sair de casa. Por isso *resolvi* entrar nesse internato, mesmo sabendo que seria terrível. E foi realmente terrível, de verdade. As pessoas costumam dizer, Ah, foi um pesadelo, mas esse lugar era bem pior do que um pesadelo. Mesmo quando eu acordava encharcada de suor de um pesadelo (tive muitos pesadelos nesse lugar), sempre pensava: *Ah, não! Não deveria ter acordado.* O pesadelo era bem melhor do que a realidade. Você sabe o que é passar por isso? Será que você já esteve num lugar tão terrível assim de verdade, no mais profundo desespero?

No final das contas, só fiquei uns seis meses nesse internato a céu aberto-hotel de luxo-prisão. Quando voltei para casa nas férias de primavera, deixei bem claro aos meus pais: Se tiver que voltar para aquele lugar, me mato. Coloco uns três tampões no fundo da garganta, me afogo, corto os dois pulsos e pulo do terraço do internato. Estava falando sério. Não era brincadeira. Meus pais têm, os dois juntos, menos imaginação que uma rã, mas sabem que, quando falo sério, não fico só nas ameaças. Sabem por experiência própria.

Então, nunca mais voltei para aquele internato terrível e, entre o fim de março e o mês de abril, fiquei enfurnada em casa, lendo, assistindo à TV ou sem fazer absolutamente nada. Então pensava, mais ou menos cem vezes por dia, *Quero encontrar o Pássaro de Corda.* Queria passar pelo beco, pular o muro, fazer uma visita para você e colocar a conversa em dia. Mas eu não podia simplesmente fazer uma visita a você, porque eu estaria repetindo o que tinha feito no verão. Por isso, só fiquei observando o beco, do meu quarto, e pensando, *O que o Pássaro de Corda estará fazendo agora? Agora que a primavera chegou de mansinho, que tipo de vida o Pássaro de Corda estará levando? Será que Kumiko voltou? O que aconteceu com aquelas espécies raras, as irmãs Malta Kanô e Creta Kanô? Será que o gato Noboru Wataya apareceu? Será que o hematoma do rosto se foi?*

Depois de um mês, eu já não aguentava mais levar esse tipo de vida. Não sei ao certo o que aconteceu, mas para mim o mundo em que eu vivia era o "mundo do Pássaro de Corda", sem tirar nem pôr. E eu também *fazia parte* desse mundo, e de nenhum outro. Quando me dei conta, já vivia nesse mundo. Espere um pouco, *assim não vale*, pensei. É claro que não é culpa sua, Pássaro de Corda, mas mesmo assim não vale. Por isso precisei procurar o meu próprio lugar.

E, depois de pensar muito, tive uma ideia.

* * *

(Pista) Se você *pensar bem, mas bem mesmo*, você vai saber, Pássaro de Corda. Se você se esforçar, vai conseguir ter uma ideia. Não estou em uma escola, nem em um hotel, nem em um hospital, nem em uma prisão, nem em uma casa. É um lugar especial que fica bem, bem longe. Ele fica... bom, é segredo. Por enquanto.

Este lugar também fica no meio de uma montanha. É cercado por um muro (não é tão alto assim), tem um portão e guardas, mas podemos entrar e sair à vontade. O terreno é bem espaçoso, com um pequeno bosque, uma lagoa. Ao passear de manhã, costumamos avistar animais, sabe? Leões, zebras... Não, estou brincando. Só avistamos animais pequenos, como guaxinins e faisões. Também há um alojamento, onde estou morando agora. O quarto é individual e não chega aos pés do quarto daquele internato a céu aberto-hotel de luxo-prisão, mas até que é limpo. Pensando bem, acho que já escrevi sobre o quarto na carta anterior, não? Trouxe um toca-fitas de casa (um grande, você se lembra?) e coloquei na estante, e agora está tocando Bruce Springsteen. Como é tarde de domingo e todo mundo saiu para passear, não tem ninguém para reclamar do volume alto.

Por enquanto, minha única diversão é ir nos finais de semana à cidade, que fica nas imediações, e comprar algumas fitas cassete na loja de discos (quase não compro livros e, quando quero ler algum, retiro na biblioteca). Uma amiga com quem me dou bem, minha vizinha de quarto, comprou um carro usado e me dá carona até a cidade. Um carro pequeno, sabe? Na verdade, ela está até me dando aulas de direção. Como o terreno é bem amplo, posso praticar à vontade no carro dela. Ainda não tenho carteira, mas até que sou uma boa motorista.

Bom, para ser bem franca, além das fitas cassete que compro, não vejo muita graça em ir à cidade. Todas por aqui dizem que vão enlouquecer se não saírem para a cidade uma vez por semana, mas eu fico mais à vontade sozinha, no quarto, ouvindo música, quando elas estão passeando. Uma vez essa amiga que tem carro me chamou para sair. Disse que tinha um menino para me apresentar. Ela é da região e tem muitos conhecidos. Enfim, ela me apresentou um universitário que parecia ser bacana, mas, como posso explicar, eu ainda não consigo ter uma percepção clara de muitas coisas. Parece que as coisas estão bem afastadas de mim, como bonecos de tiro ao alvo, com várias camadas de cortinas transparentes no meio.

Sabe, vou confessar, quando a gente se encontrava naquele verão, quando a gente bebia com apenas a mesa da cozinha nos separando, eu sempre pensava: *E se o Pássaro de Corda pular em cima de mim e tentar me estuprar, o que vou fazer?*. Eu não sabia o que faria. Claro que eu resistiria, gritando: "Não, Pássaro de Corda, não pode! Você não pode!". Porém, ao pensar no por que não podia, ao pensar nos motivos, eu poderia acabar ficando confusa e, se você tentasse mesmo, talvez se aproveitasse da situação para me estuprar. Quando pensava nessa possibilidade, eu ficava nervosa, e meu coração batia forte. *Isso está errado, é injusto,* pensava. Acho que nem passou pela sua cabeça que eu pensava em coisas assim. Que menina boba, você deve estar pensando, não é? Afinal, sou boba mesmo. Mas, para mim, naquela hora, era algo *muito, mas muito sério*. Acho que por isso tirei a escada de corda do poço, fechei a tampa e deixei você preso lá dentro. Como se selasse tudo. Assim, você não apareceria de novo na minha frente e, por um tempo, eu não precisaria mais pensar em coisas complicadas.

Peço desculpas, Pássaro de Corda. Pensando agora, percebo que não deveria ter feito aquilo com você (nem com você nem com *ninguém*). Às vezes não consigo me controlar. Sei o que estou fazendo, mas não consigo parar. Esse é o meu ponto fraco.

Mas acho que você não é o tipo de pessoa que saltaria sobre mim e tentaria me estuprar. Agora percebo bem isso. Não digo que você nunca seria capaz de me estuprar (afinal, ninguém sabe o que pode acontecer na vida, não é?), mas que pelo menos você não faria isso para me deixar confusa. Não consigo explicar direito, mas é a *impressão* que eu tenho.

Não importa. Vamos deixar esse assunto complicado de estupro para lá.

Bom, mas enfim: mesmo conhecendo um menino na cidade e saindo com ele, não consigo me concentrar no encontro. Mesmo quando abro um sorriso durante a conversa, minha mente está perambulando em outro lugar, como um balão de gás cuja corda foi cortada. Fico pensando em várias coisas sem relação, uma atrás da outra. Como posso explicar... acho que no fim das contas quero ficar sozinha por enquanto. E quero ficar divagando à vontade. Nesse sentido, acho que ainda estou em "fase de recuperação".

Volto a escrever. Acho que na próxima carta vou poder contar mais coisas, com um pouco mais de detalhes.

P.S.:
Tente imaginar até a próxima carta onde estou e o que estou fazendo, o.k.?

8.
Noz-Moscada e Canela

O gato estava completamente sujo de lama seca, das orelhas à ponta do rabo. Os pelos estavam emaranhados e formavam bolinhas. Ele devia ter rolado por muito tempo em algum chão sujo. Peguei o felino que ronronava alto e examinei seu corpo minuciosamente, de cabo a rabo. Ele parecia estar um pouco mais magro, mas afora isso quase nenhuma mudança desde a última vez: a cara, o corpo, os pelos, tudo igual. Os olhos estavam bonitos e sem nenhum machucado. Parecia que ele não estava sumido fazia quase um ano, que apenas tinha saído por uma noite para brincar e voltado para casa na manhã seguinte.

Levei o pratinho para o alpendre e coloquei um filé fresquinho de bonito que eu tinha acabado de comprar no supermercado. Ele comeu apressadamente, engasgando, ofegando e vomitando de vez em quando. Estava com muita fome. Tomou quase toda a água que coloquei no bebedouro fundo, que estava guardado debaixo do armário da pia da cozinha. Depois ele se acalmou e ficou lambendo seu corpo sujo. De repente se aproximou de mim, como se tivesse lembrado que eu estava ali, pulou no meu colo e dormiu, enrolado.

O gato dormia com as patas dianteiras dobradas e a cabeça enterrada no rabo. No começo, ele ronronava, mas o som foi diminuindo, até que ele adormeceu profundamente, baixando toda a guarda. Eu me sentei no alpendre, onde batia sol, e afaguei carinhosamente seu corpo, tentando não acordá-lo. Para ser sincero, eu mal me lembrava que o gato tinha sumido, pois tantas coisas haviam acontecido depois na minha vida. Ainda assim, senti meu coração se aquecer ao dar colo para aquela bola de pelos macia, que dormia como pedra, confiando plenamente em mim. Coloquei a mão na altura do seu peito e procurei sentir as batidas do seu coração. Eram batidas rápidas e frágeis. Seu coração, como o meu, marcava incessantemente um tempo proporcional ao tamanho do seu corpo.

Por onde o gato teria andado e o que teria feito? Por que voltou de repente? Eu não fazia a menor ideia. Seria bom se pudesse perguntar ao felino, pensei. Por onde você andou esse tempo todo e o que estava fazendo? Onde deixou o rastro do tempo perdido?

Peguei uma almofada velha e coloquei o gato sobre ela. O seu corpo estava maleável como uma roupa recém-lavada. Quando o segurei com as mãos, ele abriu de leve os olhos e a boca, mas não miou. Depois de ver ele mudar de posição, bocejar e adormecer de novo na almofada, fui até a cozinha e organizei as compras que acabara de fazer. Coloquei os alimentos no armário e guardei na geladeira o tofu, as verduras e o peixe. Quando voltei a dar uma olhada, o gato continuava dormindo na mesma posição no alpendre. Como seus olhos lembravam um pouco os do irmão mais velho de Kumiko, costumávamos chamá-lo de Noboru Wataya de brincadeira, mas não era seu nome verdadeiro. Passaram-se seis anos sem que Kumiko e eu tivéssemos lhe dado um.

Porém, mesmo que de brincadeira, Noboru Wataya era um nome inadequado demais. Nesses seis anos, o verdadeiro Noboru Wataya se tornara grande demais. Não podíamos continuar chamando nosso gato assim. Precisava lhe dar um novo nome, enquanto ele ainda estava comigo. Quanto antes, melhor. Um nome simples, concreto e real. Um nome que eu pudesse ver e apalpar. Era preciso eliminar de vez a lembrança, o som e o significado do nome Noboru Wataya.

Recolhi o pratinho em que tinha servido o peixe. Estava limpo, como se tivesse sido lavado e enxugado. O gato deveria ter gostado muito da refeição. Fiquei feliz por ter comprado o bonito, por acaso, bem no dia da volta do gato. Senti que essa coincidência representava uma boa e luminosa premonição, para mim e para o gato. Pensei em chamar o gato de Bonito. Expliquei a ele afagando atrás da orelha: *Veja bem, você não é mais Noboru Wataya. Seu nome agora é Bonito.* Se pudesse, queria anunciar isso ao mundo todo, em voz alta.

Fiquei lendo até o entardecer, sentado ao lado de Bonito no alpendre. Ele dormia como pedra, como se tentasse recuperar alguma coisa.

Produzia um som silencioso como um fole baixo, e seu corpo subia e descia devagar, acompanhando a respiração. De vez em quando, eu estendia a mão para tocar seu corpo quente e me certificar de que ele ainda estava ali. Era maravilhoso poder tocar em algo delicado apenas estendendo a mão. Sem que me desse conta, tinha me esquecido desse tipo de sensação havia muito tempo.

Na manhã seguinte Bonito não tinha sumido. Quando acordei, o gato dormia profundamente de lado, com as patas estendidas. Devia ter acordado durante a noite e lambido todo o corpo com cuidado, pois o barro e os pelos emaranhados tinham sumido por completo. Estava quase idêntico a antes do desaparecimento, com a pelagem bonita. Abracei o corpo de Bonito por um tempo, servi seu café da manhã e troquei sua água. Depois me afastei um pouco e chamei "Pst, Bonito! Pst!". Na terceira vez, ele se virou para mim e respondeu baixinho.

Eu também precisava começar aquele novo dia. Tomei banho, passei as camisas que tinha acabado de lavar, vesti uma calça de algodão e calcei os tênis novos. O céu estava ligeiramente nublado, mas, como não fazia frio, resolvi deixar de lado o casaco e sair só com um suéter grosso. Peguei o trem e desci na estação Shinjuku. Depois fui à praça da saída oeste, pela passagem subterrânea, e me sentei no banco de sempre.

A mulher apareceu depois das três. Quando me viu, não se assustou, e eu também não me assustei diante da aproximação dela. Não nos cumprimentamos, como se o encontro fosse combinado. Só levantei um pouco o rosto, e ela torceu de leve os lábios, olhando para mim.

Ela usava um casaco de algodão laranja, que combinava com a primavera, e uma saia justa de cor topázio. Tinha dois brincos de ouro nas orelhas. Ela se sentou ao meu lado, tirou da bolsa o maço de Virginia Slims, como sempre fazia, colocou um cigarro na boca e acendeu com um isqueiro fino de ouro, sem falar nada. Dessa vez não me ofereceu. Deu duas ou três tragadas em silêncio, como se pensasse em algo, e então jogou o cigarro no chão, como se testasse a gravidade. Em seguida ela bateu de leve no meu joelho.

— Venha — disse ela, se levantando.

Depois de pisar no cigarro e apagá-lo, eu a segui. Levantando a mão, ela parou um táxi na avenida e entrou. Eu me sentei ao seu lado. Ela disse ao motorista um endereço em Aoyama, com sua voz bastante sonora. Não abriu a boca até o táxi chegar à avenida Aoyama, após ter passado por uma rua congestionada. Fiquei observando a paisagem de Tóquio pela janela. Entre a saída oeste de Shinjuku e a avenida Aoyama, havia uma infinidade de prédios novos que nunca tinha visto antes. A mulher tirou uma agenda da bolsa e escreveu algo com uma pequena caneta esferográfica de ouro. De vez em quando, ela olhava o relógio de pulso, como se verificasse a hora. O relógio era de ouro e tinha o formato de bracelete. Pelo visto, a maioria das coisas que ela usava era de ouro. Ou será que todas as coisas que ela tocava se transformavam em ouro?

Ela me levou a uma loja de grife de um estilista e escolheu dois ternos de tecido fino para mim, um cinza-azulado e outro verde--escuro. O estilo desses ternos sem dúvida teria sido inadequado para o escritório de advocacia onde trabalhei, mas percebi que eram caros só de vesti-los. Ela não me deu nenhuma explicação e também não perguntei nada. Apenas segui as suas instruções. O que eu estava fazendo me lembrou de algumas cenas de "filmes conceituais" que assistira nos meus tempos de universitário. Nesses filmes, quaisquer explicações eram rejeitadas e consideradas um mal que prejudicava o senso de realidade. Talvez seja um modo de pensar, uma maneira de ver as coisas. Mas era muito estranho uma pessoa de carne e osso estar em um universo desses na vida real.

Como eu tinha uma compleição física mais ou menos padrão, não havia muita necessidade de grandes ajustes. Bastava acertar a manga dos paletós e a barra das calças. A mulher escolheu três camisas e três gravatas para cada terno, assim como dois cintos e meia dúzia de meias. Ela pagou no cartão de crédito e pediu para entregar as compras na minha casa. Já devia ter em mente que tipo de roupa e como eu deveria me vestir, pois gastou pouco tempo nas escolhas. Eu demoraria mais tempo até para escolher uma borracha na papelaria. De qualquer maneira, precisava reconhecer que ela tinha um impressionante bom gosto para escolher roupas. A combinação das cores e estampas das camisas e gravatas que ela pareceu escolher de maneira aleatória era incrível, como se tivesse sido feita depois de muita reflexão, fugindo ao mesmo tempo do convencional.

Depois ela me levou a uma loja de sapatos e comprou dois pares que combinavam com os ternos. Também não demorou quase nada nessas escolhas. Como na grife, pagou com cartão de crédito e pediu para entregá-los na minha casa. Achei que não havia necessidade de pedir para entregar dois pares de sapatos, mas aquele parecia ser o jeito dela. Escolher as peças sem perder tempo, pagar com cartão de crédito e pedir para entregar na casa.

Depois fomos a uma relojoaria. Mais uma vez, ela empregou o mesmo método. Sem pestanejar, escolheu para mim um relógio de pulso elegante e de boa qualidade, com pulseira de couro de crocodilo que combinava com os ternos. Custou cinquenta ou sessenta mil ienes. Até então, eu usava um relógio barato de plástico, que aparentemente não caíra nas graças da mulher. Desta vez, porém, ela não mandou entregar em casa. Pediu para embrulhar para presente e me entregou, sem falar nada.

Em seguida, me levou a um salão unissex. Era um salão espaçoso, com espelhos em todas as paredes e piso brilhante de madeira, que lembrava um estúdio de dança. Havia cerca de quinze cadeiras, e os cabeleireiros iam de um lado para o outro em volta delas, com tesouras e escovas, como em um balé. Vasos de plantas ornamentais estavam espalhados nos cantos, e uma caixa de som no teto tocava o solo de piano de Keith Jarrett, um pouco repetitivo. A mulher devia ter feito a reserva com antecedência, pois assim que entramos fomos atendidos. Eu fui levado para uma das cadeiras, e a mulher deu instruções detalhadas ao cabeleireiro magro que parecia ser seu conhecido. Ao ouvir as instruções, o cabeleireiro acenava, olhando o reflexo do meu rosto no espelho, como se visse ingredientes de um prato que iria preparar. Seu rosto lembrava o de Solzhenitsyn na juventude.

— Volto assim que vocês estiverem prontos — disse ela, saindo do salão a passos rápidos.

O cabeleireiro quase não me dirigiu a palavra. Disse apenas "Aqui, por favor" quando me levou para lavar o cabelo e "Com licença" quando espanava os fios. Assim que ele se afastava, eu estendia a mão e tocava no hematoma da minha bochecha direita. Podia ver o reflexo de vários clientes no espelho e, entre eles, o meu. E eu tinha um hematoma azul-vívido no rosto, mas não o achei feio ou repugnante. Fazia parte de mim, e eu precisava aceitá-lo. De vez em quando, sentia que alguém olhava o hematoma. Porém, como havia pessoas demais no salão, eu não sabia ao certo quem. Apenas sentia os olhares.

O cabeleireiro terminou meu corte em trinta minutos. Desde que eu havia abandonado o trabalho, era a primeira vez que meu cabelo voltava a ficar curto. Quando a mulher retornou, eu folheava as páginas de uma revista ouvindo música, sentado na cadeira de espera. Ela pareceu ter ficado bastante satisfeita com meu novo corte e pagou a conta tirando uma nota de dez mil ienes da carteira. Assim que saímos do salão, ela parou e me mediu da cabeça aos pés, com cuidado, como eu tinha feito com o gato. Parecia verificar se ainda faltava alguma coisa. Aparentemente, por ora, estava tudo no lugar. Ela conferiu o relógio de pulso de ouro e soltou uma espécie de suspiro. Já eram quase sete.

— Vamos jantar — ela disse. — Está com fome?

Eu só tinha comido uma torrada no café da manhã e uma rosquinha no almoço.

— Acho que sim — respondi.

Ela me levou a um restaurante italiano nas imediações. Parecia ser conhecida também nesse lugar, pois, sem que precisasse dizer nada, fomos conduzidos a uma mesa silenciosa, na parte dos fundos. A mulher se sentou e, depois que fiz o mesmo, ela me mandou tirar tudo que tinha nos bolsos da calça. Obedeci, sem dizer nada. Eu tinha a impressão de que a realidade se perdera e estava perambulando em algum lugar. *Espero que me encontre*, pensei. Eu não trazia muita coisa nos bolsos: a chave, o lenço e a carteira. Coloquei na mesa. Ela olhou tudo com desinteresse por um tempo, antes de pegar minha carteira e ver o que tinha dentro. Devia ter cinco mil e quinhentos ienes em dinheiro, além de um cartão telefônico, cartões de banco e minha carteirinha de usuário da piscina pública. Era tudo. Não havia nada interessante, nada para cheirar, medir, sacudir, molhar ou ver contra a luz. Ela me devolveu tudo, sem mudar de expressão.

— Vá até o centro amanhã e compre uma dúzia de lenços, uma carteira nova e um chaveiro — disse ela. — Essas coisas você é capaz de escolher sozinho, certo? Quando foi a última vez que você comprou cuecas?

Refleti por um momento, mas não consegui lembrar. Não lembro, respondi.

— Faz um tempo que não compro — acrescentei. — Mas gosto de manter as minhas coisas limpas e, apesar de estar morando sozinho, sempre lavo minhas roupas...

— Não interessa. Compre umas doze cuecas — disse ela, categoricamente, como se não quisesse mais tocar no assunto.

Assenti em silêncio.

— Traga a nota, que reembolso você. Procure comprar tudo da melhor qualidade. Vou arcar também com os custos da lavanderia, então trate de lavar as camisas sempre que usar, mesmo que uma só vez. Entendeu bem?

Assenti de novo. O dono da lavanderia em frente à estação ficaria feliz ao saber disso. *Mas*... pensei eu, tentando construir uma frase mais longa com essa conjunção simples, que parecia pregada na janela.

— Mas... por que você está fazendo tudo isso por mim?

A mulher não respondeu. Tirou o maço de Virginia Slims da bolsa e colocou um cigarro na boca. Um garçom alto de rosto bonito se aproximou às pressas e acendeu o cigarro, como quem está acostumado. Quando ele riscou o fósforo, ecoou um som seco e agradável, que pareceu abrir meu apetite. Depois ele nos entregou o cardápio, que a mulher nem chegou a olhar. Ela também não quis saber do prato do dia e se limitou a dizer:

— Quero uma salada verde, uma porção de pães e peixe branco. Quero a salada com bem pouco molho e uma pitada de pimenta. Água com gás. Sem gelo.

Como eu não queria ter o trabalho de examinar o cardápio, pedi a mesma coisa. O garçom se curvou de leve e se afastou. Aparentemente minha realidade ainda não tinha me achado.

— Sabe, vou perguntar só por curiosidade. Não entenda como crítica — tomei coragem e questionei mais uma vez. — Não estou reclamando por ter recebido tantos presentes, mas sou tão importante assim para você gastar tanto tempo e dinheiro?

Continuei sem resposta.

— Só por curiosidade — insisti.

Ela não respondeu. Continuou observando com interesse a pintura a óleo da parede, sem ligar para mim. O quadro representava uma paisagem rural da Itália (acho eu). Havia um pé de pinheiro bem podado e algumas casas rústicas vermelhas ao longo da colina. Embora não fossem casas grandes, eram todas simpáticas. Que tipo de gente moraria por ali?, me perguntei. Provavelmente pessoas normais que levavam uma vida normal. Pessoas que não recebiam ternos, sapatos e relógio da noite para o dia, de uma ilustre desconhecida, e que não estavam interessadas em arranjar uma bolada de dinheiro para comprar um poço seco, sem água. Senti muita inveja das pessoas que moravam num mundo normal. Se pudesse, eu gostaria de entrar e fazer parte dessa pintura. Gostaria de entrar em uma das casas, tomar a bebida que seria oferecida e dormir profundamente, sem pensar em nada, coberto com o edredom.

O garçom se aproximou e serviu água com gás para nós dois. Ela apagou o cigarro no cinzeiro.

— Fique à vontade para fazer outra pergunta — disse ela.

Enquanto eu pensava em alguma coisa, ela tomou um gole da água com gás.

— O rapaz que estava no escritório de Akasaka é seu filho?

— Sim — respondeu ela, sem pestanejar.

— Ele não fala?

Ela assentiu.

— Desde pequeno ele não era de falar muito, mas antes de completar seis anos parou de falar completamente. Desde então, não emitiu nenhum som.

— Aconteceu alguma coisa para ele ficar assim?

Ela ignorou a minha pergunta. Pensei em outra.

— Se ele não fala, como faz para se comunicar?

Ela franziu as sobrancelhas de leve. Não ignorou completamente minha pergunta, mas não parecia disposta a responder.

— A senhora também escolheu as roupas dele, não? Todas elas, assim como escolheu para mim.

Ela respondeu:

— Simplesmente não gosto de ver as pessoas se vestirem errado. Não suporto, *é mais forte do que eu*. Pelo menos quero que as pessoas à minha volta se vistam direito e de maneira adequada. Inclusive nos detalhes que ficam escondidos.

— Então a senhora não liga para o meu duodeno? — perguntei, brincando.

— Tem algum problema com seu duodeno? — perguntou ela, me encarando com olhar sério.

Eu me arrependi de ter feito a brincadeira.

— Não tenho nenhum problema no meu duodeno, por enquanto. Era só uma piada. Foi apenas um *exemplo*.

Ela continuou me encarando por um tempo, desconfiada. Deveria estar pensando no meu duodeno.

— Por isso quero que as pessoas se vistam direito, mesmo que eu tenha que escolher e comprar as roupas para elas. É só isso. Não se preocupe. Faço isso *apenas* por conveniência pessoal. *Fisiologicamente*, não suporto ver pessoas malvestidas.

— Como um músico com bom ouvido que não suporta desafinados?

— Bem, acho que sim.

— Então a senhora compra roupas para todas as pessoas que estão à sua volta? Assim como comprou para mim?

— Sim. Mas não tenho tantas pessoas à minha volta. Mesmo que seja insuportável para mim ver gente malvestida, não posso comprar roupas para todas as pessoas do mundo.

— Tudo tem limite.

— Exatamente.

Comemos a salada servida. Tinha bem pouco molho, como ela pedira. Eu podia contar nos dedos quantas gotas.

— Você tem mais alguma pergunta?

— Sim. Gostaria de saber o seu nome — respondi. — Melhor dizendo, gostaria de poder chamar a senhora de alguma maneira.

Ela mordiscou uma folha da salada, sem falar nada por um tempo. E franziu as sobrancelhas, como se tivesse engolido algo muito picante, por engano.

— Por que você precisa saber o meu nome? Por acaso pretende escrever uma carta para mim? Nomes são coisas insignificantes.

— Sim, mas como vou fazer quando precisar chamar a senhora na rua, por exemplo?

Ela colocou o garfo sobre o prato e limpou a boca com o guardanapo, em silêncio.

— Entendi. Nunca tinha pensado por esse lado. É, você tem razão, nesse caso acho que seria bom ter um nome para que você pudesse me chamar.

Ela ficou pensando a respeito, por um longo tempo. Enquanto isso, continuei comendo a salada, calado.

— Então você precisa de um nome para me chamar na rua, é isso?

— Bem, é isso.

— Quer dizer que não precisa ser o meu nome verdadeiro?

Assenti.

— Um nome... Que tipo de nome seria bom? — perguntou ela.

— Acho que um simples, fácil de pronunciar. De preferência um nome concreto e palpável, fácil de lembrar.

— Por exemplo?

— Bom, o nome do meu gato é Bonito. Escolhi esse nome ontem mesmo.

— *Bonito!* — repetiu a mulher, em voz alta, como se verificasse a sonoridade. Ela ficou observando o moedor de pimenta diante dos olhos, até que levantou o rosto e disse: — Noz-Moscada.

— Noz-Moscada?

— Sim. Foi a primeira coisa que me veio à mente. Se você não se importar, Noz-Moscada pode ser meu nome.

— Por mim, tudo bem... E como posso chamar seu filho?

— Canela.

— Noz-Moscada e Canela... — disse eu.

— Noz-Moscada Akasaka e Canela Akasaka — corrigiu a mulher. — Ora, vamos, não são nomes tão ruins assim.

Noz-Moscada Akasaka e Canela Akasaka: se May Kasahara soubesse que conheci pessoas com esses nomes, ficaria abismada. Poxa vida, Pássaro de Corda, por que você não consegue ter amigos um pouco mais normais? Por que será, May Kasahara? Não faço a menor ideia.

— A propósito, um ano atrás conheci duas irmãs que se chamavam Malta Kanô e Creta Kanô — comentei. — Por causa delas, eu passei por muitas situações complicadas mas já não tenho contato com elas.

Noz-Moscada só acenou de leve, sem fazer nenhum comentário.

— Elas sumiram — acrescentei, sem ânimo. — Como gotas de orvalho em uma manhã de verão.

Ou como estrelas diante do despertar da alvorada.

Com o garfo, a mulher colocou na boca uma folha que parecia chicória. Depois estendeu a mão e tomou um gole de água do copo, como se tivesse se lembrado de uma promessa antiga.

— Por sinal, você não quer saber mais sobre aquele dinheiro que recebeu anteontem?

— Quero saber *muito*.

— Posso contar, mas é uma longa história.

— Vai terminar até a sobremesa?

— Acho impossível — respondeu Noz-Moscada Akasaka.

9.
No fundo do poço

Ao descer ao fundo do poço escuro pela escada de ferro, procurei às apalpadelas, como sempre fazia, o taco de beisebol que tinha deixado de pé, encostado na parede. Era o taco daquele homem que carregava o estojo de violão, que eu tinha trazido de maneira quase automática ao fim daquele episódio. Curiosamente, meu coração se tranquilizou quando, na escuridão do fundo do poço, peguei o taco cheio de arranhões antigos. Aquele taco me ajudava a me concentrar, por isso eu sempre o deixava no poço. Até porque não era nada fácil descer e subir a escada carregando um taco.

Assim que o encontrei, segurei sua base com firmeza e encolhi os braços, como um jogador se preparando para rebater. E me certifiquei de que era realmente o *meu* taco. Depois verifiquei cada detalhe da escuridão, para ter certeza de que nada tinha mudado: prestei atenção nos sons, inspirei o ar, conferi a terra com a sola do sapato e testei a rigidez da parede, dando batidas leves com a ponta do taco. Tratava-se apenas do ritual habitual para eu tentar me acalmar. O fundo do poço se parecia muito com o fundo do oceano. Ali tudo permanecia imutável, conservava sua forma original, como comprimido pela pressão da água. O tempo podia passar, mas nada mudava de um dia para outro.

No alto, a luz estava recortada em um círculo perfeito. Era o céu do fim de tarde. Olhando para cima, pensei no mundo da superfície, que presenciava o entardecer de outubro. Lá, as *pessoas* deveriam estar levando sua vida cotidiana: sob a tênue luz do outono, caminhavam pela cidade, faziam compras, preparavam o jantar e voltavam para casa de trem. E pensavam — ou talvez nem chegassem a pensar — que tudo isso era a coisa mais natural do mundo. Como eu, até um tempo atrás. Eu também não passava então de um elemento anônimo dessa massa informe e vaga de "pessoas". Sob essa luz, as pessoas aceitavam outras pessoas e eram aceitas por outras, alimentavam relações duráveis ou passageiras, ligadas por uma espécie de intimidade envolta pela luz. Mas eu já não fazia mais parte desse mundo. Essas pessoas estavam na superfície, e eu, no fundo do poço. Elas tinham a luz, e eu, as trevas. Às vezes, eu chegava a pensar que nunca mais seria capaz de voltar ao mundo da superfície. Que nunca mais seria capaz de sentir aquela sensação tranquila de ser banhado pela luz. Que nunca mais seria capaz de dar colo ao gato macio. Quando pensava nessas hipóteses, sentia um formigamento surdo dentro do peito, como se algo estivesse sendo espremido.

Porém, ao cavar a terra macia com a sola de borracha do sapato, essas ideias iam se afastando cada vez mais de mim, assim como o próprio mundo da superfície. O senso de realidade ia se turvando, dando lugar à familiaridade do poço, que me envolvia aos poucos. O fundo do poço era quente e silencioso, e a terra macia me tranquilizava. A dor dentro do meu peito diminuía, como se a ondulação circular em uma superfície d'água desaparecesse lentamente. Esse lugar me aceitava, e eu aceitava esse lugar. Segurei a base do taco com firmeza. Fechei e abri os olhos. Olhei para cima.

Depois fechei a tampa do poço, puxando a corda suspensa (Canela, que era bastante engenhoso, tinha elaborado um sistema de polia, para que eu pudesse fechar a tampa mesmo no fundo do poço). Agora a escuridão era total. A abertura do poço estava fechada e não havia luz cm ncnhum lugar. Não conseguia mais ouvir o intermitente som do vento. A separação entre o mundo das "pessoas" e o meu se tornou definitiva. Nem lanterna eu carregava. Era uma espécie de profissão de fé que eu fazia, mostrando *para todos* que eu estava disposto a aceitar as trevas como eram.

Encostado na parede de concreto, eu me sentei no chão e fechei os olhos, colocando o taco entre os joelhos. E prestei atenção nas batidas do meu coração. Como estava na escuridão total, naturalmente não precisava fechar os olhos, porque não enxergava nada mesmo. Mesmo assim fechei. Por mais escuras que fossem as trevas, o ato de fechar os olhos tinha seu significado. Respirei fundo algumas vezes para me acostumar ao espaço cilíndrico profundo e escuro. Senti o mesmo cheiro característico e a mesma carícia do ar na minha pele. O poço havia sido fechado uma vez, por completo, mas o ar do interior continuava igual, o que era curioso. Cheirava a mofo e estava um pouco úmido. O cheiro era igual ao que eu sentira da primeira vez que desci. Para este lugar não havia tempo nem mudanças de estação.

*

Eu sempre usava os mesmos objetos da primeira descida: os tênis velhos e o relógio de plástico. Como o taco de beisebol, eles ajudavam a me tranquilizar. Na escuridão total, me certifiquei de que estavam firmes, como uma extensão do meu corpo. Eu me certifiquei também de que não tinha me afastado de mim mesmo. Abri os olhos e voltei a fechá-los depois de um tempo, para familiarizar gradualmente minhas trevas internas às externas. E assim o tempo passou. Já não conseguia mais distinguir direito as trevas, como das outras vezes. Já não sabia se estava de olhos abertos ou fechados. O hematoma da minha bochecha começou a se aquecer de leve. Senti que ele assumia uma tonalidade roxa e vívida.

As diferentes trevas se misturavam aos poucos e, entre elas, me concentrei no meu hematoma e pensei *naquele quarto*. Tentei me afastar de mim mesmo, assim como fazia quando estava com "elas". Tentei me libertar do meu corpo desajeitado que estava agachado na escuridão. Nesse momento, eu não passava de uma casa vazia, de um poço abandonado. Tentei sair desse lugar e me transferir para outra realidade, que corre em velocidade diferente. Continuei segurando o taco com firmeza.

Só havia uma parede que me separava daquele quarto estranho e agora provavelmente eu era capaz de atravessá-la. Com meus próprios meios e com a força da profunda escuridão que havia no fundo do poço.

Ao prender a respiração e me concentrar, conseguia ver as coisas que havia no quarto. Eu não estava dentro, *mas conseguia vê-lo*. Via a sala de estar. Do quarto 208. As grossas cortinas da janela bem fechadas e o quarto bem escuro. Havia uma infinidade de flores no vaso, e um perfume sugestivo e pesado pairava no ar. Havia uma luminária de chão no canto, logo na entrada. Sua luz estava morta, como a luz da lua ofuscada pela manhã. Ainda assim, ao prestar atenção com persistência, as coisas que estavam no ambiente começaram a ganhar uma forma vaga, graças a uma luz tênue que vazava de algum lugar. Como quando os olhos se acostumam com a escuridão no cinema. Sobre a pequena mesa no centro do quarto, havia a garrafa de Cutty Sark quase cheia. No balde, gelos recém-quebrados (com os cantos ainda pontudos) e, no copo, uísque com gelo. Havia também uma bandeja de aço inoxidável. Eu não sabia que horas eram nem se era manhã, tarde ou noite. Talvez desde o começo a questão das horas fosse irrelevante nesse lugar. Uma mulher estava deitada na cama do quarto, ao fundo. Eu ouvia o farfalhar da sua roupa. Quando ela balançava o copo de leve, fazia um som estranhamente alegre. Ao ritmo dele, os minúsculos grãos de pólen que flutuavam balançavam, despertando depressa, com um leve tremor do ar. As trevas aceitaram os grãos de pólen em silêncio, e eles aceitos tornaram as trevas ainda mais densas. A mulher aproximou o copo de uísque da boca, deu um gole e tentou falar algo para mim. O quarto estava completamente escuro e não dava para enxergar nada. Apenas o vulto se movia disforme, querendo falar alguma coisa para mim. Fiquei aguardando, respirando sem fazer barulho, à espera de suas palavras.

Era tudo o que *havia nesse lugar.*

*

Como um pássaro imaginário voando no céu imaginário, eu estava no alto, observando a cena se desenrolar no quarto. Ampliei a cena, depois recuei alguns passos para ter uma visão geral, depois me aproximei de novo e ampliei a cena outra vez. Desnecessário dizer que naquele lugar os detalhes tinham grande significado. Detalhes como o formato, a cor, a textura. Verifiquei todos, um por um, em sequência. Praticamente não havia ligação entre os detalhes. O calor também já estava perdido. O que eu fazia naquela hora não passava de uma ordenação mecânica dos detalhes. Mas a tentativa não era em vão. Não, não era em vão. Assim como o atrito entre pedras ou entre achas de madeira gerava calor e chama, uma realidade com alguma ligação foi se formando aos poucos. Assim como os sons aleatórios que, depois de algumas repetições simples e sem sentido, acabam formando uma sílaba.

Eu conseguia sentir essa tênue ligação sendo gerada no interior da escuridão. *Sim, é assim mesmo.* Tudo ao redor estava em silêncio, e *eles* ainda não tinham notado a minha presença. Sentia que a parede que me separava desse quarto se derretia e se tornava macia como uma gelatina, gradualmente. Prendi a respiração. **Tinha que ser agora.**

Porém, no exato instante em que daria o primeiro passo na direção da parede, um som agudo de batidas à porta quebrou o silêncio, como se alguém tivesse percebido tudo. Alguém estava batendo à porta com o punho fechado, com força. Era a mesma batida que eu tinha ouvido antes. Uma batida aguda, resoluta, como um martelo cravando um prego na parede. A sequência também era a mesma. Duas batidas rápidas, um intervalo, mais duas batidas rápidas. Percebi que a mulher prendeu a respiração. Os grãos de pólen que flutuavam ao redor tremeram, e as trevas também balançaram bastante. Com o som das batidas, minha passagem que ganhava forma foi completamente interrompida.

Como acontecia das outras vezes.

*

Voltei de novo para dentro do meu corpo, sentado no fundo do poço comprido. Estava encostado na parede, segurando o taco. A sensação do *mundo de cá* voltou às minhas mãos, como se a imagem fosse focalizada gradualmente. Senti que a base do taco estava ligeiramente úmida com meu suor. Meu coração saía pela garganta. Nos meus ouvidos, ainda ressoava o som nítido das batidas duras que pareciam perfurar o mundo. Conseguia ouvir o som da maçaneta sendo girada sem pressa, na escuridão. Alguém (ou *algo*) de fora estava tentando abrir a porta, devagar. Estava tentando entrar no quarto sem fazer barulho. No entanto, nesse instante, todas as imagens se apagaram. A parede voltou a ser dura e rígida, e fui expelido para o lado de cá.

Envolto na profunda escuridão, tentei bater com a ponta do taco na parede bem diante dos meus olhos. Não passava da parede de concreto de sempre, dura e fria. Eu estava cercado pelo concreto cilíndrico. **Faltava pouco**, pensei. Estava me aproximando cada vez mais. Sem dúvida. Um dia acabarei *entrando*, passando por essa divisória. Vou entrar no quarto antes daquela batida à porta e permanecerei lá. Mas quanto tempo ainda vou precisar para isso? E quanto tempo me resta?

Além disso, eu tinha medo de que tudo *se tornasse realidade*. Tinha medo de ficar frente a frente com o que haveria naquele lugar.

Permaneci agachado no meio da escuridão por mais um tempo. Precisava acalmar as batidas do coração. Precisava soltar as mãos do taco. Precisava de um pouco mais de força e de tempo para me levantar do chão do fundo do poço e subir à superfície pela escada de ferro.

10.
Ataque ao zoológico
(ou um massacre amador)

Noz-Moscada Akasaka me contou sobre os tigres, os leopardos, os lobos e os ursos que foram abatidos por um grupo de soldados em certa tarde tórrida de agosto de 1945. Ela me contou esse acontecimento com muitos detalhes e de maneira ordenada, como a projeção de um documentário numa tela branca. Não havia nenhuma ambiguidade. Só que, *na realidade*, ela *não tinha visto* a cena. Durante o massacre, ela estava de pé no convés do navio que transportava os japoneses da Ásia continental a Sasebo, ilha de Kyushu, e o que ela *estava vendo de fato* era um submarino da Marinha norte-americana.

Quando ela saiu do porão úmido e quente que parecia uma sauna e, espremida na amurada ao lado de muitas outras pessoas, contemplou a superfície tranquila e sem onda do mar, sentindo uma brisa suave, o submarino emergiu como em um sonho, sem aviso nem sinal. Primeiro apareceram a antena, o radar e o periscópio, depois a torre de comando, que dividiu a superfície da água e provocou ondas, até que um monstro de ferro molhado exibiu todo o seu corpo nu, fino e comprido, sob a luz de verão. Ele tinha a forma e o contorno de um submarino, mas pareceu um *símbolo* de alguma coisa ou uma metáfora cujo significado era incompreensível.

O submarino seguiu paralelo ao navio por um tempo, como se observasse uma presa, até que a escotilha do convés se abriu e os tripulantes apareceram, um por um, em movimentos lentos. Ninguém tinha pressa. Do convés da torre de comando, os oficiais observavam o navio com um binóculo grande. De vez em quando, a lente brilhava, refletindo a luz solar. O navio estava abarrotado de civis que fugiam do caos da derrota iminente e voltavam ao Japão, em sua maioria mulheres e filhos de funcionários japoneses do governo da Manchúria e de quadros importantes da Companhia Ferroviária do

Sul da Manchúria. O risco de ser surpreendido por um submarino norte-americano durante o percurso era mais aceitável do que a tragédia certa de permanecer na Ásia continental — pelo menos até o risco surgir bem diante dos olhos de todos.

O comandante do submarino já tinha se certificado de que o navio não estava armado e que não havia nenhum navio de escolta por perto. Os soldados norte-americanos não tinham nada a temer. Já contavam com a supremacia aérea. Okinawa já tinha caído, e o Japão não tinha praticamente nenhum avião de combate capaz de voar. Não precisavam ter pressa. O tempo estava do lado deles. Os soldados viraram o canhão de convés para a direção do navio. O comandante deu ordens curtas e precisas, e três soldados operaram o canhão. Outros dois abriram a escotilha que ficava na parte de trás do convés e voltaram com munição pesada. No convés um pouco mais alto, perto da torre de comando, havia um canhão automático, que estava sendo carregado com destreza por alguns soldados. Todos os que preparavam as armas usavam capacete, mas alguns estavam sem camisa. Quase a metade usava short. Ao prestar atenção, dava para ver com nitidez as tatuagens nos braços deles. Ao prestar atenção, Noz-Moscada conseguiu perceber muitas coisas.

Um canhão de convés e um automático eram as únicas armas de fogo do submarino, mas bastavam para afundar um cargueiro velho reformado que fazia as vezes de navio de transporte lento. Havia um número limitado de torpedos, que deveriam ser poupados para quando o submarino se deparasse com uma frota armada — se é que na época ainda restava alguma no Japão. Essa era uma regra inviolável.

Segurando a amurada do convés, Noz-Moscada ficou observando o cano do canhão preto ser girado e direcionado para o navio. O sol de verão secou depressa o cano que até há pouco estava molhado. Era a primeira vez que ela via um canhão tão grande. Na cidade de Hsinking, ela já tinha visto peças de artilharia do Exército japonês, mas o canhão de convés do submarino era sem dúvida bem maior. O submarino enviou um sinal luminoso para que o navio parasse imediatamente e evacuasse depressa os passageiros nos botes salva-

-vidas, pois os soldados abririam fogo contra o casco e afundariam a embarcação. (Naturalmente Noz-Moscada não conseguira interpretar o sinal luminoso, mas se lembraria com clareza da mensagem.) Porém, o navio antigo que antes funcionava como cargueiro e fora reformado em meio ao caos da guerra não contava com um número suficiente de botes salva-vidas. Havia mais de quinhentas pessoas a bordo, incluindo passageiros e tripulação, mas só dois botes pequenos. Quase não havia coletes salva-vidas nem boias.

Com fascínio, Noz-Moscada ficou observando o submarino, segurando a amurada. Ele cintilava novinho em folha, sem ferrugem em nenhum canto. Ela olhou os números escritos com tinta branca na torre de comando, observou o radar que girava e também o oficial de cabelos cor de areia que usava óculos bem escuros. Aquele submarino emergira das profundezas do mar para matar todos no navio. *Bom, mas não chegava a ser uma surpresa*, pensou ela. *Isso podia acontecer com qualquer pessoa, em qualquer lugar, mesmo não sendo época de guerra.* Todos achavam que era por causa da guerra, mas não era verdade. A guerra *não passava de uma entre muitas coisas* que existiam no mundo.

Mesmo vendo o submarino e o grande canhão bem diante dos olhos, Noz-Moscada não sentiu medo. Sua mãe gritou algo, mas a voz dela não chegou aos seus ouvidos. Noz-Moscada sentiu que alguém pegou e puxou seu punho, mas ela não soltou a amurada. Os gritos e o ruído à sua volta foram se afastando, como se alguém baixasse devagar o volume do rádio. Por que estou com tanto sono assim?, ela estranhou. Quando fechou os olhos, perdeu a consciência depressa e se afastou do convés.

Nesse momento, ela presenciava a cena em que soldados japoneses caminhavam por todo o zoológico para atirar e matar, um a um, os animais que podiam atacar as pessoas. Quando o primeiro-tenente deu a ordem, os soldados dispararam os fuzis .38 e as balas rasgaram a pele macia e estraçalharam as vísceras do tigre. O céu da tarde de verão era azul, e o chiar insistente das cigarras caía como chuva de verão.

Os soldados cumpriram a ordem calados, do começo ao fim. Os rostos bronzeados estavam pálidos e pareciam desenhos de uma cerâmica da antiguidade. Dentro de alguns dias, no mais tardar em uma semana, as principais tropas do Exército do Extremo Oriente da União Soviética deveriam chegar a Hsinking. Não havia meio de impedir aquele avanço. Desde o início da guerra, a linha de frente que se espalhava cada vez mais ao sul e grande parte dos equipamentos e das tropas de elite do antes poderoso Exército de Guangdong tinham sido deslocadas. A maior parcela do armamento já havia afundado nas profundezas do mar ou estava apodrecendo no meio das matas. Praticamente não havia mais carros blindados nem armamento anti-tanque. Havia poucos caminhões para transporte de tropas e os que precisavam de conserto não serviam para nada, por falta de peças. Embora ainda houvesse soldados, recrutados em uma grande mobili-zação, até os fuzis antigos não eram suficientes para todos. Sem contar que poucas balas tinham sobrado. O Exército de Guangdong, que no passado se vangloriava de manter uma inquebrantável defesa no norte da Manchúria, já não passava de um tigre de papel. A poderosa divisão blindada da União Soviética, que havia derrotado o Exército alemão, já tinha chegado à linha de frente do extremo oriente, pela ferrovia. Os soviéticos tinham equipamentos de sobra e uma grande motivação. O colapso do Estado da Manchúria era bastante iminente.

Todos sabiam disso. Os oficiais do Estado-Maior do Exército de Guangdong também, mais do que ninguém. Por isso, mandaram as principais unidades recuarem, deixando os camponeses e as linhas de defesa mais próximos à fronteira entregues à própria sorte. A maioria dos camponeses desarmados foi morta com brutalidade pelos soldados soviéticos que queriam avançar depressa, ou seja, que não tinham condições de manter prisioneiros. A maior parte das mulheres optou ou foi obrigada a optar por suicídio coletivo, considerando que seria uma solução melhor do que ser violentada. As linhas de defesa próxi-mas à fronteira resistiram bravamente, escondendo-se na fortaleza de concreto que os próprios soldados batizaram de fortificação perma-nente, mas não receberam apoio das unidades de retaguarda. Quase todas foram aniquiladas por completo, lutando contra um poder de fogo esmagadoramente superior do Exército soviético. Como era de esperar, a grande parte dos oficiais de alto escalão e do Estado-Maior já se encontrava no novo quartel-general em Tonghua, próximo à fronteira com a Coreia, e o imperador do Estado da Manchúria, Pu Yi, e sua família tinham feito as malas às pressas e também deixado a capital, num comboio específico. Quando a notícia da invasão do Exército soviético se espalhou, a maioria dos soldados chineses que faziam parte do Exército do Estado da Manchúria, encarregados da segurança da capital, ou desertou ou se rebelou, matando os oficiais japoneses que estavam no comando. Obviamente não estavam dispostos a lutar contra o poderoso Exército soviético para defender o Japão, arriscando a própria pele. Como resultado, Hsinking, cidade que o Japão fizera questão de transformar na capital do Estado da Manchúria, foi abandonada em um curioso vácuo político. Os oficiais chineses de alto escalão do governo da Manchúria defenderam a rendição da cidade de Hsinking e a sua desmilitarização, a fim de evitar o caos e o derramamento de sangue desnecessários, mas essa proposta foi recusada pelo Exército de Guangdong.

Os soldados japoneses que foram ao zoológico também imaginavam que acabariam mortos dentro de alguns dias, ao combater o Exército soviético (na verdade, foram enviados para as minas da Sibéria depois da rendição do Exército japonês e três deles morreram por lá mesmo). A única coisa que podiam fazer era rezar para uma morte sem dor. Não queriam ser esmagados devagar pela lagarta de um tanque, nem queimados pelo lança-chamas dentro de uma trincheira, nem baleados no ventre. Não queriam ter uma morte lenta e sofrida. Seria melhor uma morte rápida, um tiro na cabeça ou no coração. De qualquer maneira, antes que morressem, precisavam matar os animais do zoológico.

Para economizar a preciosa munição, os animais deveriam ser *eliminados* com veneno. Fora essa a ordem que o jovem primeiro-tenente que estava no comando tinha recebido do seu superior, que acrescentara que o veneno já havia sido enviado ao zoológico. O primeiro-tenente se dirigiu então ao zoológico, acompanhado de oito soldados armados até os dentes. O zoológico ficava a cerca de vinte minutos a pé do quartel-general e estava fechado desde a invasão da Manchúria pelo Exército soviético. Dois soldados com fuzil e baioneta montavam guarda na entrada. O primeiro-tenente mostrou a ordem e entrou com seu grupo.

O diretor do zoológico informou que também tinha recebido a ordem de *eliminar* os animais ferozes em caso de emergência, e que o método adotado seria envenenamento, mas explicou que não tinha recebido nenhum carregamento de veneno até o momento. O primeiro-tenente não sabia o que estava acontecendo. Ele sempre trabalhara na área de contabilidade do quartel-general, nunca tinha comandado uma tropa antes e não estava acostumado com esse tipo de situação. A pistola que apanhara às pressas da gaveta estava sem manutenção há anos, e ele nem sabia se ainda disparava.

— Trabalhar em órgão público é assim mesmo, em qualquer lugar, primeiro-tenente — consolou o diretor chinês do zoológico, com compaixão. — As coisas necessárias *nunca* estão à disposição.

O veterinário-chefe foi chamado para confirmar a informação do diretor e comentou com o primeiro-tenente que o zoológico vinha recebendo pouco abastecimento nos últimos tempos. Acrescentou que a quantidade de veneno era ínfima e mal daria para matar um cavalo. O veterinário era um homem alto, com mais de trinta e cinco anos, e tinha um rosto bonito, mas com um hematoma azul-escuro na bochecha direita. O hematoma tinha o tamanho e o formato da palma da mão de um bebê. Deve ser de nascença, supôs o primeiro--tenente. Ele então ligou da sala do diretor para o quartel-general, para receber novas instruções do superior. Porém, o quartel-general do Exército de Guangdong se encontrava em caos desde a invasão da fronteira da Manchúria pelo Exército soviético, alguns dias atrás, e muitos oficiais de alto escalão estavam desaparecidos. Quem tinha ficado estava desesperado em queimar documentos importantes no pátio interno ou estava comandando unidades para montar minas antitanque no subúrbio da cidade. O major que dera ordens ao primeiro-tenente também estava desaparecido. O primeiro-tenente não fazia a menor ideia de onde conseguir o veneno necessário. Para começar, que setor do Exército de Guangdong cuidava de veneno? Durante o telefonema, ele foi encaminhado para outro setor e depois para outro e mais outro, até que o último a atender, um coronel que era cirurgião, gritou com voz trêmula:

— Seu idiota! Uma nação está prestes a ser destruída! Não é da minha conta o que vai acontecer com um zoológico!

Não é da minha conta também, pensou o primeiro-tenente, que desligou o telefone com uma fisionomia inconformada e desistiu de tentar arrumar veneno. Só havia duas alternativas: a primeira seria não matar nenhum animal e voltar ao quartel-general, e a segunda seria matar os animais a tiros. Seja lá qual fosse a escolha, o primeiro-tenente estaria infringindo a ordem recebida. Depois de refletir um pouco, ele resolveu matar os animais a tiro pois, por mais que pudesse ser repreendido posteriormente por ter desperdiçado munição, ao menos teria cumprido o objetivo de *eliminar* os animais ferozes. Se saísse do zoológico sem matá-los, poderia ser processado pela corte marcial por descumprimento de ordem. Ele tinha dúvidas se num momento como aquele a corte marcial ainda existia, mas ordem era ordem. Enquanto existisse Exército, a ordem precisaria ser cumprida.

Não gostaria de matar os animais, disse para ele mesmo. Realmente não gostaria. Mas já falta alimento para eles, e a tendência da situação é só piorar — pelo menos não se vê nenhuma previsão de melhora. Para os animais também deve ser melhor morrer baleados. Se os animais famintos fossem soltos na cidade depois de um combate intenso ou de um bombardeio, sem dúvida a situação seria ainda mais catastrófica.

O diretor entregou ao primeiro-tenente a lista de animais que deviam ser abatidos em caso de emergência e o mapa do zoológico. O veterinário com hematoma na bochecha e dois auxiliares chineses acompanhariam os soldados. O primeiro-tenente deu uma olhada na lista que recebeu. Por sorte, o número de animais era menor do que ele imaginava. Mas havia dois elefantes. "Elefantes?", o primeiro-tenente franziu a testa sem perceber. Poxa vida, como é que vamos matar os elefantes?

Considerando o trajeto e o mapa, eles resolveram acabar primeiro com os tigres. Os elefantes seriam os últimos. A placa diante da jaula dizia que os tigres tinham sido capturados no meio das montanhas do Grande Khingan, na Manchúria. Eram dois tigres, e quatro soldados mirariam em cada um. O primeiro-tenente deu ordens para que os soldados mirassem bem no coração, mas nem mesmo ele sabia direito onde ficava o coração. Quando todos os oito soldados puxaram ao mesmo tempo a alavanca do fuzil .38 para inserir o cartucho, o som seco e agourento mudou completamente a paisagem do lugar. Tão logo ouviram o som, os tigres na jaula se levantaram de um salto do chão, lançaram um olhar feroz para os soldados e soltaram rugidos ameaçadores e demorados. Por via das dúvidas, o primeiro-tenente tirou do coldre sua pistola automática e a destravou. E, para se acalmar, deu uma leve tossida. *Isso não é nada*, tentou se convencer. *É uma coisa que todo mundo está acostumado a fazer.*

Os soldados se ajoelharam, apontaram os fuzis e, quando o primeiro-tenente deu a ordem, puxaram o gatilho. Um coice forte atingiu o ombro de todos com força, esvaziando por um momento suas mentes. O estrondo dos disparos simultâneos ecoou pelo zoológico vazio. O barulho reverberou de jaula em jaula, de parede em parede, atravessou entre as árvores, passou pela superfície da água dos tanques e perfurou o peito de todos que o ouviram, como um presságio sinistro, como uma trovoada ao longe. Todos os animais prenderam a respiração. Até o chiar das cigarras cessou. Mesmo depois que o estrondo dos disparos passou, não se ouviu nenhum som ao redor. Os tigres viraram uma rápida cambalhota, como se atingidos por um grande bastão segurado por uma mão invisível, e caíram no chão, com grande barulho. Depois se retorceram em ofegante agonia e vomitaram sangue. Os soldados não tinham conseguido matar os tigres na primeira tentativa. Como os animais não paravam na jaula e caminhavam sem parar de um lado para o outro, os homens não conseguiram mirar direito. Com uma voz mecânica e monótona, o primeiro-tenente ordenou mais uma vez que os soldados se preparassem para efetuar novo disparo. Eles então voltaram a si, puxaram a alavanca para inserir o cartucho e miraram outra vez nos tigres.

O primeiro-tenente mandou que um dos subordinados entrasse na jaula para verificar se os tigres estavam mesmo mortos. Embora os animais estivessem de olhos fechados, com os dentes para fora da boca aberta e não se mexessem, alguém precisava conferir se estavam mesmo mortos. O veterinário destrancou a porta da jaula e o soldado que tinha acabado de completar vinte anos entrou, baioneta em riste, expressão assustada. A situação toda era bem cômica, mas ninguém riu. Com o calcanhar, o soldado deu um pisão leve na lombar do tigre, que não se mexeu. O soldado, então, deu um chute mais forte, no mesmo lugar. O felino estava morto. O outro tigre (uma fêmea) também não se mexeu. O soldado nunca havia visitado um zoológico e era a primeira vez que via um tigre de verdade. Por isso, não conseguiu experimentar a sensação real de ter acabado de matar um tigre de verdade, ao lado de seus colegas. Ele havia sido mandado para um lugar que não tinha nada a ver com ele e, *por acaso*, estava fazendo coisas que também não tinham nada a ver com ele. Essa era a sua sensação no momento. De pé diante do mar de sangue escuro, ele olhava distraidamente para os corpos dos tigres. Mortos, eles pareciam bem maiores. Por que será?, estranhou ele.

O chão de concreto da jaula estava impregnado de um misto de odor repulsivo de urina, próprio de grandes felinos, e do cheiro de sangue fresco e quente. O sangue continuava jorrando de vários buracos dos corpos dos tigres, formando uma poça pegajosa e escura aos pés do soldado. Ele sentiu que o fuzil que segurava de repente se tornou mais pesado e mais gelado. Queria largar o fuzil, se agachar no chão e vomitar tudo o que ainda restava no estômago. Talvez assim se sentisse melhor. Mas não podia fazer isso porque, se fizesse, apanharia do chefe do pelotão até seu rosto ficar deformado (obviamente ele não sabia que iria morrer dezessete meses depois, em uma mina perto de Irkutsk, com uma enxadada na cabeça desferida por um guarda soviético). Ele enxugou o suor da testa com as costas da mão. Sentiu que seu capacete estava muito pesado. As cigarras começaram a chiar de novo, como se tivessem enfim recuperado o ânimo, uma a uma. O pássaro também desatou a cantar, um canto curiosamente característico, ric-ric-ric, como se estivesse dando corda. Como aos doze anos o soldado tinha trocado uma vila montanhosa em Hokkaido por uma em Beian, na Manchúria, e trabalhado na lavoura ao lado dos pais até ser recrutado pelo Exército há um ano, conhecia tudo sobre os pássaros da Manchúria. No entanto, não conhecia nenhum que cantava daquele jeito, o que era estranho. Seria um pássaro de fora da região cantando em alguma gaiola? Mas o canto parecia vir de uma árvore bem próxima. Ele se virou, estreitou os olhos e olhou para a direção de onde vinha o canto. Não viu nenhum pássaro. Havia apenas um grande pé de olmo com folhas densas que projetava uma sombra nítida e fresca no chão.

Como se pedisse instruções, ele olhou para o primeiro-tenente, que acenou e ordenou que ele saísse. O primeiro-tenente voltou a abrir o mapa do zoológico e riscou os tigres. Agora era a vez dos leopardos. Depois, dos lobos. Havia também os ursos. *Vamos deixar os elefantes para o final*, pensou o primeiro-tenente. Como fazia um calor infernal, ele ordenou que os soldados descansassem um pouco e bebessem água. Todos tomaram a água dos cantis. Em seguida, o grupo se dirigiu em silêncio para a jaula dos leopardos em fila indiana, fuzis a tiracolo. O pássaro desconhecido continuava dando corda em cima de alguma árvore, com um canto resoluto. O suor tingia de preto o peito e as costas das fardas de manga curta dos soldados. Quando os soldados armados até os dentes andavam em fila, o som de vários metais se tocando ecoava de leve no zoológico deserto. Os gritos produzidos pelos macacos pendurados na jaula rasgavam o céu e, como uma profecia, advertiram todos os demais animais, que se juntavam ao coro, cada qual à sua maneira. Os lobos uivavam demoradamente para o céu, os pássaros batiam as asas e algum animal de grande porte batia o corpo contra a jaula, como se lançasse uma ameaça. Um retalho de nuvem com formato de punho apareceu de repente, como um sinal de algo, e escondeu o sol. Naquela tarde de agosto, as pessoas e os animais pensavam na morte. Naquela tarde, os soldados matariam os animais, e depois seriam mortos pelo Exército soviético. Provavelmente.

Noz-Moscada e eu conversávamos frente a frente no restaurante de sempre, na mesma mesa. Quem pagava a conta era sempre ela. A parte dos fundos era cercada por divisórias, de modo que nossa conversa não chegava até o salão e as conversas das mesas do salão não chegavam até nós. Como não havia rotatividade de fregueses na hora do jantar, podíamos conversar com calma até o restaurante fechar, sem sermos incomodados. Os garçons também procuravam não se aproximar da nossa mesa, a não ser para servir os pratos. Ela normalmente pedia uma garrafa de vinho da Borgonha, de um ano específico. E sempre deixava a metade.

— Pássaro que dá corda? — perguntei, levantando o rosto.

— Pássaro que dá corda? — repetiu Noz-Moscada. — Não sei do que você está falando. O que é isso?

— Mas a senhora acabou de falar do pássaro que dá corda.

Ela balançou a cabeça em silêncio.

— Ah, é? Não lembro. Acho que não falei nada sobre pássaro.

Desisti. Eram sempre assim as histórias que ela contava. Também não perguntei nada sobre o hematoma da bochecha do veterinário.

— Então a senhora nasceu na Manchúria?

Ela balançou a cabeça, mais uma vez.

— Nasci em Yokohama e, aos três anos, fui levada para a Manchúria pelos meus pais. Meu pai era professor de uma escola de veterinária e, quando a escola teve que mandar alguém para assumir como veterinário-chefe de um zoológico que seria inaugurado em Hsinking, ele se candidatou. Minha mãe não queria abandonar a vida no Japão para ir a um fim de mundo como a Manchúria, mas meu pai insistiu. Talvez não quisesse seguir carreira de professor no Japão, talvez almejasse ver com os próprios olhos um mundo mais amplo. Para mim, como eu ainda era pequena, não fazia diferença morar no Japão ou na Manchúria. De qualquer maneira, eu adorava a vida no zoológico. Meu pai vivia impregnado com um cheiro de animais, de vários animais, e todo dia havia pequenas variações, como a combinação de um perfume que mudasse todos os dias, um pouco de cada. Quando meu pai voltava para casa, eu sempre me sentava no colo dele para sentir esse cheiro.

"Porém, quando o Japão começou a ficar em desvantagem e a situação ao redor se tornou perigosa, meu pai resolveu mandar minha mãe e eu para o Japão. Nós duas fomos de trem de Hsinking à Coreia, ao lado de outras pessoas, e embarcamos no navio providenciado especialmente para os civis que voltavam para o Japão. Meu pai ficou sozinho na Manchúria. A última vez que nos vimos foi na estação de Hsinking, quando ele acenou para nós. Lembro que coloquei a cabeça para fora da janela do vagão e fiquei observando meu pai ficar cada vez menor, até desaparecer em meio à multidão da plataforma.

Ninguém sabe o que aconteceu com ele depois. Acho que se tornou prisioneiro do Exército soviético que invadiu a Manchúria, foi levado para a Sibéria para trabalhos forçados e morreu por lá mesmo, assim como tantos outros japoneses. Deve ter sido enterrado numa região fria e desolada, sem lápide, e seus ossos continuam enterrados lá.

"Eu me lembro como se fosse hoje do zoológico de Hsinking, de ponta a ponta. Consigo visualizar mentalmente cada detalhe. Cada trilha, cada animal. A casa onde morávamos ficava dentro do zoológico e, como todos os funcionários me conheciam, eu tinha passe livre para entrar em qualquer local. Mesmo nos dias em que o zoológico estava fechado."

Noz-Moscada fechou os olhos de leve e vislumbrou o zoológico mentalmente. Permaneci calado e aguardei a continuação da história.

— Bom, mas por algum motivo eu não tenho certeza se, na *realidade*, o zoológico era mesmo como lembro. Como posso explicar, às vezes a lembrança me parece *vívida demais*. Quanto mais a fundo penso na questão, menos consigo saber até onde é realidade e até onde é fruto da minha imaginação. É como se eu estivesse perdida num labirinto. Você já passou por isso?

Não, nunca passei por isso.

— Esse zoológico ainda existe em Hsinking?

— Não sei — respondeu Noz-Moscada, tocando a ponta do brinco com o dedo. — Ouvi dizer que o zoológico foi desativado completamente depois da guerra, mas não sei se essa situação ainda persiste.

Durante muito tempo, Noz-Moscada foi a única pessoa no mundo com quem eu conversava. A gente se encontrava uma ou duas vezes por semana e conversava frente a frente, à mesa do restaurante. Depois de alguns encontros, percebi que Noz-Moscada era uma excelente ouvinte. Ela pensava rápido e tinha uma técnica para orientar o rumo da conversa para a direção certa, fazendo perguntas e dando respostas curtas.

Quando me encontrava com Noz-Moscada, procurava usar roupas decentes e limpas, na medida do possível, para não causar uma sensação desagradável nela. Usava camisas recém-retiradas na lavanderia, gravatas que combinavam com as camisas e sapatos de couro bem engraxados. Quando me via, ela conferia as roupas de cima a baixo, como um chef escolhendo os ingredientes com todo o cuidado. Se alguma coisa, por mais ínfima que fosse, não agradasse seu olhar, ela me levava na hora a alguma loja e comprava a roupa correta para mim. E, quando possível, me mandava fazer as trocas das peças nesse mesmo lugar. Em relação à vestimenta, Noz-Moscada só aceitava a perfeição.

Graças a ela, meu guarda-roupa foi aumentando cada vez mais, até que ternos, jaquetas e camisas começaram a invadir de maneira gradual e definitiva o espaço que antes era ocupado pelas roupas de Kumiko. Quando o armário ficava abarrotado, eu dobrava e guardava as roupas de Kumiko numa caixa de papelão, junto com naftalina. *Se um dia ela voltar, irá estranhar*, pensei.

Contei a ela sobre Kumiko, com profusão de detalhes. Expliquei que precisava salvá-la e trazê-la de volta para casa. Noz-Moscada ficou me encarando por um tempo, apoiando o rosto com as mãos.

— Mas *de onde* você vai salvar Kumiko? Como se chama esse lugar?

Procurei as palavras adequadas no teto, mas não encontrei. No chão também não.

— De um lugar bem distante — respondi.

Noz-Moscada sorriu.

— Sabe, essa história me lembra *A flauta mágica* de Mozart. O príncipe que salva a princesa presa em um templo distante usando a flauta mágica e um carrilhão mágico. Adoro aquela ópera. Já assisti várias e várias vezes e lembro todas as falas. "Eu sou Papageno, o caçador de pássaros, conhecido por todo o país." Você já assistiu?

Balancei a cabeça. Nunca tinha visto.

— Na ópera, o príncipe e o caçador de pássaros vão ao templo guiados por três damas sobre uma nuvem. Na verdade o que está em jogo é uma luta entre o mundo do dia e o da noite. O mundo da noite está tentando recuperar a princesa capturada pelo mundo do dia. No meio da história, os personagens ficam sem saber qual dos mundos tem razão. Ficam sem saber quem está preso e quem não está. Claro que no final o príncipe recupera a princesa, Papageno recupera Papagena e os vilões vão para o inferno... — disse Noz-Moscada, limpando a borda da taça com a ponta do dedo. — Mas por enquanto você não tem a companhia do caçador de pássaros, nem a flauta mágica, nem o carrilhão.

— Eu tenho o poço — disse.

— Você *ainda precisa conseguir seu poço* — respondeu Noz-Moscada, sorrindo, como se estendesse com delicadeza um lenço de boa qualidade. — Mas tudo tem seu preço.

Quando eu me cansava de falar ou não conseguia prosseguir, por não encontrar as palavras certas, ela me contava sobre ela, como para me deixar descansar. Porém, a história dela era mais longa e mais complicada do que a minha. Sem contar que não tinha sequência: Noz-Moscada pulava de uma parte para outra, avançava, voltava, seguindo seu coração. A época do relato mudava sem nenhuma explicação, e um personagem completamente novo aparecia do nada, desempenhando um papel fundamental. Eu precisava fazer um raciocínio elaborado para descobrir em qual fase da vida dela tinha se passado tal e tal fragmento, e mesmo assim às vezes ficava sem saber. Além do mais, ela contava as cenas que tinha e que não tinha visto com os próprios olhos.

Os soldados mataram os leopardos, os lobos e os ursos. Matar os dois ursos gigantescos a tiro deu mais trabalho. Mesmo atingidos por dezenas de tiros, eles batiam o corpo com força contra a jaula, mostravam os dentes aos soldados e bramiam respingando saliva. Os ursos pareciam não se conformar com a morte naquele momento, ao contrário dos felinos que aceitavam (ou pelo menos pareciam aceitar) a realidade resignados. Provavelmente foi por isso que demoraram mais do que o necessário para dar adeus a essa condição efêmera chamada vida. Quando os ursos enfim pararam de respirar, os soldados estavam tão cansados que queriam se sentar no chão. O primeiro-tenente ativou mais uma vez a trava da pistola e enxugou com o quepe o suor que caía da testa. No meio de um profundo silêncio, alguns soldados cuspiram, constrangidos e fazendo barulho. No chão, os cartuchos estavam esparramados como guimbas de cigarro. Nos ouvidos dos soldados ainda ecoava o som dos disparos. O soldado jovem que seria morto a enxadadas por um soldado soviético na mina perto de Irkutsk, dezessete meses depois, continuava respirando fundo e desviando os olhos dos corpos sem vida dos animais. Estava tentando desesperadamente conter a ânsia de vômito que sentia no fundo da garganta.

Os soldados resolveram não matar os elefantes, que, olhando de perto, eram gigantescos demais. Os fuzis pareciam brinquedos pequeninos diante daqueles animais. Depois de refletir um pouco, o primeiro-tenente resolveu poupar a vida deles, para a alegria de todos os soldados, que suspiraram aliviados. O curioso — ou talvez nem tanto — é que todos do grupo pensavam: *Mesmo correndo risco de vida, é melhor ir ao campo de batalha e matar gente do que matar animais enjaulados.*

Os corpos dos animais abatidos foram removidos das jaulas pelos auxiliares chineses, colocados em carroças e levados a um depósito vazio. Cadáveres de vários formatos e tamanhos foram enfileirados no chão do depósito. Depois de supervisionar esses trabalhos, o primeiro-tenente voltou à sala do diretor e solicitou a assinatura nos documentos necessários. Em seguida, os soldados formaram filas e se retiraram, deixando para trás, como tinha acontecido na chegada, um eco de metais se entrechocando. O sangue escuro que tingia o chão das jaulas dos animais mortos foi lavado pelos auxiliares, com mangueira. Pedaços de carne que grudaram em alguns pontos na parede foram removidos com escova. Encerrado o trabalho, os auxiliares chineses perguntaram ao veterinário que tinha um hematoma azul-escuro no rosto o que ele pretendia fazer com tantos cadáveres. O veterinário não soube responder. Em tempos normais, os corpos sem vida dos animais seriam entregues a um prestador de serviços especializado. Porém, às portas de uma batalha sangrenta que definiria a sorte da capital, era pouco provável que com uma simples ligação alguém se dispusesse a vir ao zoológico para cuidar de cadáveres de animais. Como era pleno verão, as moscas já tinham sido atraídas pelo cheiro. A única alternativa seria abrir um grande buraco para enterrar os corpos, mas era algo impossível com a mão de obra que tinha restado.

Os auxiliares disseram ao veterinário: "Doutor, se o senhor delegar os cadáveres para nós, podemos dar um jeito. Carregaremos todos esses corpos ao subúrbio da cidade com a carroça e vamos dar um jeito. Temos companheiros que vão ajudar. Não vamos causar problemas ao senhor, doutor. Em compensação, queremos ficar com a carne e com a pele dos animais. A carne de urso, em particular, tem grande demanda. Podemos extrair antídotos dos corpos dos ursos e dos tigres e vendê-los a um bom preço. Agora não adianta nada dizer, mas gostaríamos que os soldados tivessem acertado só a cabeça. Assim, poderíamos vender as peles a um bom preço. Eles fizeram um trabalho de amador. Se tivessem deixado para nós desde o começo, teríamos feito melhor". O veterinário acabou concordando com a proposta. Não tinha opção. Afinal, estava no país *deles*.

Cerca de dez chineses apareceram pouco depois. Eles arrastaram os animais sem vida, colocaram os cadáveres nas carroças que trouxeram, amarraram bem com corda e cobriram tudo com palha. Durante a função, os chineses praticamente não abriram a boca. Nem mudaram de expressão. Depois que terminaram o carregamento, desapareceram, puxando as carroças, que eram velhas e produziam um rangido alto por causa do peso dos corpos, como se ofegassem. Foi assim que, naquela tarde quente de verão, terminou o massacre dos animais — por sinal, bastante amador, de acordo com os chineses. No lugar dos animais, jaulas vazias e limpas. Os macacos continuavam excitados e gritavam sons indecifráveis. O texugo andava de um lado para o outro dentro da jaula apertada. Os pássaros batiam as asas em desespero, espalhando penas por todo o lugar. As cigarras continuavam chiando.

Depois que os soldados voltaram ao quartel-general e os auxiliares chineses desapareceram puxando as carroças, o zoológico ficou vazio como uma casa sem móveis. O veterinário se sentou na mureta do chafariz seco, olhou para o alto e observou nuvens brancas e com o contorno bem definido. E prestou atenção no chiar das cigarras. O pássaro de corda já não cantava, mas o veterinário nem se deu conta. Afinal, não tinha ouvido o seu canto. Quem ouvira, sim, foi o coitado do jovem soldado que morreria com uma enxadada em uma mina na Sibéria, alguns meses depois.

O veterinário pegou do bolso do peito um maço de cigarros úmido de suor, colocou um na boca e riscou o fósforo. Só então percebeu que sua mão tremia. O tremor não passava e ele acabou gastando três fósforos até conseguir acender o cigarro. Porém, não estava emocionalmente abalado. Por alguma razão, ele não tinha ficado surpreso, nem triste nem bravo ao ver *um massacre* de tantos animais bem diante dos seus olhos. Na verdade, ele não estava sentindo *praticamente nada*. Só estava muito confuso.

Por um momento, tentou organizar os sentimentos, enquanto fumava, sentado. Observou com insistência as mãos sobre o colo e contemplou mais uma vez as nuvens do céu. Aparentemente, o mundo que seus olhos viam era o mesmo de sempre. No entanto, sem dúvida, tinha que ser um mundo diferente. Em última análise, ele agora fazia parte do mundo onde os ursos, os tigres, os leopardos e os lobos tinham sido *massacrados*. Esses animais existiam de manhã, mas, agora, às quatro da tarde, já não existiam mais. Foram massacrados pelos soldados e seus corpos também tinham desaparecido.

Logo, entre esses dois mundos que não eram iguais deveria existir uma *diferença* fundamental. *Precisava existir*. Ainda assim, por mais que tentasse, o veterinário não conseguiu encontrá-la. Aos seus olhos, o mundo pareceu igual. O que causava tanta confusão era a insensibilidade que ele carregava dentro de si, uma insensibilidade que até ele desconhecia.

Depois ele se deu conta, de repente, de que estava muito cansado. Por sinal, quase não tinha dormido na noite anterior. Ele pensou em como seria bom se pudesse se deitar e dormir um pouco, um pouco só, sob a sombra fresca de uma árvore. Como seria bom se pudesse se entregar por um momento às trevas da inconsciência silenciosa. Ele conferiu o relógio de pulso. Precisava dar comida aos animais que ainda restavam e cuidar de um babuíno que apresentava febre. Ele tinha muita coisa para fazer. "Bom, mas antes preciso dormir um pouco, de qualquer maneira. Posso pensar no resto depois."

O veterinário entrou na mata e se deitou de costas sobre o capim, num recanto escondido. Na sombra, as folhas dos capins eram frescas e agradáveis. Ele sentiu o saudoso cheiro que sentia na infância. Alguns gafanhotos grandes pularam por cima de sua cabeça, produzindo estrilos altos. O veterinário acendeu o segundo cigarro, ainda deitado. Por sorte, a mão já não tremia mais como antes. Tragando bem a fumaça, ele tentou imaginar os chineses despelando os animais mortos, um a um, limpando e cortando a carne, em algum lugar da cidade. O veterinário já tinha presenciado esse tipo de cena várias vezes. Os chineses eram extremamente habilidosos e muito competentes. Em um piscar de olhos, os animais eram separados em pele, carne, vísceras e ossos. Como se originalmente essas partes fossem separadas e, por alguma razão, tivessem sido agrupadas. *Se eu tirar um cochilo, é provável que quando acordar a carne desses animais já esteja à venda no mercado*, refletiu o veterinário. A realidade é uma coisa muito rápida. Ele arrancou um punhado de capim do chão e, por um tempo, sentiu a textura macia na mão. Em seguida, apagou o cigarro e soltou toda a fumaça que restava no pulmão, junto com um profundo suspiro. Quando ele fechou os olhos, os estrilos dos gafanhotos pareceram bem mais altos do que eram, ampliados pela escuridão. Ele foi assaltado por uma sensação de que gafanhotos do tamanho de sapos pulavam à sua volta.

Ou será que o mundo é uma espécie de roda-gigante onde a gente fica dando voltas sem sair do lugar?, pensou ele de súbito, quando estava prestes a perder a consciência. Será que a cabine onde entramos depende apenas do momento em que damos o passo? Em uma cabine está o tigre, e em outra ele não está. — Será que não seria essa a única diferença? Não há praticamente nenhuma continuidade lógica. E, por não haver continuidade, as opções não têm nenhum significado, na prática. Será que não seria por isso que não consigo sentir direito a *diferença* entre os mundos? — Mas sua reflexão só chegou até aqui. Ele não conseguiu pensar mais a fundo. O cansaço físico era muito, pesado como uma manta molhada. Ele não pensou em mais nada: só sentiu o cheiro do capim, ouviu os estrilos dos gafanhotos e sentiu a sombra espessa que envolvia seu corpo como uma membrana.

Logo mergulhou em um sono profundo.

* * *

O motor do navio foi desligado, de acordo com as instruções dos americanos, até que a embarcação parou em silêncio na superfície do mar. De qualquer forma, não havia nenhuma chance de escapar do submarino norte-americano de última geração, reconhecido por sua rápida velocidade. O canhão de convés e os dois canhões automáticos continuavam mirando o navio, e os soldados estavam preparados para abrir fogo a qualquer momento. Ainda assim, pairava uma estranha tranquilidade entre as duas embarcações. Os tripulantes do submarino apareceram e, enfileirados no convés, observavam o navio, como se estivessem entediados. A maioria dos soldados nem sequer estava de capacete. Era uma tarde de verão sem vento. O barulho do motor tinha cessado e não se ouvia nada além do melancólico som das ondas, que se chocavam com preguiça contra o casco do navio. O capitão enviou uma mensagem ao comandante americano: "Este é um navio de transporte de civis. Estamos desarmados e não carregamos equipamento militar nem soldados. Contamos com poucos botes salva-vidas". O comandante do submarino disse de forma indiferente: "Não é problema nosso. Com ou sem evacuação, vamos abrir fogo dentro de dez minutos em ponto". E a transmissão foi interrompida. O capitão do navio decidiu não transmitir o teor da conversa aos passageiros. Adiantaria alguma coisa? Se transmitisse, alguns passageiros poderiam sobreviver, com sorte. Porém, a maioria seria arrastada para o fundo do mar, junto com o maldito navio que parecia uma gigantesca bacia de metal. O capitão queria tomar seu último copo de uísque, mas a garrafa estava na gaveta da mesa de sua sala. Tinha guardado esse uísque escocês com carinho, mas não tinha tempo de ir buscar a garrafa. Ele tirou o chapéu e olhou para o céu, como se esperasse que um esquadrão de caças do Exército japonês aparecesse de algum lugar, em um passe de mágica, como um milagre. Mas isso nunca aconteceria. Não tinha mais nada que pudesse fazer. O capitão pensou mais uma vez no uísque.

Quando o prazo dado estava se esgotando, um estranho e repentino movimento agitou o convés do submarino. Os oficiais da torre de comando discutiram apressadamente e um deles desceu ao convés para transmitir uma ordem em voz alta, que foi passada entre os soldados. Nesse momento, todos os soldados que estavam prontos para abrir fogo ficaram um pouco abalados. Um deles balançou a cabeça de um lado para o outro e bateu algumas vezes no cano do canhão com o punho cerrado. Outro tirou o capacete e contemplou o céu, em silêncio. Parecia que ele estava bravo, mas ao mesmo tempo alegre. Parecia que estava desapontado, mas ao mesmo tempo excitado. Os passageiros a bordo do navio não sabiam o que estava acontecendo nem o que estava prestes a acontecer. Prendendo a respiração, todos não desgrudavam os olhos dos soldados americanos, como uma plateia diante de um teatro mímico sem roteiro (mas que transmitia uma mensagem importantíssima), tentando procurar um *fragmento* qualquer de pista. Até que a onda de confusão entre os soldados foi diminuindo aos poucos, e as balas foram retiradas às pressas do canhão de convés, por ordem do comandante. Os soldados viraram o cano do canhão para a posição original e taparam a escura e assustadora abertura. As balas foram carregadas para dentro da escotilha. Os tripulantes voltaram depressa para o interior do submarino. Diferentemente de poucos minutos atrás, todos os movimentos agora eram feitos de maneira enérgica, sem perda de tempo e sem gracinhas.

O motor do submarino produziu um gemido baixo e persistente, e o alarme agudo para que todos deixassem o convés soou algumas vezes. Logo o submarino passou a avançar e, quando os soldados sumiram do convés e a escotilha foi fechada por dentro, começou a mergulhar, produzindo grandes espumas brancas. O convés estreito e comprido ficou coberto por uma camada de água salgada, o canhão submergiu e a torre de comando afundou, dividindo a superfície do mar azul-escuro. Por fim, como para apagar qualquer vestígio da passagem da embarcação, a antena e o periscópio desapareceram. Durante um tempo a ondulação ainda perturbou a superfície da água, até que tudo se acalmou, restando apenas o mar calmo de uma tarde tranquila de verão.

Mesmo ao fim do repentino e inexplicável desaparecimento do submarino, que também tinha brotado do nada, os passageiros do navio permaneceram petrificados no convés, sem arredar pé, contemplando a superfície do mar. Ninguém nem sequer tossiu. Depois de um momento, o capitão voltou a si, enviou uma ordem ao imediato, que, por sua vez, entrou em contato com a casa de máquinas. Logo o motor velho começou a funcionar, produzindo um som comprido de uma pancada, como um cão que levasse um chute do dono.

Prendendo a respiração, os tripulantes do navio se prepararam para o impacto de um torpedo. Os americanos deviam ter desistido do canhão, que seria mais demorado, e optado pelo lançamento de um torpedo, que seria mais rápido. O navio avançou em zigue-zague, e o capitão e o imediato passaram a procurar o rastro branco e fatal do torpedo na ofuscante superfície do mar, com binóculo. Só que o rastro não apareceu. Ao fim de cerca de vinte minutos, os passageiros se viram livres da maldição da morte. No começo, todos ficaram incrédulos, mas depois a certeza foi aumentando. Eles tinham flertado com a morte e sobrevivido. Nem o capitão sabia por que os americanos desistiram de afundar o navio de uma hora para outra. O que teria acontecido? (Depois eles ficaram sabendo que, pouco antes de mandar abrir fogo, o comandante do submarino recebeu ordens do quartel-general para suspender atos de hostilidade, a não ser que fosse atacado pelo inimigo. Em 14 de agosto de 1945, o governo japonês comunicara que aceitaria a Declaração de Potsdam e os termos de rendição incondicional aos aliados.) Alguns se sentaram onde estavam e desataram a chorar, livres da tensão, mas a maioria dos passageiros não conseguiu chorar nem rir. Eles permaneceram em estado de choque absoluto por algumas horas e, em alguns casos, por vários dias. Os espinhos compridos e tortuosos do pesadelo perfuraram os pulmões, o coração, a espinha dorsal, os miolos e o útero dos passageiros, abrindo cicatrizes que demoraram para fechar.

A pequena Noz-Moscada Akasaka permaneceu dormindo como pedra nos braços de sua mãe. Ela dormiu por mais de vinte horas, sem nenhuma interrupção, como se tivesse perdido a consciência. Não acordou nem mesmo quando sua mãe gritava o seu nome ou batia no seu rosto. Dormiu profundamente, como um fardo jogado no fundo do mar. O intervalo entre uma respiração e outra foi aumentando, e a pulsação ficou cada vez mais fraca. Mesmo prestando atenção, mal dava para ouvir sua leve respiração. No entanto, quando o navio chegou a Sasebo, na ilha de Kyushu, Noz-Moscada acordou de repente, sem sinal prévio, como se tivesse sido trazida para o *mundo de cá* por alguma força poderosa. Por isso, Noz-Moscada não viu de fato o submarino americano desistir de abrir fogo e desaparecer debaixo d'água. Ela ouviu da boca de sua mãe a narrativa dos acontecimentos, muito tempo depois.

Às dez da manhã do dia seguinte, 16 de agosto de 1945, o navio chegou ao porto de Sasebo, aos trancos e barrancos. O porto estava imerso em um silêncio estranho, e não tinha nenhum funcionário para receber a embarcação. Também não havia ninguém próximo ao canhão antiaéreo instalado perto da entrada do porto. Só quem marcava presença era a luz intensa de verão, queimando a superfície da Terra silenciosamente. Era como se o mundo todo estivesse envolvido por uma profunda insensibilidade. As pessoas a bordo do navio tiveram a sensação de atracarem em um país dos mortos, por engano. Apenas observavam, sem trocar uma palavra, a paisagem do seu país natal, que voltavam a ver depois de muitos anos. Ao meio-dia do dia 15 de agosto de 1945, o imperador japonês anunciara por rádio o fim da guerra e a derrota do Japão. Sete dias antes, a cidade de Nagasaki havia sido varrida totalmente por uma bomba nuclear. Dentro de alguns dias, o Estado da Manchúria desapareceria por completo, sendo engolido pela areia movediça da história, como uma nação-fantasma. E, mesmo sem querer, o veterinário com o hematoma na bochecha teve o mesmo destino do Estado da Manchúria, em outra cabine da roda-gigante.

11.
Então, a próxima pergunta é
Ponto de vista de May Kasahara — parte 3

Olá, Pássaro de Corda.

Como escrevi na última carta, você pensou onde estou e o que estou fazendo agora? Teve alguma ideia?

Vou escrever esta carta supondo que você não faz a menor ideia de onde estou nem do que estou fazendo... Acho que você não sabe, não é?

Para facilitar, vou te contar.

Estou trabalhando em "certa fábrica". Ela é grande e fica no meio de uma montanha afastada, em uma cidade do interior, de frente para o mar do Japão. Só que não é nenhuma fábrica imponente, como você deve estar imaginando, Pássaro de Corda, com máquinas de última geração, esteiras em movimento e fumaça saindo da chaminé. É uma fábrica bem iluminada e silenciosa, com um vasto terreno. Não sai nenhuma fumaça da chaminé. Sabe, eu nunca tinha pensado que poderia existir uma fábrica tão espaçosa e ampla assim. A única que conhecia era uma de caramelos de Tóquio, que visitei no primário. Só lembro que era um lugar apertado e barulhento e que todos trabalhavam com zelo e com a cara fechada. Por isso eu imaginava que todas as fábricas eram como aquelas das ilustrações da Revolução Industrial dos livros didáticos.

Nesta fábrica, praticamente só há meninas trabalhando. Em um prédio que fica um pouco afastado, há um laboratório e lá homens com caras sérias trabalham de jaleco branco desenvolvendo produtos, mas em número bem reduzido. O quadro de funcionários é composto majoritariamente por meninas adolescentes e moças de até uns vinte e cinco anos. Assim como eu, setenta por cento delas moram no alojamento, que fica nas dependências da fábrica. Até porque seria muito cansativo o deslocamento diário da cidade, de ônibus ou de carro. Sem falar que o alojamento é bem confortável. O prédio é novo, os quartos são individuais, a refeição é saborosa e variada, as instalações são boas e, apesar de tudo isso, o aluguel não é muito caro. A estrutura conta com uma piscina térmica, biblioteca. Quem quiser pode ter aulas de cerimônia de chá e de arranjo floral (eu não tenho o menor interesse) ou participar de clubes esportivos. Por isso as meninas que no começo moravam com os pais costumam se mudar para o alojamento. No final de semana, todas retornam. Fazem refeição com a família, vão ao cinema ou saem com os namorados. Então o alojamento fica vazio aos sábados. São poucas as meninas que não têm lugar para voltar no final de semana, como eu. Mas, como escrevi na outra vez, gosto da sensação vazia dos finais de semana. Passo o dia inteiro lendo, ouvindo música alta, fazendo caminhadas na montanha ou escrevendo carta para você, Pássaro de Corda, como estou fazendo neste exato momento.

As meninas que trabalham aqui são, em sua maior parte, filhas de agricultores da região. Quase todas são saudáveis, robustas, otimistas e trabalhadoras. Como quase não havia grandes empresas na região, antes boa parte das meninas se mudava para a cidade grande assim que concluía o ensino médio, em busca de oportunidades de trabalho. Por isso, não havia mais moças na cidade, os homens já não conseguiam se casar e a população estava diminuindo cada vez mais. Então, para atrair uma fábrica, a prefeitura ofereceu um terreno amplo. Assim as meninas podiam encontrar trabalho ali, sem precisar ir à cidade grande. Para mim, foi uma boa ideia. Afinal, agora tem até gente como eu, que vem de fora. As meninas da cidade terminam o ensino médio (bom, nem todas, como eu), começam a trabalhar na fábrica, juntam dinheiro, se casam quando chega a hora, param de trabalhar, têm dois ou três filhos e ficam gordas como uma baleia. Claro que algumas continuam trabalhando mesmo depois do casamento, mas a maioria para.

Deu para saber mais ou menos como é o lugar onde estou?

Então, a próxima pergunta é: *O que a fábrica produz?*

Dica: Nós já fizemos um trabalho nessa área, uma pesquisa em Ginza, lembra?

Com essa dica, até você já deve ter percebido, não é?

Sim, estou trabalhando numa fábrica de perucas. Ficou assustado?

* * *

Como já tinha contado, abandonei aquele internato a céu aberto--hotel de luxo-prisão depois de seis meses e fiquei sem fazer nada em casa, como um cão com a pata machucada, até que me lembrei um belo dia da fábrica de perucas. "Falta mão de obra na nossa fábrica. Então já sabe: se tiver interesse, é só avisar", tinha dito para mim um dos encarregados da empresa, em tom de brincadeira. Ele tinha me mostrado até o magnífico panfleto da fábrica, que me pareceu um bom lugar. *Depois de um tempo*, pensei: *Acho que não seria má ideia trabalhar para valer num lugar como esse.* O encarregado tinha me explicado que, na fábrica, as meninas inseriam manualmente os fios de cabelo na peruca. Como é um produto bem delicado, não pode ser fabricado em grande tiragem na máquina, como uma panela de alumínio. Para a produção de uma peruca de boa qualidade, é preciso inserir cabelos de verdade, fio por fio, com bastante cuidado. É um trabalho demorado que dá até tontura, não acha? Você sabe quantos fios de cabelo a gente tem na cabeça? Mais de cem mil. Temos que inserir tudo isso de cabelo, manualmente, como um replantio de arroz. Mas as meninas da região não reclamam do trabalho. Como é uma região fria onde neva muito no inverno, as mulheres do campo costumam fazer trabalhos manuais durante o longo inverno, para aumentar a renda, e para elas não é nenhum sofrimento realizar trabalhos delicados como esse. Por isso que a fabricante de perucas escolheu essa região para se estabelecer.

Na verdade, sempre gostei de trabalhos manuais, desde pequena. Quem olha para mim pode até duvidar, mas sou boa em costura. Sempre recebia elogios da professora na escola. É difícil acreditar? Mas é verdade. Por isso, pensei que não era má ideia passar um tempo trabalhando na fábrica, no meio da montanha, realizando trabalho manual minucioso, de manhã até a noite, sem pensar em nada complicado. Sem contar que eu já estava cansada de escola, mas não queria ficar em casa sem fazer nada para sempre, dependendo dos meus pais (acho que eles também queriam que eu fizesse algo). Bom, mas não tinha nada que realmente me desse vontade de fazer... Enfim, cheguei à conclusão de que a única alternativa era trabalhar ali.

Pedi para meus pais serem meus fiadores e, com a recomendação do encarregado da fábrica de perucas (o pessoal de lá até que gostava de mim), fui aprovada na entrevista feita na matriz de Tóquio. Já na semana seguinte arrumei a mala — não tinha muita coisa, só roupas e um toca-fitas —, peguei o trem-bala sozinha, fiz a baldeação para um trem local e vim até essa cidadezinha sem graça. Senti como se tivesse vindo parar no outro lado do planeta. A solidão apertou meu peito quando saltei do trem e cheguei a me arrepender da minha decisão. Mas, no final das contas, acho que tomei a decisão certa. Afinal, já estou aqui há seis meses, sem me queixar nem arrumar encrencas.

Não sei por que, sempre me interessei por perucas. Não, pensando bem, o que eu sentia não era um simples interesse, e sim uma *atração*. Como alguns são atraídos por motos, eu me sentia atraída por perucas. Enquanto fazia aquela pesquisa no centro da cidade, vendo muitos carecas (pessoas com *poucos cabelos*, como chamamos na nossa fábrica), me dei conta de que há muitos carecas (ou com poucos cabelos) no mundo, apesar de eu nunca ter percebido isso. Não sinto nada de especial em relação aos carecas, para mim não fedem nem cheiram. Mesmo que seus cabelos fossem ainda mais ralos, Pássaro de Corda, o que sinto por você não seria diferente, de jeito nenhum (aliás, acho que você ainda vai perder seus cabelos). Acredito que já comentei isso com você, mas, quando vejo pessoas com pouco cabelo, sinto uma forte sensação de desgaste. Acho que é esse desgaste que me chama atenção.

Ouvi em algum lugar que, depois que a pessoa atinge o auge da fase de crescimento (com uns dezenove ou vinte anos, não lembro direito), seu corpo se desgasta cada vez mais. Então, perder cabelos e ficar careca faz parte desse desgaste e não deveria ser motivo para tanto espanto. Dá para dizer que é algo natural e óbvio. Mas o problema é que existem "pessoas novas que ficam carecas, e pessoas de idade que não ficam carecas". Por isso, os carecas pensam inconformados, "Ei, isso é injusto". Afinal, a cabeça é uma parte que chama muita atenção.

Até eu, que não preciso me preocupar com queda de cabelo, consigo entender como essas pessoas se sentem.

Além disso, não é culpa da própria pessoa se o seu cabelo cai muito ou pouco. Na época em que eu fazia pesquisas para a fábrica de perucas, o encarregado me explicou que, de acordo com estudos, noventa por cento da causa da queda ou não do cabelo é genética. Então, quem herdou o gene de queda de cabelo dos pais ou dos avós mais cedo ou mais tarde perderá cabelo, por mais que se esforce. Nesse caso, o ditado "Tudo é questão de força de vontade" não se aplica nem um pouco. Se o gene se levantar dizendo "Bom, chegou a hora" (não sei se gene tem "perna" para se levantar), o cabelo vai começar a cair. É realmente injusto, eu acho. Não concorda? Eu acho injusto.

Bom, mas acho que deu para você entender que estou trabalhando todos os dias, direitinho, numa fábrica de perucas que fica bem longe. Você também deve ter entendido que tenho grande interesse por elas. Na próxima carta, estou pensando em escrever um pouco mais sobre o trabalho e sobre a minha vida aqui.

Então, até mais.

12.
Será que esta pá é de verdade?
Acontecimento na calada da noite — parte 2

Depois de adormecer profundamente, o menino teve um sonho que pareceu muito real. Ele sabia que estava sonhando e se sentiu um pouco aliviado por isso. **Se sei que isso é um sonho, então o que aconteceu antes não foi um sonho. Aquilo aconteceu de verdade, sem dúvida. Até porque consigo distinguir o que é sonho do que é realidade.**

No sonho, o menino saiu para o quintal deserto na calada da noite e abriu o buraco com a pá, que estava encostada no tronco da árvore, de pé. Como o buraco tinha acabado de ser tapado por aquele homem alto e esquisito, abri-lo não foi muito difícil. Porém, como o menino tinha apenas cinco anos, ficava sem fôlego só de segurar a pá pesada. Além do mais, como estava descalço, a sola dos pés estava muito gelada. Mesmo assim, respirando com dificuldade, ele cavou o buraco para encontrar o embrulho de tecido que tinha acabado de ser enterrado pelo homem.

O pássaro de corda não cantou mais. O homem que subiu no pé de pinheiro também não apareceu. Tudo ao redor estava silencioso, a ponto de machucar os ouvidos. Parecia que todos tinham sumido. *Bom, tudo bem, porque isso é um sonho*, pensou o menino. Já o canto do pássaro de corda e o homem que parecia papai e tinha subido na árvore não faziam parte do sonho e eram *bem reais*. Por isso, não deveria haver nenhuma relação entre as duas coisas. Mas, que curioso, refletiu o menino. No sonho, estou abrindo o buraco que acabou de ser tapado na realidade. Então, como posso distinguir o que é sonho do que não é? Por exemplo, será que esta pá é de verdade ou faz parte do sonho?

Quanto mais pensava, menos o menino entendia. Por isso, parou de pensar e voltou a se concentrar no trabalho de abrir o buraco. Até que a ponta da pá tocou o embrulho de tecido.

O menino removeu a terra com cuidado para não danificar o embrulho, se ajoelhou e enfiou a mão dentro do buraco. Não havia nenhuma nuvem no céu, e a lua cheia iluminava a superfície da Terra com sua luz úmida, sem que nada a obstruísse. Por mais estranho que pareça, no sonho o menino não sentiu nenhum tipo de medo. O que o guiava era a curiosidade, mais forte do que tudo. Quando abriu o embrulho, encontrou um coração humano, com a mesma cor e o mesmo formato de um que ele tinha visto em um livro ilustrado. O coração ainda tinha uma cor forte, continuava vivo e se mexia como um bebê recém-abandonado. A artéria cortada já não bombeava mais sangue, mas o coração continuava pulsando forte. O menino escutou as batidas fortes bem no seu ouvido. Eram as batidos do seu coração. O coração desenterrado e o coração do menino batiam em sintonia, alto e com força, como se conversassem.

O menino controlou a respiração e tentou se convencer: "Não preciso ter medo". Era apenas um coração humano, sem nada de errado. Já tinha visto a ilustração de um no livro ilustrado. Todas as pessoas têm um coração. Eu também tenho. Com movimentos tranquilos, o menino envolveu com tecido o coração que ainda batia, devolveu o embrulho ao fundo do buraco e cobriu com terra. Em seguida, nivelou o chão com os pés descalços, para que ninguém percebesse que o buraco tinha sido aberto, e deixou a pá encostada no tronco da árvore, do jeito que tinha encontrado. O chão estava frio como gelo. O menino pulou a janela e voltou ao seu quarto quente e acolhedor. Para não sujar o lençol, ele limpou os pés, jogou a terra na lixeira e foi para a cama tentar dormir. Porém, se deu conta de que já tinha alguém em sua cama, dormindo debaixo do edredom.

O menino ficou bravo, puxou o edredom com força e tentou gritar: "Ei, saia agora mesmo! Esta cama é minha!". Mas não conseguiu emitir som. Afinal, quem estava deitado era ele mesmo. Ele estava deitado na cama e dormia, ressonando sossegadamente. De pé, o menino ficou sem palavras e sem reação. Se eu já estou dormindo aqui, onde *eu* vou dormir? Nessa hora o menino sentiu medo pela primeira vez, um medo capaz de arrepiar até o último fio de cabelo do corpo. O menino tentou gritar em voz alta. Queria soltar um berro alto e estridente, para acordar o menino que dormia e todas as pessoas da casa. Mas não conseguiu dizer nada. Por mais que se esforçasse, nenhum som saiu da sua boca. Então ele colocou a mão no ombro do menino que dormia e sacudiu com toda a força. Mas o menino que dormia não acordou.

Sem alternativa, ele tirou e jogou o cardigã que usava no chão, empurrou com tudo o menino que dormia e se espremeu num dos cantos da cama apertada. Precisava garantir seu lugar de alguma forma. Caso contrário, poderia ser expelido desse mundo. Estava numa posição desconfortável e sem travesseiro, mas assim que deitou na cama sentiu tanto sono que não conseguiu pensar em mais nada. No instante seguinte, já tinha adormecido.

Quando acordou na manhã seguinte, o menino estava deitado sozinho no meio da cama, com o travesseiro debaixo da cabeça, como sempre. Não tinha ninguém ao seu lado. Ele passou os olhos por todo o quarto, devagar. À primeira vista, tudo continuava igual. A mesma mesa, o mesmo guarda-roupa, a mesma cômoda, o mesmo abajur. O mesmo relógio de parede, que marcava seis e vinte. Mas o menino sabia que algo estava errado. Embora tudo parecesse no lugar, o quarto não era o mesmo onde tinha adormecido na noite anterior. O ar, a luz, o som e o cheiro estavam um pouco diferentes. Talvez ninguém mais percebesse, mas ele sim. O menino tirou o edredom e observou todo o seu corpo. Tentou mover os dedos das mãos, um a um. Tudo certo. Com os pés também. Ele não sentia dor nem coceira. Em seguida, saltou da cama e foi ao banheiro fazer xixi. Diante do espelho da pia, verificou o reflexo de seu rosto. Tirou a camisa do pijama, subiu na cadeira e viu seu pequeno corpo branco refletido no espelho. Não havia nada de diferente.

Mas mesmo assim algo estava diferente. O menino sentiu que estava dentro de outro recipiente que não era o seu. Percebeu que ainda não estava muito familiarizado com seu novo corpo. Sentiu que havia algo incompatível com seu eu original. Sentiu um medo súbito e tentou chamar sua mãe: "Mamãe!". Nenhum som brotou de sua garganta. Suas cordas vocais não conseguiam fazer vibrar o ar, como se a própria palavra "mamãe" tivesse sumido da face da Terra. Mas depois ele percebeu que não foram as palavras que tinham sumido da face da Terra.

13.
Tratamento secreto de M

"Mundo das celebridades contaminado por esoterismo."
Revista mensal ***, dezembro

[A parte inicial foi omitida.] Ao que parece, os tratamentos esotéricos tão na moda no mundo das celebridades são difundidos boca a boca, e em alguns casos os grupos ocultistas chegam a atuar quase como uma espécie de organização secreta.

Como no caso da atriz "M", trinta e três anos. M começou fazendo pontas em novelas e, depois do reconhecimento, passou a interpretar papéis importantes na TV e nos cinemas. Há seis anos, ela se casou com um "jovem empresário", dono de uma imobiliária de médio porte. Durante os dois primeiros anos, dizem que o casal levou uma vida tranquila e sem problemas, com os negócios do marido indo bem e ela decolando na carreira de atriz. Depois dos primeiros anos de lua de mel, o restaurante e a loja que o marido tinha aberto em Roppongi no nome dela começaram a dar prejuízo, cheques sem fundo foram emitidos e M teve que arcar com todas as dívidas. Parece que desde o início ela não estava muito empolgada em abrir esses estabelecimentos em seu nome, mas tinha cedido diante da insistência do marido, que fazia questão de ampliar os negócios. Há quem considere que ele caiu em um golpe. Para piorar, M já vinha tendo desentendimentos com os sogros antes desse episódio.

Logo surgiram boatos de que os pombinhos estavam em crise e morando separados. Há dois anos, depois de um acordo sobre a dívida por meio de uma arbitragem judicial, eles anunciaram o divórcio amigável, confirmando os rumores. Pouco depois, M entrou em depressão e se afastou por um tempo dos trabalhos, para seguir tratamento. De acordo com uma fonte ligada à agência de M, depois do divórcio, a atriz passou a apresentar graves sintomas de delírio e começou a tomar antidepressivos, o que afetou seu equilíbrio e a deixou "sem condições de atuar" por um período. "Ela não conseguia se concentrar nas cenas e sua beleza se apagou de maneira assustadora. Seu estado emocional foi piorando cada vez mais, porque ela é uma pessoa séria e tinha muitas preocupações ao mesmo tempo. Por sorte, ela tinha condições de se manter por um tempo, mesmo sem trabalhar, já que estava livre das dívidas depois do acordo com seu ex-marido." (Fonte ligada à agência).

M tem parentesco distante com a esposa de um influente político que já ocupou o cargo de ministro, sendo tratada como uma filha por ela. Há dois anos, essa tia distante apresentou para M uma mulher que fazia uma espécie de tratamento espiritual para um número bastante restrito de pessoas da alta sociedade. Por recomendação dessa tia, M passou a fazer consultas periódicas com essa mulher durante um ano, para tratar a sua depressão. Ninguém sabe o teor das consultas ou do tratamento, pois M se recusa categoricamente a falar sobre o assunto. Porém, seja lá qual for o segredo, o fato é que M melhorou depois das consultas e logo parou de tomar os antidepressivos. O inchaço anormal do seu corpo desapareceu, seu cabelo voltou a crescer normalmente e ela recuperou a beleza de antes. Seu estado emocional melhorou e, aos poucos, ela voltou a atuar outra vez. Neste ponto, M abandonou o tratamento.

Em outubro deste ano, quando M estava quase se esquecendo daquele pesadelo, foi assolada outra vez, de maneira inexplicável, pelos mesmos sintomas. Para sua infelicidade, ela estava escalada para um importante trabalho, que começaria dentro de alguns dias, e não tinha como realizá-lo nas condições em que se encontrava. Então M voltou a entrar em contato com a mulher para agendar o mesmo "tratamento". Só que na época a mulher já não realizava mais o famoso "tratamento", por algum motivo. "Sinto muito, mas não posso mais ajudar. Não tenho competência nem forças para isso. Agora, se me prometer guardar segredo, posso indicar uma pessoa. Mas, se você pronunciar **uma só palavra** sobre o assunto com alguém, vai ter problemas, entendeu?"

Assim M foi apresentada a um homem que tinha um hematoma azul-escuro no rosto, em certo lugar. Ele tinha cerca de trinta anos e não dizia uma palavra durante a consulta. Apesar disso, o resultado do tratamento foi "inacreditavelmente eficaz". M não mencionou o valor que pagou, mas dá para imaginar que os "honorários" tenham saído os olhos da cara.

Esta foi a explicação que M forneceu a uma pessoa de seu círculo mais "íntimo": ela se encontrou com um rapaz que serviu de guia em "certo hotel no centro de Tóquio", entrou em um "carrão preto" no estacionamento subterrâneo VIP e foi conduzida até o lugar onde foi realizado o tratamento. Mas a reportagem não conseguiu descobrir o teor da consulta. "Eles têm muita força e, se eu não cumprir a promessa à risca, vou ter problemas", teria dito M.

Ela foi ao lugar uma única vez e nunca mais teve um surto. Nossa equipe solicitou uma entrevista para saber mais detalhes do tratamento e da mulher misteriosa, mas M se recusou a dar qualquer depoimento, como já era esperado. Segundo uma pessoa bem informada, essa "organização" evita o mundo das celebridades e foca em clientes mais discretos, que circulam pela política e pelo universo empresarial. Por enquanto, não temos mais informações de fontes ligadas ao mundo artístico. [O resto do artigo foi omitido.]

14.
O homem que estava à espera,
o que não se pode evitar,
nenhum homem é uma ilha

Depois das oito da noite, quando já estava completamente escuro, abri a porta dos fundos sem fazer barulho e saí para o beco. A porta era tão pequena e estreita que eu só conseguia passar me agachando. Com menos de um metro de altura, tinha sido construída bem no canto do muro e camuflada de maneira engenhosa, a tal ponto que ninguém seria capaz de perceber sua presença, mesmo olhando ou tocando do lado de fora. Como sempre, o beco se descortinava para mim em meio à escuridão, rasgada apenas pela luz branca e fria da lâmpada de mercúrio do quintal da casa de May Kasahara.

Fechei a porta às pressas e caminhei pelo beco a passos largos. Passei por trás das salas de estar e das cozinhas, vendo de relance, entre as cercas, as pessoas lá dentro. Estavam jantando ou assistindo à novela. Cheiros de todos os tipos de comida escapavam das cozinhas para o beco, atravessando a janela ou o exaustor. Vi um adolescente que fazia uma passagem rápida na guitarra, em volume baixo, e uma menina com fisionomia compenetrada que estudava, sentada perto da janela, no segundo andar da sua casa. Ouvi uma briga de casal e também o choro alto de um bebê. Um telefone tocava em algum lugar. A realidade transbordava no beco, como a água que derramasse sem parar de um copo cheio. A realidade transbordava em som, cheiro, imagem, busca e resposta.

Eu usava os mesmos tênis de sempre, para não fazer barulho. Não podia caminhar nem rápido nem devagar. O importante era não chamar a atenção das pessoas desnecessariamente. O importante era não me descuidar e não permitir que a *realidade* que preenchia o lugar seguisse meus passos. Eu tinha memorizado todas as curvas, todos os obstáculos e seria capaz de passar pelo beco sem trombar em nada, mesmo na escuridão total. Parei quando enfim cheguei aos fundos da minha casa e pulei o muro de blocos, depois de dar uma olhada ao redor.

Escura e silenciosa, a casa estava estendida diante de mim, como uma pele abandonada de um gigantesco animal. Eu costumava pegar a chave, abrir a porta da cozinha, acender a luz e trocar a água do gato. Em seguida, pegava do armário a lata de ração do gato e abria. Ao ouvir esse barulho característico, Bonito aparecia de algum lugar, esfregava diversas vezes a cabeça no meu pé e começava a comer, com gosto. Como Canela sempre me preparava o jantar na "mansão", em casa eu só pegava uma cerveja da geladeira e fazia uma salada simples ou comia um pedaço de queijo. Enquanto tomava cerveja, eu pegava o gato no colo e verificava seu calor e sua fofura com a mão. Confirmava assim que tínhamos passado mais um dia em lugares diferentes e que estávamos outra vez em casa.

Nesse dia, tirei os sapatos e estendi a mão para acender a luz da cozinha, como sempre fazia. Foi quando senti a presença de algo e me contive, a mão parada na escuridão. Aguçei bem os ouvidos e inspirei o ar, lentamente. Não escutei nenhum barulho, mas senti um leve cheiro de cigarro. Aparentemente, havia mais alguém em casa. Essa pessoa devia estar me aguardando e, minutos antes da minha chegada, sem conseguir resistir, tinha acendido um cigarro. Devia ter aberto a janela e dado umas duas ou três tragadas, mas mesmo assim o cheiro persistira. Provavelmente não era alguém que eu conhecia. A casa estava trancada e, além de Noz-Moscada Akasaka, eu não conhecia ninguém que fumava. E Noz-Moscada não me esperaria em silêncio na escuridão.

Minha mão procurou inconscientemente nas trevas o taco de beisebol, que não estava ali, pois eu o deixava no fundo do poço. Meu coração começou a bater extraordinariamente alto, como se tivesse escapado do meu corpo e pairasse bem no meu ouvido. Controlei minha respiração. Com quase toda certeza não vou precisar do taco. Se a pessoa tivesse vindo com a intenção de me machucar, não estaria me esperando tranquilamente dentro de casa. Ainda assim, minha mão formigava forte, buscando o apoio do taco. O gato se aproximou de mim e, miando, esfregou a cabeça no meu pé, com força, como sempre fazia. Só que ele não estava faminto como de costume. Percebi isso pelo miado. Estendi a mão e acendi a luz da cozinha.

— Desculpe, mas acabei tomando a liberdade de alimentar o gato — disse em tom amistoso o homem que estava sentado no sofá da sala. — Enquanto esperava o senhor, sr. Okada, o gato ficou no meu pé o tempo todo, então acabei abrindo o armário e pegando a ração. Na verdade, não gosto muito de gatos.

O homem nem sequer se levantou do sofá. Eu o encarei, calado.

— O senhor deve ter tomado um susto porque entrei sem pedir permissão e fiquei à sua espera no escuro. Peço desculpas. Agora, se eu tivesse acendido a luz, o senhor poderia ficar desconfiado e não ter entrado, não é? Por isso deixei tudo apagado e esperei. Não tenho nenhuma intenção de machucar o senhor, então poderia parar de me encarar com essa expressão fechada? Só queria conversar, sr. Okada.

O homem era baixo e usava paletó. Como estava sentado, não dava para cravar, mas não devia ter muito mais do que um metro e meio. Tinha entre quarenta e cinco e cinquenta anos, era careca e gordo como um sapo. Pela classificação de May Kasahara, levaria ouro pela calvície. Acima das orelhas, ele tinha poucos tufos de cabelo que, como eram bem pretos, realçavam ainda mais a parte careca. Seu nariz era grande mas, talvez por estar entupido, inchava e encolhia toda vez que respirava, produzindo um som que lembrava um fole. Usava óculos com armação de metal que pareciam ter um grau elevado. Quando falava, o lábio superior virava para cima dependendo da palavra pronunciada, deixando à mostra dentes tortos e sujos de cigarro. Era sem sombra de dúvida uma das pessoas mais feias que eu tinha visto na vida. Não apenas sua aparência causava repulsa: aquele homem era pegajoso e tinha algo assustador, algo que não podia ser explicado em palavras. A sensação que provocava era semelhante à causada quando esbarramos em um inseto grande na completa escuridão. Aquela figura não parecia real, parecia parte de um pesadelo do passado completamente esquecido.

— Desculpe, mas será que posso fumar? — perguntou o homem. — Eu me segurei esse tempo todo, mas não foi fácil ficar sentado aqui, só esperando. O vício é realmente terrível.

Como eu estava desnorteado demais para falar, apenas acenei em silêncio. O homem de aparência estranha pegou do bolso do paletó um maço de Peace sem filtro, tirou um cigarro e riscou o fósforo, produzindo um estalo alto e seco. Em seguida, apanhou do chão a lata vazia de ração e jogou o fósforo dentro. Devia estar usando a lata como cinzeiro. Ele deu uma longa e prazerosa tragada, juntando as grossas e peludas sobrancelhas. E até soltou um pequeno gemido, emocionado. Quando puxou a fumaça com força, a ponta do cigarro queimou, vermelha como uma brasa de carvão. Eu abri a porta de vidro que dava para o alpendre para fazer o ar circular. Lá fora ainda caía uma chuva silenciosa. Eu não conseguia ver nem ouvir seu barulho, mas pelo cheiro sabia que chovia.

O homem usava camisa branca, gravata vermelho-escura e paletó marrom, tudo de baixa qualidade e muito puído. A cor do paletó lembrava um carro velho pintado às pressas por um amador, e as profundas rugas do paletó e da calça pareciam uma foto aérea e provavelmente nunca sairiam do tecido. A camisa branca estava amarelada, e um dos botões na altura do peito cairia a qualquer momento. As roupas do homem pareciam ter um tamanho um ou dois números menor. O primeiro botão de cima para baixo estava desabotoado, e o colarinho, torto e frouxo. A gravata tinha uma estampa curiosa que lembrava um ectoplasma deformado, e o nó parecia nunca ter sido refeito desde a época dos Osmond Brothers. Saltava aos olhos que aquele homem não tinha nenhum interesse nem fascínio algum por roupas. Simplesmente vestia qualquer coisa por pura necessidade, por não poder se encontrar pelado com as pessoas. Havia até certa malícia no seu modo de vestir. Talvez ele fosse capaz de usar as mesmas roupas todos os dias, até rasgarem, descosturarem e se decomporem, como um camponês da montanha que explorasse seu burro de sol a sol, até o animal morrer.

Depois que inalou uma quantidade necessária de nicotina, o homem suspirou aliviado e esboçou uma expressão curiosa, um misto de sorriso e deboche.

— Desculpe, não me apresentei ainda — disse ele. — Eu me chamo Ushikawa. Se escreve com o caractere "ushi", de vaca, e "kawa", de rio. Fácil de lembrar, não? Todos os meus conhecidos me chamam de Ushi. "Ei, Ushi! Venha aqui!" É estranho pois, de tanto ser chamado de "Ushi", às vezes penso que realmente sou uma vaca. Quando vejo uma em algum lugar, sinto até simpatia. Nome é algo curioso. Não concorda, sr. Okada? Já seu sobrenome, Okada, ao contrário do meu, é bem comum. De vez em quando penso: como seria bom se meu sobrenome fosse mais normal, mas lamentavelmente sobrenome a gente não escolhe. Uma vez que a gente nasce Ushikawa, morre Ushikawa, gostando ou não. Por isso, desde que me entendo por gente, sempre fui chamado de "Ushi". Não tem jeito. Eu também faria a mesma coisa se encontrasse alguém com um sobrenome de vaca desses. Costumam dizer que o nome de uma pessoa representa o que ela é, mas eu acho que uma pessoa vai se moldando ao nome. O que o senhor acha? Enfim, de qualquer forma, não se esqueça de como me chamo, Ushikawa. Se o senhor quiser, pode dizer só Ushi que não me importo.

Eu fui até a cozinha, abri a geladeira e voltei com uma cerveja. Não ofereci nada a Ushikawa. Afinal, não tinha convidado o sujeito para entrar. Não disse nada e tomei a cerveja na garrafa, enquanto Ushikawa inspirava profundamente a fumaça do cigarro sem filtro, em silêncio. Não me sentei na cadeira de frente para o sofá onde ele estava e fiquei de pé, encostado na pilastra, olhando para ele de cima. Até que Ushikawa amassou o cigarro dentro da lata vazia de ração e me encarou, virando o rosto para o alto.

— O senhor deve estar se perguntando como entrei na casa, se a porta estava trancada. Acertei, não é? Deve estar pensando: que estranho, eu tranquei a porta antes de sair… Sim, a porta estava trancada, sr. Okada. Acontece que eu tinha a chave desta casa. Aqui está.

Ushikawa colocou a mão no bolso do paletó, pegou o chaveiro que tinha só uma chave e o levantou diante dos meus olhos. A chave parecia realmente ser a de casa. Mas o que me chamou mais a atenção foi o chaveiro, muito parecido com o que Kumiko tinha. Era um chaveiro simples de couro verde e o mosquetão de metal abria de uma forma um pouco diferente.

— Essa é a chave da casa, como o senhor pode ver. E o chaveiro é da sua esposa, certo? Mas vou explicar antes que o senhor me interprete mal: sua esposa, a sra. Kumiko, me deu esse chaveiro. Não roubei nem peguei à força.

— Onde está Kumiko agora?

Minha pergunta ecoou de modo um tanto deturpado. Ushikawa tirou os óculos, observou as lentes por um momento, como para verificar se estavam embaçadas, e os colocou de novo no rosto.

— Sei onde a sra. Kumiko está. Na verdade, estou encarregado de cuidar dela.

— Cuidar de Kumiko?

— Sim, cuidar, mas não do jeito que o senhor está pensando. Não se preocupe — disse Ushikawa, rindo. Quando riu, seu rosto se deformou muito, e seus óculos ficaram tortos. — Não me olhe desse jeito, com a cara tão fechada. Estou ajudando a sra. Kumiko porque esse é meu trabalho, só isso. Sou como um garoto de recados e um faz-tudo, sr. Okada. Um simples servo. Não estou fazendo nada de mais. Afinal, sua esposa não pode sair de onde está. O senhor entende o que estou querendo dizer, não é?

— Não pode sair?

Ele fez uma pausa e passou a ponta da língua pelos lábios.

— O senhor não sabia? Então pode esquecer o que eu disse. Até porque não sei se ela não pode sair ou se não quer. Imagino que o senhor gostaria de saber, mas, por favor, não me pergunte. Também não conheço os detalhes. Mas não se preocupe. Ela não está trancada à força. Garanto que não estamos em um filme nem em um romance, e é impossível na vida real alguém ficar preso contra a vontade.

Coloquei a garrafa de cerveja no chão, com cuidado.

— E o que o senhor está fazendo aqui?

Ushikawa bateu a palma da mão no joelho algumas vezes e acenou com movimentos teatrais.

— Ah, é. Eu ainda não tinha explicado. Me esqueci completamente. Eu me apresentei, mas me esqueci de dizer o motivo da visita, por descuido. Falar de coisas desnecessárias e esquecer as coisas importantes é um defeito que tenho desde pequeno. Muitas vezes me dei mal por isso. Devia ter explicado antes. Eu trabalho para o irmão mais velho da sra. Kumiko. Eu me chamo Ushikawa. Ah, sim, já disse meu nome. Disse também que pode me chamar de Ushi. Bom, sou uma espécie de secretário do sr. Noboru Wataya, seu cunhado. Não um secretário desses que andam ao lado de um parlamentar, claro. Quem ocupa esses cargos são pessoas mais refinadas, de certo nível. Sabe, há uma infinidade de níveis de secretário, sr. Okada, e eu sou do nível mais baixo. Se pegássemos de exemplo os espíritos, eu seria o espírito inferior, aquele que fica no canto sujo do banheiro ou do armário. Mas não posso reclamar. Afinal, se com minha aparência repulsiva eu aparecesse em público, acabaria prejudicando a imagem jovial e dinâmica do dr. Wataya. Para aparecer em público, só alguém mais elegante e com ares de intelectual. Se um velho baixinho e careca como eu aparecesse falando: "Muito prazer, sou o secretário do sr. Wataya", viraria motivo de piada, não é, sr. Okada?

Permaneci calado.

— Por isso eu cuido de todos os serviços que não vêm a público, dos trabalhos feitos na surdina, a pedido do doutor. De tudo o que não sai na imprensa. Sou como um violinista dos bastidores. Por exemplo, cuidar do caso da sra. Kumiko. Isso não significa que eu considere o trabalho de cuidar da sra. Kumiko algo vil e insignificante, sr. Okada. Se passei essa impressão, foi apenas um grande mal-entendido. Afinal, a sra. Kumiko é a única irmã do doutor, que a quer muito bem, e para mim é uma grande honra poder tomar conta de uma pessoa tão importante assim. De verdade.

"Perdoe a indelicadeza, mas será que eu poderia tomar uma cerveja também? De tanto falar, fiquei com sede. O senhor não precisa nem se levantar. Eu mesmo pego. Sei onde fica. Enquanto esperava, dei uma espiadinha na geladeira, mesmo sabendo que não devia."

Eu assenti. Ushikawa se levantou, foi até a cozinha e pegou uma cerveja da geladeira. Em seguida, voltou a se sentar no sofá e tomou a cerveja direto da garrafa, com vontade. Seu grande pomo de adão tremeu um pouco, na altura do nó da gravata, como um ser vivo.

— Sr. Okada, realmente não existe nada melhor do que uma cerveja bem gelada no fim de um longo dia. Tem muita gente chata no mundo que diz que cerveja gelada demais não é o ideal, mas eu discordo. A primeira cerveja tem que ser estupidamente gelada, a ponto de não dar para sentir seu gosto. A segunda já não precisa estar tão gelada assim. Mas, para mim, a primeira tem que estar quase congelada, a ponto de doer as têmporas. Claro, estou falando de uma preferência pessoal.

Continuei de pé encostado na pilastra e dei um pequeno gole na cerveja. Ushikawa ficou olhando para a sala por um tempo, com lábios fechados.

— Sabe, sr. Okada, sua esposa saiu, mas a casa do senhor continua arrumada. Fiquei impressionado. Fico envergonhado em admitir, mas não sou uma pessoa organizada. Minha casa é uma bagunça, um chiqueiro. Não lavo o banheiro há mais de um ano. Ah, me esqueci de falar, minha esposa também saiu de casa, deve ter uns cinco anos. Por isso, sei como o senhor se sente. Compaixão entre os irmãos de dor, sr. Okada. Embora essa expressão talvez não seja muito adequada. Enfim. O que importa é que, diferentemente do caso do senhor, minha esposa teve motivos para me abandonar. Afinal, fui um péssimo marido. Não posso me queixar. Até fico impressionado como ela me aguentou tanto tempo. Fui um marido terrível, no sentido literal da palavra. Quando ficava com raiva, eu batia nela para valer. Fora de casa, nunca bati em ninguém. Sou incapaz de levantar um dedo para uma pessoa. Como o senhor pode perceber, sou uma pessoa tímida. Sou medroso. Fora de casa, sou submisso e obedeço aos outros. "Ei, Ushi! Venha aqui!" E lá vou eu fazer tudo o que me mandam sem reclamar, com um sorriso bajulador no rosto. Faço cara de quem concorda cem por cento com os outros. Em compensação, dentro de casa, batia na minha mulher. Hehehe. Não presto mesmo, não acha? E o pior é que eu também sei disso. Mas eu não conseguia parar de bater, sr. Okada. Era mesmo uma doença. Muitas vezes eu batia tanto que o rosto dela ficava deformado. Dava empurrões e chutes nela. Cheguei a jogar chá quente e também a atirar coisas na coitada. Quando nosso filho se metia, eu batia nele também. Ele ainda era pequeno. Tinha sete ou oito anos. Mesmo assim, eu não aliviava e ia com toda a força. Sou um monstro. Mesmo tentando, não conseguia parar. Não conseguia me controlar. Eu queria parar, mas não sabia como. Terrível, não é? Até que cinco anos atrás acabei quebrando o braço da minha filha de cinco anos. PLOC. Então minha mulher perdeu a paciência comigo e saiu de casa, levando os dois. Desde esse dia, nunca mais vi minha mulher nem as crianças. Eles nem entraram em contato. Não tem jeito, estou pagando pelos meus erros.

Continuei calado. O gato se aproximou dos meus pés e miou um pouco, como se pedisse atenção.

— Acabei contando uma história chata e cansativa. Me desculpe. O senhor deve estar se perguntando: ele não tinha um assunto para tratar comigo? Sim, o senhor tem razão. Tenho um assunto para tratar. Não vim aqui para falar de banalidades. O doutor, o sr. Wataya, me pediu para passar um recado ao senhor. Vou transmitir exatamente a mensagem, então preste atenção.

"Em primeiro lugar, o doutor está considerando repensar o seu relacionamento com a sra. Kumiko. Ele diz que, se for desejo de ambas as partes, o senhor e a sra. Kumiko podem continuar casados, sem a necessidade do divórcio. Por enquanto, a sra. Kumiko não deseja voltar para o senhor, então um recomeço está descartado no momento. Agora, se o senhor fizer questão de não se separar, se insistir em esperar mais um tempo, por ele tudo bem. O doutor não vai mais insistir no divórcio. Então, se o senhor quiser passar algum recado para a sra. Kumiko, pode me usar de intermediário. Para resumir: o doutor quer uma reaproximação, uma trégua. Esse é o primeiro assunto. O que me diz?"

Eu me sentei no chão e fiz carinho na cabeça do gato. Permaneci calado. Ushikawa ficou observando a cena por um tempo, antes de prosseguir:

— Bom, o senhor quer ouvir a história até o final para poder opinar, não é? Afinal, não sabe se pode aparecer alguma surpresa. Tudo bem, vou contar até o final. Certo, vamos para o segundo assunto, que é mais complicado. É sobre uma matéria que saiu numa revista semanal, a respeito da casa dos enforcados. Não sei se o senhor chegou a ler a matéria, mas é interessante. Bem escrita e tudo. Fala sobre um terreno amaldiçoado em Setagaya. Um lugar onde muitas pessoas morreram tragicamente. A reportagem questiona quem seria o indivíduo misterioso que adquiriu a propriedade e o que estaria acontecendo por trás do muro alto. Sabe como é, mistério atrai mais mistério...

"Pois então, o dr. Wataya leu a matéria e logo se deu conta de que o terreno ficava na vizinhança do senhor. Ele ficou com uma pulga atrás da orelha: haveria alguma relação entre o terreno e o sr. Okada? Então ele fez uma longa pesquisa… Bem, na verdade quem fez a pesquisa fui eu, o servo Ushikawa, usando minhas próprias pernas. Então descobri que a desconfiança do doutor tinha fundamento, já que o senhor ia todos os dias àquela casa, passando pelo beco. Aparentemente, o senhor está envolvido até o pescoço com o que acontece naquela casa. Também tomei um grande susto. Fiquei impressionado com o faro do dr. Wataya.

"Por enquanto, só saiu uma matéria sobre a casa. Mas nada garante que, por algum motivo, seja publicada uma continuação e a chama volte a acender. Afinal, é um tema bastante curioso. E, na verdade, o doutor está um pouco perplexo. Se o nome do senhor, que é cunhado dele, vier a público por causa de um assunto tão insignificante, o doutor pode se ver envolvido em um escândalo. Ele é o homem do momento, e a mídia vai adorar. Como o doutor e o senhor têm algumas divergências… veja o caso da sra. Kumiko, por exemplo… os meios de comunicação podem querer investigar mais a fundo, enfiar o nariz onde não devem. E todo mundo tem um ou dois segredinhos para esconder. Sobretudo na esfera *pessoal*. O doutor está numa fase muito importante da carreira política e quer agir com a máxima cautela possível. Então, nossa conversa seria o início de uma espécie de acordo. Para resumir, a proposta é a seguinte: se o senhor cortar totalmente os vínculos com a casa dos enforcados, ele vai analisar com carinho a possibilidade de dar o aval para o senhor reatar com a sra. Kumiko. Será que o senhor conseguiu entender em linhas gerais o que acabei de dizer?"

— Acho que sim — respondi.

— E o que me diz de tudo isso?

Pensei um pouco a respeito, fazendo carinho na garganta do gato, com os dedos.

— Mas por que Noboru Wataya desconfiou que eu pudesse ter alguma relação com aquela casa? — perguntei. — Como ele conseguiu imaginar essa hipótese?

Ushikawa riu, contorcendo muito o rosto. À primeira vista, tinha achado graça, mas um examinador mais cuidadoso perceberia que aqueles olhos estavam frios e artificiais, como se fossem de vidro. Ele pegou do bolso o maço de Peace amassado e riscou o fósforo.

— Sr. Okada, não sou capaz de responder a uma pergunta tão difícil assim. Como eu disse, sou um mero garoto de recado. Desconheço as questões mais complexas. Não passo de um pombo-correio, trazendo uma carta e levando a resposta. O senhor entende, não é? Só posso dizer que o doutor não é bobo. Ele sabe muito bem como usar a cabeça e tem uma intuição fantástica. E uma influência real bem mais poderosa do que o senhor imagina, sr. Okada. E ela está aumentando a cada dia que passa. O senhor precisa reconhecer isso. Parece que o senhor não gosta muito dele por muitos motivos que não são da minha conta, e não me importo nem um pouco com isso. Mas pelo andar da carruagem já não é mais questão de gostar ou não. Seria bom se o senhor compreendesse isso.

— Se Noboru Wataya tem mesmo tanta força, deveria impedir a publicação de uma matéria como essa na revista. Seria mais fácil.

Ushikawa riu. E deu uma longa tragada.

— Não fale um disparate desses, sr. Okada. Veja, fazemos parte do Japão, um país democrático bastante respeitável. Não vivemos numa ditadura, numa república de bananas. Por mais que um político tenha poder no Japão, não é fácil impedir a publicação de uma matéria em uma revista. É arriscado demais. Mesmo conseguindo mexer os pauzinhos, sempre vai ter alguém descontente. Aliás, fazendo isso podemos chamar mais atenção ainda. É o famoso cutucar a onça com vara curta. E, para ser sincero, não vale a pena usar meios agressivos assim para resolver um problema desse nível.

"Que fique só entre nós, mas talvez além do doutor mais gente esteja envolvida nessa história. Talvez um pessoal *barra-pesada* que o senhor não conhece também esteja na jogada, que poderá tomar um rumo bem diferente. Pelo menos é o que acho. Para fazer uma comparação com um tratamento odontológico, eu diria que o que está sendo mexido agora é apenas a parte anestesiada, sr. Okada. Por isso não tem ninguém reclamando. Agora, daqui a pouco a ponta da broca pode tocar no nervo sem anestesia. Se isso acontecer, alguém irá urrar de dor. Sabe, algumas pessoas podem acabar se irritando para valer. Entende o que estou querendo dizer? Não quero fazer ameaças, mas acho que o senhor está se envolvendo com gente perigosa, sem perceber."

Pelo visto Ushikawa tinha terminado de falar tudo o que queria.

— É melhor eu cair fora antes de me machucar? — perguntei.

Ushikawa assentiu.

— O que o senhor está fazendo é como brincar com fogo. Pode ser bem perigoso.

— Entendo. Quer dizer que posso causar problemas a Noboru Wataya. Então, se eu cair fora, vão me deixar falar com Kumiko.

Ushikawa assentiu de novo.

— É mais ou menos isso.

Tomei um gole de cerveja.

— Em primeiro lugar, *eu* vou recuperar a Kumiko pelos meus próprios meios — eu disse. — Não pretendo contar com a ajuda de Noboru Wataya em hipótese alguma. Não preciso recorrer a ele. Você tem razão, eu não gosto dele. Mas não é nem questão de gostar ou não, como você mencionou. O buraco é muito mais embaixo. O problema é que *não consigo aceitar a própria existência desse homem.* Por isso não tem acordo. Passe o recado a ele. Ah, e outra coisa: não quero que o senhor entre na minha casa nunca mais sem a minha autorização. Isto aqui não é um saguão de hotel nem uma sala de espera da estação.

Ushikawa estreitou os olhos por trás dos óculos e me encarou por um momento. Aqueles olhos não se moviam e eram desprovidos de qualquer emoção, embora não fossem inexpressivos. Porém, a expressão estampada era provisória, criada apenas para o momento. Em seguida, Ushikawa levantou um pouco a palma da mão direita, grande demais para seu corpo, como se verificasse a chuva que caía.

— Entendi muito bem seu ponto de vista — disse ele. — Desde o começo eu achava que a negociação não seria fácil. Por isso, sua resposta não me surpreende. Sou um sujeito que não costuma ficar muito assustado. Entendo muito bem como o senhor se sente, e é bom que deixe tudo às claras. O senhor não enrola e abre logo o jogo. É bem compreensível. Quando recebo uma resposta toda sinuosa, sem saber ao certo se é branco ou preto, tenho muito trabalho para transmitir de maneira compreensível. Sabe, não é fácil ser pombo-correio e, nesse universo, respostas confusas são bastante comuns. Não estou reclamando, mas é que todo dia me deparo com enigmas piores que o da esfinge. Esse tipo de trabalho não faz bem para a saúde, sr. Okada. Não mesmo. Quando levamos uma vida assim, sem querer nossa personalidade acaba se tornando redundante, entende? A gente se torna desconfiado e acaba pensando sempre no avesso do avesso. Não consegue mais confiar nas coisas simples e claras. Realmente é um problema.

"Mas tudo bem, sr. Okada, vou transmitir para o doutor a sua resposta. Só espero que o senhor entenda que esse assunto não se encerra aqui. Mesmo que não queira mais saber do doutor, as coisas não vão terminar com tanta simplicidade assim. Então, acho que o senhor ainda vai receber uma visita minha. Lamento por ser essa figura suja, baixinha e repugnante, mas por favor procure se acostumar com a *minha presença*, nem que seja só um pouco. Pessoalmente não tenho nada contra o senhor. É verdade. Mas minhas preferências não estão em jogo e o senhor não vai ter como me evitar com tanta facilidade. Pode soar estranho, mas gostaria que o senhor pensasse dessa forma. Agora, nunca mais vou entrar na sua casa sem autorização do senhor. Seu protesto tem fundamento, não é correto fazer isso. A única coisa que posso fazer agora é assumir o erro e pedir perdão. Mas dessa vez eu não tive escolha. Gostaria que o senhor também entendesse isso. Nem sempre sou indelicado assim. Também sou uma pessoa normal, apesar de não parecer. Da próxima vez, ligo primeiro, como todo mundo. Tudo bem assim? Vou deixar o telefone tocar duas vezes, desligar e ligar de novo. Então, quando o senhor ouvir essa sequência, por favor, atenda: Pois é, o idiota do Ushikawa quer algo de mim. Tudo bem? Atenda, sem falta. Caso contrário, serei obrigado a entrar na casa por conta própria. Sabe, não gostaria de fazer isso, mas como trabalhador assalariado preciso balançar o rabo e fazer o que o chefe manda, com o máximo de esforço. O senhor entende, não é?"

Não respondi. Ushikawa apagou a guimba de cigarro no fundo da lata de ração e conferiu o relógio de pulso, como se lembrasse da hora.

— Ora, ora, acabei me estendendo um pouco. Desculpe entrar na sua casa sem permissão, falar tanto e pedir cerveja. Sinto muito. Como disse, sou um pobre-diabo sem ninguém para me esperar em casa. Então acabo falando demais nas raras oportunidades em que encontro alguém disposto a me ouvir. É uma lástima. Veja bem, sr.

Okada, não é bom morar sozinho por muito tempo. Conhece aquela frase? Nenhum homem é uma ilha. Dizem também: a ociosidade é a mãe de todos os vícios.

Ushikawa abanou de leve com a mão o pó imaginário do joelho e se levantou devagar.

— Não, não precisa me acompanhar. Afinal, entrei sozinho e sei o caminho. Pode deixar que tranco a porta, sr. Okada. Ah, mais uma coisa. Talvez eu esteja me metendo sem ser chamado, mas no mundo há coisas que é melhor não saber. E não é que são justamente essas coisas que a gente quer descobrir a todo custo? Não deixa de ser curioso. Claro, e só uma generalização... Enfim, acredito que voltaremos a nos encontrar. Espero que as coisas estejam caminhando para a direção certa nessa hora. Boa noite, sr. Okada.

A chuva continuou caindo silenciosamente a noite toda e só parou de manhã bem cedo, como se desaparecesse assim que começava a clarear. Ainda assim, a presença pegajosa do estranho homenzinho e o cheiro do cigarro sem filtro permaneceram dentro de casa por muito tempo, junto com a umidade.

15.
Misteriosa língua de sinais de Canela, oferenda musical

— Canela parou de falar completamente pouco antes de fazer seis anos — me contou Noz-Moscada. — Foi quando entraria no primário. Em fevereiro daquele ano, ele parou de falar de repente. Pode parecer estranho, mas só à noite percebemos que ele não tinha falado nada desde a manhã. Tudo bem que ele já não era dos mais falantes, mas não deixa de ser estranho não termos percebido o dia inteiro. Do nada, me dei conta de que ele não tinha emitido nenhum som desde a manhã. Então tentei fazê-lo falar. Puxei conversa, balancei seu corpo, mas nada. Canela continuou calado, como uma estátua. Eu não sabia se ele não *conseguia* ou se tinha decidido não falar. Até hoje eu não sei. Mas desde aquele dia, além de não falar, ele não emitiu *nenhum som*. Você entende? Ele não grita nem quando sente dor e não dá risada alta nem quando sente cócegas.

Noz-Moscada levou o filho para ser examinado por alguns otorrinos, mas ninguém descobriu a causa. Garantiram apenas que não tinha origem na genética ou em doença física. Não foi detectada nenhuma anomalia nas suas cordas vocais. Canela conseguia ouvir bem os sons. Ele apenas não falava. "Provavelmente tem origem em um problema psiquiátrico", disseram todos os especialistas consultados. Noz-Moscada então levou o filho a um psiquiatra conhecido, que também não conseguiu descobrir a causa da mudez. Canela foi submetido a teste de inteligência, mas não foi detectado nenhum problema intelectual: seu QI era bem elevado, e ele não apresentava nenhum desequilíbrio emocional. "Será que ele não passou por algum trauma?", perguntou o especialista a Noz-Moscada. "Tente se lembrar. Por exemplo, presenciar alguma cena anormal, levar uma surra em casa?" Noz-Moscada tentou, mas não fazia a menor ideia. Na noite anterior, seu filho tinha jantado normalmente, conversado com ela sem problemas e adormecido com tranquilidade na cama, como nos outros dias. Porém, na manhã seguinte, Canela havia mergulhado profundamente no mundo do silêncio. A família não passava por nenhuma turbulência e o menino estava sendo criado e educado com carinho e zelo por Noz-Moscada e pela avó materna. Ele nunca tinha apanhado. Nesse caso, só nos resta aguardar e ver o que acontece, sentenciou o psiquiatra. Enquanto não soubermos a causa, não teremos como tratar. Traga o menino para meu consultório uma vez por semana. Talvez depois de um tempo de terapia possamos descobrir a causa ou ele simplesmente volte a falar, de uma hora para outra, como se tivesse acordado de um sonho. A única coisa que podemos fazer no momento é esperar, com paciência. Sim, esse menino não fala, mas não apresenta nenhum outro problema...

No entanto, por mais que esperassem, Canela permaneceu nas profundezas do oceano do silêncio e nunca mais subiu para a superfície.

*

Às nove da manhã, o portão da frente se abriu para dentro, produzindo um barulho baixinho de engrenagens, e o Mercedes-Benz 500SEL dirigido por Canela entrou. A antena do carro atrás do vidro traseiro estava levantada, como a antena de um inseto. Pela fresta da persiana da janela, eu observava a entrada do carro, que parecia um gigantesco e destemido peixe migratório. Sem fazer barulho, os pneus pretos e novos desenharam um caminho no chão de concreto e pararam no lugar de sempre. Todos os dias desenhavam o mesmo caminho e estacionavam exatamente no mesmo lugar. Provavelmente o lugar onde parava tinha menos de cinco centímetros de diferença de um dia para outro.

Eu tomava o café recém-passado. A chuva tinha dado uma trégua, mas o céu continuava coberto por nuvens cinzentas, e o chão seguia escuro, frio e molhado. Os pássaros voavam com impaciência em busca de insetos na superfície, produzindo sons estridentes. Depois de um tempo, a porta do lado do motorista se abriu, e Canela saltou do carro. De óculos escuros, ele olhou à sua volta com cautela e, ao se certificar de que não havia anomalias, tirou os óculos e guardou no bolso interno do terno. Em seguida, fechou a porta do carro. O som de fechar a porta do grande Mercedes-Benz era diferente do som de fechar a porta de qualquer outro carro. Esse som representava o início de um dia na *mansão*.

Desde que acordei, eu só pensava na visita que tinha recebido de Ushikawa na noite anterior. Estava na dúvida se deveria contar a Canela que Ushikawa trouxera um recado de Noboru Wataya me pedindo para cair fora dos negócios da mansão. No fim, decidi não contar nada. Pelo menos por enquanto. Era um problema entre mim e Noboru Wataya. Eu não queria envolver um terceiro.

Canela vestia o terno de modo impecável, como sempre. Tinha um corte bonito e era de excelente qualidade, e caía muito bem no seu corpo. O estilo era conservador e sombrio, mas, quando Canela vestia o terno, o conceito mudava, e o conjunto se tornava jovial e revolucionário, como se alguém tivesse jogado pó mágico em cima.

Naturalmente a gravata mudava de acordo com o terno. A camisa e os sapatos também. Provavelmente sua mãe, Noz-Moscada, escolhia e comprava as roupas para ele, como costumava fazer comigo. Seja como for, assim como a lataria do Mercedes que Canela dirigia, suas roupas não apresentavam nenhuma mancha e seus sapatos estavam sempre brilhando. Ver seu rosto toda manhã era algo que, do fundo do coração, me admirava. Ou melhor, me *emocionava*. Que tipo de essência poderia existir por baixo de uma aparência tão perfeita assim?

Canela pegou do porta-malas duas sacolas — alimentos e compras diversas — e entrou na casa, carregando uma em cada mão. Até os sacos de papel bastante comuns do supermercado se tornavam elegantes e artísticos quando carregados por ele. Talvez fosse pelo jeito que ele segurava. Talvez fosse por razões mais intrínsecas. Quando me viu, ele abriu um largo sorriso. Canela era encantador. Era como encontrar de repente uma clareira bem iluminada depois de uma interminável andança por uma floresta fechada. Dei um "Bom-dia" em voz alta. Ele respondeu com um bom-dia mudo. Eu sabia que ele tinha me respondido pelo movimento dos seus lábios. Em seguida, ele retirou os alimentos da sacola e guardou tudo na geladeira, de maneira proveitosa, como uma criança inteligente que registra no cérebro os novos conhecimentos. Organizou as compras e guardou no armário. E tomou o café que eu deixei preparado. Estávamos sentados na cozinha, frente a frente. Assim como eu e Kumiko fazíamos toda manhã, até um tempo atrás.

*

— Canela nunca frequentou a escola, nem por um dia — explicou Noz-Moscada. — Nenhuma escola aceitou uma criança que não falava, e achei que não era correto colocar meu filho num colégio para crianças com necessidades especiais, porque a causa de sua mudez, seja qual for, era completamente diferente. Canela também não mostrou interesse em frequentar a escola. Ficava em casa lendo sozinho, ouvindo música clássica ou brincando no quintal de casa com o vira-lata que tínhamos. Ele se divertia com essas atividades, ou pelo menos era a impressão que passava. Embora fizesse caminhadas de vez em quando, como não gostava de se encontrar com as crianças da mesma idade na vizinhança, não ficava muito empolgado em sair de casa.

Noz-Moscada aprendeu a língua de sinais e passou a conversar com o filho. Quando não conseguia comunicar algo por meio dos sinais, escrevia em um papel. Até que um belo dia se deu conta de que ela e o filho não tinham dificuldade de expressar todos os sentimentos sem a ajuda desses métodos. Um leve movimento do corpo, uma mudança de expressão no rosto eram suficientes para ela compreender o que ele pensava. Ao perceber isso, ela passou a não se importar muito com a mudez do filho, já que não era um empecilho para os laços entre eles. Claro que de vez em quando ela sentia certa inconveniência física pela ausência de linguagem verbal dele. Porém, era apenas uma "inconveniência", e em certo sentido a qualidade da comunicação entre mãe e filho se tornou mais pura em razão disso.

No intervalo entre os trabalhos, Noz-Moscada ensinou a Canela ideogramas *kanji*, vocabulário e também matemática. Mas na verdade não havia muita coisa que Noz-Moscada pudesse ensinar, pois seu filho gostava de ler e aprendeu tudo o que era necessário como autodidata, por meio de livros. O papel de Noz-Moscada não era ensinar, e sim escolher os livros adequados. Canela quis aprender piano porque gostava de música, mas teve aulas particulares apenas por alguns meses, o suficiente para aprender o dedilhado básico. Depois adquiriu uma técnica bastante avançada para sua idade sem receber educação formal, apenas através de livros didáticos e fitas de piano. Ele gostava de tocar sobretudo Bach e Mozart, e, com a exceção de Poulenc e Bartók, quase não demonstrava interesse por músicas da época do Romantismo em diante. Nos primeiros seis anos desde que deixou de falar, seu interesse se concentrou em música e leitura. Quando chegou à idade em que deveria estar na metade do ensino fundamental, se interessou por estudo de línguas. Primeiro o inglês, depois o francês e, em seis meses, passou a ler livros simples nos dois idiomas. Claro que, como não falava, o objetivo de Canela era ler livros nesses idiomas. Depois passou a se interessar por mecanismos complexos. Comprou ferramentas especiais, montou um rádio e um amplificador de tubo de vácuo, e também desmontou e consertou o relógio.

As pessoas do seu convívio — na prática Canela só se relacionava com Noz-Moscada, seu pai e sua avó materna — se acostumaram por completo com sua mudez, e ninguém mais considerava isso estranho ou anormal. Alguns anos depois, Noz-Moscada parou de levar o filho ao psiquiatra. As consultas semanais não proporcionaram nenhuma melhora no "sintoma" e, como o especialista dissera desde o primeiro dia, Canela não apresentava nenhum problema, exceto o fato de não falar. Em certo sentido, Canela era uma criança perfeita. Noz-Moscada não se lembra de nenhuma ocasião em que tenha precisado mandar o filho fazer alguma coisa nem de uma situação em que tenha lhe dado bronca por fazer algo errado. Canela decidia o que fazer por conta própria e fazia até o fim, do seu jeito. Era muito diferente de outras crianças normais, e comparações não faziam o menor sentido. Depois que perdeu a avó, aos doze anos (ele chorou durante alguns dias sem emitir som), Canela tomou a iniciativa de cuidar dos afazeres domésticos, como cozinhar, lavar roupas e limpar a casa, enquanto sua mãe trabalhava fora durante o dia. Noz-Moscada tentou contratar uma empregada depois que sua mãe faleceu, mas Canela se opôs categoricamente. Não queria receber gente nova na casa, nem que a ordem interna sofresse alteração. Assim, a maior parte dos serviços

domésticos passou a ser realizada por Canela, de maneira extremamente ordenada.

*

Canela conversava comigo usando as duas mãos. Seus dedos eram
longos como os de sua mãe, mas não demais. Para me transmitir a
mensagem, seus dez dedos se moviam com fluência e rapidez diante
do rosto, como seres vivos obedientes.

"Hoje você vai receber uma *cliente* às duas da tarde. É tudo. Até
lá a agenda está livre. Vou terminar o trabalho em mais ou menos
uma hora e depois sair. Às duas volto com a cliente. Como a previsão
do tempo anunciou que hoje vai ficar nublado o dia inteiro, acho
que você não vai irritar os olhos mesmo entrando no poço quando
ainda estiver claro."

Como dissera Noz-Moscada, eu não tinha dificuldade em compreender as palavras transmitidas pelos dez dedos das mãos de Canela.
Embora eu não entendesse nada da língua de sinais, não fazia nenhum
sacrifício para ler os movimentos fluidos e complexos daqueles dedos.
Talvez seus movimentos fossem tão incríveis que eu era capaz de compreender o que queriam dizer só de prestar atenção. Do mesmo modo
que comove uma peça encenada em um idioma desconhecido. Ou
talvez fosse apenas impressão minha achar que seguia o movimento
dos seus dedos com os olhos. Quem sabe na realidade eu não estivesse
vendo nada. Ou quem sabe aqueles movimentos não passassem de
uma fachada ornamental de um edifício, e eu estivesse vendo realmente o que havia por trás, sem me dar conta. Toda manhã, quando
conversava com Canela à mesa, eu tentava distinguir essa linha de
demarcação, mas não conseguia. Mesmo que existisse, essa linha parecia se movimentar e mudar de forma o tempo todo.

Depois desse diálogo curto, dessa comunicação, Canela tirava o
terno, pendurava no cabideiro e escondia a gravata dentro da camisa,
para limpar a casa e na sequência preparar uma refeição simples para
mim. Enquanto fazia isso, ele ouvia músicas em um aparelho de som
pequeno. Em determinada semana, ouvia apenas fitas com músicas
sacras de Rossini, em outra, fitas de concerto para instrumentos de

sopro de Vivaldi. Ele ouvia tantas vezes cada fita que eu chegava a memorizar as melodias por completo.

Canela fazia as tarefas com bastante eficiência, sem desperdiçar movimentos. No começo, até me ofereci algumas vezes para ajudar, mas depois desisti, porque ele sempre esboçava um sorriso e balançava a cabeça negativamente. Olhando seus movimentos, percebi que tudo era realizado de maneira harmoniosa, contanto que ele fizesse as tarefas sozinho. Desde então, para não atrapalhar, passei a ler no sofá da "sala de ajustes" enquanto Canela fazia as tarefas da manhã.

A casa não era muito espaçosa e contava com os móveis estritamente necessários. Como ninguém morava nela, não sujava tanto nem ficava desarrumada. Mesmo assim, Canela passava aspirador de pó em todos os cantos, espanava móveis e estantes e limpava cada janela. Também encerava a mesa de madeira, limpava as lamparinas e devolvia todas as coisas ao seu devido lugar. Organizava a louça do armário e colocava as panelas na ordem de tamanho. Alinhava as pontas dos lençóis e das toalhas na pilha do armário. Mudava o lado das asas das xícaras de café. Conferia o sabonete da pia do banheiro e trocava a toalha, mesmo que não tivesse sido usada. Colocava todo o lixo num saco, fechava e levava para algum lugar. Acertava o relógio de mesa, batendo com seu relógio de pulso (eu podia apostar que não tinha nem três segundos de diferença). Todas as coisas que tinham saído minimamente de lugar voltavam ao ponto de origem, por meio dos movimentos daqueles dedos elegantes e precisos. Se eu movesse o relógio da estante dois centímetros para a esquerda, só para testar, ele seria movido dois centímetros para a direita na manhã seguinte.

Só que Canela não parecia um neurótico arrumando a casa. Parecia que fazia um ato natural e *correto*. Talvez na sua mente estivesse impresso com clareza *como devia ser* este mundo — pelo menos do pequeno mundo que existia ali — e mantê-la fosse uma coisa tão natural quanto respirar. Ou talvez ele apenas estivesse ouvindo um apelo das coisas, que desejavam desesperadamente voltar ao ponto de origem.

Canela guardou a comida que tinha preparado dentro de um recipiente, que levou à geladeira. Depois me explicou o que eu deveria comer no almoço, e agradeci. Ele então ajeitou a gravata diante do espelho, examinou a camisa e vestiu o paletó. Em seguida, disse "Até logo" mexendo os lábios e esboçando um sorriso, se virou, deu uma olhada ao redor e saiu pela porta da frente. Entrou no Mercedes, colocou uma fita de músicas clássicas no toca-fitas, abriu o portão com o controle remoto e se foi, redesenhando o caminho que tinha deixado na chegada. Assim que o carro desapareceu, o portão se fechou. Fiquei observando o carro sair entre a fresta da persiana, segurando a xícara de café na mão. Os pássaros já não cantavam com tanta estridência. Vi nuvens baixas sendo carregadas pelo vento. Por trás delas havia nuvens mais espessas.

Eu me sentei na cadeira da cozinha, coloquei a xícara na mesa e olhei a sala arrumada e ordenada por Canela. Parecia um grande desenho de natureza-morta tridimensional. Somente o relógio de mesa fazia um tique-taque silencioso. Os ponteiros indicavam dez e vinte. Ao olhar para a cadeira em que Canela estivera sentado, me perguntei mais uma vez se tinha acertado em não contar para *eles* sobre a visita de Ushikawa na noite anterior. Será que fiz bem em não contar? Será que estaria traindo a relação de confiança que tinha com Canela e com Noz-Moscada?

De qualquer maneira, eu queria esperar para ver aonde isso tudo ia chegar. Queria descobrir o que tanto irritava Noboru Wataya e por quê. Queria saber em que tipo de calo eu estava pisando e que tipo de medida concreta ele tentaria tomar contra mim. Talvez assim pudesse me aproximar minimamente do segredo de Noboru Wataya e, por consequência, um pouco mais do lugar onde Kumiko estava.

Pouco antes de os ponteiros do relógio de mesa, aquele que Canela movera dois centímetros para a direita (ou seja, que foi devolvido ao seu ponto de origem), marcarem onze horas, fui até o quintal para entrar no poço.

*

— Contei sobre o submarino e o zoológico para o pequeno Canela. Contei sobre o que vi em agosto de 1945, a bordo do navio que voltava para o Japão. Contei que, quando o submarino americano girava o canhão para tentar afundar nossa embarcação, os soldados japoneses matavam a tiros os animais do zoológico onde meu pai trabalhava. Durante anos, eu não tinha contado essa história a ninguém, guardando tudo para mim, perambulando em silêncio pelo labirinto escuro que se estendia entre ilusão e realidade. Porém, quando Canela nasceu, eu pensei: *A única pessoa a quem posso contar essa história é meu filho.* Mesmo antes que ele compreendesse o que eu dizia, contei essa história muitas e muitas vezes. Quando contava baixinho, a cena ganhava vida outra vez diante dos meus olhos, como se a tampa fosse aberta à força.

"Assim que Canela passou a compreender o que eu dizia, começou a me pedir para contar essa mesma história várias vezes. Então contei umas cem, duzentas ou talvez quinhentas vezes. Mas não me limitava a repetir a mesma história. Toda vez que eu contava, Canela queria saber os detalhes de outras pequenas histórias contidas dentro da narrativa. Queria conhecer as *ramificações* da árvore. Por isso, quando pedia, eu buscava essas outras ramificações e contava a história que havia dentro desses galhos. Assim, a história foi se expandindo cada vez mais.

"Era uma espécie de mitologia construída por nós dois, entende? Absortos, conversávamos todos os dias sobre os nomes dos animais do zoológico, sobre o brilho da pele e do pelo, sobre a cor dos olhos, sobre os diferentes cheiros que pairavam no lugar, sobre o nome, o rosto e a vida de cada soldado, sobre o peso da munição e dos fuzis, sobre o medo e a sede que os homens sentiam, sobre o formato das nuvens que flutuavam no céu... Quando contava a história a Canela, eu conseguia ver com clareza a cor e o formato de tudo isso e conseguia transmitir o que eu via, convertendo em palavras. Conseguia encontrar palavras adequadas e precisas. Não tinha limite. Os detalhes não tinham fim e a história se tornou cada vez mais profunda e extensa."

Noz-Moscada sorriu, como se lembrasse dessa fase. Era a primeira vez que eu via um sorriso tão natural por parte dela.

— Até que um dia tudo acabou de repente — observou. — Desde aquela manhã de fevereiro, quando parou de falar, ele deixou de compartilhar a história comigo.

Noz-Moscada acendeu o cigarro, como se fizesse uma pausa.

— Agora eu entendo. As palavras dele desapareceram no labirinto *daquela história. Algo que saiu de dentro daquela história* roubou a língua dele e foi embora. E essa coisa acabou matando meu marido alguns anos depois.

*

O vento soprava mais intenso do que de manhã, e as nuvens cinzentas e pesadas eram carregadas por um vento incessante, direto para leste. As nuvens pareciam viajantes do silêncio que vão para o fim do mundo. De vez em quando, o vento soltava um uivo curto que não chegava a ser palavra, passando por entre os galhos das árvores do quintal que tinham perdido completamente suas folhas. Fiquei observando o céu por um tempo, de pé ao lado do poço. *Será que Kumiko também está observando essas mesmas nuvens em algum lugar?*, pensei. Sem nenhuma razão, tive um pressentimento de que sim, ela estava.

Desci ao fundo do poço pela escada e fechei a tampa, puxando a corda suspensa. Respirei fundo duas ou três vezes, segurei com firmeza o taco de beisebol e me sentei em silêncio nas trevas. Estava na escuridão total. Sim, isso era o mais importante. Essa escuridão imaculada era a chave. Poderia ser um programa de culinária na TV. "Prestem atenção, pessoal, a escuridão total é um ponto importante. Por isso, procurem encontrar a escuridão mais densa e mais perfeita possível, entenderam?" *E também o taco de beisebol mais rígido possível*, pensei. E esbocei um leve sorriso no rosto, no meio das trevas.

Senti que o hematoma começou a se aquecer de leve na minha bochecha. Eu estava me aproximando cada vez mais do cerne das coisas. Pouco a pouco. O hematoma me mostrava isso. Fechei os olhos. A melodia da música ouvida por Canela pela manhã, enquanto arrumava a casa, martelava no meu ouvido. "Oferenda musical" de Bach. A melodia permanecia dentro da minha mente, assim como o ruído das pessoas permanecia num espaço de pé-direito alto. Porém, em seguida, o silêncio desceu e se infiltrou nas rugas do meu cérebro, como um inseto que deposita ovos, um a um. Abri e logo em seguida fechei os olhos. As trevas se misturaram, e fui me afastando gradualmente do recipiente que era meu corpo.

Como aconteceu das outras vezes.

16.
Talvez este lugar seja um beco sem saída
Ponto de vista de May Kasahara — parte 4

Olá, Pássaro de Corda.

Na última carta, contei que estava trabalhando na fábrica de perucas junto com as meninas locais, no meio da montanha que fica num lugar bem distante. Esta carta é a continuação daquela.

Nos últimos tempos tenho pensado muito: *é um pouco estranho* que as pessoas trabalhem de manhã, de tarde e às vezes até de noite. Você nunca pensou nisso? Não sei explicar direito. Aqui, na verdade, só faço o que a minha chefe manda. Não preciso pensar em nada. Posso deixar meu cérebro no guarda-volumes da empresa antes do expediente e pegá-lo no fim, antes de voltar ao quarto. Fico sentada diante de uma mesa cerca de sete horas por dia, colocando sem parar os fios de cabelo na base da peruca. Depois do trabalho, janto no refeitório, tomo um banho e já tenho que dormir, claro, como qualquer pessoa. O dia tem vinte e quatro horas, mas tenho apenas um pouquinho de tempo livre para mim. E nesse tempo livre muitas vezes fico deitada, distraída, porque estou cansada demais. Então quase nunca tenho tempo para pensar nas coisas com calma. Claro que tenho os finais de semana só para mim, mas sábado e domingo passam bem depressa porque preciso lavar roupa e limpar o quarto e, até quando vou passear na cidade, o tempo passa voando. Uma vez decidi escrever um diário, mas desisti depois de uma semana, porque não tinha nada para contar. Afinal, faço a mesma coisa todo santo dia.

Apesar de tudo, sim, *apesar de tudo*, não acho tão ruim fazer meu trabalho. Não sinto nenhuma estranheza. Pelo contrário, trabalhando de maneira compenetrada, como uma formiguinha, sinto até que estou me aproximando cada vez mais do meu *verdadeiro eu*. Como posso dizer, não consigo explicar direito, mas acho que, justamente por não estar pensando em mim, estou me aproximando cada vez mais da minha essência. Por isso que falei que era *um pouco estranho*.

Aqui, estou trabalhando direitinho. Não quero me gabar, mas até recebi um prêmio de melhor funcionária do mês. Eu disse para você que até que sou habilidosa em trabalhos manuais, apesar de não parecer, não disse? Aqui a gente trabalha em equipe, e a minha sempre acaba tendo um bom desempenho. Quando termino a minha parte, ajudo as colegas atrasadas. Então até que sou popular entre as meninas. Não é inacreditável? *Eu*, popular? Bom, deixa isso pra lá. Só queria contar para você, Pássaro de Corda, que estou trabalhando direitinho desde que cheguei a esta fábrica. Estou trabalhando como uma formiguinha, como o ferreiro da aldeia. Entendeu tudo até aqui?

Bom, meu lugar de trabalho é esquisito. É amplo e espaçoso como um hangar para avião, com o pé-direito bem alto. Cerca de cento e cinquenta meninas trabalham em um só ambiente, e a vista é impressionante. Como não estamos construindo nenhum submarino, a fábrica não precisava ser tão gigantesca. Acho que salas menores seriam suficientes, mas talvez eles quisessem incentivar o espírito de equipe entre os funcionários, pensando "juntos somos mais fortes". Ou talvez assim os supervisores pudessem controlar melhor as funcionárias. Por trás dessa escolha deve haver alguma psicologia escondida. Cada equipe tem uma mesa grande, como aquela em que dissecávamos rãs no laboratório de ciência da escola, e na ponta fica a chefe da equipe, a mais velha da turma. Podemos conversar durante o trabalho (afinal, não dá para ficar o dia inteiro em silêncio). Agora, quando nos empolgamos com a conversa ou rimos alto, a chefe se aproxima com cara feia e chama a atenção: "Yumiko, mexa as mãos e não a boca. Acho que você está um pouco atrasada". Por isso, todas conversamos baixinho, como ladras à procura de alguma casa vazia para roubar à noite.

Na fábrica, ouvimos rádio. O tipo de música varia conforme o horário e a estação sintonizada. Se você curte Barry Manilow e Air Supply, tenho a impressão de que vai gostar daqui.

Eu levo alguns dias para terminar "minha" peruca. Depende da categoria, mas sempre demora vários dias para terminar uma. A base da peruca é dividida em grades pequenas, e inserimos fios de cabelo em cada quadradinho, um a um. Mas não é linha de produção. Só eu trabalho na "minha" peruca. Essa fábrica não é como aquelas dos filmes de Chaplin, em que o trabalhador aperta um parafuso e em seguida passa para outro. Faço sozinha a "minha" peruca, ao fim de alguns dias. Tenho até vontade de deixar uma assinatura quando termino de fabricar uma: "Dia tal, mês tal, May Kasahara". Mas é claro que não me arrisco, pois, se alguém descobrir, vou levar uma bronca. De qualquer maneira, é muito legal pensar que a peruca que eu fiz vai ser colocada na cabeça de alguém, em algum lugar deste mundo. Tenho a sensação de que eu estou intimamente ligada a alguma coisa.

Sabe, pensando bem, a vida é muito estranha. Eu nunca teria acreditado se, três anos atrás, alguém tivesse dito para mim: "Olha, daqui a três anos você vai estar fabricando perucas numa fábrica nas montanhas, junto com meninas locais". Acho que não seria capaz de me imaginar fazendo algo assim. Por isso, seguindo a mesma lógica, nunca poderei saber o que estarei fazendo daqui a três anos. Você sabe o que vai estar fazendo daqui a três anos, Pássaro de Corda? Acho que não, certo? Aliás, eu poderia apostar todo dinheiro que tenho aqui que você não sabe nem o que vai fazer daqui a um mês. Muito menos daqui a três anos.

Minhas colegas sabem mais ou menos o que vão fazer daqui a três anos. Ou *acham* que sabem. Elas trabalham na fábrica para juntar dinheiro, querem arrumar um pretendente adequado e ter um casamento feliz daqui a alguns anos.

O pretendente costuma ser filho de agricultor, herdeiro de alguma loja ou trabalhador de pequenas empresas locais. Como mencionei, essa região sofre com a falta crônica de moças, que têm bastante "saída" e não ficam "sobrando", a não ser em casos de muito azar. Todas encontram alguém à altura e acabam casando. É impressionante. E como já escrevi, depois do casamento, a maioria para de trabalhar. Para essas meninas, o trabalho na fábrica de perucas serve para preencher o intervalo de alguns anos entre a escola e o casamento. Não passa de uma etapa, como uma sala onde elas entram mas saem depois de um tempo.

Só que a fabricante de perucas não se importa. Na verdade, até prefere que as meninas trabalhem alguns anos e depois saiam quando arranjarem marido. Assim elas não trabalham por anos a fio e não começam a exigir coisas complicadas como salários e condições melhores, sindicato e tudo o mais. Para a fabricante, é mais conveniente que as meninas sejam trocadas periodicamente em intervalos curtos. As mais competentes que viram chefes até que são valorizadas, mas as outras são como peças de reposição. Por isso, parar de trabalhar depois do casamento é uma espécie de acordo tácito entre as partes. Então as meninas conseguem imaginar o que vão fazer daqui a três anos pois só têm duas opções: ou ainda estarão trabalhando aqui e continuarão procurando marido ou já estarão casadas e terão parado de trabalhar. É muito simples, não é?

À minha volta não tem ninguém como eu, que pensa secretamente: não faço a menor ideia de como vou estar daqui a três anos. Todas as meninas aqui ralam muito. Quase ninguém mata o trabalho ou recusa um serviço. Quase ninguém reclama. Só de vez em quando uma ou outra se queixa da refeição. Claro que, como é trabalho, não diversão, somos obrigadas a trabalhar das nove às cinco, com duas horas de intervalo, estando com vontade ou não. Mas de modo geral acho que todas se divertem no trabalho. Acho que é porque elas sabem que a vida aqui é uma etapa, uma fase entre um mundo e outro. Por isso, procuram se divertir e aproveitar o momento. Para elas, tudo não passa de uma escala.

Já para mim não é bem assim. Para mim, estar aqui não representa uma fase, de jeito nenhum. Nem uma escala. Até porque não faço a menor ideia para onde vou depois. Talvez este lugar seja um beco sem saída para mim, não é? Por isso, na verdade, não estou me divertindo no trabalho. Apenas estou tentando aceitá-lo *por inteiro*. Quando fabrico a peruca, só penso em fabricar a peruca. Acabo me concentrando de verdade, a ponto de um leve suor se espalhar por todo o meu corpo.

Não consigo explicar direito, mas recentemente comecei a pensar um pouco no menino que morreu no acidente de moto. Para ser sincera, não pensava muito nele até agora. Não sei se minha memória ficou distorcida ou foi afetada por causa do choque do acidente, mas eu só me lembrava de coisas nada interessantes: do cheiro do suor das suas axilas, de como ele era cabeça-dura, dos dedos que queriam tocar lugares indevidos, dessas coisas. Mas por alguma razão comecei a me lembrar de coisas boas, aos poucos. Essas lembranças chegam sem avisar, sem nenhuma explicação, sobretudo quando estou com a mente vazia, colocando fios de cabelo na base da peruca. É mesmo, ele *era assim*, eu penso. Acho que o tempo não é uma coisa que corre em sequência. É algo que uma hora vai para cá, outra hora vai para lá, de maneira aleatória.

Pássaro de Corda, sendo bem mas bem sincera mesmo, às vezes sinto muito medo. Acordo no meio da noite, sozinha, a uns quinhentos quilômetros de todas as pessoas e de todos os lugares. Está tudo escuro e, mesmo olhando para todos os lados, não enxergo um palmo à minha frente e sinto muito medo, tenho vontade de gritar alto, muito alto. Você já passou por isso, Pássaro de Corda? Nessas horas procuro pensar que estou ligada a algo e fico enumerando, compenetrada, todos os meus laços. Você está nele, Pássaro de Corda. O beco, o poço, o pé de caqui, tudo isso está na lista. As perucas que fabriquei também. As poucas lembranças do menino que morreu no acidente também. Graças a essas *pequenas coisas* (claro que você não é uma "pequena coisa", Pássaro de Corda, é só um modo de dizer), consigo voltar para *este lado*, devagarinho. Então eu penso que deveria ter deixado o menino ver e tocar mais meu corpo. Mas, quando estava com ele, eu me dizia: "Negativo, ele nunca vai me tocar". Sabe, Pássaro de Corda, estou pensando em continuar virgem pelo resto da vida. Estou pensando nisso para valer. O que você acha disso?

Até logo, Pássaro de Corda. Espero que Kumiko volte logo para você.

17.
Fadiga e peso do mundo, lâmpada mágica

Às nove e meia da noite o telefone tocou. Tocou duas vezes, parou e, depois de um tempo, começou a tocar de novo. Lembrei que era o sinal de Ushikawa.

— Alô? — Era voz dele. — Boa noite, sr. Okada. Sou eu, Ushikawa. Estou bem perto da sua casa e gostaria de dar uma passadinha aí. Seria possível? Sim, eu sei muito bem que já está tarde. Mas tenho um assunto que gostaria de tratar pessoalmente com o senhor. Como envolve a sra. Kumiko, imaginei que poderia ser do seu interesse. Tudo bem?

Ao ouvir sua voz, imaginei o rosto de Ushikawa do outro lado da linha. Ele estava com um sorriso de quem pensava: *Você não tem como recusar.* Seu lábio estava virado, deixando à mostra os dentes sujos. Ele tinha razão. Eu não tinha escolha.

Ao fim de exatos dez minutos, Ushikawa chegou. Estava com as mesmas roupas de três dias atrás. Ou talvez eu estivesse enganado e as roupas fossem diferentes. Seja como for, ele usava novamente terno, camisa e gravata. Tudo estava muito sujo e puído, e nada lhe caía bem. Aquelas infelizes roupas pareciam obrigadas a carregar toda a fadiga e todo o peso do mundo. Pensei que, se pudesse reencarnar, a única existência que recusaria seria a dessas roupas, por mais que em troca eu recebesse uma glória extraordinária. Depois de pedir minha permissão, ele pegou uma cerveja da geladeira, tocou na garrafa para ver se estava gelada e tomou no primeiro copo que achou pela frente. Nós passamos à mesa da cozinha e nos sentamos frente a frente.

— Para economizar nosso tempo, vou direto ao assunto, sem rodeios — começou Ushikawa. — Sr. Okada, não gostaria de conversar a sós com a sra. Kumiko? Só os dois? O senhor sempre quis esse encontro, não é? Dizia que antes de fazer qualquer coisa tinha que conversar com ela, certo?

— Se for possível, claro que gostaria de falar com ela.

— Não é impossível — disse Ushikawa, em voz baixa, acenando.

— Mas...?

— Não, nada de mas. — Ushikawa tomou um gole de cerveja. — Por outro lado, hoje trouxe uma nova proposta. Gostaria que o senhor ouvisse com atenção o que tenho para dizer e que pensasse com calma. O encontro com a sra. Kumiko é outro problema.

Observei o rosto dele, em silêncio.

— Então vou começar, sr. Okada — prosseguiu Ushikawa. — O senhor alugou de uma empresa aquele terreno com a casa. O terreno da "casa dos enforcados". O senhor paga um valor considerável de aluguel por mês, mas não se trata de um contrato de locação normal. É um contrato especial, com opção de compra no fim do período, daqui a alguns anos, certo? Claro que esse contrato nunca virá a público e o nome do senhor está resguardado. A fachada é justamente para isso. Mas na prática o senhor é o proprietário do terreno, e o preço mensal é o pagamento da prestação de um financiamento. O valor total, com a casa, é de mais ou menos oitenta milhões de ienes. Pelo jeito que a coisa anda, em menos de dois anos o senhor será oficialmente o proprietário do terreno e da casa. Não é incrível? Fiquei impressionado com a velocidade de tudo.

Ushikawa fitava meu rosto, como se esperasse uma confirmação. Eu continuei calado.

— Não me pergunte como descobri essas coisas. Basta fazer uma boa pesquisa que a gente acaba descobrindo. Claro, é preciso saber como e onde pesquisar. Nós temos uma ideia vaga de quem está por trás dessa empresa de fachada. Como era uma espécie de labirinto que passava por muitos lugares, não foi fácil. Digamos que foi tão trabalhoso quanto encontrar um carro roubado que foi recauchutado, teve os pneus e os assentos trocados e o chassi raspado. A camuflagem era excelente, trabalho de profissional. Enfim, agora já sabemos de muitas coisas. Acho que o senhor é o mais perdido nessa história toda. Não sabe nem para quem está pagando, não é?

— Dinheiro não tem nome — respondi.

— Hehehe, essa é boa — riu Ushikawa. — O senhor tem razão, dinheiro realmente não tem nome. É uma observação sábia. Vou até anotar na minha agenda. Agora, sr. Okada, as coisas não são tão simples assim. Sabe, nosso governo não é muito inteligente. Ele só consegue cobrar imposto de quem tem nome. Por isso, os fiscais tentam impor nome até para quem não tem. Além de nome, conferem um número. Eles não têm nenhum sentimento! Mas é assim que funciona a sociedade capitalista moderna... Então, como fazemos parte dessa sociedade capitalista, o dinheiro a que me refiro tem um belo nome.

Observei a cabeça de Ushikawa em silêncio. Dependendo do ângulo de incidência da luz, cavidades estranhas apareciam no crânio.

— Não se preocupe, o governo não irá atrás do senhor — disse Ushikawa, rindo. — Mesmo que os fiscais tentem, vão esbarrar em algum obstáculo quando tentarem passar por esse labirinto confuso. TOIN! Com certeza vão ficar com um grande galo na cabeça. Claro que os fiscais querem fazer seu trabalho, mas não vão correr riscos desnecessários. Se for para tirar dinheiro de alguém, que seja de gente fácil, que é mais cômodo. Ainda mais porque o resultado é o mesmo. Sobretudo quando o chefe recomenda, como quem não quer nada, "É mais fácil tirar desse lugar do que daquele". Eles perseguem a presa mais fácil. Nós só conseguimos descobrir as coisas porque eu fui atrás. Sem querer me gabar, mas sou muito competente. Pode até não parecer, mas é verdade. Conheço as artimanhas para não me dar mal. Consigo encontrar o caminho mesmo no escuro.

"Agora, sr. Okada, vou ser bem sincero, só porque se trata do senhor. Nem eu consegui descobrir *o que o senhor faz* naquele lugar. Quem procura o senhor naquela casa paga uma fortuna. Isso é fato, e significa que o senhor está oferecendo algo especial e muito valioso. Até esse ponto está claro como contar corvos num dia de neve. Só não consigo descobrir o que exatamente o senhor faz lá dentro e por que tem que ser naquele lugar. Não sei mais o que fazer. Esse é o ponto mais importante da história, mas está bem escondido, como o coelho na cartola de um mágico. Sabe, isso me incomoda."

— Então é isso que incomoda Noboru Wataya — comentei.

Ushikawa não respondeu à minha pergunta e passou as mãos pelos poucos fios de cabelo que tinham sobrado acima das orelhas.

— Cá entre nós, fiquei impressionado com o senhor — disse Ushikawa. — De verdade. Sem querer bajular, mas o senhor parece uma pessoa bem comum. Para ser franco, o senhor *não tem nada de especial*. Por favor, não se ofenda com meu modo de falar e não me leve a mal. Estou dizendo apenas do ponto de vista geral da sociedade. Mas fiquei muito impressionado depois que nos conhecemos e conversamos pessoalmente, frente a frente. "Até que esse sujeito está se esforçando", foi o que eu pensei. Veja, o senhor de alguma forma está incomodando e deixando o doutor Wataya confuso. Por isso estou tendo que exercer o papel de pombo-correio para intermediar a negociação. Uma pessoa normal não seria capaz de fazer o que o senhor está fazendo.

"Gostei do senhor por causa disso. Não é mentira. Como já percebeu, sou uma pessoa repugnante e imprestável, mas não minto ao tratar desse tipo de assunto. Não consigo ver o senhor como um completo estranho. Para a sociedade em geral, tenho menos valor do que o senhor, que nem é especial. Sou baixinho, não tenho muito estudo e passei uma infância terrível. Meu pai trabalhava como artesão de tatame em Funabashi e era quase um alcoólatra. Não passava de um ser desprezível e eu, desde que me conheço por gente, desejava que ele morresse logo. E, para minha sorte ou meu azar, ele morreu novo. Depois de sua morte, eu tive uma infância miserável, dessas que a gente vê em filmes. Não tenho nenhuma recordação boa da infância. Nenhuma. Nunca ouvi uma palavra carinhosa dos meus pais. E, como era natural, virei um delinquente. Com muito custo terminei o colégio e, depois, me formei na faculdade da vida. Vivi sempre nas sombras, na escuridão. Sobrevivi só com essa minha cabeça que não vale nada. Por isso odeio as elites e os funcionários públicos de alto escalão. Talvez nem devesse dizer isso, mas odeio. Gente que entrou na sociedade pela porta da frente, sem passar por nenhuma dificuldade, casou com uma moça bonita e leva uma vida sossegada. Gosto de gente como o senhor, que vive dependendo só da própria capacidade."

Ushikawa riscou o fósforo e acendeu um cigarro.

— Só que o senhor não vai poder continuar com isso, sr. Okada. As pessoas sempre acabam tropeçando. Sem exceção. Se pensarmos na história da evolução humana, faz pouco tempo que as pessoas começaram a ficar de pé e a caminhar com as duas pernas, enquanto pensam em coisas complicadas. Tropeçar e cair é inevitável. Ainda mais no mundo em que o senhor está envolvido, sr. Okada. Não há ninguém que não tropece e caia. Sabe, há muitas coisas complicadas nesse mundo, e ele funciona justamente por isso. Circulo por esse universo desde a época do antecessor do dr. Wataya, seu tio. O doutor herdou toda a base de influência do tio como se herdasse uma casa com móveis e tudo o mais. Antes de começar a trabalhar para o tio do doutor, eu fazia muitas coisas perigosas. Se eu tivesse continuado com aquela vida, hoje eu estaria preso ou morto. Não estou exagerando. O tio do dr. Wataya me acolheu na hora certa. Então vi muitas coisas com esses meus dois olhos pequenos. Nesse mundo, não tem jeito, amadores e profissionais tropeçam, e tanto os molengas quanto os durões se machucam. Por isso todos têm um seguro, inclusive gente insignificante como eu. É fundamental para que, mesmo depois do tombo, a gente consiga sobreviver. Agora, se você trabalha sozinho e não pertence a nenhum grupo, já está fora na primeira queda. Fim de jogo.

"Sr. Okada, talvez eu não devesse dizer uma coisa dessas, mas o senhor está prestes a cair. Sem sombra de dúvidas. No meu livro está escrito em caracteres bem grandes, daqui a duas ou três páginas: SR. OKADA VAI CAIR EM BREVE. Não se trata de uma ameaça, mas de um fato. Nesse mundo, eu sou mais certeiro do que qualquer previsão. Por isso, gostaria que o senhor me escutasse: existe um momento certo de cair fora em tudo nesta vida."

Ushikawa parou de falar e me encarou.

— Então, sr. Okada, vamos falar de um assunto mais palpável e parar com esse jogo de gato e rato… Acabei me alongando um pouco, mas vou fazer minha proposta.

Ushikawa colocou as mãos sobre a mesa. E com a ponta da língua lambeu de leve os lábios.

— Como disse agora há pouco, sr. Okada, é melhor o senhor cortar todos os laços com aquele terreno e cair fora. Bom, talvez o senhor já esteja querendo fazer isso, mas tenha algum motivo que o impeça, como um compromisso que o senhor assumiu e não pode descumprir até quitar toda a dívida. — Ushikawa parou de falar e levantou o rosto, lançando em mim olhos inquisitivos. — Bom, se o problema for dinheiro, nós podemos dar um jeito. Se precisa de oitenta milhões de ienes, vamos arrumar para o senhor. Oito mil notas de dez mil ienes. O senhor pode pagar a dívida e ficar com o resto. Será um homem livre. O que me diz? Não é um belo final feliz? Gostou da proposta?

— E o terreno e a casa ficarão com Noboru Wataya. É isso?

— Provavelmente sim. Pelas circunstâncias. Bom, acho que antes teremos que passar por alguns trâmites complicados.

Pensei um pouco a respeito.

— Sr. Ushikawa, não estou entendendo direito. Por que Noboru Wataya quer tanto me ver longe daquele lugar? E o que ele pretende fazer com o terreno e com a casa?

Ushikawa passou a palma da mão no rosto, com cuidado.

— Sr. Okada, eu também não sei. Como não canso de dizer, eu não passo de um pombo-correio. Apenas obedeço às ordens do patrão. E normalmente fico encarregado dos assuntos trabalhosos. Quando eu era pequeno, lembro que li *Aladim e a lâmpada mágica* e senti muita pena do gênio da lâmpada, ele era explorado. Nunca achei que seria como ele quando crescesse. É realmente lamentável e... Enfim, essa foi a mensagem que fiquei encarregado de passar. O dr. Wataya está sabendo de tudo. Quem decide é o senhor. O que me diz? Que resposta devo levar a ele?

Eu permaneci calado.

— Naturalmente o senhor precisa de tempo para refletir. Tudo bem, o senhor terá esse tempo. Não precisa tomar uma decisão agora. Pode pensar com calma... Ah, sr. Okada, como adoraria poder dizer isso. Porém, para ser franco, talvez o senhor não tenha tanto tempo assim. Se me permite, vou dar minha opinião. Uma oferta tão generosa como essa não vai continuar sobre a mesa por muito tempo. Se o senhor piscar ou olhar para o lado por um segundo, ela pode desaparecer, como o vapor no vidro de uma janela. Por isso, gostaria que o senhor pensasse com seriedade e logo. Não é uma má oferta, entende?

Ushikawa soltou um suspiro e conferiu o relógio de pulso.

— Bom, preciso ir. Acabei me estendendo de novo. Tomei sua cerveja, falei sozinho praticamente sem parar, como da outra vez. Sou um cara de pau mesmo. Não quero dar desculpas, mas curiosamente acabo me estendendo na casa do senhor. Acho que é porque me sinto à vontade aqui.

Ushikawa se levantou e levou o copo, a cerveja e o cinzeiro para a pia.

— Volto a entrar em contato em breve, sr. Okada. Vou providenciar o encontro do senhor com a sra. Kumiko. Isso eu garanto. Pode aguardar ansiosamente.

Depois que Ushikawa saiu, abri a janela para expulsar o cheiro de cigarro que permanecia dentro de casa. Em seguida, tomei um copo de água, me sentei no sofá e coloquei Bonito no meu colo. Imaginei a cena em que Ushikawa tirava seu disfarce ao dar um passo para fora de casa, voltando a assumir a forma de Noboru Wataya. Mas era só uma ideia boba.

18.
Sala de ajustes, sucessor

Noz-Moscada não sabia quem eram as mulheres que a procuravam. Ninguém falava o que elas faziam e Noz-Moscada também não perguntava. O nome que davam também era falso. Ainda assim, aquelas mulheres tinham o cheiro característico que emanava da mistura de dinheiro e poder. Elas procuravam evitar a ostentação, mas Noz-Moscada conseguia perceber que tipo de posição ocupavam só de olhar as roupas e o estilo de cada uma.

Noz-Moscada alugou uma sala num edifício comercial em Akasaka. Como a maioria da clientela era bastante neurótica com questões de privacidade, ela escolheu um edifício com a fachada mais discreta possível no lugar mais discreto possível. E, depois de refletir muito, decidiu batizar seu negócio de Estúdio de Design de Moda. Como já tinha trabalhado como estilista, ninguém deveria estranhar o fato de Noz-Moscada receber a visita de muitas mulheres. Por sorte, todas as suas clientes estavam na faixa dos trinta a cinquenta anos e tinham cara de quem mandava fazer roupas sob medida. Ela decorou sua sala com roupas, desenhos e revistas de moda, mandou trazer ferramentas, mesa de trabalho e manequins, e até desenhou algumas peças para deixar tudo mais convincente. E destinou uma pequena sala para os ajustes. As clientes eram convidadas para a sala e Noz-Moscada fazia o "ajuste da roupa" no sofá.

Quem se encarregou da clientela foi a esposa do dono de uma loja de departamentos. Ela conhecia muita gente da alta sociedade, mas escolheu a dedo um reduzido número de clientes que considerou confiáveis. Ela tinha consciência de que, para evitar escândalos, deveria formar um clube com membros rigorosamente selecionados. Caso contrário, a história logo se espalharia. As escolhidas recebiam instruções claras para não contar sobre os "ajustes" para ninguém, em hipótese alguma. Todas eram extremamente discretas e sabiam que seriam expulsas em definitivo do clube caso descumprissem essa promessa.

Elas marcavam os "ajustes" por telefone, com antecedência, e apareciam no horário marcado. Não havia risco de uma cliente esbarrar com outra, e a privacidade era protegida com perfeição. O pagamento era feito na hora, em espécie. Foi a esposa do dono da loja de departamentos quem definiu o preço, um valor muito mais alto do que Noz--Moscada imaginava. Ainda assim, as mulheres que experimentavam o "ajuste" de Noz-Moscada sempre ligavam para marcar a próxima consulta. Sem exceção. "Não se preocupe com o valor. Quanto mais caro for, mais tranquilas elas se sentem", explicou a esposa do dono da loja de departamentos. Noz-Moscada passou a frequentar a sala três vezes por semana, e atendia uma cliente por dia. Era o seu limite.

Quando Canela completou dezesseis anos, começou a ajudar a mãe. Noz-Moscada já não estava dando conta de tudo sozinha, mas não podia contratar um desconhecido. Depois de refletir muito, ela perguntou ao filho se tinha interesse em ajudar. Ele se limitou a responder que sim sem nem ao menos perguntar o que a mãe fazia. Canela chegava às dez da manhã, de táxi (ele não suportava ficar perto de estranhos no metrô ou no ônibus), limpava a sala, colocava tudo no devido lugar, trocava as flores no vaso, preparava café, fazia as compras necessárias, ouvia músicas clássicas baixinho no toca-fitas e fazia anotações no livro-caixa.

Depois de um tempo, Canela se tornou indispensável no negócio. Mesmo em dias de agenda livre, ele se sentava à mesa da sala de espera, com terno e gravata. Nenhuma cliente reclamou da mudez de Canela nem sentiu incômodo. Elas até *preferiam* que ele não falasse. Ele atendia as ligações das clientes, que informavam a data e o horário desejados. Canela respondia batendo o fone na mesa: uma batida era não, e duas batidas significava sim. As clientes amavam essa simplicidade. Além disso, Canela tinha um rosto tão bonito que parecia uma escultura de museu e não dizia frases chulas como muitos rapazes da sua idade. As clientes puxavam conversa com ele na chegada e na saída.

Canela sorria e ouvia o que elas diziam acenando com a cabeça. Esse "diálogo" deixava as mulheres mais relaxadas, ajudando a amenizar a tensão entre o mundo externo e o mal-estar depois do "ajuste". Canela não gostava do contato com pessoas, mas a interação com as clientes parecia não lhe causar sofrimento.

Aos dezoito anos, Canela tirou a carteira de habilitação. Noz--Moscada arrumou um instrutor particular que parecia bonzinho para seu filho que não falava. Porém, Canela já tinha consultado uma infinidade de livros e guias especializados e conhecia muitas técnicas do volante, de A a Z. Já nas primeiras aulas práticas aprendeu os macetes que eram impossíveis de dominar pelas leituras e, em pouco tempo, se tornou um exímio condutor. Com a carteira de habilitação na mão, Canela comprou um Porsche Carrera usado, depois de pesquisar em revistas especializadas e anúncios. Ele tinha guardado todos os salários e, com a economia, deu a entrada no carro (não gastava nada no dia a dia). Assim que comprou o veículo, deixou o motor como novo, trocou quase todas as peças (adquirindo as novas por correspondência) e os pneus. O carro ficou tão bom que podia até competir em corridas. Porém, Canela só o usava para percorrer o mesmo trajeto movimentado entre sua casa, em Hiroo, e a sala de Akasaka. Então, nas mãos de Canela, esse Porsche 911 se tornou um exemplar bastante raro, já que quase nunca correu mais do que sessenta quilômetros por hora.

Noz-Moscada continuou com esse trabalho por mais de sete anos. Durante o período, ela perdeu três clientes (a primeira faleceu em um acidente, a segunda foi expulsa em definitivo por certo motivo, e terceira "se ausentou" por motivos de trabalho do marido). Em compensação, ela ganhou quatro clientes novas, todas atraentes mulheres de meia-idade que usavam roupas caras e nome falso. O teor do trabalho não mudou nesses sete anos: Noz-Moscada realizava os "ajustes" para as clientes, Canela mantinha a sala organizada e arrumada, preenchia o livro-caixa e dirigia o Porsche. Não havia progresso nem retrocesso, embora as pessoas envelhecessem com o passar do tempo. Noz-Moscada estava com quase cinquenta anos e

Canela completou vinte. Se o rapaz parecia se divertir com o trabalho, Noz-Moscada, por sua vez, passou a ser assolada por uma sensação de impotência. Durante todos esses anos, ela continuou fazendo os "ajustes" nesse *algo* que as clientes carregavam dentro de si. Noz--Moscada não sabia exatamente o que estava fazendo, mas se esforçava o máximo que podia. Apesar disso, ela não conseguia curar esse *algo*, que nunca desaparecia. Com o poder de cura de Noz-Moscada, esse *algo* apenas diminuía sua atividade por um período. Depois de um intervalo (mais ou menos três dias ou, no limite, dez) ele começava a agir como antes, ou seja, ao fim de uma pequena melhora sempre vinha a recaída e, a longo prazo, esse *algo* ficava cada vez maior, sem exceção, como células cancerígenas. Noz-Moscada conseguia sentir nas mãos aquele crescimento, que era como uma mensagem: "Não adianta, por mais que você se esforce, vai perder no final". E era verdade. Noz-Moscada não tinha chance de vencer. Ela apenas atrasava um pouquinho o avanço daquilo, oferecendo uma paz temporária de alguns dias às clientes.

Será que todas as mulheres carregam esse algo?, Noz-Moscada se perguntou muitas e muitas vezes. *E por que só mulheres de meia-idade me procuram? Será que eu também tenho esse* algo *dentro de mim, como elas?*

No entanto, Noz-Moscada não fazia questão de descobrir a resposta. Ela só sabia que, por alguma razão, estava presa dentro da sala de ajustes. As mulheres procuravam sua ajuda e, enquanto existissem clientes, ela não podia deixá-las em apuros. De vez em quando, Noz--Moscada sentia uma impotência forte e profunda, e tinha a impressão de ter se tornado uma pessoa vazia. Sentia que se desgastava cada vez mais e estava prestes a desaparecer no meio da escuridão, no meio do nada. Nessas horas, abria o coração para Canela. O filho ouvia a história da mãe, compenetrado. Ele não dizia nada, mas só de desabafar ela já conseguia se acalmar, o que era curioso. Ela sentia que não estava sozinha nem era impotente. *Não deixa de ser curioso*, pensou Noz-Moscada. *Eu curo as pessoas e Canela me cura. Mas quem cura Canela? Será que meu filho absorve todo o sofrimento e toda a solidão, sozinho, como um buraco negro?* Uma única vez Noz-Moscada colocou a mão na testa de Canela, como fazia quando realizava os "ajustes" em suas clientes. Mas a palma de sua mão não sentiu nada.

Noz-Moscada começou a pensar com seriedade na aposentadoria. *Não me resta mais muita força. Se continuar assim, eu vou me queimar completamente nessa sensação de impotência.* Porém, as clientes buscavam desesperadamente sua ajuda, e ela não podia abandoná-las só por uma questão de conveniência.

Até que no verão daquele ano Noz-Moscada encontrou um sucessor. Soube disso na hora, assim que viu o hematoma no rosto de um rapaz jovem sentado em frente a um prédio, em Shinjuku.

19.
Filha de rás idiotas
Ponto de vista de May Kasahara — parte 5

Olá, Pássaro de Corda.

Agora são duas e meia da manhã e todos estão dormindo como pedras. Já que não estava conseguindo pegar no sono, saí da cama e resolvi escrever esta carta. Na verdade, é bem raro eu não conseguir dormir, tão raro quanto um lutador de sumô ficar bem de boina. Costumo ter facilidade quando chega a hora de dormir, e acordo naturalmente quando chega a hora de acordar. Até tenho um despertador, mas quase nunca uso. Só que às vezes não consigo pegar no sono, como hoje. Sabe, acordo de repente no meio da noite e não consigo voltar a dormir.

Estou pensando em seguir escrevendo até sentir sono. Como espero bocejar em breve, não sei se esta carta vai ser longa... Bom, mas no fim das contas a gente nunca sabe o tamanho da carta até terminar de escrever, não é?

Então, acho que a maioria das pessoas pensa que o mundo é (ou que pelo menos deveria ser) um lugar consistente. Muitas vezes percebo isso conversando com os outros. Quando acontece algo, na sociedade ou na vida privada, as pessoas costumam dizer: "Isso é assim porque aquilo era assado", e os outros concordam: "Ah, sim, é verdade", mas eu não entendo direito essa relação. Essa relação entre "Isso é assim" e "aquilo era assado" é como colocar uma mistura instantânea para bolo numa fôrma, levar ao micro-ondas, apertar o botão e encontrar tudo pronto quando abrir a porta, depois de ouvir o barulhinho. Não serve de explicação. Ou seja, depois que a gente fecha a porta, não sabe o que acontece entre o apertar do botão e o barulhinho. A mistura instantânea talvez se transforme em macarrão gratinado no escuro, quando a gente não está vendo, e volte a ser bolo de novo. A gente acha que o *bolo* ficou pronto *naturalmente, como resultado* de termos levado a fôrma ao micro--ondas e apertado o botão. Mas acho que isso é só uma suposição. Eu ficaria mais aliviada se de vez em quando encontrasse macarrão gratinado ao abrir a porta do micro-ondas. É claro que eu ficaria assustada, mas acho que me sentiria um pouco aliviada. Pelo menos acho que não vou ficar muito confusa. Afinal, para mim, isso parece mais *real*, em certo sentido.

É muito difícil tentar explicar em palavras, de maneira ordenada, por que isso me pareceria mais real. Por exemplo, ao refletir tomando como exemplo concreto o curso da minha vida, eu percebo com clareza que praticamente não existe nenhuma *consistência* nele. Em primeiro lugar, é um mistério eu ser filha de pais tão sem graça que parecem rãs. É um grande mistério. Não quero me gabar, mas sou mais normal do que os dois juntos. Não estou sendo metida, é apenas uma verdade incontestável. Não quero dizer que sou melhor do que meus pais, mas pelo menos sou mais *normal*, como pessoa. Acho que ao conhecer os dois você vai perceber, Pássaro de Corda. Eles acreditam que o mundo tem uma explicação consistente como a planta de uma casa. Por isso, acreditam que, se fizerem as coisas com lógica e consistência, tudo dará certo no final. E ficam confusos, tristes ou bravos porque não faço o mesmo.

Por que fui nascer de pais idiotas? E por quê, apesar de ser criada por gente assim, eu não me tornei uma rã idiota como eles? Venho refletindo sobre isso há muito tempo, mas não encontrei uma explicação plausível. Tenho a impressão de que deve existir uma razão, mas não consegui encontrar. Bom, mas essa é só uma das coisas que não fazem sentido. Por exemplo, por que sou odiada pelas minhas colegas? Não fiz nada de muito errado. Estava levando uma vida bem normal. Até que certo dia, quando me dei conta, ninguém gostava de mim. Não consigo entender o motivo.

Acho que coisas sem sentido atraíram mais coisas sem sentido. Um exemplo, conhecer aquele menino da moto e provocar um acidente sem sentido como aquele. Nas minhas lembranças, ou melhor, de acordo com a ordem das minhas lembranças, não existe esse negócio de "isso é assim porque aquilo era assado". É como encontrar coisas completamente inesperadas sempre que abro a porta do micro-ondas, depois de ouvir o barulhinho.

Sem entender o que se passava ao meu redor, parei de frequentar a escola e ficava o dia inteiro em casa, sem fazer nada. Nessa época conheci você, Pássaro de Corda. Ah, sim, nessa época eu já tinha começado a fazer pesquisas para a fabricante de perucas. Mas por que uma fabricante de perucas? Esse é outro mistério. Não consigo me lembrar direito. Será que fiquei com sequelas no cérebro porque bati a cabeça na hora do acidente? Ou será que adquiri o hábito de esconder as lembranças indesejadas em algum lugar, por causa do choque emocional? Sabe, assim como o esquilo que esconde as nozes num buraco e esquece onde escondeu? (Você já viu algum fazer isso? Eu já. Eu ainda era pequena e ri dos esquilos bobos. Não sabia que acabaria fazendo a mesma coisa.)

De qualquer forma, comecei a fazer a pesquisa para a fabricante de perucas e gostei, o que também não faz nenhum sentido. Não sei por que peruca, e não meia-calça ou espátula para arroz. E, no caso de meia-calça ou de espátula para arroz, eu não estaria trabalhando nessa fábrica de perucas. Concorda? Ou, se não tivesse provocado aquele acidente estúpido de moto, eu não teria conhecido você no beco atrás de casa naquele verão, você provavelmente não ficaria sabendo do poço da casa dos Miyawaki, estaria sem o hematoma no rosto e não teria se envolvido em encrencas... Talvez nada tivesse acontecido. Por isso, sempre acabo pensando: *Afinal, onde está a consistência deste mundo?*

Ou será que no mundo existe uma divisão, e para algumas pessoas ele é consistente como ter bolo ao colocar a mistura instantânea no micro-ondas, e para outras é aleatório, como obter macarrão gratinado? Não sei direito. Mas eu imagino: se meus pais que são como rãs encontrarem macarrão gratinado no micro-ondas, apesar de terem colocado a mistura para bolo, tentarão se convencer: "Sem dúvida eu me enganei e coloquei um prato de macarrão gratinado". Ou tentarão se convencer desesperadamente de que "o macarrão gratinado é, na verdade, bolo". Pessoas como eles jamais vão dar o braço a torcer, mesmo que alguém explique, com delicadeza: "Mesmo que a gente coloque mistura para bolo às vezes aparece um macarrão gratinado". Pelo contrário, eles podem até ficar irritados. Entende o que quero dizer, Pássaro de Corda?

Escrevi numa das cartas anteriores que voltaria a falar sobre o hematoma do seu rosto e do beijo que dei nele. Acho que foi na primeira carta, lembra? Na verdade, desde nosso último encontro, no verão do ano passado, me lembrei daquela ocasião diversas vezes e fiquei refletindo, como um gato que observa a chuva que cai. *Afinal, o que foi aquilo?* Mas, para ser sincera, acho que não sou capaz de explicar direito. Talvez no futuro — daqui a dez ou vinte anos —, quando eu for mais adulta e mais inteligente, eu consiga explicar de maneira adequada. Mas por enquanto, infelizmente, sinto que ainda não tenho capacidade para uma explicação adequada.

Uma coisa posso dizer, com sinceridade: prefiro você sem o hematoma, Pássaro de Corda. Não, não é bem isso... Afinal, você não escolheu ter esse hematoma. Estou sendo injusta falando assim. Talvez fosse melhor dizer que, para mim, *sem o hematoma, você já é suficiente...* Mas acho que você não está entendendo meu ponto de vista.

Bom, Pássaro de Corda, eu penso o seguinte. Talvez esse hematoma proporcione algo muito importante para você. Mas ao mesmo tempo ele está tomando algo. Como um sistema de compensação. Então, se todos tirarem algo de você, você vai se desgastando até desaparecer. Enfim, o que estou realmente querendo dizer é que não me importo nem um pouco se você não tiver esse hematoma.

Para falar a verdade, às vezes acho que estou fazendo perucas aqui todos os dias porque beijei o hematoma do seu rosto. Penso que, por causa daquele dia, decidi me afastar daquele lugar, me afastar de você, Pássaro de Corda. Talvez você se sinta ofendido, mas acho que essa revelação tem um fundo de verdade. E, justamente porque parei aqui, consegui enfim encontrar meu lugar. Em certo sentido, sou grata a você, Pássaro de Corda, embora talvez não seja muito divertido ouvir alguém dizer que sente gratidão "em certo sentido".

* * *

Acho que já falei praticamente tudo o que tinha para falar. Já são quase quatro da manhã. Como tenho que acordar às sete e meia, posso dormir um pouco mais de três horas. Espero que pegue no sono logo. Vou terminando por aqui. Até logo, Pássaro de Corda. Reze para que eu consiga pegar no sono.

20.
Labirinto subterrâneo,
as duas portas de Canela

— Naquela "mansão" tem um computador, não tem, sr. Okada? Só não sei quem usa — disse Ushikawa.

Eram nove da noite, e eu estava sentado à mesa da cozinha, com o fone no ouvido.

— Tem — respondi de maneira monossilábica.

Ele fungou o nariz do outro lado da linha.

— Bom, fiz uma pesquisa e sei que tem um. Não, não estou sugerindo que é um problema ter um computador, claro que não. Hoje em dia, computador é imprescindível para quem faz trabalhos um pouco mais sofisticados. Não é nenhum motivo de espanto.

"Enfim, sr. Okada, para resumir a história toda, gostaria de me comunicar com o senhor através daquele computador. Quando tentei, descobri que o sistema não é muito fácil. Não basta o número de uma linha normal. Além disso, algumas senhas precisam ser inseridas para o acesso. Sem elas, não é possível avançar. O que faremos?"

Continuei calado.

— Não quero que o senhor me interprete mal. Não estou querendo me infiltrar nesse computador, fazer coisa errada, não é nada disso. Se a segurança é tão rígida só para acessar a simples função de comunicação do computador, obter alguma informação do sistema deve ser muito mais difícil. Por isso, não penso em fazer uma coisa tão complicada. Eu só queria arrumar uma conversa entre o senhor e a sra. Kumiko. Prometi da vez passada, não foi? Que me esforçaria para que o senhor tivesse chance de conversar diretamente com ela. Já faz muito tempo que a sra. Kumiko saiu de casa, e não é bom deixar as coisas em suspenso, como estão. Se continuar assim, talvez sua vida acabe tomando um rumo cada vez mais estranho, sr. Okada. Não sei o que aconteceu, mas é sempre importante o casal conversar frente a frente, abrindo o coração. Caso contrário, mal-entendidos são inevitáveis. E todo mal-entendido é uma fonte de infelicidade... Bem, tentei convencer a sra. Kumiko à minha maneira, explicando as coisas.

"Mas a sra. Kumiko não concordou. Disse que não pretendia conversar pessoalmente com o senhor. Disse também que um encontro está fora de cogitação, e não se dispôs nem a falar pelo telefone. *Nem pelo telefone.* Então eu já não sabia mais o que fazer. Tentei convencê-la de muitas maneiras, fiz todo o esforço do mundo, implorei, mas ela não mudou de ideia. Continuou inflexível em sua decisão, como uma pedra de mil anos. Com musgos."

Ushikawa aguardou minha reação por um tempo, mas eu continuei calado.

— Mas eu não podia desistir. Não podia me conformar e dizer "Ah, é? Tudo bem". Se fizesse isso, levaria uma bronca do doutor. Eu tinha que encontrar um meio-termo, mesmo que um dos lados estivesse irredutível... Esse é o nosso trabalho. Encontrar um meio-termo. Se não der para comprar a geladeira, compramos gelo, é esse tipo de espírito que precisamos ter. Então coloquei meu cérebro para funcionar, para ver se dava algum jeito. É, a gente tem que tentar. Depois de um tempo, uma ideia iluminou minha mente, como uma estrela que surge entre as nuvens. É mesmo!, eles podiam conversar pelo computador, usando o teclado. O senhor é capaz de fazer isso, não é?

Quando eu trabalhava no escritório de advocacia, costumava usar o computador para pesquisar os antecedentes e os dados pessoais de clientes. Cheguei a usar e-mail. Kumiko também usava computador no trabalho. A editora onde ela trabalhava armazenava no computador a análise de nutrientes de cada alimento e as receitas publicadas na revista.

— Pois então, embora estabelecer contato entre computadores comuns não seja possível, se usarmos o aparelho que nós temos e o aparelho da mansão, acho que podemos estabelecer a comunicação a uma velocidade consideravelmente rápida. A sra. Kumiko aceitou falar com o senhor pelo computador. Com custo, consegui convencê-la. Como a comunicação se dará quase em tempo real, vai ser uma espécie de encontro. É o máximo que consegui, usando minha precária inteligência de asno. Que tal? Talvez o senhor não goste, mas foi tudo o que consegui torcendo bastante meu cérebro. Cansa usar o cérebro que a gente nem tem.

Sem falar nada, mudei o fone para a mão esquerda.

— Alô, sr. Okada, está me ouvindo? — perguntou Ushikawa, preocupado.

— Sim.

— Bom, para resumir, se o senhor me passar a senha para acessar o computador da mansão, eu consigo arrumar seu encontro com a sra. Kumiko. O que me diz, sr. Okada?

— Nesse caso, haveria alguns problemas técnicos — respondi.

— Quais? — perguntou Ushikawa.

— Primeiro, eu não poderia saber se estaria mesmo falando com Kumiko. Conversando por computador, não posso ver o rosto da pessoa nem ouvir sua voz. Alguém poderia se passar por Kumiko ao digitar.

— Entendi — disse Ushikawa, impressionado. — Eu não tinha pensado nessa possibilidade, mas ela existe. Não quero parecer bajulador, mas desconfiar de tudo é uma coisa boa. Desconfio, logo existo. Então, vamos fazer o seguinte. O senhor faz uma pergunta que só a sra. Kumiko pode responder. Se a pessoa conseguir responder, então é a sra. Kumiko. Depois de tantos anos de vida conjugal, deve haver uma ou duas coisas que só o senhor e ela sabem, não é?

O que Ushikawa falava fazia sentido.

— Tudo bem. Mas, de qualquer forma, eu não sei a senha. Nunca mexi naquele computador.

Segundo Noz-Moscada, Canela tinha personalizado todo o sistema desse computador, de ponta a ponta. Tinha melhorado as configurações originais, criado um banco de dados complexo, criptografado tudo e criado um mecanismo engenhoso para impedir o acesso de outras pessoas. Canela comandava com pulso firme e controlava com cuidado, com suas próprias mãos, aquele tridimensional e intrincado labirinto subterrâneo. Ele tinha gravado todas as rotas mentalmente e de maneira sistematizada. Usando atalhos, conseguia pular para onde queria, só com uma combinação de comandos do teclado. Já um intruso que não conhecesse o sistema (ou seja, todas as outras pessoas além dele) poderia ficar perdido nesse labirinto durante meses até chegar a uma informação específica. Sem falar que havia sistemas de alarme e armadilhas espalhados em todo lugar. Foi isso que Noz-Moscada me contou. O computador da mansão não era tão grande assim e tinha o mesmo tamanho daquele da sala em Akasaka. Os dois computadores estavam conectados por fio com o computador-mãe da casa de Noz-Moscada e Canela, e as informações eram trocadas e processadas entre as três máquinas. Informações confidenciais relacionadas aos trabalhos de mãe e filho, incluindo a lista de clientes e o complexo sistema de caixa dois, também deveriam estar armazenadas. Mas eu achava que deveria ter mais coisa ainda.

Desconfiei disso porque Canela tinha uma ligação íntima e profunda com essas máquinas. Ele sempre trabalhava na sua salinha, mas, às vezes, a porta estava aberta e eu conseguia espiá-lo. Nessas horas, eu sempre era invadido por um sentimento de culpa, como se tivesse espiado um encontro amoroso. Canela e o computador estavam intrinsecamente unidos e pareciam se mover com sensualidade. Ele batia no teclado por um tempo e, ao ver as letras surgirem na tela, ora torcia os lábios com insatisfação, ora esboçava um leve sorriso. Às vezes ele batia em cada tecla devagar e hesitante, outras batia com força e bem depressa, como um pianista que toca o estudo para piano de Liszt. Parecia observar a cena de um outro mundo pela tela do computador, enquanto conversava em silêncio com a máquina. A cena parecia ter um significado importante e íntimo para Canela. Precisei reconhecer: talvez a verdadeira realidade para ele exista dentro do labirinto subterrâneo, e não no mundo da superfície. E talvez nesse outro mundo Canela falasse com eloquência, chorasse e risse alto.

— Não tem como acessar o computador de vocês a partir do nosso? — perguntei. — Assim, não precisamos da senha, certo?

— Não dá. Nesse caso, nós poderíamos receber o que o senhor nos envia, mas o senhor não receberia o que nós enviamos. O problema é a senha, o *abre-te sésamo*. Sem ela, não podemos fazer nada. Por mais que o lobo mau fale mansinho, ninguém vai abrir a porta para ele. Por mais que ele diga com voz fina: "Olá, sou eu, a vovozinha", ninguém vai abrir a porta se não tiver a senha. A verdade é essa.

No outro lado da linha, Ushikawa riscou um fósforo e acendeu um cigarro. Eu me lembrei dos seus dentes amarelados e tortos e dos seus lábios flácidos.

— A senha tem três dígitos. Não sei se são letras, números ou a combinação dos dois. Depois que o sistema pedir, o senhor precisa digitar a senha em dez segundos. Se errar três vezes seguidas, o acesso será interrompido e um alarme será acionado. Mas não é um alarme sonoro, um bip. Vão descobrir o rastro deixado pelo login. É um sistema muito bem elaborado, não acha? Se o senhor calcular as possibilidades de combinação entre letras e números, vai perceber que são quase infinitas. Quem não souber a senha não vai acertar nunca.

Pensei a respeito, em silêncio.

— O senhor sabe a senha, sr. Okada?

*

Na tarde do dia seguinte, depois que a *cliente* saiu da mansão no Mercedes-Benz dirigido por Canela, eu entrei na salinha dele, me sentei diante da mesa e liguei o computador. Uma luz azul apareceu no monitor. Em seguida, apareceram as seguintes instruções:

Insira a senha para acessar este computador.
Insira a senha correta dentro de dez segundos.

Inseri as três letras que tinha pensado que pudessem ser a senha.

zoo

Sem sucesso.

A senha está incorreta.
Por favor, insira a senha correta dentro de dez segundos.

Começou a contagem regressiva no monitor. Inseri a mesma sequência de letras, só que em maiúsculas.

ZOO

Nada.

A senha está incorreta.
Por favor, insira a senha correta dentro de dez segundos.
Se inserir a senha incorreta pela terceira vez, o acesso será
interrompido automaticamente.

Começou a contagem regressiva. Eu tinha mais dez segundos. Inseri a mesma sequência de letras, deixando somente a inicial maiúscula. Seria minha última chance.

Zoo

Soou uma música alegre.

A senha está correta.
Selecione um dos programas do menu.

A tela de menu se abriu. Eu expeli o ar do pulmão lentamente. Depois controlei a respiração, analisei o longo menu e selecionei a aba de programas de comunicação, de acordo com as instruções recebidas. Na tela apareceu um novo menu.

Selecione um dos programas de comunicação do menu.

Selecionei e cliquei no chat.

Insira a senha para acessar a função de chat.
Insira a senha correta dentro de dez segundos.

Para Canela, era um bloqueio importante. Para impedir o acesso de um hacker experiente, era preciso proteger com unhas e dentes o acesso. Se o bloqueio era importante, a senha também deveria ser bastante importante. Inseri três teclas.

SUB

Sem sucesso.

A senha está incorreta.
Por favor, insira a senha correta dentro de dez segundos.

Começou a contagem regressiva. 10, 9, 8… Segui o mesmo procedimento anterior. Inseri as mesmas letras, só que com a inicial maiúscula.

Sub

Soou uma música alegre.

A senha está correta.
Por favor, insira o número da linha desejada.

Eu cruzei os braços e observei a mensagem. Nada mal. Tinha conseguido abrir na sequência as duas portas do labirinto de Canela. Nada mal. Zoológico e submarino. Em seguida, selecionei a opção de cancelar o acesso. A tela voltou ao menu inicial. Ao clicar no comando FINALIZAR OPERAÇÃO e DESLIGAR, apareceu a seguinte mensagem no monitor:

Esta operação será registrada automaticamente no arquivo
de operações.
Se não houver necessidade de registro, selecione NÃO ARQUIVAR.

Como Ushikawa tinha me orientado, selecionei a opção de NÃO ARQUIVAR.

Esta operação não será registrada no arquivo.

O monitor se apagou silenciosamente. Eu enxuguei o suor da testa com as costas da mão. Em seguida, coloquei o teclado e o mouse no seu lugar original (eles não podiam estar fora do lugar nem dois centímetros) e me afastei do monitor desligado.

21.
História de Noz-Moscada

Noz-Moscada levou muitos meses para me contar sua história, que parecia infinitamente longa e tinha inúmeras reviravoltas. Por isso, vou apresentar apenas um resumo (nem tão curto assim) do que ela me contou. Sinceramente, não sei se ele vai transmitir bem os pontos essenciais, mas ao menos vai servir de apanhado geral dos acontecimentos que ocorreram em diferentes fases da vida dela.

Noz-Moscada e a mãe retornaram da Manchúria ao Japão trazendo apenas as joias que conseguiram carregar no corpo. E foram morar na casa da avó materna de Noz-Moscada, em Yokohama. Antes da guerra, a família por parte de mãe era próspera, pois trabalhava no ramo do comércio exterior, sobretudo com Taiwan, mas durante o longo período de guerra eles perderam praticamente todos os clientes. Quando as duas retornaram, o avô materno de Noz-Moscada que comandava os negócios da família já tinha falecido por problemas cardíacos, e o segundo filho homem que ajudava também tinha falecido num bombardeio, na fase final da guerra. O primogênito que até então trabalhava como professor sucedeu a seu irmão mais novo, mas não conseguiu recuperar a empresa da família, já que não levava jeito para os negócios. A grande mansão da família estava intacta, mas não era uma experiência muito agradável viver de favor na casa dos outros, na época de escassez do pós-guerra. Mãe e a filha viviam caladas, procurando esconder sua presença. Comiam menos do que os outros, levantavam mais cedo e faziam questão de se encarregar das tarefas domésticas. Tudo o que Noz-Moscada usava (luvas, meias, roupas íntimas) tinha sido de suas primas, e na escola ela fazia suas anotações com tocos de lápis apanhados do lixo. Acordar de manhã era uma tortura. Ela sentia um nó no peito só de pensar que um novo dia estava para começar. Preferia morar sozinha com sua mãe, mesmo que precisasse levar uma vida miserável, a ter que aturar os olhares dos outros. Mas sua mãe não queria se mudar. "Mamãe antes era uma pessoa alegre e cheia de vitalidade, mas depois que voltou da Manchúria parecia ter perdido a alma. Acho que ela perdeu a vontade de viver em algum momento", explicou Noz-Moscada. Ela não conseguia mais sair daquele círculo. O que ela fazia era contar para a filha, muitas e muitas vezes, as lembranças dos tempos felizes. Por isso, Noz-Moscada precisava encontrar um jeito de conseguir viver sozinha.

Ela até gostava de estudar, mas não tinha quase nenhum interesse pelas matérias do colégio. Achava que decorar anos, regras gramaticais do inglês e fórmulas de geometria não teria nenhuma utilidade. O que desejava era se tornar independente quanto antes, adquirindo alguma habilidade prática. Ela era muito diferente de suas colegas, que pareciam gostar da vida tranquila de estudante.

Na verdade, nessa época, Noz-Moscada só pensava em moda. Só pensava em roupas, de sol a sol. Porém, como não tinha condições de usar roupas bonitas, vivia namorando as revistas de moda que encontrava e desenhando sem parar no seu caderno, copiando os modelos ou criando vestidos que vinham à sua mente. Ela até hoje não sabe por que se sentiu tão atraída por moda. "Deve ser porque eu sempre mexia nas roupas da minha mãe quando a gente morava na Manchúria", explicou ela. Sua mãe tinha um grande guarda-roupa e seu hobby era comprar peças novas. As roupas e os quimonos da mãe mal cabiam no guarda-roupa e, na infância, Noz-Moscada tirava um a um, para observar e tocar, sempre que tinha tempo. No entanto, quando as duas voltaram ao Japão, tiveram que deixar quase todas as roupas para trás, e as que trouxeram na mochila trocaram por alimentos. Cada vez que vendia alguma peça, sua mãe soltava um longo suspiro.

Noz-Moscada contou: "Para mim, desenhar roupas era uma porta secreta de comunicação com outros mundos. Ao abrir a portinha, eu via um mundo só meu. Nesse mundo, a imaginação era tudo. Quando eu conseguia imaginar o que queria, com concentração e força de vontade, podia me afastar da realidade. E, para a minha alegria, conseguia fazer tudo de graça. Imaginar não custava nem um tostão.

Não é incrível? Para mim, imaginar uma linda roupa e passar para o papel não era apenas mergulhar no mundo da fantasia. Nada disso. Era algo imprescindível para continuar vivendo, algo natural como respirar. Por isso eu achava que todos faziam como eu, em maior ou menor grau. Só quando percebi que as outras pessoas não faziam isso e, quando queriam, não sabiam fazer direito, pensei: 'Em certo sentido sou diferente das outras pessoas. Então só me resta levar uma vida diferente'."

Noz-Moscada resolveu sair do colégio e frequentar uma escola de corte e costura. Para conseguir dinheiro, ela implorou à sua mãe que vendesse uma das poucas joias que tinham sobrado. Nessa escola ela teve aulas práticas de corte, costura e design de roupas por dois anos. Depois, alugou um apartamento e começou a morar sozinha. Passou a frequentar um curso profissionalizante em desenho de moda e, para se sustentar, costurava e fazia tricô, e à noite trabalhava como garçonete. Depois de concluir o curso, Noz-Moscada começou a trabalhar numa empresa de alta-costura, no setor de design, como ela queria.

Sem sombra de dúvida tinha um talento original. Além de fazer bons desenhos, ela conseguia ver e pensar de maneira original. Noz--Moscada tinha uma imagem clara do que pretendia criar, peças sem precedentes, que nasciam com naturalidade. Ela conseguia perseguir até o fim os detalhes dessa imagem, como o salmão que corre contra a correnteza do rio até a nascente. Noz-Moscada trabalhava sem parar e quase não dormia. Trabalhar lhe dava prazer, e ela queria ser reconhecida como estilista o mais rápido possível. Não saía para espairecer, a diversão era uma carta fora do seu baralho.

Até que seu chefe reconheceu aquele talento e se interessou pelas linhas fluidas e livres que ela desenhava. Depois de alguns anos de aprendizagem, ela passou a cuidar de uma pequena seção de trabalho: uma promoção excepcional dentro da empresa.

Como a cada ano Noz-Moscada apresentava resultados sólidos, sua capacidade e sua determinação passaram a ser reconhecidas não só dentro da empresa, mas também por muitas pessoas do mundo da moda. Embora fosse um mundo restrito, em certo sentido era justo e competitivo. O talento de um estilista era medido pelo número de pedidos que a peça recebia. Era um resultado medido por números concretos, e ficava evidente quem estava em alta. A intenção de Noz-Moscada não era competir com os outros, mas seu desempenho excelente saltava aos olhos.

Depois dos vinte e cinco anos, Noz-Moscada mergulhou de cabeça no trabalho. Na época conheceu muita gente, e alguns homens demonstraram interesse por ela, mas todos os relacionamentos foram curtos e frágeis. Ela simplesmente não conseguia sentir muito interesse por pessoas. Sua mente estava abarrotada de imagens de roupas e, para Noz-Moscada, os desenhos das peças pareciam bem mais reais e concretos do que pessoas de carne e osso.

Aos vinte e sete anos, ela foi apresentada a um homem de aparência curiosa em uma das festas de Ano-Novo do mundo da moda. O homem tinha um rosto bonito, mas o cabelo estava desarrumado, e o queixo e o nariz eram pontiagudos como ferramentas da idade da pedra, de modo que parecia mais um fanático religioso do que um estilista. Um ano mais novo do que ela, ele era magro como vara e tinha olhos infinitamente profundos. Ele lançava um olhar agressivo para as pessoas, como se quisesse causar desconforto. Porém, Noz-Moscada conseguiu ver o próprio reflexo dentro daqueles olhos. Na época, o homem era um estilista desconhecido em início de carreira. Noz-Moscada já tinha ouvido falar dele, mas era a primeira vez que os dois se encontravam. Ele tinha fama de ser excepcionalmente talentoso, mas também arrogante, egoísta e briguento. Por isso, quase ninguém gostava dele.

"Nós dois éramos parecidos: tínhamos nascido na Ásia continental, e ele também tinha voltado no pós-guerra só com a roupa do corpo, a bordo de um navio de civis que saiu da Coreia para o Japão. O pai dele era militar de carreira e eles passaram por muitas dificuldades depois da guerra. Ele perdeu a mãe de tifo quando ainda era pequeno, e por isso passou a ter grande interesse por roupas femininas. Tinha talento, mas não era nada sociável. Apesar de desenhar roupas femininas, diante das mulheres ficava muito corado e agressivo. Éramos como reses que se desgarraram do rebanho."

Eles se casaram um ano mais tarde, em 1963. E na primavera seguinte (no ano dos Jogos Olímpicos de Tóquio) nasceu Canela. *Se não me engano, combinamos que íamos chamá-lo de Canela, não foi?*

Quando Canela nasceu, Noz-Moscada pediu para sua mãe vir morar com eles para cuidar do neto. Como Noz-Moscada precisava trabalhar desesperadamente, de manhã até a noite, não tinha condições de cuidar de um bebê. Por isso Canela foi criado praticamente só pela avó.

Noz-Moscada não sabe até hoje se amava o marido de verdade, como homem. Ela não tinha escala de valores para fazer o julgamento, e seu marido também não. O que uniu os dois foi o acaso, assim como a paixão mútua pelo design. Apesar disso, os dez primeiros anos de vida conjugal foram bastante produtivos para a carreira deles. Os dois saíram da empresa onde trabalhavam depois do casamento e montaram um estúdio próprio que ficava numa pequena sala num pequeno prédio voltado para oeste, atrás da avenida Aoyama. Como o local não era ventilado nem tinha ar-condicionado, no verão fazia tanto calor que o lápis escorregava da mão suada. Naturalmente, eles não alcançaram sucesso logo de saída. Como os dois não tinham nenhum tato, no começo foram vítimas de fraude, perderam pedidos por desconhecerem os costumes do mundo da moda ou cometeram erros simples e inimagináveis. Demoraram para se estabilizar e chegaram a pensar em fugir na calada da noite, pois as dívidas não paravam de aumentar. No entanto, conseguiram dar uma guinada quando Noz-Moscada conheceu por acaso dois agentes competentes e leais, que reconheciam o talento do casal. O estúdio cresceu vertiginosamente, a despeito das dificuldades iniciais. O faturamento dobrava ano a ano e já em 1970 fazia enorme sucesso, coisa que podia ser considerada milagrosa. Nem eles, que eram inexperientes e arrogantes, imaginavam que chegariam a tanto. Então os dois aumentaram o número de funcionários, se mudaram para um grande edifício na avenida principal e abriram lojas em Ginza, Aoyama e Shinjuku. A marca criada por eles passou a circular pelos meios de comunicação, logo sendo reconhecida pelo público em geral.

À medida que a empresa crescia, o trabalho sofria mudanças. Confeccionar roupas não deixava de ser um ato de criação, mas, ao contrário de esculpir ou escrever romances, era um negócio que envolvia muitos interesses. Não bastava o estilista se enfurnar no quarto para criar o que bem entendesse. Era preciso ver e ser visto. Quanto mais aumentava o valor dos negócios, mais aumentava a necessidade de exposição. Participar de festas e desfiles de moda, fazer discursos, marcar presença em programas de fofocas e de entrevistas. Noz-Moscada não tinha a menor intenção de fazer esse papel, e o marido acabou assumindo. Como ele era tão antissocial quanto ela, no começo foi um sacrifício. Ele não conseguia falar bem diante de pessoas desconhecidas e, sempre que participava de algum evento, voltava exausto. Porém, ao fim de seis meses, ele percebeu que circular diante das pessoas tinha deixado de ser uma tortura. Ainda não conseguia se expressar direito, mas, ao contrário da época da juventude, aparentemente as pessoas se sentiam atraídas por aquele seu lado ríspido e pouco eloquente. Suas respostas curtas e grossas (decorrentes da timidez natural) já não eram vistas como fruto de arrogância e inexperiência, mas como uma natureza artística encantadora. Ele até passou a se divertir com esse papel, chegando a ser considerado uma celebridade da época.

"Acho que você também já deve ter ouvido falar no nome dele", disse Noz-Moscada. "Na época eu já fazia cerca de dois terços dos trabalhos de design. As ideias originais e arrojadas dele estavam sendo comercializadas na forma de produtos, com boa aceitação. Ele já tinha apresentado uma gama suficiente de ideias, e meu papel era desenvolver cada uma. Mesmo depois que nosso estúdio cresceu, não contratamos outros estilistas. O número de funcionários aumentou, mas nós dois seguimos cuidando das etapas principais de design. Só queríamos confeccionar nossas roupas, sem levar em consideração público nem nada. Não realizávamos pesquisa de mercado, não calculávamos custos nem fazíamos reuniões. Quando tínhamos uma ideia, colocávamos no papel e dávamos forma ao desenho, gastando o tempo necessário e usando os melhores materiais possíveis. Se outras fabricantes confeccionavam em dois processos, nós confeccionávamos em quatro. Se outras fabricantes gastavam três metros de tecido, nós gastávamos quatro. Fazíamos uma inspeção minuciosa das peças e só colocávamos no mercado produtos aprovados unanimemente por nós dois. Jogávamos fora todas as peças não vendidas. Não fazíamos promoções. Claro, tínhamos que vender mais caro. No começo, as pessoas que circulavam pelo mundo da moda riam da gente, dizendo que nosso negócio nunca daria certo. Quem diria que as roupas que fabricávamos se tornariam o símbolo dessa época? Ao lado dos desenhos de Peter Max, do festival de Woodstock, de Twiggy, de *Easy Rider*, essas coisas. Naquela época, era muito divertido criar roupas. Podíamos fazer coisas arrojadas, que as clientes acompanhavam. Parecia que eu tinha grandes asas nas costas e poderia voar livremente para qualquer lugar."

Desde que o negócio se estabilizou, a relação entre Noz-Moscada e o marido foi esfriando cada vez mais. Mesmo quando trabalhavam juntos, ela sentia que o coração dele estava vagando em outro lugar. Parecia que seus olhos tinham perdido o brilho e a gana. Sua reação violenta de jogar no chão as coisas que encontrava pela frente quando ficava bravo também parou. Com frequência ele ficava com os olhos perdidos, fitando algum lugar distante, como se refletisse. O casal praticamente não conversava fora do ambiente de trabalho. Ele passava muitas noites fora de casa. Noz-Moscada suspeitava que seu marido tinha amantes, mas não ficou muito chateada. Como tinham deixado de fazer sexo fazia muito tempo (por causa dela, que não sentia vontade), ela achava natural que o marido procurasse relações extraconjugais.

O marido de Noz-Moscada foi assassinado no final de 1975. Ela estava com quarenta anos, e Canela, com onze. O marido foi encontrado morto num hotel de Akasaka, esfaqueado. A camareira encontrou o cadáver quando entrou no quarto com a chave mestra, às onze da manhã. O banheiro estava empapado de sangue, como num dilúvio. A impressão que dava era a de que todo o sangue do corpo tinha escorrido, sem sobrar nenhuma gota. Além disso, o coração, o estômago, o fígado, os dois rins e o pâncreas tinham sido retirados do corpo. Pelo jeito, o assassino retirara e levara esses órgãos para algum lugar. A cabeça fora separada do tronco e estava sobre a tampa da privada, virada para a frente. O rosto também estava todo retalhado. O assassino tinha cortado primeiro a cabeça, retalhado o rosto com faca e em seguida retirado os órgãos.

Para retirar órgãos humanos, é preciso ter uma técnica altamente especializada e uma faca afiadíssima. Algumas costelas precisam ser cortadas com serrote. Leva tempo e suja bastante. Ninguém sabia por que o assassino faria algo tão trabalhoso.

O recepcionista do hotel lembrava que a vítima tinha feito o check-in mais ou menos às dez da noite do dia anterior, acompanhado de uma mulher. O quarto ficava no décimo segundo andar. No entanto, como era uma época movimentada de final de ano, o recepcionista só lembrava que a mulher tinha cerca de trinta anos, era bonita, usava um casaco vermelho e não era muito alta. Ela só carregava uma pequena bolsa. Na cama havia resquícios de relação sexual. Os pelos pubianos e sêmen coletados na cama eram dele. Havia inúmeras impressões digitais no quarto, mas, como eram muitas, não seria possível verificar todas. Na pequena mochila de couro que ele carregava havia apenas algumas mudas de roupa, artigos de higiene pessoal, uma pasta com documentos relacionados ao trabalho e uma revista. Na carteira, havia cerca de cem mil ienes em dinheiro e cartões de crédito, que foram deixados intactos. Sua agenda não foi encontrada. No quarto não havia vestígio de briga.

A polícia investigou pessoas com quem o marido de Noz-Moscada tinha contato, mas não encontrou ninguém com as características fornecidas pelo recepcionista do hotel. Três ou quatro mulheres foram interrogadas, mas nenhuma guardava mágoas ou tinha ciúme dele e todas apresentaram álibi. Até poderia haver gente que não gostava muito da vítima no mundo da moda (havia algumas pessoas, claro, pois não se tratava de um mundo muito fraterno e amistoso), mas ninguém o odiava tanto a ponto de assassiná-lo, nem tinha habilidades para extrair seis órgãos internos com uma faca.

Como ele era um estilista conhecido, o caso foi bastante noticiado por jornais e revistas, e causou certo escândalo. Porém, como a polícia queria evitar que o caso ganhasse publicidade exagerada e atiçasse a curiosidade mórbida das pessoas, inventou diversas desculpas técnicas para omitir a informação de que os órgãos tinham desaparecido. Havia rumores de que o renomado hotel onde ocorreu o crime não queria ter sua reputação arruinada e usou sua influência para abafar o caso. Por isso, a imprensa só divulgou que o estilista morreu esfaqueado em um quarto de hotel. Correram boatos de que uma "atrocidade" teria sido cometida, mas nada foi confirmado. A polícia realizou uma grande investigação, mas o assassino não foi encontrado e o motivo do assassinato também não foi esclarecido.

"Esse quarto deve estar lacrado até hoje", comentou Noz-Moscada.

Na primavera do ano seguinte, Noz-Moscada vendeu o estúdio, as lojas, o estoque e o nome da marca para uma grande fabricante de roupas. Ela assinou o documento trazido pelo advogado que intermediou a negociação de venda sem nem verificar direito o preço.

Depois da venda, Noz-Moscada descobriu que sua paixão por desenhar roupas tinha desaparecido por completo. A fonte do imperioso desejo de criar, no passado sua razão de viver, tinha secado. Ela aceitava um ou outro trabalho de estilista de vez em quando e conseguia executar, afinal, era uma excelente profissional, mas não sentia alegria, como se comesse um alimento sem sabor. *Parece que eles retiraram todos os meus órgãos também*, pensava ela. As pessoas que tinham conhecido sua energia e seu talento inovador se lembravam dela como uma lenda, e pedidos não paravam de chegar. No entanto, Noz-Moscada recusava a maioria. Seguindo a recomendação do contador, ela investiu o dinheiro da venda da empresa em ações e em títulos imobiliários e, graças ao período de prosperidade econômica, viu sua fortuna aumentar a cada ano.

Depois de vender a empresa, Noz-Moscada perdeu a mãe, que faleceu por problemas cardíacos. Num dia quente de verão, quando jogava uma água na calçada da frente, ela disse de repente que não estava se sentindo bem. Foi se deitar no colchão e dormiu, roncando bem alto. Morreu enquanto dormia. Assim, só restaram Canela e Noz-Moscada, que praticamente não saiu de casa por cerca de um ano. Sentada no sofá, ela ficava observando o quintal de casa o dia inteiro, como se tentasse recuperar a paz e a tranquilidade que nunca havia experimentado na vida. Quase não se alimentava e dormia mais de dez horas por dia. Canela, que na época estava na idade de frequentar o ginásio, cuidava das tarefas domésticas para a mãe e, no tempo livre, tocava sonatas de Mozart e Haydn e estudava idiomas.

Depois desse ano silencioso que foi quase um hiato, Noz-Moscada descobriu por acaso que tinha um *dom especial*, um poder estranho que ela desconhecia completamente. *Será que isso nasceu dentro de mim, ocupando o lugar da paixão intensa que eu sentia pela moda?*, se perguntou Noz-Moscada. Ela, que tinha deixado de ser estilista, acabou ganhando uma nova ocupação graças a esse novo dom. Embora não fosse o que ela desejava.

Sua primeira cliente foi a esposa do dono de uma grande loja de departamentos. Ela tinha sido cantora de ópera na juventude, era inteligente e cheia de vitalidade. Mesmo antes de Noz-Moscada alcançar a fama, essa mulher já reconhecia seu talento como estilista e a ajudava quando podia. Sem o apoio dela, talvez a empresa de Noz-Moscada tivesse quebrado já no início. Por isso, quando a única filha dessa cliente estava para se casar, Noz-Moscada aceitou dar assessoria na escolha dos vestidos de mãe e filha. Até porque não era um trabalho difícil.

No entanto, quando Noz-Moscada e a cliente estavam conversando banalidades à espera de um reparo no vestido, a cliente de repente colocou as mãos na cabeça e se agachou, cambaleante. Noz-Moscada se assustou, socorreu a mulher e passou a mão na têmpora direita dela. Fez isso por reflexo, sem pensar em nada, mas conseguiu sentir a presença de *algo*, como se tocasse uma caixa por fora e conseguisse sentir o conteúdo que havia dentro, o formato e a textura.

Como Noz-Moscada não sabia o que fazer, fechou os olhos e tentou pensar em outra coisa. Sua imaginação voou até Hsinking, até o zoológico deserto em um dia em que estava fechado. Só ela tinha autorização para entrar, por ser filha do veterinário-chefe. Provavelmente foi a época mais feliz da sua vida. Naquele lugar, ela era protegida, amada e tinha o futuro todo pela frente. Essa foi a imagem que surgiu em sua mente antes de tudo. Zoológico deserto. Noz-Moscada se lembrou do cheiro, da luz vívida, do formato de cada nuvem. Caminhou de jaula em jaula, sozinha. Era outono, o céu estava claro e os pássaros da Manchúria voavam de árvore em árvore, em revoada. Era seu mundo de origem, o mundo que tinha se perdido para sempre, em vários sentidos. Ela não sabia quanto tempo tinha se passado, até que a cliente se levantou devagar, pedindo desculpas. A mulher continuava confusa, mas já não sentia a forte dor de cabeça. Alguns dias depois, Noz-Moscada recebeu uma grande quantia de dinheiro como pagamento pelo trabalho e ficou assustada.

Cerca de um mês depois, Noz-Moscada recebeu uma ligação dessa cliente, esposa do dono da loja de departamentos. Era um convite para almoçar. Depois a cliente pediu para Noz-Moscada acompanhá--la até sua casa e disse: "Eu queria verificar uma coisa. Será que você poderia tocar de novo a minha cabeça, como da outra vez?". Como não tinha motivo para recusar, Noz-Moscada aceitou. Ela se sentou ao lado da mulher e tocou de leve, com a palma da mão, sua têmpora. Desta vez também Noz-Moscada sentiu a presença de *algo*. Ela tentou se concentrar e verificar melhor seu formato. Porém, sempre que se concentrava, esse *algo* mudava de formato, como se estivesse se contorcendo. *Está vivo*. Noz-Moscada ficou com um pouco de medo. Ela fechou os olhos e pensou no zoológico de Hsinking. Não era difícil. Bastava se lembrar da história e da cena que tinha contado a Canela. Sua consciência se afastou do corpo, perambulou entre a memória e a narrativa e retornou. Quando Noz-Moscada voltou à realidade, a cliente estava agradecendo, pegando suas mãos. Noz-Moscada não perguntou o motivo do agradecimento e a cliente também não explicou. Noz-Moscada sentiu um leve cansaço, como da vez anterior. A testa estava até um pouco suada. Na despedida, a cliente tentou entregar um envelope com dinheiro, como pagamento por ela ter ido até sua casa, mas Noz-Moscada se recusou de maneira educada mas categórica. "Não fiz como trabalho e já recebi mais do que o suficiente da vez passada." A cliente não insistiu.

Algumas semanas depois, a cliente lhe apresentou outra mulher, que estava na faixa dos quarenta e cinco anos, era baixa e tinha olhos fundos e penetrantes. Essa mulher usava roupas de boa qualidade, mas nenhum acessório além da aliança de prata. Noz-Moscada logo percebeu, pela aparência da outra, que não se tratava de uma pessoa simples. A esposa do dono da loja de departamentos tinha sussurrado ao pé do ouvido de Noz-Moscada, no começo do encontro: "Essa senhora quer que você faça nela o que fez em mim. Faça. E aceite o pagamento sem falar nada. A longo prazo, isso trará consequências positivas tanto para você como para *nós*".

Noz-Moscada ficou a sós com a mulher no quarto, e tocou sua têmpora como tinha feito com a outra. Ela encontrou *algo* diferente, mais forte e mais ligeiro do que o que havia na esposa do dono da loja de departamentos. Noz-Moscada fechou os olhos, prendeu a respiração e tentou acalmar esse *algo*. Ela se concentrou mais ainda e tentou tornar sua memória mais vívida. Entrou nos meandros de suas lembranças e transmitiu seu calor a esse *algo*.

"E quando me dei conta estava trabalhando com isso", explicou Noz-Moscada. Ela descobriu que já fazia parte de um grande fluxo. Quando Canela cresceu, passou a ajudá-la no trabalho.

22.
O mistério da casa dos enforcados — parte 2

QUEM SÃO AS PESSOAS NA FAMOSA CASA DOS ENFORCADOS
DE SETAGAYA
Sombra de um político. Que segredo se esconde por trás
do disfarce assustadoramente engenhoso?
Trecho retirado do número de 21 de dezembro da revista semanal

Como publicamos na edição de 7 de dezembro da nossa revista, em um pacato bairro residencial de Setagaya existe um local conhecido como a "casa dos enforcados". Todas as pessoas que moraram neste lugar deram fim à própria vida, como se tivessem combinado. A maioria dos antigos moradores se matou por enforcamento.

[O resumo da matéria anterior foi omitido.]

O fato é que, sempre que nossa equipe tentou identificar o nome do novo proprietário, esbarrou em um muro invisível. Nossa reportagem conseguiu descobrir a empreiteira que construiu a casa, mas os diretores se recusaram com veemência a dar entrevistas. A empresa de fachada que comprou o terreno não apresenta nenhum problema legal, mas também é inacessível. Tudo está organizado de maneira engenhosa e calculista, o que nos leva a crer que existe algo por trás de tudo.

Outro fator que chama atenção é o escritório de contabilidade contratado para a abertura da empresa de fachada que comprou o terreno. Nossa equipe averiguou que esse escritório foi criado há cinco anos como uma "sucursal" de um escritório famoso no mundo político, para realizar os trabalhos considerados obscuros. Eles têm algumas "sucursais" que são utilizadas de acordo com cada finalidade e, quando ocorre algum problema, são cortadas sumariamente, como rabos de lagartixa. O escritório nunca foi alvo de investigação direta, mas "já foi citado em algumas investigações de escândalo político, e naturalmente as autoridades competentes estão de olho" (declaração de um jornalista da seção política de um jornal). Desse modo, a ligação da casa dos enforcados com esse famoso escritório de contabilidade sugere, de maneira incontestável, que o novo proprietário tem relação com algum político influente. O muro alto, o rigoroso sistema de segurança com equipamentos de última geração, o Mercedes-Benz preto com contrato de locação, a empresa de fachada aberta com habilidade... tudo isso sugere o inevitável envolvimento de um político.

SEGREDO MANTIDO A SETE CHAVES

Decidida a passar a história a limpo, nossa equipe resolveu observar a movimentação do Mercedes-Benz que circula pela casa dos enforcados. Durante dez dias, o carro entrou e saiu duas vezes por dia pelo portão da casa, uma pela manhã, outra pela tarde. As entradas e saídas pela manhã apresentavam bastante regularidade: o carro chegava às nove da manhã e saía às dez e meia, com pequenas variações de no máximo cinco minutos de um dia para o outro, o que mostra que o motorista é extremamente pontual. Já as chegadas à tarde eram irregulares. Em geral, o carro chegava entre uma e três da tarde, mas havia variação tanto no horário de entrada quanto no de saída. Às vezes, o carro deixava a propriedade em vinte minutos, às vezes ao fim de mais de uma hora.

Esses fatos nos levam às seguintes suposições:

1. Movimentação regular da manhã: indica que alguém vem fazer "um serviço" na casa. Como todos os vidros do carro são fumê, não é possível saber quem vem fazer o serviço.

2. Movimentação irregular da tarde: provavelmente indica alguma visita. O horário de chegada e o de saída variam de acordo com a disponibilidade da "visita". Não sabemos se a visita é composta de uma única pessoa ou várias.

3. Aparentemente não acontece nada na casa durante a noite. Não sabemos se alguém mora nela ou não. De fora do muro, é impossível distinguir se a luz está ou não acesa.

Gostaríamos de salientar que durante os dez dias de investigação, só vimos esse Mercedes-Benz preto entrar e sair pelo portão da casa. Não registramos nenhum outro movimento, o que é bastante estranho. O "morador" desconhecido não sai para fazer compras nem para caminhar. Todos que passam pelo portão utilizam o grande Mercedes-Benz com vidro fumê, o que sugere que *tais pessoas estão decididas a não mostrar o rosto em hipótese alguma.* Por que será? Afinal, por que precisam manter tudo em segredo com tanta meticulosidade, gastando tanto dinheiro e tendo tanto trabalho?

Cabe acrescentar que só existe uma entrada na casa, pelo portão da frente. Nos fundos há um beco estreito sem saída, que só pode ser acessado se a pessoa passar pelos terrenos de algumas casas. Os vizinhos dizem que nenhum morador passa pelo beco hoje em dia. Provavelmente por isso não existe nenhuma passagem da casa dos enforcados para tal lugar. Nos fundos desponta apenas um muro alto que parece a muralha de um castelo.

Durante os dez dias de reportagem, inúmeros vendedores de jornal e ambulantes tocaram a campainha da casa algumas vezes. Porém, ninguém atendeu e o portão permaneceu fechado. Acreditamos que, caso haja alguém em casa, o morador observa quem é pela câmera de segurança e decide não atender, considerando que não há necessidade. Não registramos a chegada de nenhuma correspondência nem de entrega alguma.

Para nossa equipe, só restou seguir o Mercedes-Benz preto que entra e sai pelo portão da casa. Não foi complicado seguir o reluzente veículo, que roda devagar pela cidade, pelo menos não até ele entrar no estacionamento subterrâneo de um hotel de luxo de Akasaka. Um guarda de uniforme impedia a entrada de carros não autorizados, e nossa equipe não pôde avançar. Esse hotel é famoso por sediar conferências internacionais e por receber hóspedes VIPs. Celebridades de outros países costumam circular por lá. Para manter a segurança e a privacidade dessas pessoas, existe um estacionamento especial separado do de hóspedes comuns, com elevadores exclusivos, o que permite anonimato aos clientes VIPs em suas entradas e saídas do hotel. Aparentemente, o Mercedes-Benz tinha acesso a esse espaço exclusivo. De acordo com a breve e cautelosa explicação fornecida pela direção do hotel, esses espaços são "normalmente" alugados por um preço especial apenas para pessoas jurídicas que cumprem certos requisitos e passam por "critérios rigorosos", mas não conseguimos descobrir mais detalhes sobre as condições de uso nem informações sobre os usuários.

O hotel conta com uma rede de lojas, muitos salões de chá e restaurantes, quatro salões de festa e três salas de conferências. Como é frequentado por centenas de pessoas de manhã, de tarde e de noite, fica impossível descobrir quem desceu do Mercedes-Benz, a não ser de posse de autorização especial. O motorista e os passageiros podem descer do carro, entrar no elevador exclusivo e descer em qualquer andar, para em seguida se misturarem à multidão. Como os leitores devem ter percebido, existe um sistema complexo para manter a privacidade, o que nos leva a supor grande envolvimento de dinheiro e poder político. Como podemos perceber pela explicação fornecida pela direção do hotel, não é qualquer um que consegue alugar o espaço exclusivo. Provavelmente quem passa pelos "critérios rigorosos" conta também com o serviço de segurança dos vips internacionais, o que também aponta alguma conexão política. Em outras palavras, só muito dinheiro não basta, embora deva ser um fator indispensável.

[Na parte final que foi omitida, a reportagem sugere que a casa é utilizada por uma seita religiosa que se reúne em torno de uma influente figura política.]

23.
Águas-vivas do mundo todo,
o que estragou

No horário combinado, me sentei à frente do computador de Canela e acessei o programa de comunicação, depois de inserir as senhas. Em seguida, digitei o número passado por Ushikawa. Demorou cerca de cinco minutos para estabelecer a conexão. Tomei o café que tinha preparado e controlei a respiração. Apesar disso, o café me pareceu insípido, e o ar que inspirava, um pouco cortante.

Assim que a conexão foi estabelecida, uma mensagem de COMUNICAÇÃO DISPONÍVEL apareceu na tela, acompanhada de um leve som de chamada. Selecionei a opção de ligação a cobrar, pois tinha que tomar cuidado de não registrar a operação no banco de dados do computador para que Canela não desconfiasse de nada. (Mesmo assim, eu não estava muito confiante de que seria suficiente, afinal, era o *labirinto* dele, e eu não passava de um intruso impotente).

Um tempo maior do que o imaginado se passou. Até que surgiu na tela uma mensagem confirmando que minha ligação a cobrar tinha sido aceita. Kumiko deveria estar do outro lado de uma das extensões do longo cabo que segue pelas trevas subterrâneas de Tóquio. Deveria estar sentada à frente de um monitor, como eu, com as mãos sobre o teclado. No entanto, a única coisa que eu enxergava era o monitor, que produzia um leve chiado mecânico. Cliquei no box para enviar a mensagem e digitei um texto que tinha repetido várias vezes mentalmente.

> Tenho uma pergunta, uma pergunta bem fácil. Preciso de uma prova de que é você mesma. A pergunta é: Antes do casamento, no nosso primeiro encontro, fomos a um aquário. O que você olhou com mais interesse nessa hora?

A mensagem que digitei apareceu na tela. Em seguida, cliquei em ENVIAR (O que você olhou com mais interesse nessa hora? ↵) e mudei para RECEBER. Depois de um intervalo silencioso, chegou a resposta. Uma resposta curta.

> **Águas-vivas do mundo todo.**↵

A tela exibia minha pergunta e, abaixo, a resposta dela. Observei fixamente as duas mensagens. *Águas-vivas do mundo todo* ↵. Sem sombra de dúvida era Kumiko, mas saber que era a própria Kumiko que estava no outro computador fez sangrar meu coração. Era como se todo o meu conteúdo estivesse sendo removido e arrancado, como se eu estivesse me tornando vazio. *Por que só conseguimos nos comunicar dessa forma?* Porém, no momento, eu não tinha outra opção. Digitei uma nova mensagem.

> **Tenho uma boa notícia. Nesta primavera o gato voltou, de repente. Estava um pouco magro, mas bem, sem nenhum machucado. Desde que voltou ele não saiu para nenhum lugar e continua em casa. Na verdade, eu deveria ter consultado você, mas decidi dar um novo nome para ele. Bonito. Sim, Bonito, nome de peixe. Sabe, estou me dando bem com ele. Acho que posso dizer que é uma notícia boa.**↵

Houve uma pausa. Eu não sabia se era um delay ou o silêncio de Kumiko.

> **Fico muito feliz em saber que o gato está vivo. Estava muito preocupada com ele.**↵

Como estava com a boca seca, tomei um gole de café. Depois digitei.

> **Agora, a má notícia. Na verdade, tirando a volta do gato, só tenho más notícias. Para começar, ainda não consegui desvendar muitos mistérios.**

Digitei isso e, depois de fazer uma leitura rápida do que tinha escrito, continuei.

Primeiro mistério: onde você está agora? E o que está fazendo? Por que você continua afastada de mim? Por que não quer me ver? Tem algum motivo? Acho que temos muitas coisas para conversar frente a frente. Você não acha?⏎

Kumiko demorou para responder. Imaginei seu rosto pensativo diante do teclado, com os lábios bem apertados, antes de o cursor começar a se mover depressa na tela, seguindo o movimento dos seus dedos.

> Escrevi tudo o que queria dizer para você naquela carta. O que eu gostaria que você entendesse é que, em muitos aspectos, já não sou mais aquela pessoa que você conheceu. As pessoas mudam por diversos motivos e, às vezes, se deformam e acabam estragando. Por isso não quero mais ver você. Por isso não quero voltar.

O cursor permaneceu num mesmo ponto e ficou piscando, à espera de palavras. Fitei o monitor por cerca de quinze ou vinte segundos, aguardando surgir novas palavras. *Se deformam e acabam estragando?*

Gostaria que você me esquecesse o mais depressa possível. O melhor para nós é o divórcio oficial. Você deve começar uma nova vida. Onde estou e o que estou fazendo são questões menores. O mais importante de tudo é nossa separação, já que por algum motivo fazemos parte de mundos diferentes. E as coisas não vão voltar a ser como antes. Gostaria que você entendesse que só essa comunicação já está sendo um grande sofrimento para mim. Você nem faz ideia de quanto.⏎

Reli a mensagem diversas vezes. Aquelas palavras eram firmes e carregadas de uma convicção que chegava a ser dolorosa. Kumiko devia ter repetido essas palavras várias e várias vezes mentalmente. Só que eu precisava abalar de alguma maneira essa muralha de convicção. Mesmo que apenas um pouco. Comecei a digitar.

> O você disse ficou um pouco confuso. Não sei se entendi direito. O que significa "estragar"? Não sei se entendi. Compreendo quando alguém diz que o tomate estragou, que o guarda-chuva estragou... Significa que o tomate apodreceu e que a armação do guarda-chuva quebrou. Agora, o que você quer dizer quando afirma que as pessoas "estragam"? Não consigo imaginar como uma pessoa pode estragar. Você disse na carta que teve relações sexuais com outro homem, mas você "estragou" por causa disso? Claro que foi um choque para mim receber aquela notícia, mas acho que não chega a "estragar" uma pessoa..⌐

Seguiu-se uma longa pausa. Fiquei preocupado, achando que Kumiko poderia ter sumido. No entanto, depois de um tempo, as palavras dela começaram a aparecer na tela.

> Também tem a ver com isso, mas não apenas.

Escreveu Kumiko. Depois se seguiu outro silêncio profundo. Ela estava escolhendo as palavras com cuidado, abrindo as gavetas de sua mente.

Aquilo foi apenas um dos sintomas. "Estragar" é algo que requer um período de tempo bem maior. Foi algo decidido sem mim, por alguém, num quarto completamente escuro. Quando conheci você e nos casamos, achei que haveria uma nova oportunidade. Achei que seria fácil passar pela porta e sair em outro lugar. Mas acho que tudo não passou de uma ilusão. Tudo tem um sinal. Por isso naquela hora tentei a todo custo procurar nosso gato que tinha desaparecido.

Fiquei observando a mensagem na tela por um longo tempo. Porém, o símbolo de ENVIAR não aparecia. Eu continuava no modo RECEBER. Kumiko ainda estava pensando na continuação da mensagem. *"Estragar" é algo que requer um período de tempo bem maior.* Afinal, o que Kumiko está tentando me dizer? Eu me concentrei no monitor. Mas havia uma espécie de barreira invisível. As letras começaram a aparecer de novo na tela.

Gostaria que você pensasse da seguinte forma: eu contraí uma doença incurável que está deformando meu corpo e meu rosto, e estou me aproximando lentamente da morte. Claro que é só uma metáfora. Meu corpo e meu rosto não estão se deformando de verdade. Ainda assim, é uma metáfora bem próxima do que estou vivendo. Por isso não quero que você me veja. Claro que não espero que você entenda tudo o que está acontecendo comigo só com essa metáfora vaga. Acho que você não vai se conformar. Sinto muito, mas no momento é tudo o que tenho para dizer. Só posso pedir que você aceite essa explicação.⏎

Uma doença incurável.
Confirmei que minha tela estava no modo ENVIAR e comecei a digitar.

> Se você está me pedindo para aceitar sua explicação, tudo bem. Só tem uma coisa que não consigo entender de jeito nenhum. Se você está mesmo "estragada", se você contraiu mesmo uma "doença incurável", por que foi procurar justamente Noboru Wataya? Por que você não ficou comigo? Não foi para enfrentar esse tipo de dificuldade que nos casamos?⏎

Houve um silêncio tão palpável que eu até poderia pegá-lo para confirmar seu peso e sua textura. Cruzei os dedos sobre a mesa e respirei fundo, devagar. A resposta chegou depois de um tempo.

> Eu estou aqui porque, querendo ou não, é o lugar mais apropriado para mim. Aqui é onde preciso estar. Não tenho o direito de escolher. Mesmo querendo ver você, não posso. Por acaso acha que não quero ver você, que não quero me encontrar com você?

Houve uma pausa, como se Kumiko estivesse prendendo a respiração. Depois ela voltou a mover os dedos.

Não me faça sofrer ainda mais. A única coisa que você pode fazer é me esquecer o mais depressa possível. Apague da memória as lembranças dos anos em que passamos juntos, faça de conta que eles não existiram. Esquecer tudo será melhor para nós dois. Tenho certeza.⏎

Respondi:

> Você me pede para esquecer tudo, para deixar você em paz. Mas ao mesmo tempo ouço você me pedindo ajuda, de algum lugar deste mundo, com a voz bem baixinha, mas que consigo distinguir nas noites silenciosas. Sem sombra de dúvida é sua voz. Sim, parte de você está querendo se afastar de mim. Você deve ter motivos para isso. Mas outra parte sua está tentando se aproximar de mim desesperadamente. Tenho certeza. Não importa o que você diga, eu não posso deixar de acreditar na parte de você que está tentando se aproximar de mim, buscando ajuda. Não importa o que você diga, por mais que tenha bons motivos, não posso me esquecer de uma hora para outra de você, nem apagar as lembranças dos anos em que passamos juntos. Afinal, foram experiências que aconteceram na minha vida e é impossível riscar tudo da memória. Seria como riscar minha própria existência. Para fazer isso, eu precisaria de um motivo justo.⏎

Nova pausa. Através do monitor, eu conseguia sentir o silêncio de Kumiko. Como uma fumaça pesada, ele vazava pelos cantos da tela e pairava na sala. Eu conhecia bem esse silêncio, que vi e experimentei muitas vezes em nosso cotidiano de casal. Kumiko estava prendendo a respiração e franzindo a testa à frente do monitor, concentrada. Eu estendi o braço, peguei a xícara e tomei um gole do café frio. Segurando a xícara vazia com as mãos, observei a tela demoradamente, prendendo a respiração como Kumiko. Estávamos ligados por um laço do pesado silêncio que atravessava as paredes de dois mundos separados. *Precisamos um do outro mais do que tudo*, pensei. Sem dúvida.

> **Eu não sei.**⏎

> **Eu sei.**

Coloquei a xícara de café na mesa e digitei com rapidez, como se puxasse a cauda do tempo que aparecia e desaparecia.

Eu sei. Estou tentando chegar ao lugar em que você está, onde se encontra a parte de você que busca ajuda. Só que infelizmente ainda não sei como fazer isso, nem sei o que está à minha espera. Desde que você foi embora, passei muito tempo tateando na escuridão. Mas agora estou me aproximando aos poucos do cerne das coisas. Acho que estou me aproximando. Queria muito dizer isso para você. Estou chegando perto e pretendo chegar mais perto ainda..⏎

Aguardei a resposta dela com as mãos sobre o teclado.

> **Eu não sei mesmo.**

Digitou Kumiko, e depois pôs um fim à nossa conversa:

Adeus..⏎ ⏎ ⏎

Uma mensagem dizendo que o interlocutor estava desconectado apareceu na tela. A conversa foi encerrada. Mesmo assim, preguei os olhos na tela e esperei por alguma mudança. Talvez Kumiko mudasse de ideia e voltasse. Talvez ela se lembrasse de algo que tinha se esquecido de dizer. Mas ela não voltou. Ao fim de vinte minutos de espera, desisti. Deixei o monitor como estava, me levantei, fui até a cozinha e tomei um copo de água gelada. Diante da geladeira, tentei esvaziar a minha mente e controlar a respiração. Fazia um silêncio assustador à minha volta, como se o mundo todo estivesse de ouvidos abertos para escutar meus pensamentos. Só que agora eu não conseguia pensar em nada. Infelizmente.

Voltei para a frente do computador, me sentei na cadeira e reli com cuidado a conversa, do começo ao fim, na tela azulada. Li minha mensagem e a resposta de Kumiko. Minha resposta e a resposta dela.

Nossa conversa permanecia na tela, que era curiosamente vívida. Enquanto eu seguia as palavras no monitor, conseguia ouvir a voz de Kumiko. Conseguia sentir a entonação, a ênfase sutil e a pausa. O cursor continuava piscando em um ritmo regular na última linha, como as batidas de um coração. Ele estava com a respiração presa e continuava aguardando a próxima palavra, que não seria digitada.

Memorizei toda a conversa (achei melhor não imprimir) e fechei o programa. Selecionei para que a operação não fosse gravada no arquivo, verifiquei que não tinha me esquecido de nenhum comando e desliguei o computador. A tela do monitor se apagou junto com um som de chamada. O monótono chiar mecânico foi engolido pelo silêncio da sala, como um sonho repleto de cor arrancado pelas mãos do vazio.

Não sei quanto tempo se passou. Quando me dei conta, estava observando com insistência minhas mãos, lado a lado sobre a mesa. Elas tinham sinais de terem sido observadas por muito tempo.

"Estragar" é algo que requer um período de tempo bem maior.

Afinal, a que tipo de tempo maior Kumiko se referia?

24.
Contar carneirinhos,
o que está no centro do círculo

Alguns dias depois que Ushikawa apareceu pela primeira vez na minha casa, pedi a Canela que me trouxesse alguns jornais todos os dias. *Já está na hora de saber o que se passa no mundo*, pensei. Por mais que tentássemos evitar, os acontecimentos sempre vinham atrás de nós quando chegava a hora, mesmo que não fossem chamados.

Canela concordou e começou a me trazer três jornais todas as manhãs.

Depois do café, eu passava os olhos por eles. Fazia muito tempo que não lia jornais, e eles me pareceram meio estranhos. Estranhos e vazios. O cheiro de tinta me causava dor de cabeça, e o conjunto de caracteres pequenos e pretos atingia meus olhos de maneira desafiante. As manchetes, as colunas e o tom dos textos pareciam bastante surreais. Fechei os olhos e suspirei algumas vezes, colocando o jornal na mesa. Antigamente isso não acontecia. Conseguia ler jornais sem problema. Será que eles mudaram tanto? Não, provavelmente não. *Eu é que mudei.*

Porém, depois de persistir por alguns dias, consegui compreender bem um fato sobre Noboru Wataya: ele estava conquistando uma posição cada vez mais destacada na sociedade. Além de sua ambiciosa e enérgica atuação política na Câmara Baixa, ele escrevia colunas em alguns jornais, apresentava suas opiniões em revistas e participava regularmente de um programa de tv como comentarista. Seu nome circulava em diversos lugares. Não sei por que, mas parecia que as pessoas ouviam a opinião dele com mais atenção do que antes. Ele tinha acabado de iniciar a carreira política, mas era considerado um jovem político com futuro promissor e, numa pesquisa feita por uma revista feminina, fora escolhido um dos mais populares. Era considerado um intelectual que faz acontecer, um novo tipo de político com conteúdo, uma novidade na política convencional.

Pedi para Canela comprar as revistas em que Noboru Wataya era colunista e outras aleatórias, para não chamar sua atenção. Ele deu uma olhada rápida na minha lista e colocou o papel no bolso do terno, sem demonstrar muito interesse. No dia seguinte, deixou na mesa as revistas que pedi, junto com os jornais. E arrumou a casa ouvindo música clássica, como costumava fazer.

Recortei com tesoura e arquivei as colunas assinadas por Noboru Wataya, assim como as matérias que falavam sobre ele. Logo a pasta ficou bem pesada. Com esses recortes, eu estava tentando me aproximar da nova faceta de homem político de Noboru Wataya. Eu tentava me desvencilhar das nada agradáveis diferenças pessoais e abandonar os preconceitos para compreender aquela figura do zero, na condição de um leitor convencional.

Mas compreender a essência de Noboru Wataya continuava sendo difícil. Para ser justo, reconheço que as colunas escritas por ele não eram ruins. Estavam relativamente bem escritas e faziam sentido. Algumas estavam *muito bem* escritas. Ele conseguia processar uma vasta gama de informação de maneira habilidosa e até apresentava uma espécie de conclusão. Pelo menos era bem mais compreensível do que os complexos e rebuscados textos técnicos que ele costumava escrever no passado. Tanto que até eu conseguia entender. No entanto, por trás daqueles textos aparentemente claros e instrutivos, eu conseguia reconhecer a indelével sombra da arrogância do personagem, que parecia capaz de ler a mente das pessoas. A maldade oculta me dava um frio na espinha. Eu conseguia percebê-la porque conhecia pessoalmente Noboru Wataya e, ao ler aquelas colunas, podia imaginar seu olhar frio e seu modo de falar astuto. Já outro leitor dificilmente conseguiria perceber esses elementos. Por isso, eu procurava não pensar nessas questões enquanto fazia a leitura, seguindo apenas o fluxo do texto à minha frente.

Ainda assim, por mais que lesse os textos com atenção e imparcialidade, eu não compreendia quase nada do que o político Noboru Wataya queria dizer *de verdade*. Suas lógicas e suas afirmações, separadamente, pareciam razoáveis e faziam sentido, mas eu ficava perdido quando tentava entender o que ele queria dizer de modo geral, no conjunto. Por mais que eu reunisse os fragmentos, não conseguia ter uma ideia clara do todo. Longe disso. *Deve ser porque ele não tem uma posição clara*, pensei. Não, ele pode ter uma posição clara na mente, *mas tenta escondê-la.* Para mim, ele era como alguém que, quando convinha, abria um pouco a porta, colocava a cabeça para fora, gritava para as pessoas e, logo em seguida, voltava para dentro e fechava a porta.

Por exemplo, em uma de suas colunas para uma revista, ele dizia que a violenta pressão oriunda da esmagadora desigualdade econômica não poderia ser reprimida para sempre por forças artificiais e políticas, e que, como uma avalanche, logo provocaria uma mudança na estrutura mundial.

"Uma vez que a rolha estourar, teremos um terrível estado de caos no mundo e a ordem moral comum (que aqui chamarei de 'princípio comum') deixará de funcionar por completo ou perto disso. Será necessário um tempo muito maior do que a maioria das pessoas imagina para que o 'princípio comum' da próxima geração seja formado depois desse caos. Para resumir: estamos à beira de um perigoso e profundo caos moral, que durará muito tempo. Naturalmente, as estruturas sociais, políticas e emocionais do Japão pós-guerra passarão por uma mudança fundamental em virtude dessa transformação. Em muitas áreas, tudo voltará à estaca zero, e as estruturas precisarão ser revistas e reconstruídas completamente — nas esferas da política, da economia e da cultura. Quando essa hora chegar, as coisas que até então eram consideradas claras e óbvias e não causavam dúvida a ninguém deixarão de ser, e tudo perderá a legitimidade em um piscar de olhos. Naturalmente será uma boa oportunidade para o Japão se transformar como nação. No entanto, mesmo diante dessa oportunidade única, ainda não temos o princípio comum que servirá para balizar as mudanças, o que não deixa de ser uma ironia. Diante desse inevitável paradoxo, provavelmente ficaremos atônitos, sem saber o que fazer, ao perceber que a própria perda do princípio comum desencadeou essa situação em que um princípio comum se torna extremamente necessário."

Essa era a principal parte do longo artigo, que continuava:

"No entanto, na prática, é impossível as pessoas agirem sem um balizador. No mínimo, é necessário um modelo, mesmo que provisório e hipotético. O único modelo que o Japão seria capaz de oferecer na atual conjuntura é o da *eficiência*. Se a *eficiência econômica* foi a pedra no sapato do sistema comunista durante muito tempo, conduzindo-o ao colapso, talvez fosse natural sua ampla utilização como modelo prático durante a crise. Mas pensem comigo: será que nós, japoneses, a partir dos anos pós-guerra, criamos alguma filosofia ou algum ideário diferente de *como melhorar a eficiência*? A eficiência é válida quando existe uma direção clara a seguir. Quando não existe, a eficiência perde seu poder. Quando estivermos perdidos no oceano, remadores fortes e experientes não terão nenhuma utilidade. Seguir para a direção errada com eficiência é pior do que não seguir para lugar nenhum. Apenas um princípio funcional de nível elevado consegue estabelecer a direção correta. No entanto, na atual conjuntura, não temos nada assim. Definitivamente."

A lógica de Noboru Wataya era bastante convincente e perspicaz. Até eu precisava admitir. Porém, por mais que eu relesse o artigo, continuava sem entender o que ele buscava como ser humano e como político. *Então, afinal, o que ele quer que a gente faça?*

Li com interesse outro artigo em que Noboru Wataya fazia menção à Manchúria. Ele dizia que, no início do período Showa (1926--89), o Exército imperial japonês cogitara comprar grande quantidade de roupas de inverno para se preparar para uma guerra total contra a União Soviética. Como até aquele momento o Exército japonês não tinha experiência de combate em regiões extremamente frias como a Sibéria, medidas contra o frio eram prioritárias. Mesmo que fosse declarada uma guerra contra a União Soviética por um incidente de fronteira (algo longe de ser improvável), o Exército japonês estava praticamente despreparado para encarar uma batalha em pleno inverno. Por isso, prevendo uma guerra contra a União Soviética, o Estado-Maior organizou uma equipe de pesquisa, e o Departamento de Logística ficou encarregado de estudar a questão dos equipamentos especiais para regiões frias. A equipe foi até Sacalina em pleno inverno para saber como era o frio rigoroso, e usou a própria tropa de soldados para testar sapatos, capotes e roupas de baixo. Também pesquisou os trajes e os equipamentos usados pelo Exército soviético na época, e as roupas usadas pelo Exército de Napoleão na guerra contra a Rússia. A equipe chegou à conclusão de que era "impossível enfrentar o rigoroso inverno da Sibéria com o atual fardamento de inverno do Exército japonês". Pelas estimativas do estudo, dois terços dos soldados da linha de frente sofreriam queimaduras de frio e ficariam incapacitados para o combate. As roupas de inverno do Exército japonês eram apropriadas para o inverno mais ameno do norte da China e, de qualquer maneira, a quantidade era insuficiente. A equipe de pesquisa preparou um relatório calculando quantos carneiros deveriam ser tosquiados para a fabricação de roupas para os soldados das dez divisões (eram tantos carneirinhos para contar que ninguém conseguia dormir, era essa a piada interna da equipe), bem como o tamanho das instalações de uma fábrica para a confecção da indumentária.

O relatório concluía que, para enfrentar uma guerra de longa duração contra a União Soviética na região norte, o número de ovinos era claramente insuficiente no Japão, que nessa época sofria sanções econômicas e bloqueios externos. O relatório alertava para o fato de que era necessário garantir o fornecimento constante de lã de carneiro (além de pele de outros animais, como coelho) e instalar fábricas na região da Manchúria e da Mongólia. Por isso, em 1932, o tio de Noboru Wataya foi enviado para o recém-fundado Estado da Manchúria para realizar um estudo de campo na Ásia continental. O objetivo da sua pesquisa era estimar o tempo necessário para se garantir o fornecimento suficiente de pele de carneiro. Formado no colégio militar, na época o tio de Noboru Wataya era um jovem tecnocrata especializado em logística que recebia sua primeira missão séria. Ele considerou o problema do fardamento de inverno um caso de logística moderna e fez uma análise matemática minuciosa.

Por intermédio de um conhecido, em Mukden ele conheceu Kanji Ishiwara e passou a noite bebendo com ele. Ishiwara discursou com entusiasmo e clareza, explicando que era inevitável uma guerra total contra a União Soviética para a disputa do território chinês, e que a chave para o sucesso era o fortalecimento da logística, ou seja, a rápida industrialização do recém-criado Estado da Manchúria, tornando sua economia autossuficiente. Ele defendeu também a importância da migração de camponeses japoneses para possibilitar a organização e a otimização da agricultura e da pecuária locais. Ishiwara considerava que o Estado da Manchúria deveria ser um novo modelo para as nações asiáticas, e não uma simples colônia do Japão, como eram Coreia e Taiwan na época. No entanto, ele tinha uma visão extremamente realista de que, para enfrentar a União Soviética e em seguida a Inglaterra e os Estados Unidos, o Estado da Manchúria deveria ser, em última análise, uma base logística do Japão. Para Ishiwara, naquele momento o Japão era o único país asiático com condições de travar uma guerra contra o Ocidente ("a batalha final", de acordo com suas palavras), e ele acreditava que os demais países asiáticos tinham a obrigação de *colaborar* com o Japão para romper o jugo ocidental. Entre os oficiais e generais do Exército imperial, nenhum tinha tanto interesse nem tanto conhecimento em logística militar como Ishiwara. A maioria dos militares considerava logística coisa de covarde, acreditava que um *guerreiro do imperador* de verdade deveria lutar com coragem, arriscando a própria vida, mesmo na falta de equipamentos, e que o verdadeiro triunfo militar era vencer um inimigo poderoso com equipamentos precários e reduzido número de soldados. Avançar direto contra o inimigo, "sem dar tempo para a logística chegar", era a honra máxima de um guerreiro. Para o tio de Noboru Wataya, tecnocrata competente, não havia ideia mais insensata do que essa. Iniciar uma guerra de longa duração sem garantir a logística era um ato suicida. A União Soviética estava aumentando e modernizando drasticamente seu poderio militar graças aos planos quinquenais de Stálin. A sangrenta Primeira Guerra Mundial que durou cinco anos aniquilou implacavelmente os valores do antigo mundo, e a guerra mecanizada transformou completamente a estratégia e a logística militares dos países europeus. O tio de Noboru Wataya morara dois anos em Berlim como adido militar e sabia muito bem disso. Porém, a consciência da maioria dos militares japoneses continuava inalterável desde a surpreendente vitória na Guerra Russo-Japonesa.

O tio de Noboru Wataya ficou fascinado pela lógica clara e pela visão de mundo lúcida de Ishiwara, bem como pelo seu carisma, e os dois mantiveram a amizade mesmo depois que o tio voltou ao Japão. Alguns anos depois Ishiwara também voltou, sendo nomeado comandante da fortaleza de Maizuru, onde recebeu algumas visitas do tio de Noboru Wataya. Assim que voltou ao Japão, o tio de Noboru Wataya entregou ao quartel-general um relatório bastante detalhado e preciso sobre a situação da criação de carneiros na Manchúria e sobre as instalações da fábrica de processamento de lã. Embora o estudo tenha recebido muitos elogios, com a dolorosa derrota na Batalha de Nomonhan, em 1939, e as intensas sanções econômicas da Inglaterra e dos Estados Unidos, os militares japoneses passaram a se interessar cada vez mais pelo sul, e as atividades da equipe de pesquisa de uma hipotética guerra contra a União Soviética foram ficando cada vez menos frequentes. Ainda assim, a equipe de pesquisa tinha dado uma contribuição importante para o desfecho rápido da Batalha de Nomonhan, no início de outono, evitando uma guerra de grande escala contra a União Soviética, já que seu relatório apontara categoricamente: "Com os equipamentos atuais, é impossível travar uma batalha contra o Exército soviético no inverno". Quando começou a soprar o vento de outono, o Quartel-General Imperial, que não gostava de desistir e valorizava a dignidade acima de tudo, decidiu suspender a batalha, o que não era do seu feitio, e cedeu para a Mongólia Exterior e para o Exército soviético, por meio de negociação diplomática, uma parte da estepe Hulunbuir sem muitos atrativos.

No início do artigo, Noboru Wataya citava esse episódio contado pelo seu falecido tio, antes de abordar a economia local do ponto de vista geopolítico, tomando como modelo as linhas de abastecimento bélico. Porém, o que mais me interessou foi saber que o tio de Noboru Wataya tinha sido um tecnocrata a serviço do Estado-Maior do Exército japonês, e tivera relação com o Estado da Manchúria e com a Batalha de Nomonhan. Quando a guerra terminou, ele foi proibido de exercer cargos públicos por ordem do Exército de ocupação comandado pelo general Macarthur e, durante um tempo, levou uma vida isolada em sua terra natal, na província de Niigata. Quando essa ordem prescreveu, foi incentivado a entrar para a política, se candidatou pelo partido conservador, se elegeu para dois mandatos como membro da Câmara Alta e depois passou para a Câmara Baixa.

Na parede da sua sala, pregou um quadro com uma citação de Kanji Ishiwara. Não sei que tipo de político foi o tio de Noboru Wataya nem quais foram suas contribuições. Ele chegou a ser ministro uma vez e, na sua terra natal, desfrutava de grande influência, ainda que não tenha conseguido ocupar uma função de liderança no governo central. De qualquer maneira, sua base política migrara para seu sobrinho, Noboru Wataya.

Fechei o arquivo, que guardei na gaveta da mesa. Depois observei distraidamente o portão pela janela, com as mãos cruzadas atrás da cabeça. Logo o portão se abriria e apareceria o Mercedes-Benz conduzido por Canela, que traria uma "cliente", como sempre. O que me ligava a essas "clientes" era o hematoma do meu rosto. Esse hematoma também me ligava ao avô de Canela (pai de Noz-Moscada). Já o elo entre o avô de Canela e o primeiro-tenente Mamiya era a cidade de Hsinking. O primeiro-tenente Mamiya e o vidente Honda estavam ligados pela missão especial na fronteira entre a Manchúria e a Mongólia. Kumiko e eu fomos apresentados ao sr. Honda pela família de Noboru Wataya. E eu e o primeiro-tenente Mamiya estávamos ligados pelo fundo do poço. O poço do primeiro-tenente Mamiya ficava na Mongólia, e o meu, no quintal desta casa. Antigamente morava neste terreno um coronel que tinha comandado uma tropa no norte da China. Tudo estava ligado como um círculo, que tinha no centro a Manchúria pré-guerra, a China continental e a Batalha de Nomonhan de 1939. No entanto, eu não entendia como Kumiko e eu estávamos envolvidos nas tramas dessa história. Afinal, tudo tinha acontecido muito antes de nós nascermos.

Eu me sentei à frente da mesa de Canela e coloquei os dedos sobre o teclado. Ainda me lembrava da sensação que experimentei nos dedos durante a troca de mensagens com Kumiko. Sem dúvida nossa conversa fora monitorada por Noboru Wataya. Ele estava tentando descobrir alguma coisa. Ele não tinha arrumado aquele encontro por pura generosidade. Talvez eles quisessem invadir o computador de Canela e descobrir o segredo desse lugar, tomando como ponto de partida a troca de mensagens. Mas eu não estava muito preocupado com isso. Afinal, o computador era tão complexo e profundo quanto Canela. E eles não sabiam que a complexidade e a profundidade de Canela eram imensuráveis.

Liguei para o escritório de Ushikawa. Ele estava lá e não demorou a atender.

— Sr. Okada, que coincidência! Sabe, acabei de chegar de uma viagem de trabalho, não tem dez minutos. Peguei um táxi no aeroporto de Haneda, mesmo com um engarrafamento horrível, e só passei no escritório para buscar alguns documentos. Nem tive tempo de assoar o nariz. O táxi continua me esperando na frente do prédio. Parece até que o senhor adivinhou. Quando o telefone começou a tocar, eu me perguntei: "Ora, ora, quem será o felizardo?". Bom, mas em que posso ajudar?

— Será que eu poderia falar com Noboru Wataya hoje à noite, pelo computador? — perguntei.

— Com o *doutor*? — disse Ushikawa, com um tom mais suave e cauteloso.

— Sim.

— Não por telefone, mas por computador?

— Exatamente. Acho que é mais confortável para nós dois. Imagino que ele não vá recusar.

— Tem certeza?

— Não tenho. É apenas uma intuição.

— Uma intuição — repetiu Ushikawa, em voz baixa. — Desculpe a pergunta indelicada, mas o senhor costuma ter boa intuição?

— Não sei bem — respondi, como se fosse um assunto qualquer.

Ushikawa ficou calado e pensativo do outro lado da linha. Parecia fazer um rápido cálculo mental. Era um bom indício. Um ótimo indício. Mantê-lo calado era quase tão difícil quanto fazer a Terra girar ao contrário.

— Está aí, sr. Ushikawa? — quis me certificar.

— Estou aqui, é claro — ele se apressou em responder. — Estou aqui, como a estátua de um cão-leão resguardando o santuário xintoísta. Não vou para nenhum lugar. Faça chuva, faça sol, vou ficar aqui protegendo a caixa de doações, obedientemente — voltou a falar com desenvoltura Ushikawa, como sempre. — Está bem. Vou tentar convencer o doutor. Mas para hoje à noite acho difícil. Para amanhã prometo conseguir. Aposto minha cabeça careca. Vou providenciar uma almofada, colocar diante do computador amanhã, às dez da noite, e fazer o doutor se sentar. Está bem assim?

— Certo, pode ser amanhã — concordei, depois de refletir.

— Então eu, o capacho Ushikawa, vou providenciar a conversa. Sou mesmo uma espécie de organizador de festas, faço isso o ano inteiro. Não estou choramingando, sr. Okada, mas não é nada fácil pedir para o doutor fazer uma coisa dessas, às pressas. Não é qualquer um que consegue. É tão difícil quanto fazer o trem-bala parar em uma estação minúscula. O doutor é muito ocupado. Ele tem que gravar programas de TV, escrever artigos, dar entrevistas, se encontrar com os eleitores, participar das reuniões na Câmara, ir a restaurante com convidados... O homem tem compromisso a cada dez minutos. É como se todo dia fosse dia de mudança e de arrumar o armário, ao mesmo tempo. Ele é mais ocupado do que um ministro. Por isso as coisas não são tão fáceis, não basta dizer: "Doutor, às dez da noite de amanhã o senhor vai ser chamado. Poderia arranjar um tempo e ficar esperando à frente do computador?". Não espere que ele vá responder: "Ah, é, Ushikawa? Que bom. Então vou preparar um chá e ficar esperando".

— Ele não vai recusar — insisti.

— É sua intuição?

— É.

— Que palavras encorajadoras. Estou realmente comovido — disse Ushikawa, com voz animada. — Então está decidido. Vamos esperar sua chamada às dez da noite de amanhã. Na mesma hora, no mesmo lugar, sua senha e a minha. Hehehe, parece até letra de música. Cuidado para não esquecer a senha. Bem, sinto muito, mas preciso ir. O táxi está me esperando. Desculpe. É verdade, não tive nem tempo de assoar o nariz.

Ushikawa desligou o telefone. Devolvi o fone ao gancho e coloquei os dedos sobre o teclado do computador mais uma vez. E imaginei o que havia do outro lado do monitor escuro e morto. Eu queria falar outra vez com Kumiko. Mas antes precisava falar com Noboru Wataya, de qualquer jeito. Como tinha previsto a vidente Malta Kanô, que havia evaporado, acho que eu não conseguiria viver sem me relacionar com Noboru Wataya. Por sinal, será que ela tinha feito alguma profecia que *não fosse tenebrosa*? No entanto, eu já não me lembrava mais de muitas coisas que ela dissera. Não sei por quê, Malta Kanô parecia alguém bem distante para mim, alguém que pertencia a uma geração anterior.

25.
Sinal vermelho,
a mão comprida que se estende

Quando Canela chegou às nove da manhã à casa, ele não estava sozinho. Sua mãe, Noz-Moscada Akasaka, estava sentada no banco do carona. Fazia mais de um mês que ela não aparecia. Da última vez, também veio com Canela, sem avisar. Naquele dia, tomamos um café da manhã simples e conversamos por cerca de uma hora sobre banalidades. Depois ela foi embora.

Canela colocou o terno no cabide, foi até a cozinha preparar chá preto e uma torrada para Noz-Moscada, que ainda não tinha comido nada. Ele estava ouvindo a fita com um *concerto grosso* de Handel (só ouvia essa fita nos últimos três dias). A torrada que ele preparava era muito bonita e parecia até aquelas de catálogo de gastronomia. Enquanto Canela arrumava a cozinha, como sempre, Noz-Moscada e eu tomamos chá à mesinha, frente a frente. Noz-Moscada comeu só uma torrada, passando uma camada fina de manteiga. Lá fora caía uma chuva gelada, que parecia neve meio derretida. Noz-Moscada não falou muito e eu também não. Só conversamos um pouco a respeito do tempo. Ainda assim, por sua fisionomia e seu tom de voz, percebi que ela tinha um assunto para tratar comigo. Ela comia devagar, partindo com a mão a torrada em quadradinhos do tamanho de um selo. De vez em quando, olhávamos pela janela a chuva que caía lá fora, como se fosse uma velha conhecida.

Quando Canela terminou de arrumar a cozinha e passou a ajeitar a sala, Noz-Moscada me levou para a sala de ajustes, que era quase igual ao do estúdio dela de Akasaka. O tamanho e o formato eram praticamente idênticos. Na janela havia uma cortina dupla, assim como no estúdio de Akasaka, e o interior era sempre escuro. A cortina só era aberta cerca de dez minutos por dia, quando Canela limpava a sala. Havia um sofá de couro, um vaso de vidro com flores sobre a mesa e também uma luminária alta de chão. No centro da sala encontrava-se uma grande mesa e, sobre a superfície, tesouras, retalhos de pano, caixas de madeira com linhas e agulhas, além de lápis e livros de design (com croquis de moda). Havia também ferramentas especializadas que eu não sabia como se chamavam nem para que serviam. Na parede, um grande espelho de corpo inteiro. Num dos cantos da sala, tinha até um biombo, onde as pessoas podiam trocar de roupa. As clientes que vinham à casa eram convidadas a passar para essa sala.

Não sei por que eles fizeram uma sala exatamente igual a de ajustes original. Afinal, esse disfarce era desnecessário nessa casa. Talvez eles (ou as clientes) estivessem acostumados demais com a configuração do estúdio de Akasaka e não cogitaram outra decoração. Talvez até questionassem: "Qual o problema de ser igual?". De qualquer maneira, eu gostava desta sala e sentia até uma estranha sensação de segurança por estar rodeado de ferramentas de corte e costura. Era uma sala bem surreal, mas com certa naturalidade.

Noz-Moscada pediu para que eu me sentasse no sofá de couro e se sentou ao meu lado.

— Como você está?

— Nada mal — respondi.

Noz-Moscada usava um conjunto de jaqueta e saia de cor verde vívida. A saia era curta, e os grandes botões hexágonos da jaqueta chegavam até a altura do pescoço, como as antigas jaquetas de estilo Nehru, com ombreiras do tamanho de pãezinhos. Ao reparar em suas roupas, eu me lembrei de um filme que tinha visto alguns anos atrás. Era um filme de ficção científica que se passava num futuro próximo, e as mulheres da cidade do futuro costumavam usar roupas como aquela.

Noz-Moscada usava grandes brincos de plástico da mesma cor da roupa. Como aquele verde era profundo e peculiar, parecendo uma combinação de várias cores, talvez os brincos fossem feitos por encomenda. Ou talvez o conjunto fosse feito por encomenda para combinar com os brincos. Como um recuo na parede construído de acordo com o formato da geladeira. *Não deixa de ser uma boa comparação*, pensei. Noz-Moscada usava óculos escuros quando chegou, apesar do dia chuvoso, e as lentes também eram verdes, assim como a meia-calça. Hoje deveria ser o dia do verde.

Ela pegou um cigarro da bolsa, colocou na boca, torceu os lábios de leve e o acendeu com isqueiro, com movimentos suaves, como sempre. O isqueiro não era verde: era o mesmo de sempre, de ouro, de formato fino e com aparência de caro. O dourado combinava muito bem com o verde. Em seguida, Noz-Moscada cruzou as pernas enfiadas nas meias-calças verdes. Ela examinou com cuidado os joelhos e ajeitou a barra da saia. Depois olhou para meu rosto, como se ele fosse uma extensão do seu joelho.

— Nada mal — repeti. — O mesmo de sempre.

Noz-Moscada acenou com a cabeça.

— Você não está cansado? Não precisa tirar uns dias de descanso?

— Não estou cansado a esse ponto. Acho que aos poucos me acostumei com o trabalho, agora faço com mais facilidade.

Noz-Moscada não falou nada a respeito. A fumaça do cigarro subiu ligeiramente em linha reta e, como uma corda indiana, foi sugada pelo exaustor do teto, que me parecia o exaustor mais silencioso e potente do mundo.

— E com a senhora? Tudo bem? — perguntei.

— Comigo?

— Não está se sentindo cansada?

Noz-Moscada me encarou.

— Eu pareço cansada?

Pela primeira vez naquele dia, ela me pareceu cansada. Quando fiz o comentário, ela soltou um suspiro curto.

— A edição que saiu hoje daquela famosa revista semanal trouxe outra matéria sobre esta casa. Sabe, uma continuação para "o mistério da casa dos enforcados". Poxa vida, parece título de filme de terror.

— É a segunda matéria?

— Sim, é a segunda matéria da série — explicou Noz-Moscada.

— Na verdade, também saiu uma matéria relacionada em outra revista, mas por sorte ninguém percebeu a relação entre uma e outra. Pelo menos *por enquanto*.

— E a equipe de reportagem descobriu mais alguma coisa? Sobre *nós*?

Noz-Moscada estendeu a mão e apagou o cigarro, com cuidado. Depois balançou a cabeça de leve. Os brincos verdes balançaram, como borboletas no início de primavera.

— A matéria não fala nada de mais — respondeu. — Ninguém descobriu quem somos, nem o que fazemos aqui — acrescentou, depois de uma pausa. — Vou deixar a revista. Se tiver interesse, você pode ler depois. A propósito, um passarinho me contou que você tem um cunhado, que por acaso é um político jovem e famoso. É verdade?

— Infelizmente, sim — confirmei. — Ele é o irmão mais velho da minha esposa.

— Irmão mais velho da sua esposa *que está sumida*? — perguntou ela, para confirmar.

— Exatamente.

— Será que ele sabe o que você faz aqui?

— Ele sabe que venho todos os dias e que faço *alguma coisa* aqui. Até contratou alguém para investigar. Pelo jeito, estava preocupado com o que eu andava fazendo. Mas acho que não descobriu mais nada além disso.

Noz-Moscada refletiu um pouco sobre a minha resposta, antes de levantar a cabeça e perguntar:

— Você não gosta muito do seu cunhado, certo?

— É, não gosto *muito*.

— E ele também não gosta muito de você.

— Pois é, também não gosta.

— E agora ele está preocupado com o que você anda fazendo aqui — disse Noz-Moscada. — Por quê?

— Se alguém descobrir que estou envolvido com alguma atividade suspeita, ele pode se ver envolvido em um escândalo. Como ele é o homem do momento, é natural se preocupar com isso.

— Então não existe risco de seu cunhado vazar informações sobre nós para a imprensa?

— Para ser sincero, não sei o que Noboru Wataya está pensando. Mas, analisando a questão de maneira racional, acho que ele não teria nada a ganhar fazendo isso. Acho que ele preferiria resolver as coisas em segredo, sem chamar a atenção de ninguém.

Noz-Moscada ficou girando o isqueiro de ouro entre os dedos por um longo tempo. Ele parecia um cata-vento dourado num dia com pouco vento.

— Por que você não contou para nós sobre seu cunhado? — perguntou Noz-Moscada.

— Não foi só para vocês. Não costumo contar sobre meu cunhado *para ninguém*. Nunca me dei bem com ele, e hoje temos praticamente uma relação de ódio. Não tive intenção de esconder. Só achei que não valia a pena falar.

Noz-Moscada soltou um suspiro um pouco mais longo.

— Mas você deveria ter contado.

— Talvez — admiti.

— Como você deve imaginar, algumas das nossas clientes circulam pelo mundo da política e das finanças. São pessoas *muito poderosas*. Pessoas *famosas* em diversas áreas. A privacidade de todas precisa ser preservada custe o que custar, e para isso tomamos cuidados extremos. Você sabe disso, não sabe?

Assenti.

— Canela investiu muito tempo e esforço para construir sozinho aquele sistema complexo e sofisticado de segurança. Todas aquelas empresas de fachada, todos aqueles disfarces no livro-caixa, o estacionamento do hotel de Akasaka para manter o anonimato, o controle rigoroso das clientes, o controle do fluxo de entrada e saída de dinheiro, o projeto desta casa, tudo isso forma um labirinto que saiu da cabeça do Canela. E, até agora, esse sistema funcionou quase que perfeitamente, de acordo com o planejamento dele. Claro que é oneroso manter esse sistema funcionando, mas dinheiro não é problema. O importante é que nossas clientes tenham a sensação de que *estão totalmente protegidas*.

— Está sugerindo que a situação está ficando perigosa?

— Infelizmente, sim.

Ela pegou o maço de cigarros e retirou um, mas demorou para acendê-lo. Apenas ficou com ele entre os dedos.

— E, para piorar, eu tenho um cunhado que é relativamente famoso na política, o que pode tornar o escândalo ainda maior, certo?

— Isso mesmo — anuiu Noz-Moscada, torcendo os lábios de leve.

— E o que Canela acha da situação?

— Ele ainda está em silêncio. Como uma grande ostra no fundo do mar, mergulhou em si mesmo, fechou bem a porta e está refletindo.

Os olhos de Noz-Moscada encaravam com firmeza os meus. Depois, ela acendeu o cigarro, como se tivesse se lembrado dele.

— Sabe, até hoje penso muito. No meu marido. Por que ele foi assassinado daquela maneira? Por que o assassino teve que deixar o quarto do hotel todo ensanguentado, retirar os órgãos e sumir com eles? Por mais que eu pense, não consigo encontrar uma resposta. Meu marido não merecia uma morte tão cruel como aquela.

"Mas não se trata só da morte do meu marido. Ao longo da minha vida houve diversos acontecimentos inexplicáveis... por exemplo, a paixão intensa pela moda que nasceu dentro de mim e que desapareceu do nada, a mudez repentina de Canela, meu envolvimento com esse trabalho estranho... todas essas coisas estavam tramadas desde o início, com precisão, para que eu estivesse *aqui*, fazendo o que estou fazendo. Não consigo afastar essa ideia da mente, por mais que eu queira. Tenho a impressão de que estou sendo manipulada por uma mão comprida que se estende de algum lugar distante. Sinto que minha vida é apenas uma passagem para permitir o acesso dessas coisas."

Da sala ao lado, dava para ouvir o som baixinho do aspirador de pó. Canela estava fazendo a limpeza de maneira caprichada e sistemática, como sempre.

— Você nunca se sentiu dessa forma? — perguntou Noz-Moscada.

— Não acho que me envolvi em vários acontecimentos por uma força externa. Estou aqui porque precisava estar aqui — respondi.

— Para encontrar Kumiko, tocando a flauta mágica?

— Sim.

— Você busca algo — disse ela, descruzando e cruzando as pernas enfiadas nas meias-calças verdes. — E tudo tem seu preço.

Eu continuei calado. Até que Noz-Moscada anunciou sua decisão:

— Resolvemos cancelar as visitas por enquanto. Foi decisão de Canela. Com as matérias da revista e o surgimento do seu cunhado, o sinal mudou de amarelo para vermelho. Cancelamos todas as visitas a partir de hoje.

— *Por enquanto* quer dizer quanto tempo?

— Até que Canela consiga recuperar o sistema que está apresentando problemas. Assim que tivermos a certeza de que não há mais perigo. Sinto muito, mas não queremos correr nenhum risco, por menor que seja. Canela vai continuar frequentando a casa normalmente. Mas as clientes não vão vir mais.

Quando Canela e Noz-Moscada partiram, a chuva que começara pela manhã tinha parado completamente. Compenetrados, quatro ou cinco pardais batiam as asas em uma poça d'água do estacionamento. Depois que o Mercedes conduzido por Canela desapareceu, e o portão elétrico se fechou devagar, me sentei à beira da janela e contemplei o céu nublado de inverno entre os galhos das árvores. E me lembrei da mão comprida que se estendia de algum lugar distante, mencionada por Noz-Moscada. E imaginei a mão sendo estendida de dentro da nuvem escura e baixa. Como uma ilustração sinistra em um livro infantil.

26.
O que arruína,
fruto maduro

Às nove e cinquenta da noite, me sentei à frente do monitor e liguei o computador de Canela. Inseri as senhas e consegui acessar o programa de mensagens. Em seguida, esperei até dez horas, inseri o número na tela e escolhi a opção de ligar a cobrar. Alguns minutos depois apareceu uma mensagem confirmando que minha ligação tinha sido aceita. E assim fiquei frente a frente com Noboru Wataya, separado por uma tela de computador. A última vez que tinha falado com ele fora no verão anterior, no hotel em frente à estação de Shinagawa, na presença de Malta Kanô. Ao fim de uma conversa sobre Kumiko, ele se retirou sem falar nada. Aquele encontro não tinha servido para diminuir o ódio entre nós. Desde então nunca mais nos falamos. Na época, ele ainda não era político, e eu não tinha o hematoma no rosto. Pareciam acontecimentos de uma vida passada.

Primeiro, escolhi a opção de ENVIAR. Controlei a respiração, como se fosse dar um saque numa partida de tênis, e coloquei as mãos sobre o teclado.

> **Fiquei sabendo que você deseja que eu saia desta casa, porque está interessado em comprar o terreno. Se eu concordar, você poderia pensar em devolver Kumiko para mim. É verdade?**⏎

Pressionei a tecla para enviar minha mensagem. Depois de um tempo, recebi a resposta. As palavras apareceram rapidamente.

> **Primeiro quero esclarecer o mal-entendido: eu não decido se Kumiko vai voltar ou não para você. Essa decisão cabe a ela. Você deve ter confirmado com os próprios olhos quando trocou**

mensagens com ela: Kumiko não está confinada. Eu só ofereci um lugar para ela e estou lhe dando abrigo, como irmão. A única coisa que posso fazer é convencê-la a falar com você. E fiz isso, providenciando um encontro virtual entre os dois. Na prática, é tudo o que posso fazer.↵

Escolhi o modo ENVIAR.

> Minha condição é bem clara. Se Kumiko voltar para mim, abandono minhas atividades atuais nesta casa. Se não voltar, continuo. Essa é minha única condição.↵

A resposta do Noboru Wataya foi bastante clara.

> Não quero ser repetitivo, mas isso não é uma negociação. Você não está em posição de ditar condições. Estamos falando apenas de possibilidades. Se você concordar em sair da casa, naturalmente vou tentar convencer Kumiko a voltar para você, mas não garanto nada. Ela é uma mulher adulta e toma as próprias decisões. Não posso obrigá-la a fazer nada. Agora, se você continuar frequentando esta casa, saiba que Kumiko nunca mais vai voltar para você. Pode ter certeza. Isso eu garanto.↵

Comecei a digitar.

> Veja bem, você não precisa me garantir nada. Sei muito bem no que você está pensando. Você quer que eu saia da casa. Quer muito. Agora, mesmo que eu saia, você não pretende convencer Kumiko a voltar para mim. Você nunca teve a intenção de abrir mão dela. Acertei, não é?↵

A resposta foi rápida.

> Naturalmente você tem toda a liberdade para pensar como quiser. Não posso impedir isso.↵

Sim, eu tenho toda a liberdade para pensar como quiser com a minha cabeça.

Digitei.

> Sabe, você está enganado quando diz que eu não estou em posição de ditar condições. Você quer muito saber o que estou fazendo aqui. Como ainda não descobriu, você está irritado, não é?⏎

Desta vez, Noboru Wataya demorou para responder, como se quisesse me irritar. Ele estava me mostrando que continuava tranquilo.

> Acho que você ainda não entendeu bem a sua situação. Para ser mais exato, acho que você está superestimando seu poder. Não sei o que você está fazendo aí, nem quero saber. Só que agora que conquistei uma boa posição social, não gostaria de ver meu nome envolvido com problemas insignificantes e, para isso, pensei em colaborar do meu jeito na questão de Kumiko. Mas, se você pretende rejeitar minha proposta, tudo bem. De agora em diante, só vou pensar em proteger minha própria pele, sem me preocupar com você. Essa será nossa última conversa, e você nunca mais vai falar com Kumiko. Se você não tem mais nada a me dizer, gostaria de encerrar por aqui. Tenho um compromisso.⏎

Não, nós ainda não terminamos.

> Nossa conversa ainda não terminou. Já falei para Kumiko: estou me aproximando cada vez mais do cerne das coisas. Nesse um ano e meio não parei de pensar no que levou Kumiko a sair de casa. Enquanto você ficava cada vez mais famoso como político, eu refletia num lugar escuro e silencioso. Pensei em mil possibilidades e teorias. Como você sabe, não consigo pensar muito rápido. Mas, como eu tinha tempo de sobra, pensei em muitas coisas, de verdade. E a certa altura cheguei à seguinte conclusão: deve existir um grande segredo por trás do sumiço repentino de Kumiko e, enquanto eu não desvendar esse mistério, ela não voltará para mim. Acho que você tem a chave do segredo. Quando encontrei você no

verão passado, eu disse que sabia muito bem o que havia por trás da sua máscara e que, se eu quisesse, podia tornar isso público. Para falar a verdade, naquela hora eu estava só blefando. Eu não tinha nenhuma prova. Só queria deixar você abalado. Mas eu estava certo. Estou chegando cada vez mais perto da verdade, e você deve estar percebendo isso. Então quer saber o que estou fazendo e pretende comprar o terreno por uma fortuna. Estou errado?⏎

Seria a vez de Noboru Wataya. Cruzei os dedos e segui as palavras que apareceram na tela.

> Não estou entendendo direito o que você quer dizer. Parece que estamos falando línguas diferentes. Como eu disse antes, Kumiko estava insatisfeita com você, arrumou outro homem e saiu de casa. E ela quer o divórcio. É um final infeliz, mas acontece com frequência. Só que você inventa todo tipo de motivos estranhos para tornar a história cada vez mais confusa. Não passa de perda de tempo para ambas as partes.

De qualquer maneira, desconsidere a possibilidade da compra do terreno por minha parte. Lamento, mas aquela proposta não está mais de pé. Como você deve saber, hoje uma revista semanal publicou uma nova matéria sobre a casa. Pelo visto, o terreno começou a chamar atenção demais e, a esta altura, não posso mais ter meu nome envolvido com ele. E, segundo minha fonte, sua atividade nesta casa já está chegando ao fim. Parece que você se encontrava com fiéis ou clientes, ou seja lá o que for, oferecia algo e recebia em troca uma quantia em dinheiro. Mas essas pessoas não vão mais procurar você. É muito arriscado. E, se você não for procurado, não vai ter renda. Logo, não vai mais conseguir pagar as prestações mensais e, cedo ou tarde, vai precisar abrir mão do terreno e da casa. Eu só preciso esperar essa hora, só preciso esperar o fruto maduro cair da árvore, não?⏎

Era minha vez de dar um tempo. Tomei um gole do copo de água que tinha preparado e reli algumas vezes a mensagem de Noboru Wataya. Em seguida, digitei sem pressa.

> Você tem razão: não sei até quando vou conseguir manter aquela propriedade. Mas, veja bem, ainda tenho alguns meses antes de ficar sem dinheiro. Nesse meio-tempo, posso fazer muitas coisas, coisas que você não consegue nem imaginar. Não estou blefando. Vou dar um exemplo. Você não anda tendo pesadelos ultimamente?.⏎

Pela tela eu conseguia sentir o silêncio de Noboru Wataya, como uma força magnética. Olhei fixamente o monitor, apurando meus sentidos. Tentei ver se percebia qualquer abalo emocional em meu interlocutor, por menor que fosse. Mas foi impossível.

As palavras começaram a surgir no monitor.

> Desculpe, mas essas ameaças não me atingem. Você pode registrar essas bobagens sem sentido na sua agenda e guardar para seus generosos clientes, que devem suar frio e pagar uma fortuna para ouvir isso. Claro, se eles voltarem. É perda de tempo continuar essa conversa. Gostaria de encerrar por aqui. Como já disse, tenho compromisso.⏎

Digitei:

> Espere um pouco. Primeiro veja o que tenho para dizer. Não é algo ruim, você não vai perder nada esperando mais um pouco. Preste atenção: eu posso livrar você dos pesadelos. Por isso você resolveu negociar comigo, não foi? De minha parte, só quero que Kumiko volte. Essa é minha proposta. Que tal? Gostou?

Entendo que você queira me ignorar. Entendo muito bem que você não queira negociar comigo. Naturalmente você tem toda a liberdade para pensar como quiser. Não posso impedir isso. Você deve me considerar um zero à esquerda. Mas lamento dizer que não sou assim. Você deve ser bem mais poderoso do que eu, reconheço. Mas você também precisa dormir à noite e, ao dormir, vai sonhar. Isso eu garanto. E você não consegue escolher que tipo de sonho vai ter, não é? Eu tenho uma pergunta: quantas vezes você troca de pijama numa noite? Você tem tempo de lavar todos eles?

Eu parei de digitar, inspirei e expirei lentamente o ar. E verifiquei mais uma vez o que tinha digitado. Em seguida, procurei as palavras para continuar. Conseguia sentir algo se mexer silenciosamente dentro da caixa, nas trevas que havia por trás do monitor. Eu estava me aproximando *dele* pela conexão do computador.

Hoje tenho uma vaga ideia do que você fez com a irmã mais velha de Kumiko antes que ela morresse. Não estou mentindo. Você arruinou muitas pessoas até agora e vai continuar arruinando. Mas você não consegue se livrar do sonho. Por isso, é melhor você desistir e me devolver Kumiko. É só o que eu quero. E é melhor você parar de "fingir" para mim. É inútil fazer isso. Afinal, com certeza estou chegando perto do segredo escondido por trás da sua máscara. No fundo do coração, você está com medo. É melhor não disfarçar seu sentimento.

Noboru Wataya cortou a conexão praticamente no mesmo instante em que eu apertei o botão ↵, indicando que tinha terminado minha mensagem.

27.
Orelhas triangulares, sinos de trenó

Eu não precisava ter pressa para voltar para casa. Como já imaginava que chegaria tarde, tinha colocado ração para dois dias no comedouro de Bonito, antes de sair pela manhã. O gato talvez não gostasse, mas pelo menos não passaria fome. Eu sentia um desânimo diante da ideia de voltar para casa passando pelo beco e pulando o muro. Para ser sincero, não tinha nem certeza se conseguiria pular o muro. A conversa com Noboru Wataya me deixou exausto. Todos os membros do meu corpo estavam pesados e minha cabeça não estava funcionando direito. Por que aquele homem sempre me deixava tão esgotado? Eu queria me deitar e dormir. Podia tirar um cochilo e voltar para casa depois.

Peguei um cobertor e um travesseiro do armário, ajeitei o sofá da sala, apaguei as luzes, me deitei e fechei os olhos. Antes de dormir, pensei um pouco em Bonito. Eu queria pegar no sono pensando no gato. Afinal, ele tinha voltado para casa. Ele estava em um lugar bem distante e tinha conseguido *voltar* para mim. Ele deveria ser uma espécie de bênção. De olhos fechados, pensei em silêncio na sensação macia da almofada das suas patas, nas suas orelhas triangulares, frias, na sua língua rosada. Imaginava ele dormindo enrolado, quietinho. Conseguia sentir seu calor na palma da minha mão e ouvir sua respiração regular. Eu estava mais agitado do que o normal, mas logo adormeci. Tive um sono profundo, mas não sonhei.

No entanto, despertei de repente no meio da noite. Tive a impressão de ter ouvido um som de sinos de trenó ao longe, como uma música de fundo de Natal.

Um som de sinos de trenó?

Eu me sentei no sofá e peguei às apalpadelas o relógio de pulso que deixara sobre a mesa. Os ponteiros luminosos indicavam uma e meia. Eu tinha dormido mais profundamente do que imaginava.

Prestei atenção no barulho. Mas só ouvi o som seco e baixinho das batidas do meu coração, TUM, TUM. Talvez tivesse sido apenas impressão. Talvez eu tivesse sonhado sem perceber. Ainda assim, para ter certeza, resolvi dar uma olhada na casa toda. Coloquei a calça e fui até a cozinha na ponta dos pés. Quando saí da sala, o som ficou mais nítido ainda. Parecia mesmo o som de sinos de trenó. Vinha da salinha de Canela. Fiquei de pé diante da soleira, prestando atenção no som, e bati à porta. Talvez Canela tivesse voltado enquanto eu dormia. Mas ninguém respondeu. Abri a porta só um pouquinho e dei uma espiada pela fresta.

Vi uma luz branca no meio da escuridão, na altura da minha cintura. A luz tinha um contorno quadrado. Era a luz do monitor. O som que parecia de sinos era o sinal sonoro de discagem da máquina (um sinal que eu nunca tinha ouvido antes). O computador estava me chamando. Como se estivesse sendo guiado, me sentei à frente da luz e li a mensagem que aparecia.

Você está acessando o programa "Crônica do Pássaro de Corda".
Selecione um dos arquivos, de 1 a 16.

Alguém tinha ligado o computador e acessado o arquivo chamado "Crônica do Pássaro de Corda". Não havia ninguém na casa além de mim. Será que alguém tinha ligado o computador remotamente? Nesse caso, só poderia ter sido o Canela.

"Crônica do Pássaro de Corda"?

O sinal sonoro de discagem alegre e leve que lembrava o chacoalhar de sinos de trenó continuou tocando sem parar. Como se fosse manhã de Natal. Parecia pedir uma escolha *minha*. Hesitei um pouco e selecionei o número 8, sem um motivo especial. O sinal sonoro parou e apareceu um texto na tela, como se um pergaminho fosse desenrolado.

28.
Crônica do Pássaro de Corda 8
(ou o segundo massacre amador)

O veterinário despertou às seis da manhã, lavou o rosto com água gelada e preparou seu café da manhã. Amanhecia cedo no verão, e a maioria dos animais do zoológico já estava acordada. Da janela aberta dava para ouvir seus gritos e sentir seus cheiros, que pairavam no ar, trazidos pelo vento. O veterinário era capaz de adivinhar o tempo que estava fazendo só por causa disso, nem precisava olhar para fora da janela. Era como um hábito matinal. Prestava atenção aos gritos, inspirava o ar pelo nariz e tentava se acostumar ao novo dia.

Só que hoje as coisas estariam um pouco diferentes. Tinham que estar. Afinal, já não havia alguns gritos nem alguns cheiros. Os tigres, os leopardos, os lobos e os ursos haviam sido massacrados e abatidos pelos soldados na tarde do dia anterior. Depois de uma noite de sono, esse acontecimento parecia uma desagradável lembrança de um pesadelo de muito tempo atrás, mas sem dúvida alguma acontecera de verdade. O veterinário ainda sentia uma leve dor nos tímpanos, provocada pelo som dos disparos. Aquilo não podia ter sido sonho. Ele estava em agosto de 1945, na cidade de Hsinking, e a divisão blindada dos soviéticos invadira a fronteira da Manchúria e estava se aproximando cada vez mais. Era um fato tão real quanto a bacia e a escova de dentes diante dos seus olhos.

Ao ouvir o barrido dos elefantes, o veterinário encontrou um leve consolo. Sim, os elefantes tinham conseguido escapar. Por sorte, o jovem primeiro-tenente que comandava o pelotão tivera sensibilidade e eliminara os elefantes da lista de animais que seriam abatidos, por decisão própria, assumindo a responsabilidade. Era nisso que o veterinário pensava enquanto lavava o rosto. Desde que viera à Manchúria, tinha conhecido muitos jovens oficiais fanáticos e inflexíveis. Estava farto disso. Em sua maioria, esses oficiais vinham do campo, tinham sofrido

636

na adolescência a penúria da crise econômica dos anos 1930 e estavam imbuídos de uma visão megalomaníaca do Japão. Eles executavam todas, absolutamente todas as ordens que recebiam do superior, sem nunca questionar. Se recebessem uma ordem em nome do imperador para cavar um túnel que chegasse ao Brasil, eram capazes de pegar a pá e iniciar o trabalho em um piscar de olhos. Alguns chamavam isso de "inocência", mas o veterinário preferia chamar de outra maneira. Enfim, era bem mais fácil matar dois elefantes com fuzis do que cavar um túnel que chegasse ao Brasil. Por ser filho de médico, ter sido criado na cidade e recebido educação durante o período relativamente liberal do Taisho (1912-1926), o veterinário não conseguia se dar bem com esses militares. O primeiro-tenente que comandava a tropa que abateu os animais tinha um pouco de sotaque do interior, mas era bem mais sensato do que outros jovens oficiais que ele conhecera. Parecia um homem de estudo e bom senso, como o veterinário concluiu pelo modo como o primeiro-tenente falava e se comportava.

Talvez devesse se sentir grato porque ao menos os elefantes foram poupados, o veterinário tentou se convencer. Os soldados também devem ter ficado aliviados com a ordem de não abater os elefantes. Já os chineses talvez não. Afinal, poderiam ter ficado com grande quantidade de carne e marfim.

O veterinário ferveu água na chaleira, colocou uma toalha quente no rosto e fez a barba. Em seguida, tomou chá sozinho e preparou uma torrada, que comeu com manteiga. Na Manchúria, embora longe de ser satisfatório, o abastecimento de alimentos era relativamente farto, para a sorte dele e dos animais do zoológico, que, embora descontentes com a diminuição da quantidade de ração, ainda assim estavam em uma situação bem melhor do que a dos animais dos zoológicos do Japão, que não contavam mais com alimento. No entanto, ninguém sabia o que poderia acontecer daqui para a frente. Ao menos até o momento, nem os homens nem os animais tinham passado por uma dolorosa e intensa penúria na Manchúria.

Onde será que minha esposa e minha filha estão agora?, pensou o veterinário. Se tudo tivesse corrido como planejado, o trem que elas pegaram teria chegado a Busan, na Coreia. Lá morava a família de um primo seu que trabalhava em uma companhia ferroviária e daria hospedagem às duas, até que elas conseguissem embarcar do navio que levaria os japoneses de volta ao Japão. O veterinário sentiu falta da sua esposa e da sua filha quando acordou de manhã. Sentiu falta das vozes alegres que costumava ouvir quando o café da manhã era preparado. A casa estava vazia e silenciosa. Não havia mais o lar que ele amava, ao qual pertencia. Ao mesmo tempo, sentiu uma estranha alegria por estar completamente sozinho na deserta residência funcional do zoológico. Naquela hora, sentia com clareza a força inabalável do *destino* marcado na sua pele.

O destino era a doença que ele carregava como carma. Desde a infância, tinha uma convicção estranhamente consolidada de "estar sendo controlado por alguma força externa". Talvez pensasse assim pelo hematoma azul que carregava no lado direito do rosto. Quando pequeno, odiava com toda a alma o hematoma talhado como um sinal que *só ele tinha, e mais ninguém*. Tinha vontade de morrer quando era zombado pelos colegas ou quando um desconhecido observava seu rosto com insistência. *Como seria bom se eu pudesse arrancar essa marca com uma faca*, chegou a pensar. No entanto, à medida que foi ficando mais velho, aprendeu aos poucos a se conformar com o hematoma, considerando-o parte indissociável de si, "algo que tinha que aceitar". Talvez esse fosse um dos fatores que o levaram a cultivar uma espécie de resignação fatalista em relação ao destino.

Em tempos de normalidade, a força do destino lançava pinceladas monocromáticas no quadro de sua vida, como um som de fundo grave. Eram raras as ocasiões em que se lembrava da força do destino no dia a dia. No entanto, por algum motivo (ele não sabia *qual*, porque não havia regularidade nesses momentos de crise), quando a força do destino aumentava, o veterinário se via impelido para uma profunda resignação que parecia anestesiar todo o seu ser. Nessas horas, ele não podia fazer nada senão largar tudo e se entregar de corpo e alma ao fluxo. Ele sabia por experiência própria que, por mais que tentasse fazer algo ou pensar em algo, nada mudaria. O destino sempre conseguia o que queria e, até isso acontecer, não daria nenhuma trégua. Ele tinha certeza disso.

No entanto, isso não significava que fosse alguém passivo e sem vigor. Ele era uma pessoa decidida, que se esforçava até o fim quando tomava uma decisão. Na esfera profissional, era um veterinário bastante competente e um professor entusiasmado. Talvez lhe faltasse um pouco do brilho da criatividade, mas desde a infância sempre foi um bom aluno e uma das lideranças de suas turmas. Era reconhecido no trabalho e respeitado pelos colegas mais novos. Não era um fatalista qualquer. Apesar disso, não conseguia ter a sensação de que decidia algo por vontade própria. Sentia sempre que, de acordo com as conveniências, o destino tomava as decisões por ele. Mesmo quando achava que tinha tomado alguma decisão por livre e espontânea vontade, percebia posteriormente que a escolha tinha sido feita por alguma força externa. Um engenhoso disfarce fazia ele acreditar que estava tomando a decisão por conta própria, uma espécie de isca que o fisgava e o mantinha na linha. Analisando bem, as decisões que ele tomava por *vontade própria* eram, na verdade, sobre coisas insignificantes. Ele não passava de um rei de fachada, que apenas carimbava o selo de estado sob imposição do regente, que tinha poder real. Assim como o imperador do Estado da Manchúria.

O veterinário amava do fundo da alma sua esposa e sua filha, que eram para ele as coisas mais preciosas da sua vida. Adorava sobretudo sua filha. *Poderia dar a vida pelas duas*, pensava, com toda a sinceridade do mundo. Ele imaginou muitas e muitas vezes a cena em que dava a vida por elas. Era uma morte que lhe parecia bastante doce. Porém, ao mesmo tempo, quando voltava do trabalho e via a mulher e a filha dentro de casa, às vezes sentia que elas eram seres sem nenhuma relação com ele. As duas pareciam fazer parte de um mundo bem distante, pareciam *algo* completamente desconhecido para ele. Nessas horas, concluía que elas também não tinham sido decisões suas. Mesmo assim, amava a esposa e a filha incondicionalmente, o que era, para ele, um grande paradoxo e uma contradição de que (achava que) nunca conseguiria se livrar. Como uma gigantesca armadilha colocada em sua vida.

Agora, diante da completa solidão na residência funcional do zoológico, o mundo ao qual ele pertencia parecia bem mais simples e compreensível. Ele só precisava pensar em cuidar dos animais. Sua esposa e sua filha já tinham partido. "Por enquanto, não preciso mais pensar nas duas", concluiu. Agora estava a sós com seu destino, sem a intervenção de mais ninguém, de mais nada.

E era justamente a gigantesca força do destino que reinava na cidade de Hsinking em agosto de 1945. Ali, o papel de protagonista não estava nas mãos do Exército de Guangdong, nem do Exército soviético, nem das tropas do Partido Comunista Chinês ou do Partido Nacionalista Chinês... O *destino* é que dava as cartas. Algo evidente para qualquer um. Ali a força da vontade individual já não fazia sentido. O destino tinha sepultado os tigres, os leopardos, os lobos e os ursos no dia anterior e tinha poupado os elefantes. Ninguém podia prever quem e o que ele sepultaria a seguir, e quem e o que ele pouparia.

Ao sair da residência funcional, o veterinário começou a preparar a refeição dos animais. Ele imaginou que nenhum ajudante apareceria para trabalhar, mas encontrou dois meninos chineses desconhecidos à sua espera no escritório. Eles eram magros e bronzeados, tinham cerca de treze ou catorze anos e olhos desafiadores como de animais. "Falaram para a gente vir ajudar o doutor", explicaram. O veterinário assentiu. Perguntou o nome dos meninos, mas nenhum respondeu. Nem mudaram de expressão, como se não tivessem ouvido. Sem dúvida tinham sido enviados pelos ajudantes chineses que trabalhavam para ele até o dia anterior. Pensando no seu bem e no seu futuro, os ajudantes julgaram que era melhor cortar completamente as relações com os japoneses, mas acharam que não haveria problemas em mandar os meninos. Era um gesto de simpatia que demonstravam com o veterinário. Sabiam que sozinho ele não daria conta do serviço.

O veterinário ofereceu dois biscoitos para cada menino e, com a ajuda deles, começou o trabalho. Com uma carroça puxada por uma mula, os três foram de jaula em jaula, trocando a água e dando a alimentação adequada para cada animal. Porém, como era impossível fazer a limpeza das jaulas, eles só limparam rapidamente os excrementos com uma mangueira. Não tinham condições de fazer mais do que isso. Como o zoológico estava fechado, ninguém reclamaria do mau cheiro.

O trabalho ficou facilitado pela ausência dos tigres, dos leopardos, dos ursos e dos lobos. Cuidar das grandes feras carnívoras era difícil e arriscado. Embora o veterinário tenha passado diante das jaulas vazias com um nó no peito, não pôde deixar de sentir certo alívio em seu âmago.

Os três começaram o trabalho às oito e terminaram depois das dez. O veterinário estava exausto. Os meninos sumiram sem dizer nada. O veterinário voltou ao escritório e relatou ao diretor do zoológico que tinha terminado o trabalho da manhã.

Antes do almoço, o mesmo primeiro-tenente do dia anterior retornou ao zoológico, acompanhado dos mesmos oito soldados. Como antes, todos estavam armados até os dentes e, durante sua marcha, era possível ouvir de longe o som de metais se entrechocando. Do mesmo jeito, suas fardas estavam empapadas de suor, e as cigarras chiavam com insistência nas árvores próximas. Só que, diferentemente do dia anterior, os soldados não vinham matar animais. O primeiro-tenente fez uma leve continência ao diretor do zoológico e disse: "Gostaria de saber o número de carroças e de cavalos de tração disponíveis no zoológico". O diretor respondeu que só contavam com uma mula e uma carroça. Há duas semanas, fornecemos um caminhão e dois cavalos de tração ao Exército, acrescentou ele. O primeiro-tenente acenou com a cabeça e anunciou que a mula e a carroça seriam confiscadas imediatamente por ordem do quartel-general do Exército de Guangdong.

— Espere um pouco — se apressou a interferir o veterinário. — Para distribuir a alimentação aos animais, precisamos da mula e da carroça. Todos os ajudantes locais sumiram. Sem a mula e a carroça, os animais vão morrer de fome. Já estamos trabalhando no limite.

— Na atual conjuntura, *todos nós* estamos trabalhando no limite — disse o primeiro-tenente, com olhos avermelhados e barba por fazer. — Para nós, a prioridade máxima é a defesa da capital. Em último caso, podem soltar todos os animais. As feras já foram abatidas e os animais que sobraram não representam perigo. Estou seguindo a ordem do Exército. Quanto ao resto, podem tomar as decisões que considerarem mais apropriadas.

Os soldados levaram a mula e a carroça, sem oferecer alternativa. Depois que a tropa se foi, o veterinário e o diretor do zoológico trocaram um olhar. O diretor tomou o chá em silêncio e apenas balançou a cabeça para um lado e para o outro.

Os soldados voltaram quatro horas depois, trazendo consigo a carroça puxada pela mula. Havia um carregamento na carroça coberta com uma lona militar suja. A mula ofegava e suava, pelo calor e pelo peso carregado. Os oito soldados escoltavam quatro chineses, apontando as baionetas para eles. Os chineses tinham cerca de vinte anos, usavam uniforme de um mesmo time de beisebol e estavam com as mãos amarradas nas costas. Tinham hematomas roxos no rosto, sinal de que haviam apanhado bastante. Um estava com o olho direito praticamente fechado de tão inchado, e outro tinha o uniforme coberto de sangue, por causa dos ferimentos nos lábios. Na frente do uniforme não havia nada escrito, embora na altura do peito existissem marcas que indicavam que os nomes foram arrancados. Nas costas, cada camisa trazia um número: 1, 4, 7 e 9. O veterinário não entendeu por que os chineses usavam uniformes de beisebol numa situação de emergência como aquela, tampouco por que estavam sendo escoltados por soldados depois de apanharem tanto. Parecia um quadro pintado por um demente, e não uma cena da vida real.

O primeiro-tenente perguntou ao diretor do zoológico se poderiam pegar por um momento pás e picaretas. O primeiro-tenente parecia estar ainda mais abatido e ainda mais pálido do que de manhã. O veterinário levou os soldados ao depósito de materiais, que ficava atrás do escritório. O primeiro-tenente escolheu duas pás e duas picaretas e entregou aos soldados. Em seguida, ele pediu para que o veterinário o acompanhasse e entrou na mata fechada, afastando-se da trilha. O veterinário obedeceu e o seguiu. Durante a caminhada, um grande gafanhoto pulou do meio do mato, fazendo barulho. Tudo ao redor cheirava a capim. Ao chiado ensurdecedor das cigarras somava-se o barrido estridente dos elefantes ao longe, como uma advertência.

O primeiro-tenente caminhou entre as árvores por um tempo, sem dizer nada, até que encontrou uma clareira ampla, que lembrava um terreno baldio. Era o local previsto para a construção de um cercado para animais pequenos, onde as crianças poderiam brincar também.

No entanto, o plano fora adiado por tempo indeterminado, em razão da falta de materiais com o agravamento da guerra. As árvores foram cortadas nesse espaço circular, onde o sol incidia diretamente no chão exposto, como um holofote. O primeiro-tenente ficou de pé no meio da clareira e deu uma olhada ao redor. Em seguida, fez rabiscos no chão com a sola da bota.

— Nós vamos permanecer mais um tempo no zoológico — avisou ele, se agachando e pegando a terra na mão.

O veterinário assentiu sem dizer nada. Não sabia por que os soldados ficariam no zoológico, mas resolveu não perguntar. *É melhor não perguntar nada aos militares.* Tinha aprendido essa lição por experiência própria em Hsinking. A maioria das perguntas irritava os militares, que nunca davam uma resposta esperada.

— Primeiro, vamos abrir um grande buraco aqui — disse o primeiro-tenente, como se pensasse em voz alta.

Em seguida se levantou, pegou um cigarro do bolso e colocou na boca. Ofereceu um ao veterinário e acendeu os dois com um fósforo. Eles fumaram por um momento, como se quisessem preencher o silêncio. Mais uma vez o primeiro-tenente rabiscou o chão com a bota, desenhando e apagando algumas figuras.

— Onde o senhor nasceu? — o primeiro-tenente perguntou ao veterinário.

— Na província de Kanagawa. Em Ôfuna, perto do mar.

O primeiro-tenente acenou com a cabeça.

— E o senhor, de onde é? — indagou o veterinário.

O primeiro-tenente não respondeu. Apenas apertou os olhos e observou a fumaça do cigarro subir entre seus dedos. *É por isso que é perda de tempo fazer perguntas aos militares*, concluiu o veterinário. Eles sempre fazem perguntas, mas nunca respondem. Provavelmente não vão dizer nem que horas são se alguém perguntar.

— Não tem um estúdio de cinema? — perguntou o primeiro--tenente.

O veterinário demorou um pouco até se dar conta de que ele falava de Ôfuna.

— Sim, tem um grande estúdio de cinema. Mas eu nunca visitei — respondeu o veterinário.

O primeiro-tenente jogou a guimba de cigarro no chão e a apagou com a sola da bota.

— Com sorte conseguiremos voltar ao Japão, mas para isso precisaremos atravessar o mar. Talvez o destino de todos nós seja morrer aqui — disse o primeiro-tenente, olhando para o chão. — O senhor tem medo da morte?

— Depende da forma como vou morrer — respondeu o veterinário, depois de refletir um pouco.

O primeiro-tenente levantou o rosto e encarou o veterinário, com curiosidade. Deveria esperar outro tipo de resposta.

— Tem razão. Depende da forma.

Os dois continuaram calados por mais um momento. O primeiro-tenente parecia prestes a cair no sono, ainda de pé. Realmente dava a impressão de estar exausto. De repente um grande gafanhoto pulou alto, como se tivesse asas, e desapareceu no meio do mato ao longe, fazendo muito barulho. O primeiro-tenente conferiu seu relógio de pulso.

— Precisamos começar — disse, como se tentasse convencer alguém. — Fique mais um tempo comigo — acrescentou, se dirigindo ao veterinário. — Talvez eu ainda precise da sua ajuda.

O veterinário acenou com a cabeça.

Os soldados levaram os chineses ao espaço aberto entre as árvores e soltaram a corda que amarrava suas mãos. Com um taco de beisebol, o cabo desenhou um grande círculo no chão — o veterinário ficou sem entender por que os militares carregavam um taco de beisebol — e deu uma ordem aos chineses, em japonês, para abrirem um buraco daquele tamanho. Os quatro chineses com uniforme de beisebol pegaram as pás e as picaretas e começaram a cavar, em silêncio. Enquanto isso, a tropa foi dividida: quatro soldados acompanhavam a cena, enquanto quatro descansavam, cochilando sob a sombra das árvores. Aqueles homens pareciam não ter dormido quase nada na última noite e, tão logo se deitaram na grama, começaram a roncar, de farda e tudo. Os outros soldados vigiavam o trabalho dos chineses de um lugar um pouco afastado, fuzil com baioneta em riste, para usar ao menor sinal.

O primeiro-tenente e o cabo que estavam no comando também se revezaram para tirar um cochilo na sombra.

Depois de quase uma hora, estava pronto o buraco, com diâmetro de cerca de quatro metros. A altura chegava até o pescoço dos chineses. Um deles pediu água em japonês. O primeiro-tenente acenou com a cabeça, e um dos soldados trouxe água num balde. Com uma concha, os quatro chineses beberam com gosto, um de cada vez. Praticamente acabaram com toda a água. Os uniformes que usavam estavam escuros de sangue, suor e terra. Em seguida, o primeiro-tenente ordenou a dois soldados que trouxessem a carroça. Quando o cabo removeu a lona, apareceram quatro cadáveres empilhados, pelo visto de chineses, como sugeriam os uniformes de beisebol, que estavam com manchas escuras de sangue e marcas de bala. Os corpos começavam a juntar grandes moscas. Pela coagulação do sangue, aqueles homens deveriam estar mortos há quase um dia.

O primeiro-tenente ordenou aos chineses que jogassem os cadáveres no buraco. Eles pegaram os que estavam na carroça, um por um, e jogaram no buraco, inexpressivos e em silêncio. Sempre que um cadáver atingia o fundo da terra, ecoava um som abafado. Os números às costas dos uniformes dos cadáveres eram 2, 5, 6 e 8. O veterinário memorizou esses números. Depois que acabaram de jogar os corpos no buraco, os chineses foram amarrados com firmeza nos troncos das árvores ao redor.

O primeiro-tenente levantou o pulso e conferiu o relógio, com uma fisionomia séria. Em seguida, olhou para um canto do céu, como se buscasse algo. Parecia um funcionário da estação que aguardava um trem que chegaria com um atraso mortal. Mas ele não olhava nada em especial. Só esperava o tempo passar um pouco. Até que ele ordenou ao cabo, em palavras curtas, que três dos quatro chineses amarrados (números 1, 7 e 9) fossem mortos com a baioneta. Três soldados foram escolhidos, e cada um se posicionou na frente de um chinês. Os soldados estavam mais pálidos do que os próprios condenados, que pareciam cansados demais para aspirar alguma coisa. O cabo ofereceu cigarro a cada um deles. Como ninguém aceitou, ele guardou o maço no bolso.

O primeiro-tenente estava em um lugar um pouco afastado dos demais soldados, ao lado do veterinário.

— É melhor o senhor abrir bem os olhos — disse o primeiro--tenente ao veterinário. — Essa é também uma das formas de morrer.

O veterinário acenou em silêncio. *Ele não está se dirigindo a mim, mas a si mesmo*, pensou.

O primeiro-tenente explicou, em voz baixa:

— É bem mais rápido e fácil matar com uma bala, mas recebemos ordens de cima para não desperdiçar a preciosa munição. Em outras palavras, eles não querem que a gente desperdice as balas com os chineses, para guardarmos todas para os russos. Mas não é nada fácil matar com uma baioneta. O senhor recebeu treinamento de baioneta no Exército?

O veterinário respondeu que não, como tinha entrado em um regimento de cavalaria, não havia recebido esse treinamento.

— Para matar alguém de forma certeira com a baioneta, primeiro é preciso enfiá-la abaixo da costela… aqui mais ou menos — disse o primeiro-tenente, apontando a parte superior da sua barriga. — Depois tem que girar bastante, bem fundo, para remexer as vísceras, e espetar a baioneta para cima, em direção ao coração. Não basta simplesmente enfiar a baioneta na pessoa. Os soldados estão cansados de saber disso. O combate corpo a corpo é considerado o mais honroso do Exército imperial japonês, junto com o ataque surpresa… E por quê? Porque são ataques baratos, sem necessidade de tanques, de aviões ou de canhões. Mas mesmo que os soldados estejam cansados de saber, eles só fizeram treinamentos com bonecos de palha, que não sangram, não gritam e não têm vísceras, como gente de carne e osso. Esses soldados nunca mataram gente de verdade. Eu também não.

O primeiro-tenente acenou para o cabo. Quando o cabo deu a ordem, os três soldados ficaram em posição de sentido. Em seguida, inclinaram um pouco o corpo e apontaram a baioneta para a frente. Um dos chineses (com a camisa número 7) praguejou e cuspiu, mas o cuspe não atingiu o chão e caiu no seu próprio uniforme, na altura do peito.

Quando o cabo deu a ordem seguinte, os soldados enfiaram a ponta da baioneta na parte inferior da costela dos chineses, com toda a força. Em seguida, remexeram suas vísceras, girando a ponta da baioneta, que espetaram para cima, em direção ao coração. Os chineses não gritaram muito alto. O som que produziram pareceu mais um gemido profundo do que um grito, como se soltassem de uma vez todo o ar que ainda restava no corpo, por algum furo. Os soldados puxaram as baionetas e recuaram. Quando o cabo deu outra ordem, eles repetiram a série de movimentos, de modo certeiro. Enfiaram a baioneta nos chineses, giraram, levantaram e puxaram. O veterinário observou a cena com certa apatia, assolado por uma sensação de que estava dividido. Ele era o soldado que enfiava a baioneta e, ao mesmo tempo, o chinês apunhalado. Ele experimentava a sensação de segurar a baioneta e a dor das vísceras sendo dilaceradas.

A agonia dos chineses demorou mais tempo do que o esperado. Mesmo com as entranhas reviradas, mesmo com todo o sangue derramado, os corpos continuaram se contorcendo em leves convulsões. O cabo cortou as cordas que amarravam os chineses nas árvores com sua baioneta e, auxiliado pelos soldados que não participaram do massacre, jogou no buraco os corpos que, quando atingiram o chão, fizeram um som pesado e abafado. Mas o barulho pareceu um pouco diferente do anterior. *Talvez porque aqueles homens ainda não estão completamente mortos*, pensou o veterinário.

Só restou o chinês da camisa número 4. Os três soldados com o rosto pálido arrancaram grandes folhas de capim do chão para limpar as baionetas ensanguentadas. Nas lâminas, além de sangue, estavam grudados pedaços de carne e fluidos corporais de cor estranha. Os soldados precisaram de várias folhas para deixar as lâminas das baionetas limpas como antes.

O veterinário achou estranho que só um chinês (de camisa 4) foi mantido vivo. Mas estava decidido a não fazer mais perguntas. O primeiro-tenente pegou outro cigarro e fumou. Ofereceu um ao veterinário, que aceitou em silêncio, colocou na boca e riscou o fósforo. Suas mãos não estavam trêmulas, mas ele não experimentava nenhuma sensibilidade. Parecia riscar o fósforo com luvas grossas.

— Eram alunos da academia militar do Exército do Estado da Manchúria. Ontem à noite mataram dois instrutores japoneses e fugiram, recusando a missão de proteger Hsinking. Descobrimos eles durante nossa patrulha noturna, matamos quatro na hora e prendemos os outros quatro. Dois conseguiram fugir na escuridão — explicou o primeiro-tenente, passando a mão na barba. — Eles tentaram fugir vestindo uniforme de beisebol. Imaginaram que se fugissem de farda seriam considerados desertores e acabariam presos. Ou talvez não quisessem ser capturados pelo Exército do Partido Comunista Chinês usando uma farda do Exército do Estado da Manchúria. Enfim, a única coisa que eles encontraram no quartel além das fardas foram os uniformes do time de beisebol da academia militar. Então arrancaram os nomes, vestiram os uniformes e tentaram fugir. Talvez o senhor não saiba, mas o time de beisebol da academia militar era bem forte e chegou a fazer amistosos em Taiwan e na Coreia. E aquele homem... — disse o primeiro-tenente, apontando o chinês amarrado no tronco da árvore — era o capitão do time, o quarto rebatedor e o cabeça desse plano de deserção. Ele foi o responsável por matar os dois instrutores com um taco de beisebol. Os instrutores japoneses sabiam que o clima estava pesado no quartel e tinham decidido segurar as armas até a última hora. Só não pensaram nos tacos de beisebol. Os dois tiveram a cabeça partida e morreram quase na hora. Aquele chinês conseguiu acertar bem no meio, literalmente. Usou aquele taco ali.

O primeiro-tenente ordenou que o cabo trouxesse o taco de beisebol. E entregou ao veterinário, que o segurou com as mãos para a frente, como um rebatedor que se preparasse para entrar em campo. Era um taco de beisebol bem comum. Sem muita qualidade. O acabamento era ruim, e a superfície, áspera. Mas era pesado e já tinha sido muito usado. A base estava preta de suor. Não parecia um taco que tinha matado duas pessoas horas antes. Depois de sentir seu peso, o veterinário o devolveu ao primeiro-tenente, que o balançou algumas vezes, como alguém acostumado com o movimento de rebater a bola.

— O senhor joga beisebol? — perguntou o primeiro-tenente.

— Costumava jogar na infância — respondeu o veterinário.

— E depois não jogou mais?

— Não — disse o veterinário, que cogitou perguntar "E o senhor?", mas desistiu.

— Recebi ordens de cima para matar esse homem com o mesmo taco — comentou o primeiro-tenente, com voz seca, batendo de leve a ponta do taco no chão. — Olho por olho, dente por dente. Vou ser franco com o senhor, acho essa uma ordem idiota. O que adianta matar essa gente a essa altura? Já não temos mais aviões. Nem navios de guerra. Os bons soldados estão mortos, ou pelo menos a maioria deles. A cidade de Hiroshima sumiu do mapa num piscar de olhos por causa de uma nova bomba. Logo, logo, seremos expulsos da Manchúria ou mortos, e a China vai voltar a ser dos chineses. Sabe, já matamos muitos chineses. Não adianta nada matar mais. Mas ordens são ordens. Como soldado, preciso obedecer a qualquer ordem. Assim como mandei matar os tigres, os leopardos e outros animais, hoje preciso mandar matar essa gente. Veja, essa também é uma das formas de morrer. Como veterinário, o senhor deve estar acostumado a ver objetos cortantes, sangue e vísceras, mas nunca deve ter visto ninguém ser morto com uma tacada.

O primeiro-tenente ordenou que o cabo trouxesse o rebatedor de camisa número 4 até a beira do buraco. O chinês teve as mãos amarradas nas costas como antes, os olhos vendados e foi obrigado a se ajoelhar. Ele era alto, forte e tinha braços grossos como a coxa de um adulto. O primeiro-tenente chamou um jovem soldado e lhe entregou o taco. E ordenou:

— Acerte aquele homem com esse taco. Acerte para matar.

O jovem soldado ficou em posição de sentido, fez uma continência e segurou o taco. Mas ficou parado, absorto, como se não entendesse o que era *acertar para matar um chinês com um taco de beisebol.*

— Você já jogou beisebol alguma vez? — o primeiro-tenente perguntou ao jovem soldado (que seria morto a enxadadas por um soldado soviético na mina perto de Irkutsk).

— Não, nunca — respondeu o soldado, em voz alta.

A vila onde ele nascera em Hokkaido era tão pobre quanto a vila onde ele crescera na Manchúria, e nenhuma das famílias da região tinha condições de comprar uma bola ou um taco de beisebol. As crianças corriam sem razão pela planície, brincavam de espada com pedaços de pau e capturavam libélulas. O soldado nunca tinha jogado beisebol nem assistido a uma partida na vida. E, naturalmente, nunca tinha pegado num taco de beisebol.

O primeiro-tenente lhe explicou como segurar e balançar um taco. E fez várias demonstrações.

— Veja, o mais importante é o movimento da cintura — explicou ele. — Primeiro você coloca o taco para trás, depois gira o corpo rodando a cintura. A ponta do taco tem que seguir o movimento do corpo naturalmente. Está entendendo o que estou dizendo? Se você só pensar em girar o taco, vai acabar usando apenas a força das mãos e perder o impulso natural do corpo. Você tem que balançar o taco não com a força dos braços, mas com a força do movimento da cintura.

O soldado provavelmente não compreendeu a explicação do primeiro-tenente, mas, seguindo as instruções, retirou os equipamentos pesados e fez algumas tentativas. Os outros ficaram assistindo. Com gestos, o primeiro-tenente, corrigiu os principais defeitos das rebatidas do soldado. Até que ele era um bom instrutor. Pouco depois o jovem soldado conseguiu fazer o taco cortar o ar, sibilando, mesmo que de maneira desajeitada. Como estava acostumado com trabalhos braçais na lavoura desde criança, ele tinha muita força nos braços.

— Acho que já está bom — sentenciou o primeiro-tenente, enxugando o suor da testa com o quepe. — Procure acertar para matar com apenas uma tacada. Não faça ele sofrer desnecessariamente.

Eu também não queria matar ninguém com uma tacada, o primeiro-tenente queria dizer. *Quem foi que teve uma ideia tão estúpida assim?* Porém, o comandante não podia dizer algo assim ao subalterno.

O soldado se posicionou atrás do chinês ajoelhado no chão, de olhos vendados, e levantou o taco. Os intensos raios de sol do entardecer projetaram no chão a sombra comprida do taco. *Que cena estranha*, pensou o veterinário. O primeiro-tenente tinha razão. Não estou nem um pouco acostumado a ver alguém ser morto com uma tacada. O jovem soldado permaneceu com o taco levantado por muito tempo. Dava para ver que a ponta do taco tremia muito.

O primeiro-tenente acenou para o soldado, que girou o taco para trás, inspirou fundo e acertou a nuca do chinês com toda a força, em uma tacada assustadoramente perfeita. Sua cintura tinha girado de acordo com as instruções do primeiro-tenente, e a parte da logomarca do taco havia acertado bem atrás da orelha do chinês. O taco foi girado até o fim. Um som abafado de crânio esmagado ecoou pelo ar. O chinês nem gemeu. Apenas se deteve numa posição estranha e, em seguida, desabou para a frente, de modo pesado, como se tivesse se lembrado de algo de repente. Depois ficou imóvel, com a bochecha encostada no chão. Da orelha escorria sangue. O primeiro-tenente conferiu o relógio de pulso. O jovem soldado olhava para o vazio de boca aberta, com o taco nas mãos.

O primeiro-tenente era um homem cauteloso. Ele aguardou um minuto. Ao se certificar de que o chinês não se mexia, pediu ao veterinário:

— Desculpe o incômodo, mas será que o senhor poderia verificar se ele está morto?

O veterinário assentiu, foi para perto do chinês, se agachou e removeu a venda. Os olhos estavam escancarados, com as pupilas voltadas para cima. Sangue bem vermelho escorria das orelhas. Dentro da boca meio aberta era possível ver a língua contorcida. O pescoço estava virado num ângulo curioso, pela força do impacto, e coágulos de sangue escorriam das narinas e tingiam de preto o chão seco. Uma grande mosca estava tentando depositar ovos, se infiltrando em uma das narinas. Para ter certeza do óbito, o veterinário pegou o pulso do chinês e colocou o dedão na artéria para procurar a pulsação. Não sentiu nada. O jovem soldado tinha acabado com a vida daquele chinês robusto com apenas uma tacada (depois de segurar pela primeira vez na vida um taco). O veterinário olhou para o primeiro-tenente e acenou com a cabeça, indicando que o chinês estava mesmo morto. Em seguida, lentamente, tentou se levantar. Sentiu que os raios de sol que incidiam sobre suas costas tinham ficado mais intensos de repente.

Foi quando o chinês que era quarto rebatedor se levantou de súbito, como se tivesse despertado, e pegou o pulso do veterinário sem vacilar — pelo menos assim pareceu aos olhos dos outros. Tudo aconteceu numa fração de segundo. O veterinário ficou sem saber o que estava acontecendo. *O homem estava mesmo morto.* Só que agora segurava com força seu pulso, como se apertasse com um torno, usando o último sopro de vida que havia brotado de algum lugar. Em seguida, com os olhos escancarados e as pupilas voltadas para cima, despencou para dentro do buraco, carregando junto o veterinário, que tombou sobre aquele corpo e ouviu o som das costelas se quebrando sob ele. Ainda assim, o chinês não soltou seu pulso. Os soldados presenciaram toda a cena, mas ficaram paralisados e atônitos. O primeiro-tenente foi o primeiro a cair em si e pulou no buraco. Ele tirou a pistola automática do coldre da cintura, encostou o cano na cabeça do chinês e puxou o gatilho duas vezes. Dois estampidos secos ecoaram na sequência, e um grande buraco negro surgiu na têmpora do chinês. Ele já estava sem vida, mas mesmo assim não soltou o pulso do veterinário. O primeiro-tenente se agachou e, com a pistola numa das mãos, soltou com a outra cada dedo do cadáver, o que levou um bom tempo. Enquanto isso, o veterinário dividiu o fundo da cova com os oito cadáveres dos chineses de uniforme de beisebol. Lá dentro, o chiar das cigarras ecoava de uma forma bem diferente.

Quando o veterinário se viu enfim livre da mão do cadáver, foi puxado pelos soldados, junto com o primeiro-tenente. O veterinário se agachou na grama, respirou fundo algumas vezes e viu seu pulso. A marca dos cinco dedos ainda estava vívida e vermelha. Naquela tarde quente de agosto, ele sentiu um frio congelante que chegava até a medula. *Nunca vou conseguir me livrar desse calafrio*, pensou. *Aquele chinês queria mesmo me levar para algum lugar junto com ele.*

O primeiro-tenente travou a pistola e a guardou devagar no coldre da cintura. Era a primeira vez que atirava em alguém. Mas se esforçou para não pensar nisso. A guerra continuaria, no mínimo, por mais algum tempo, e as pessoas continuariam morrendo. "Posso refletir a fundo mais tarde." Ele enxugou o suor da mão direita na calça e ordenou aos soldados que não participaram do massacre que fechassem o buraco onde os cadáveres foram jogados. Àquela altura, um enxame de moscas sobrevoava a cova.

Perplexo e atônito, o jovem soldado continuava segurando o taco, que não conseguia soltar. O primeiro-tenente e o cabo o deixaram em paz. Ele havia presenciado toda a cena, observado como o chinês que deveria estar morto segurou de repente o pulso do veterinário e, juntos, os dois caíram, como o primeiro-tenente pulou na vala e deu tiros no chinês e, em seguida, como os outros soldados taparam o buraco. Porém, embora tivesse presenciado a cena, ele não viu nada.

Apenas prestava atenção no canto do pássaro de corda. No galho de alguma árvore, o pássaro cantava como se desse corda, ric-ric-ric, como na tarde do dia anterior. O soldado levantou o rosto, olhou ao redor e tentou descobrir de onde vinha o canto. Mas não viu o pássaro em nenhum lugar. Sentiu uma leve náusea no fundo da garganta, mas não tão intensa como a do dia anterior.

Enquanto prestava atenção no canto, diversos fragmentos de imagem apareceram e desapareceram diante dos seus olhos. Depois que o Exército japonês fosse rendido pelo Exército soviético, o jovem primeiro-tenente que antes trabalhara na área da contabilidade seria entregue aos chineses e condenado à forca por ter comandado esse massacre de chineses. O cabo morreria de peste em um campo de concentração na Sibéria, colocado de quarentena em uma cabana e abandonado à própria sorte. Na verdade, ele não estaria com a peste, só teria desmaiado de inanição — ao menos até ser posto de quarentena e abandonado em uma cabana com outros doentes. O veterinário com hematoma no rosto faleceria um ano depois, num acidente. Embora fosse civil, seria detido pelo Exército soviético junto com os soldados japoneses e enviado ao campo de concentração na Sibéria. Lá seria submetido a trabalho forçado em uma mina e, em um poço comprido, haveria uma inundação e ele morreria afogado junto com muitos outros soldados. Já eu... já eu... mas o jovem soldado não conseguiu ver seu futuro. Não era só o futuro que não conseguia ver: por alguma razão, nada do que estava acontecendo naquela hora, bem à sua frente, parecia real. Ele fechou os olhos e se limitou a prestar atenção no canto do pássaro de corda.

Em seguida, se lembrou sem mais nem menos do mar. Do mar que tinha visto a bordo do navio, quando viera do Japão à Manchúria. Tinha sido a primeira e a última vez que vira o mar. Fazia oito anos. Ele conseguia se lembrar do cheiro da brisa. O mar era uma das coisas mais incríveis que tinha visto em toda a sua vida. Era extenso, profundo. Superava todas as expectativas. Mudava de cor, forma e expressão, dependendo do horário, do tempo e do lugar. Despertava uma profunda tristeza em seu coração, mas, ao mesmo tempo, uma paz silenciosa. *Será que um dia voltarei a ver o mar?*, pensou o soldado.

Depois deixou cair o taco de beisebol que segurava e que, ao atingir o chão, produziu um som seco. Assim que o taco caiu, o soldado sentiu uma náusea um pouco mais forte.

O pássaro de corda continuava cantando. Mas ninguém mais, além do soldado, ouviu seu canto.

*

Assim terminava a "Crônica do Pássaro de Corda 8".

29.
O elo perdido de Canela

Assim terminava a "Crônica do Pássaro de Corda 8".

Eu cliquei em FECHAR, voltei para a tela anterior, selecionei a "Crônica do Pássaro de Corda 9" e cliquei. Queria ler a continuação. No entanto, o arquivo não abriu e a seguinte mensagem apareceu na tela:

O arquivo "Crônica do Pássaro de Corda 9" não pode ser acessado. Código R24.
Selecione outro documento.

Tentei selecionar o 10, mas apareceu a mesma mensagem.

O arquivo "Crônica do Pássaro de Corda 10" não pode ser acessado. Código R24.
Selecione outro documento.

Apareceu a mesma mensagem quando tentei selecionar o 11. Descobri que não conseguia acessar nenhum dos documentos. Não sabia o que era o "código R24", mas aparentemente o acesso a todos os demais documentos estava bloqueado por alguma razão ou lógica. No momento em que abri "Crônica do Pássaro de Corda 8", eu tinha acesso a todos os arquivos. Já agora, depois de abrir e fechar o 8, todas as portas estavam trancadas para mim. Ou talvez esse programa não permitisse o acesso seguido dos documentos.

Em frente à tela do computador, pensei um pouco no que poderia fazer. Nada. Estava diante do engenhoso e meticuloso mundo criado e mantido a partir da inteligência e da lógica de Canela. Eu não sabia as regras desse jogo. Então desisti e desliguei o computador.

* * *

Sem dúvida "Crônica do Pássaro de Corda 8" era uma história *narrada* por Canela, que deixou dezesseis arquivos com o título "Crônica do Pássaro de Corda" no computador. Por acaso eu tinha selecionado e lido a oitava crônica. Estimei mais ou menos a extensão do pedaço lido e multipliquei por dezesseis. Não seria uma história curta. Se fosse impressa, daria um livro bem grosso.

E o que o número 8 significava? A palavra "crônica" no título indicava que provavelmente as narrativas seguiam uma ordem cronológica. Os acontecimentos anteriores a 8 estariam narrados do 7 para baixo, e os posteriores, do 9 em diante. Era uma suposição natural. No entanto, quem podia garantir? As narrativas poderiam estar ordenadas em uma sequência completamente diferente. Ou poderiam seguir do presente para o passado. Em uma suposição mais ousada, talvez fossem várias versões de uma mesma história. Em todo caso, estava claro que o 8 que escolhi era a continuação da história que Noz-Moscada, mãe de Canela, tinha me contado a respeito do massacre dos animais do zoológico de Hsinking em agosto de 1945. A história se passava no mesmo zoológico, só que no dia seguinte. O personagem principal era o veterinário anônimo, pai de Noz-Moscada e avô de Canela.

Eu não tinha como julgar até onde a história era verídica. Tudo poderia ser fruto da imaginação de Canela, ou algumas partes poderiam ter acontecido de verdade, e outras, não. Noz-Moscada dissera que ninguém sabia do paradeiro do veterinário. Por isso, a história não deveria ser totalmente verdadeira. Ainda assim, alguns detalhes poderiam ser baseados em fatos que aconteceram. Em um período de caos como aquele, os alunos da academia militar do Estado da Manchúria poderiam ter sido executados e enterrados no zoológico de Hsinking, e o comandante japonês poderia ter sido executado depois do fim da guerra. Naquela época, não era algo raro a deserção e a rebelião dos soldados do Exército do Estado da Manchúria, e os chineses executados poderiam estar usando uniforme de beisebol — apesar de ser uma situação bastante inusitada. Canela poderia ter tomado conhecimento disso e criado *sua própria narrativa*, inserindo o avô na trama.

Mas, afinal, por que Canela teria criado essa história? Por que ela precisava ter o formato de uma *narrativa*? E por que as narrativas receberam o título de "crônicas"? Sentado no sofá da sala de ajustes, pensei em tudo aquilo, girando o lápis de cor nos dedos da mão.

Para saber a resposta, eu teria que ler todos os arquivos. Porém, só com a leitura da narrativa 8, pude ter uma vaga ideia do que Canela buscava. Devia estar imerso de corpo e alma em buscar a razão de sua existência, que com certeza ele procurava em uma época anterior ao seu nascimento.

Para isso, Canela precisou preencher algumas lacunas desconhecidas do seu passado, tentando completar o elo perdido através da criação de sua própria narrativa. Da história contada muitas e muitas vezes pela mãe, ele teceu novas e tentou recriar seu misterioso avô em um novo cenário. Canela tinha adotado o estilo básico da narrativa de sua mãe: *a realidade nem sempre era verdade, e a verdade nem sempre era realidade*. Provavelmente para Canela não era uma questão muito importante que parte da narrativa fosse verdadeira e outra parte não. O importante não era o que o seu avô *tinha feito*, mas o que *deveria ter feito*. E, quando Canela contava a narrativa de maneira eficaz, acabava descobrindo.

Tendo como palavra-chave o "Pássaro de Corda", a narrativa deveria continuar cronologicamente (ou em outra ordem) até a época atual. Mas não foi Canela que inventou o "Pássaro de Corda". Sua mãe, Noz-Moscada, tinha mencionado sem perceber o pássaro de corda em uma história que havia me contado no restaurante de Aoyama. Naquele momento, Noz-Moscada ainda não sabia que meu nome de guerra era justamente "Pássaro de Corda". Logo, a minha história e a deles estavam ligadas por uma coincidência.

Só que eu não tinha certeza disso. Talvez Noz-Moscada já soubesse, não sei por quais circunstâncias, que meu nome de guerra era "Pássaro de Corda". Ela tinha usado inconscientemente esse termo em uma das suas histórias (ou em uma história comum a mãe e filho). Talvez não fosse uma narrativa fixa e definitiva, talvez mudasse de forma o tempo todo, se enriquecendo e aceitando alterações, como na tradição oral.

Porém, coincidência ou não, o pássaro de corda tinha um papel de destaque na história de Canela. Seu canto, ouvido apenas por algumas pessoas, as conduzia para inevitáveis catástrofes. Nesse mundo do pássaro de corda, o livre-arbítrio não existia, como pressentira o veterinário durante toda a sua vida. As pessoas realizavam atos que não tinham desejado e seguiam direções que não haviam escolhido, como bonecos de corda postos em uma mesa. Quase todos que ouviram o canto do pássaro de corda se depararam com a ruína e a perdição. Muitos morreram. Caindo da mesa, como bonecos de corda.

Sem dúvida Canela estava monitorando minha conversa com Noboru Wataya. Ele também deveria ter monitorado minha conversa com Kumiko, alguns dias atrás. Com certeza ele não ignorava nada do que acontecia nesse computador. Ele esperou minha conversa com Noboru Wataya chegar ao fim e me mostrou suas "Crônica do Pássaro de Corda". Claro que não era um acaso nem algo impensado. Canela programou o computador para me mostrar *uma* das narrativas. Sugerindo, ao mesmo tempo, a possibilidade de existir um conjunto de narrativas bastante longo.

Eu me deitei no sofá e, na penumbra, olhei o teto da sala de ajustes. A noite era profunda e pesada, e tudo ao redor estava silencioso, a ponto de meu peito doer. O teto branco parecia uma espessa tampa de gelo que cobria a sala.

Havia alguns estranhos pontos em comum entre mim e o veterinário anônimo, o avô de Canela, algumas coincidências: o hematoma azul do rosto, o taco de beisebol, o canto do pássaro de corda. O primeiro-tenente da história de Canela me fazia lembrar o primeiro-tenente Mamiya. Naquela mesma época, o primeiro-tenente Mamiya também tinha trabalhado no quartel-general do Exército de Guangdong, em Hsinking. Porém, o primeiro-tenente Mamiya da vida real não era da área de contabilidade, e sim do setor que fazia mapas, e depois da guerra não foi condenado à forca (teve sua morte recusada pelo destino) e voltou ao Japão, perdendo uma das mãos em combate. Ainda assim, eu não conseguia me desfazer da impressão de que o comandante da execução no zoológico tinha sido, *na realidade*, o primeiro-tenente Mamiya. Pelo menos não era nada *estranho* pensar nessa hipótese.

Além disso, havia o taco de beisebol. Como Canela sabia que eu deixava o meu taco no fundo do poço, era possível que ele tivesse "invadido" posteriormente a história de Canela, assim como o termo "Pássaro de Corda". No entanto, mesmo se fosse esse o caso, restava ainda um elemento inexplicável: aquele homem que carregava o estojo de violão e que me atacou com o taco na entrada do prédio abandonado. Ele queimou sua mão com a chama de uma vela no palco de um bar de Sapporo, me atacou com o taco e depois foi atacado por mim com o mesmo taco. E no fim ele me *cedeu* o taco.

E por que eu tinha que ter no rosto um hematoma tão parecido com o do avô de Canela? Será que o hematoma do avô dele era fruto da "invasão" da minha vida naquela história? Será que o veterinário real não tinha o hematoma? Mas Noz-Moscada não precisava inventar um detalhe desses de seu pai. Aliás, Noz-Moscada me descobriu em Shinjuku justamente por causa do hematoma, que seu pai também tinha. Os fatos estavam entrelaçados de maneira confusa e complexa, como peças de um quebra-cabeça tridimensional. Um quebra-cabeça em que *a realidade nem sempre era verdade, e a verdade nem sempre era realidade.*

Eu me levantei do sofá e fui mais uma vez à salinha de Canela. Sentei-me à frente do computador e observei a tela, apoiando o rosto com a mão. *Talvez Canela estivesse ali.* Ali suas silenciosas palavras estavam vivas e respiravam, transformadas em histórias. Refletiam, buscavam, cresciam e amadureciam. No entanto, a tela continuou profundamente morta diante dos meus olhos, como a lua, e a raiz da existência de Canela permaneceu escondida em um bosque do labirinto. A tela quadrada e Canela, que deveria estar atrás, se recusavam a me dizer mais naquela noite.

30.
Não dá para confiar numa casa
Ponto de vista de May Kasahara — parte 6

Olá, Pássaro de Corda, tudo bem?

Na última carta, comentei que tinha falado quase tudo que tinha para falar, como se fosse a última carta, não foi? Só que eu refleti depois e comecei a achar que deveria continuar escrevendo para você mais um pouco. Então acordei outra vez no meio da noite, como uma barata, e resolvi escrever esta carta.

Não sei por que, mas ultimamente tenho pensando muito na família do sr. Miyawaki. Naquela pobre família que morava na casa vazia do beco e que, perseguida pelos credores, acabou se suicidando em algum lugar. Se bem que a filha mais velha não morreu e está desaparecida… Às vezes eu me lembro daquela família de repente, quando estou trabalhando, quando estou no refeitório, ou quando estou lendo livro e ouvindo música no quarto. Não digo que a lembrança daquela família me persegue e não me deixa em paz, mas que, sempre quando tenho um espaço livre na mente (na verdade, minha mente tem muito espaço livre), a lembrança daquela família se infiltra como fumaça por uma janela e permanece por um tempo, antes de ir embora. Isso vem acontecendo com frequência nas últimas duas semanas.

Sabe, nasci naquela casa que você conheceu. Sempre morei lá e, desde que me entendo por gente, observava a casa do sr. Miyawaki, do outro lado do beco. A janela do meu quarto dava bem de frente para ela. Ganhei meu próprio quarto quando entrei no primário e, na época, o sr. Miyawaki tinha acabado de construir aquela casa, onde morava com a família. Sempre havia movimentação na casa, em dias de sol o varal ficava cheio de roupas, as duas meninas brincavam com o grande pastor-alemão preto (estou tentando me lembrar do nome do cachorro, mas não consigo, de jeito nenhum), as luzes acalentadoras se acendiam nas janelas ao escurecer e se apagavam uma a uma, à medida que caía a noite. A filha mais velha fazia aulas de piano, e a mais nova, de violino (a mais velha era mais velha do que eu, e a mais nova era mais nova do que eu). Nos aniversários e no Natal, a família Miyawaki reunia muitos amigos e dava festas animadas. Acho que quem só conheceu aquela casa abandonada, quase em ruínas, não consegue imaginar que um dia foi um lar alegre.

Nos dias de folga, o sr. Miyawaki cuidava das plantas do jardim. Parecia gostar de limpar a calha, passear com o cão, encerar o carro, enfim, desses trabalhos manuais cansativos. Eu nunca vou entender como alguém pode gostar de coisas tão chatas como essas, mas cada um é livre para gostar do que quiser, e deve ser útil ter ao menos uma pessoa assim na família. Todos gostavam de esquiar e, no inverno, a família colocava os equipamentos de esqui no teto do carro grande e saía animada (eu não tenho nenhum interesse por esqui, mas isso não vem ao caso agora).

Enfim, parecia a típica família feliz que a gente vê por aí. Não só parecia, mas era *mesmo* a típica família feliz. Não havia nada estranho que chamasse atenção ou levantasse suspeitas.

Embora os vizinhos dissessem pelas costas "Eu não moraria num lugar amaldiçoado daqueles nem que ganhasse a casa", a família do sr. Miyawaki era feliz, como eu acabei de dizer, como em um belo porta-retratos. O pai, a mãe e as duas filhas levavam uma vida bastante alegre, como se vivessem a continuação de um conto de fadas que terminasse com a célebre frase: "E viveram felizes para sempre". Pelo menos parecia uma família dez vezes mais feliz do que a minha. As duas meninas que eu encontrava de vez em quando na rua eram bem simpáticas. Eu costumava pensar em como seria bom se eu tivesse irmãs como elas. O que estou querendo dizer é que era uma família feliz, que vivia sorrindo. Até o cão parecia sorrir junto.

Nunca imaginei que aquilo fosse acabar, interrompido de repente. Mas quando me dei conta todos eles (até o pastor alemão) tinham desaparecido, como se carregados por uma forte e brusca ventania, deixando para trás aquela casa. Durante um tempo, acho que uma semana, mais ou menos, ninguém da vizinhança percebeu o sumiço da família. Eu achava estranho, porque as luzes da casa não acendiam mesmo quando escurecia, mas imaginei que todos tivessem saído de viagem, já que gostavam de viajar. Depois de uns dias, minha mãe ouviu em algum lugar que a família do sr. Miyawaki tinha "se escafedido". Naquela época, não entendi direito o que essa expressão significava. Hoje, acho que é mais comum dizer que alguém "deu no pé".

Enfim, quer a família tenha dado no pé ou se escafedido, tive a impressão de que a casa mudou completamente de atmosfera depois da saída dos seus moradores, o que não deixava de ser curioso. Eu nunca tinha visto nenhuma casa vazia e não sei com o que se parece uma *casa vazia normal*. Achava que uma casa vazia tinha uma aparência lastimável, como a de um cão ou a de um casulo abandonado, mas a *casa vazia* dos Miyawaki era diferente. Ela não tinha uma aparência lastimável. Parecia carregada de indiferença, como se quisesse dizer: "Família Miyawaki? Quem são esses? Nunca ouvi falar". Pelo menos me passava essa impressão. Parecia um cão tonto, mal-agradecido. Assim que a família Miwayaki saiu, a casa se transformou apenas numa casa vazia, de repente, sem nenhuma relação com a felicidade dos antigos moradores. *Puxa, assim não vale*, pensei. Afinal, a casa também deve ter se divertido muito com os Miyawaki. Eles não só cuidavam bem da casa, como tinham construído ela. Não concorda? *Não dá para confiar numa casa*, pensei nessa hora.

E, como você sabe, Pássaro de Corda, desde então aquela casa ficou abandonada, coberta de cocô de pássaros, sem a presença de nenhum morador. Por anos a fio observei aquela casa abandonada da minha janela. Espiava enquanto estudava, ou melhor, enquanto *fingia* que estudava. Observava nos dias de sol, de chuva, de neve, e até nos dias de ventania. Como ela ficava bem na frente da minha janela, eu só precisava levantar um pouco os olhos para vê-la. O curioso é que eu não conseguia mais tirar os olhos dela. Costumava olhar a casa distraidamente por uns trinta minutos, apoiando o rosto com a mão. Como posso explicar, até um tempo atrás aquele lar estava preenchido de risos e de roupas brancas balançando ao vento como em um comercial de sabão em pó (eu não diria que chegava a ser anormal, mas a esposa do sr. Miyawaki gostava de lavar roupa mais do que a média). Mas num piscar de olhos tudo isso desapareceu, o quintal ficou coberto de ervas daninhas e ninguém mais se lembrava dos dias felizes da família Miyawaki. Para mim, isso pareceu estranho.

Só para esclarecer: eu não era muito próxima dos Miyawaki. Para falar a verdade, eu nunca conversei direito com nenhum deles. Quando a gente se encontrava na rua, se cumprimentava, mas era tudo. Porém, como eu olhava a casa deles todos os dias da minha janela, distraída ou compenetrada, parecia que a vida feliz daquelas pessoas tinha se tornado parte de mim, sabe? Como uma desconhecida que aparecesse no canto da foto de família. Às vezes, tenho a impressão de que eu também *me escafedi* naquela noite, que desapareci junto com eles. Como posso explicar... é uma sensação estranha... Achar que parte de mim fugiu e desapareceu junto com pessoas que eu nem conhecia direito.

E, por falar em sensações estranhas, vou contar outra. Essa é bem estranha mesmo, de verdade.

Bom, se prepare: ultimamente sinto às vezes que me tornei Kumiko. Que na verdade eu sou sua esposa, fugi de você por algum motivo e estou escondida aqui, trabalhando numa fábrica de perucas que fica nas montanhas. E por alguma razão estou usando o nome falso de May Kasahara, usando uma máscara e fingindo ser outra pessoa. E você continua à minha espera, naquele alpendre tristonho... Eu tenho essa sensação.

Pássaro de Corda, você às vezes tem devaneios? Sem querer me gabar, mas eu tenho muitos. Com frequência. Às vezes trabalho o dia inteiro completamente envolvida por nuvens de devaneio. Como a atividade é simples, não atrapalha o rendimento, mas às vezes as pessoas à minha volta me olham com cara feia. Talvez eu fale alguma bobagem sozinha. Devaneio é como menstruar: mesmo não querendo, quando é para vir, ele vem. Não dá para fechar a porta dizendo: "Desculpe, mas estou ocupada no momento. Venha outra hora". Que coisa! Enfim, espero que você não fique ofendido ao saber que às vezes eu me sinto como se fosse Kumiko. Não acontece porque eu quero.

* * *

Agora estou ficando com sono. Vou dormir como uma pedra por três ou quatro horas, sem pensar em nada, e acordar de manhã para trabalhar mais um dia. Vou fazer perucas junto com as outras meninas, como uma formiguinha, ouvindo músicas inofensivas. Não se preocupe comigo. Mesmo tendo muitos devaneios, estou conseguindo fazer as coisas sem muitos problemas. Estou rezando para que você também consiga fazer as coisas sem muitos problemas. Espero que Kumiko volte para casa e vocês possam levar uma vida feliz e tranquila, como antes.

Até logo.

31.
Nascimento de uma casa vazia, troca de montaria

Na manhã seguinte, Canela não apareceu nem às nove e meia nem às dez, o que nunca tinha acontecido. Desde que comecei meu "trabalho" neste lugar, o portão se abria todas as manhãs às nove em ponto, sem exceção, para o Mercedes reluzente. O meu dia só começava mesmo com essa entrada cotidiana e teatral de Canela. Eu havia me acostumado a essa rotina metódica, assim como as pessoas se acostumam à força gravitacional ou à pressão atmosférica. Havia nessa regularidade algo além de mecânico, uma espécie de calor que me tranquilizava e me animava. Por isso, a manhã sem Canela me pareceu uma paisagem medíocre que, embora bem pintada, carecia do essencial.

Desistindo de esperar, eu me afastei da janela e descasquei uma maçã. Foi o meu café da manhã. Em seguida, dei uma espiada na salinha de trabalho de Canela, imaginando que talvez houvesse uma mensagem no computador. Porém, a tela continuava morta. Sem opção, lavei a louça, passei aspirador de pó e lustrei as janelas, ouvindo uma fita de música barroca, como Canela costumava fazer. Para ocupar meu tempo, fiz cada tarefa com zelo e minúcia. Limpei até o filtro do exaustor. Mesmo assim o tempo cismava em passar bem devagar.

Às onze, como não me lembrei de mais nada para fazer, me deitei no sofá da sala de ajustes e resolvi me entregar ao fluxo moroso do tempo. *Canela deve ter se atrasado um pouco por algum motivo, só isso,* tentei me convencer. Talvez o carro tivesse apresentado problemas. Talvez Canela estivesse preso em um engarrafamento indescritível. Só que era impossível. Eu apostaria todo meu dinheiro. O carro não apresentaria problemas e, desde o começo, Canela levaria em consideração a possibilidade de congestionamento. Se por ventura tivesse sofrido algum acidente, me avisaria usando o telefone do carro. Se ele não veio, *tinha decidido não vir.*

Antes da uma, tentei ligar para o estúdio de Noz-Moscada, em Akasaka, mas ninguém atendeu. Tentei ligar mais tarde, várias vezes, sem sucesso. Então tentei ligar para o escritório de Ushikawa. Porém, em vez da chamada normal, fui surpreendido por uma mensagem informando que o número estava fora de uso. Que estranho! Há dois dias eu tinha ligado para o mesmo número e falado com Ushikawa. Por fim, desisti e voltei à sala de ajustes. Aparentemente nessas últimas quarenta e oito horas as pessoas tinham combinado de não atender as minhas ligações.

Voltei à janela e, da fresta da cortina, olhei para fora. Dois animados passarinhos de inverno pousaram no galho e olharam à sua volta, cheios de curiosidade. De repente alçaram voo, como se tivessem se desapontado com tudo o que viram. Não houve mais nenhum movimento. Parecia que eu estava numa casa recém-construída e vazia.

*

Durante cinco dias, não fui nenhuma vez à "mansão". Por algum motivo, eu já não tinha mais vontade de descer ao fundo do poço. Não sabia ao certo por quê. Noboru Wataya tinha razão, eu estava prestes a perder aquele terreno. Se as "clientes" não aparecessem mais, eu conseguiria manter aquela casa por, no máximo, dois meses. Por isso, deveria aproveitar o poço com a maior frequência possível, enquanto ainda tinha acesso a ele. De repente, me senti sufocado, como se estivesse em um lugar equivocado e antinatural.

Em vez de ir à "mansão", saí de casa e perambulei sem rumo. À tarde, fui a Shinjuku, tomei a saída oeste da estação, caminhei até a praça, me sentei no banco de sempre e apenas esperei o tempo passar. Noz-Moscada não apareceu. Tentei fazer uma visita ao estúdio em Akasaka. Apertei o interfone em frente à porta de vidro e observei a câmera de segurança. No entanto, por mais que eu esperasse, ninguém destravou a porta para mim. Foi então que desisti. Provavelmente Noz-Moscada e Canela resolveram romper relações comigo. Aqueles estranhos personagens, mãe e filho, decidiram abandonar o navio que estava prestes a afundar e se refugiaram em algum lugar seguro. Esse fato me deixou inesperadamente triste.

Era como se eu tivesse sido traído pela minha própria família, no último momento.

No quinto dia, depois da hora do almoço, fui ao café do Pacific Hotel, em frente à estação de Shinagawa. Era o mesmo lugar onde tinha me encontrado com Malta Kanô e Noboru Wataya, no verão anterior. Eu não guardava boas lembranças daquele encontro nem tinha gostado especialmente do café. No entanto, na estação de Shinjuku, quase de maneira inconsciente, peguei o trem da linha Yamanote e desci em Shinagawa, sem motivo nem razão. Entrei no hotel atravessando o viaduto, me sentei perto da janela, pedi uma cerveja pequena e almocei, ainda que já fosse um pouco tarde. Fiquei observando distraidamente as pessoas que atravessavam o viaduto, como quem observa longos números sem sentido.

Quando voltava do banheiro, notei um chapéu vermelho no fundo do salão lotado. A cor era idêntica à do chapéu de vinil que Malta Kanô sempre usava. Caminhei até a mesa onde estava o chapéu, como se atraído por ele. Mas ao me aproximar vi que era outra pessoa, uma estrangeira mais nova e mais alta do que Malta Kanô. O chapéu não era de vinil, e sim de couro. Paguei a conta e saí do café.

De casaco curto azul-escuro, caminhei por um bom tempo com as mãos no bolso. Usava um gorro de lã da mesma cor do casaco e óculos bem escuros, para disfarçar o hematoma do rosto. A animação típica de dezembro reinava nas ruas do centro da cidade, e o shopping em frente à estação estava lotado de pessoas bem agasalhadas fazendo compras. Era uma tarde tranquila de inverno. Tive a impressão de que a luz estava mais vívida, e os vários sons estavam mais curtos e nítidos do que o normal.

Quando esperava o trem na estação de Shinagawa, avistei Ushikawa. Ele estava praticamente na minha frente, do outro lado da plataforma, na linha Yamanote. Como sempre, ele usava uma roupa estranha e uma gravata chamativa, e lia uma revista compenetrado, inclinando a cabeça disforme e careca. Consegui perceber sua presença no meio da multidão de passageiros da estação de Shinagawa porque ele claramente era *diferente* das pessoas ao redor. Até então, eu só tinha visto Ushikawa na cozinha da minha casa. Sempre tarde da noite e a sós. Nessas ocasiões Ushikawa parecia bastante irreal. Porém, mesmo no mundo exterior, mesmo em plena luz do dia, mesmo no meio de um grande número de pessoas, Ushikawa parecia irreal e estranho, como das outras vezes, e se destacava dos demais, como se pairasse à sua volta uma atmosfera de anormalidade que nunca se misturava à paisagem real.

Desci a escadaria no meio da multidão, trombando nas pessoas e ouvindo xingamentos. Subi correndo a escadaria da plataforma onde Ushikawa deveria estar e procurei por ele. Só que eu já não sabia mais em que altura ele estava. A estação era grande, a plataforma era comprida e havia gente demais. Até que o trem chegou e, quando as portas dos vagões se abriram, uma infinidade de pessoas foi expelida para em seguida outra infinidade ser engolida. Antes que tivesse tempo de encontrar Ushikawa, soou o sinal de partida. Resolvi entrar correndo nesse trem que ia no sentido de Yûrakuchô e andar de vagão em vagão para procurar Ushikawa. Acabei encontrando-o perto da porta do segundo vagão. Ele estava lendo uma revista, de pé. Fiquei parado à sua frente, enquanto tentava controlar a respiração, mas ele pareceu nem me notar.

— Sr. Ushikawa — chamei.

Ele levantou o rosto da revista e me encarou, como se visse algo reluzente pelas espessas lentes dos óculos. Vendo Ushikawa de perto e à luz do dia, tive a impressão de que ele parecia bem mais cansado. A fadiga vazava de todos os poros de sua pele como suor oleoso que escorria. Os olhos estavam turvos e opacos, como água enlameada, e os poucos tufos de cabelo que restavam acima das orelhas pareciam ervas daninhas que despontavam entre telhas de uma casa abandonada. Os dentes que apareciam entre os lábios levantados eram mais sujos e mais tortos do que eu imaginava. O casaco estava muito enrugado, como sempre. Parecia que ele tinha acabado de acordar depois de um cochilo no canto de algum depósito. Provavelmente não era intencional, mas nos ombros havia um pó que lembrava serragem, como para reforçar minha impressão. Tirei o gorro de lã e os óculos escuros, guardando-os no bolso do casaco.

— Olá, sr. Okada — disse em voz seca Ushikawa, se empertigando, arrumando os óculos e dando uma tossidela, como se tentasse
organizar as coisas que estavam espalhadas. — Ora, ora... que lugar
estranho para nos encontrarmos. Se o senhor está aqui, então significa
que... hoje não foi *para lá*?

Balancei a cabeça em silêncio.

— Entendi — disse ele, que não perguntou mais nada.

Sua voz não apresentava a tensão habitual. Ele falava mais devagar
do que o normal, e sua eloquência característica também tinha sumido.
Seria por causa do horário? Será que ele não tinha sua marcante energia
sob a claridade do dia? Ou será que ele estava realmente exausto e
esgotado? Estávamos frente a frente e, como eu era mais alto, precisava
abaixar o rosto. Aquela cabeça disforme era ainda mais evidente na
claridade, vista de cima. Parecia uma fruta de um pomar que seria
jogada fora porque se desenvolveu muito e ficou deformada. Imaginei
aquela cabeça sendo partida com apenas uma tacada. Imaginei o crânio
partido ao meio, como uma fruta madura. Não queria imaginar, mas
a cena se infiltrou em minha mente e foi se expandindo com tanta
nitidez que não conseguia mais impedir.

— Sr. Ushikawa, gostaria de dar uma palavrinha a sós com o
senhor. Que tal descermos do trem e conversarmos em um lugar
mais sossegado?

Ushikawa fez uma leve careta, hesitando. E conferiu seu relógio
de pulso, levantando o braço curto e grosso.

— Bom... Eu adoraria conversar com calma com o senhor...
De verdade. Mas é que estou indo a um lugar... a um compromisso
inadiável. Então, será que não poderia ser em outra ocasião? O que
me diz?

Eu balancei a cabeça em movimentos curtos.

— Não vai demorar — disse eu, encarando seus olhos. — Não
vou tomar muito tempo do senhor. Sei bem como é uma pessoa
ocupada, sr. Ushikawa. Mas sinto que, para nós, não haverá *outra
ocasião*, como o senhor propôs. Não é verdade?

Ushikawa assentiu de leve com a cabeça, como se tentasse se convencer de alguma coisa, enrolou a revista e a enfiou no bolso do casaco.
Fez uns cálculos mentais por uns trinta segundos, antes de decidir:

— Tudo bem. Entendi. Vamos descer na próxima estação e conversar por trinta minutos, tomando café. Vou dar um jeito no meu compromisso inadiável. Deve ter algum propósito esse nosso encontro.

Nós descemos na estação de Tamachi e entramos no primeiro café que avistamos.

— Devo confessar que eu não pretendia mais me encontrar com o senhor, sr. Okada — começou Ushikawa, quando chegou a xícara de café. — Afinal, muitas coisas já acabaram.

— Acabaram?

— Pois é, eu parei de trabalhar para o dr. Wataya quatro dias atrás. Pedi as contas. Já estava pensando em sair desse emprego há muito tempo.

Tirei o gorro e o casaco, e os coloquei na cadeira ao meu lado. Embora estivesse quente dentro do café, Ushikawa permaneceu de casaco.

— Por isso ninguém atendeu quando liguei no escritório do senhor? — perguntei

— Sim. Cancelei a linha e fechei o escritório. Se é para sair, o melhor é sair quanto antes. Não queria ficar enrolando. Enfim, agora sou um homem livre, sem patrão. Vendo o copo meio cheio, sou um autônomo, vendo o copo meio vazio, um desempregado — disse ele, sorrindo.

No entanto, era um sorriso superficial, como sempre. Seus olhos não sorriam nem um pouco. Ele adicionou creme e uma colherzinha de açúcar e mexeu o café.

— Imagino que queira saber da sra. Kumiko, não é, sr. Okada? — perguntou Ushikawa. — Onde ela está, o que anda fazendo. Acertei?

Assenti com a cabeça, mas falei:

— Só que antes gostaria de saber por que o senhor pediu as contas de repente e parou de trabalhar para Noboru Wataya.

— O senhor quer mesmo saber?

— Quero.

Ushikawa tomou um gole de café e fez uma careta. Em seguida, me encarou.

— Ah, é? Bem, se quer mesmo saber, é claro que posso contar. Mas não é nenhuma história interessante. Na verdade, desde o começo eu não tinha a menor intenção de continuar por muito tempo no mesmo barco que o dr. Wataya. Como já contei ao senhor, quando o dr. Wataya se candidatou ao cargo político, ele herdou toda a base do tio, com os móveis e tudo, incluindo eu. Para mim, a transferência em si não foi ruim. Sendo objetivo, o dr. Wataya era bem mais promissor do que o tio, que já estava em fim de carreira. Eu achava que, se desse tudo certo, o dr. Wataya seria um político bastante influente.

"Só que por alguma razão eu não consegui pensar em acompanhar o doutor até o fim. Esse negócio de lealdade, sabe?, não consegui sentir em relação ao doutor. O senhor pode não acreditar, mas até eu tenho um pouco de lealdade. O tio do dr. Wataya me batia, me chutava, me tratava como um lixo, como um nada. Na comparação, o dr. Wataya é bem mais gentil. Mas o mundo é curioso, sr. Okada: eu seria capaz de servir ao tio sem reclamar, até o fim, mas não consegui servir ao dr. Wataya. E o senhor sabe por quê?"

Balancei a cabeça.

— No fim das contas, acho que não consegui continuar trabalhando com o doutor porque, no fundo, nós dois somos parecidos — explicou Ushikawa, pegando um cigarro do bolso e acendendo com fósforo. Ele deu uma longa e demorada tragada. — É claro, somos completamente diferentes na questão da aparência, do nível social e da inteligência. A diferença nesses aspectos é tão gritante que a comparação chega a ser uma ofensa para ele, mesmo que de brincadeira. Agora, veja bem, se ele tirar a máscara, somos bem parecidos. Percebi isso logo da primeira vez que me encontrei com ele, como se um guarda-chuva fosse aberto num dia de sol. Ora, ora, esse homem aparenta ser um intelectual de berço, mas é um impostor, um mau-caráter.

"Não estou querendo dizer que é ruim ser um impostor, sr. Okada. O mundo político é como uma alquimia. Vi diversos casos em que ambições vis e imorais produziram resultados esplêndidos. Vi também muitos casos contrários, em que pessoas justas e de caráter nobre produziram resultados imprestáveis. Não estou fazendo juízo de valor e dizendo que um é melhor do que o outro. No mundo político, o importante não é a teoria, e sim o resultado, que é tudo. Talvez não devesse falar algo assim, mas o doutor, o sr. Noboru Wataya, me pareceu um sujeitinho deplorável, do mais alto nível. Diante dele, minha maldade pareceu bem pequenina, eu parecia um macaquinho. *Nunca vou conseguir superar ele*, pensei. Gente da mesma laia percebe essas coisas logo de cara. Desculpe a vulgaridade do exemplo, mas é como o tamanho do pênis. Quando é grande, é bem grande. O senhor entende, não é?

"Sabe qual tipo de ódio é o pior, sr. Okada? É aquele que sentimos por alguém que conseguiu obter com facilidade, quase sem esforço, o que sonhamos mas não conseguimos. É o que sentimos quando ficamos chupando o dedo e olhando alguém que consegue entrar, só mostrando o rostinho bonito, em um mundo em que você jamais vai entrar, nem em sonhos. Quanto mais perto essa pessoa estiver, maior será o ódio. É a esse tipo de ódio que me refiro. No meu caso, o doutor Wataya representava essa pessoa. Ele provavelmente ficaria surpreso se me ouvisse falar assim. O senhor já sentiu esse tipo de ódio por alguém?"

Já odiei Noboru Wataya, mas não era um ódio como esse descrito por Ushikawa. Balancei a cabeça negativamente.

— Então, vamos falar da sra. Kumiko. Um belo dia o doutor me chamou e me incumbiu da honrosa missão de cuidar dela. Ele não explicou os detalhes, só disse que era sua irmã mais nova, que tinha resolvido se separar do marido e que estava morando sozinha. Disse também que ela tinha problemas de saúde. Durante um tempo, fiz o que ele me mandou de modo meramente profissional. Pagar o aluguel do apartamento, arrumar uma empregada, essas coisas insignificantes. Eu estava ocupado e não me interessei muito pela sra. Kumiko no começo. Só falei algumas vezes com ela por telefone, para resolver assuntos práticos. Além do mais, ela era bem quieta e parecia *trancafiada no canto do quarto, em silêncio.*

Ao chegar a este ponto, Ushikawa fez uma pausa, tomou um gole de água e conferiu o relógio. Depois acendeu outro cigarro, com cuidado.

— Mas a história não parou aí, porque o senhor entrou em cena, de repente. Por causa da tal casa dos enforcados. Quando saiu aquela matéria na revista, o dr. Wataya me chamou, disse que estava preocupado e me pediu para fazer uma pesquisa para saber se havia algum laço entre o senhor e a casa. O doutor sabia muito bem que eu era ótimo nesse tipo de investigação, que eu era a pessoa mais indicada. Então comecei a investigar com todas as forças. O senhor sabe o resultado dessa investigação, sr. Okada. Mas para mim foi uma grande surpresa. Eu suspeitava que havia algum envolvimento político por trás, mas nunca imaginei que fosse algo tão grande. Posso ofender o senhor falando desse jeito, mas eu achava que estava atrás de peixe pequeno e, quando me dei conta, fisguei um peixe graúdo. Mas não contei sobre isso ao dr. Wataya.

— E, com essa informação em mãos, o senhor conseguiu trocar de montaria — arrisquei.

Ushikawa expeliu a fumaça para o alto e me encarou. Nos seus olhos pairava um leve sinal de satisfação que não havia antes.

— O senhor tem ótima intuição, sr. Okada. Resumindo, foi exatamente isso que aconteceu. Eu pensei: Bom, Ushikawa, se quer mudar de patrão, a hora é agora. Vou ficar desempregado por um tempo, mas meu próximo trabalho já está mais ou menos decidido. Só que antes vou tirar umas férias. Eu também queria descansar um pouco, e sair de um emprego e começar outro logo em seguida não pegaria bem.

Ushikawa tirou um lenço de papel do bolso do casaco e assoou o nariz. Em seguida, amassou o lenço e o enfiou no bolso outra vez.

— E Kumiko?

— Ah, sim, estávamos falando dela — disse Ushikawa, como se tivesse lembrado. — Na verdade, nunca me encontrei pessoalmente com ela. Nunca tive essa honra. Só falei com ela por telefone. Não é só comigo, ela não se encontra com ninguém. Não sei nem se o doutor chega a se encontrar com ela. É um mistério. Mas acho que ela não se encontra com mais ninguém. Nem a empregada consegue se encontrar direito com ela. Ouvi isso da boca da própria empregada. A sra. Kumiko se comunica com ela por bilhetes, escrevendo a lista de compras e outros pedidos. Quando a empregada vai ao apartamento, a sra. Kumiko quase não abre a boca e se esquiva o tempo todo. Eu também já fui ao prédio para dar uma olhada. Ela deveria estar no apartamento, mas ele parecia vazio, não parecia habitado. Estava bem silencioso. Perguntei aos outros moradores do prédio, e eles disseram que nunca viram a sra. Kumiko. É esse tipo de vida que ela leva. Há mais de um ano. Para ser exato, há um ano e cinco meses. Ela deve ter um motivo muito sério para não querer sair de casa.

— Mesmo que eu pergunte onde ela está, o senhor não vai me falar, não é?

Ushikawa balançou a cabeça devagar, de um lado para o outro, em movimentos teatrais.

— Sinto muito, mas não posso. O nosso mundo é bem pequeno, e eu tenho que preservar minha credibilidade.

— O senhor faz ideia do que aconteceu com Kumiko?

Ushikawa pareceu hesitar um pouco. Fiquei observando seus olhos, sem dizer nada. Tive a sensação de que o tempo corria mais devagar ao meu redor. Ushikawa assoou o nariz de novo, fazendo um barulho alto. Em seguida, fez menção de se levantar da cadeira, mas logo se sentou. E soltou um suspiro.

— Veja bem, o que vou falar não passa de suposição. Pelo que pude sentir, aquela família Wataya tem um problema complicado bem antigo. Eu não conheço os detalhes. A sra. Kumiko deve ter sentido ou tomado conhecimento desse problema e tentou sair de casa. Foi nessa época que ela e o senhor se conheceram, se apaixonaram, se casaram e resolveram viver felizes para sempre. Seria bom se a história tivesse esse final, mas não foi bem isso que aconteceu. Por algum motivo, o dr. Wataya não queria perder a sra. Kumiko. E então? Isso faz algum sentido para o senhor?

— Um pouco — respondi.

— Então, vou continuar minha suposição sem fundamento. O doutor tentou trazer a sra. Kumiko para o território dele, arrancando ela das mãos do senhor, à força. Talvez na época em que a sra. Kumiko avisou que se casaria, ele não ligasse muito. Mas com o tempo ele começou a sentir a falta dela e percebeu quanto precisava dela. Então decidiu que iria recuperá-la, dedicou esforços e alcançou seu objetivo. Não sei que métodos ele usou para conseguir isso. Mas, durante esse processo, alguma coisa de dentro da sra. Kumiko *acabou estragando*, é o que imagino. Acho que uma espécie de pilar que a sustentava acabou ruindo em algum lugar. Como eu disse, não passa de uma suposição minha, sem nenhum fundamento.

Eu permaneci calado. A garçonete se aproximou, encheu os copos com água e retirou a xícara de café vazia. Nesse meio-tempo, Ushikawa ficou fumando e olhando a parede.

Encarei Ushikawa.

— O senhor está sugerindo que entre Noboru Wataya e Kumiko existe uma espécie de relação sexual?

— Não, não é isso que estou sugerindo. — Ushikawa balançou o cigarro aceso algumas vezes. — Não estou fazendo esse tipo de insinuação. Não faço a *menor ideia* do que aconteceu, do que está acontecendo entre os dois. Não consigo nem imaginar. Só acho que tem alguma coisa distorcida. O doutor já foi casado, mas ouvi dizer que entre ele e a ex-esposa não havia nada parecido com uma relação sexual normal. Claro, é só um boato.

Ushikawa tentou pegar a xícara de café, mas desistiu e tomou um gole de água. E passou a mão na barriga.

— Sabe, meu estômago não está bem ultimamente. Nada bem. Está doendo. É hereditário. Todos da minha família têm problema de estômago. É o tal do DNA. Na minha família a gente só herda o que não presta: a calvície, as cáries, os problemas gástricos, a miopia. É como se pagássemos pelas previsões de um vidente e só ouvíssemos maldições. Assim não dá. Não procurei um médico ainda porque tenho medo do que ele vai diagnosticar.

"Bom, talvez não seja da minha conta, mas acho que não vai ser tão fácil o senhor recuperar a sra. Kumiko das mãos do dr. Wataya. Para começar, atualmente ela não quer voltar para o senhor. Além disso, talvez ela não seja mais aquela mulher que o senhor conheceu. Talvez ela tenha mudado um pouco. Sem querer ofender, mas, mesmo que o senhor consiga encontrar e recuperar a sra. Kumiko, acho que não vai ser capaz de controlar a situação que isso vai acarretar. É o que penso. Nesse caso, seria melhor nem tentar. Talvez por isso ela não queira voltar para o senhor."

Permaneci calado.

— Bom, aconteceu uma série de coisas, mas foi muito divertido ter conhecido o senhor, que acho uma pessoa bastante curiosa. Se um dia eu fosse escrever uma autobiografia, dedicaria um capítulo inteiro só para o senhor, mas infelizmente acho que isso nunca vai acontecer. Então, que tal pararmos por aqui, sem guardar ressentimentos, e colocarmos um ponto final ao encontro?

Como se estivesse exausto, Ushikawa se apoiou no encosto da cadeira e balançou a cabeça algumas vezes.

— Acho que falei demais. Desculpe, mas será que o senhor poderia pagar a conta? Afinal, estou desempregado... Ah, é, o senhor também está. Enfim, desejo boa sorte para o senhor. Vou ficar torcendo por sua felicidade. Quando se lembrar, torça pela minha também.

Ushikawa se levantou, virou as costas para mim e saiu do café.

32.
O rabo de Malta Kanô,
Boris, o Esfolador

No sonho (naturalmente eu não sabia que era sonho), eu tomava chá de frente para Malta Kanô. Estávamos em um salão retangular tão amplo e comprido que mal dava para ver as extremidades, e acho que havia mais de quinhentas mesas quadradas dispostas de maneira alinhada. Nossa mesa estava mais ou menos no centro do salão e, além de nós, não havia mais ninguém no local. O teto era alto como o de um templo, com inúmeras pilastras grossas, por onde, em vários pontos, pendia algo que lembrava uma planta em um vaso. Embora parecessem perucas, olhando de perto dava para notar que eram escalpos humanos. Percebi isso pelo sangue escuro na parte interna. Os escalpos recém-arrancados deviam ter sido pendurados nas vigas para secar. Fiquei aflito, pois gotas de sangue podiam cair no chá que estávamos tomando, antes de coagular. Eu conseguia ouvir o som das gotas caindo aqui e ali, como goteiras de chuva. PLOC, PLOC. O barulho ecoava alto no salão amplo e vazio, mas o sangue dos escalpos que estavam sobre nossa cabeça parecia seco e não pingava.

O chá estava fervilhando, e havia três torrões de um açúcar verde-berrante ao lado da colherzinha, sobre o pires. Malta Kanô pôs dois torrões no seu chá, misturando devagar. No entanto, por mais que misturasse, o açúcar não derretia. Um cachorro surgiu e se sentou no chão, perto da nossa mesa. Ao olhar para ele, percebi que tinha o rosto de Ushikawa. Era um animal preto e corpulento, só com a cabeça de Ushikawa, coberta de pelos pretos, curtos e grossos, como o resto do corpo.

— Ora, ora, o senhor por aqui, sr. Okada? — disse o cachorro Ushikawa. — Olhe para mim: agora minha cabeça está coberta de pelos. Assim que me tornei um cão, pelos começaram a crescer de repente. Não é incrível? As bolas lá de baixo também ficaram bem maiores, e nem tenho mais dor de estômago. Não preciso mais de óculos, nem de roupas. Existe coisa melhor? Sabe, por que não me dei conta disso antes? Eu podia ter me tornado um cão há muito tempo. Também não gostaria de ser um cão, sr. Okada?

Malta Kanô pegou o último torrão de açúcar verde e jogou com toda a força no rosto do cão. O torrão bateu na testa de Ushikawa fazendo barulho e tingindo seu rosto de sangue preto. Parecia uma tinta bem escura. No entanto, aparentemente Ushikawa não sentiu dor, pois levantou o rabo com um sorriso irônico e se afastou sem dizer nada. De fato, seus testículos eram enormes, fora do normal.

Malta Kanô usava um trench coat. A gola estava bem fechada, abotoada na frente, mas eu sabia que ela estava sem nada por baixo, pois podia sentir um leve perfume de sua pele nua. E é claro que ela estava usando o chapéu vermelho de vinil. Peguei a xícara e tomei um gole de chá, mas ele não tinha gosto. Só estava quente.

— Que bom que o senhor veio — disse Malta Kanô, como se estivesse realmente aliviada. Fazia muito tempo que eu não ouvia sua voz, que agora me parecia um pouco mais alegre. — Tentei ligar para sua casa diversas vezes nesses últimos dias, mas o senhor não atendia. Eu estava muito preocupada, achando que algo ruim poderia ter acontecido. Que bom que o senhor está bem. Agora que ouvi sua voz, fico mais tranquila. Bom, me desculpe por ter ficado tanto tempo sem dar notícias. Se eu for explicar em detalhes o que aconteceu comigo, vai levar muito tempo. Como estamos no telefone, acho melhor fazer um resumo: acabei de voltar de uma longa viagem. Regressei na semana passada. Alô, sr. Okada... está me ouvindo?

— Alô — disse eu, me dando conta de que estava com o fone encostado no ouvido.

Malta Kanô estava na minha frente, também segurando o fone, mas sua voz parecia distante, como em uma ligação internacional de baixa qualidade.

— Eu saí do Japão e fui para a ilha de Malta, no Mediterrâneo, pois sentia que era preciso voltar lá e ficar mais uma vez perto daquela água. "Chegou a hora", pensei. Senti isso logo depois de ter falado com o senhor por telefone da última vez. Liguei para o senhor porque não estava conseguindo falar com Creta, lembra? Para ser sincera, não pretendia ficar longe do Japão por tanto tempo assim. Pensava em voltar em umas duas semanas, por isso não avisei o senhor. Não avisei quase ninguém. Para o senhor ter uma ideia, embarquei no avião praticamente só com a roupa do corpo. Mas, quando cheguei à ilha, não consegui mais sair de lá. Já esteve na ilha de Malta, sr. Okada?

Respondi que não. Eu me lembrava de ter tido uma conversa quase idêntica com ela há uns anos.

— Alô? — insistiu Malta Kanô.

— Alô — respondi.

Eu tinha algo a dizer a Malta Kanô, pensei. Mas não conseguia lembrar o que era. Depois de fazer um esforço, enfim lembrei. Ajeitei o fone na mão e disse:

— Ah, sim, queria contar uma coisa para a senhora. O gato voltou.

Malta Kanô ficou em silêncio por uns quatro ou cinco segundos.

— O gato voltou?

— Pois é. Como nos conhecemos por causa do gato, achei melhor avisar.

— Quando ele voltou?

— No início desta primavera. Desde então está em casa.

— O senhor não notou alguma diferença? Não percebeu alguma mudança na aparência dele?

Alguma mudança?

— Já que tocou no assunto, tive a impressão de que o formato do rabo estava um pouco diferente... — respondi. — Quando ele voltou e fui fazer carinho, me pareceu por um instante que a ponta do rabo não estava mais tão curvada. Talvez seja só impressão, já que ele desapareceu por quase um ano.

— Tem certeza de que é o mesmo gato?

— Sim, absoluta. Como ele está com a gente há muito tempo, eu perceberia se não fosse o mesmo.

— Entendo — disse Malta Kanô. — Bom, lamento informar que, na realidade, o verdadeiro rabo do gato está aqui.

Ao fim dessa frase, Malta Kanô pôs o fone sobre a mesa e tirou o casaco. Como imaginei, ela estava sem nada por baixo e ficou nua, embora permanecesse com o chapéu de vinil. Seus seios eram mais ou menos do mesmo tamanho dos de Creta Kanô, e os pelos pubianos também eram parecidos. Em seguida, ela se virou e ficou de costas para mim. Realmente havia um rabo de gato na região traseira. Ele era bem maior do que o real, proporcional ao tamanho de Malta, mas o formato era semelhante ao do rabo do Bonito, com a ponta um pouco curvada. Olhando melhor, aquela ponta curvada me pareceu mais verossímil e mais convincente do que a do próprio gato.

— Veja bem, sr. Okada, esse é o verdadeiro rabo do gato que sumiu. O rabo de agora é postiço. Claro, os dois rabos são parecidos mas, se prestar atenção, o senhor vai perceber a diferença.

Quando tentei tocar o rabo, Malta Kanô o balançou e fugiu. Ainda nua, saltou sobre uma das mesas. Neste momento, uma gota de sangue do teto caiu na minha mão estendida. O sangue tinha um tom vermelho vívido, igual ao do chapéu de vinil de Malta Kanô.

— Sr. Okada, o filho de Creta Kanô se chama Córsega — disse de cima da mesa Malta Kanô, balançando o rabo sem parar.

— Córsega? — repeti.

— Como dizem, nenhum homem é uma ilha — alfinetou o cão preto Ushikawa, em tom de sarcasmo.

Filho de Creta Kanô?

Foi então que acordei, todo suado.

Fazia tempo que eu não tinha um sonho tão vívido, tão longo e tão estruturado. E também fazia tempo que não tinha um sonho tão esquisito. Mesmo depois de acordar, meu coração continuou batendo com força. Tomei um banho quente e vesti um pijama limpo. Passava da uma da manhã, mas eu não estava com sono. Para me acalmar, peguei uma garrafa velha de conhaque no armário da cozinha, servi um copo e bebi.

Em seguida, fui ao quarto para olhar o gato. Bonito dormia profundamente, enrolado no edredom, que levantei para pegar seu rabo e examinar com cuidado. Com a ponta dos dedos, verifiquei a curvatura, tentando me lembrar de como era antes. O gato se esticou, como se estivesse incomodado, mas logo voltou a dormir como pedra. Eu não tinha certeza se o rabo de Bonito era o mesmo da época em que eu o chamava de Noboru Wataya. De qualquer maneira, o rabo de Malta Kanô era bem mais realista do que o do gato, pensei, me lembrando com nitidez da cor e do formato do rabo no sonho.

O filho de Creta Kanô se chama Córsega, dissera Malta Kanô no sonho.

No dia seguinte, não fui para muito longe. De manhã, passei no supermercado perto da estação, comprei comida, voltei e preparei o almoço. Para o gato, trouxe uma grande sardinha fresca. Depois do almoço, fui nadar na piscina pública, o que não fazia há muito tempo. Talvez por ser final de ano, a piscina não estava muito lotada. Da caixa de som saía uma música natalina, e nas paredes havia um grande enfeite de Natal.

Nadei devagar até que, depois de percorrer mil metros, comecei a sentir cãibras nas pernas e resolvi sair.

Ao voltar para casa, encontrei um volumoso envelope na caixa de correspondência, algo raro. Não precisei nem virar para saber o remetente. Só uma pessoa me escreveria com caracteres tão magníficos, em pincel: o primeiro-tenente Mamiya. Como sempre, o primeiro-tenente Mamiya usava uma linguagem bastante polida e cordial. Até me sentia um pouco estranho lendo um texto tão formal.

*

Sinto muito por não ter dado notícias durante tanto tempo. Preciso contar ao menos esta história para o senhor. Embora eu sempre pensasse em começar, por diversos motivos não conseguia reunir forças para me sentar à mesa, pegar o pincel e escrever a carta. Eis que então mais um ano está chegando ao fim. Como já estou em idade avançada e corro o risco de morrer a qualquer momento, não posso postergar para sempre. Talvez esta carta fique mais longa do que o previsto, e espero que não seja um incômodo ao senhor.

No verão do ano passado, quando fui entregar a lembrança do sr. Honda, contei a longa história de quando atravessamos a fronteira entre a Manchúria e a Mongólia. No entanto, para ser franco, aquela história não havia terminado. Ainda tinha, por assim dizer, uma continuação. Por alguns motivos, não contei tudo naquele momento. Primeiro, porque a história ficaria longa demais e, como talvez se lembre, naquele dia eu precisava resolver um assunto urgente e não tinha muito tempo. Mas também porque eu ainda não estava preparado para contar tudo, com sinceridade, sem esconder nada, a outra pessoa.

Porém, depois que nos despedimos, comecei a pensar que deveria ter contado tudo, sem esconder nada, até o verdadeiro final, deixando de lado o assunto urgente que precisava resolver.

No dia 13 de agosto de 1945, na intensa batalha ocorrida no subúrbio de Hailar, fui atingido por uma metralhadora e, quando caí, a lagarta de um tanque de guerra T34 do Exército soviético passou por cima da minha mão esquerda, esmagando-a. Inconsciente, fui levado para o hospital militar soviético em Chita, submetido a uma cirurgia e escapei da morte, por pouco. Como já contei ao senhor, nessa época eu fazia parte do departamento de geografia militar especializado em mapeamento, em Hsinking, e estava decidido que nosso setor evacuaria imediatamente caso a União Soviética invadisse a Manchúria. No entanto, esperando morrer, me candidatei para participar de uma missão suicida na unidade de Hailar, perto da fronteira, e atravessei as linhas inimigas com granadas na mão. Porém, como o sr. Honda havia profetizado na margem do rio Khalkh, eu não morreria tão cedo. Em vez de perder a vida, só perdi uma mão. Provavelmente todos os soldados da unidade que eu comandava morreram naquela batalha. Estávamos apenas seguindo ordens, mas foi um ato suicida inútil. As granadas que usávamos eram completamente inofensivas diante dos grandes tanques T34.

O Exército soviético resolveu me dar assistência porque enquanto delirava eu falava em russo. Foi a explicação que me deram depois. Como já contei ao senhor, eu tinha uma noção básica de russo quando fui à Manchúria. Enquanto eu trabalhava no Estado-Maior em Hsinking, como não havia muito serviço, comecei a estudar mais a fundo o idioma e, na fase final da guerra, eu já estava bem fluente. Na cidade de Hsinking moravam muitos russos de origem europeia e havia muitas garçonetes russas nos bares, de modo que não faltava gente com quem praticar. Por isso, acabava delirando em russo.

Desde o começo, o Exército soviético tinha planos para, depois de ocupar a Manchúria, enviar os prisioneiros de guerra do Exército japonês para trabalhos forçados na Sibéria. Eles queriam fazer com os japoneses o que fizeram com os soldados alemães após o fim da guerra no front europeu. A União Soviética havia saído vitoriosa, mas, por conta da longa duração da guerra, passava por uma severa crise econômica. Além disso, a falta de mão de obra em vários locais representava um grave problema. Então, uma das suas prioridades era garantir a mão de obra por meio de prisioneiros de guerra. Para isso, precisavam de muitos intérpretes, que também eram escassos. Então, ao perceberem que eu falava russo, me enviaram para o hospital em Chita e salvaram minha vida. Se eu não tivesse delirado em russo, provavelmente teria sido abandonado no lugar onde havia caído e morrido em pouco tempo. E teria sido enterrado às margens do rio Khalkh, sem nenhuma lápide. O destino é realmente bastante curioso.

Depois fui submetido a um rigoroso interrogatório e passei por uma formação ideológica que durou vários meses, antes de ser enviado como intérprete para uma mina na Sibéria. Vou omitir os detalhes dessa fase. Quando era universitário, havia lido às escondidas alguns livros de Marx. Até concordava com a filosofia comunista em modos gerais, mas já tinha visto coisas demais para me empolgar com ela. Como meu setor fazia contato com o setor de inteligência do Estado--Maior, eu tinha conhecimento das tiranias sangrentas praticadas por Stálin e pelo seu ditador-fantoche na Mongólia. Por trás da revolução, dezenas de milhares de monges lamaístas, proletários e oponentes haviam sido enviados para campos de concentração ou mortos sem piedade. O mesmo que fizeram dentro da União Soviética. Ainda que eu acreditasse na ideologia comunista propriamente dita, não conseguia mais acreditar nas pessoas e nas organizações que praticavam essa doutrina. Aliás, diria o mesmo sobre o que nós, japoneses, fizemos na Manchúria. Creio que o senhor não faça nem ideia de quantos trabalhadores chineses foram assassinados durante a construção do forte de Hailar para manter o projeto em segredo.

Além disso, eu tinha visto com meus próprios olhos aquela cena brutal em que o oficial japonês foi esfolado vivo pelo mongol a mando do oficial, eu tinha sido obrigado a me lançar em um poço fundo na

Mongólia e havia perdido completamente a razão de viver em meio àquela luz estranha. Como é que uma pessoa como eu seria capaz de acreditar em doutrinas ou na política?

Como intérprete, fui encarregado de fazer a mediação entre os soviéticos e os soldados japoneses que trabalhavam como prisioneiros de guerra na mina. Não sei como eram os outros campos de concentração da Sibéria, mas, nessa mina, pessoas morriam todos os dias. Não faltavam motivos: desnutrição, fadiga pelo trabalho pesado, desmoronamentos e inundações, doenças infecciosas que se alastravam pela falta de higiene das instalações, o intenso e inimaginável frio, os atos de violência praticados pelos carcereiros, algumas pequenas resistências e repressões severas. Havia também tortura e morte praticadas entre os próprios japoneses. Surgiam ódios pessoais, todos desconfiavam uns dos outros, havia medo, desespero.

Quando o número de trabalhadores diminuía em consequência das mortes, novos prisioneiros chegavam, aos montes, de trem. Em roupas esfarrapadas, aqueles homens eram pele e osso, e cerca de vinte por cento morriam nas primeiras semanas, pois não suportavam o trabalho pesado na mina. Os cadáveres eram jogados em uma galeria abandonada. Mesmo que quiséssemos construir uma vala, o chão estava congelado a maior parte do ano, e era impossível cavá-lo com a pá. As galerias abandonadas eram perfeitas para se livrar dos cadáveres: profundas, escuras e sem exalar mau cheiro por causa do frio. De vez em quando, jogávamos um pouco de cal do alto. Assim que uma galeria ficava cheia, jogávamos terra e pedregulhos para cobri-la e passávamos para a seguinte.

Às vezes, pessoas vivas também eram jogadas nas galerias abandonadas, para servir de exemplo. Quando algum soldado japonês se rebelava, os carcereiros soviéticos se juntavam para espancá-lo e, depois de quebrarem seus braços e suas pernas, jogavam o insurgente no abismo escuro. Até hoje consigo me lembrar do grito desesperado desses soldados japoneses. Era o próprio inferno.

Por ser considerada estratégica, a mina era controlada por um oficial enviado pelo comitê central do Partido Comunista, e o Exército era encarregado de sua rígida segurança. O oficial que coordenava a mina era da mesma região de Stálin. Jovem, ambicioso, cruel e rígido, seu único objetivo era aumentar a produção. A vida dos trabalhadores não lhe interessava nem um pouco. Se a produção aumentava, o comitê central reconhecia que era um local excelente e dava prioridade na alocação de novos trabalhadores, como prêmio. Por isso, por mais que aumentasse o número de mortes, a reposição era incessante. Para otimizar a produção, eram perfuradas perigosas galerias que normalmente ninguém ousaria explorar, uma atrás da outra. Naturalmente o número de acidentes se elevava, mas ninguém se importava com isso.

A crueldade não vinha apenas do alto escalão: quase todos os carcereiros já tinham cumprido pena, eram homens sem instrução, assustadoramente vingativos e cruéis, sem quase nenhuma compaixão nem respeito para com os outros. Até parecia que a longa permanência no frio intenso da Sibéria, que era o fim do mundo, transformara todos em animais, sobrepujando a parte humana. Eles foram enviados para a prisão na Sibéria por algum crime e, ao fim da pena de muitos anos, não tendo mais família nem para onde voltar, haviam decidido permanecer na Sibéria, se casar e ter filhos.

Não eram só soldados japoneses que paravam na mina. Havia muitos presos russos também, em sua maioria criminosos políticos e ex-oficiais, que provavelmente tinham sido vítimas do expurgo de Stálin. Muitos eram refinados e pareciam instruídos. Havia também mulheres e crianças, porém em menor número. Deviam ser familiares de criminosos políticos. As presas eram obrigadas a cozinhar, fazer a faxina e lavar roupas. As jovens eram obrigadas a se prostituir. Além de russos, chegavam de trem poloneses, húngaros e estrangeiros de pele mais escura (imagino que fossem armênios e curdos). Havia três distritos residenciais: o maior, destinado aos prisioneiros de guerra japoneses; o seguinte, para prisioneiros de guerra de outras nacionalidades e presos comuns; e o terceiro, destinado a pessoas livres. Nesse último, moravam mineiros profissionais, oficiais e carcereiros da unidade de segurança, seus familiares e cidadãos russos comuns. Perto da estação havia um grande posto militar. Os prisioneiros de guerra e os presos comuns eram proibidos de sair de seu distrito. Uma grossa cerca de arame farpado separava os distritos, e soldados com metralhadora faziam ronda.

Porém, como eu era intérprete, tinha liberdade para circular entre os distritos, bastando apresentar o salvo-conduto, e diariamente visitava o escritório central da mina. Perto desse escritório central havia a estação de trem e, em frente, uma pequena vila com alguns bares, lojas precárias que vendiam artigos do dia a dia e estalagens para os funcionários públicos e oficiais de alto escalão enviados do comitê central. Na praça, onde havia um bebedouro para cavalos, uma grande bandeira vermelha da Federação Soviética tremulava ao vento. Sob essa bandeira ficava um carro blindado, mas os jovens soldados, armados até os dentes, estavam sempre com fisionomia de tédio, apoiados tranquilamente em suas metralhadoras. Mais adiante havia um hospital militar recém-construído e, na entrada, uma grande estátua de Joseph Stálin, como em muitos outros lugares.

Voltei a me encontrar com aquele homem na primavera de 1947, se não me engano no início de maio, quando a neve tinha enfim derretido. Eu já trabalhava na mina havia um ano e meio. O homem usava o uniforme dos presos russos e fazia a reforma da estação, ao lado de outros dez presos. Eles quebravam as pedras com uma marreta e pavimentavam o corredor. O som da marreta batendo nas pedras ecoava. Eu tinha ido entregar o relatório no escritório central que controlava a mina e, na volta, passei em frente à estação. O supervisor da obra me chamou e pediu para ver meu salvo-conduto, que tirei do bolso e apresentei. Esse sargento corpulento observou o documento com cara desconfiada por um tempo, mas era evidente que não sabia ler. Ele chamou um dos presos que trabalhavam e pediu para ler em voz alta o que estava escrito no documento. Diferentemente dos demais presos, ele parecia bastante instruído. Era *aquele homem*. Quando vi seu rosto, fiquei pálido e comecei a sufocar. Mal conseguia respirar, como se estivesse me afogando.

Era o mesmo oficial russo que havia mandado o mongol esfolar Yamamoto na margem do rio Khalkh. Ele estava esquelético, careca e sem um dos dentes da frente. Em vez da farda militar impecável, usava o encardido uniforme de preso e, em vez das botas reluzentes, calçava sapatos de tecido furados. As lentes dos seus óculos estavam sujas e riscadas, e as hastes tortas. Mas, sem sombra de dúvida, era aquele oficial. Eu não estava enganado. Ele também me encarou e deve ter estranhado, porque eu fiquei paralisado, perplexo. Assim como ele, eu estava mais magro e mais envelhecido, na comparação com o que era nove anos atrás. Tinha até alguns fios brancos na cabeça. Depois de um momento, ele também pareceu ter se lembrado de mim. Uma estupefação surgiu em seu rosto: ele deveria estar certo de que eu tinha morrido no fundo do poço na Mongólia. Eu também, nem em sonhos, imaginava que pudesse reencontrar aquele oficial vestindo uniforme de preso numa vila mineira da Sibéria.

Mas ele logo disfarçou o espanto e, com voz tranquila, leu o que estava escrito no meu salvo-conduto para o sargento analfabeto, que tinha uma metralhadora a tiracolo. Falou meu nome, informou que eu era intérprete e estava autorizado a circular pelos distritos. O sargento me devolveu o salvo-conduto e disse, levantando o queixo, que eu podia ir. Depois de seguir alguns passos, me virei. Aquele homem também olhava para mim. Até parecia que havia um leve sorriso no seu rosto, mas talvez fosse apenas impressão. Durante um tempo, não consegui caminhar direito, pois minhas pernas tremiam. O medo que senti no fundo do poço veio à tona em um instante.

Imaginei que aquele homem devia ter perdido sua patente por algum motivo e sido enviado para a Sibéria como preso. A queda brusca de quadros não era nada raro na União Soviética naquela época. Havia uma disputa interna feroz no governo, no partido e no Exército, e a desconfiança doentia de Stálin agravava a situação. Os quadros que perdiam poder eram imediatamente executados ou enviados para campos de concentração, depois de serem submetidos a um julgamento sumário. Só Deus sabia qual das opções era melhor. Mesmo escapando da pena de morte, o condenado teria que fazer trabalho escravo em condições insalubres até morrer. Nós, prisioneiros de guerra japoneses, ao menos tínhamos a esperança de retornar à nossa terra natal um dia, caso conseguíssemos sobreviver. Já os presos russos não tinham quase nenhuma esperança. Aquele homem também deveria apodrecer em vão na Sibéria.

Mas uma coisa me incomodava: o homem agora sabia meu nome e meu paradeiro. E, antes de a União Soviética entrar na guerra, eu havia participado, mesmo sem saber, da operação secreta na Mongólia, junto com Yamamoto. Eu atravessara o rio Khalkh e atuara como espião em território mongol. Se ele revelasse isso a alguém, eu poderia ficar em apuros. No entanto, ele não me delatou, e mais tarde descobri que já nessa época ele tinha um plano secreto muito maior.

Uma semana depois, voltei a vê-lo em frente à estação. Ele usava o mesmo uniforme de preso, todo encardido, estava com os pés acorrentados e quebrava pedras com a marreta. Ele colocou a marreta no chão e se virou para mim, empertigado, assim como na época em que usava farda militar. Trocamos olhares. Dessa vez, havia um sorriso incontestável no seu rosto. Era bem sutil, mas estava ali, sem dúvida. Um sorriso que ocultava uma crueldade de dar calafrios. Seus olhos eram os mesmos de quando assistia a Yamamoto ser esfolado. Passei por ele sem falar nada.

No quartel-general do Exército soviético, havia apenas um oficial com quem eu conseguia ter uma conversa amistosa. Nós dois regulávamos de idade e tínhamos estudado geografia (no caso dele, na Universidade de Leningrado). Ele também gostava de fazer mapas e costumávamos passar o tempo juntos, discutindo assuntos técnicos de mapeamento, quando havia oportunidade. Ele tinha interesse pessoal pelos mapas estratégicos da Manchúria elaborados pelo Exército de Guangdong. É claro que não podíamos falar sobre esses temas quando o superior dele estava por perto. Porém, quando estávamos a sós, tínhamos conversas despretensiosas entre especialistas. Quando surgia uma oportunidade, ele me trazia comida e chegou até a me mostrar a foto de sua esposa e de seus filhos, que ficaram em Kiev. Ele foi o único russo por quem consegui ter um pouco de simpatia enquanto fui mantido na Sibéria pelo Exército soviético.

Em certa ocasião, como se não quisesse nada, perguntei a ele sobre o grupo de presos que trabalhava na estação. Perguntei se havia lá um homem que não parecia um preso comum, que poderia ter sido alguém que já ocupara um posto importante. Descrevi em detalhes a aparência do homem em questão. Nikolai, o oficial russo com quem eu conversava, respondeu com uma fisionomia séria:

— Ah, é *Boris, o Esfolador*. Mas é melhor você não se interessar muito por ele, para seu próprio bem.

Eu perguntei por que, mas Nikolai não quis entrar em detalhes. Depois de muita insistência de minha parte, ele acabou contando por que o *Boris, o Esfolador*, havia sido enviado para essa mina.

— Não conte a ninguém que eu falei para você — pediu Nikolai. — Esse homem é muito perigoso, mesmo. Também não quero ter nenhum envolvimento com ele.

Vou resumir a história que Nikolai me contou. Boris, o Esfolador, na verdade se chamava Boris Gromov e, como eu imaginava, tinha sido da polícia secreta do Ministério do Interior. Quando Choibalsan tomou o poder na Mongólia e se tornou o primeiro-ministro, em 1938, Boris foi enviado a Ulan Bator como conselheiro militar, onde ajudou a formar a polícia secreta mongol nos moldes da polícia secreta soviética comandada por Beria, mostrando grande astúcia em reprimir os contrarrevolucionários. Esse pessoal da polícia secreta caçava, jogava nos campos de concentração e torturava os suspeitos. Todos que fossem minimamente suspeitos, com um pouco de margem de dúvida, eram aniquilados.

Depois que a Batalha de Nomonhan chegou ao fim e a crise na região leste foi evitada provisoriamente, o comitê central chamou Boris de volta. Logo em seguida, ele foi enviado para o leste da Polônia, ocupada pela União Soviética, onde executou o expurgo do antigo Exército polonês. Foi nessa época que ele passou a ser conhecido como *Boris, o Esfolador*, pois ordenava que seu subordinado mongol torturasse as vítimas tirando sua pele. Naturalmente, os poloneses morriam de medo de Boris. As pessoas que presenciavam a cena de alguém sendo esfolado vivo confessavam tudo o que sabiam. Quando o Exército alemão invadiu a fronteira de surpresa, declarando guerra entre a Alemanha e a União Soviética, Boris foi enviado a Moscou. Muitos dos que estavam na antiga Polônia foram presos, executados ou mandados para campos de concentração, sob a suspeita de colaboração com Hitler. Nessa ocasião, Boris se tornou conhecido como braço direito de Beria, praticando a sua especialidade: a tortura. Para reafirmar sua hegemonia, Stálin e Beria tinham que encobrir a própria responsabilidade por não ter previsto a invasão nazista. Ocorreram muitas mortes sem sentido durante as cruéis sessões de tortura. Não sei se é verdade, mas dizem que, nesse episódio, Boris e seu subordinado mongol esfolaram no mínimo cinco pessoas. Correm boatos de que ele exibia com orgulho as peles em sua sala.

Boris era cruel, mas ao mesmo tempo meticuloso e cauteloso. Por isso, tinha conseguido sobreviver a diversas intrigas e inúmeros expurgos. Beria o tratava como um filho. No entanto, certa vez, talvez por ter se descuidado, Boris passou dos limites e cometeu um erro fatal. Ele prendeu, interrogou e acabou matando um comandante de uma divisão blindada, sob a suspeita de ter se comunicado secretamente com a unidade da ss alemã durante a batalha na Ucrânia. Mandou enfiar ferro quente em várias partes do corpo do "interrogado": na orelha, nas narinas, no ânus, no pênis, em todos os orifícios. Acontece que esse oficial morto era sobrinho de um quadro de alto escalão do Partido Comunista e, depois de uma investigação rigorosa do Estado-Maior do Exército Vermelho, foi descoberto que era inocente. Claro que o tio ficou enfurecido, e o Exército Vermelho teve que tomar providências pelo erro cometido. Nem Beria conseguiu proteger Boris dessa vez. Ele perdeu sua patente, foi submetido a julgamento e condenado à morte, ao lado de seu subordinado mongol. A polícia secreta, porém, fez de tudo para conseguir reduzir a pena de Boris (o mongol foi enforcado), que foi então enviado ao campo de concentração na Sibéria para realizar trabalhos forçados. Parece que Beria chegou a lhe enviar uma mensagem secreta prometendo que usaria sua influência sobre o Exército Vermelho e o Partido Comunista e lhe devolveria sua patente se ele conseguisse sobreviver por um ano. Pelo menos foi o que Nikolai me contou.

— Veja bem, Mamiya — falou Nikolai, em voz baixa. — Todos aqui acreditam que Boris vai voltar para o comitê central e que Beria com certeza vai tirá-lo daqui em breve. Como esse campo é controlado pelo comitê central do Partido Comunista e pelo Exército Vermelho, Beria não pode se intrometer com facilidade. Mas não podemos ficar tranquilos: o vento pode mudar de direção a qualquer hora. Se o tratarmos mal agora, sem dúvida sofreremos a pior das retaliações quando a situação mudar. Existem muitos idiotas no mundo, mas ninguém é tão idiota a ponto de assinar a própria sentença de morte. Por isso, Boris é tratado com cuidado aqui, como um hóspede. E, como não dá para deixá-lo morar em um hotel com criados, deixam ele realizar trabalhos leves, acorrentado, para manter as aparências. Mas na realidade ele tem um quarto individual e recebe bebida e cigarro à vontade. Na minha opinião, ele é como uma cobra venenosa. Mantê-lo vivo não traz benefício para a nação nem para ninguém. Alguém deveria tomar coragem e cortar a garganta dele enquanto estivesse dormindo.

Certa feita, quando eu estava caminhando perto da estação, aquele sargento corpulento de outro dia me chamou de novo. Tentei tirar o salvo-conduto do bolso para apresentar, mas ele balançou a cabeça e não aceitou. Em vez disso, ordenou que eu fosse imediatamente à sala do chefe da estação. Segui sua ordem sem saber o que estava acontecendo e, em vez do chefe da estação, encontrei Boris Gromov, vestindo o uniforme de preso. Ele tomava chá sentado à mesa do chefe. Fiquei paralisado na porta. Boris já não tinha mais os grilhões nos pés e fez um sinal para que eu entrasse.

— Olá, oficial Mamiya, quanto tempo! — disse ele, bem-humorado, sorrindo.

Ele me ofereceu um cigarro, mas eu recusei, balançando a cabeça. Ele então enfiou um cigarro na boca e riscou o fósforo.

— Já faz nove anos, não é? Ou seriam oito? De qualquer maneira, fico feliz que você esteja vivo e com saúde. É muito bom reencontrar um velho amigo. Principalmente depois de uma guerra cruel como a que vivenciamos, não concorda? A propósito, como você conseguiu sair daquele maldito poço?

Permaneci com a boca firmemente fechada.

— Bom, vamos deixar isso de lado. O que importa é que você conseguiu sair de lá, são e salvo. Perdeu uma das mãos em algum lugar e aprendeu a falar russo com fluência. Que maravilha! Perder uma das mãos não é nada. O importante é estar vivo.

— Não estou vivo por escolha — respondi.

Ao ouvir minha resposta, Boris riu alto.

— Tenente Mamiya, você é muito curioso. Um homem que nem queria estar vivo, mas sobreviveu até agora. Que coisa mais estranha. Mas você não vai me enganar tão fácil assim. Ninguém conseguiria sair daquele poço fundo, atravessar o rio e voltar à Manchúria sozinho. Mas não se preocupe: não vou contar isso a ninguém.

"A propósito, infelizmente perdi minha patente e estou aqui como um simples preso, como você pode ver. Mas não pretendo ficar para sempre quebrando pedras com marreta num fim de mundo como este. Ainda mantenho uma incontestável influência no comitê central, e *aqui também* estou conquistando força a cada dia que passa, usando meu poder. Vou abrir meu coração para você: quero manter uma boa relação com vocês, prisioneiros japoneses. Afinal, os resultados dessa mina dependem da mão de obra de vocês, que são bastante esforçados. Na minha opinião, não podemos decidir as coisas ignorando a força da mão de obra dos japoneses. Por isso, tenho um plano e gostaria de pedir sua ajuda. Você fazia parte da agência de inteligência do Exército de Guangdong e é um homem corajoso. Sem contar que é fluente em russo. Se você concordar em fazer a mediação, posso oferecer vantagens, na medida do possível, a você e aos seus companheiros. Não é uma má proposta."

— Eu nunca fui nem pretendo ser espião — respondi, com clareza.

— Não estou pedindo para você ser espião — objetou Boris, tentando me convencer. — Não quero que você me interprete mal. Veja bem, quero oferecer vantagens para vocês, na medida do possível. Estou me propondo a manter uma boa relação com vocês. E, se possível, gostaria que você fosse nosso mediador. Veja bem, eu consigo expulsar aquele desgraçado do oficial georgiano do politburo. Não é mentira. Imagino que vocês odeiem aquele sujeitinho a ponto de desejar que ele morra, não? Depois de expulsá-lo, posso fazer com que vocês, japoneses, consigam autonomia parcial, então vocês poderão criar um comitê para gerenciar a própria organização de maneira autônoma. Nesse caso, não precisariam mais se sujeitar aos maus-tratos sem sentido dos carcereiros. Não era isso que vocês sempre desejaram?

Boris tinha razão. Há muito tempo fazíamos essa solicitação às autoridades competentes, mas o pedido sempre era categoricamente recusado.

— E o que você vai exigir em troca? — perguntei.

— Nada de mais — respondeu ele, sorrindo e abrindo os braços.

— Eu só quero estabelecer uma relação amistosa e estreita com vocês. Para exterminar alguns *tovariches* com quem tenho desavenças, preciso da colaboração de vocês, japoneses. E, como temos alguns interesses em comum, estou propondo uma união de forças. Fazer o tal do *give and take*, como dizem os americanos. Se vocês colaborarem comigo, não vão se dar mal. Não pretendo passar vocês para trás. E sei muito bem que não tenho o direito de pedir que você goste de mim, afinal, dividimos uma lembrança infeliz do passado. Mas, apesar de não parecer, sou uma pessoa que não trai a confiança dos outros. Uma vez que prometo uma coisa, cumpro. Por isso, vamos esquecer o passado.

"Vou precisar de uma resposta clara de vocês dentro de alguns dias. Acho que vale a pena tentar, já que vocês não têm nada a perder, certo? Veja bem: eu quero que você transmita essa proposta só para pessoas de confiança. É fundamental manter segredo. Entre vocês há alguns informantes que colaboram com o oficial do politburo, e eles não podem saber da proposta de jeito nenhum. Se souberem, vamos ter problemas, afinal, minha força aqui ainda não é suficiente."

Eu voltei ao campo de concentração e, em segredo, transmiti a proposta a um dos japoneses, um tenente-coronel astuto e destemido. Ele havia sido comandante de uma unidade que continuou lutando no forte das cordilheiras de Khingan, sem se render mesmo após o término da guerra. Era um líder oficioso entre os prisioneiros japoneses, e até os russos tinham certa consideração por ele. Expliquei a ele que Boris tinha sido oficial de alto escalão da polícia secreta, mas omiti o que ele tinha feito com Yamamoto, na margem do rio Khalkh. Depois de ouvir a proposta, o tenente-coronel se interessou pela possibilidade de expulsar o atual oficial do politburo e conquistar a autonomia dos prisioneiros japoneses. Insisti que Boris era cruel e perigoso, que era perito em artimanhas e que não era uma pessoa confiável.

— Talvez você tenha razão. Mas, como ele mesmo disse, não temos nada a perder — afirmou o tenente-coronel.

Eu não tinha argumentos para retrucar. Aparentemente, a situação dos japoneses não podia piorar mais, seja lá qual fosse a consequência da negociação com Boris. No entanto, como foi comprovado mais tarde, eu estava redondamente enganado: no inferno o poço nunca tem fundo.

Alguns dias depois, consegui arranjar um encontro secreto entre o tenente-coronel e Boris, longe da vista de todos, e estive presente como intérprete. Depois de trinta minutos de conversa, eles firmaram acordo e apertaram as mãos. Não sei os detalhes do que aconteceu depois, pois eles evitaram contato direto para não chamar atenção, e parece que trocaram diversas mensagens codificadas. Por isso, não precisei mais servir de intérprete para eles. O tenente-coronel e Boris mantiverem tudo em segredo, o que foi uma alegria para mim. Se pudesse, preferia nunca mais ter contato com Boris. Claro que isso seria impossível.

Após cerca de um mês, o oficial georgiano do politburo foi expulso do cargo sob instruções do comitê central, exatamente como Boris havia prometido, e ao fim de quarenta e oito horas chegou um novo oficial de Moscou. Dois dias depois, três prisioneiros japoneses foram assassinados por estrangulamento numa mesma noite. Foram encontrados de manhã, pendurados em uma corda amarrada na viga do teto, para simular suicídio, mas não havia dúvida de que foram vítimas de violência praticada pelos próprios companheiros japoneses. Eles deveriam ser os informantes a que Boris se referira. Ninguém foi investigado nem punido por esse incidente. Nessa época, Boris já concentrava praticamente todo o poder dentro do campo de concentração.

33.
O taco que desapareceu,
La gazza ladra que voltou

Vesti um suéter e um casaco, enfiei o gorro de lã bem fundo na cabeça, pulei o muro dos fundos e saí no beco silencioso e deserto. Ainda faltava um tempo para a alvorada, e as pessoas continuavam dormindo. Caminhei pelo beco sem fazer barulho e fui até a "mansão".

O interior da casa estava exatamente como eu tinha deixado seis dias atrás. A louça continuava na pia da cozinha. Não havia nenhum bilhete nem mensagem alguma na secretária eletrônica. O monitor do computador da sala de Canela continuava desligado e frio. O ar-condicionado mantinha a temperatura interna estável, como de hábito. Tirei o casaco e as luvas, fervi água para preparar chá preto e tomei uma xícara. Como café da manhã, comi alguns biscoitos com queijo e, em seguida, lavei a louça e guardei tudo no armário. Deu nove horas, mas Canela não apareceu.

Fui até o quintal, abri a tampa do poço e olhei para o fundo, inclinando o corpo para a frente. Dentro havia a mesma escuridão densa de sempre. Eu já conhecia aquele poço como se fosse uma extensão do meu próprio corpo. As trevas, o cheiro e o silêncio já faziam parte de mim. De certa maneira, conhecia o poço melhor e mais intimamente do que conhecia Kumiko. Claro que eu ainda me lembrava bem de Kumiko. Ao fechar os olhos, conseguia me lembrar da sua voz, do seu rosto, do seu corpo e dos seus gestos. Afinal, haviam sido seis anos debaixo do mesmo teto. Ainda assim, eu sentia que não me lembrava com nitidez de alguns detalhes. Ou talvez não tivesse tanta certeza de que minha lembrança estava certa, do mesmo modo como não me lembrava direito de como era a curva do rabo do gato que tinha voltado.

Eu me sentei na mureta do poço, coloquei as mãos no bolso do casaco e olhei à volta. Tinha a impressão de que a qualquer momento começaria a cair uma chuva gelada ou a nevar. Não ventava, mas o ar estava bem frio. Em bando, pássaros pequenos cruzaram o céu, formando desenhos complexos, como pictografias codificadas, e depois partiram vigorosamente para algum lugar. Em seguida, ouvi um som abafado de turbina de avião, mas não consegui vê-lo entre as espessas nuvens. Em um dia nublado como aquele, eu podia passar um longo período no fundo do poço, sem correr o risco de ofuscar meus olhos por causa da luz do sol ao retornar à superfície.

No entanto, permaneci sentado no mesmo lugar, sem fazer nada de especial. Não tinha pressa. A manhã estava começando, e faltava muito para o meio-dia. Sentado na mureta do poço, me entreguei às diversas lembranças que me vinham à mente. Para onde teria ido a estátua de pássaro que ficava aqui antes? Será que estaria no quintal de outra casa, confiando no impulso perpétuo e vão de alçar voo? Ou será que tinha sido jogada no lixo quando a casa da família Miyawaki foi demolida no verão passado? Senti saudades daquela estátua. Parecia que, sem ela, o quintal havia perdido seu equilíbrio sutil.

Depois das onze, quando não tinha nenhuma lembrança em mente, resolvi descer ao fundo do poço. Fui pela escada e, quando desci o último degrau, respirei fundo, como costumava fazer, para verificar o ar do ambiente. Ele continuava igual. Cheirava um pouco a mofo, mas não faltava oxigênio. Em seguida, às apalpadelas, procurei o taco de beisebol que deveria estar encostado na parede. **Só que o taco não estava em nenhum lugar**. Ele havia sumido, sem deixar rastros.

Com as costas na parede, me sentei no fundo do poço.

Suspirei algumas vezes, vagos e errantes suspiros, como um vento que sopra a bel-prazer em vale árido e sem nome. Quando me cansei de suspirar, passei as mãos nas bochechas. Quem teria levado meu taco? Canela? Só podia ter sido ele. Ninguém mais sabia que havia um taco aqui, e ninguém mais desceria aqui, no fundo do poço. Por que Canela tinha que sumir com meu taco? Balancei a cabeça em vão, nas trevas, sem compreender. Mas aquilo era apenas *uma* entre as muitas coisas que eu não conseguia entender.

Bom, hoje tenho que tentar sem o taco, pensei. Não tem jeito. O taco era só uma espécie de talismã. *Tudo bem, não tem problema fazer sem ele.* No começo, eu havia conseguido chegar até aquele quarto mesmo sem o taco. Tentei me convencer disso e puxei a corda suspensa para fechar a tampa do poço. Depois cruzei as mãos sobre o colo e fechei os olhos, no meio da profunda e silenciosa escuridão.

No entanto, não consegui me concentrar com facilidade como das outras vezes. Diversos pensamentos se infiltraram sorrateiramente na minha mente, atrapalhando minha concentração. Para expulsá-los, tentei pensar na piscina pública coberta de vinte e cinco metros, onde eu costumava nadar. Tentei me imaginar dando várias braçadas, nadando devagar e silenciosamente, sem me deter nem me preocupar com a velocidade. Eu tirava o cotovelo da água e em seguida mergulhava a mão, começando pela ponta dos dedos, também sem fazer barulho e sem espirrar água à toa. Como se respirasse debaixo da piscina, eu sorvia a água na boca e a expelia devagar. Depois de nadar um pouco, sentia que meu corpo fluía naturalmente dentro da água, como se carregado por um vento suave. Só ouvia a minha respiração regular. Eu flutuava no vento como um pássaro voando no céu, e contemplava em silêncio a paisagem lá embaixo. Via as cidades ao longe, as pessoas pequeninas e a correnteza do rio. Aos poucos, fui sendo envolvido por um sentimento de tranquilidade, que beirava o êxtase. Nadar era uma das coisas mais incríveis que tinha acontecido na minha vida. Nadar não resolvia nenhum dos meus problemas, mas também não me criava outros. Nada estragava a alegria que *nadar* me proporcionava.

Percebi que estava ouvindo algo no meio da escuridão.

Quando me dei conta, ouvi um zumbido monótono e baixinho que lembrava o bater das asas de algum inseto. Mas era um som mais artificial e mecânico. Sua frequência mudava sutilmente, ora subindo, ora baixando, como ao sintonizar uma emissora de ondas curtas. Prendi a respiração e me concentrei para descobrir de onde vinha o barulho. Aparentemente vinha de um ponto no meio das trevas, mas ao mesmo tempo parecia estar vindo de dentro da minha mente. Era muito difícil fazer essa distinção na escuridão total.

Enquanto tentava me concentrar no som, adormeci sem perceber, sem ter aquela sensação gradual. Apaguei instantaneamente, como se caminhasse por um corredor e, sem perceber, fosse puxado por alguém para dentro de um quarto desconhecido. Não sei dizer por quanto tempo durou esse estado de inconsciência que parecia uma camada profunda de barro. Acho que não foi muito, talvez apenas um momento. No entanto, quando recuperei a consciência ao sentir a presença de algo, soube que estava em outra escuridão. O ar estava diferente, assim como a temperatura, a profundidade e a densidade das trevas. Nessa escuridão havia uma luz tênue e opaca, e um perfume pungente de pólen espetou meu nariz. Eu estava naquele quarto estranho de hotel.

Levantei o rosto, olhei em volta e prendi a respiração.

Consegui atravessar a parede.

Eu estava sentado sobre um tapete, encostado na parede, as mãos cruzadas no colo. O despertar foi completo e nítido, proporcional ao sono assustadoramente profundo. Por conta do contraste extremo, demorei um tempo até me acostumar com meu estado desperto. O coração batia forte, contraindo de forma rápida e contínua. **Não há dúvida. Estou aqui.** Enfim tinha conseguido chegar até aquele quarto.

No meio da delicada escuridão como que coberta por várias camadas, o quarto parecia exatamente igual ao que eu lembrava. Porém, à medida que meus olhos foram se acostumando, fui percebendo que alguns detalhes haviam mudado um pouco. Primeiro, o telefone não estava mais no mesmo lugar. Antes ele ficava na mesa de cabeceira, mas agora estava enterrado no travesseiro, como se quisesse se esconder. Com sucesso. O nível de uísque na garrafa tinha descido, e agora só restava um pouquinho no fundo. Os gelos do balde estavam completamente derretidos, só restando água velha e turva. O copo estava completamente seco e, ao tocar, era possível notar um pó branco grudado no interior. Fui até a cama, peguei o telefone e, em seguida, encostei o fone na orelha. O aparelho estava mudo. O quarto parecia estar totalmente abandonado e esquecido há muito tempo. Não havia sinal de gente, e apenas as flores do vaso mantinham a mesma vivacidade estranha, como antes.

Alguém devia ter deitado na cama, pois o lençol, a colcha e o travesseiro estavam um pouco amassados. Tirei a colcha e examinei o lençol. Nenhum calor nem resquício de perfume. Aparentemente esse *alguém* tinha deixado a cama há muito tempo. Eu me sentei na ponta, voltei a olhar ao redor e agucei os ouvidos. Mas não ouvi nada. Era como se eu estivesse numa tumba antiga, cuja múmia fora levada por ladrões.

De repente o telefone começou a tocar. Fiquei estático, o coração petrificado, como um gato paralisado de medo. O toque agudo vibrou no ar, e os grãos de pólen que flutuavam despertaram, como se atingidos por algo. As flores ergueram de leve a cabeça na escuridão. Telefone? Mas o aparelho estava mudo até agora pouco, como uma rocha enterrada bem no fundo da terra. Tentei controlar minha respiração e as batidas do meu coração, me certificando de que ainda estava no quarto de hotel e não em outro lugar. Estendi a mão, peguei o fone com cuidado, esperei um pouco e o levantei devagar. Acho que havia chamado três ou quatro vezes.

— Alô — tentei dizer, mas a ligação caiu assim que peguei o fone. Na minha mão só restou um peso morto, como um saco de areia. — Alô — repeti, com voz seca.

Porém, minha voz bateu numa parede espessa e retornou para mim. Pus o fone de volta no gancho, antes de pegá-lo mais uma vez e encostá-lo contra a orelha, mas não ouvi nada. Então me sentei de novo na ponta da cama, prendi a respiração e esperei o telefone tocar outra vez. Só que ele não tocou. Olhei os grãos de pólen da atmosfera perderem a consciência novamente, desfalecerem e afundarem na escuridão, como haviam feito antes. Tentei reproduzir mentalmente o toque do telefone. Já não tinha mais certeza se ele havia tocado de verdade ou não. No entanto, se começasse a pensar dessa maneira, eu não teria certeza de muitas coisas. Precisava estabelecer um limite. Caso contrário, até minha presença neste quarto começaria a se tornar duvidosa. **O telefone tinha tocado, sim**, com certeza. E no instante seguinte o aparelho ficou mudo. Tossi de leve, mas esse som também ficou mudo logo em seguida.

Eu me levantei e caminhei mais uma vez pelo quarto. Observei o chão, o teto, me sentei à mesa e me recostei na parede. Tentei girar a maçaneta da porta e apertar o botão da luminária de chão algumas vezes. Mas evidentemente a porta não se mexeu e a luminária continuou inerte. A janela estava fechada por fora. Tentei prestar atenção no som, mas o silêncio parecia uma parede alta e lisa. Apesar disso, tive a sensação de que algo estava tentando me *enganar* ali dentro. Parecia que havia alguém prendendo a respiração, camuflando-se na parede para eu não perceber sua presença. Por isso eu também *fingi* que não tinha notado aquela presença. Nós estávamos tentando nos enganar mutuamente, de maneira ardilosa. Tossi outra vez e passei a ponta dos dedos nos lábios.

Então resolvi examinar o quarto mais uma vez. Apertei o botão da luminária de piso de novo, mas ela não acendeu. Abri a tampa da garrafa de uísque e senti o cheiro. Era o mesmo cheiro de Cutty Sark. Fechei a tampa e coloquei a garrafa de volta na mesa. Só para ter certeza, peguei o fone e encostei na orelha. O aparelho estava completamente mudo. Caminhei devagar sobre o tapete, testando a textura com a sola dos meus sapatos. Encostei o ouvido na parede e me esforcei para tentar escutar algum barulho, mas naturalmente não escutei nada. Depois, fiquei de pé diante da porta e tentei girar a maçaneta, achando que ela não fosse se mexer. Porém, desta vez ela girou com facilidade para a direita. Por um tempo, não consegui aceitar esse fato como real. Há questão de minutos, ela nem se mexia, como se tivesse fixada com cimento. Resolvi voltar à estaca zero e verificar desde o começo. Soltei a mão, estendi de novo e girei a maçaneta para a direita e para a esquerda. Ela girou para os dois lados. Tive a estranha sensação de que a minha língua estava inchando dentro da boca.

A porta está aberta.

Ao girar e puxar a maçaneta com cuidado, uma luz ofuscante se infiltrou pela fresta. Pensei no taco de beisebol. Se eu estivesse com ele, me sentiria mais tranquilo. **Esqueça o taco**. Tomei coragem e abri a porta. Olhei para os lados, verifiquei que não havia ninguém e saí para o longo corredor com piso de carpete. Mais para a frente, vi um grande vaso com muitas flores, o mesmo onde me escondi quando o funcionário do serviço de quarto, que assobiava de vez em quando, foi bater à porta. Pelo que me lembrava, o corredor era bem comprido, com várias curvas e bifurcações. Eu tinha conseguido chegar até ali porque, por acaso, havia avistado e depois seguido o funcionário que assobiava. Na porta do quarto estava a placa com o número 208.

Caminhei em direção ao vaso, observando o chão. *Seria bom se conseguisse chegar àquele saguão onde a TV estava ligada em um pronunciamento de Noboru Wataya,* pensei. Havia muitas pessoas lá, e estava movimentado. Se eu conseguisse chegar lá, com um pouco de sorte talvez descobrisse uma pista. Mas era como se aventurar num vasto deserto sem bússola. Se eu não conseguisse chegar ao saguão nem voltar para o quarto 208, talvez ficasse preso para sempre neste hotel que parecia um labirinto, sem nunca conseguir retornar para o mundo real. Mas eu não tinha tempo para hesitar: esta era provavelmente minha última chance. A porta estava enfim aberta bem diante de mim, depois de uma espera diária, durante meio ano, no fundo daquele poço. Sem contar que eu estava prestes a perder o poço. Se hesitasse ali, todo o esforço e todo o tempo gasto teriam sido em vão.

Sem fazer barulho, com meus tênis sujos, avancei ao longo do corredor, que tinha algumas curvas. Não ouvia a voz de ninguém, nem música alguma tocando, nem o som da TV. Não ouvia o barulho do ar-condicionado, nem do exaustor, nem do elevador. O hotel estava imerso em profundo silêncio, como uma ruína esquecida pelo tempo. Continuei virando, passando por muitas portas e me deparando com diversas bifurcações. Todas as vezes escolhi dobrar à direita. Assim, se eu resolvesse voltar, bastava seguir sempre à esquerda. No entanto, eu tinha perdido completamente o senso de direção e não conseguia saber se estava seguindo para algum lugar. Arbitrários e incoerentes, os números das portas não tinham nenhuma sequência e não serviam de referência. À medida que eu tentava memorizá-los, eles se esgueiravam da minha mente e desapareciam, um atrás do outro. Às vezes, eu tinha a impressão de ver um número que tinha visto antes. Parei bem no meio do corredor para controlar a respiração. *Será que estou apenas andando em círculo, como se estivesse perdido no meio da floresta?*

Eu estava parado, sem saber o que fazer, quando ouvi um som familiar ao longe. Era o assobio daquele funcionário, um assobio claro, afinado. Ninguém além dele seria capaz de assobiar tão bem assim. Era a abertura de *La gazza ladra* de Rossini, como da outra vez. Não era uma melodia fácil, mas ele assobiava sem dificuldades. Segui pelo corredor na direção do som, que ia ficando cada vez mais alto e claro. O funcionário parecia estar vindo na minha direção. Encontrei um pilar e me escondi atrás.

O funcionário carregava uma bandeja de prata e, sobre ela, uma garrafa de Cutty Sark, um balde com gelo e dois copos. Ele passou na minha frente caminhando a passos largos, sem olhar para os lados e com a expressão de quem estava encantado com o próprio assobio. Nem me notou. Era como se estivesse com pressa e não pudesse desperdiçar um segundo sequer. **Tudo está igual, como antes**. Era como se eu tivesse voltado no tempo.

Sem perder um segundo, segui o funcionário. A bandeja de prata reluzente balançava confortavelmente ao som do assobio, refletindo a luz. A melodia de *La gazza ladra* se repetiu muitas e muitas vezes, como um *feitiço*. *Que tipo de ópera será essa?*, pensei. Só conhecia a melodia monótona da abertura e seu título curioso. Quando eu era menino, meus pais tinham o disco dessa abertura conduzida por Toscanini. Comparando com a performance jovial, moderna e elegante de Claudio Abbado, a de Toscanini era vigorosa e fazia o sangue ferver: como um herói que estivesse prestes a estrangular o inimigo poderoso que derrubou após uma luta violenta. Mas *La gazza ladra* falava realmente do pássaro que *roubava* objetos? *Depois que as coisas se resolverem, vou à biblioteca pesquisar em uma enciclopédia de música,* pensei. *Se o disco com todas as músicas da ópera estiver disponível, poderei comprar e ouvir. Bem, não sei. Talvez quando tudo se resolver, eu já nem queira mais saber dessas coisas.*

O funcionário continuou caminhando com passos firmes, mantendo sempre o ritmo, como um robô. Eu seguia seu encalço, mantendo certa distância. Mas já sabia para onde ele estava indo, não precisava nem pensar. Ele estava tentando entregar outra garrafa de Cutty Sark, gelo e copos no quarto 208. Como eu imaginava, ele parou diante do quarto 208. Mudou a bandeja da mão direita para a esquerda, verificou o número do quarto, ajeitou a postura e bateu mecanicamente na porta. Três batidas seguidas de mais três batidas.

Não consegui ouvir se alguém havia respondido de dentro do quarto. Eu estava escondido atrás do vaso de flores e observava o funcionário. Passou um tempo, mas ele continuou de pé em frente à porta, sem mudar de posição, desafiando o limite de sua paciência. Ele não bateu mais e esperou em silêncio, até que uma fresta foi aberta, como se suas preces tivessem sido atendidas.

34.
Trabalho de fazer os outros imaginarem
(Continuação da história de
Boris, o Esfolador)

Boris cumpriu sua promessa. Nós, prisioneiros japoneses, conseguimos autonomia parcial. Depois da instauração de um comitê composto de nossos próprios representantes, o tenente-coronel foi eleito nosso líder. Os atos de tirania dos carcereiros e dos guardas russos foram proibidos, e o comitê se encarregou de manter a ordem no campo de concentração. O novo oficial do politburo (ou, melhor dizendo, Boris) mantinha a política de não se intrometer na nossa vida, contanto que não causássemos problemas e alcançássemos as metas de produção. Essa mudança, aparentemente democrática, deveria ter sido uma boa notícia para nós.

No entanto, as coisas não se resolveriam de maneira tão fácil assim. Como estávamos satisfeitos com a mudança, ninguém se deu conta do plano astucioso que Boris tinha em mente.

O novo oficial do politburo enviado pelo comitê central não conseguia contrariar Boris, que tinha o apoio da polícia secreta e passou a mandar e a desmandar no campo de concentração e na mina, tirando proveito da situação. A conspiração e o terror se tornaram atos corriqueiros. Boris formou um grupo de guarda-costas escolhendo e treinando os homens mais corpulentos e cruéis entre os presos e car- cereiros (gente assim não faltava no lugar). Armados de pistolas, facas e picaretas, eles ameaçavam, espancavam e matavam com crueldade, desaparecendo com os corpos das pessoas que contrariavam Boris. Ninguém podia enfrentá-los. Havia uma companhia enviada pelo Exército, responsável pela segurança na mina, mas os soldados faziam vista grossa para as atrocidades cometidas por esse pessoal. Na época, nem os militares ousavam se meter com Boris, se limitando a fazer a guarda nas proximidades da estação e do quartel e basicamente não ligando para o que acontecia na mina e no campo de concentração.

Entre os guarda-costas, o favorito de Boris era um ex-prisioneiro mongol, conhecido como Tartar. Com uma grande marca de queimadura na bochecha direita, resultado de uma sessão de tortura, ele sempre acompanhava seu chefe, era uma sombra. Corriam boatos de que Tartar fora campeão de luta mongol. Boris já não usava mais uniforme de preso, morava em uma confortável barraca e contava com os serviços de uma das presas, que fazia as vezes de criada.

Nikolai (que foi ficando cada vez mais calado) me contou que alguns russos conhecidos seus haviam sumido durante a noite, sem que ninguém soubesse o paradeiro. Oficialmente, eram considerados desaparecidos ou vítimas de algum acidente, mas sem dúvida tinham sido eliminados pelos capangas de Boris. As pessoas corriam risco de vida apenas por não obedecerem à vontade ou às ordens dele. Alguns tentaram denunciar os abusos praticados por ele ao comitê central, mas fracassaram e foram executados.

— Eles mataram até uma criança de sete anos, para servir de exemplo — me contou Nikolai em segredo, com o rosto pálido. — Mataram a pancadas, bem na frente dos pais.

No começo, Boris não se intrometeu de maneira muito descarada no distrito japonês. Primeiro ele se concentrou em controlar completamente os russos e estabilizar sua posição. Enquanto isso, parecia delegar os assuntos dos japoneses a eles próprios. Assim, nos primeiros meses após a reforma, conseguimos desfrutar de uma paz momentânea. Vivíamos dias aparentemente tranquilos, de calmaria. Graças ao nosso comitê, as condições de trabalho árduo melhoraram um pouco, e não precisávamos mais temer atos de violência praticados pelos carcereiros. Pela primeira vez desde que havíamos chegado, podíamos nutrir certa esperança e tínhamos a sensação de que as coisas continuariam melhorando aos poucos.

Não é que Boris nos ignorasse durante aquele período de lua de mel. Ele apenas estava preparando o terreno com discrição e segurança, tentando controlar na surdina todos os membros do comitê japonês, comprando ou ameaçando um a um. Como ele não usava força bruta e agia com muita cautela, não desconfiamos nem um pouco do seu plano. E, quando nos demos conta, já era tarde demais. Em suma, ele nos deixou desprevenidos oferecendo autonomia aparente e criou um sistema de controle de ferro, mais eficaz do que antes. O plano era diabolicamente minucioso e implacável. De fato, não éramos mais vítimas de violências desnecessárias e sem sentido, mas havia um novo tipo de violência, mais cruel e calculista.

Boris levou quase seis meses para criar esse sistema de controle rígido, antes de começar a oprimir os prisioneiros japoneses. A primeira vítima foi a figura central do nosso comitê, o tenente-coronel, que tinha enfrentando Boris, defendendo os interesses dos prisioneiros japoneses. Nessa época, no comitê, apenas o tenente-coronel e alguns companheiros seus não eram controlados por Boris. Durante a noite, as mãos e as pernas amarradas e a boca tapada, o tenente-coronel foi asfixiado com uma toalha molhada. Claro que a ordem partiu de Boris, que jamais sujava as mãos para matar os japoneses, sempre ordenando que os próprios japoneses fizessem a matança. O laudo da morte do tenente-coronel mostrou que ele havia sido vítima de uma doença. Todos sabíamos quem tinha sido o responsável por sua morte, mas nenhum de nós podia abrir a boca. Àquela altura, já sabíamos que havia espiões de Boris entre nós, e não podíamos fazer comentários descuidados em público. Depois do assassinato do tenente-coronel, os membros do comitê se reuniram para escolher um novo líder, e o eleito foi uma pessoa controlada por Boris.

Com a mudança no comando do comitê, as condições de trabalho foram piorando gradualmente, e tudo voltou a ser como antes. Em troca da autonomia, tínhamos prometido a Boris que alcançaríamos as metas de produção, mas aos poucos elas passaram a representar um grande fardo já que aumentavam sempre sob inúmeros pretextos. Como resultado, houve a imposição de trabalhos ainda mais árduos do que antes. O número de acidentes aumentou consideravelmente, e muitos soldados japoneses perderam a vida em vão, vítimas da exploração imprudente da mina. A única mudança depois da conquista da nossa autonomia foi o controle de trabalho, que passou da mão dos russos para a dos próprios japoneses.

Como era de esperar, a insatisfação cresceu entre os prisioneiros japoneses. Nasceu uma sensação de injustiça na pequena sociedade que antes compartilhava o sofrimento de modo igual, aumentando mutuamente o ódio e a desconfiança. Quem servia a Boris recebia trabalho leve e vantagens, e os demais corriam risco de vida e precisavam levar uma rotina pesada. E ninguém podia reclamar em voz alta. Expressar revolta era assinar a própria sentença de morte. Os insubordinados poderiam ser jogados em celas extremamente frias e morrer com queimaduras de frio e inanição. Poderiam ter o rosto coberto por uma toalha molhada à noite, enquanto dormiam, ou ter a cabeça estraçalhada por uma picareta, pelas costas, enquanto trabalhavam na mina. Os cadáveres seriam jogados nas galerias abandonadas e, além do mero desaparecimento de uma pessoa, ninguém saberia o que aconteceu de verdade no fundo da mina escura.

Eu me senti responsável por ter arrumado o encontro entre o tenente-coronel e Boris. Claro, Boris teria encontrado algum outro jeito para se infiltrar entre nós, mesmo sem minha mediação, e mais cedo ou mais tarde a mesma situação teria acontecido. No entanto, mesmo pensando dessa forma, meu sentimento de culpa não diminuía nem um pouco. Eu tinha feito um julgamento errado e cometi um erro achando que estava agindo da maneira certa.

Certo dia, fui chamado para a sala de Boris. Fazia tempo que não o via. Ele estava sentado diante da mesa e tomava chá, assim como fazia na sala do chefe da estação da outra vez que nos encontramos. Atrás dele estava Tartar, como sempre, com uma grande pistola automática no cinto, como se fosse uma divisória. Quando entrei, Boris olhou para trás e fez um sinal para que o mongol saísse. Ficamos a sós.

— Tenente Mamiya, cumpri a promessa, não foi?

Assenti. De fato, ele não estava mentindo. Infelizmente, havia cumprido a promessa. O que tinha prometido para mim havia se concretizado, como um pacto feito com o diabo.

— Vocês, japoneses, conquistaram a autonomia. E eu consegui o poder — afirmou Boris, sorrindo e abrindo os braços. — Os dois lados conseguiram o que queriam. A produção de carvão aumentou, e Moscou está satisfeita. Tudo se resolveu da melhor forma, e não temos motivos para reclamar. Por isso, estou muito grato a você, por ter servido como mediador. Na verdade, gostaria de lhe oferecer uma recompensa.

— Não precisa me agradecer. E não quero recompensas — respondi.

— Ora, ora, já nos conhecemos há muitos anos, não precisa ser tão seco assim — disse Boris, rindo. — Certo, para ir direto ao ponto: eu gostaria que você trabalhasse para mim, que fosse meu subordinado direto. Em outras palavras, gostaria que você fosse meu ajudante. Lamentavelmente há por aqui uma carência gritante de pessoas que conseguem pensar e, pelo que percebi, embora você só tenha uma das mãos, compensa com muita sagacidade. Então, se você concordar em ser uma espécie de secretário para mim, ficarei muito grato e poderei oferecer vantagens, na medida do possível, para que você consiga levar uma vida tranquila. Assim, com certeza você conseguirá sobreviver e voltar ao Japão. Você não vai perder nada ficando do meu lado agora.

Em tempos de normalidade, eu teria recusado sem pestanejar aquela proposta. Não tinha a menor intenção de me tornar subordinado de Boris, de vender meus companheiros para levar uma vida sossegada sozinho. Se eu fosse morto ao recusar sua proposta, morreria satisfeito. No entanto, naquele momento um plano surgiu na minha mente.

— E o que você quer que eu faça? — perguntei.

O serviço que Boris queria que eu fizesse não era nada fácil. Havia muitas tarefas para executar, sendo a principal ter que administrar o patrimônio pessoal dele. Boris desviava parte dos alimentos, das roupas e dos medicamentos enviados por Moscou e pela Cruz Vermelha (cerca de quarenta por cento), depositava tudo em um armazém secreto e vendia os itens em vários lugares. Também desviava uma parcela do carvão explorado, fazia o transporte usando o trem de carga e vendia o material no mercado ilegal. Como havia uma falta crônica de combustível, a demanda era alta. Ele tinha subornado os funcionários ferroviários e o chefe da estação, e conseguia fazer os trens circularem em prol dos seus próprios negócios. Oferecia mantimentos e dinheiro aos soldados do Exército que faziam a guarda, para que ficassem de boca fechada. Graças a esse seu "negócio", ele já havia acumulado grande fortuna, que, nas palavras dele, seria usada nas operações da polícia secreta, cujas dispendiosas atividades não podiam constar em registros oficiais. Por isso, esses fundos eram levantados secretamente. Claro que era mentira. Uma parcela sem dúvida devia estar sendo enviada para Moscou, mas eu tinha certeza de que mais da metade do dinheiro desviado ia para o bolso dele. Eu não sabia dos detalhes, mas aparentemente ele fazia remessas secretas para uma conta bancária no exterior e comprava ouro.

Não sei por que, mas Boris parecia confiar completamente em mim. Hoje acho muito estranho que ele não tenha pensado que eu poderia vazar seus segredos. Ele tratava com rigor e crueldade os russos e os outros brancos, pessoas por quem nutria grande desconfiança, mas confiava quase que incondicionalmente em mongóis e japoneses. Ou talvez achasse que eu não era ameaça, mesmo revelando seus segredos aos outros. Para começar, *para quem* eu poderia contar? Na época, eu estava cercado de colaboradores e subordinados de Boris. E todos recebiam alguma vantagem pelos atos ilícitos dele. Boris desviava alimentos, roupas e medicamentos para satisfazer à própria ganância, deixando prisioneiros e presos políticos abandonados a própria sorte. Todas as correspondências eram censuradas, e o contato com pessoas de fora era proibido.

De qualquer forma, exerci com diligência e fidelidade as funções de secretário. Refiz do zero o livro contábil e a lista de estoque, pois estavam um caos, organizei e tornei o fluxo de bens e de dinheiro mais compreensível. Elaborei uma divisão por categoria, para facilitar uma pesquisa rápida: em que lugar estava cada coisa, sua quantidade e a flutuação de seu preço. Fiz uma longa lista dos subornados de Boris e calculei as "despesas" necessárias com esses colaboradores. Trabalhei para ele de manhã até a noite, sem descanso. Como resultado, acabei perdendo completamente os poucos conhecidos que tinha. As pessoas me consideravam um sujeito desprezível, um subordinado fiel de Boris, e não tinham culpa por pensar assim (infelizmente, devem continuar pensando assim até hoje). Nikolai não me dirigia mais a palavra. Os dois ou três prisioneiros japoneses que eram mais próximos passaram a me evitar. Alguns se aproximavam de mim por interesse, porque eu tinha a confiança de Boris, mas eu não queria contato com essa gente.

Então, fui me isolando cada vez mais no campo de concentração e só não fui morto porque Boris estava por trás de mim. Como eu era bastante útil para ele, quem tentasse me matar teria que pagar por isso. Todos sabiam quanto Boris podia ser cruel quando queria. Sua fama de tirar a pele das pessoas era lendária.

Proporcionalmente, quanto mais eu me isolava no campo, mais confiança Boris depositava em mim. Ele estava bastante satisfeito com a eficiência de meu trabalho sistemático e não poupava elogios.

— Você é incrível, incrível! Se o Japão contar com muitos homens como você, com certeza vai se reerguer desse caos da derrota da guerra. Ao contrário da União Soviética. Infelizmente não há mais esperança para nós. A época do czar ainda era um pouco melhor. Pelo menos ele não precisava gastar os neurônios para pensar em teorias complicadas. Nosso querido Lenin aproveitou apenas as partes que conseguiu compreender da teoria de Marx, e nosso querido Stálin também só fez uso das partes que conseguiu compreender, uma parcela bem pequena. Na sociedade soviética, quanto menor o grau de compreensão, maior o poder. Quanto menos a pessoa compreender, melhor. Veja bem, tenente Mamiya, só existe um jeito de sobreviver em uma sociedade como a nossa: ser totalmente desprovido de imaginação. Os russos que têm imaginação com certeza vão se arruinar. É claro que eu não tenho imaginação. Meu trabalho é fazer os outros imaginarem. Esse é meu meio de sobrevivência. *É melhor você não se esquecer disso*, pelo menos enquanto estiver aqui. Quando tiver vontade de imaginar, se lembre do meu rosto, entendeu? E pense: não, não posso, porque imaginar pode custar a minha vida. Esse é meu conselho de ouro. Você tem que delegar o trabalho de imaginar aos outros.

Desse modo, seis meses se passaram num piscar de olhos. No final do outono de 1947, já tinha me tornado indispensável para Boris. Eu cuidava da parte administrativa, e Tartar e os guarda-costas se encarregavam da parte violenta dos negócios. Boris ainda não tinha sido chamado de volta pela polícia secreta de Moscou, mas àquela altura imagino que ele nem queria mais voltar para a capital, já que estava em uma espécie de território só seu, no campo de concentração e na mina, sendo protegido por um Exército particular poderoso e levando uma vida confortável, enquanto aumentava seu patrimônio de maneira segura. Talvez o alto escalão de Moscou preferisse manter Boris onde estava para fortalecer a base de controle na Sibéria. Boris costumava trocar cartas com Moscou, mas essa correspondência não vinha por correio. Chegava de trem, trazida por agentes secretos que eram altos e tinham olhares glaciais. Eu tinha a impressão de que a temperatura da sala caía alguns graus só com a entrada deles.

Já o índice de mortalidade dos presos que trabalhavam na mina seguia alto, e os cadáveres continuavam sendo jogados nas galerias abandonadas, como antes. Boris examinava com rigor as condições físicas dos presos, desgastando primeiro os mais fracos, até o limite de suas forças, e reduzindo sua alimentação, para que morressem logo e fossem bocas a menos para alimentar. Assim, havia mais provisões aos mais fortes e a produtividade aumentava. O campo de concentração passou a ser um lugar onde só a eficiência importava, onde predominava a lei do mais forte. Os fortes ficavam cada vez mais fortes, e os fracos morriam aos montes. Se faltava mão de obra, novos presos chegavam em trens de carga lotados, como animais. Cerca de vinte por cento morria durante a viagem, em decorrência das péssimas condições de transporte, mas ninguém se importava. A maioria dos recém-chegados era composta de russos ou de homens do Leste Europeu. Aparentemente a política de terror e inconsequência de Stálin se mantinha, para a felicidade de Boris.

Meu plano era assassinar Boris. Claro que não havia nenhuma garantia de que a situação dos presos fosse melhorar se ele morresse. Provavelmente continuaríamos vivendo o mesmo tipo de inferno, sem muita mudança. Ainda assim, eu não podia permitir que alguém como Boris continuasse vivo. Como Nikolai tinha prevenido, Boris era uma cobra venenosa e alguém precisava cortar sua garganta.

Eu não tinha medo de morrer. Se conseguisse assassinar Boris, morreria feliz. No entanto, eu não podia fracassar e precisava esperar o momento certo para matá-lo de maneira certeira, em uma só oportunidade, sem falhar. Aguardava essa brecha ansiosamente, fingindo trabalhar para ele como um secretário fiel. Porém, como mencionei antes, Boris era extremamente cauteloso. Tartar estava sempre ao seu lado, de dia e de noite. E, mesmo que eu ficasse a sós com Boris, como é que alguém como eu, sem uma das mãos e sem arma, conseguiria matá-lo? Mesmo assim, esperei com paciência. Se Deus existisse nesse mundo, com certeza eu teria uma oportunidade.

No começo de 1948, correu um boato dentro do campo de concentração de que os prisioneiros japoneses enfim voltariam para casa, que na primavera um navio partiria da Sibéria rumo ao Japão, levando todos à sua terra natal. Perguntei a Boris se o rumor era verdade.

— É, sim — respondeu ele. — Todos os prisioneiros japoneses vão poder voltar ao Japão em um futuro não muito distante. Como a pressão da opinião pública internacional está aumentando, não podemos mais sujeitar vocês a trabalhos forçados por muito mais tempo. De qualquer maneira, tenente Mamiya, eu tenho uma proposta: você não gostaria de permanecer por aqui como um cidadão soviético livre, fora da prisão? Você está fazendo um excelente trabalho para mim, e vou ter dificuldades em encontrar alguém à sua altura. Tenho certeza de que você estará melhor ao meu lado do que sem um centavo no Japão. Ouvi dizer que no Japão falta comida e muitos estão morrendo de fome. Aqui você vai ter dinheiro, mulheres e poder, tudo o que quiser.

Boris estava falando sério. Como eu sabia demais sobre seus segredos, ele devia achar arriscado me deixar partir. Se eu recusasse sua proposta, ele poderia me matar, para que eu não abrisse a boca. Mas eu não tinha medo.

— Agradeço a oferta, mas pretendo voltar para o Japão. Estou preocupado com meus pais e com minha irmã mais nova que estão lá — respondi.

Boris encolheu os ombros e não disse nada.

Certa noite de março, quando a data de partida se aproximava, eu me vi diante de uma boa oportunidade para matá-lo. Estávamos a sós na sala. Tartar, que sempre estava por perto, havia saído. Faltava pouco para as nove e, como sempre, eu organizava o livro contábil, enquanto Boris escrevia uma carta na mesa. Era raro ele ficar trabalhando até tão tarde. Ele escrevia a carta com caneta esferográfica e tomava um copo de conhaque. Tinha deixado no cabide o casaco de couro, o chapéu e o coldre de couro com a pistola. A pistola não era a grande, fornecida pelo Exército soviético, e sim a Walther PPK alemã. Boris havia me contado que pegara a arma de um tenente-coronel da ss que virou refém após a batalha do Danúbio. Polida e reluzente, a pistola trazia no cabo o símbolo da ss que lembrava um raio. Sempre observei com atenção Boris fazer a manutenção dessa arma e sabia que havia oito balas no carregador.

Era raríssimo que ele deixasse a arma no cabide. Por ser muito cauteloso e sempre trabalhar à mesa, ele deixava a pistola escondida na gaveta à sua direita, na altura da mão, para que pudesse pegá-la a qualquer momento. Naquela noite, por alguma razão, ele estava mais alegre e mais falante do que o normal, e também um pouco descuidado. Era uma ótima oportunidade para mim. Até aquele momento eu tinha repassado mentalmente muitas vezes como destravar a arma só com uma mão e como colocar rapidamente o carregador. Eu me levantei decidido, fingi que ia apanhar alguns documentos e passei na frente do cabide. Boris estava concentrado na carta e nem olhou para mim. Peguei a pistola do coldre sorrateiramente ao passar pelo cabide. Ela não era grande e coube perfeitamente na minha mão. Só de segurá-la, percebi que era uma excelente arma, pela estabilidade e pelo peso. De frente para Boris, destravei a arma e a coloquei entre minhas pernas. Então deslizei o ferrolho para a frente com a mão direita e introduzi o carregador. Ao ouvir esse som seco, Boris enfim levantou o rosto. Eu estava com o cano apontado para o rosto dele.

Boris balançou a cabeça e suspirou.

— Sinto muito, mas essa arma não está carregada — informou ele, fechando a caneta esferográfica com a tampa. — Pelo peso você sabe se está carregada ou não. Tente balançar. Oito balas de 7,65mm pesam quase oitenta gramas.

Não acreditei nas palavras de Boris. Mirei rapidamente na testa dele e puxei o gatilho sem hesitar, mas só ouvi um clique seco. Ele tinha razão: a arma não estava carregada. Eu abaixei a pistola e mordi os lábios, sem conseguir pensar em mais nada. Boris abriu a gaveta da mesa, pegou um punhado de balas e me mostrou. Ele tinha tirado as balas do carregador. Era uma armadilha. Uma farsa.

— Sempre soube que você queria me matar — disse Boris, com voz tranquila. — Você várias vezes imaginou a cena em que me matava, não é? Adverti você de que a imaginação pode custar sua vida. Mas tudo bem. De qualquer forma, você não vai conseguir me matar.

Em seguida, ele pegou duas balas e atirou nos meus pés. Elas caíram e rolaram no chão.

— Tome. Aqui estão as balas. Não é nenhuma cilada. Carregue a arma e atire em mim. Esta será sua última chance. Se você quer mesmo me matar, mire bem e atire. Agora, se fracassar, você não vai poder revelar meus segredos, o que estou fazendo aqui, para ninguém neste mundo. Prometa isso para mim. Esse vai ser nosso acordo.

Assenti. Prometi.

Coloquei a arma entre as minhas pernas, apertei o botão para tirar o carregador e pus as duas balas. Não foi fácil fazer tudo isso com uma mão só. Sem contar que eu tremia muito. Boris observou tudo com rosto tranquilo, até esboçando um sorriso. Inseri o carregador na pistola, mirei bem no meio dos olhos de Boris e puxei o gatilho, tentando controlar o tremor da mão. Um grande estrondo ecoou na sala. A bala, no entanto, passou rente à orelha de Boris e se afundou na parede. O pó branco do reboco se espalhou pela sala. Eu tinha mirado de uma distância de apenas dois metros, mas errei. No entanto, eu era um bom atirador, pois havia praticado muito tiro ao alvo em Hsinking. Apesar de só ter uma mão, ela era mais forte do que a de muitos soldados, e a Walther era uma pistola estável que me permitia mirar com segurança. Eu não podia acreditar que havia errado. Mirei mais uma vez e respirei fundo. Preciso matar esse homem, tentei me convencer. Matando esse homem, darei sentido à minha vida.

— Mire bem, tenente Mamiya. É sua última bala — disse Boris, ainda com um sorriso no rosto.

Nessa hora, Tartar, que tinha ouvido o disparo, veio correndo, com uma grande pistola na mão. Boris o impediu:

— Não se meta — ordenou ele, com voz firme. — Deixe Mamiya atirar em mim. Se ele conseguir me matar, você pode fazer o que quiser com ele depois.

Tartar assentiu, com o cano da arma apontado para mim.

Segurei a Walther com minha mão direita, apontei para a frente e, com calma, puxei o gatilho, mirando bem no meio do sorriso frio de Boris, que parecia ser capaz de ler meus pensamentos. Tentei segurar o cabo com firmeza. Foi um tiro perfeito. Mas outra vez a bala passou rente à cabeça de Boris, estraçalhando apenas o relógio atrás dele. Boris não mexeu nem as sobrancelhas e ficou me encarando durante um longo momento, com seus olhos de cobra, encostado no espaldar da cadeira. A pistola caiu no chão fazendo um grande barulho.

Por um tempo ninguém abriu a boca nem se mexeu. Até que Boris se levantou da cadeira e pegou a Walther que eu tinha derrubado no chão, inclinando-se devagar. Reflexivo, ele observou a arma na mão, balançou a cabeça de um lado para o outro, em silêncio, e voltou a colocá-la no coldre pendurado no cabide. Em seguida, deu duas batidinhas leves no meu ombro, como se quisesse me consolar.

— Não disse que você não ia conseguir me matar? — perguntou Boris, pegando do bolso um maço de Camel, tirando um cigarro e acendendo com o isqueiro. — A culpa não é sua, você não atirou mal. Você simplesmente não consegue me matar. Como não tem competência para isso, deixou escapar essa chance. Lamento, mas você vai voltar para sua terra natal com uma maldição minha. Preste atenção, você nunca mais vai ser feliz na vida, seja onde for. Nunca mais vai amar, nem ser amado. Essa será minha maldição. Não vou matar você, e não será por uma questão de simpatia. Já matei muita gente até hoje e vou continuar matando. Mas não mato gente sem necessidade. Adeus, tenente Mamiya. Daqui a uma semana você vai partir para Nakhodka. Bon voyage! Provavelmente nunca mais voltaremos a nos encontrar.

Essa foi a última vez que vi Boris, o Esfolador. Na semana seguinte, deixei o campo de concentração, embarquei em um trem a Nakhodka e, depois de passar por reviravoltas complexas, voltei enfim ao Japão no início do ano seguinte.

Para ser sincero, não sei que significado essa minha longa e estranha história vai ter para o senhor, sr. Okada. Talvez tudo não passe de lamentações repetitivas de um idoso decrépito. De qualquer maneira, eu queria contar essa história ao senhor. Senti que precisava contar. Como deve ter percebido ao ler minha carta, eu sou um completo derrotado, uma pessoa que se perdeu. Não tenho competência para nada.

Como previa a maldição, eu não amei, nem fui amado. Simplesmente desaparecerei na escuridão como um cadáver ambulante. Ainda assim, sinto que vou conseguir deixar essa vida um pouco mais apaziguado por ter conseguido contar essa história ao senhor, sr. Okada.

Rezo para que o senhor tenha uma vida feliz, sem remorsos.

35.
Lugar perigoso,
pessoas diante da TV,
homem vazio

Uma fresta da porta se abriu. O funcionário se curvou um pouco e entrou no quarto, com a bandeja em uma das mãos. Enquanto continuava escondido atrás do vaso de flores do corredor, esperando que ele saísse, fiquei pensando no que deveria fazer. Eu poderia entrar no quarto assim que o funcionário saísse. **Tem gente no quarto 208.** E se os acontecimentos prosseguissem como da vez passada (por enquanto estavam prosseguindo), a porta não deveria estar trancada. Ou eu poderia não entrar no quarto agora e seguir o funcionário. **Nesse caso, descobriria de onde ele tinha vindo.**

Fiquei com o coração apertado, dividido entre essas duas opções. Por fim, resolvi seguir o cara. Naquele quarto 208 devia haver algum perigo escondido, um perigo que poderia trazer consequências fatais. Eu me lembrava muito bem do som firme das batidas à porta ecoando no escuro e do reflexo branco de uma faca afiada no balde de aço inoxidável, ou teria sido apenas a luz do corredor? Eu precisava tomar muito cuidado. Primeiro, vou seguir aquele funcionário. Depois posso voltar para cá. Mas como faria isso? Enfiei a mão nos bolsos da calça. Só havia a carteira, moedas, lenço e uma pequena caneta. Peguei-a e risquei minha mão, para me certificar de que estava com tinta. *Posso fazer marcas na parede*, pensei. Assim, conseguirei voltar até aqui. Talvez.

A porta se abriu de novo e o cara saiu, já sem nada nas mãos. Ele fechou a porta, se empertigou e voltou pelo mesmo caminho a passos largos, de mãos vazias, assobiando *La gazza ladra*. Eu saí de trás do vaso e segui seu encalço. Quando chegava a uma bifurcação, eu fazia um pequeno X na parede cor de creme com a caneta azul. O funcionário não virou para trás nenhuma vez, caminhando de maneira peculiar, como se fizesse uma demonstração para os candidatos do Concurso Internacional de Caminhada de Funcionários de Hotel. Ele avançava pelo corredor a passos largos, balançando os braços com certo ritmo, levantando o rosto, retraindo o queixo e, com as costas eretas, seguindo a melodia de *La gazza ladra*, como se quisesse mostrar que um funcionário de hotel tinha que andar daquele jeito. Ele dobrou várias esquinas, subiu e desceu alguns degraus pequenos. A luz ora ficava mais forte, ora mais fraca, dependendo do lugar. As várias pilastras das paredes produziam sombras de formatos diferentes. Eu mantinha certa distância para não ser percebido, mas não era muito difícil seguir o rapaz. Às vezes, ele desaparecia em uma curva, mas eu não corria risco de perdê-lo de vista, porque ele sempre assobiava alto.

Por fim, depois de passar por vários corredores, ele chegou a um saguão amplo, como o peixe que nadasse contra a correnteza e chegasse a águas calmas. Era o mesmo saguão lotado onde eu tinha visto Noboru Wataya na TV, embora o lugar agora estivesse silencioso, com poucas pessoas sentadas diante da grande tela em que passava o noticiário da NHK. Ao se aproximar do saguão, o cara parou de assobiar para não incomodar as pessoas. Em seguida, atravessou o saguão em linha reta e sumiu pela porta dos funcionários.

Caminhei distraidamente pelo saguão fingindo que estava fazendo hora, antes de me sentar em um dos sofás vazios, olhar para o teto e observar o carpete do chão. Fui até a cabine de telefone público e coloquei uma moeda, mas o aparelho estava mudo, assim como o do quarto 208. Então fui até o telefone da recepção do hotel e tentei discar o número 208, mas o aparelho também estava mudo.

Por fim, me sentei em uma das cadeiras um pouco afastadas e discretamente observei as pessoas diante da TV. Havia doze pessoas no total: nove homens e três mulheres. Quase todos os homens tinham entre trinta e quarenta anos, com exceção de dois, que passavam um pouco dos cinquenta. Os homens usavam terno ou paletó, gravatas sóbrias e sapatos de couro. Tirando as diferenças de altura e de peso, eles não tinham nenhuma outra particularidade. As três mulheres tinham entre trinta e quarenta anos, estavam bem-arrumadas e bem maquiadas e com roupas muito parecidas. Provavelmente voltavam de um encontro de ex-alunas de um colégio, mas, como não estavam sentadas juntas, não deviam ser amigas. Aquelas pessoas pareciam ter chegado ao saguão separadamente e observavam a TV de maneira compenetrada e silenciosa. Não trocavam opiniões nem olhares, nem assentiam uns aos outros.

Sentado ali, assisti ao noticiário por um tempo. Não passou nenhuma notícia que despertasse meu interesse: o governador de uma província cortava uma fita e inaugurava uma rodovia; a descoberta de uma substância tóxica em lápis de cera infantil e o recolhimento do lote; uma forte nevasca em Asahikawa resultou na colisão de um ônibus de turismo com um caminhão, em decorrência da baixa visibilidade e das condições perigosas da estrada congelada, matando o motorista do caminhão e ferindo alguns passageiros que iam para as termas. O âncora apresentava as notícias em sequência, em tom neutro, como se distribuísse cartas de números baixos em um jogo. Eu me lembrei da TV da casa do sr. Honda, o vidente: aquela TV estava sempre sintonizada na NHK.

Para mim, aquelas imagens do noticiário pareciam e ao mesmo tempo não pareciam reais. Senti pena do motorista de ônibus de 37 anos que morreu no acidente. Ninguém deseja morrer no meio de uma forte nevasca em Asahikawa, se contorcendo de dor, com os órgãos rompidos. Porém, eu não conhecia o motorista pessoalmente, nem ele me conhecia, de modo que minha compaixão por ele não era pessoal, e sim genérica, dessas que sentimos quando alguém sofre uma morte violenta repentina. Essa generalização parecia e ao mesmo tempo não parecia real. Desviei os olhos da tela e observei de novo o saguão quase vazio. Não avistei nada que pudesse servir de pista. Não havia funcionários, e o pequeno bar ainda estava fechado. Na parede, só havia um quadro grande, uma pintura a óleo de alguma montanha.

Quando voltei a olhar a TV, percebi um grande rosto familiar. **Era Noboru Wataya.** Eu me inclinei para a frente na cadeira e prestei atenção no noticiário. **Algo havia acontecido a Noboru Wataya.** Mas eu tinha perdido o começo da notícia. A foto desapareceu e na tela apareceu o repórter, de gravata e terno, microfone na mão. Estava diante da entrada de um grande prédio.

— ... trazido para o Hospital da Universidade Feminina de Tóquio e está sendo tratado na UTI. Por enquanto, só temos a informação de que seu estado é grave e que ele está em coma, em decorrência de uma fratura no crânio. Perguntamos à direção do hospital se existe risco de vida, mas a assessoria respondeu que no momento não é possível fornecer detalhes. Possivelmente ainda vai demorar para ser divulgada uma nota oficial sobre o estado de saúde do paciente. Ainda nesta edição traremos atualizações, ao vivo da entrada principal do Hospital da Universidade Feminina de Tóquio.

Na tela voltou a aparecer o âncora. Ele passou a ler uma folha que tinha acabado de receber de alguém da produção, no estúdio.

— O parlamentar Noboru Wataya, membro da Câmara Baixa, está em estado grave depois de ter sido vítima de uma agressão. Segundo as informações que acabamos de receber, o ato de violência aconteceu hoje, às onze e meia da manhã, em um prédio em Akasaka, no bairro de Minato, Tóquio. Noboru Wataya estava em uma reunião em sua sala quando um homem invadiu o local e o acertou na cabeça várias vezes, com um taco de beisebol... (enquanto o âncora falava, era possível ver a imagem do prédio onde Noboru Wataya tinha uma sala)... Segundo as testemunhas, o homem se passou por uma visita para entrar na sala, escondendo o taco de beisebol em um tubo comprido para desenho, e atacou Noboru Wataya sem dizer nada (dava para ver a cena do crime: a sala, a cadeira caída no chão e manchas escuras de sangue). Como tudo aconteceu de maneira repentina, nem Noboru Wataya nem as pessoas à sua volta esboçaram reação. O homem verificou que Noboru Wataya estava completamente inconsciente e fugiu do local, levando o taco consigo. De acordo com as testemunhas, o criminoso usava um casaco curto azul-escuro, um gorro de lã da mesma cor e óculos escuros. Tinha cerca de um metro e setenta e cinco, um hematoma no lado direito do rosto e aproximadamente trinta anos de idade. A polícia está atrás do suspeito, que desapareceu no meio da multidão. Até o momento ninguém sabe seu paradeiro (apareciam imagens da polícia fazendo a perícia na cena do crime, assim como das movimentadas ruas de Akasaka).

Taco de beisebol? **Hematoma**? Mordi os lábios.

— Noboru Wataya é um celebre economista e comentarista político. Jovem e enérgico, foi eleito para a Câmara Baixa na primavera deste ano, herdando a base política de seu tio, Yoshitaka Wataya. Desde então vem atingindo grande prestígio como parlamentar talentoso e polêmico e atraindo alta expectativa da população, apesar de ser novo no cenário político. A polícia está investigando duas possibilidades: crime político ou crime passional. Vamos repetir a informação: Noboru Wataya, membro da Câmara Baixa, foi atacado esta manhã com um taco de beisebol e se encontra na UTI, em estado grave. Ainda não temos mais detalhes. Agora vamos para a próxima notícia...

Alguém desligou a TV. A voz do âncora foi cortada, e o silêncio preencheu o ambiente. As pessoas relaxaram um pouco no saguão, como se tivessem recuperado o fôlego. Pelo visto, estavam reunidas diante da TV para ouvir notícias sobre Noboru Wataya. Ninguém se levantou, mesmo depois que a TV foi desligada. Ninguém suspirou, fez qualquer muxoxo ou tossiu.

Quem teria atacado Noboru Wataya com um taco de beisebol? A descrição do suspeito era idêntica à minha: casaco curto azul-escuro, gorro de lã da mesma cor e óculos escuros. Hematoma no rosto. Até a altura e a faixa de idade batiam. **O taco de beisebol**. Eu sempre o deixei no fundo do poço, mas agora ele estava sumido. Se *aquele taco* tinha provocado a fratura no crânio, alguém o teria tirado do fundo do poço para atacar Noboru Wataya.

Por alguma razão, uma mulher virou para trás e me encarou. Ela era magra e, como tinha faces chupadas, lembrava um peixe. Usava brincos brancos no meio dos lóbulos das orelhas, que eram longos. Ela me encarou por um bom tempo, virada para trás. Nossos olhos se cruzaram, mas ela não desviou o rosto nem mudou de expressão. O homem careca que estava ao seu lado também se virou para mim, seguindo os olhos dela. De altura e de biotipo, ele se parecia com o dono da lavanderia em frente à estação. Logo as outras pessoas também se viraram para mim, uma a uma, como se enfim tivessem percebido minha presença. Com tantos olhares sobre mim, acabei me lembrando de que eu tinha pouco mais de trinta anos, um metro e setenta e cinco e estava de casaco curto azul-escuro e gorro de lã da mesma cor. **Sem falar que tenho um hematoma no rosto**. De alguma maneira, aquelas pessoas pareciam saber que eu era cunhado de Noboru Wataya e que não gostava muito dele (ou que eu o odiava). Eu percebia isso pelos olhares. Sem saber como reagir, me apoiei no braço da cadeira. Eu não ataquei Noboru Wataya com o taco de beisebol. Eu não faria isso e, para começar, nem tenho mais o taco. Mas aquelas pessoas não vão acreditar nas minhas palavras. **Essa gente só acreditava no que a TV dizia.**

Eu me levantei devagar e caminhei em direção ao corredor de onde tinha vindo. Melhor sair logo daquele lugar, onde não era bem-vindo. Depois de caminhar um pouco, olhei para trás e vi algumas pessoas se levantando para me seguir. Acelerei o passo, atravessei o saguão em linha reta e segui para o corredor. Precisava voltar ao quarto 208. Sentia minha boca completamente seca.

Quando enfim atravessei o saguão e coloquei os pés no corredor, todas as luzes se apagaram silenciosamente. Uma completa escuridão envolveu tudo, sem aviso, como se uma machadada tivesse cortado a luz da terra. Alguém gritou atrás de mim, parecendo bem mais perto do que eu imaginava. Nesse grito havia uma semente de um ódio duro como rocha.

Segui em meio às trevas. Caminhei devagar, com cautela, me apoiando na parede, tentando me afastar o máximo possível daquela gente. Porém, esbarrei numa mesa pequena e derrubei algo que parecia um vaso, que caiu e rolou no chão, fazendo um barulho alto. Por conta do esbarrão, acabei caindo no carpete. Com toda a pressa, me levantei, procurei de novo a parede do corredor, às apalpadelas, e continuei seguindo em frente. Neste momento, meu casaco foi puxado para trás, como se a barra tivesse ficado presa em um prego. Por um instante, não percebi o que estava acontecendo, mas depois entendi. Alguém estava tentando me puxar, segurando a barra do meu casaco, que tirei sem hesitar, antes de correr na escuridão. Virei as esquinas tateando com as mãos, subi a escadaria tropeçando e dobrei em uma curva, aos trancos e esbarrando em vários objetos no caminho. Pisei em falso na escada e caí com o rosto no chão, mas não senti dor. Só sentia de vez em quando uma vertigem opaca no fundo dos olhos. **Não posso deixar que me prendam aqui.**

Não havia nenhuma luz por perto, nem sequer a luz de emergência que deveria funcionar em casos como este, de falta de eletricidade. Continuei correndo desesperadamente na escuridão, sem distinguir nem a direita nem a esquerda, até que parei, controlei a respiração e agucei os ouvidos, para ver se escutava algo atrás de mim. Não ouvi nenhum barulho, apenas as batidas intensas do meu coração. Resolvi fazer uma pausa e me agachei. Aquelas pessoas devem ter desistido de me seguir. Não adianta continuar correndo, eu só vou ficar mais perdido no meio do labirinto que é essa escuridão. Eu me encostei na parede e tentei me acalmar um pouco.

Afinal, quem teria apagado a luz? Não podia ser mera coincidência. As luzes se apagaram no instante em que coloquei os pés no corredor, quando as pessoas estavam prestes a me alcançar. Alguém que estava ali no momento tinha procurado me salvar do perigo. Tirei o gorro de lá, enxuguei o suor do rosto com o lenço e coloquei o gorro de novo na cabeça. Várias partes do meu corpo se queixaram de dor, como se tivessem se lembrado agora, mas aparentemente eu não estava ferido. Olhei os ponteiros luminosos do relógio de pulso, mas lembrei que ele estava parado. Os ponteiros continuavam marcando onze e meia, o horário em que eu tinha entrado no poço, o horário em que Noboru Wataya havia sido atacado por alguém com um taco de beisebol em sua sala em Akasaka.

Será que ataquei mesmo Noboru Wataya com o taco de beisebol?

Pensando em meio àquela profunda obscuridade, essa também me pareceu uma das *possibilidades* teóricas. Talvez no mundo real eu realmente tivesse atacado e ferido gravemente Noboru Wataya com o taco de beisebol. **Talvez eu apenas não tivesse me dado conta disso ainda.** Talvez, sem eu saber, o intenso ódio que havia dentro de mim tivesse caminhado até Noboru Wataya e o atacado. **Não, não deve ter ido caminhando**, pensei. Para ir até Akasaka, era preciso pegar o trem da linha Odakyu e fazer baldeação para o metrô na estação de Shinjuku. Será que eu seria capaz de fazer tudo isso sem perceber? Não, impossível. **A não ser que exista um outro eu.**

De qualquer maneira, se Noboru Wataya tivesse sequelas ou morresse, era preciso admitir que Ushikawa tinha realmente uma ótima intuição. Afinal, ele trocara de montaria no momento certo. Fiquei impressionado com seu olfato animal. Até conseguia ouvir sua voz na minha orelha: "Sem querer me gabar, sr. Okada, mas eu tenho bom olfato para essas coisas. Um olfato realmente apuradíssimo".

— Sr. Okada — alguém chamou meu nome bem de perto.

Meu coração pulou até a garganta, como se impelido por mola. Eu não fazia a menor ideia de onde vinha a voz. Tenso, procurei ver à minha volta, mas é claro que não enxerguei nada.

— Sr. Okada — repetiu a voz, uma voz grave de homem. — Não se preocupe, estou do seu lado. Nós já nos encontramos aqui antes. O senhor se lembra?

Reconheci a voz. Era daquele *homem sem rosto*. No entanto, por cautela, não respondi de imediato.

— O senhor precisa sair daqui quanto antes — prosseguiu o homem. — Quando a luz voltar a se acender, eles virão atrás do senhor. Venha, conheço um atalho.

O homem acendeu a lanterna de bolso, que tinha formato de caneta. A luz era fraca, mas suficiente para iluminar o chão.

— Venha — insistiu o homem, me apressando.

Eu me levantei do chão e o segui, rapidamente.

— Foi o senhor quem apagou a luz agora há pouco? — perguntei atrás do homem, que não respondeu, mas também não negou. — Obrigado. Eu estava em apuros.

— Eles são perigosos — afirmou o homem. — São bem mais perigosos do que o senhor imagina.

— Noboru Wataya foi mesmo atacado e está em estado grave?

— Foi o que disseram na TV — se limitou a dizer o homem sem rosto, escolhendo as palavras com cautela.

— Não fui eu. No momento do ataque, eu estava sozinho no fundo do poço — expliquei.

— Se o senhor está dizendo, deve ser isso mesmo — comentou o homem, como se fosse uma coisa normal.

Ele abriu a porta e subiu a escadaria com cuidado, degrau por degrau, iluminando o chão com a lanterna. Eu seguia seu encalço. Como era uma escada comprida, no meio já não sabia mais se estava subindo ou descendo. Aliás, era mesmo uma escada?

— De qualquer maneira, o senhor tem alguém para testemunhar que estava mesmo dentro do poço no momento da agressão? — indagou o homem, sem se virar para mim.

Eu fiquei calado. Não, eu não tinha ninguém para testemunhar.

— Então o melhor a fazer é fugir logo, sem tentar se justificar. Eles acreditam que foi o senhor.

— Afinal, quem são eles?

Quando terminou de subir a escada, o homem virou para a direita, seguiu mais um pouco, abriu uma porta e saiu num corredor. Depois parou e ficou prestando atenção nos sons.

— Depressa. Segure meu casaco.

Segui as instruções e segurei o casaco. O homem sem rosto falou:

— Eles estão sempre vidrados na tv. Por isso, detestam o senhor e adoram seu cunhado.

— O senhor por acaso sabe quem sou eu? — perguntei.

— É claro que sei.

— Então sabe onde Kumiko está agora?

O homem ficou calado. Segurando bem firme a barra do casaco dele, como se fosse uma espécie de jogo, dobramos um corredor, descemos a escadaria curta a passos largos, passamos por uma portinha, por um corredor com teto baixo que parecia uma passagem secreta e saímos de novo em outro longo corredor. O complexo e misterioso caminho que o homem sem rosto fazia parecia o labirinto sem fim de um templo.

— Veja bem, eu não sei de tudo o que está acontecendo aqui. Esse lugar é imenso, e eu sou responsável pelo saguão. Existem muitas coisas que eu não sei.

— O senhor conhece o funcionário de serviço de quarto, o que assobia?

— Não — respondeu o homem, sem pestanejar. — Aqui não há nenhum funcionário de serviço de quarto, nem o que assobia nem o que não assobia. Se o senhor viu algum funcionário por aqui, então não era um funcionário, mas *algo* que se passava por um. Eu me esqueci de perguntar, mas o senhor deseja ir ao quarto 208, não é?

— Sim. Combinei de me encontrar com uma mulher nesse quarto.

O homem não fez nenhum comentário, não perguntou quem era a mulher nem o assunto que trataria com ela. Ele avançou pelo corredor com passos seguros, e eu segui atrás, passando por meandros complexos na escuridão, como um barco guiado por um rebocador.

Até que de repente, sem avisar, o homem parou em frente a uma das portas. Acabei esbarrando nele e quase o derrubei. Durante o esbarrão, senti que ele era estranhamente leve e tênue. Era como se eu tivesse esbarrado em um corpo vazio. No entanto, ele logo recuperou o equilíbrio e jogou a luz da lanterna na placa da porta 208.

— Não está trancada — informou o homem. — Fique com essa lanterna, eu consigo voltar, mesmo no escuro. Quando entrar no quarto, tranque a porta e não abra para ninguém. Se tem um assunto a resolver, resolva logo, e volte para o local de onde veio. Este lugar é perigoso. O senhor é um invasor, e sou seu único aliado por aqui. Não se esqueça disso.

— Quem é o senhor?

O homem sem rosto colocou a lanterna na minha mão com delicadeza, como se delegasse algo.

— Sou um homem vazio — respondeu.

Ele aguardou minha reação com sua cara sem rosto virada para mim. Porém, naquela hora eu não consegui encontrar as palavras. Pouco depois ele desapareceu silenciosamente. Ele estava na minha frente em um instante e, no seguinte, havia sido sugado pela escuridão. Apontei a lanterna para a direção onde ele estava, mas a luz só iluminou uma parede branca em meio às trevas.

Como o homem sem rosto havia dito, a porta do quarto 208 estava destrancada. Minha mão girou a maçaneta sem fazer barulho. Por precaução, apaguei a lanterna, entrei no quarto sorrateiramente e, na escuridão, tentei observar o que havia lá dentro. No entanto, assim como antes, tudo estava imerso em completo silêncio, sem sinal algum de movimento. Eu apenas ouvia um som baixinho dos gelos estalando dentro do balde. Então acendi a lanterna e tranquei a porta atrás de mim. O som metálico e seco ecoou alto. Na mesa do centro estava a garrafa fechada de Cutty Sark, com os copos novos e o balde com gelo. A bandeja prateada ao lado do vaso refletiu a luz da lanterna de maneira sedutora, como se estivesse à sua espera por muito tempo, e o perfume do pólen ficou ainda mais intenso, como se respondesse ao reflexo. O ar se tornou mais denso, e a força gravitacional pareceu ter ficado um pouco mais forte ao meu redor. Encostei as costas na porta e, por um tempo, tentei verificar meu entorno com a luz da lanterna.

Este lugar é perigoso. O senhor é um invasor, e sou seu único aliado por aqui. Não se esqueça disso.

— Não aponte a luz para mim — ouvi a voz de mulher dizer no quarto, ao fundo. — Você promete que não vai apontar essa luz para mim?

— Prometo — respondi.

36.
Luz de vagalume,
como quebrar o feitiço,
o mundo onde toca o despertador

— Prometo — respondi, mas minha voz ecoou de uma forma distante, como uma voz gravada.

— *Diga* que não vai apontar a luz para o meu rosto!

— Não vou apontar a luz para o seu rosto. Prometo — repeti.

— Promete mesmo? De verdade?

— De verdade. Vou cumprir a promessa.

— Então será que você poderia preparar dois copos de uísque com gelo? Bastante gelo.

Apesar do tom um pouco infantil, como se imitasse uma menina mimada, sua voz era de mulher madura e sedutora. Deixei a lanterna sobre a mesa, controlei a respiração e preparei o uísque com gelo, aproveitando a luz. Abri a garrafa de Cutty Sark, usei o pegador para colocar os cubos de gelo nos copos e servi o uísque. A cada etapa, eu precisava confirmar mentalmente o que minhas mãos estavam fazendo. A grande sombra da parede oscilava conforme o movimento que eu fazia.

Segurei os dois copos de uísque na mão direita e, com a lanterna na mão esquerda, iluminei o chão e entrei no quarto, ao fundo. O ar parecia um pouco mais frio do que antes. Eu tinha suado sem me dar conta, e o suor parecia estar esfriando aos poucos. Depois lembrei que eu havia tirado o casaco e o deixado no meio do caminho.

Como prometido, apaguei a lanterna, que guardei no bolso da calça, e às apalpadelas coloquei um dos copos na mesa de cabeceira. Em seguida, com o copo de uísque na mão, me sentei na cadeira estofada que ficava um pouco afastada. Mesmo em meio às trevas, conseguia me lembrar da posição aproximada dos móveis.

Fiquei com a impressão de ter ouvido o som do farfalhar do lençol. Em silêncio, a mulher se sentou e, encostada na cabeceira da cama, pegou o copo. Tomou um gole depois de balançar o copo de leve, fazendo os gelos se baterem. No meio daquela escuridão, parecia um efeito sonoro de novela de rádio. Eu só senti o cheiro de uísque do copo, mas não bebi.

— Fazia muito tempo que não via você — falei, e minha voz agora soou um pouco mais familiar.

— É mesmo? — perguntou ela. — Eu não sei muito bem. Não entendo muito dessas coisas de "muito tempo isso", "tanto tempo aquilo"...

— Se não me engano, já faz um ano e cinco meses desde nosso último encontro — afirmei.

— Ah, é? — disse ela, sem muito interesse. — Não lembro direito, para ser sincera.

Coloquei o copo no chão e cruzei as pernas.

— A propósito, você não estava aqui quando eu vim agora há pouco, não é?

— Estava, sim. Estava deitada na cama, como agora. Aliás, estou sempre aqui.

— Mas com certeza eu estava no quarto 208... Este é o quarto 208, certo?

Ela fez os gelos girarem dentro do copo e deu uma risada.

— Sem dúvida você deve ter se confundido. Você deveria estar em outro quarto 208. No quarto errado, com certeza. Só pode ter sido isso — sugeriu ela.

Sua voz estava um pouco instável, o que me deixava inquicto. Talvez ela estivesse bêbada. Tirei o gorro de lá e o deixei no colo.

— O telefone está mudo — eu disse.

— Sim — confirmou ela, de um jeito lânguido. — Foram eles que desligaram. Eu gostava tanto de telefonar.

— São *eles* que não deixam você sair daqui?

— Bem, não sei. Não sei direito.

Ela deu uma risadinha. Quando ria, sua voz oscilava no ar.

— Desde nosso último encontro, pensei muito em você — falei. — Sabe, fiquei pensando: quem será ela, o que estará fazendo em um lugar daqueles?

— Parece interessante.

— Imaginei diversas possibilidades, mas ainda não tenho certeza. São só palpites.

— Ah, é? — perguntou ela, impressionada. — Então você não tem certeza, mas tem palpites.

— Sim. Para ser sincero, acho que você é Kumiko. No começo eu não tinha percebido, mas aos poucos passei a achar que você é Kumiko.

— Ah, é? — ela fez uma pausa e depois disse, em tom alegre. — Será que eu sou mesmo Kumiko?

Por um momento, me senti perdido, com a sensação de que estava sendo completamente enganado. Que estava num lugar errado, falando algo errado a uma pessoa errada. Tudo não passava de rodeios sem sentido e perda de tempo. Porém, fiz um esforço e recuperei o equilíbrio, segurando com firmeza o gorro que estava no meu colo, para confirmar a realidade.

— Enfim… Sinto que, se você for mesmo Kumiko, todas as coisas que aconteceram até agora vão fazer sentido. Você ligou para mim daqui várias vezes. Acho que provavelmente queria me contar algum segredo, o segredo que Kumiko carregava. Acho que você me ligava para tentar transmitir o que Kumiko não podia me dizer no mundo real. Com palavras que eram uma espécie de código.

Ela permaneceu calada por um tempo. Depois inclinou o copo para tomar mais um gole do uísque e disse:

— Ah, é? Bem, se é assim que você pensa, talvez você tenha razão. Talvez eu seja, *na realidade*, Kumiko. Mas ainda não sei direito… Agora, se eu for mesmo Kumiko, poderei falar com você usando a voz dela, ou seja, através da voz de Kumiko, não é? É uma conclusão possível, certo? É um pouco complicado, você não se importa?

— Não, tudo bem.

Minha voz mais uma vez tinha perdido a calma e o senso de realidade. A mulher deu uma tossida.

— Será que vai dar certo? — perguntou ela, dando uma risada. — Não é muito fácil. Você está com pressa? Pode ficar mais um pouco?

— Não sei. Acho que sim — respondi.

— Espere um pouco. Desculpe. Bem… Não vai demorar.

Eu esperei.

— *Então você veio até aqui para me procurar? Para me encontrar?*
— A voz séria de Kumiko ecoou no meio da escuridão.

A última vez que tinha ouvido a voz de Kumiko foi naquela manhã de verão, quando fechei o zíper das costas do vestido dela. Naquele dia, ela havia passado atrás da orelha uma água-de-colônia que tinha acabado de ganhar, antes de sair de casa para nunca mais voltar. Verdadeira ou falsa, a voz no meio da escuridão me levou instantaneamente de volta para aquela manhã. Consegui sentir o cheiro da água-de-colônia e me lembrar da pele branca de suas costas. A memória em meio àquelas trevas era pesada e densa, provavelmente mais densa do que a própria realidade. Segurei com força o gorro na minha mão.

— Na verdade, não vim aqui para *encontrar você*. Vim aqui para *levar você de volta comigo* — afirmei.

Ela soltou um leve suspiro.

— Por que você quer tanto me levar de volta?

— Porque amo você — respondi. — Você também me ama e me quer. Eu sei disso.

— Como você é seguro de si — disse Kumiko, ou a voz de Kumiko, sem nenhum tom de deboche, nem de calor.

Na sala de estar ao lado, os gelos se mexeram dentro do balde, fazendo barulho.

— Mas, para ter você de volta, preciso desvendar alguns mistérios — prossegui.

— E vai pensar nisso agora, com calma? — perguntou ela. — Acho que você não tem tanto tempo assim, não é?

Ela estava certa. Eu não tinha tanto tempo assim, e eram coisas demais para pensar. Enxuguei o suor da testa com as costas da mão. Só que essa deve ser minha última chance, tentei me convencer. *Vamos, pense.*

— Eu queria que você me ajudasse.

— Será que eu consigo? — perguntou a voz de Kumiko. — Talvez eu não consiga, mas podemos tentar.

— Bom, a primeira dúvida é: por que você tinha que sair de casa? Por que tinha que me deixar? Eu gostaria de saber o *verdadeiro* motivo. Você escreveu na carta que transou com outro homem. Eu li e reli aquela carta muitas vezes. Essa pode ser uma das explicações, mas não consigo me convencer de que seja o verdadeiro motivo. Não me parece plausível. Não que seja mentira, mas sinto que essa explicação não passa de uma *metáfora*.

— *Metáfora?* — repetiu ela, realmente assustada. — Não entendi direito, mas dormir com outro homem seria uma metáfora de quê? Poderia me dar um exemplo?

— O que estou querendo dizer é que parece uma desculpa para justificar os fatos. Mas é uma desculpa que não chega a lugar nenhum... Só arranha a parte superficial. Quanto mais eu relia a carta, mais me convencia disso. Deve existir um motivo *verdadeiro*, mais fundamental, que provavelmente tem relação com Noboru Wataya.

Pude sentir o olhar dela na escuridão. Será que ela consegue me ver?

— Tem relação? Como assim? — perguntou a voz de Kumiko.

— Bom, essa série de acontecimentos está muito confusa, com muitos personagens entrando em cena, coisas misteriosas surgindo sem parar... A gente fica sem entender o que está acontecendo se pensar de maneira ordenada na sequência de tudo. Já ao recuar alguns passos e analisar as coisas com certo distanciamento, a história passa a fazer sentido: *você passou do meu mundo para o mundo de Noboru Wataya*. O que importa é essa mudança. O fato de você ter transado com outro homem não passa de uma desculpa esfarrapada, de um pretexto. É isso que estou querendo dizer.

Pude sentir que ela inclinou o copo. Ao observar em direção ao local de onde vinha o som, tive a impressão de conseguir vislumbrar vagamente o movimento do seu corpo, mas claro que se tratava de uma ilusão.

— Nem sempre as pessoas enviam mensagens para contar a verdade, Okada — disse ela, já sem a voz de Kumiko e da menina mimada. Era a voz de uma pessoa completamente diferente, com um tom mais sereno e intelectual. — Assim como as pessoas nem sempre encontram alguém para mostrar sua verdadeira face. Entende o que quero dizer?

— Mas Kumiko estava tentando me contar alguma coisa. Verdade ou não, ela queria me contar algo. *Para mim, essa é a verdade.*

Tive a sensação de que a densidade da escuridão aumentava aos poucos à minha volta, assim como a maré sobe devagar ao entardecer.

Eu precisava me apressar. Não me restava muito mais tempo. Quando a luz voltar a se acender, eles poderão vir atrás de mim. Tomei coragem e tentei verbalizar as ideias que estavam se formando na minha mente.

— O que vou falar agora não passa de suposição da minha imaginação. A família Wataya tem uma espécie de tendência hereditária. Não sei explicar direito o que é, mas é *uma tendência*. Como você morria de medo disso, não queria ter filhos. Você entrou em pânico quando engravidou porque teve medo de que essa tendência se manifestasse no filho, mas não conseguiu contar esse segredo para mim. Tudo começou a partir daí.

Ela permaneceu calada e colocou o copo na mesa, sem fazer barulho.

— E sua irmã mais velha não morreu de intoxicação alimentar — prossegui. — Acho que ela morreu de outro jeito. O culpado pela morte dela foi Noboru Wataya, e você sabe disso. Sua irmã deve ter contado algo para você antes de morrer, deve ter feito uma espécie de advertência. Noboru Wataya provavelmente tem um poder especial. Ele é capaz de encontrar as pessoas suscetíveis ao seu poder e extrair algo que há dentro delas. Ele usou essa força de maneira bastante violenta com Creta Kanô, que conseguiu se recuperar com custo. Já sua irmã não teve a mesma sorte. Como moravam na mesma casa, ela não tinha como fugir, não suportou a situação e preferiu a morte. Seus pais esconderam o tempo todo de você que ela se suicidou, não é?

Ela não respondeu. Manteve-se calada na escuridão, como se tentasse ocultar sua presença. Eu continuei:

— Por algum motivo, a partir de determinado momento, Noboru Wataya conseguiu fortalecer brutalmente seu poder. Por meio da tv e de outros meios de comunicação, ele passou a dirigir esse poder em grande escala, a toda sociedade. Atualmente ele está tentando extrair o que muitas pessoas escondem nas trevas do inconsciente. Está tentando utilizar essa força para benefício próprio e com fins políticos, o que é perigosíssimo. Porque o que ele tenta extrair está fatalmente impregnado de violência e sangue, está diretamente ligado às profundezas mais sombrias da história humana. É algo com capacidade de destruição em massa, algo com capacidade de afetar muitas pessoas.

Ela suspirou.

— Será que você poderia preparar mais um uísque para mim? — pediu ela, com voz calma.

Eu me levantei, fui à mesa de cabeceira e peguei o copo vazio dela. Mesmo na escuridão era possível fazer tudo isso sem problemas. Em seguida caminhei até a sala de estar, acendi a lanterna e preparei o uísque com gelo.

— É essa a sua *suposição*?

— Só liguei as muitas ideias que tive — expliquei. — E não tenho como provar, não tenho nenhuma evidência de que estou certo.

— Bom, eu gostaria de saber a continuação, se é que tem uma.

Voltei ao quarto e coloquei o copo na mesa. Apaguei a lanterna, fui de novo para a cadeira estofada e me concentrei.

— Você não sabia exatamente o que tinha acontecido com sua irmã mais velha — prossegui. — Mesmo que antes de morrer ela tivesse feito uma advertência para você, nessa época você ainda era muito nova e não compreendeu tudo. Apesar disso, você sabia vagamente que Noboru Wataya tinha maculado e machucado sua irmã. E que você também tinha herdado esse mesmo sangue que ocultava uma espécie de segredo sombrio, um segredo de que talvez você não pudesse se livrar. Por isso você vivia sozinha e tensa em sua casa. Estava sempre isolada, escondida em meio à insegurança latente e desconhecida, como aquelas águas-vivas do aquário.

"Depois de terminar a faculdade, você decidiu enfrentar seus pais, se casar comigo e se afastar da família Wataya. Com a vida tranquila que levava ao meu lado, você foi se esquecendo da insegurança sombria que sempre a assolava. Então começou a trabalhar e foi se recuperando aos poucos, se tornando uma nova pessoa. Durante um tempo, parecia que tudo daria certo, mas infelizmente não foi assim. Certo dia você sentiu que estava sendo atraída, sem perceber, pelo poder das trevas que achava ter deixado para trás. Você ficou confusa e sem saber o que fazer diante dessa constatação. Por isso procurou Noboru Wataya, porque queria saber a verdade, e foi consultar Malta Kanô, em busca de ajuda. Mas você não conseguiu contar a verdade para mim.

"Acho que tudo começou depois da gravidez. É o que sinto. A gravidez foi uma espécie de ponto de partida. Por isso, quando você fez o aborto, na mesma noite recebi a primeira advertência do homem que tocava violão, em Sapporo. Talvez a gravidez tenha estimulado e despertado algo latente dentro de você, e Noboru Wataya estivesse só aguardando *esse* momento. Ele provavelmente só consegue ter relações sexuais com as mulheres dessa forma. E, quando *essa tendência* começou a se manifestar em você, ele tentou nos separar à força, arrancando você de mim. Ele precisava muito de você e queria que você desempenhasse o papel que antes era desempenhado pela sua irmã."

Quando parei de falar, um profundo silêncio preencheu o ambiente. Eu tinha revelado tudo o que estava imaginando. Tinha uma ideia vaga de algumas partes, mas o resto me ocorreu enquanto eu falava. Talvez o poder da escuridão tenha preenchido as lacunas da minha imaginação. Ou será que foi a presença dessa mulher que me ajudou? De qualquer maneira, isso não mudava o fato de que minha suposição não tinha nenhum fundamento.

— Que história interessante — disse *a mulher*, cuja voz tinha voltado a ser de uma menina mimada. A voz estava mudando cada vez mais rápido. — É isso que acha? E eu deixei você sem dar nenhuma explicação, escondendo meu corpo maculado. A ponte de Waterloo no nevoeiro, luz de vagalume, Robert Taylor e Vivien Leigh...

— Vou levar você de volta comigo — eu disse, a interrompendo. — Vou levar você de volta para o nosso mundo, onde temos um gato com a ponta do rabo um pouco curvada, um quintal pequeno... para o mundo onde toca o despertador.

— Como? — perguntou ela. — Como vai me tirar daqui, Okada?

— É como no conto de fadas: basta quebrar o feitiço.

— Ah, entendi — disse a voz. — Só que você *acha* que eu sou Kumiko. Por isso quer me levar de volta. Agora, e se eu não for Kumiko, o que você vai fazer? Talvez você acabe levando gato por lebre. Você tem *certeza* dessa suposição? Será que não é melhor pensar mais um pouco, com calma?

Segurei a lanterna fina dentro do bolso. *Só pode ser Kumiko*, pensei. Mas não tinha como provar. No final das contas, não passava de uma hipótese. Dentro do bolso, minha mão estava encharcada de suor.

— Vou levar você de volta comigo — repeti, com voz seca. — Foi para isso que vim até aqui.

Ouvi um leve farfalhar do lençol. Ela parecia ter mudado de posição na cama.

— Você está afirmando isso? — perguntou ela, como se quisesse confirmar.

— Estou afirmando. *Vou levar você de volta comigo.*

— Não precisa pensar melhor?

— Não. Já decidi.

Ela ficou em silêncio por um longo tempo, como se verificasse alguma coisa. Em seguida, soltou um longo suspiro.

— Eu tenho um presente para você — disse ela. — Não é grande coisa, mas talvez seja útil. Estenda sua mão devagar sobre a mesa, sem acender a luz.

Eu me levantei da cadeira e estendi devagar a mão direita para a escuridão, como se quisesse verificar a profundidade do vazio que havia no lugar. Consegui sentir nas pontas dos dedos as agulhadas do ar, até que minha mão tocou *nele*. Quando percebi o que era, o ar se comprimiu no fundo da minha garganta e endureceu, como amianto. *Era* o taco de beisebol.

Peguei pelo cabo e levantei o taco. Parecia o mesmo que eu tinha tomado do homem que carregava o estojo de violão. Verifiquei o formato e o peso. Não havia dúvida: era aquele taco. No entanto, ao examiná-lo às apalpadelas, senti que algo estava grudado um pouco acima da logomarca impressa. Parecia cabelo humano. Toquei com os dedos e constatei: a espessura e a consistência eram de fios de cabelo de gente *de carne e osso*. Os fios ficaram colados no taco pelo sangue coagulado. Alguém havia golpeado a cabeça de alguém — provavelmente de Noboru Wataya — com esse taco. Por fim, consegui expelir o ar que estava preso por muito tempo no fundo da minha garganta.

— Esse taco é seu, não é?

— Provavelmente — respondi, reprimindo a emoção. No fundo da escuridão minha voz tinha adquirido um novo tom, um pouco diferente, como se alguém oculto nas trevas falasse no meu lugar. Dei uma tossida de leve para verificar que quem falava era eu. Depois continuei: — Mas parece que usaram esse taco para matar uma pessoa.

Ela permaneceu calada. Abaixei o taco e o coloquei entre as minhas pernas.

— Você deve saber muito bem — prossegui. — Alguém atacou Noboru Wataya com esse taco. Na cabeça. A chamada do noticiário de TV era verdade: Noboru Wataya está internado em estado grave, em coma, e corre risco de vida.

— Ele não vai morrer — afirmou a voz de Kumiko, de maneira apática, como se narrasse um acontecimento histórico escrito num livro. — Mas talvez nunca mais recupere a consciência, talvez vague para sempre no meio das trevas, mas ninguém sabe o tipo das trevas em que ele vai vagar.

Às apalpadelas, peguei o copo do chão e esvaziei, sem pensar em nada. O líquido sem gosto passou pela minha garganta e seguiu para o esôfago. Sem nenhum motivo, senti um calafrio e tive uma sensação desagradável de que algo não muito distante se aproximava devagar, em meio às trevas compridas. Meu coração acelerou, como se previsse aquilo.

— Não temos muito tempo. Se puder, quero saber. Afinal, que lugar é esse? — perguntei.

— Você veio aqui várias vezes e conseguiu achar o meio para chegar. Também sobreviveu sem ser destruído. Você deve saber muito bem que lugar é esse. Além do mais, essa não é uma questão muito importante agora. O importante é…

Nesse instante, ouvimos batidas à porta, batidas secas e duras, como se alguém estivesse martelando um prego na parede. Duas batidas. Em seguida mais duas. Eram as mesmas da outra vez. A mulher prendeu a respiração.

— Fuja — a voz clara de Kumiko disse para mim. — Você ainda consegue atravessar a parede.

Eu não sabia se o que estava pensando em fazer era realmente a melhor alternativa. No entanto, já que eu estava ali, precisava encarar o que estava atrás da porta e vencer *aquilo*. Para mim, era uma batalha.

— Dessa vez não vou fugir — afirmei a Kumiko. — Vou levar você de volta comigo.

Coloquei o copo no chão, enfiei o gorro de lã na cabeça e segurei com as mãos o taco de beisebol que tinha entre as pernas. Depois me aproximei devagar da porta.

37.
Só uma faca real,
a profecia que se cumpriu

Eu me aproximei da porta sem fazer barulho, iluminando o chão com a lanterna e segurando o taco de beisebol com a mão direita. Enquanto andava tentando não fazer barulho, bateram na porta de novo. Duas, depois mais duas vezes. Batidas impacientes, mais duras e mais secas do que antes. Eu me escondi em um vão na parede perto da porta, prendi a respiração e esperei.

Quando as batidas cessaram, tudo mergulhou em profundo silêncio, como se nada tivesse acontecido. Ainda assim, eu sentia a presença de alguém do outro lado da porta. Esse alguém estava de pé e, como eu, prendia a respiração, atento para não deixar escapar nenhum som. Em meio ao silêncio, ele estava tentando captar alguma respiração, algum coração batendo, algum pensamento fugindo. Respirei silenciosamente para não mexer o ar à volta. **Eu não estou aqui**, tentei me convencer. Eu não estou aqui, eu não estou em nenhum lugar.

Até que a porta foi destrancada. Esse alguém realizava cada movimento devagar, com gestos prudentes, produzindo sons tão fragmentados, tão alastrados que perdiam seu significado original. A maçaneta girou e as dobradiças rangeram de leve. As batidas do meu coração dispararam. Tentei acalmá-las, em vão.

Alguém entrou no quarto. O ar vibrou de leve. Ao me concentrar e apurar os sentidos, distingui um vago cheiro de corpo estranho. Um cheiro curioso, um misto de pele, respiração reprimida e excitação imersa no silêncio. Será que esse alguém estaria com uma faca? Provavelmente, sim. Eu me lembrava daquele brilho branco e vívido. Segurei bem firme o taco, com as duas mãos, prendendo a respiração e tentando fingir que não existia.

Depois de entrar no quarto, esse alguém fechou a porta e a trancou por dentro. Em seguida, de costas para a porta, prestou atenção no interior, com cautela. Minhas mãos, que seguravam o taco, estavam encharcadas de suor. Eu adoraria enxugar o suor das palmas das mãos na calça, mas um movimento simples e descuidado poderia trazer consequências fatais. Tentei pensar na estátua que ficava no quintal da casa vazia do sr. Miyawaki. Para tentar ficar completamente imperceptível, me fundi com o pássaro de pedra. Eu era a estátua de pássaro que do quintal encarava o céu, em uma ofuscante e quente tarde de verão.

Esse alguém tinha uma lanterna e, quando a acendeu, uma luz fina e reta surgiu no meio das trevas. Por ser uma lanterna pequena de bolso, parecida com a que eu tinha, o facho de luz não era muito forte. Em silêncio, esperei que a pessoa desse algum passo e a luz passasse na minha frente. Mas ele demorou para se mexer. O facho de luz iluminou cada objeto do quarto, um a um, como um holofote. Flores do vaso, bandeja de prata sobre a mesa (que brilhou de maneira sedutora mais uma vez), sofá, luminária de chão… O facho de luz passou rente à ponta do meu nariz e iluminou o chão, a cinco centímetros dos meus sapatos, lambendo todos os cantos do quarto, de ponta a ponta, como a língua de uma cobra. Tive a sensação de que esse tempo de espera duraria para sempre. O medo e a tensão se tornaram uma dor intensa, espetando minha consciência como uma broca.

Pensei que precisava deixar minha mente vazia. **Não posso imaginar**. O primeiro-tenente Mamiya tinha escrito na carta. **A imaginação pode custar a vida**.

A luz da lanterna finalmente começou a avançar devagar, bem devagar. Aparentemente, o homem estava tentando ir para o quarto, ao fundo. Segurei o taco com mais força. Quando me dei conta, o suor das minhas mãos já havia secado por completo. Agora estavam secas demais.

Esse alguém se aproximou de mim aos poucos, passo a passo, como se verificasse cada lugar onde pisava. Inspirei o ar e prendi a respiração. Mais dois passos e ele estaria aqui. Mais dois passos e eu poderia pôr fim a esse pesadelo ambulante. Porém, nessa hora a luz sumiu bem diante dos meus olhos. Quando percebi, tudo já tinha sido tragado por uma completa e perfeita escuridão, como antes. Ele apagara a lanterna. Tentei pensar rápido em meio às densas trevas, mas minha mente não funcionou. Só um calafrio desconhecido atravessou o meu corpo. Ele deve ter percebido que eu estava aqui.

Preciso me mexer, não posso ficar aqui parado, pensei. Tentei saltar para a esquerda, transferindo o peso do corpo para o outro pé. No entanto, meus pés não se mexeram e pareciam plantados no chão, como os da estátua de pássaro. Eu me agachei e, com custo, consegui inclinar o tronco enrijecido para a esquerda. Nesse instante, algo atingiu meu ombro direito com força, algo duro e gelado como granizo espetou meu osso.

Com o impacto, a dormência dos meus pés sumiu em um segundo, como se eles tivessem acordado com o choque. Saltei na hora para a esquerda, me agachei e procurei meu adversário na escuridão. As veias do meu corpo se dilatavam e se contraíam, os músculos e as células buscavam oxigênio fresco. Senti uma dormência difusa no ombro direito. Mas ainda não era dor. Sentiria dor só mais tarde. Não me mexi e a pessoa também não. Estávamos frente a frente nas trevas, prendendo a respiração. Não enxergávamos nem ouvíamos nada.

A faca rasgou o ar mais uma vez, sem nenhum aviso. Desta vez passou bem na frente do meu rosto, como uma abelha furiosa. A ponta afiada arranhou minha bochecha direita de leve, bem na altura do hematoma. Senti o corte na pele, um corte não muito profundo. Meu adversário também não conseguia me ver. Caso contrário, já teria me matado há muito tempo. Desferi uma tacada com toda a força na direção de onde presumi que tinha vindo a faca, mas o taco não acertou nada, apenas cortou o ar fazendo um ZAP! O som agradável do taco cortando o ar me fez relaxar um pouco. Continuávamos medindo forças. Eu tinha recebido duas facadas, mas não mortais. Estávamos duelando no escuro: ele com uma faca, eu com o taco de beisebol.

Prendendo a respiração e encarando a escuridão, começamos a nos procurar de novo, às cegas, prestando atenção a todos os movimentos e esperando a reação do outro. Senti o sangue escorrer em linha reta pelo meu rosto. Apesar disso, por incrível que pareça, eu não sentia mais medo. **É só uma faca**, pensei. **São só cortes**. Aguardei em silêncio. Esperei a faca tentar me atingir mais uma vez. Eu podia esperar na mesma posição para sempre. Procurando não fazer barulho, inspirei o ar e expirei. *Vamos lá, se mexa!*, pensei. Vou ficar parado aqui. Se quer me dar uma facada, a hora é agora. Eu não tenho medo.

De algum lugar, a faca veio na minha direção e cortou a gola do meu suéter, com força. Senti a ponta perto da minha garganta, mas a lâmina não chegou nem a me arranhar, passando apenas a uma curta distância. Saltei para o lado dobrando o corpo e, sem enquadrá-lo, balancei o taco, que atingiu provavelmente a altura da clavícula do homem. Não era uma parte vital, e a tacada não foi tão forte a ponto de fraturar os ossos, mas ele deve ter sentido muita dor, pois percebi com clareza que recuou. Ouvi-o ofegar, assustado. Então levei o taco para trás, para dar um impulso, e o lancei com toda a força para a frente, na direção do meu adversário, um pouco mais para cima, para o lugar onde ouvi aquela respiração.

Foi uma tacada perfeita: o taco acertou a altura do pescoço do homem. Ouvi um som desagradável de ossos se quebrando. A terceira tacada acertou bem em sua cabeça, fazendo-o dar um salto. Ele deixou escapar um grito curto e esquisito, antes de desabar no chão, onde permaneceu estirado, grunhindo. Depois de um tempo, o grunhido foi ficando mais fraco. Fechei os olhos e, sem pensar em nada, desferi a última tacada na direção de onde vinha o som. Não queria, mas tinha que fazer isso. Não por ódio nem por medo, mas porque **tinha que fazer**. Na escuridão, ouvi algo se partir no meio, como uma fruta. Como uma melancia. Permaneci de pé, imóvel, segurando com firmeza o taco à minha frente com as duas mãos. Quando me dei conta, meu corpo tremia sem parar, e eu não conseguia conter o tremor. Recuei um passo e tentei pegar a lanterna do bolso.

— Você não pode ver! — alguém gritou para me impedir, ou melhor, a voz de Kumiko gritou na escuridão do quarto, ao fundo.

Mesmo assim continuei segurando a lanterna com a mão esquerda. Eu queria saber o que era. Queria ver com meus próprios olhos o que estava ali, saber o que eu tinha atacado com minhas próprias mãos. Parte da minha mente compreendia a ordem de Kumiko. Era algo que eu não deveria ver. No entanto, minha mão esquerda se movia por vontade própria.

— Não, pare! — ela gritou alto, mais uma vez. — Se você quer me tirar daqui, não olhe!

Trinquei os dentes com força e soltei o ar que estava acumulado no fundo dos meus pulmões, silenciosamente, como se abrisse uma janela pesada. Meu corpo continuava tremendo. Um cheiro desagradável pairava no ar: era cheiro de miolos, de violência e de morte. Tudo aquilo tinha sido criado por mim. Sem força, desmoronei no sofá e lutei contra a ânsia de vômito que subia das minhas tripas, mas acabei vencido e vomitei tudo o que estava no estômago no tapete do chão. Quando não tinha mais nada no estômago, vomitei um pouco de bile. Quando a bile acabou, vomitei ar e saliva. Enquanto vomitava, deixei cair o taco de beisebol, que rolou para algum lugar, fazendo barulho.

Quando as convulsões do meu estômago enfim acabaram, eu quis limpar a boca com o lenço. No entanto, não consegui mexer as mãos nem me levantar do sofá.

— Vamos para casa — falei em direção à escuridão ao fundo. — Já está tudo acabado. Vamos para casa juntos.

Ela não respondeu.

Não havia mais ninguém no quarto. Afundei no sofá e fechei os olhos.

Senti como se todas as forças do meu corpo fossem se esvaindo pelos dedos, pelos ombros, pelo pescoço e pelos pés, aos poucos. Ao mesmo tempo, a dor dos ferimentos também foi desaparecendo. Meu corpo foi perdendo o peso e a consistência gradualmente, mas eu não senti insegurança nem medo. Sem resistir, me deixei levar por algo quente, grande e macio, e me entreguei. Era uma coisa natural a ser feita e, quando me dei conta, eu tinha atravessado a parede gelatinosa, simplesmente me entregando ao fluxo suave. **Provavelmente nunca mais vou voltar aqui**, pensei, enquanto atravessava a parede. Tudo acabou. **Mas para onde Kumiko teria ido?** Eu precisava trazê-la de volta comigo. Para isso tinha matado o homem. Sim, para isso precisei partir a cabeça dele ao meio com o taco de beisebol, como se partisse uma melancia. Mas não consegui pensar em mais nada. Minha consciência foi sendo engolida pelas profundezas do vazio.

Quando recobrei os sentidos, estava sentado em meio à escuridão, encostado na parede. Tinha voltado ao fundo do poço.

Mas não era o fundo daquele poço que eu conhecia. Havia **algo novo, diferente.** Eu me concentrei e tentei compreender o que estava acontecendo. O que havia mudado? Porém, como meu corpo estava quase todo anestesiado, só consegui perceber as coisas à minha volta de maneira fragmentada e imprecisa, como se eu tivesse sido colocado em um recipiente errado por algum engano. Ainda assim, depois de refletir por muito tempo, consegui compreender o que estava acontecendo. **Havia água à minha volta.**

Já não era mais um poço seco. Eu estava sentado dentro da água. Respirei fundo algumas vezes para me acalmar. Que coisa! **Estava brotando água.** A água não estava gelada, era até morna. Parecia que eu estava em uma piscina térmica. De repente, me lembrei de procurar no bolso da calça. Será que eu voltei daquele mundo trazendo a lanterna? **Será que os acontecimentos daquele mundo estavam ligados a esta realidade?** Mas não consegui mexer minha mão nem meus dedos. Eu tinha perdido completamente as forças das mãos e dos pés. Nem sequer era capaz de me levantar.

Procurei manter a calma e pensar racionalmente. Em primeiro lugar, a água só chegava à minha cintura sentado. Por isso, por enquanto, eu não corria risco de me afogar. Sim, eu não era capaz de me mexer, mas provavelmente porque estava debilitado e tinha perdido todas as minhas forças. Com o tempo, devo conseguir recobrar as energias. Os cortes feitos pela faca não pareciam muito profundos e, como meu corpo estava dormente, não provocavam dor. O sangue que tinha escorrido por meu rosto parecia já ter estancado e secado.

Encostei a cabeça na parede e tentei me convencer: **Está tudo bem, não preciso me preocupar.** Provavelmente tudo tinha acabado. Agora eu só precisava descansar o corpo aqui e voltar ao meu mundo de origem, ao mundo da superfície banhado de luz... **Mas por que começou a brotar água aqui, do nada?** O poço ficou seco e morto durante anos a fio, e agora, sem mais, nem menos, tinha recuperado a vida. Será que havia alguma relação com **aquilo** que eu tinha feito do outro lado? De repente, sim. Talvez, por algum motivo, uma espécie de tampa que fechava um veio de água tinha se soltado.

Porém, depois de um tempo, compreendi uma realidade sinistra. No começo, tentei negar o fato desesperadamente, pensando em mil hipóteses que o desmentiam. Procurei pensar que era uma ilusão provocada pela escuridão e pelo cansaço, mas logo tive que reconhecer que era realidade. Por mais que tentasse me iludir, o fato não ia mudar.

O nível da água estava subindo.

Até um tempo atrás, a água estava na altura da minha cintura, e agora chegava aos meus joelhos, que estavam dobrados. Era incontestável que o nível da água subia devagar. Tentei mexer meu corpo outra vez. Procurei concentrar toda a minha atenção e reunir todas as forças, em vão. Só consegui inclinar um pouco a cabeça. Olhei para o alto e vi que a tampa do poço estava bem fechada. Tentei ver o relógio no pulso esquerdo, mas não consegui.

A água estava brotando de alguma abertura e parecia jorrar cada vez mais depressa. No começo, vazava apenas um pouquinho, mas agora jorrava. Quando eu prestava atenção, podia ouvir seu gorgolejo. A água já estava na altura do meu peito. Afinal, até onde o nível vai subir? "Muito cuidado com a água", me dissera o sr. Honda. Eu não dei importância para aquela profecia na época, nem depois. Não tinha me esquecido daquelas palavras (eram estranhas demais para me esquecer), mas nunca as havia levado a sério. Para mim e para Kumiko, os encontros com o sr. Honda não passavam de episódios inofensivos. De vez em quando, eu repetia essa advertência para Kumiko, só de brincadeira: "Muito cuidado com a água". E ríamos. Éramos jovens e não precisávamos de profecias. O próprio ato de viver já era uma espécie de profecia. Quem diria que, no final das contas, o sr. Honda estava certo. Tive até vontade de rir alto. **A água começou a jorrar e estou em apuros.**

Pensei em May Kasahara. Imaginei que ela se aproximava e abria a tampa do poço. Essa fantasia me pareceu bastante real, bastante nítida. Tão real e tão nítida que eu seria capaz de entrar na cena. Meu corpo não se mexia, mas eu conseguia imaginar. Aliás, o que eu podia fazer além de imaginar?

— Ei, Pássaro de Corda — chamaria May Kasahara. Sua voz ecoaria com clareza dentro do poço. Eu não sabia que no poço com água o eco era mais forte do que no poço seco. — Afinal, o que você está fazendo aí dentro? Está pensando de novo?

— Não estou fazendo **nada** de mais — eu responderia para o alto. — É uma longa história, mas não estou conseguindo me mexer. Sem falar que o nível da água está subindo. Esse poço já não está mais seco como antes, e posso morrer afogado.

— Pobre Pássaro de Corda — diria ela. — Você fez todos os esforços e esgotou todas as suas energias tentando salvar Kumiko. E **provavelmente** conseguiu, não é? E, de quebra, salvou várias pessoas. Mas não conseguiu salvar a si mesmo. E ninguém conseguiu salvar você. Você gastou todas as suas forças e todo o seu tempo tentando salvar os outros. Todas as sementes foram plantadas em algum lugar. Não sobrou mais nenhuma no saco. É uma grande injustiça. Estou com pena de você, do fundo do coração, Pássaro de Corda. De verdade. Mas, pensando bem, essa foi a sua escolha. Entende o que estou querendo dizer?

— Acho que sim — eu responderia.

Senti um formigamento surdo na base do ombro direito. *Isso aconteceu de verdade*, pensei. Aquela faca me feriu mesmo, como uma faca real.

— Pássaro de Corda, você tem medo de morrer? — perguntaria May Kasahara.

— Claro — eu falaria. Eu era capaz de ouvir o eco da minha própria voz. Era a minha voz e, ao mesmo tempo, não era. — Claro que tenho medo quando penso que vou morrer no fundo do poço completamente escuro.

— Pobre Pássaro de Corda — diria May Kasahara. — Sinto muito, mas não posso fazer nada. Estou bem longe. Adeus.

— Adeus, May Kasahara. Você fica muito bonita de biquíni.

May Kasahara responderia com uma voz bastante calma:

— Adeus, pobre Pássaro de Corda.

E a tampa do poço seria totalmente fechada, como antes. A minha fantasia desapareceu, sem me levar a lugar nenhum, pois nada aconteceu depois. Gritei para a abertura do poço: **May Kasahara, onde você está e o que está fazendo agora quando mais preciso de você?**

A água já batia na minha garganta e envolvia meu pescoço como uma corda de forca. Eu estava começando a sentir um sufoco premonitório. Meu coração continuava batendo dentro d'água, marcando a passagem do tempo que ainda restava. Se a água continuar subindo, com certeza vai cobrir minha boca e meu nariz em cerca de cinco minutos, depois vai preencher meus pulmões. Se isso acontecer, não tenho a menor chance. No fim das contas, ressuscitei o poço e isso causará minha morte. **Não é uma morte tão ruim assim**, tentei me convencer. No mundo há mortes bem piores do que essa.

Fechei os olhos e tentei aceitar a morte iminente da maneira mais tranquila e serena possível, me esforçando para não entrar em pânico. Pelo menos consegui deixar algumas marcas. Era um consolo. Uma boa notícia. **As boas notícias são transmitidas em voz baixa.** Tentei sorrir ao me lembrar dessas palavras, mas não consegui. "Mesmo assim tenho medo de morrer", sussurrei para mim mesmo. Essas foram minhas derradeiras palavras. Não particularmente memoráveis, mas era tarde demais para mudá-las. A água já cobria minha boca. Logo chegou até meu nariz e eu parei de respirar. Meus pulmões ansiavam desesperadamente por oxigênio, mas não havia mais oxigênio, apenas água morna.

Eu ia morrer. Como todas as outras pessoas que vivem neste mundo.

38.
Sobre patos, sombra e lágrimas
Ponto de vista de May Kasahara — parte 7

Olá, Pássaro de Corda.

Será que esta carta vai chegar até você?

Sabe, não tenho certeza se você chegou a receber as várias cartas que escrevi. O endereço do destinatário que coloquei era um pouco impreciso, e também deixei a parte do remetente em branco. Por isso, talvez as cartas estejam na estante de correspondências com "destinatário desconhecido", pegando poeira e sendo ignoradas por todos do correio. Bom, se não chegarem, azar, não tem problema, era o que eu pensava até agora. Até porque eu só queria escrever para tentar dar forma aos meus pensamentos e, quando pensava que escrevia para você, Pássaro de Corda, eu conseguia transformar meus pensamentos em texto, sem muitas dificuldades, sem hesitar. Não sei por quê. É mesmo... por que será?

Mas espero que pelo menos esta carta chegue a suas mãos. Estou rezando para que sim.

Desculpe tocar no assunto de maneira tão repentina, mas vou falar sobre os patos.

Como contei em outras cartas, o terreno da fábrica onde trabalho é bastante amplo e abrange um bosque e um lago. É um lugar ideal para fazer caminhada. O lago até que é grande, e ali vivem alguns patos. Uns doze, no total. Não sei como é a relação dessa "família". Talvez os "membros" entrem em alguns conflitos internos, talvez alguns convivam bem entre si e os outros nem tanto, mas de qualquer maneira nunca vi os patos brigando.

Como estamos em dezembro, a superfície do lago já começou a congelar, mas o gelo não está muito grosso e ainda resta uma parte onde os patos conseguem nadar, mesmo em dias frios. Minhas colegas estão planejando patinar no lago quando esfriar mais e a camada de gelo ficar mais grossa e firme. Nesse caso, a família, ou seja, os patos (sei que é estranho se referir aos patos como "família", mas acabei me acostumando), vão precisar ir para outro lugar. Não gosto de patinar no gelo e no fundo espero que o lago não congele, mas acho que esse desejo não vai ser atendido. Enfim. Como o inverno é muito rigoroso por aqui, a família precisa estar preparada para o frio extremo.

Ultimamente tenho ido até o lago nos finais de semana para passar o tempo vendo essa família. Quando fico observando os patos, duas ou três horas passam num instante. Vou bem agasalhada da cabeça aos pés (com meias, gorro, cachecol, botas, casaco de couro, até pareço um caçador de urso polar), sento em uma pedra e fico olhando distraidamente a família por horas a fio. Às vezes, dou pão velho para os "membros da família". Claro que não tem mais ninguém excêntrico e desocupado como eu nesse lugar.

Talvez você não saiba, Pássaro de Corda, mas os patos são muito divertidos. Não tem como ficar entediada olhando para eles. Não entendo direito por que as outras pessoas não se interessam por patos e preferem pagar ingresso para assistir a um filme idiota em algum lugar longe. Por exemplo, às vezes, quando os patos vêm voando abanando as asas e pousam na superfície congelada do lago, as patas escorregam no gelo e toda a família cai. Parece programa de comédia de tv. Fico rindo sozinha vendo essas cenas. Claro que os patos não estão fazendo palhaçada para me fazer rir. Estão levando a vida a sério, mas mesmo assim acabam caindo. É muito legal ver isso.

As patas deles são graciosas e achatadas, cor laranja, e lembram aquelas galochas infantis. As patas não parecem feitas para caminhar no gelo, e muitos "membros da família" acabam escorregando. Alguns caem de bunda. Acho que não tem nenhuma borracha na pata que impeça os patos de escorregar. Talvez o inverno não seja uma época muito divertida para eles. No fundo, não sei direito o que eles pensam sobre o gelo, mas acho que não o odeiam tanto assim. É o que sinto olhando a família. Parece que os "membros" procuram se divertir no inverno, mesmo resmungando. "Gelo de novo? Que coisa!" Eu gosto muito dessa família.

O lago fica no meio do bosque e é longe de tudo. Ninguém vem fazer caminhada por aqui no inverno, a não ser que o dia esteja muito agradável (claro que eu sou uma exceção). Na trilha do bosque ficam resquícios de neve que caiu alguns dias atrás: os flocos estão congelados e se quebram fazendo barulho sob meus pés. Vejo pássaros por todos os cantos. Quando caminho pela trilha pensando nas várias travessuras dos patos, com a gola do casaco levantada, o cachecol enrolado no pescoço, soltando fumacinha branca pela boca e carregando migalhas de pão no bolso, me sinto bastante feliz e aquecida. Chego a pensar em como fazia tempo que não experimentava uma sensação assim de felicidade.

Bom, mas chega de falar sobre os patos.

Olha, na verdade, acordei uma hora atrás sonhando com você, Pássaro de Corda. Por isso que resolvi escrever esta carta. Agora são... (deixa eu olhar o relógio) duas e dezoito da manhã. Fui deitar antes das dez, como sempre ("Boa noite patos, boa noite todo mundo!"), adormeci profundamente e despertei agora há pouco. Não sei direito se estava sonhando ou não, porque não me lembro de nada. Talvez não estivesse sonhando. Bom, mas o que importa é que ouvi com nitidez sua voz, Pássaro de Corda. Você me chamou alto algumas vezes. E eu acordei de susto, pulando da cama.

Quando acordei, o quarto não estava escuro. Uma luz clara se insinuava pela janela e dava para ver uma grande lua flutuando sobre a colina, parecendo uma bandeja prateada de aço inoxidável. Era tão grande que eu seria capaz de escrever algo nela se estendesse minha mão. Essa luz da lua que se insinuava pela janela formava uma poça branca no chão, como uma poça d'água. Eu me sentei na cama e fiquei pensando desesperadamente no que poderia ter acontecido. Por que Pássaro de Corda teria me chamado com uma voz tão nítida? Meu coração batia muito forte. Se eu estivesse em casa, trocaria de roupa em um piscar de olhos, atravessaria o beco e iria correndo para sua casa, mesmo a essa hora da noite. Só que agora estou no meio da montanha a pelo menos cinquenta mil quilômetros de distância e, mesmo que eu quisesse, correr até você seria impossível, não é?

Então, o que fiz?

Tirei a roupa. Pois é... Não me pergunte por que, nem eu sei direito o motivo. Então... não me pergunte nada e deixe que eu conte até o fim... então tirei tudo o que cobria meu corpo, saí da cama e me ajoelhei no chão, bem onde estava a poça branca da luz da lua. O aquecedor do quarto estava desligado e provavelmente fazia frio, mas não senti nada. Parecia que havia algo especial na luz da lua que se insinuava pela janela, e esse algo me envolvia e me protegia completamente com uma espécie de película fina. Permaneci ali assim, totalmente nua, e depois comecei a expor várias partes do meu corpo, uma a uma, para essa luz. Como posso explicar... isso me pareceu a coisa mais natural a fazer. A luz da lua era lindíssima, de verdade, e eu precisava fazer isso. Expus cada parte do meu corpo à luz da lua: o pescoço, os ombros, os braços, os seios, o umbigo, as pernas, o quadril, e até aquele lugar, como se a luz lavasse tudo.

Se alguém visse o que eu estava fazendo, acharia a cena bastante estranha. Eu devia estar parecendo uma tarada da lua cheia, que ficou maluca por causa do luar. Mas é claro que não tinha ninguém me olhando. Quer dizer, o menino que morreu no acidente de moto talvez estivesse me vendo de algum lugar. Mas ele, tudo bem. Afinal, ele já morreu e, se quiser ver, vou deixar, com todo o prazer.

Enfim, de qualquer forma, ninguém estava me vendo naquela hora. Eu estava completamente sozinha dentro da luz da lua. Às vezes eu fechava os olhos e pensava nos patos que deveriam estar dormindo no lago. Pensei naquele sentimento cálido de felicidade que tínhamos construído juntos, aquela família e eu. Como você pode ver, para mim os patos têm um significado importante, são uma espécie de talismã, um amuleto.

Continuei ajoelhada por muito tempo no mesmo lugar, sem me mexer. Sozinha e sem nenhuma roupa, eu era banhada pela luz da lua, que tingia meu corpo de uma cor curiosa. Minha sombra, longa, nítida e preta, se projetava no chão e ia até a parede. Mas não parecia ser a minha sombra, e sim a de outra mulher, com um corpo mais maduro e adulto, contornos mais arredondados, seios e mamilos bem maiores, tudo bem diferente do corpo de uma mulher virgem como eu. Mas sem dúvida era minha sombra, apenas mais alongada e com contornos um pouco diferentes. Quando eu me mexia, a sombra também se mexia. Por um momento, fiz uma série de movimentos para examinar melhor a relação entre meu corpo e essa sombra. *Por que ela parece tão diferente do meu corpo?*, pensei. Mas não entendi ao certo. Quanto mais observava, mais estranha a sombra parecia.

Agora vem a parte que é um pouco difícil de explicar, Pássaro de Corda. Não tenho certeza se vou conseguir explicar direito.

Bom, para resumir: de repente comecei a chorar. Se fosse o roteiro de um filme, estaria escrito: "Sem transição, May Kasahara de repente cobre o rosto com as mãos e começa a chorar alto e copiosamente". Mas não se assuste. Sabe, eu não contei até agora e escondi isso de você todo esse tempo, mas na verdade sou muito chorona. Choro por qualquer coisa. Esse é meu ponto fraco, mas é segredo. Por isso, não fiquei surpresa quando comecei a chorar do nada, sem motivo. Só que normalmente eu choro um pouco e paro depois, dando um basta. Choro fácil, mas também paro de chorar fácil. É como diz o ditado, tudo que vem rápido, vai rápido. Mas naquele momento eu não consegui parar de chorar, era como se uma torneira tivesse sido aberta. Como eu não sabia por que estava chorando, não sabia o que fazer para conseguir parar. As lágrimas escorriam como sangue que jorrasse de um ferimento aberto. Uma quantidade inacreditável de lágrimas caía sem parar dos meus olhos. *Se continuar assim, vou secar completamente e me transformar em uma múmia*, pensei, preocupada.

As lágrimas caíam fazendo barulho na poça branca da luz da lua e eram sugadas, como se originalmente fizessem parte daquela luz. Ao cair, as gotas brilhavam refletindo o luar, como belos cristais. Quando me dei conta, minha sombra também chorava. Eu conseguia ver com clareza a sombra das lágrimas. Você já viu a sombra de uma lágrima, Pássaro de Corda? Não é uma sombra normal, comum. É completamente diferente, vem de um mundo bem distante para nossos corações. Naquela hora pensei que talvez as lágrimas que caíssem da sombra fossem as autênticas, e as que derramei fossem só a sombra. Acho que você não vai entender, Pássaro de Corda. Quando uma garota de dezessete anos, nua, chora compulsivamente sob a luz da lua no meio da noite, pode acontecer qualquer coisa. Sabia?

* * *

Bom, isso tudo aconteceu há uma hora, neste quarto. E agora estou diante da mesa, com o lápis na mão (claro que já estou vestida), escrevendo esta carta para você.

Até logo, Pássaro de Corda. Não consigo me expressar direito, mas eu e os patos do bosque estamos rezando para que você seja envolvido pelo calor da felicidade. Se acontecer alguma coisa, não hesite em gritar meu nome.

Boa noite.

39.
Duas notícias diferentes,
aquilo que desapareceu

— Foi Canela quem trouxe você até aqui — disse Noz-Moscada.

A primeira coisa que senti quando acordei foram dores diferentes e difusas. Os cortes, as articulações, os ossos e os músculos de todo o corpo doíam. Provavelmente eu tinha batido em vários lugares, com força, enquanto fugia correndo na escuridão. Porém, existia algo de estranho nessas dores. Eram bem parecidas com a dor comum, mas não chegavam a ser exatamente isso.

Logo percebi que estava deitado no sofá da sala de ajustes da mansão, de pijama azul-escuro limpo, um pijama que eu não conhecia. Havia um cobertor por cima de mim. A cortina estava aberta, e a luz clara da manhã entrava pela janela. Supus que fosse por volta de dez horas. O ar era fresco e o tempo avançava, eu não entendia como isso ainda acontecia.

— Foi Canela quem trouxe você até aqui — repetiu Noz-Moscada. — Os cortes não eram muito graves. A facada no ombro, sim, mas por sorte não atingiu nenhuma artéria, e a do rosto foi apenas de raspão. Canela costurou os ferimentos usando as agulhas e as linhas que encontrou aqui, para não deixar cicatriz. Ele é bom nessas coisas. Depois de alguns dias, você mesmo pode tirar os pontos ou procurar um médico para isso.

Tentei falar alguma coisa, mas minha língua estava travada e não consegui articular as palavras. Só respirei fundo e expirei o ar, produzindo um som desagradável.

— É melhor você não se mexer nem tentar falar — orientou Noz-Moscada, sentada de pernas cruzadas numa cadeira próxima. — Canela disse que você ficou tempo demais no poço e que escapou por um triz. Bom, mas não me faça muitas perguntas. Para ser sincera, eu também não sei o que aconteceu. Recebi a notícia no meio da noite, pedi um táxi às pressas e vim correndo até aqui. Não sei os detalhes do que aconteceu. Seja como for, as roupas que você usava estavam encharcadas e ensanguentadas, joguei tudo fora.

Noz-Moscada realmente parecia ter vindo às pressas, pois usava roupas mais simples do que o normal. Estava de suéter de casimira cor creme, camisa masculina listrada e saia de lã verde-oliva. Não usava acessórios e o cabelo estava preso atrás. Tinha cara de quem acabara de acordar. Ainda assim, parecia ter saído de uma das páginas de uma revista de moda. Ela colocou um cigarro na boca e acendeu com o isqueiro dourado, produzindo um som seco e agradável, como sempre. Em seguida, estreitou os olhos e tragou. *Eu não morri de verdade*, foi o que pensei enquanto escutava o som do isqueiro. Canela deve ter conseguido me salvar do fundo do poço no último momento.

— Canela consegue perceber muitas coisas — explicou Noz--Moscada. — Sem contar que ele está sempre pensando em todos os cenários possíveis, cuidadosamente, diferentemente de você e de mim. Mas parece que nem mesmo ele conseguiu prever que fosse brotar água daquele poço tão repentinamente assim. Ele não tinha nem cogitado isso. E por pouco você não morreu. Sabe, eu nunca tinha visto ele *perder a compostura* nem ficar aflito. — Ela esboçou um leve sorriso. — Acho que ele gosta muito de você.

No entanto, eu não consegui mais ouvir o que ela dizia. Senti uma dor no fundo dos olhos, e as pálpebras ficaram pesadas. Fechei os olhos e me afundei nas trevas, como se descesse de elevador.

Precisei de mais dois dias inteiros para me recuperar. Durante esse período, Noz-Moscada ficou ao meu lado, cuidando de mim. Eu não conseguia me levantar sozinho nem falar. Não conseguia comer quase nada. Só tomava suco de laranja de vez em quando e comia pêssego enlatado em fatias finíssimas. À noite, Noz-Moscada ia para sua casa e voltava de manhã. Eu apagava, e não havia necessidade de ela ficar do meu lado. Aliás, eu dormia não só à noite, mas durante a maior parte do dia. Provavelmente precisava muito disso para me recuperar.

Em todo esse tempo, Canela não apareceu na minha frente nenhuma vez. Não sei por quê, mas ele parecia estar me evitando de propósito. Da janela eu ouvia baixinho o som peculiar, profundo e abafado do motor do Porsche entrar e sair pelo portão. Não era mais com aquele Mercedes-Benz que ele vinha para a mansão trazendo Noz-Moscada, roupas e alimentos. Além disso, Canela não entrava mais na casa, apenas entregava as compras a ela na entrada e ia embora.

— Vamos nos desfazer desta casa em breve — comentou Noz-Moscada. — Vou voltar a cuidar *delas* de novo. Não tem jeito. Acho que vou ter que continuar com esse trabalho sozinha, sem parar, até ficar completamente vazia. Deve ser o meu destino. E daqui para a frente provavelmente não vamos mais ter contato. Quando tudo isso acabar e você se recuperar, é melhor se esquecer de nós dois quanto antes, porque... Sim, eu tinha me esquecido de contar uma coisa. É sobre seu cunhado, o irmão mais velho de sua esposa, Noboru Wataya.

Noz-Moscada pegou um jornal na outra sala e o colocou sobre a mesa.

— Canela trouxe esse jornal agora há pouco. Seu cunhado passou mal e desmaiou ontem à noite. Foi levado às pressas para o hospital em Nagasaki, Kyushu, e está em coma. Os médicos não sabem se ele vai conseguiu se recuperar.

Nagasaki? Não entendi quase nada do que Noz-Moscada estava dizendo. Pensei em falar alguma coisa, mas não conseguia articular as palavras. Noboru Wataya não tinha sido atacado em Akasaka? *Por que estava em Nagasaki?*

— Noboru Wataya fez uma palestra em Nagasaki e, quando jantava com o pessoal que organizou o evento, passou mal e desmaiou de repente, sendo levado para o hospital mais próximo. Parece que teve uma espécie de hemorragia cerebral. Dizem que ele já devia ter predisposição a um AVC. A matéria do jornal afirma que por enquanto ele não tem chances de sair do coma e, mesmo que recobre a consciência, talvez apresente sequelas e não consiga mais falar direito. Nesse caso, não vai mais conseguir seguir a carreira política. Coitado, é ainda tão jovem. Vou deixar o jornal aqui, você pode ler assim que melhorar.

Levei um tempo até aceitar esse fato como realidade. Afinal, o noticiário que eu tinha visto na TV do saguão daquele hotel ainda estava gravado com nitidez na minha memória. A sala de Noboru

Wataya em Akasaka, os policiais, a entrada do hospital, a voz tensa do âncora... No entanto, aos poucos, tentei encontrar uma explicação e me convencer: *Aquelas eram notícias apenas daquele mundo.* Eu não ataquei Noboru Wataya com o taco de beisebol no mundo real. Por isso, não seria investigado nem preso pela polícia. Noboru Wataya desmaiou na frente de muitas pessoas por causa de uma hemorragia cerebral. Não havia nenhuma possibilidade de crime. Ao entender isso, fiquei profundamente aliviado. Afinal, a descrição do suspeito citada pelo âncora do noticiário era muito próxima à minha, e eu não tinha álibi para provar minha inocência.

Deveria existir alguma relação entre "a coisa" que ataquei e matei naquele quarto de hotel e a hemorragia de Noboru Wataya. Eu ataquei e matei algo que havia dentro de Noboru Wataya, ou algo que tinha uma forte relação com ele. Noboru Wataya provavelmente pressentira isso e estava tendo pesadelos frequentes. Ainda assim, minha ação não chegou a tirar a vida dele. Noburu Wataya tinha sobrevivido por um triz. *Eu tinha que ter acabado definitivamente com a vida desse homem.* O que vai acontecer com Kumiko agora? Será que ela não vai conseguir sair de *lá* enquanto Noboru Wataya estiver vivo? Será que, mesmo em coma, no meio das trevas, ele continua enfeitiçando Kumiko?

Eu só consegui pensar até esse ponto. Fui perdendo a consciência aos poucos, fechei os olhos e adormeci. Depois tive sonhos agitados e fragmentados. Em um deles, Creta Kanô carregava um bebê no colo. Eu não conseguia ver o rosto do pequeno. Creta Kanô estava de cabelo curto e sem maquiagem. Ela me contou que a criança se chamava Córsega e que o primeiro-tenente Mamiya e eu éramos os pais. Contou também que havia desistido de ir para a ilha de Creta, que resolveu ficar no Japão para dar à luz seu filho e cuidar dele. Contou que finalmente tinha conseguido encontrar um novo nome há pouco tempo e que estava levando uma vida simples e sossegada com o primeiro-tenente Mamiya, no meio das montanhas em Hiroshima, cultivando verduras. Eu não fiquei surpreso ao ouvir isso. Pelo menos no sonho era algo que eu sentia que poderia acontecer.

— O que aconteceu com Malta Kanô? — perguntei.

Creta Kanô não respondeu, se limitando a exibir uma fisionomia triste. Em seguida, desapareceu.

* * *

Na manhã do terceiro dia, com muito custo, consegui me levantar sozinho. Ainda tinha dificuldades para caminhar, mas passei a falar aos poucos. Noz-Moscada preparou mingau de arroz para mim. Comi junto de algumas frutas.

— O gato está bem? — perguntei, preocupado.

— Fique tranquilo. Canela está cuidando dele. Todos os dias ele vai à sua casa para dar comida e trocar a água. Você não precisa se preocupar. Por enquanto, se preocupe apenas em se recuperar.

— Quando vocês vão vender a casa?

— O mais rápido possível, provavelmente no mês que vem. Acho que você vai receber um pouco do dinheiro. Como ela deve ser vendida a um preço menor do que o estabelecido pelo mercado, não será muito, mas você vai receber o valor proporcional às prestações que já pagou. Acho que com isso vai conseguir se manter por um tempo. Então, não se preocupe muito com dinheiro. Você fez um bom trabalho aqui e merece tudo isso.

— A casa vai ser demolida?

— Provavelmente sim. A casa vai ser demolida, e o poço, aterrado. Acho uma pena, pois agora ele está com água, mas hoje ninguém quer um poço antiquado e grande como aquele. As pessoas preferem colocar um cano e bombear a água. É mais prático e não ocupa muito espaço.

— Acho que o terreno não é mais mal-assombrado. Acho que voltou a ser um terreno normal — falei. — Já não é mais a casa dos enforcados.

— Talvez — considerou Noz-Moscada e, depois de uma pausa, mordeu os lábios de leve. — Mas isso já não é mais da nossa conta, certo? Bom, é melhor você descansar e não pensar em coisas desnecessárias por um tempo. Ainda vai demorar um pouco até você se recuperar de verdade.

Ela me mostrou a nota do jornal matinal que falava sobre Noboru Wataya. Era uma nota pequena. Ele havia sido transferido de Nagasaki para um hospital universitário de Tóquio, ainda inconsciente, e estava na UTI. Seu estado não tinha mudado. Era só isso que a nota dizia. Naquela hora, pensei em Kumiko. *Afinal, onde está Kumiko?* Eu precisava voltar para casa, mas ainda não tinha forças para andar.

No dia seguinte, antes do almoço, fui andando até o banheiro e me vi diante do espelho depois de três dias. Meu aspecto estava realmente horrível. Eu parecia mais um cadáver embalsamado do que um homem cansado. O corte do rosto estava fechado com pontos bem-feitos, como Noz-Moscada mencionara. Uma linha branca unia com capricho a pele cortada. O corte tinha cerca de dois centímetros de comprimento, mas não era profundo. Quando eu mexia a bochecha, a ferida se contraía um pouco, mas quase não doía. Mesmo com esse leve desconforto, escovei os dentes e fiz a barba, que estava comprida, com o barbeador elétrico, pois eu ainda não tinha coragem de usar lâmina normal. Foi então que me dei conta de uma coisa, quando terminei de fazer a barba e fitei mais uma vez o reflexo do meu rosto: *o hematoma tinha sumido.* Aquele alguém tinha cortado minha bochecha direita com a faca bem na altura do hematoma. Havia um corte onde ele acertara, e nada mais. O hematoma do meu rosto tinha sumido sem deixar vestígios.

Na noite do quinto dia, ouvi o sinal sonoro dos sinos de trenó outra vez. Passava um pouco das duas da manhã. Eu me levantei do sofá, vesti um cardigã sobre o pijama e saí da sala de ajustes. Em seguida, passei pela cozinha e fui até a salinha de Canela. Abri a porta devagar e espiei o interior. Canela me chamava do outro lado daquele monitor. Eu me sentei à frente da mesa e li a mensagem que apareceu na tela.

Você está acessando o programa "Crônica do Pássaro de Corda".
Selecione um dos arquivos, de 1 a 17.

Selecionei o número 17 e cliquei. Uma nova tela se abriu e apareceu um texto.

40.
Crônica do Pássaro de Corda 17
(Carta de Kumiko)

Eu preciso explicar muitas coisas para você, mas acho que contar tudo levaria muito tempo. Talvez anos. Eu deveria ter aberto o coração e contado tudo a você antes, mas infelizmente não tive coragem. Eu alimentava uma vaga esperança de que as coisas não fossem piorar muito. Como resultado dessa escolha, acabou acontecendo todo aquele pesadelo. É tudo culpa minha. De qualquer forma, já é tarde demais para explicações. Não temos tempo para isso. Então agora quero contar o mais importante.

Eu preciso matar meu irmão, Noboru Wataya.

Irei agora ao quarto do hospital onde ele está internado e desligarei os aparelhos que o mantêm vivo. Como irmã, posso ficar lá durante a noite para cuidar dele. Mesmo se eu desligar os aparelhos, ninguém vai perceber por um tempo. Ontem o médico responsável me explicou de modo geral o princípio e o mecanismo desses aparelhos. Pretendo esperar meu irmão morrer e, em seguida, me entregar à polícia, confessando o crime. Não vou dar mais nenhum detalhe. Só fiz o que achei que era certo, vou dizer à polícia. Provavelmente serei detida na hora e julgada por homicídio. A imprensa deve aparecer em peso e os jornalistas vão dizer muitas coisas. Talvez entrem na discussão sobre eutanásia e tudo o mais. Mas vou permanecer calada, sem dar nenhuma explicação. Não pretendo me justificar nem me defender. Eu simplesmente queria acabar com a vida de Noboru Wataya, essa será a única verdade. Talvez eu tenha que cumprir pena, mas não tenho medo. Afinal, o pior já passou.

Se não fosse por você, acho que eu já teria enlouquecido há muito tempo. Teria me entregado a outro e caído em um abismo de onde jamais conseguiria sair. Meu irmão, Noboru Wataya, fez a mesma coisa com minha irmã mais velha muito tempo atrás. Então ela acabou se matando. Ele maculou minha irmã e me maculou também. Para ser exata, não fisicamente, mas de *um jeito pior*.

Ele arrancou completamente minha liberdade e me deixou trancafiada sozinha num quarto escuro. Eu não ficava com os pés presos por correntes nem tinha alguém me vigiando. Mas eu não conseguia fugir. Meu irmão me prendia nesse lugar com uma corrente e um vigia bem mais poderosos: eu mesma. Eu era a corrente que prendia meus próprios pés e o vigia implacável que nunca dormia. Claro que uma parte de mim queria fugir desse lugar. Mas, ao mesmo tempo, existia uma outra parte covarde, degenerada e resignada, que achava que tinha que ficar ali, que nunca conseguiria fugir. A parte de mim que queria fugir não conseguiu vencer de jeito nenhum a parte covarde. A parte de mim que queria fugir não conseguia ganhar força, porque meu coração e meu corpo já estavam maculados. Eu não merecia mais voltar para você, mesmo conseguindo fugir. Eu não tinha sido maculada apenas pelo meu irmão Noboru Wataya. Antes disso, eu mesma tinha me maculado de maneira irreversível.

Na outra carta, contei que dormi com um homem. Mas não contei a verdade... não toda a verdade. Não dormi só com um homem, e sim com vários, um atrás do outro. Eu mesma não sei o que me levou a fazer isso. Pensando agora, concluo que talvez tenha agido por influência do meu irmão. Tenho a impressão de que ele abriu uma espécie de gaveta dentro de mim, sem minha permissão, extraiu algo desconhecido que havia dentro e me fez dormir com vários homens, de maneira desenfreada. Meu irmão tem esse poder e, embora me seja doloroso reconhecer, acho que nós dois estamos ligados por um ponto obscuro.

De qualquer forma, quando ele me procurou, eu já tinha me maculado de maneira irreversível. Cheguei até a contrair uma DST. Porém, naquela época, como contei na carta, não sentia nem um pouco de remorso em relação a você. Tinha a impressão de que era algo bastante natural. Acho que eu estava fora de mim, não era o meu verdadeiro eu que fazia as coisas. Só pode ter sido isso. Mas será que é isso mesmo? Será que basta tirar essa conclusão e dar o assunto por encerrado? *Então, qual é o meu verdadeiro eu?* Existe alguma evidência razoável que mostre que esse eu que está escrevendo esta carta seja o *verdadeiro*? Eu não tinha certeza de qual era meu verdadeiro eu e não tenho até hoje.

Sonhei muito com você. Sonhos que tinham um enredo claro. Você estava sempre me procurando, desesperadamente. Você chegava até bem perto de mim, num lugar parecido com um labirinto. *Falta pouco, estou aqui,* eu pensava em gritar. *Basta você me achar e me abraçar com força que o pesadelo vai acabar e tudo vai voltar ao normal,* eu pensava. Mas não conseguia gritar. Você não conseguia me achar no meio da escuridão, passava na minha frente e ia para outro lugar. Era sempre o mesmo sonho. Mas ele me incentivou e me ajudou muito. Pelo menos ainda me restavam forças para sonhar, algo que nem meu irmão conseguiu arrancar de mim. Enfim, senti que você estava dedicando todos os esforços para chegar até mim. *Um dia talvez ele consiga me encontrar,* eu imaginava, *e vai me abraçar com força, limpar toda essa mácula e me salvar para sempre desse lugar. Ele vai quebrar o feitiço e encerrar a maldição para que meu verdadeiro eu nunca mais fique perdido.* Por isso, apesar de todas as dificuldades, consegui manter acesa a tênue chama da esperança no meio daquela escuridão fria e sem saída. Consegui manter um tênue eco de minha própria voz.

Recebi a senha para acessar este sistema de comunicação hoje à tarde. Alguém me mandou por um portador. Estou enviando esta mensagem pelo computador da sala do meu irmão, usando a senha que me passaram. Espero que essas linhas cheguem até você.

Eu não tenho mais tempo. O táxi está me esperando lá fora e agora preciso ir ao hospital. Vou matar meu irmão e serei punida. É curioso, mas já não sinto mais ódio dele. A única coisa que sinto agora é a silenciosa sensação de dever: eu preciso acabar com a vida dele, eliminando-o para sempre deste mundo. Sinto que preciso fazer isso para o próprio bem dele. É uma coisa que preciso fazer, custe o que custar, para que minha vida tenha sentido.

Cuide bem do gato, por favor. Estou muito feliz que ele tenha voltado. Você colocou o nome de Bonito, não foi? Gosto desse nome. Ele foi uma espécie de bom presságio que surgiu entre nós dois, é o que sinto. Nunca deveríamos tê-lo perdido.

Não posso mais continuar escrevendo. Adeus.

41.
Adeus

— Que pena que você não vai poder ver os patos — disse May Kasahara, como se realmente lamentasse.

Nós dois estávamos sentados em frente ao lago e observávamos sua superfície congelada, branca e espessa. O lago era grande e estava repleto de marcas das lâminas dos patins, que lembravam incontáveis cicatrizes. Era uma tarde de segunda-feira, mas May Kasahara havia pedido folga especialmente para me receber. Eu pretendia chegar no domingo, mas houve um acidente na linha e os trens foram cancelados. Acabei atrasando um dia. May Kasahara usava um casaco forrado com pelos e um gorro de lã de um azul vívido. O gorro tinha desenhos geométricos feitos de lã branca e, na ponta, um pompom. May Kasahara disse que havia feito sozinha o gorro e prometeu que faria um igual para mim no próximo inverno. Suas bochechas estavam vermelhas, e seus olhos estavam bem límpidos, como o ar à sua volta. Fiquei feliz ao vê-la assim. Ela estava com dezessete anos e ainda podia fazer o que quisesse da vida.

— Quando toda a superfície do lago congelou, os patos foram para outro lugar. Se você tivesse visto eles, Pássaro de Corda, você também se apaixonaria, com certeza. Venha me visitar na primavera. Vou apresentar você aos patos.

Eu sorri. Eu usava um casaco duffle não muito quente, um cachecol enrolado até o queixo e trazia as mãos enfiadas nos bolsos. Dentro do bosque fazia muito frio. Havia neve no chão, e meus tênis escorregavam o tempo todo. Eu deveria ter comprado botas de neve antiderrapantes.

— Então você pretende ficar aqui por mais um tempo? — perguntei.

— Bem, acho que sim. Num futuro próximo, talvez eu tenha vontade de voltar a estudar. Ou talvez nem pense nisso e me case logo com alguém... não, isso nunca deve acontecer — disse May Kasahara, rindo e expelindo ar branco. — Mas acho que vou ficar aqui por mais um tempo, sim, para pensar nas coisas. O que eu quero fazer de verdade, para onde quero ir de verdade, essas coisas. Preciso pensar em tudo isso com calma.

Assenti com a cabeça.

— Talvez seja melhor assim — concordei.

— Pássaro de Corda, quando você tinha mais ou menos a minha idade, também pensava nessas coisas?

— Não sei. Para ser sincero, acho que eu não pensava nessas coisas com muita seriedade. Claro que devo ter pensado um pouco, mas não me lembro de ter pensado tão a fundo. Acho que eu imaginava que, se levasse uma vida normal, as várias coisas dariam certo, de uma forma ou de outra. Mas no final as coisas não deram tão certo assim, infelizmente.

May Kasahara fitou meu rosto com uma expressão serena e depois levou as mãos enfiadas nas luvas aos joelhos.

— Então não soltaram Kumiko?

— Ela não quis — expliquei. — Preferiu permanecer no centro de detenção e levar uma vida sossegada a ser solta e se tornar o centro da atenção dos curiosos. Ela não quis receber minha visita nem a de ninguém. Disse que não queria se encontrar com ninguém até tudo se resolver.

— Quando vai começar o julgamento?

— Provavelmente na primavera. Ela vai se declarar culpada e, seja lá qual for a sentença, pretende cumprir a pena. Acho que o julgamento não vai demorar muito. Ela tem uma chance alta de receber liberdade condicional e, mesmo se for condenada à prisão, não será por um tempo tão longo.

May Kasahara pegou uma pedra do chão e jogou mais ou menos no meio do lago. A pedra saltitou no gelo fazendo barulho e rolou até a outra margem.

— Você vai continuar esperando Kumiko voltar? Naquela casa?

Assenti.

— Que bom... Posso falar que é bom? — perguntou May Kasahara.

Soltei uma grande nuvem de ar branco.

— Bem, acho que sim. No fim das contas, fomos os responsáveis para que as coisas chegassem a esse ponto, não?

Poderia ter sido pior, pensei.

Um pássaro cantou bem ao longe, no meio do bosque que se estendia ao redor do lago. Levantei o rosto e olhei à volta, mas o canto durou só um instante, e não consegui ouvir mais nada. Não vi nenhum pássaro. Só ouvi o vago som seco de um pica-pau bicando o tronco da árvore.

— Se Kumiko e eu tivermos um filho, estou pensando em colocar o nome de Córsega — disse.

— É um nome bonito — comentou May Kasahara.

Quando estávamos caminhando no bosque, lado a lado, May Kasahara tirou a luva da sua mão direita e a colocou no bolso do meu casaco. Eu me lembrei de Kumiko, pois ela também costumava fazer isso quando caminhávamos juntos no inverno. Nos dias frios, dividíamos o mesmo bolso. Segurei a mão de May Kasahara, que era pequena e quente, como uma alma aprisionada.

— Pássaro de Corda, as pessoas devem achar que somos namorados.

— Talvez — respondi.

— Ei, você leu as cartas que mandei?

— Cartas? — perguntei, sem entender nada. — Desculpe, mas nunca recebi nenhuma carta sua. Como você não dava notícias, liguei para sua mãe e, com custo, consegui o endereço e o telefone da fábrica. E para isso tive que contar umas mentiras que nem queria.

— Poxa vida, que coisa. Escrevi umas quinhentas cartas para você, Pássaro de Corda — disse May Kasahara, olhando o céu.

No final da tarde, May Kasahara me acompanhou até a estação. Fomos de ônibus até a cidade, comemos pizza num restaurante perto da estação e esperamos a chegada do trem de três vagões. Na sala de espera, um grande aquecedor estava aceso, queimando bem vermelho, e duas ou três pessoas se aqueciam à sua volta. Nós não entramos na sala e ficamos de pé, a sós, na plataforma fria. No céu, pairava uma lua de inverno com contorno bem definido, como se estivesse congelada. Era uma lua em quarto crescente, com o arco afilado que parecia uma espada chinesa. Sob essa lua, May Kasahara ficou na ponta dos pés e beijou de leve minha bochecha direita. Senti seus lábios gelados, pequenos e finos no local onde costumava ficar o hematoma.

— Adeus, Pássaro de Corda — disse May Kasahara, baixinho. — Obrigada por ter vindo de tão longe para me ver.

Com as mãos no bolso do casaco, fiquei em silêncio observando May Kasahara. Eu não sabia o que dizer.

Quando o trem chegou, ela tirou o gorro, recuou um passo e disse:

— Pássaro de Corda, se acontecer alguma coisa, grite meu nome bem alto. Me chame, e chame também os patos.

— Adeus, May Kasahara — respondi.

Mesmo depois que o trem arrancou, a lua em quarto crescente continuou por muito tempo acima da minha cabeça. Cada vez que o trem fazia uma curva, a lua ora desaparecia, ora voltava a aparecer. Fiquei contemplando-a e, quando ela desaparecia, eu olhava as luzes das cidadezinhas que passavam pela janela. Pensei em May Kasahara voltando sozinha de ônibus para a fábrica no meio da montanha, com seu gorro de lã azul, e nos patos que dormiam ao abrigo de alguma moita. Em seguida, pensei no mundo para onde eu estava voltando.

— Adeus, May Kasahara — sussurrei. *Adeus, May Kasahara. Rezo para que exista uma força que sempre proteja você.*

Fechei os olhos e tentei dormir, mas só consegui dormir de verdade muito tempo depois. Tive um sono breve, num lugar longe de tudo e de todos.

Fim da *Crônica do Pássaro de Corda.*

Referências bibliográficas

A. V. Vorozheikin. *Nomonhan Kûsenki Soren Kûshô no Kaisô* [Registro do combate aéreo de Nomonhan: lembranças de um general da Força Aérea soviética]. Traduzido do russo para o japonês por Katsuya Hayashi e Takô Ôta. Tóquio: Kôbundô, 1964.

Akira Koshizawa. *Manshû-koku no Shutokeikaku Tôkyô no genzai to mirai o tô* [Plano metropolitano do Estado da Manchúria: questionando o presente e o futuro de Tóquio]. Tóquio: Nihon Keizai Hyôron-sha, 1988.

Alvin D. Coox. *Nomonhan: Japan against Russia, 1939, 2 vols* [Batalha entre o Japão e a União Soviética na esterpe – 1939]. Stanford: Stanford University Press, 1985.

Amy Knight. *Beria: Stalin's First Lieutenant* [Beria: o primeiro-tenente de Stálin]. Princeton: Princeton University Press, 1993.

Chikamitsu Ozawa. *Nomonhan Senki* [Registro militar de Nomonhan]. Tóquio: Shinjinbutsu ôraisha, 1974.

Chikao Terada. *Nihon Guntai Yôgoshû* [Glossário do Exército japonês]. Tóquio: Rippû Shobô, 1992.

Chûrei Kenshôkai. *Nomonhan Bidanroku* [Histórias heroicas de Nomonhan]. Hsinking: Manshû Tosho Kabushikigaisha, 1942.

Keiichi Itô. *Shizukana Nomonhan* [Nomonhan silencioso]. Tóquio: Kôdansha Bunko, 1986.

Noboru Kojima. *Manshû Teikoku* [Império da Manchúria] *I, II e III*. Tóquio: Bungeishunju, 1983.

Shigetaka Onda. *Nomonhan-sem Ningen no Kiroku* [Batalha de Nomonhan: registro humano]. Tóquio: Gendaishi Shuppannkai, 1977.

Tomio Mutô. *Watashi to Manshû-koku* [Eu e o Estado da Manchúria]. Tóquio: Bungeishujun, 1988.

1ª EDIÇÃO [2017] 3 reimpressões

ESTA OBRA FOI COMPOSTA PELA ABREU'S SYSTEM EM ADOBE GARAMOND
E IMPRESSA EM OFSETE PELA LIS GRÁFICA SOBRE PAPEL PÓLEN DA
SUZANO S.A. PARA A EDITORA SCHWARCZ EM MAIO 2024

A marca FSC® é a garantia de que a madeira utilizada na fabricação do papel deste livro provém de florestas que foram gerenciadas de maneira ambientalmente correta, socialmente justa e economicamente viável, além de outras fontes de origem controlada.